Der Stein der Weisen

Gregor Eisenhauer

DER STEIN DER WEISEN

Roman

Eichborn.

Die Deutsche Bibliothek – CIP-Einheitsaufnahme

Eisenhauer, Gregor:
Der Stein der Weisen : Roman / Gregor Eisenhauer. –
Frankfurt am Main : Eichborn, 1999
ISBN 3-8218-0815-2

Umschlaggestaltung: Moni Port
unter Verwendung eines Fotos von Ralph Gibson
»The Somnambulist«, 1969
Lektorat: Wolfgang Hörner
Satz: Fuldaer Verlagsanstalt, Fulda
Druck und Bindung: Wiener Verlag, Himberg
ISBN 3-8218-0815-2

Verlagsverzeichnis schickt gern:
Eichborn Verlag, Kaiserstr. 66, D-60329 Frankfurt a. M.
www.eichborn.de

Sprichst du von dem Stein der Weisen, erkenne diesen an als einen Stein, der kein Stein ist, einen kostbaren Gegenstand, der keinen Wert hat, ein Ding von vielen Formen, das ohne Gestalt ist, als das Unbekannte allen Bekannte.

Zosimos

»Na klar doch, Chef. Das wird ein Knüller. Und die Hitler-Tagebücher leg ich Ihnen gleich dazu. Wenn die Kollegen vom Stern noch ein paar übrig haben!«

Er stand vor mir. Einer dieser blutjungen Karriere-Schnösel, die zu Dutzenden in die Hauptstadt geschickt worden waren. Stellvertreter des Erfolgs, der irgendwann kommen mußte. Aber solange er noch auf sich warten ließ, der große Boom, und nur der Baustellenlärm auf die Nerven ging, und die Staus, und das Lamentieren der Berliner, blieben die alten Bosse lieber im Westen.

Ein windschnittiger Bursche, kaum älter als dreißig, glatt rasiert, mit einer dieser randlosen Brillen, für die meine Nase einfach zu dick war. An ihm dagegen war alles schlank, die Nase, die Hände, selbst der Stift, den er unruhig hin und her drehte.

Ich beugte mich wie zufällig über den Schreibtisch, aber er klappte den Laptop sofort zu und zupfte dann nervös an seiner Hose, als hätte bereits mein Erscheinen Unordnung in sein Leben gebracht. Ich strich mir über den Bart, ganz langsam. Ließ ihm Zeit, den Blick wieder zu heben. Er sollte mir in die Augen sehen, während ich die Frühstückskrümmel auf dem Teppichboden seines Büros verteilte. Aber er sah immer noch auf seine blitzblank gewienerten Schuhe und dann auf meine Cordhose und die speckige Photographenweste, den stoppligen Hals, die ewig verschnupfte Nase und den Mittelscheitel. Den hatte ich von meiner Mutter. Und er war schon immer mein größtes Handicap bei den Frauen gewesen. Neben meinem leichten Übergewicht.

Ein schmerzlicher Zug spielte um seinen Mund, als täte

es ihm tatsächlich weh, wenn ihm so ein Dinosaurier des Körperkults auf die Zehen trat. Grade ihm. Dem Trainingsweltmeister vom Golden Gym. Ich ließ die Krümmel im Bart und rückte noch ein bißchen an ihn heran.

Er roch gut. Wie frisch geduscht. Das hätte Alina gefallen. Sie mochte Männer, die gut riechen. Vor allem junge Männer. Aber sein Gesicht wirkte aus der Nähe gar nicht mehr jung. Die Müdigkeit hockte darin und ließ sich nicht mehr vertreiben. Nicht solange er dem Erfolg hinterherjagte.

Ich hatte ihn bislang nur aus der Ferne gesehen, bei den Redaktionskonferenzen, und einmal auf dem Klo, aber da hatte er so angestrengt nach unten gestarrt, als wäre ihm sein Ding grade abhanden gekommen. Ohnehin komisch, daß es keine eigenen Klos auf der Chef-Etage gab. Vermutlich das letzte Überbleibsel unseres demokratischen Redaktionsstatuts.

Ich klopfte meine Taschen ab und zog eine Lucky. Das Büro war groß genug für eine Minigolfanlage, nur einen Aschenbecher gab es nirgends. Schon gar nicht auf dem Konferenztisch. Der war so blank gewienert, daß man nicht mal seine feuchten Hände drauf stützen wollte.

»Kann ich hier rauchen?«

»Selbstverständlich nicht!«

»Brandgefahr vermutlich?«

Ich nickte in Richtung des riesigen Ölgemäldes an der Stirnseite des Raums. Baselitz oder irgendeiner aus der Riege. Jedenfalls schien es egal, ob es auf dem Kopf stand oder nicht. Vermutlich Konkursmasse aus der Galerie von nebenan, die war nämlich schon wieder verschwunden, sang- und klanglos, wie viele der Nobelläden hier am Gendarmenmarkt und in der Friedrichstraße. Der Ku-Damm des Ostens zog bislang nur die Geier an. Mit ein bißchen Geduld bekam man hier alles zu Ramschpreisen. Kein Möbelstück in meiner Wohnung, keinen Teppich und keine Unterhose hatte ich ohne Rabatt gekauft.

»Oder ist das immer noch die Wandfarbe, die hier riecht?«

Er hörte gar nicht zu, sondern schritt nervös Richtung Fenster, als müßte er dringend nach Luft schnappen. Aber ich blieb ihm auf den Fersen. Wir sahen hinunter auf die Touristenbusse, die immer nur im Karree fuhren, die Schulklassen und Pärchen, die sich auf den Bänken drängelten wie Tauben, von denen es hier viel zu viele gab. Es war die Oktobersonne, die sie in Scharen hatte ausschwärmen lassen, und eine selten klare Luft, herbstlich frisch, die ans Meer denken ließ.

Bis der Preßlufthammer wieder einsetzte. Wir waren der letzte Büroneubau am Gendarmenmarkt, ehemals Platz der Akademie. Markgrafenstraße, Ecke Taubenstraße. Ein Riesenklotz in diesem neudeutschen Reichskanzleistil. Der Vogelname hatte uns zwar eine Menge Spott eingebracht, aber das Büro war standesgemäß. Im Keller wurde noch immer gebaut, was nicht weiter störte, denn wir hatten die oberste Etage, ein fabrikhallengroßes Penthouse, voll verglast, mit dem teuersten Panoramablick der Stadt. Im Rücken der Fernsehturm und die Jugendstil-Fassaden von SAT 1. Vor uns der Zwilling deutscher Dom, französischer Dom, dazwischen das Konzerthaus, ehemals Schauspielhaus, ehemals Nationaltheater, an dem vorbei der Blick direkt auf die alte Weinstube Lutter und Wegner fiel. Die war mir allerdings längst zu teuer. Ich hatte mir damals eine Wohnung gekauft, kaum zehn Minuten von hier, immer der Leuchtreklame von N-TV nach, bis das Ministerium für Arbeit und Soziales den Weg verlegte. Es war einer der ersten privaten Wohnungsneubauten gewesen, schräg gegenüber vom Kleist-Haus, das bislang nur entkernt war, aber noch nicht wieder aufgebaut. Ein Schnäppchen, hatte ich gedacht, so eine Wohnung in Mitte mit Tiefgaragenstellplatz und eigenem Schlüssel für den Aufzug, ein Schnäppchen, das mich eine Million gekostet hatte für nicht mal vier Zimmer, von denen zwei noch immer der Bank gehörten.

Damals, vor drei Jahren, das war, als Alina ging, und ich aus der Stadt weg wollte, oder zumindest aus Charlottenburg, in eine andere Welt, und die war hier, in Berlin-Mitte. Es war laut hier, staubig und einsamer als im brasilianischen Urwald. Abends leuchteten die Kräne und die Baustellengruben, und ich glich meinen Gang dem der Bauarbeiter an, die sich erst spät in der Nacht auf den Heimweg machten. Aber ganz gleich, wo ich herumstreunte, kurz nach Mitternacht stand ich immer wieder auf dem Gendarmenmarkt und hoffte, ihre Schritte zu hören. Irgendwann mußte sie hierher kommen. Da war ich mir ganz sicher. Weil es nun mal der schönste Platz der Welt war, oder einer der schönsten Europas, zumindest der schönste Berlins. Für den ich ihr längst den Fremdenführer hätte machen können. Von wegen: ›Gnädige Frau, wie Sie sehen, wurde hier bereits zu DDR-Zeiten mit industriell gefertigten Fassadenstrukturen restauriert.‹ So hieß das damals, wenn die Platte auf alt getrimmt wurde. Dann waren unsere Protzbauten dazugekommen. Der Spiegeltrichter des Lafayette. Direkt gegenüber das Quartier 105 mit dem ›Planet Hollywood‹, den Designerläden, Galerien und Tausenden Quadratmetern unvermieteter Bürofläche.

Links von uns, direkt beim Hilton, hatte sich vor kurzem die Konkurrenz eingemietet, aber das scherte uns offiziell gar nicht. Denn wir waren noch immer das beste Nachrichtenmagazin Europas. Das war die Parole. Wenn wieder einmal ein großer Werbekunde überlief. Natürlich waren wir noch immer die besseren Journalisten. Aber die anderen hatten das bessere Marketing.

Er schloß das Fenster und ging zurück zum Schreibtisch.

Dort, penibel in der Mitte plaziert, lag ein Papier, das jeder von uns kannte. Die Erträge des letzten Halbjahres, schön in farbige Kurven übersetzt, als wären die Einbrüche erträglicher, wenn sie als grünende Täler erschienen, sanft abfallend vom Gipfel des Erfolgs. Jeder von uns hätte die Käuferkurve im Schlaf zeichnen können. Aber unser Problem waren nicht die Leser. Auf die konnten wir verzichten. Zumindest auf ein paar Tausend. Was schlimmer war: Wir verkauften immer weniger Werbung. Das war das Problem. Und genau das Problem hatten die anderen nicht. Die anderen, die Konkurrenz, die nie einer mit Namen nannte. Früher waren wir uns zu fein dafür gewesen, da hatten wir die Tage gezählt, bis die ihr Blatt wieder einstellen würden. Und jetzt waren unsere Tage gezählt, unkten manche, die bereits ein Angebot zum Wechsel in der Schublade hatten. ›Klar doch, das ist ein Blatt für Analphabeten‹, meinte unser alter Chefredakteur, ›aber die vermehren sich nun mal schneller als Bücherratten.‹ Und dann war er auch schon weg. Der Kapitän hatte das Schiff zuerst verlassen, und statt seiner war dieser Leichtmatrose hier gekommen.

Er ging um den Tisch herum. Die Hand immer auf den Bilanzen. Man mußte einfach hinsehen. Die Hand war sehr schmal. Fast haarlos. Die Fingernägel waren manikürt, aber er trug keinen Ring. Vielleicht war er schwul. Er klopfte aufs Papier. Drei mal. Zumindest war er abergläubisch.

»Hier sind die letzten Zahlen, die kennen Sie ja, aber die neueste Hiobsnachricht, die kennen Sie vielleicht noch nicht.«

Ich kratzte mich gelangweilt an der Brust. Er starrte auf mein offenes Hemd wie ein Vegetarier auf eine blutverschmierte Metzgerschürze.

»Nächstes Jahr bringt Springer ein neues Wochenblatt auf den Markt. Die Nullnummer liegt schon vor. Intern versteht sich. Farbigere Bilder, aggressivere Rankings, noch mehr Infotainment. Dann werden uns die Werbekunden im Dutzend weglaufen. Und das, obwohl wir noch immer das beste...«

»... Nachrichtenmagazin Europas sind. Ja, ja, schon klar Chef! Was wir brauchen, ist eine Story, oder?! Das wollen Sie doch jetzt sagen?«

Denn auch das war schon lange Ritual. Die Beschwörung der guten alten Zeit, als die Informanten Schlange standen und wir jede Woche einen Skandal verkaufen konnten, als die Politiker vor dem Erscheinungstag zitterten und die Staatsanwälte aus unseren Artikeln die Anklagen zusammenzimmerten.

»Richtig! Eine Story brauchen wir! Ich weiß, was Sie sagen wollen, Claasen. Das alles ist nur noch sentimentales Geschwätz. In der Zentrale sitzen fünf Redaktionsteams seit Monaten an sogenannten Zukunftsthemen. Was dabei rauskommt, sind akademische Schreibübungen über Cyber-Sex und Zwillingsschafe. Das können die anderen auch. The Story is about people! Menschen, Menschen, Menschen! Was wir brauchen, ist eine Geschichte, die ins Herz geht und ins Hirn. Und sie muß hier spielen, in Berlin. Nicht irgendwo in der Provinz. In drei Monaten steht die Stadt Kopf. Jahrtausendwende. Umzug des Parlaments. Jeder will mitreden über die Zukunft. Kein Schwein interessiert sich mehr für die Vergangenheit. Da brauchen wir einen Kracher. Kein Zimmerfeuerwerk.«

»Und wenn ich über dem Waschbecken rauche?«

»Nein!«

»Sie sind der Chef!«

Ich lächelte ihm direkt ins Gesicht. Er hatte blaßblaue Augen, fast ein wenig zu wäßrig für seine herrische Art. Aber die Nase stand sehr stramm. Und die schmalen Lippen preßten so ungeduldig, als wäre ihm selbst das bißchen Spott zu schade für mich.

»Das mit dem Chef können Sie sich sparen, Herr Claasen. Und Ihre Witze auch.«

»Für Sie Ricki. Ricki mit i. So nennen mich alle.«

Ich klemmte mir die Zigarette hinters Ohr und lächelte schräg. Das konnte ich gut.

»Herr Claasen, ich weiß nicht, in welchem Film Sie leben. Und ehrlich gesagt ist mir das auch völlig egal. Scheißegal, sozusagen. Das ist doch der von Ihnen favorisierte Umgangston, oder?«

Er wischte irgendeinen imaginären Brösel von seiner Bügelfalte.

»Ich hab nämlich keine Zeit, mir Gedanken über Sie und Ihre infantile Psyche zu machen. Ich weiß, wer Sie sind. Ich weiß, welchen Ruf Sie haben und...«

»Ich bin der Beste!«

»Das waren Sie mal, Claasen. Schade nur, daß Ihre letzte Titelgeschichte fünf Jahre zurückliegt. So was interessiert mich nicht. Erfolge von gestern. Die Herren Kollegen von der Konkurrenz treiben mit der Russenmafia Scharen mißbrauchter Kinder vor sich her, und Sie beschränken sich aufs kulturkritische Lamentieren. Wenn Sie überhaupt noch schreiben!«

»Gute Informationen sind nun mal teuer. Wer da knausert, wird schlecht bedient.«

»Das ist nicht der Punkt.«

Er hatte sich in seinen Bürostuhl gesetzt. Wippte etwas. Und sprang dann wieder auf. Irgendwie war er sich nicht sicher, wie er mir gegenübertreten sollte. Ob als Chef oder als Kollege. Also versuchte er es auf die frontale Art.

»Offen gesagt sind Sie eine Altlast, Claasen. Sie haben den Anschluß verloren. Überall bei uns lungern solche intellektuellen Frühpensionäre herum, die von ihrem guten Ruf leben und von der Erinnerung an bessere Zeiten. Sie trödeln durch die Gänge, schwadronieren, vögeln Praktikantinnen und glauben, sie wären eine ganz große Nummer.«

Er meinte es gar nicht unhöflich, sonst hätte er wohl gebrüllt. Er konstatierte Fakten, und die Fakten waren korrekt. Aber Fakt hin, Fakt her, er wußte ganz genau, daß es mir am Arsch vorbei ging, was er da erzählte.

»Wollen Sie etwas trinken?«

»Einen trockenen Martini. Geschüttelt. Nicht gerührt.«

»Sehr witzig. Susi, bring uns bitte zwei Kaffee. Milch und Zucker?«

»Sicher. Drei Stück.«

»Ziemlich ungesund, das wissen Sie?«

Ich nickte nur. Er ließ den Finger auf der Ruftaste.

»Gut. Drei Stück Zucker für Herrn Claasen.«

Wir warteten, bis Susi wieder verschwand. Schade eigentlich, denn sie hatte ein nettes Lächeln. Eins, das einen erst gar nicht auf dumme Gedanken brachte und trotzdem guttat. Die perfekte Sekretärin eben. Nur, daß sie nicht mehr für mich arbeitete, aber auch das ließ sie sich nicht anmerken. Er stand immer noch vor mir, und ich zählte die kleinen blauen Elephanten auf seiner Krawatte.

»Todschicke Krawatte! Und ich sag Ihnen noch was. Sie sind hier der Kronprinz, meinetwegen, und überhaupt eine ganz große Nummer, und Jahrgangsbester auf der Journalistenschule, und zufällig auch der Sohn vom Chef, aber das ist mir schnuppe. Höflich gesagt. Genau wie dieses Geschrei über sinkende Auflagen. Ich hab noch einen Vertrag über drei Jahre, und den erfülle ich, und dann verschwinde ich nach Afrika und begrüne die Wüste. Verstanden? Und jetzt möchte ich bitte eine rauchen.«

»Nein, verdammt noch mal!«

Er schrie fast. Irgendwie waren wir auf dem richtigen Weg.

»Wenn es nach mir ginge, wären Sie schon längst fort. Da draußen stehen nämlich Hunderte junger Journalisten Schlange, die nur darauf brennen, Ihren Job zu machen. Für ein Taschengeld!«

»Na dann holen Sie sich doch eins von diesen Milchgesichtern. Die können doch grade mal ihren Namen richtig schreiben, diese homoöpathischen Pisser.«

»Sie glauben wohl, der Journalismus wird mit Ihnen zu Grabe getragen?«

»Sieht ganz so aus.«

Er faltete die Hände und lächelte kühl.

»Ich streite mich nicht, Claasen. Nicht mit Ihnen. Und natürlich weiß ich, daß ich Ihnen keinen Ärger mehr machen kann. Gut! Aber Sie sind kein Abgreifer, und wir sind kein Provinzblatt. Ich gebe Ihnen die Chance, noch einmal ganz groß rauszukommen, und Sie werden Sie nutzen.«

»Kann ich mich erst mal setzen?«

Er wies auf den Sessel und setzte sich mir gegenüber. Zwischen uns stand ein schmaler Glastisch. Platz genug für einen Aschenbecher. Aber den hätte ich schon selber mitbringen müssen. Ich griff in die Schale mit den Gummibärchen und knabberte dem erstbesten die Rübe ab.

»Sagen Sie, das kann doch nicht Ihr Ernst sein, dieser Vorschlag? Ich soll den Stein der Weisen suchen? Da find ich Ihnen doch lieber gleich den Schlüpfer von Eva Braun.«

»Kommen Sie, Claasen, lassen Sie uns jetzt mal zur Abwechslung einige Sätze vernünftig reden. Ohne Lümmeleien. Ohne Zigarette. Die können Sie von mir aus nachher auf dem Klo rauchen. Dieser Stein der Weisen ist ein Knüller, das verspreche ich Ihnen. Daraus wird eine Serie, die alles in den Schatten stellt, was bisher an Esoterik-Themen gelaufen ist. Und Sie sind genau der richtige Mann dafür. Sie müssen ihn nicht mal selbst suchen. Sie protokollieren nur die Jagd.«

»Und wenn ich das Fenster aufmachen würde?«

»Wollen Sie rausspringen oder was?«

»Eigentlich erst mal eine rauchen.«

»Mann, Sie bringen mich zur Verzweiflung.«

»Komisch, das hat Alina auch immer gesagt.«

»Ihre Frau?«

»Wir leben getrennt.«

»Tut mir leid.«

»Wieso sollte es?«

Die Pause war peinlich. Aber ich wußte nicht, warum ich sie ihm hätte ersparen sollen. Viel Zeit ließ er sich eh nicht für sein pietätvolles Schweigen.

»Sie wissen im Prinzip, worum es geht?«

»Bei dem Stein der Weisen? Was man halt so weiß aus dem Morgenquiz: Auge des Himmels, lateinisch lapis philosophorum, auch ultima materia. Sagenhafte Substanz, mit der sich unedle in edle Metalle verwandeln lassen. Der Stein selbst soll Paracelsus zufolge leuchtend rubinfarbig sein und zugleich durchsichtig wie ein Kristall. Wer ihn in den Händen hält, kackt Gold und gewinnt die Unsterblichkeit. Hokuspokus eben.«

Ich hätte wenigstens ein Augenzwinkern erwartet. Irgendeine anerkennende Geste. Schließlich hatte ich nur einige Sekunden auf dem Bildschirm lesen können, bevor er den Laptop zugeklappt hatte. Und das war immerhin schon ein paar Minuten her. Aber auf meine Augen hatte ich mich immer schon verlassen können. Und auf mein Gedächtnis.

»Ich sage Ihnen, er existiert.«

Sein Ton war vollkommen ruhig. In seinem Blick kein Spott. Er meinte es wirklich absolut ernst. Das brachte mich doch etwas aus der Fassung. Das sah man mir auch an.

»Sie halten mich für übergeschnappt. Und diesen Stein der Weisen für ein Hirngespinst. Wissen Sie, von Troja dachte man das damals auch, bevor Heinrich Schliemann kam.«

»›Singe mir, Muse, den Zorn des Achill...‹ Haben wir seinerzeit noch in der Schule gelesen!«

»Sehr gut! Dann muß ich Sie ja nicht daran erinnern, daß die sogenannten Experten jahrhundertelang glaubten, Troja wäre ein Hirngespinst Homers. Bevor sich dieser Verrückte auf den Weg machte und mit dem Schatz des Priamos zurückkehrte.«

»Der war ja nun mal nicht tatsächlich von Priamos.«

»Darauf kommt es gar nicht an. Entscheidend ist der ungeheuerliche Triumph dieses Dilettanten. Ein Namenloser aus Neubukow, einem Kuhdorf in Brandenburg, findet die Stadt, an deren Existenz kein Mensch geglaubt hatte.«

»Toll. Und?«

»Was würden Sie sagen, wenn ich Ihnen so einen Schliemann präsentiere? Einen Jäger des verlorenen Schatzes!«

»Okay, ist mir egal, wie Sie Ihren Tag verbringen wollen, aber ich hätte noch was besseres zu tun. Meine Tochter hat nämlich morgen Geburtstag, und ich hab immer noch kein Geschenk...«

»Bleiben Sie sitzen. Und sehn Sie sich das erst mal an!«

Was blieb mir anderes übrig? Ich saß in diesem verdammten italienischen Lederwürfel, den Hintern fast auf dem Boden, und hatte keine Chance, wieder hochzukommen, so dicht, wie er vor mir stand. Die Jalousien gingen nach unten, und mit einer zweiten Taste der Fernbedienung ließ er die Bücherwand aufgleiten. Auf dem schrankgroßen Monitor wurde es hell. Ein leeres Zimmer. Unser Verhörraum, auch Plauderstübchen genannt. Abhörsicher. Alle Informanten wurden dort hineingeführt. Völlig neu konzipiert. Sah dennoch aus wie ein Warteraum in einer leicht verstaubten Anwaltskanzlei. Aber das war Absicht. Die Leute sollten sich nicht allzu unbehaglich fühlen. Denn in diesem Zimmer war mehr Elektronik als in einer Raumkapsel.

Jeder, der kam, wurde photographiert, von allen Seiten. Der Sessel stand so, daß der Informant genau in eine Videokamera sah. Das Gesicht war vermessen, noch ehe er ein Wort gesagt hatte. Die Stimme wurde aufgezeichnet, die Mimik. Jede Bewegung, jeder Tick, alles wurde registriert und direkt in die Datenbank eingespeist. Bei prominenteren Fällen saß die ganze Crew schon hinter der Scheibe, ein Psychologe, ein Jurist und eine Astrologin. Die konnte zwar nicht sonderlich toll in den Sternen lesen, hatte aber eine gute Menschenkenntnis. Von so einem Informanten blieb nur noch ein Häufchen elender Fakten, wenn er von uns erst mal ausgeleuchtet worden war.

Wir waren nicht zufällig das beste Nachrichtenmagazin Europas.

Die Tür ging auf. Susi kam als erste herein. Sie führte immer das Vorgespräch, egal wie kurz es war. Susi war zuständig für das Warming up. Und sie war perfekt. Mutter und

Freundin, sie hatte alles drauf. Und was das Beste war, sie mußte nicht schauspielern, sie hatte wirklich ein Herz für jeden, der reinkam. In diesem Job konnte man nämlich nicht schauspielern. Entweder du bist es oder du bist es nicht. Sie war es. Denn sie gab jedem das Gefühl, nur auf seine Geschichte gewartet zu haben.

Er war dicht hinter ihr. Zu dicht, fand ich. Sie wies ihm den Stuhl zu und setzte sich ihm ruhig gegenüber. Ihre erste Aktion war dann immer die gleiche. Sie schenkte ein Glas Wasser ein und drückte es dem Betreffenden in die Hand. Das geschah so schnell, daß die meisten instinktiv zugriffen. So hatten wir die Fingerabdrücke. Die Schlaueren ließen das Glas nach kurzem Bedenken fallen. Aber das war sinnlos. Auf dem Teppichboden hätten Seifenblasen landen können.

Er behielt sein Glas in der Hand und setzte sich. Seine Augen musterten die Wand, den niedrigen Büroschrank mit den Bandgeräten, die lange Reihe der goldgedämpften Bullaugen, den Blicklöchern unserer Videokameras. Er fixierte das mittlere. Unsere Führungskamera. Das konnte Zufall sein. War es aber nicht. Er durchschaute das Spiel, noch ehe es richtig begonnen hatte.

Von da an war mir unbehaglich. Dieser Bursche hatte wirklich was Gefährliches an sich. Dabei war er höchstens zwanzig und eigentlich ein Milchgesicht. Die Klamotten hingen an ihm wie an einem Kleiderständer. Eine Schaufensterpuppe auf Urlaub. Ein bißchen Di Caprio, ein bißchen Johnny Depp. Unangenehm hübsch, zu schnell zu Geld gekommen, aber doch ein netter Kerl. Zumindest für Frauen. Einer, bei dem sie ein Geheimnis vermuten.

Neuer Anzug, neue Schuhe, alles von diesem unbezahlbaren amerikanischen Herrenausstatter aus der Friedrichstraße. Entweder er war schwul, oder er wurde von einem Schwulen ausgehalten. Aber er war nicht schwul. Das hätte man bemerkt, als er sich setzte. Andere ließen sich fallen, schlugen die Beine übereinander, fühlten sich unbehaglich, rutschten hin und her, warteten auf Ansprache, hielten es dann doch nicht aus und redeten irgendwann einfach drauflos. Er dagegen setzte sich, als wäre er jederzeit Herr seiner Bewegungen. Er ließ sich nieder wie ein Trapezartist an einem Seil. Eine Körperbeherrschung, wie sie nur Athleten haben, ein Turner vielleicht oder ein Ballettänzer. Und so sah er auch aus, breite Schultern, eher untersetzt. Die Haare kurz geschnitten. Leicht gelockt. Vielleicht aus dem Osten. Da gab es häufiger diese Gesichter. Sehr flach, mit ganz klaren Augen, deren Blick man nur schwer verstand. Es gab sehr kluge Menschen mit diesem Gesicht und sehr dumme, und man konnte nie genau wissen, was für einen man vor sich hatte.

Dieser Bursche gehörte jedenfalls zu den Klugen. Da war ich mir fast sicher. Er wirkte nicht überbegabt, aber auf beinah komische Weise hellwach. Wie ein junger Beduine, den man direkt aus der Wüste auf den Ku-Damm versetzt hatte. Er war jung genug, um über alles zu staunen, aber zu alt für unsere Tricks. Er hatte das Wissen der Väter, das Wissen des Jägers. Er ahnte instinktiv, wo wir waren, und sah uns direkt in die Augen. Fast hätte man die volle Wölbung seiner Lippen für ein Lächeln halten können. Ich hielt diesem Blick nicht stand.

Das war gar nicht so selten, daß ich einen Fall wieder abgab. Weil Informanten in den Raum traten, deren Wille meinem eigenen überlegen war. Das war mir dann einfach zu gefährlich. Vielen ging es nur um Geld, vielen um Rache, aber einige wollten etwas ganz anderes. Was genau, wußten sie wahrscheinlich selbst nicht. Ich wußte es. Sie wollten die Selbstzerstörung. Da war vor Jahren dieser Manager der Dresdner Bank hier gewesen, der jahrelang Schwarzgeldschiebereien auf höchster Ebene organisiert hatte. Keiner hätte je vermutet, daß ihm sein Zynismus irgendwann lästig fallen würde. Am wenigsten seine Anwälte. Wahrscheinlich hatte er nicht mal seiner Frau erzählt, daß er zu uns kommen würde. Warum auch. Denn wer sich so brutal gegen sein bisheriges Leben entscheidet, will allein sein. Der hatte alle um sich herum satt. Alle und jeden. Der trat uns gegenüber mit diesem unbedingten Willen, reinen Tisch zu machen. Der wollte mit dem Gefühl gehen, einmal im Leben das Richtige getan zu haben. Also erzählte er uns alles über diese Schiebereien. Danach ließ er sich zum Landwehrkanal fahren und wurde nie mehr gesehen.

Mit solchen Typen wollte ich nichts zu tun haben. Ich war kein Beichtvater und hatte auch keine Krücken abzugeben. Das war meine Überlebenshilfe gewesen, all die Jahre, gegen diesen Psychoterror der Geständigen, denen auszuweichen, die mich zum Komplizen machen wollten.

»Ihr Name?«

Susi gab sich alle Mühe, die Situation zu entkrampfen. Aber er lächelte nur. Es war kein unangenehmes Lächeln. Eher eine Entspannungsübung für seine Gesichtsmuskeln. Sie saß ihm gegenüber und wartete. So abgebrüht war keiner, daß er diese Geduldsprobe bestand. Ihr Trick dabei war, einen Stift über die Tischplatte zu rollen. Ganz langsam. Susi sammelte Stifte, und die Jungs auf Außenposten lieferten die seltsamsten Stücke. Grade war sie mal wieder auf Diät. Also hatte sie einen sehr schlanken, stahlfarbenen Kugelschreiber mit japanischen Schriftzeichen gewählt. Sie tat nichts anderes, als ihn mit dem Zeigefinger hin und her zu drehen. Mit der Spitze des Zeigefingers. In der Regel hatte sie damit auch Erfolg. Aber diesmal ging sie nur sich selbst auf die Nerven.

»Okay, Mr. Nobody, Sie wollen uns was verkaufen?«

Er sah sie an, als hätte sie den Wetterbericht von gestern vorgelesen.

»Junger Mann, deswegen sind Sie doch hier, oder? Weil Sie uns etwas verkaufen wollen?«

»Sie geben mir 100 000 Mark.«

»Wofür?«

»Für den Stein der Weisen.«

Susi wollte lachen. Aber an dem Satz wirkte nichts komisch. Auch nicht an der Art, wie er ihn sagte. Oder wie er sie ansah. Es kam einem überhaupt nicht in den Sinn, daß er dummes Zeug redete. Oder daß man ihm nicht glauben konnte.

»Sie werden doch nicht erwartet haben, daß Sie hier reinkommen und mit 100 000 Mark wieder rausgehn. Nur ihrer hübschen Augen wegen.«

Er hatte wirklich keine Angst vor Pausen. Wie ein guter Bergsteiger. Langsam bekam ich Mitleid mit Susi.

»Also, dieser Stein, den Sie den Stein der Weisen nennen, ist der in Ihrem Besitz?«

Er zuckte mit den Achseln.

»Verstehen Sie bitte: natürlich glauben wir jedem, der in diesen Raum kommt, prinzipiell alles. Ich glaube Ihnen wirklich. Auch wenn es mir schwerfällt. Aber Sie müssen uns ein Stück weit entgegenkommen. Also: Sie haben irgend etwas oder Sie wissen irgend etwas, von dessen Wichtigkeit Sie überzeugt sind. Gut. Aber das reicht uns nicht. Wir brauchen Fakten, etwas, das unseren Kassenwart überzeugt. Das ist doch nicht so schwer zu verstehn. Einen Beweis. Ein Bild. Eine Geschichte.«

Schweigen.

»Wie heißen Sie denn nun eigentlich?«

Achselzucken.

»Ich werde Sie Boris nennen. Wie den Tennisspieler, wissen Sie. Boris Becker. Den kennen Sie doch noch? Gutaussehender Bursche.«

Susi behauptete immer, Männer wären am einfachsten mit Komplimenten zu kriegen. Aber heute war irgendwie nicht ihr Tag.

»Verdammt gutaussehender Bursche.«

Keine Reaktion.

»Also Boris... Noch mal von vorn. Sie wollen Geld von uns. Wir brauchen...«

»Einen Beweis. Welchen wollen Sie?«

»Den Stein?«

»Sie sind albern. Wenn ich den hätte, wäre ich nicht hier.«

»Wofür sollen wir Ihnen dann 100 000 DM zahlen?«

»Ich weiß, daß er existiert.« Er tippte sich an den Kopf. »Und wo ich ihn finden kann. Sie wissen, daß Sie mit dieser Nachricht Millionen verdienen können. Sie müssen einfach nur den Weg gehen, den ich gegangen bin, dann haben Sie Ihre Geschichte. Die Spannung ist: Ich bin Ihnen immer einen Schritt voraus. Das erspart Ihnen die Verantwortung. Sie wissen nie, was ich als nächstes tue. Also brauchen Sie auch keine Skrupel zu haben. Wenn Sie mich wieder los sein wollen, übergeben Sie mich einfach der Polizei. Was können Sie verlieren?«

»Wieso der Polizei?«

»Weil ich für den Stein alles tun würde. Und schon getan habe.«

Ich wollte schreien: Raus da, Susi, der bringt dich um. Aber da hatte er schon ihren Kugelschreiber in der Hand. Er holte aus, die Augen fest auf sie gerichtet, und hieb ihn sich in die Handfläche. Mußte so eine Art Mutprobe sein. Susi schlug die Hände vors Gesicht. Sie konnte gar nicht sehen, daß kein Blut geflossen war. Er hatte sich das Ding nur zwischen die Finger gerammt. Ein Bluff, der ihm immer wieder gelungen wäre. Weil man gar nicht auf seine Hand sah, sondern nur auf seine Augen. Die lächelten. Als würde er endlich das tun können, was er am liebsten tat: Schmerz zufügen.

»Sie können die Hände wieder herunternehmen. Nichts passiert. Das haben Sie als Kind doch sicher auch gespielt, das Messerspiel. Zack, zack, zack, immer zwischen die Finger.« Er reichte ihr den Stift zurück. »War nur ein Scherz. Diesmal war es nur ein Scherz.«

Er zog einen Briefumschlag aus der Tasche, schob ihn über den Tisch. Sie öffnete. Nahm ein halbes Zeitungsblatt heraus.

»Eine Todesanzeige? Elsbeth Leichhardt. Gestorben in Göttingen. Der Herr hat sie zu sich gerufen, plötzlich und unerwartet...?«

»Mag sein, daß der Herr sie gerufen hat. Aber ich habe ihm Gehör verschafft.«

Susi sah ihn an. Neugierig. Eher fasziniert als erschrokken. Aber was hätte sie in seinem Gesicht lesen können? Nicht mehr als wir auch. Und wir sahen nichts. Denn da war nichts. Keine Reue, kein Triumph. So unbeteiligt wie Kinder Regenwürmer in der Sonne trocknen lassen und nach Größe sortieren, legte er die Gründe dar, warum wir ihm glauben sollten.

»Warten Sie einen Moment?«

Susi ging raus. Das konnte sie nicht mehr allein verantworten. Ich sah auf den Juniorchef. Der nickte nur. Klar, sie hatten sich draußen kurz abgesprochen, er und der stellvertretende Chefredakteur, und sie hatten ihr gesagt, weitermachen. Dranbleiben. Reden lassen. Also ging sie wieder rein. Aber sie hatte Angst, das sah ich. Die Angst, die man hat, wenn ein bissiger Hund plötzlich mit dem Schwanz wedelt. Man traut ihm nicht und ist trotzdem stolz, daß er kuscht. Aber er kuscht nicht. Er wartet nur auf den Knochen.

Susi setzte sich und schlug die Beine übereinander. Sie strich den Rock glatt, hob den Kopf und holte noch mal tief Luft. Aber die Initiative lag längst bei ihm.

»Sie haben mein Geständnis. Sie können mich direkt der Polizei übergeben, aber Sie werden erst nachprüfen wollen, ob an der Geschichte etwas dran ist. Tun Sie das! Fahren Sie nach Göttingen!«

»Der spinnt!«

»Natürlich spinnt der, aber warten Sie mal. Jetzt!« Er hielt das Band an. »Sehn Sie sich noch mal diese Augen an! Der Bursche lügt nicht!«

Zoom. Es war nur noch das Gesicht auf dem Bildschirm.

Zoom. Nur noch die Augen. Die plötzlich aufflammten. Blitz. Er mußte genau die Szene vor sich haben. Der Moment, als er sich entschloß, sie zu töten. Ihr Gesicht. Ihre Überraschung, als sie begriff. Der Mord war geschehen, da war ich mir absolut sicher. Vielleicht hatte er sie die Treppe runtergestoßen oder auch nur ihre Herztropfen verschlampt. Egal, er hatte sie auf dem Gewissen. Und er war stolz darauf. Es war dieses Lächeln des Siegers. In einem Kampf, den er ganz allein mit sich selbst ausgefochten hatte. Da war das alte Leben, das er satt hatte, und das neue, von dem kaum mehr zu sagen war, als daß er es mit aller Macht herbeisehnte. Dazwischen die Grenze, die er überschreiten mußte. Der Mord. Und er überschritt sie. Und von nun an war er nur noch sich selbst verantwortlich. Gut und Böse zählten nicht mehr. Da konnten wir reden, was wir wollten. Nach dieser Tat war er geborgen in einem Panzer aus Gleichmut, und da würde er nur sehr schwer herauszuholen sein. Ich sah jedenfalls noch keine Schwäche, die wir hätten nutzen können. Susi auch nicht.

»Ich glaube ihm. Da muß was dran sein. Sehen Sie sich das doch an!«

»Ich seh's ja.«

»Und jetzt hier!« Er schaltete auf die zweite Kamera.

»Sehen Sie sich mal Susi an. Ihr Gesicht! Gerade hat er noch von dem Mord geredet. Überhaupt kein Erschrecken. Ihre Körperhaltung, als wäre es ein alter Tanzkurspartner. Wie sie seine Berührung sucht, über die Tischplatte hinweg. Das ist Magnetismus, wie sie die Hand mit dem Stift viel zu weit nach vorn streckt, die Füße fast neben seinen plaziert. Der Bursche ist reines Gift. Tarzan und Don Juan in einer Person.«

Er ließ das Band weiter laufen. Susi räusperte sich. Es war, als hätte sich Dornröschen selbst zum Leben erweckt. Und das, obwohl der Prinz schon vor ihr saß. Sie wirkte noch etwas verschlafen, wie in Trance, aber ihren Text konnte sie hersagen. Nur ihr Körper gab nicht nach. Ihre

Hand lag nah neben der seinen, und als sein Zeigefinger wie zufällig über ihre Fingerkuppen strich, lächelte sie, als rieselte warmer Sand über ihren Nacken.

Sie setzte sich sehr gerade und faltete die Hände, den Stift wie eine Kerze zum Gebet gefaßt.

»Unser Vorschlag ist folgender: Sie arbeiten mit einem unserer besten Reporter zusammen...«

»Ricki Claasen.«

Susi fuhr ungerührt fort. »Gut. Wenn Sie wollen, natürlich auch mit Herrn Claasen. Er wird über jede Summe verfügen, die Sie brauchen. Aber zunächst mal erzählen Sie ihm Ihre Geschichte. Jetzt gleich oder wann immer Sie wollen, wo immer Sie wollen. Wir sorgen für eine Wohnung, wenn Sie eine brauchen. Papiere, Taschengeld, egal, was Sie nötig haben, Sie kriegen es von uns. Wenn Sie kooperieren.«

Er stand auf. Die Hände stützten sich noch einmal leicht auf den Tisch.

»Und das Geld?«

»Geben Sie uns zwei Tage Zeit, die Sache zu prüfen, und dann wird sich Herr Claasen bei Ihnen melden.«

»Nicht nötig, ich melde mich bei ihm.«

Die Bücherwand schob sich vor den Bildschirm.

»Das war gestern nachmittag. Wir hätten ihn festhalten können, aber mit welcher Begründung? Natürlich haben sich sofort zwei unserer besten Detektive an seine Fersen geheftet.«

Sein ironisches Lächeln hatte einen guten Grund. Wir beschäftigten seit kurzem eine neue Agentur, die sich ›Sherlock und Holmes‹ nannte. Das war so der Humor, den ich mochte. Aber es blieb uns nicht viel übrig, denn die abgehalfterten BND-Leute in unserer Zentrale hatten vom Leben im Osten keine Ahnung. Vor der Mauer nicht und nach der Mauer schon gar nicht. Jetzt hatten wir es also mit Stasi-Pensionären zu tun, was zwar eine Menge Geld sparte, aber nicht unbedingt Nerven. Außerdem fühlten die sich durch unser Mißtrauen dauernd auf den Schlips getreten.

»Ich bin sicher, die verlieren ihn.«

»Ich auch.«

Er lachte, und ich fand, das war eine gute Gelegenheit, etwas lockerer zu werden. Ich hatte die Zigarette schon zwischen den Lippen. Er griff in die Tasche und zog ein Feuerzeug, ließ es aufschnappen, und kam wieder zu sich, als er die Flamme sah.

»Mann, stecken Sie doch endlich diese blöde Kippe weg.«

»Wozu haben Sie eigentlich ein Feuerzeug in der Tasche?«

Er ging langsam auf und ab. Schon wieder in Gedanken. Wahrscheinlich hatte es keine Stunde in seinem Leben gegeben, in der er nicht in Bewegung gewesen war.

»Wie kommt der ausgerechnet auf Ihren Namen, Rikki?«

»Na, das ist ja wohl nicht so schwer. Alle Eitelkeit mal außen vor, aber wenn er sich in der Esoterikszene umgetan hat, mußte er ja früher oder später auf meinen Namen stoßen. Seit der Story über die Wiedertäufer bin ich ja ein anerkannter Spezialist für das Thema.«

»Überschätzen Sie sich da nicht etwas? Wie auch immer, Platschek meint, wir sollten die Finger von dem Fall lassen und sofort die Polizei informieren. Wir würden uns sonst strafbar machen, Beihilfe zur Vereitelung einer Straftat und so weiter und so fort. Sie kennen das Blabla.«

»Klar doch, irgendein Halbstarker mit einer toten Großmutter glaubt den Stein der Weisen gefunden zu haben, und wir präsentieren den Fall der Mordkommission. Die rufen doch umgehend bei der BZ an, und wir sind die Lachnummer der Nation.«

»Das hab ich ihm auch gesagt – ohne Erfolg. Juristen haben nun mal kein Organ für die Komik ihrer eigenen Existenz.«

»Können Sie den letzten Satz noch mal wiederholen? Der gefällt mir. Muß ich meinem Scheidungsanwalt sagen.«

»Breuer, originell wie er nun mal ist, meint, der Bursche sei ein Psychopath.«

»Für Breuer sind alle psychopathisch, die noch nicht bei ihm auf der Couch waren.«

»Dennoch hat er nicht ganz unrecht, das wissen Sie. Normal ist der Junge nicht. Allerdings ist er auch nicht so verrückt, wie Breuer glaubt. Er ist fanatisch, aber Fanatiker sind per se keine Irren. Die Frage ist, haben wir es mit einem Einzeltäter zu tun, oder ist der Junge Werkzeug einer Sekte, eine Art Maulwurf der Scientologen oder dieser Wiedertäufer, was auch immer.«

Er sah mich neugierig an, ohne allerdings auf Antwort zu warten. Dazu hörte er sich selbst viel zu gern reden.

»Wenn er im Auftrag handelt, garantiert das eine gewisse Rationalität seines Vorgehens. Wenn er allerdings auf eigene Faust hinter diesem Ding herjagt, kann es sein, daß er irgendwann durchdreht, weil er überall an Grenzen stößt. Da hat der Breuer nicht so unrecht. Und ein Blutbad im KaDeWe will ich nicht verantworten. Andererseits muß es soweit ja nicht kommen, solange wir Regie führen. Wenn er allerdings doch für eine Organisation arbeitet, könnte es eine Falle sein. Was nicht weiter schlimm wäre, wenn wir es früh genug durchschauen und ihn für uns arbeiten lassen. Die Scientologen hätten jedenfalls allen Grund, uns einen kleinen Kuckuck ins Nest zu setzen. Oder die Konkurrenz. Präparierte Spuren, fingierte Beweise, alles Fake. Ein trojanisches Pferd, wenn Sie so wollen, und kaum haben wir eine Zeile darüber geschrieben, lassen Sie uns hochgehn.«

»Was meint Oswald?«

Oswald war der stellvertretende Chefredakteur. Das war er schon seit Jahrzehnten. Zumindest konnte sich keiner an die Zeit vor ihm erinnern. Oder daran, daß er sich tagsüber je aus seinem Sessel herausbewegt hätte. Oswald sah aus wie John Wayne nach der siebten Chemotherapie. Er tat nichts anderes, als papageienfarbene Hawaiihemden durchzuschwitzen und stundenlang seine Zigarre kleinzukauen, weil der Arzt ihm das Rauchen verboten hatte.

»Oswald meint, die Sache stinkt, aber wir sollten nicht so zimperlich sein mit den Indianern. Wenn die Story nichts taugt, können wir ihn immer noch an die Polizei weiterreichen.«

»Was anderes hatte ich von ihm nicht erwartet.«

»Ich auch nicht.«

Der Kaffee war kalt geworden, aber ich hatte ohnehin keine Lust auf eine zweite Tasse. Die hätte mir nicht weitergeholfen. Ich hatte in den letzten dreißig Jahren eine Menge Leute getroffen, denen man auf den ersten Blick die Lügen ansah. Die faustdicken Lügen, über die man nur noch lachen konnte, so frech wurden sie vorgetragen, und die kaum noch wägbaren Lebenslügen, die schon fast wieder zur Wahrheit taugten. Dieser Junge log nicht. Da war ich sicher. Es gab selten Gesichter, in denen die Lüge keine Spuren hinterlassen hat. Seins war eines dieser Gesichter. Andererseits war die Geschichte völlig hirnrissig. Das nannte man wohl ein Dilemma, und da half auch Susis Kaffee nicht weiter.

»Der Knackpunkt ist: Warum kommt dieser Boris zu uns? Der könnte genausogut eine Bank überfallen, wenn er nur die 100 000 bräuchte? Abgebrüht genug ist er.«

»Vielleicht hat er Angst, und wir sind so eine Art Lebensversicherung für ihn?«

»Das würde die Sektentheorie stützen. Er wird beobachtet, verfolgt, vielleicht ist er ein Aussteiger, vielleicht hat er Informationen mitgehen lassen...«

»Das paßt aber nicht zu seinem Auftreten. Die Vermutung, daß er Angst haben könnte?!«

»Eben. Tut es auch nicht. Wie ein Verfolgter kommt er einem nicht vor. Aber auf das Geld kommt es ihm auch nicht an. Mit solchen Informanten kenne ich mich aus. Der will sich auch nicht rächen. Der hat keinen Haß. Für den war die Erfüllung seiner Wünsche bisher immer selbstverständlich, das macht ihn so gefährlich. Ich habe eher den Verdacht, er ist auf eine ziemlich kindliche Art eitel. Er hat etwas gefunden und will es allen zeigen. Deswegen braucht er uns, wir sollen seine Geschichte erzählen. Und natürlich braucht er Hilfe. Denn was immer dieser Stein der Weisen sein soll, er hat ihn bislang nicht, und offensichtlich ist es auch nicht so einfach, an ihn ranzukommen. Was meint Susi eigentlich?«

»Jetzt, wo er weg ist, hält sie ihn für einen Hochstapler. Einen Hochstapler wider besseres Wissen allerdings. Wenn wir eine Spezialagentin für seine Sonderbewachung bräuchten, wäre sie im übrigen jederzeit zur Stelle.«

Er schritt an der Glasfront auf und ab, während ich auf meinen knurrenden Magen hörte. Höchste Zeit für eine Entscheidung. Das sah er wohl auch so.

Ich mühte mich aus dem Würfel. Er trat dazu und wollte mir helfen, aber ich vermied es, seine Hand zu fassen. Die war bestimmt kühl und trocken, während meine schweißnaß war von dem verdammten Leder. Ich hatte immer schweißnasse Hände. Damals, als ich Alina das erste Mal ins Kino ausführte, saß ich erstmal eine Stunde drauf rum, um sie zu trocknen. Ich hätte sie lieber gleich küssen sollen. Aber daran dachte ich damals noch gar nicht. Daran dachte ich nur heute. Und morgen würde ich auch dran denken, so wie ich gestern dran gedacht hatte.

»Heute abend faxe ich Ihnen sein Persönlichkeitsprofil oder was immer Breuer zu dem Fall einfällt. Die Fingerabdrücke werden überprüft. Wenn es eine Akte gibt, was ich nicht glaube, dann haben wir die spätestens morgen früh. Um 16 Uhr habe ich für Sie einen Termin an der Humboldt-Universität arrangiert. Kleine Fortbildung in Alchimie. Wird ein Vergnügen, das kann ich Ihnen versprechen. Hervorragender Experte. Und morgen sind Sie im Haus Leichhardt angemeldet.«

»Ich mach' den Job nicht.«

»Bitte?«

Er hatte wohl eine Menge erwartet, aber nicht das.

»Sie haben Zeit bis zum Nachtisch, Claasen. Ohne Sie platzt die Geschichte, das wissen Sie genau! Sollten Sie ablehnen, brauchen Sie hier nicht wieder zu erscheinen.«

*

Es hätte ein ganz gewöhnlicher Tag im Leben Viktor Friedemanns werden können. Die Sonne war aufgegangen, was ihn etwas überraschte nach den vielen Regentagen zuvor, und Gerda trat mit einem Lächeln ins Eßzimmer, was selten genug geschah. Genau genommen konnte er sich überhaupt nicht daran erinnern, sie seit dem Tod ihres kleinen Lieblings anders als vergrämt gesehen zu haben. Auch nicht bei der Beerdigung von Frau Leichhardt, obwohl diese Form der feiertäglichen Trauer sie eigentlich hätte spöttisch stimmen müssen. Denn sie trauerte jeden Tag, und folglich bedeutete ein Lächeln bei Gerda auch nicht, daß sich in ihrem Gesicht etwas zum Besseren verändern würde, nein, Lächeln war bei ihr nur die leichte mimische Andeutung einer Temperamentserwärmung ohne merkliche Überschreitung des Gefrierpunktes. Aber Viktor und Gerda waren in den letzten Dienstjahren unfreiwillig ein Paar geworden, und so kannte jeder den anderen besser, als es ihrem Zusammenleben eigentlich guttat.

»Darf ich servieren?«

Viktor nickte und tat so, als hörte er die Häme nicht heraus, die sie in diese Frage hineinzulegen vermochte. Er saß mit Krawatte am Frühstückstisch, Anzug und schwarz-weiße Schuhe waren selbstverständlich, denn er wußte, daß jede Nachlässigkeit, die man sich in der Trauerzeit erlaubte, unweigerlich zur Verwahrlosung führte. Und Verwahrlosung ertrug er nicht. Schon gar nicht bei Frauen. Gerda hingegen war es eine große Genugtuung, allein durch ihr Erscheinungsbild an den Tag des Unglücks zu erinnern. Es war der gleiche Morgenrock, den sie damals getragen hatte, und wieder staken ihre Füßen nackt in großen braunen Filzpantoffeln wie Stricknadeln in Kuchenteig.

Auf Viktors Aufforderung hin entlud sie das Tablett und machte sich dann mit schleppenden Schritten daran, seine Zeitung zu bügeln. Was sie jeden Morgen tat, denn auch wenn Viktor nie eine klassische Ausbildung als Butler genossen hatte, so verstand er es doch, sich das Nötige aus alten britischen Fernsehserien anzueignen. Die Gewöhnung an den ›english way of life‹, wie er es nannte, war noch immer ein etwas mühevoller Prozeß für ihn, insbesondere wenn es galt, das sehr weich aus der Pfanne entlassene Rührei auf sein gebuttertes Toast zu gabeln. Gleichsam zum seelischen Ausgleich verrührte er nebenher ein kleines Häufchen Baked Beans zu einer zähen Masse, die er am nächsten Morgen wieder aufwärmen und mit einem kleinen Löffel Ketchup verdünnen ließ, ohne allerdings je ihren Geschmack zu prüfen.

Gerda warf die Zeitung neben den Brotkorb und verschwand wortlos in die Küche. Sie hatte ein kleines Kofferradio dort stehen, mit gelblichem Bügel und runder Wählscheibe, ein Gerät aus den frühen siebziger Jahren, das sie anstarrte, als fürchtete sie, die Sprecher könnten irgendwann daraus entkommen. Sie benutzte einen kleinen grauen Kopfhörer, den sie zur Sicherheit mit der Faust in die Ohrmuschel preßte, und hockte sich steif wie eine Eule auf ihrem Putzhocker davor. Sie würde sich nicht mehr rühren, bevor es Zeit war für den ersten Psalm des Tages.

Jetzt, wo auch noch Martin, der Junge, verschwunden war, hielt Viktor das Zusammensein mit ihr kaum noch aus. Zwar war das Leben in diesem Haus schon immer seltsam gewesen, aber der familiäre Zusammenhalt hatte über die Eigenheiten der einzelnen Mitglieder etwas hinweggetröstet. Das endete, als der alte Leichhardt starb. Obwohl damals alle erleichtert schienen, denn er hatte sich so in seinen Eigensinn versponnen, daß sie es alle insgeheim als Erlösung empfanden, als er eines Tages betrunken die Treppe hinabstürzte. Martin war hinter ihm gestanden, aber dieser Sturz war so oder so unausweichlich, und Frau Leichhardt wäre die letzte gewesen, darüber unnötig zu trauern. Allerdings wurde dadurch ihre eigene Lebensbahn nur um so abschüssiger, denn jetzt, wo das Hemmnis ihres Mannes entfernt war, begab sie sich mit einem geradezu fanatischen Eifer auf die Suche nach dem Stein der Weisen. Viktor half dabei so gut er konnte, und er tat es durchaus mit Enthusiasmus, denn nichts war ihm lieber, als hin und wieder die ausgetretenen Pfade der Vernunft zu verlassen und die Schleichwege der Phantasie einzuschlagen, aber er kehrte immer wieder zurück, wenn es an der Zeit war. Nicht so Frau Leichhardt und schon gar nicht Gerda. Ihr Wahnsinn war etwas anderes, ein Feuer, das sie innerlich ausglühte und nichts zurückließ als den Wunsch, alles und jeder möge in den Flammen des Jüngsten Gerichts verzehrt werden. Viktor war sich keineswegs sicher, ob sie sich dabei auf das Kommen des Antichristen verlassen würde, oder ob sie nicht doch eines Tages selbst die Fackel anlegen wollte.

Diese Ungewißheit machte ihm Angst, und er hätte diesem Gefühl noch viel größeren Raum gegeben, wenn da jemand gewesen wäre, dem er sich hätte mitteilen können. Aber seine Mutter war tot, Freunde kannte er keine, und so ertappte er sich in letzter Zeit immer häufiger dabei, wie er mit sich selbst sprach. Schließlich gab es eine Menge zu erörtern, darunter ganz praktische Dinge, denn er gedachte keineswegs, sich von den Banken um die noch ausstehenden fünf Monate Lohn bringen zu lassen. Er und Gerda hatten Wohnrecht in diesem Haus, aber das war ein vages Versprechen angesichts der Hypothek, die darauf lastete. Und es war schwer vorstellbar, daß Martin das Erbe antreten und verwalten konnte. Früher oder später würde er wieder in der Klinik von Dr. Borsig landen, und dann würde es keine

Rückkehr mehr für ihn geben. Nicht nach den Ereignissen der letzten Wochen.

Viktor strich sich ein wenig von der zartbitteren Orangenmarmelade auf sein zweites Toast und dankte dem Himmel für seinen gesunden Menschenverstand, der ihn noch nie wirklich überrascht, aber auch noch nie im Stich gelassen hatte. Sein aktueller Vorsatz war der, die letzten wertvollen Einrichtungsgegenstände vor dem Zugriff der Bank zu retten, und so, wie er die Sache sah, würde er dabei recht erfolgreich sein. Er blätterte den Göttinger Anzeiger auf, überschlug die Nachrichten aus aller Welt und fuhr mit dem Finger die Spalte der An- und Verkäufe ab, um das korrekte Erscheinen seiner Annonce zu prüfen.

›Gut!‹ dachte er, als er seinen Text gedruckt sah, ›sehr gut formuliert!‹, und selbstzufrieden wog er das Toastmesser in der Hand. Schweres Silber, auch das würde seinen Käufer finden, aber zuvor sollte Gerda es noch einmal putzen und ordentlich in den Besteckkästen verstauen.

Als Viktor die Zeitung wieder zuschlug, sah er plötzlich, was Gerda hatte lächeln lassen. Die Titelseite galt nur einem Ereignis. Die Heiligen der letzten Tage hatten auf ihrem Marsch in die Hauptstadt Berlin in Göttingen Station gemacht. Sie waren bereits auf dem Bahnhof von der Polizei empfangen worden, eine kleine Gruppe verloren Dreinsehender, die sich um ein großes Transparent scharte, auf dem blutrot ihre Losung zu lesen war. Viktor fröstelte etwas, als er den Schlachtruf buchstabierte, und das seltsame Gefühl schlich sich bei ihm ein, daß irgendein Leichtsinniger mit diesem Gebrüll den Drachen der Vernichtung geweckt hatte und sich die Bestie nun auf den Weg machte, das ganze Land zu verwüsten. Er war gerade dabei, diesem Drachen einen Namen zu geben und ein Gesicht, als das Telephon klingelte.

Es war der erste Anruf seit Wochen, und er scheute sich, an den Apparat zu gehen. Beim zweiten Klingeln stand Gerda an der Tür und lauschte wie immer. Er zögerte, wartete das dritte, das vierte Klingeln ab, denn er fürchtete einen Anruf Martins. Was tun, wenn der Junge zurückkehren wollte? Ein fünftes, sechstes Klingeln. Er griff zum Apparat.

»Es ist die Presse«, er sprach über den Hörer hinweg zu Gerda, nicht weil er sie wirklich informieren wollte, eher schon, um sein eigenes Erstaunen zu überspielen.

»Sie bitten um ein Interview, wegen Martin. Er nennt sich jetzt Boris!«

»Und wenn er den Namen tausendmal wechselt, verflucht sei er in der Hölle!« Gerda machte kehrt und verschwand wieder in die Küche, was Viktor nicht so unlieb war, da es um die Honorarforderungen ging. Zu seinem Erstaunen kam es jedoch zu keiner Diskussion, obwohl er viel verlangt hatte, zu viel, wie er selbst zugeben mußte, angesichts der wenigen Auskünfte, die er zu geben bereit war. Aber Viktor brauchte Geld, für das Grab seiner Mutter in Berlin, das er jede Woche von einem Gärtner herrichten ließ, und für die Reise, die er ihr versprochen hatte und nun allein antreten mußte, die große Reise in den Süden, die sie immer gemeinsam geplant hatten. Er hatte einen sehr konkreten Plan zur Finanzierung dieser Reise, und er war sich sicher, ihn in die Tat umsetzen zu können.

Er blieb noch eine Weile am Tisch sitzen, und wie so oft am frühen Morgen trieben seine Gedanken auf dem Strom der Erinnerung hinab wie schwerfällige Flöße. Eine traurige Fahrt, wären da nicht die vielen bunten Segel gewesen, die Bilder all seiner Verflossenen nämlich, deren Gesichter er sich ins Gedächtnis rief, und jede hatte ein Lächeln für ihn und er für sie. Und so hätte er zufrieden vom Frühstückstisch aufstehen können, wäre nicht ausgerechnet in diesem Augenblick Gerda zu hören gewesen, die den ersten Psalm des Tages anstimmte. Es schien ihm, daß sie es mit mehr Eifer tat als sonst, und zu seinem Entsetzen endete sie mit jenem Schlachtruf der Heiligen der letzten Tage, den er kurz zuvor auf dem Transparent gelesen hatte: »Jesus starb am Kreuz, und wir haben die Pflicht zu sterben.«

Viktor hätte ihr gern widersprochen, aber seine innere Stimme gab ihm deutlich zu verstehen, daß Frau Leichhardt nicht die letzte Tote in diesem Haus gewesen war.

*

Vor dem Borchardt standen noch einige Tische, obwohl die Herbstsonne selbst um die Mittagszeit nur noch mäßig wärmte.

»Hey Giovanni, wieder mal dicke Eier?«

Er stand in der Tür. Das tat er immer bei Sonnenschein. Für ein, zwei tiefe Züge. Dann warf er die Zigarette weg, ging rein, sah nach dem Rechten, und stand wieder draußen, um den stöckelnden Geschäftsfrauen hinterherzublinzeln. Er stand da wie Al Capone nach einer perfekten Naßrasur. Sein Grinsen ging von einem Ohr zum anderen, und mitten drin hing die Nase, und die war ungefähr so passend für dieses Gesicht wie ein Baseballschläger als Zeiger für eine Kuckucksuhr. Seine beiden Fäuste stakten in den Hosentaschen und wölbten gewaltig die Schürze, auf der mit goldenen Buchstaben ›Borchardt‹ geschrieben stand.

»Ciao, Ricki amigo! Du mußt nicht immer witzig sein! Ehrlich gesagt bist du mir lieber, wenn du die Klappe hältst!«

Aber das flüsterte er nur, denn der Laden war voll, und mehr noch als um seine Freunde sorgte sich Giovanni um seine Gäste. Zumindest um deren Geld. Giovanni war nicht habgierig. ›Das bringt dich nicht weit in der Gastronomie‹, meinte er immer. ›Natürlich kannst du den Leuten drei Jahre lang Salat aus dem Supermarkt servieren, und die schmekken den Unterschied nicht, solange sie ihren geliebten Balsamico-Essig erkennen. Also nehme ich den Salat vom Bauern und den Balsamico vom Supermarkt. Da spar ich viel mehr!‹ In Wirklichkeit tat er weder das eine noch das andere, und wo immer er sein Zeugs auch hernahm, es schmeckte gut.

Vielleicht, weil der Service prima war und das Drumherum nicht so aufdringlich. Das Borchardt hätte auch in Wien stehen können, dachte ich mir immer, und Giovanni könnte genauso gut Österreicher sein, aber das hörte er gar nicht gern. Denn er wäre am liebsten Sizilianer gewesen wie sein Großvater, der angeblich einem der ältesten Mafia-Clans aus den Bergen jenseits von Palermo angehört hatte. Sein Sohn mußte dann umständehalber nach Bottrop fliehen und machte dort eine Pizzeria auf, die ziemlich gut lief. Giovanni sollte was Besseres werden und wurde zu einem Düsseldorfer Starkoch in die Lehre geschickt. Kaum hatte er ausgelernt, bekam er das Geld für sein erstes Lokal und die Empfehlung, nach Berlin überzusiedeln, weil Bottrop zu gefährlich geworden war. Inzwischen hatte er sieben bildhübsche Kellnerinnen und den besten Party-Service der Stadt.

»Mein Tisch?«

»Sorry, Ricki! Kein Tisch!«

»Wie, kein Tisch?«

»Tut mir leid, du bist eine halbe Stunde zu spät.«

»Was heißt hier, eine halbe Stunde zu spät? Wer hat denn euren Laden über Wasser gehalten, als hier noch kein Löffel in der Suppe rührte?«

»Sieh dich doch mal um, Ricki, aber leise.«

Er hatte natürlich recht. Der Laden war voll. Aber das war er jeden Tag. Nur hatte Giovanni mir heute keinen Tisch freigehalten, und das kam nicht oft vor.

»Okay. Du wirst es noch erleben, daß ich meinen Mittagstisch bei Lutter und Wegner nehme, und dann kannst du sehn, wo du...«

»Jetzt halt mal einen Moment die Klappe, eh! Da vorne sitzt Baron Kassner. Da, der kleine Gentleman mit Stock. Stammkunde wie du. Setz dich zu ihm. Ausnahmsweise. Ich hab schon gefragt, er geht eh gleich. Avanti!«

»Giovanni, du weißt genau, daß ich nicht in Gesellschaft essen kann. Gib mir einen Einzeltisch oder bezahl deinen Italienisch-Kurs demnächst von der Sozialhilfe.«

»Ricki, mach kein Gequatsch! Guck doch mal die Señoritas an, die an deinem Tisch sitzen. Hätte ich die hungern lassen sollen?«

Es waren zwei wirkliche Feger, da hatte er vollkommen recht. Ostmädels wahrscheinlich, die schon immer ihr Revier in der Nähe der Grand-Hotels hatten, Fräuleins, wie sie im Stasi-Jargon hießen, Amateur-Prostituierte, mit dem etwas zu billigen Schick, der sofort auffällt, wenn du ein Kleidchen von Jil Sander daneben hältst. Inzwischen hatten allerdings die meisten von ihnen richtig Kasse gemacht.

»Schick den Damen zwei Gläschen Prosecco auf meine Rechnung und sag ihnen, sie sollen ihren Diät-Salat im Lafayette knabbern!«

Giovanni hüstelte vor Entrüstung. Schöne Frauen waren nun mal sein Hobby.

Die zwei schielten in meine Richtung, und je länger sie das taten, desto netter fand ich sie.

»Okay, laß sie sitzen. Aber das war das letzte Mal.«

Ich winkte zurück, denn eine der beiden schwenkte ihr Händchen wie ein Taschentuch. Giovannis Nase kitzelte schon wieder an meinem Ohr.

»Das ist Holger Falk. Der neue Nachrichtensprecher von SAT 1!« zischte er. Der Typ ging direkt auf die beiden Mädels zu. Großes Hallo und Geküsse.

»Dabei kennt der die bislang nur von den Bewerbungsphotos. Die beiden sind nämlich heute morgen erst aus München gekommen und wollen bei ihm in die Redaktion.«

Hätte ich mir denken können, daß Giovanni mal wieder über alles Bescheid wußte.

»Okay, der Prosecco ist storniert. Und jetzt bring mich endlich an meinen Platz. Noch besser, bring mir gleich einen Campari. Den Platz finde ich auch allein.«

»Deine Tochter hat übrigens angerufen. Du sollst ihren Geburtstag nicht vergessen!«

»Die hat eben Humor, die Kleine. Ganz der Vater.«

»Quel domage. Das wäre traurig.«

Giovanni legte den Kopf schief und bekam seinen Bernhardinerblick.

»Kümmer du dich lieber um meinen Campari!«

»Und deine Frau hat angerufen.«

»Was will die?«

»Du sollst ihren Anrufbeantworter nicht dauernd vollquatschen.«

»Hat sie das so gesagt?«

»Sie hat sich etwas energischer ausgedrückt.«

»Den Campari mit wenig Wasser! Und kein Eis.«

Ich ließ Giovanni stehen, denn das mit meiner Frau war mir mal wieder auf den Magen geschlagen. Das war nicht ihre Idee, das mit der Kontaktsperre, wir hatten nämlich immer gern miteinander telephoniert. Ganze Nächte hindurch. Viele Sachen kann man sich ja so nicht ins Gesicht sagen.

»Sie können sich gerne setzen.«

»Bitte?«

»Ich sagte, Sie können sich gerne zu mir setzen!«

Er sah mich nicht an, aber seine Hand wies auf den Platz gegenüber. Eine sehr zarte, fast weibliche Hand, mit einem auffälligen Stein am Mittelfinger. Mir war, als hätte ich diesen Stein schon einmal gesehen, aber ehe ich mich besinnen konnte, nahm er die Serviette auf und tupfte sich die Lippen.

»Entschuldigen Sie, ich war etwas in Gedanken. Giovanni meinte, Sie hätten freundlicherweise gestattet, daß ich mich an Ihren Tisch...«

»Bitte. Nur keine Umstände. Ich freue mich über Gesellschaft.«

Ich nahm die Karte, aber das war mehr, um mir einen Moment Ruhe zu gönnen.

»Ich empfehle Ihnen die vegetarischen Maultaschen.« Er sortierte noch einige Reste auf seinem Teller. Sehr geziert. »Wirklich ausgezeichnet. Wie überhaupt die Idee mit der kulinarischen Deutschlandreise sehr unterhaltsam ist, finden Sie nicht?«

Wir hatten also mal wieder schwäbische Woche. Nur

daß ich heute überhaupt keine Lust hatte, mich auf Giovannis Küchenscherze einzulassen.

»Ich nehme das Steak. Schön blutig wie immer! Und dazu einen Zinfandel, trocken eingeschenkt. Danke, Effi.«

Da mußte er doch schlucken, der Baron, und irgendwie war ich mir sicher, daß ich sehr bald allein am Tisch sitzen würde.

»Sie sind also wirklich Baron von Beruf?«

Er ließ sich Zeit für ein Lächeln, bevor er antwortete. Alles an ihm war Selbstsicherheit. Trotz seiner Behinderung, von der nicht viel zu sehen war, außer dieser leichten Asymmetrie des Oberkörpers. Der Stock lehnte am Stuhl, als hätte ein Fremder ihn dort angelehnt. Seine Haut war blaß, aber nicht kränklich. Im Gegenteil, er mußte oft an der frischen Luft sein.

»Nein, natürlich nicht, ich bin kein Baron. Das ist ein Irrtum von Herrn Giovanni, den ich ungern korrigieren möchte. Sie wissen ja selbst, wie stolz er auf seine Gäste ist. Warum sollte man da ihm zuliebe nicht ein wenig den Hochstapler spielen?«

»Ich bin mir nicht ganz sicher, ob ich verstehe, was Sie da reden?«

»Sie meinen, Sie geben sich keine Mühe, weil Sie sich ohnehin nur ungern Zeit für Ihre Mitmenschen nehmen?«

»Salz. Fehlt mal wieder Salz! Effi.«

Ich schaufelte den Salat in mich hinein, weil ich absolut keine Lust hatte, mich auf dieses Psychologengesülze einzulassen. Er blieb sitzen, lächelte und machte nicht die geringsten Anstalten zu gehen. Eigentlich wäre ich gern pampiger geworden, aber bei Behinderten ist man doch nie ganz man selbst.

»Wenn Sie im Aufbruch sind, lassen Sie sich durch mich bitte nicht stören. Ich bin ohnehin nie sehr gesprächig beim Essen.«

»Ihr Einverständnis vorausgesetzt, würde ich gern noch einen Espresso trinken.«

Er winkte Effi heran, noch ehe ich nicken konnte. Ziemlich behende für einen wie ihn.

»Früher habe ich sehr gerne nach dem Essen eine kleine Cohiba geraucht. Sehr schade. Die Tyrannei derer, die glauben, sie könnten gesund sterben. Nun ja, ich lasse noch immer gern die Zeit so verstreichen, als wäre die Zigarre zur Hand.«

Er hob sie tatsächlich, die Hand, und führte sie sehr bedächtig zum Mund. Wieder war der Ring zu sehn, Bernstein, aber von seltener Leuchtkraft, als wäre ein Irrlicht darin eingeschlossen. Ich hatte Bernstein schon immer gemocht, aber so ein Exemplar war mir noch auf keinem Flohmarkt untergekommen.

»Sie rauchen selbst sehr gern?«

»Woher wissen Sie das denn schon wieder?«

»Wir sind beide Stammgäste, Herr Claasen. Seit bald drei Jahren nun schon. Unsere Tische stehen gar nicht so weit auseinander, und ich hatte oft Gelegenheit, Sie zu beobachten. Insbesondere Ihren Griff in die Jackentasche. Die Suche nach einem Aschenbecher. Giovannis Einschreiten, wenn Sie mal wieder den Unterteller zweckentfremdet hatten. Ich kenne all Ihre Bekannten und Freunde, sehr viele sind es ja nicht. Ich kenne Ihre Tochter, ein unerwartet hübsches Mädchen, und ich kann mich auch noch sehr gut an Ihre Frau erinnern. Allerdings wirkte sie seinerzeit etwas gehemmt in Ihrer Gegenwart. Ich weiß, daß Sie zu viele amerikanische Kriminalromane gelesen haben und dazu neigen, dort Ihre Redeweise und Ihre Manieren zu borgen. Und natürlich lese ich gelegentlich das, was Sie schreiben, wobei meine Aufmerksamkeit in letzter Zeit etwas nachgelassen hat. Kurz gesagt, und in aller Bescheidenheit, ich bin sehr gut über Sie unterrichtet, Herr Claasen.«

Effi brachte das Steak, aber irgendwie war mir der Appetit vergangen. Ich kam mir vor wie eine nackte Schaufensterpuppe, an der irgendein Lehrling für die Kostümprobe rumhantierte.

»Woher wissen Sie denn, daß es meine Frau war und nicht meine Geliebte oder meine...« Er verscheuchte den Einwand wie eine Fliege. Ließ die Hand aber in der Luft stehen, weil ihm die Gebärde wichtig war. Er mußte ein sehr eitler Mensch sein.

»Das ist die leichteste Übung: Ehepaare zu erkennen. Schwieriger wäre schon die Frage, warum Ihre Frau damals so gehemmt in Ihrer Gegenwart war. Ihre Rüpeleien sind nicht der Grund. Die durchschaut sie. Wie fast jeder übrigens. Sie sind wahrscheinlich der einzige, dem noch nicht aufgefallen ist, wie überlebt Ihre Art der Aufsässigkeit ist.«

»Sagen Sie, was geht Sie das eigentlich alles an?«

»Ich bin Physiognom.«

»Was bitte sind Sie?«

»Ich lese in den Gesichtern der Menschen, wie andere in Büchern. Ich versuche es zumindest. Ein Zeitvertreib.«

»Hokuspokus!«

»Ein Aberglaube, wenn Sie so wollen, sicher, aber wo sonst ist die Seele zu finden, wenn nicht in den Gesichtern der Menschen? Also suche ich sie dort. Und gelegentlich lese ich aus dem Gesicht eines Menschen sein Schicksal. Seine Zukunft oder seine Vergangenheit.«

»Dann können Sie wohl auch meine Gedanken lesen?«

»Manchmal. Manchmal bewegen sich Ihre Lippen, wenn Sie denken. Das findet man oft bei einsamen Menschen. Eine verräterische Angewohnheit.«

»Was ich jetzt grade über Sie denke, brauche ich Ihnen also gar nicht laut zu sagen. Das ist praktisch.«

»Sie meinen, daß ich ein eitler, geschwätziger Krüppel bin, der Ihnen die Zeit stiehlt, die Sie doch so dringend nötig haben für Ihre schwere Entscheidung, die Sie im übrigen längst getroffen haben.«

Er fixierte mich. Ich wich aus. Wollte ihm klar machen, daß der Treffer keine Wirkung zeigte.

»Machen Sie es sich nicht zu einfach, Herr Baron. Gesichter lügen. Sehn Sie sich doch um. Überall junge, gutaussehende Menschen mit harmlosen Herzen, aber das ist nicht das Gesicht Berlins. Genausowenig ist mein Alltagsgesicht das Gesicht Ricki Claasens. Wir alle tragen Masken. Ein schwacher Spruch, ich weiß, aber ganz falsch ist er deswegen noch lange nicht. Effi, mein Schatz! Gut, daß du kommst! ... Sicher hab ich noch einen Wunsch. Einmal an deinem Busen liegen und beide Hände frei... Nein? Dann einen Espresso und einen doppelten Calvados.«

Sein Blick stocherte immer noch in meinem Gesicht herum, als wäre es ein Teller mit kalten Nudeln, und langsam ging mir das auf die Nerven. Also legte ich einen Gang zu. Was vielleicht nicht die ganz feine Art war.

»Wissen Sie, was mir an Ihnen aufgefallen ist, Herr Baron? Soll ich es Ihnen sagen?«

»Bitte!«

»Sie haben sehr schlechte Zähne.«

Einen Moment verschwand das Lächeln aus seinem Gesicht. Es kehrte schnell wieder, das war er sich schuldig, aber von nun an wußte ich, daß ich zumindest nicht chancenlos war.

»Und was schließen Sie daraus?«

»Entweder ist Ihr Familienvermögen futsch, weil der Butler mit dem Tafelsilber durchgegangen ist, oder Sie haben Angst vor dem Zahnarzt.«

»Beides. Ich habe entsetzliche Angst vor Ärzten. Ein unvergängliches Erbe unserer Familie sozusagen, das uns immer vor dem Schlimmsten bewahrt hat. Statt dessen wurden wir jeden Morgen unter die kalte Dusche gestellt und sehr früh zum Sport angehalten. Schwimmen, Reiten, Wandern. Meine Brüder waren immer auf dem Sprung. Vermutlich starben sie deswegen schon in den ersten Kriegstagen. Ich selbst war zu einer langsamen Gangart gezwungen. Ich gehe regelmäßig spazieren, jeden Tag drei Stunden. Seit meinem neunten Lebensjahr. Das war die Auflage der Ärzte. Wenn sie die gelaufenen Kilometer zusammenrechnen, dann bin ich sicherlich einer der umtriebigsten Krüppel dieser Welt. Leider ist das kein regulärer Beruf, nicht einmal eine respektable Tätigkeit. Im Gegenteil, alles, was uns der Krieg gelassen hat, haben nun die Ärzte und die Anwälte. Dieser Stein hier ist das letzte Erbstück. Ein seltenes Stück immerhin. Es ist schon sehr lange im Besitz unserer Familie, aber eigentlich sind es nur Erinnerungen, die ihn kostbar machen. Da ich keinen Sohn habe, wird er bald ohne wirklichen Wert sein.«

Er nippte an seinem Kaffee, der längst kalt sein mußte.

»Wissen Sie, ich liebe Steine. Eigentlich sind sie nicht viel mehr als Reliquien unseres Aberglaubens, und dennoch, manchmal haben sie eine sehr reelle Kraft. Sehen Sie die Dame dort drüben. Bitte, es ist nicht nötig, daß Sie mit dem Finger zeigen.«

Ich blickte so unauffällig wie möglich, was gar nicht leicht fiel bei seinem verschwörerischen Genuschel.

»Sie ist meist in Begleitung irgendeines jüngeren Mannes, wechselnde Gesichter, gleiche Statur. Marianne von Bülow. Witwe eines namhaften Berliner Bankrotteurs. Sehen Sie den Stein an ihrem Hals. Amethyst. Ein guter Freund von mir, Dr. Borsig, hat ihn gefunden. Er reist häufig nach Amerika, zu den Indianern des Hopi-Stammes, wählt dort Steine aus und läßt sie weihen. Warum lachen Sie? Kein Naturgesetz verbietet den Erfolg von Regentänzen. Ich persönlich sehe ohnehin lieber einen Rosenkranz in den Händen einer alten Frau als eine Fernbedienung. Wie auch immer, sie war schwer krebskrank. Natürlich ließ Borsig keine Therapie unversucht. Sie war monatelang in seiner Klinik. Ohne Erfolg. Dann erst gab er ihr diesen Stein, als alle sie aufgegeben hatten. Möglich, daß es nur ihr Trotz war, der sie heilte, und doch ist es so viel leichter, an den Erfolg zu glauben, wenn man ein Unterpfand hat. Schade nur, daß sie mit ihrem Leben jetzt so wenig anzufangen weiß.«

Er zwinkerte mir zu, versuchte es zumindest, aber nach Kumpanei war mir wirklich nicht zumute.

»Verkaufen Sie die Geschichte doch an die Bild-Zeitung. Ihr Zahnarzt wird es Ihnen danken.«

Er tat völlig ungerührt. Das brachte mich vollends zur Weißglut. Selbst das schien er nicht zu bemerken. Er hatte genug Spaß mit sich und der Welt, andere brauchte er gar nicht.

»Sehen Sie, diesen Ring hier trug bereits der Großvater meines Vaters. Ich weiß nicht, ob ich es schon erwähnt habe, wir bewohnten ein Gut an der österreichisch-böhmischen Grenze. Bis zur nächsten Stadt, die diesen Namen in etwa verdiente, waren es 10 Wegstunden, und wir hatten selten Besuch, wenn wir ihn nicht erwarteten. Bis sich eines Tages meine Ururgroßmutter ins Bett legte und nicht wieder aufstand. Sie war nicht krank, und sie hatte doch nicht mehr die Kraft zum Leben. Die Enkel traten an ihr Bett, aber sie mochte keine jungen Gesichter um sich sehn. Ihre Söhne kamen, aber deren Trauer rührte sie nicht. Selbst der Mann, mit dem sie fast fünfzig Jahre Seite an Seite gelebt hatte, konnte ihr nicht helfen. Sie lag Woche um Woche, und aus dem Kummer der Angehörigen wurde Unbehagen, weil sie den Lauf der Dinge hinderte. Ärzte kamen und gingen und viel anderes Volk, das von dem Unglück gehört hatte, Wunderheiler und Zigeunerinnen, wahrsagende Scherenschleifer, Schäfer mit seltsamen Wurzeln. Von Monat zu Monat wurden es mehr Besucher, denn es ging wie ein Lauffeuer in die Ferne, daß die alte Herrin des Hauses nicht sterben wollte, und was konnte das anderes sein als ein Fluch, für den zu bezahlen war mit dem Wohlstand der vergangenen Jahre.

Es war im siebten Monat ihres hinausgezögerten Todes, als ein gut gekleideter Mann in den Hof trat, der sich als Reisender vorstellte, aber kaum so viel Gepäck mit sich führte, daß ihm zu trauen war. Wir fürchteten schon einen Cagliostro, den wir hätten aufnehmen müssen, um nichts unversucht zu lassen, denn das Gerede hielt an, und die Blicke wurden immer schräger, da mochte der Pfarrer noch so oft zu Gast sein. Aber er hatte nur eine Bitte, dieser

Fremde, und die trug er höflich vor, nämlich, zu ihr geführt zu werden, die er bei ihrem Mädchennamen nannte. Die Bitte wäre ihm abgeschlagen worden, denn sie hatte etwas Unverschämtes, aber es war nicht mehr die zweite oder dritte Woche, es war der siebte Monat und da war keine Hoffnung mehr ungebeten.

Der älteste Sohn begleitete den Mann zur Mutter und führte ihn auch wieder vom Hof, nach kaum einer halben Stunde, in der nur ein Ring den Besitzer gewechselt hatte und sonst kaum ein Wort gesprochen worden war. In der Nacht starb sie, fast unbemerkt, da schon lange keiner mehr Wache hielt.

Erst Jahre später, als der Vater beerdigt war, erzählte der Sohn die Geschichte. Daß die Mutter nämlich eine Liebschaft gehabt hatte, lange vor dem Vater, nichts Verbindliches, auch nicht nach damaligen Maßstäben. Der Verehrer hatte ihr einen Ring geschenkt, aber später trotzig zurückgefordert, weil sie ihm den Kuß verwehrte. Etwas ganz Kindisches, das den Liebhaber reute, und so bat er, als er selbst längst Witwer geworden war und im Sterben lag, seinen Sohn, diesen Verlobungsring zurückzubringen, damit die Sache ein Ende habe. Es ging dann das Gerücht, es sei der Stein der Weisen gewesen und der Reisende selbst habe sich im nächsten Gasthof als Ahasver vorgestellt.«

»Der ewige Jude?«

»Richtig. Das ist natürlich alles Unsinn.«

Er legte die Hände übereinander. So ruhig, als wäre damit ein endgültiges Urteil bekräftigt. Aber die Finger zitterten kaum merklich, Ausläufer eines niemals endenden inneren Bebens. »Wissen Sie, ich habe mich seitdem oft gefragt, wie er denn aussieht, dieser Stein der Weisen. Vielleicht ist er ja tatsächlich ein Schmuckstück ohne Wert. Oder auch nur ein Kiesel, etwas so Bescheidenes, daß ihn keiner je finden konnte. So wie ein beliebiger Mensch jahrelang unerkannt unter seinesgleichen lebt, bis einer mit dem Finger auf ihn zeigt. Oder er selbst sich plötzlich den

Weg bahnt und unversehens zum Träger anderer Hoffnungen wird. Vielleicht ist dieser Stein ja nur so eine Art Schatulle, in der unser sehnlichster Wunsch eingeschlossen ist wie diese Mücke im Bernstein. Oder noch bescheidener, vielleicht ist er nur eine Idee, eine Übereinkunft, sich gemeinschaftlich zu...«

»Betrügen?«

»Zu überlisten. Den eigenen Egoismus zu überlisten. Ein Schatzkästchen unseres Glaubens, verstehen Sie, eine Art urtümliches Tabernakel. Jeder kommt auf seinem Lebensweg einmal daran vorbei und legt etwas nieder, wie die Wanderer auf steinigen Hochebenen einen Stein zu den anderen legen und mit den Jahren Wegmarken wachsen.«

»Und wozu sollte das gut sein?«

»Es wächst etwas heran. Ein Glaube, eine Hoffnung. Jeder trägt dazu bei, wie in einem Staffellauf, der nur einen die Ziellinie passieren läßt, aber allen den Sieg bringt.«

»Sehr schön. Sehr instruktiv. Aber ich verstehe immer noch nicht ganz, was Sie sagen wollen?«

»Würden Sie sich für niemanden opfern wollen? Wünschen Sie keinem die Unsterblichkeit? Ihrer Frau? Ihrem Kind?«

»Meiner Frau gönne ich keine Stunde, keine Minute mehr als mir selbst. Oder doch, eine Minute vielleicht. Für die Reue, mich verlassen zu haben. Mehr nicht. Ich bin schließlich nicht nachtragend.«

Ich nippte etwas unschlüssig am Calvados. Warum sollte ich mich nicht für einen Moment auf sein Spielchen einlassen?

»Also, verstehe ich Sie richtig, bei diesem Bernsteinring handelt es sich möglicherweise um den Stein der Weisen? Nein, nein. Sie brauchen nicht zu antworten. Lassen Sie mich mal raten. Für einen knappen Tausender könnte ich das Ding kriegen? Mitsamt der Indianerbeule von der Dame da drüben, die ja wohl Ihre Komplizin ist. Oder haben Sie deren Geschichte auch einfach nur erfunden?«

»Tut mir leid. Ein Erbstück.«

»Drei, vier, fünftausend?«

»Ich denke, unser Gespräch hat hier sein natürliches Ende gefunden.«

»Das denke ich allerdings auch. Und humpeln Sie schön beim Rausgehn.«

Er stand auf, nahm seinen Stock und grüßte Giovanni militärisch knapp.

Ich glaube nicht an Zufälle. Er hatte es gar nicht so ungeschickt angestellt, aber es war klar, worauf er hinauswollte. Nur war mir nicht klar, woher er von der Sache wußte und wer ihn geschickt hatte.

»Laß mich mal kurz ans Telephon, Giovanni! – Hallo Susi, ja, das ist mir scheißegal, wen er gerade im Büro hat, stell mich durch... Danke. Sagen Sie, kennen Sie einen Baron Kassner? Nie gehört, den Namen? So? Und es weiß natürlich auch keiner von unserer kleinen Sensationsstory? Niemand? Na prima. Dann geben Sie den Namen doch mal in unseren Fahndungscomputer ein: Kassner, Vorname unbekannt. ... Wie? Ja, natürlich heißt das, ich mache den Job! Was haben Sie denn gedacht? Daß ich das einem dieser Milchgesichter überlasse? Und schicken Sie Martina rüber zur Humboldt-Uni. Sie soll mich dort abholen, in diesem Expertenbüro. Da kann sie gleich ein bißchen Bildmaterial organisieren: Sekten, Weltuntergänge, Heilsbringer, die ganze Galerie der Spinner. Alles klar!«

*

Ich ging ein wenig taumelig aus dem Borchardts. Nicht nur, weil ich zuviel getrunken hatte; immer, wenn ich hinter einer neuen Sache her war, stieg mir das zunächst zu Kopf. Wie billiger Fusel. Am nächsten Tag oder am übernächsten kam dann der Kater, aber da war es schon zu spät, weil man wieder den nächsten Schluck brauchte.

Ich sah mich nicht um, obwohl ich wußte, daß ich verfolgt wurde. Das Gefühl stellt sich ganz automatisch ein. Du spürst einfach den Blick in deinem Rücken. Es war nicht einmal unangenehm. So wie der Griff in den Nacken nicht unangenehm sein muß, wenn es dein großer Bruder ist.

Ich überquerte die Straße, etwas risikofreudiger als sonst, und blickte mich um. Ein Mädchen oder eine junge Frau, das konnte ich auf die Entfernung nicht so genau unterscheiden. Sie trug eine dieser Techno-Taschen in grellem Orange, den Gurt schräg über die Brust. Ihr Haar hatte die gleiche Farbe. Auswaschbar natürlich. Das war dann nämlich alles, woran man sich erinnern konnte. Das Farbsignal. Aber so einfach wollte ich es ihr nun auch wieder nicht machen. Ich ging ziemlich rasch Richtung Bebelplatz. Links das Alte Palais, rechts die Kommode, dazwischen das Niemandsland der Bücherverbrennung. Eine Fläche, leergefegt wie ein Schachbrett nach verlorenem Spiel. Entsprechend zögerlich trat sie aus dem Schatten.

Sie mußte die Rolle wechseln, das war klar. Als Studentin hätte sie den Platz zielstrebig Richtung Universität kreuzen müssen. Das konnte sie nicht, denn ich blieb einfach stehen und ließ mich von der Herbstsonne verwöhnen. Prompt wechselte auch sie ins Rollenfach Touristin. Schlenderte so dahin, kaum einen Sprung weit an mir vorbei, ohne mich anzublicken natürlich, und blieb am Spiegelquadrat stehen. Dort, wo zum Gedenken ein Glaskörper in den Boden eingelassen war, der die leeren Regale zeigte.

Ich tat so, als würde ich weiter die Sonne genießen, jetzt und in alle Ewigkeit. Sie ging einige Schritte vor, las die Erinnerungstafel, schlenderte wieder zurück und wußte nicht weiter. Sie hatte so etwas wohl noch nicht oft gemacht, das sah man, und irgendwie tat sie mir leid.

›Na warte, Mädchen‹, dachte ich, ›jetzt tauschen wir die Rollen.‹ Ich wurde der Jäger. Sie war von nun an die Gejagte. Mein Schritte hallten über den Platz. Sie sah sich nicht um. Starrte angestrengt auf das Opernpalais. Ich stand schon hinter ihr, sie wollte es immer noch nicht glauben, daß ich sie durchschaut hatte. Sie sah nur schüchtern zur Seite, wie diese Ostmädels es alle tun, als wollte ich sie belästigen, so ging sie auf Abstand, wollte ganz unbeteiligt davonschlendern, Richtung Unter den Linden, aber ich ließ ihr keine Wahl.

»Hey du, bleib stehn!«

Ich griff sie am Arm. Sie riß sich los.

»Was wollen Sie?«

»Na, das ist gut: ›Was wollen Sie?‹ Du willst doch was von mir, oder?«

Wir rannten beide, aber sie hatte einen Zentner weniger zu schleppen.

»Bleib stehn, ich tu dir doch nichts! Bleib stehn, du verdammtes Luder!«

Was für ein sinnloses Gebrüll, dachte ich. Mein alter Jähzorn eben. Abgang Dr. Jekyll, Auftritt Mr. Hyde. Passanten musterten mich mißtrauisch. Böse Blicke von allen Seiten. Sie erreichte die Bushaltestelle, wies in meine Richtung, redete und redete, bis sich aus der Schar der Wartenden zwei Berliner Sheriffs lösten. Frührentner in Grau, mit Schlagstöcken und Notfallhandy. Die waren gewohnt, sich überall einzumischen, also grinste ich entschuldigend, wechselte in den Flanierschritt und ließ die Kleine in ihren Bus steigen.

Im Eingangshof der Humboldt-Universität standen die fliegenden Antiquare, wie immer, obwohl die Geschäfte jetzt, in der Ferienzeit, nicht so gut liefen. Früher hatte ich hier ab und an selbst gern gekramt. Nicht, daß ich viel lesen würde, aber manche Bücher waren noch in Folie eingeschweißt und prima zu verschenken.

Das Büro war im zweiten Stock. Privatdozent Dr. Salzmann, Zimmer 211, hatte ich notiert. Keines der besseren Büros mit Oberlicht, sondern ganz hinten im Flur, nahe den Toiletten, mit einer Tür, so grau, als hätte sie ihren letzten Anstrich noch zu Honeckers Zeiten erhalten. Schäbiger Raum für einen weltweit renommierten Alchimie-Experten.

Ich klopfte an. Ich war zu spät, und das mochte das Fräulein gar nicht. Das hörte ich schon an ihrem patzigen »Herein«. Und erst recht konnte sie nicht ausstehen, daß ich einen Mann erwartet hatte. Und meine Fahne, die stank ihr auch. Die bemerkte sie nämlich sofort und drehte prompt den Kopf zur Seite. Wie sie überhaupt alles sofort registrierte. Die Stärken ihres Gegenübers und die Schwächen. Die insbesondere. Dazu zählten vor allem schlabrige Cordhosen und ausgetretene, dreckige Schuhe. Letztere verursachten ihr offensichtlich geradezu körperlichen Ekel. Also rückte sie den Gästestuhl vom Teppich, Perser, Inder, was auch immer, ich kannte mich da nicht aus und durfte folglich auch meine Füße nicht drauf stellen. Sie selbst setzte sich hinter den Schreibtisch, schlug die Beine übereinander, seitlich, und tippte mit dem stumpfen Ende ihres Bleistiftes auf den Terminkalender, als läge nur dort der Fehler. Ansonsten war ihr Schreibtisch nämlich so penibel sortiert wie ihre Handtasche und ihr Freundeskreis. Sie hatte Geld und Geschmack, und sie wollte, daß jeder das auf den ersten Blick begriff. Da war kein Ding in dem Raum, das nicht zum anderen gepaßt hätte. Ihr eigener Schreibtisch zum Beispiel, massiv, ein Erbstück vermutlich, und die Packer mußten ganz schön geflucht haben, bis er hier oben stand. Aber er war das Trinkgeld wert. Wie alles hier.

Die Regale, massiv natürlich. Die Bücher darin, gewichtig, Rücken an Rücken, keines lag, keines stand schräg. Keinem, der an diesen Regalen entlang ging, konnte entgehen, daß jedes einen Wert für seine Besitzerin hatte. Die Pflanzen, nicht zu zahlreich, aber doch so gestellt, daß der Raum begrünt wirkte. Ein Strauß Tulpen auf dem Beistelltisch brachte den Extraschuß Farbe.

Und dann war da noch dieses Bild an der Wand, nicht sehr groß, aber auffällig gerahmt, ein Mann im roten Kleid, der auf ein Riesenei schlägt, dem drei Geister entsteigen. Ich wußte, ich hatte es schon mal irgendwo gesehn, weil ich es albern fand, daß ein Mann ein solches Kleid trug, und so überlange Schuhe.

»Wenn meine Kollegen ahnten, daß es sich um ein Original handelt, würde es schon lange nicht mehr hier hängen. Können Sie sich einen sichereren Platz für eine solche Kostbarkeit denken als eine Universität?«

Ich mußte lachen. Was wiederum ein kalkulierter Effekt ihrerseits war. Sie lächelte auch prompt. Nur wußte ich nicht, ob dieses Lächeln mir oder ihren Kollegen galt.

»Wollen Sie einen Kaffee? Oder etwas Härteres? Sie sehen so aus, als bräuchten Sie dauernd etwas Härteres? Campari vielleicht. Oder Calvados?«

»Sie meinen, weil ich nach Schnaps rieche. Frauen haben ja meist einen feineren Geruchssinn. Manche bilden sich darauf was ein.«

Sie überging die Bemerkung, hatte sie aber verbucht.

»Also?«

»Einen Kaffee hätte ich gern. Mit Milch. Und einem Löffel. Wenn es unbedingt was Hartes sein soll.«

Sie nahm Tasse und Untertasse aus dem kleinen Schränkchen unterhalb der Maschine und richtete sie auf einem Tablett. Der Kaffee roch gut und frisch. Das ließ sie sich nicht nehmen. Eine perfekte Gastgeberin. Bestes Besteck, akkurates Arrangement. Den Silberlöffel nahm sie aus dem Schreibtisch. Aus einer abschließbaren Schublade.

»Lieber Herr Claasen!«

Sie stellte das Tablett auf dem Beistelltisch ab. Eine Strähne fiel ihr ins Gesicht, und sie spürte genau, daß ich nur noch diese Strähne sah. Sie brachte Unordnung in ihr Leben, und nichts wünschte ich mir mehr in diesem Moment, als Unordnung in ihr Leben zu bringen. Sie legte die Strähne mit dem Zeigefinger hinter das Ohr zurück, beiläufig, aber nicht ohne eine gewisse Zärtlichkeit. Sie mochte sich, und das ließ mich hoffen. Denn ich wollte mit ihr ins Bett. Egal wo. Nur fort aus diesem Arbeitszimmer und raus aus den Klamotten, die sie so überlegen wirken ließen.

»Ich habe genau noch 45 Minuten Zeit für Sie, und das auch nur, weil ich Ihrem Chef gewissermaßen einen Gefallen schuldig bin. Das heißt«, sie sah auf die Uhr, »Sie haben noch 40 Minuten. Die können Sie natürlich verbringen wie Sie wollen. Gerne auch mit Small Talk, oder Sie können mich weiter mit Ihren Blicken ausziehen, aber deswegen sind Sie ja wohl nicht hier?«

»Ich suche den Stein der Weisen.«

»Warum gehen Sie dann nicht zu den Archäologen?«

Sie bildete sich was ein auf ihren trockenen Humor. Zu Recht. Aber ihr Fehler war der aller Zyniker. Sie neigte dazu, ihr Gegenüber zu unterschätzen, und sie hielt sich selbst für unverletzlich.

»Haben Sie eigentlich Kinder?«

Schon war ihre Selbstsicherheit dahin. Sie kaschierte es mit einem koketten Augenaufschlag.

»Was geht Sie das an, wenn ich fragen darf?«

Ich hatte viele erfolgreiche Frauen getroffen, und es gab eins, das hatten sie mit erfolgreichen Männern gemeinsam. Sie waren eitel. Nicht, daß sie unentwegt prahlen würden mit dem, was sie erreicht hatten oder was sie besaßen. Nein, sie gaben zu verstehen, worauf sie verzichtet hatten. Auf einen 8-Stunden-Tag, auf eine normale Partnerschaft, auf Fahrradausflüge am Sonntag und natürlich auf Kinder. Und der Verzicht tat den meisten wirklich weh. Viel mehr als erfolgreichen Männern. Er schmerzte auch dann noch, wenn die biologische Uhr längst abgelaufen war. Allerdings war sie noch keine vierzig. Vielleicht konnte sie ja Kinder wirklich nicht ausstehen.

»Ganz einfach, ich muß wissen, wie belastbar Sie sind.«

Sie tappte in die Falle, noch ehe sie ganz aufgebaut war.

»Wissen Sie eigentlich, wie oft mir diese wirklich dumme Frage schon gestellt wurde? Mit eben diesem infamen Unterton! Als hätte ich nicht schon ganz andere Idioten ertragen müssen. Ich bin geschieden, kinderlos und von meinen Kollegen im Westen auf dieser Stelle hier geparkt worden. Auf Lebenszeit im zweiten Glied. Ich muß auf niemanden mehr Rücksicht nehmen. Alles andere braucht Sie nicht zu interessieren.«

»Wie kommen Sie damit zurecht?«

»Gut. Und wie geht es Ihrer Prostata?«

»Danke, auch gut soweit.«

»Herr Claasen, Sie gehen einfach zu oft ins Kino. Das ist ein Fehler. Diese brutale Art der Informationsgewinnung macht Männer nicht interessanter. Zumindest nicht für mich. Ein ziemlich ineffizientes Gespräch bislang – finden Sie nicht?«

Sie sah auf ihre Uhr.

»Aber Ihnen bleiben ja noch 30 Minuten.«

»Sie sind ein ausgewiesener Fachmann für Alchimie, oder soll ich sagen, Fachfrau? Der Stein der Weisen, sagt mein Lexikon, ist ein Wunderstein, ein Verwandlungskünstler sozusagen, Unedles wird edel, Metall zu Gold, Alter zu Schönheit, Tod zu Leben.«

»Ein ziemlich schmales Lexikon.«

»Deswegen bin ich hier. Sagen Sie mir, was davon zu halten ist!«

»Sagen Sie mir doch zuerst, warum Sie sich nach etwas erkundigen, das es nicht gibt. Nach Meinung der verständigen Mehrheit im Lande.«

Mir schien, als zwinkerte sie mir zu. Als ob wir jetzt, grade in diesem Moment, eine geheime Übereinkunft geschlossen hätten. Der Sinn war gleichgültig, es ging nur darum, den anderen etwas voraus zu haben. Es war wie ein unstatthafter Antrag. Damit hatte ich nicht gerechnet. Darauf wußte ich auch nicht zu reagieren. Also hielt ich mich strikt ans Programm.

»Sie kennen unseren Juniorchef? Und unsere Redaktionsräume?«

Sie bejahte die Fragen, aber in einem Ton, der mir deutlich zu verstehen gab, daß mich ihr Privatleben ganz und gar nichts anging.

»Gut, dann wissen Sie vielleicht auch, daß jeder, der uns brisantes Material anbietet, in ein spezielles Zimmer geführt wird. Unsere sogenannte ›Beichtkammer‹. Da wird jeder Furz aufgezeichnet und vermessen, ohne daß es der Betreffende merkt.«

Und wieder nur Nicken und Nicken und Nicken. Was hätte sie auch sonst tun sollen, außer mild ironisch über meine Wortwahl zu lächeln?

»Hier...«

Ich breitete die Bilder vor ihr aus. Sie fächerte sie auf, schnell und virtuos. Sie mußte Klavier gespielt haben oder Cello. Sie hatte unglaublich behende Finger. Ihr Streicheln mußte so hingebungsvoll sein wie der Applaus von Schmetterlingsflügeln, wenn die Morgensonne endlich erscheint.

»Kennen Sie diesen Burschen?«

Die Finger glitten über die Bilder, und aus dem sortierenden Verschieben wurde unmerklich ein sanftes Sichten. Sie zog das eine vor, rückte das andere beiseite, kehrte zum ersten zurück, obwohl sie sich längst sicher war. Sie kannte ihn nicht. Das war klar. Denn dieses erste Erstaunen über ein wirklich ungewöhnliches Gesicht läßt sich nicht schauspielern. Sie hatte sich im Griff, aber sie war intelligent genug, um den Unterschied zu den gewöhnlichen Gesichtern zu sehen. Und sie hatte Gefühl genug, um sich davon beeindrucken zu lassen. Denn selbst auf den Photographien war noch etwas zu spüren von der Macht des Willens, der diesem Gesicht seinen Zauber gab.

»Ein hübscher Kerl. Ganz außergewöhnlich hübsch sogar.«

Sie schob die Bilder zusammen und gab sie mir zurück. Als wäre die Sache damit erledigt. Obwohl sie selbst sehr genau wußte, daß sie das nicht war.

»Dieser Schönling kam bei uns rein und meinte, er könne uns zum Stein der Weisen führen. Ich hätte ihn sofort rausgeschmissen für so eine blöde Antwort, da kann er aussehn, wie er will, aber wir brauchen nun mal solche Geschichten. Soll heißen, der Juniorchef braucht sie. Also wurde er vorgelassen. Interviewraum, das übliche Blabla, von wegen prima, junger Mann, dann erzählen Sie mal. Nichts hat er erzählt.«

»Aber den Stein hat er?«

»Nichts hat er. 100 000 Mark will er. Für eine Art Expedition.«

»Beweise, irgend etwas Handfestes?«

»Nada. Nothing. Niente. Also hatten wir ihn gedanklich schon verabschiedet. Da legt der Bursche eine Todesanzeige vor uns hin und behauptet, er hätte einen Mord begangen. Ob uns das Beweis genug wäre für die gute Sache?«

»Originell. Was haben Sie daraufhin getan?«

»Wir haben ihn natürlich rausgeschmissen.«

Sie brauchte ja nicht alles wissen. Wir mußten beide lächeln. Natürlich glaubte sie mir kein Wort. Wahrscheinlich hatte Juniorchef sie ohnehin schon über alles informiert. Kopfkissengeflüster.

»Und weshalb kommen Sie dann zu mir?«

»Das ist doch nicht so schwer zu verstehen! Frage eins: Was genau ist dieser Stein, und halten Sie es für denkbar, daß er existiert? Frage zwei: Gibt es oder gab es eine Sekte, die sich verschärft für dessen Existenz interessiert? Und drittens: Haben Sie heute abend schon was vor?«

»Noch eine Tasse Kaffee?«

Sie goß sich ein, nachdem ich abgewunken hatte, und nahm einen winzigen Schluck. Immerhin spreizte sie nicht den kleinen Finger.

»Frage eins. Vielleicht erwarten Sie, daß ich jetzt sage, das alles sei Hokuspokus. Die Alchimie. Der Stein der Weisen. Oder Sie hoffen darauf, daß ich das Problem psychologisch entschärfe, in dem Sinne etwa, dieser Stein sei praktisch nur ein Spielzeug unseres Unterbewußtseins? Das ist er nicht.«

»Was macht Sie da so sicher?«

Sie lehnte sich in ihrem Bürostuhl zurück, legte die Fingerspitzen gegeneinander und memorierte ihren Text. Aber so oft sie das Folgende auch schon erzählt haben mochte, es war immer noch etwas zu spüren von der Begeisterung, mit der sie als junge Studentin einmal angetreten war. Wie ein Feuer, das jederzeit wieder angefacht werden konnte.

»Unter Alchimie stellen sich die meisten Leute eine Art mittelalterliche Hexenküche vor. Vagabundierende Scharlatane. Glühende Phiolen. Im Halbdunkel die Geierschnäbel der Fürsten und das Geflüster der Gier: ›Mach mir Blei zu Gold.‹ Das gab es, aber das war nicht das Geheimnis der alchimistischen Lehre. Sicher, es gab die Gelehrten, die sich in Folianten verkrochen, zu den alten Rätseln neue suchten, und ihre Geheimniskrämerei alchimistische Studien nannten, weil sie mit ihrem Tintenfaß das Elixier der Elixiere in ihren Händen glaubten. Aber Tinte floß auch in ihren Adern und in ihren Händen hielten sie nur Papier. Und dann gab es noch einige wenige Weise, Zaubermänner oder Magier, wie immer wir sie nennen wollen, die eine etwas andere Art hatten, unsere Welt zu begreifen. Eine, die alle Phänomene mit einschloß, ein ganzheitliches Denken, modern gesproc...«

»Wir kommen hier bitte schön nicht aufs Esoterikgleis, oder?«

»Nein. Wir denken nur über die Unterschiede unserer Wahrnehmung nach. Gehen Sie doch einfach in den nächsten Blumenladen: Der eine sieht nur den Zauber roter Blüten und atmet ihren Duft, als sei er die Verheißung des Paradieses. Ein zweiter bestimmt das Gewächs als zweikeimblättrige Strauchpflanze und unterscheidet dreihundert Arten, der dritte schließlich sagt einfach Rose und kauft sie im Dutzend für seine Frau. Warum sollte ich einem von den dreien den Vorzug geben? Ich weiß, daß keiner von ihnen auch nur in die Nähe des Rätsels der Existenz dieser Rose kommt. Denn zunächst mal ist sie ein Geschenk für mich persönlich. Wenn ich diese Rose in den Händen halte, bin ich ein anderer Mensch, ein besserer, die Blume hat mich verwandelt. Klingt das albern? Oder naiv? Das ist albern und naiv, aber wie sollten wir ohne eine neue Naivität des Blicks über uns hinauswachsen. Erinnern Sie sich, wie Sie als Kind manchmal dieses Gefühl hatten, in einer endlosen Bewegung alles in Ihrer Umgebung streicheln zu wollen, nicht nur die Ziegen im Zoo, auch die Blätter, die Bäume, selbst die Berge. ›Ich bin er, denn du bist er, denn du bist ich‹ und vielleicht, vielleicht sind wir alle gemeinsam doch mehr als nur einer allein. Erinnern Sie sich?«

»Franz von Assisi?«

»John Lennon. I am the Walrus.«

Sie besaß eine echte pädagogische Ader. Wahrscheinlich hatte sie schon im Kindergarten Lehrerin werden wollen.

»Für die meisten wurde aus dieser Sehnsucht nur die Gier nach Besitz. Haben wollen, eins zum andern bringen, Schätze horten. Aber es gab Menschen, die diese Sympathie ernst nahmen, Alchimisten eben, die Bilder dafür suchten und Wege, wie aus der Gier nach Besitz, die wir manchmal auch Liebe nennen, ein Gefühl der Zusammengehörigkeit werden kann, das nicht verblenden muß. Kein esoterischer Ringelpiez. Das ist nicht gemeint. Diese Allsympathie oder kosmische Pietät ist so etwas wie die Erinnerung an das Bessere, das wir einmal gewesen sind. Das Ganze, nach dem immer noch alle suchen, von vielen Richtungen her. Die eine Formel, der letzte Satz. Einsteins Vermächtnis. Der Verdacht, daß alle Geschichten nur die eine Geschichte erzählen. Glauben Sie mir, wir sind nur noch eine Handbreit von der Lösung entfernt. Wir wissen, daß alles zueinander paßt, alle Erkenntnisse der Wissenschaft, wir sind auf dem Weg, haben das Ziel schon vor Augen, nur fehlt bislang der Schlüssel, der uns die letzte Tür aufschließt. Daß sie aufgeschlossen wird, davon bin ich überzeugt. Was wir dort finden? Vielleicht diesen Stein.«

»Darf ich hier eigentlich rauchen?«

Sie sah mich an, als hätte ich grade einen Kaugummi unter ihren Schreibtisch geklebt.

»Schon gut. War ja nicht ernst gemeint. Sehr interessant übrigens, was Sie da erzählen, aber was hat das mit dem Stein selbst zu tun?«

»Erinnern Sie sich an Ihren Geschichtsunterricht? Ägypten, die Hieroglyphen, die ›Zauberschrift der Natur‹, wie die Romantiker diese seltsamen Zeichen nannten, die kein Mensch verstand, weil alle sie für unentschlüsselbar hielten. Bis zu diesem Tag im Jahr 1799, an dem ein französischer Offizier einen schwarzen Basaltstein in Unterägypten fand, den Stein von Rosette. Die Inschrift pries den König Ptolemaeus V., was nicht weiter von Belang ist, aber sie tat es in drei Sprachen, und eine davon war die vermeintliche Bilderschrift der Hieroglyphen. Auch der Stein der Weisen ist sehr real, und er wird dolmetschen zwischen den Welten, davon bin ich überzeugt. Ich glaube nicht, daß ihn irgendeiner schon in den Händen hält, aber ich bin sicher, wir können ihn finden.«

Sie sah mich etwas besorgt an. Was ihr gut stand. Dieses Mütterliche.

»Habe ich mich zu schwierig ausgedrückt?«

»Ich hab auch eine gut Schule besucht, Fräulein. Aber ein bißchen vage war es schon.«

Sie sah auf die Uhr. »Schade. Die Zeit ist um. Kommen wir zurück auf Frage drei. Übermorgen. Kreuzberg, Oranienstraße, Restaurant Kafka, acht Uhr. Bis dahin stelle ich Ihnen zusammen, was ich über den Stein weiß.«

Es klopfte an der Tür und das war auch gut so, denn ihr resolutes Betragen hatte mir glattweg den Sprachnerv paralysiert. Sie selbst schien von dem Klopfen nicht weniger überrascht, denn Besuch hatte sie nicht erwartet. Die Tür flog auf und Martina trat herein, wie immer einen Tick zu burschikos.

Als die beiden sich sahen, ging ein Lächeln des Wiedersehens von Gesicht zu Gesicht. Diesmal jedoch hatte sich das Fräulein Dozentin im Griff. Im nächsten Moment schon war dieses Lächeln ihrerseits reine Unverbindlichkeit. Martina hingegen brachte nicht mehr heraus als ein zweites verdrücktes »Hallo«.

»Meine Tochter Martina.«

»Freut mich. Helen Salzmann.«

Sie gab ihr die Hand. Martina faßte sie sehr fest und ließ sie unvermittelt wieder los. Sie kannten sich. Da war ich absolut sicher.

»Ihr Vater und ich wollten uns ohnehin gerade verabschieden. Es bleibt dabei? Donnerstag 20 Uhr? Gut.«

Ihr Lächeln galt uns beiden. Dennoch wurde nur Martina rot. Helen schien das nicht weiter zu bemerken. Sie nickte uns noch einmal kurz zu, verschloß die Tür hinter sich und eilte den Gang hinab. Mit kleinen schnellen Schritten. Jeder einzelne eine Zerreißprobe für ihr Kostüm. Als sie außer Sichtweite war, kam ich langsam wieder zu Verstand. Plötzlich fiel mir auf, daß sie auf Frage zwei überhaupt nicht geantwortet hatte. Und daß meine Tochter immer noch verdammt verwirrt dreinsah.

»Du kennst sie?«

Wir blieben noch einen Moment vor dem Büro stehen.

Martina strich sich das Haar aus dem Gesicht. Sie hatte mal wieder die Farbe gewechselt. Rot stand ihr. Genau wie braun und blond. Sie war wirklich ein Chamäleon, allerdings ein ziemlich attraktives.

»Wen? Ach so, du meinst..., wie war ihr Name noch?«

Ich ging drauf ein, schließlich war ich ihr Vater, da hatte man die Verpflichtung zur Geduld.

»Helen Salzmann.«

»Nein. Ich kenne sie nicht. Sollte ich?«

Sie stand da in ihrem kurzen roten Rock. Sie hatte große Füße wie ihre Mutter, viel zu dünne, krumme Beine, einen flachen Hintern und unauffindbare Brüste. Ihr Hals hob sich sehr schmal aus dem engen Hemd, und ihre Haut war fleckig. Aber alles andere an ihr ließ den Atem stocken. Die Augen, der Mund, selbst die viel zu große Nase, die sie von ihrem Vater geerbt haben mußte. Sie war einfach hinreißend.

»Verdammt, bist du hübsch!«

Das meinte ich ganz ehrlich, und ich hätte es immer wieder sagen können, aber ich wechselte das Thema. Ihr zuliebe. Die Sache mit Helen würde ich früh genug erfahren.

»Sag mal, was ganz anderes: Wie gefällt dir eigentlich unser Junior-Chef?«

»Süß.«

Wir gingen die Stufen hinab. Nebeneinander. Doch sie hielt den Kopf stur gradeaus.

»Und weiter?«

»Weiter nichts.«

»Stell dich doch nicht so kindisch an. Ich fürchte, der mag dich. Irgendwann wird er mit dir essen gehen wollen?«

»Okay, ich werde seinen Kopf in meinen Ausschnitt drücken und dann Gift in sein Perrier träufeln. Und den Schlüssel für den Keuschheitsgürtel mail ich vorsichtshalber dir. Postlagernd. Wär' das korrekt, Paps?«

Sie sah mich an, ein bißchen müde, ein bißchen vorwurfsvoll und ein bißchen altklug.

»Ehrlich, ich kenne diese Typen aus dem Sportstudio. Als Lover total ungeeignet. Außerdem interessiert er mich einfach nicht.«

Wir standen vor dem Portal. Um uns herum ein paar bummelige Studenten, die es nicht sonderlich eilig hatten. Martina fiel da direkt auf mit ihrem unruhigen Blick. An mich schien sie ohnehin nicht mehr zu denken.

»Hey, hier bin ich. Dein Vater und Arbeitgeber. A propos, hat deine Mutter sich vielleicht irgendwie geäußert, von wegen daß sie mich gern mal wieder sehen würde?«

»Ja, hat sie.«

»Und?«

»›Nicht bevor sie Alzheimer kriegt‹, meinte sie neulich noch. Paps! Bitte! Das war ein anstrengender Tag. Ich muß mich echt zusammenreißen, um auf den Beinen zu bleiben.«

Sie schielte in alle Himmelsrichtungen. Eigentlich

schien sie putzmunter zu sein. Nur hatte sie offensichtlich keine Lust, mit mir gesehen zu werden.

»Echt genial, daß wir jetzt zusammenarbeiten. Ich besorg dir die Bilder. Hab schon einiges zusammen. Wir sehn uns morgen ja. Ich freue mich wirklich. Tschüßi.«

*

Sie hatte ihn schon entdeckt. Er stand noch immer am gleichen Fleck. An der Säule, neben dem Haupteingang. Als sie hineingerannt war, hatte er dort gestanden wie eine Statue. Und er war immer noch da. Im Halbschatten. Aus dem er erst heraustrat, als ihr Vater verschwunden war. Er stand dort und sah sie nur an. Er würde sie ansprechen, das wußte sie. Im gleichen Moment, als sie ihn gesehen hatte, wußte sie es, aber sie genoß die Minuten der Unsicherheit. Sie winkte noch einmal ihrem Vater hinterher, den sie wieder einmal regelrecht hatte davonjagen müssen. Er wurde immer mehr zur Klette. Das mochte sie nicht. Und sie mochte seinen Gang nicht. Ein bißchen sah er aus wie einer dieser übergroßen Bären aus den Spielzeugläden, die nie verkauft werden, weil sie in kein Wohnzimmer passen. Als hätte er das Laufen gerade erst lernen müssen. Die Hände in den Hosentaschen, weil er das mal so gesehen hatte, bei Humphrey Bogart oder bei Hans Albers. Immer ein Schritt nach dem anderen wie ein Seemann nach langer Fahrt, den Kopf dabei gebeugt, als müßten die Augen den Füßen voran gehen.

Sie hatte ihren Vater gern, immer noch, aber in die Liebe hatte sich Mitleid geschlichen. Er war ein alter Mann geworden seit Mamis Flucht. Nicht nur äußerlich. Er war so stur in seinen Angewohnheiten, in seinen Redeweisen, das mochte sie nicht. Genausowenig wie seinen Tabakatem und seine Cordhosen. Sie mochte vieles nicht an ihm, aber am wenigsten seine Sentimentalität und seinen Zynismus. Es wirkte alles so aufgesetzt. Wie bei einem Clown, der seinen

Job verloren hatte und jetzt das Leben mit dem Zirkus verwechselte.

Sie wandte den Kopf. Da stand dieser Typ wieder. Er wirkte so jung und gleichzeitig so unglaublich erwachsen. Muskulös, ja, attraktiv, aber davon gab es Dutzende, und meist senkten sie sofort den Blick, wenn man ihnen direkt in die Augen sah. Er nicht! Er legte es darauf an, schon im ersten Moment alles zu wissen. Sich einander preisgeben, als wäre es die letzte Stunde des Lebens. Keine Zeit für Umwege. Diese Intensität irritierte, aber sie ängstigte nicht. Sie wäre gern spazieren gegangen und hätte ihn hinter sich gewußt. Mal näher, mal ferner, aber immer auf ihren Fersen. Seinen Blick in ihrem Nacken, seine Hände ganz nah, fast schon an ihrer Hüfte, und dann wieder ganz weit weg. Sie atmete tief durch und ging langsam durch das Hauptportal. Dann kehrte sie um, als hätte sie etwas vergessen. Aber er war verschwunden. Im Halbschatten knutschte jetzt ein Pärchen. Der Junge hielt die Hände täppisch auf den Schultern des Mädchens und spitzte den Mund wie ein Giraffenjunges beim Säugen. Männer waren manchmal so unbeholfen. Sie dachte an ihren ersten Kuß. Und an den Kuß lange danach, an den ersten, der wirklich zählte.

Wie von selbst sortierten ihre Finger die Bücher in den Kisten der fliegenden Antiquare. Sie mußte die Augen nicht senken, sie überließ es dem Zufall, enttäuscht wurde sie nie. Auch diesmal nicht. Ein Buch über Höhlenzeichnungen, das würde Paps freuen. Er hatte ihr immer die berühmten Höhlen von Lascaux zeigen wollen. Gut, daß es nie so weit gekommen war. Sie haßte Höhlen, und der Gedanke, sich mit ihm durch niedrige Felsgänge winden zu müssen, ließ sie frösteln.

Sie sah sich noch einmal im Innenhof um, das Buch an die Brust gepreßt. Aber der, den sie suchte, war verschwunden. Bei den Fahrrädern stand eine kleine Gruppe kichernder Studentinnen. Sie sahen furchtbar jung aus, richtige Kinder. Manchmal bin ich schon wie Paps, dachte sie, aber die Gesichter waren so leer, so unbeleckt. Was für ein dummes Wort eigentlich, aber genau so sahen sie aus, unbeleckt. Sie trieb sich die Bilder vergangener Nächte aus dem Kopf. Ob sie wirklich so ordinär war, wie Katrin manchmal meinte? Und wenn? Sie hatte Sex nie für etwas Unanständiges gehalten oder auch nur für etwas, worüber sie groß ins Grübeln hätte kommen müssen. Es gab ihn, und das war schön. Von ihrem Vater hatte sie das nicht, von ihrer Mutter allerdings auch nicht.

Sie mußte lauthals lachen. Alle Augen kehrten sich ihr zu. Neugierig, belustigt. Nur seine nicht. Vielleicht hatte er sich wirklich auf und davon gemacht? Aber ihr Gefühl täuschte sie nicht, hatte sie noch nie getäuscht. Er war in der Nähe! Aber warum kam er dann nicht auf sie zu? Warum waren Männer immer so feige?

Sie ging die wenigen Schritte zur Bushaltestelle sehr langsam. Es herrschte starkes Gedränge dort, eine Schulklasse, die den Bus stürmte. Kein Grund zu eilen also, selbst die resoluten Großmütter vom Operncafé gegenüber sahen sich in der Defensive, und je heftiger sie protestierten, desto größer wurde das Gejohle, bis der Busfahrer vorzeitig die Tür schloß.

Sie würde ein Taxi nehmen, auf Redaktionskosten, das müßte eigentlich drin sein. Auch wenn die vom Rechnungswesen in letzter Zeit immer geiziger wurden.

Wieder hatte sich da einer hinter sie gedrängelt, aber diesmal war es ihr nicht unangenehm, denn sie spürte seine Berührung, noch ehe sie geschah. Wie beim Tango. Er faßte ihre Hüfte, nur ganz leicht, als wollte er ihr den Weg an all den Hindernissen vorbei weisen, die schon längst keine mehr waren. Oder war es schon Wiener Walzer, so wirbelig war ihr zumute.

»Haben Sie Zeit für einen Kaffee?«

Sie nickte nur. Es war keine Frage, und der Satz war dumm, aber er blickte in ihr Gesicht ohne Unruhe, und im gleichen Moment schon hätte sie seine Hand fassen mögen, so froh war sie über seine Gegenwart. Er sah ihr noch einmal prüfend in die Augen und machte kehrt.

»Bis demnächst dann.«

›Du Arschloch‹, dachte sie, ›du verdammtes eingebildetes Arschloch.‹

*

Die Adresse führte mich in einen dieser Akademikerstadtteile Göttingens, wo die Bäume fast zahlreicher sind als die Autos. Alte Häuser der Jahrhundertwende, gebaut für Familien, die längst nicht mehr darin wohnten, dazwischen hin und wieder ein Neubau, den die Nachbarschaftsinitiative nicht mehr hatte verhindern können. Zwanzig Eigentumswohnungen auf der Fläche eines früheren Gartenhauses. Aber neben den geplättelten Carports gab es auch noch die grasverwachsenen Bürgersteige, und es lag ein Geruch nach frischer Erde in der Luft, als wäre Gartenarbeit hier der gemeinsame Lebenssinn aller. Ich hatte mich vom Taxi ein paar Hundert Meter zu früh absetzen lassen, schlenderte und genoß die Stille.

Es war eines der älteren Häuser am Ende einer Sackgasse, eins der Häuser, an denen die Besitzer nichts mehr renovierten, weil sie das Geld nicht mehr aufbrachten oder weil sie einfach nur ihre Ruhe haben wollten in den wenigen Jahren bis zum Tod, der dann doch länger auf sich warten ließ. Länger jedenfalls, als das Dach hielt oder der Putz, der allenthalben bröckelte, und die Holzrolläden, von denen einige sich beim Aufziehen verklemmt hatten und einfach so gelassen worden waren.

Nicht so der Vorgarten, da stand alles sauber eingetopft in Reih und Glied, und auch der Schuppen neben der Garage war vor nicht allzu langer Zeit gestrichen worden. Ich musterte die Fenster, aber alle Vorhänge waren zugezogen, und die ganze Hausfront wirkte wie ein müdes, verwittertes Gesicht mit halb gesenkten Lidern.

Der Klingelknopf am Gartentor sank widerstandslos ein. Das Zeitungsrohr hing krank herab, und die Gartentür schien bei jedem Windhauch in Schwingung zu geraten, so rostzerfressen war sie. Ich ging den kleinen Kiesweg entlang, lauschte auf Stimmen oder zumindest auf ein Lebenszeichen, aber hier hatte es seit Jahren kein lautes Geräusch mehr gegeben.

Die Haustür war aus schwerem Holz, mit einer kleinen vergitterten Spionageraute auf Augenhöhe. Das Fensterchen ging auf.

»Sie wünschen?«

»Der Mann von der Presse. Wir hatten einen Termin vereinbart. Mein Name ist Heinrich Claasen.«

Die Tür öffnete sich sofort. Weiter als nötig. Ich konnte mich täuschen, aber ich sah schon die Dollarzeichen in seinen Augen. Vielleicht wollte ich sie auch nur sehen. Das würde für mich die Sache viel einfacher machen. Die gierigsten Informanten waren nun mal die umgänglichsten.

»Wer ist da?«

Eine Frauenstimme. Kreischend wie eine eingerostete Kellertür. Das mußte die Zugehfrau sein. Gerda. Haushaltshilfe und Köchin in einem. Sie hatte Bleiberecht im Haus. Genau wie der Butler. Stand alles in dem Dossier. Die Jungs von der Detektei hatten ausnahmsweise mal schnelle Arbeit geleistet.

»Gerda, verschwinde!«

Sie drängte sich prompt näher heran, als würde sie jedes Verbot von ihm als Aufforderung begreifen, kniff die Lider zusammen und sah mir prüfend ins Gesicht. Ihre Runzeln wurden nicht zahlreicher, aber das war auch kaum möglich. Sie grunzte beruhigt. Irgendwie wirkte ich wohl harmlos. Weiß der Teufel, wer hier sonst ein- und ausging. Ich lächelte und lächelte, und sie lächelte zurück. Schade nur, daß sie ihr Gebiß im Zahnputzbecher vergessen hatte.

»Das Feuer des Herrn möge ihn fressen! Wie Wachs zerschmelzen soll er in seiner strafenden Faust! Eine Beute für die...«

Der Butler versuchte sie wegzustoßen, aber sie klammerte sich nur fester an seinen Arm. Ihr Keifen war so zänkisch und bigott, daß man sich unwillkürlich ein Lebkuchenhaus in Krematoriumsgröße vorstellte, in dem sie alle Sünder der Welt schmoren ließ.

»... Engel des Todes wird er sein, denn er ist der Antichrist!«

Sie hätte genausogut sagen können, ›denn er spielt gerne Tennis‹. Sie konnte sagen, was sie wollte. Man hörte ihr einfach nicht zu. Es war klar, daß sie irgendwann den Verstand verloren hatte. Man hätte die Spur vielleicht zurückverfolgen können, aber da war wohl nie viel gewesen, was eine Suche lohnte.

»Gerda! Bitte! Der Herr möchte bestimmt eine Tasse Tee nach der langen Fahrt.«

Sie sah den Butler erstaunt an. So höflich redete der wohl sonst nie mit ihr. »Sie müssen entschuldigen, aber für Gerda ist jeder, der das Tischgebet verweigert, ein Cousin des Teufels.«

Sein Tonfall war einen Tick zu salbungsvoll, sein Haar um eine Tube Brillantine zu fettig und die schwarz-weißen Schuhe ein wenig zu vorgestrig. Der letzte Überlebende jenes düsteren Zeitalters des Klimakteriums, in dem es noch Ballhäuser gab auf dieser Welt und Tischtelefone und Kavaliere mit Manieren.

»Herr Claasen, willkommen noch mal im Hause Leichhardt. Mein Name ist Viktor Friedemann. Sie wurden uns angekündigt von Fräulein Susi Hauser. Darf ich dennoch Ihren Ausweis sehen.«

Ich war versucht, ihm ins Gesicht zu lachen. Schließlich hatte ich im Zug seine Akte gelesen. Er hatte sich noch zu DDR-Zeiten als Heiratsschwindler versucht, dann war er in den Westen gekommen und auf die Nummer mit den alten Damen verfallen. Drei solcher Butlerstellen hatte er frühzeitig wieder aufgegeben müssen. Wegen kleinerer Diebstahlsdelikte und versuchtem Mord, wobei sich hinter letzterem wohl eher eine Tablettenvergiftung seiner liebeskranken Arbeitgeberin verbarg. Jedenfalls wurde die Anzeige prompt fallengelassen, als er zu ihr zurückkehrte. Wenig später starb sie eines natürlichen Todes. Danach war er zu Frau Leichhardt gekommen. Und ihr treu geblieben. Entweder hatte er sich tatsächlich zum Besseren gewandelt, oder sie hatte ihre Haushaltskasse nie kontrolliert.

»Wir sind noch alle tief getroffen von diesem unerwarteten Hingang. Wenn Sie mir bitte ins Kaminzimmer folgen wollen! Sie haben hier einen wunderbaren Blick in den Garten. Der war ihre große Liebe, neben den Steinen.«

»Nett hier!« Das mußte ich wirklich zugeben. Es herrschte eine Gemütlichkeit wie zu Großvaters Zeiten. Schwere Ledersessel, an denen Generationen von Hauskatzen ihre Krallen geschärft hatten. Hohe Fenster zum Garten hin. Der Kamin mit gußeisernem Feuerhakenständer. Daneben genug Holz für zwei, drei heimelige Winterabende. An den Wänden die Bücherregale, teils leergeräumt, teils überfrachtet. Als hätte sie ihr Wissen immer aufs neue umgeschichtet, aber vermutlich hatte der Butler nur die teuren Ausgaben zum Antiquar gebracht und die verbliebenen etwas lockerer gesetzt.

»Darf ich hier rauchen?«

»Im ganzen Haus herrscht Rauchverbot. Der alte Leichhardt war passionierter Zigarrenraucher. Die Verachtung der gnädigen Frau für ihn übertrug sich leider auf alle Tabakwaren. Ich bedaure das sehr.«

»So?«

Aber mit Ironie war dieser elenden Kreuzung zwischen Butler und Dandy nicht beizukommen. Die war seine Lebensform. Ohne daß es ihm auffiel.

»Ah, der grüne Tee! Mandarins Traum. Grüner Tee wirkt lebensverlängernd, wußten Sie das? Für Sie als Raucher vielleicht keine ganz unwichtige In...«

»Für mich Kaffee, wenn es recht ist. Schwarz. Drei Stück Zucker.«

»Gerda, haben wir Zucker im Haus? Ja? Erstaunlich! Frau Leichhardt lebte nämlich sehr gesund. Dann bitte für den Herrn Kaffee mit Zucker. Dieser Tod ist ungemein schrecklich.«

Er schlug die Beine übereinander und räusperte sich, als säße er vor laufender Kamera. Ich stand auf, trat ans Fenster und stierte in den Garten. Ich konnte die gezierte Art, mit der er seine Tasse hielt, einfach nicht ertragen.

»Ja, der Garten ist wunderschön, nicht? Gerade jetzt im Herbst. Frau Leichhardt war eine begnadete Gärtnerin.«

Er spreizte seine Finger und beugte besorgt den Kopf darüber, als ob noch immer Erde darunter wäre.

»Gebt der Natur ihre Rechte zurück. Da dachte Frau Leichhardt ganz im Sinne Goethes.«

»Ich bin hier wegen...«

»Ich weiß, warum Sie hier sind. Sie sind wegen Martin hier oder Boris, wie Sie ihn nennen. Ich weiß, was Sie fragen wollen. Ich kann Ihnen auch eine offene Antwort geben, jetzt, wo Frau Leichhardt tot ist.«

Er sah mich schon wieder so erwartungsvoll an, als müßte ich diese offene Antwort auf der Stelle honorieren. In bar, und kleinen, nicht numerierten Scheinen.

»Na dann geben Sie doch schon Ihre Antwort!«

»Der Junge ist ein wenig seltsam – wie alle Hochbegabten. Dazu erblich belastet. Der Vater war Trinker, die Mutter Küchenhilfe in wechselnden Haushalten und eine Gelegenheitsprostituierte.«

Auf das Wort schien er besonders stolz zu sein, deswegen pausierte er erneut, wohl in der Hoffnung, daß ich mein Notizbuch zücken würde.

»Oder lassen Sie ein Bandgerät laufen?«

Ich winkte ab. »Später dann.«

»Eine Gelegenheitsprostituierte. Das muß ich so hart sagen, aber Frau Leichhardt und ihr Mann hatten nun mal ein

Faible für sozial Deklassierte, und beide wünschten sich so sehr ein Kind. Also haben sie ihn gewissermaßen freigekauft.«

»Tragen Sie da nicht ein bißchen dick auf?«

Seine Augen wurden groß, als hätte man ihn der Unzucht mit einem Pekinesen angeklagt. Er war so sehr zum Schauspieler seines besseren Selbst geworden, daß von seinem alten Ich kaum mehr geblieben war als die Angst vor falschen Verdächtigungen.

»Ich ahne Ihr Mißtrauen, Herr Claasen. Sie glauben, ich neigte aufgrund meiner Tätigkeit zur Servilität, so, als hätte unsereiner kein Rückgrat mehr, weil wir nun einmal dienen – aber wir tun es aus freien Stücken! Danke für den Kaffee, Gerda. Lesen Sie Nietzsche? Nein? Wissen Sie, bei Nietzsche gibt es die Menschen mit dem Zeichen auf der Stirn. Auserwählte des Willens. So ein Mensch ist Martin. Er war ein Wunderkind, aber eines, das im Garten Fußball spielte. Nur verlieren durfte er nicht... Gerda, schleich hier nicht so herum! Wie wäre es mit vegetarischen Häppchen, Herr Claasen? Sie haben sicher unterwegs nichts gegessen und ein bißchen Appetit? Gerda, hörst du!«

Die Alte murrte und schlurfte wieder davon in ihren riesigen Pantoffeln, ihr Rücken ein einziges Fragezeichen. Wenn es eine Strafe für Hochstapelei gab, dann war sie es.

»Worin bestand das Wunder genau?«

»Manche haben das absolute Gehör oder den absoluten Geschmack. Er hat diesen, wie soll ich es ausdrücken, er hat... Aber Sie trinken Ihren Kaffee ja gar nicht?«

Er wußte verdammt genau, warum ich diesen Kaffee nicht trank. Weil er die Brühe genauso gut als Tee hätte verkaufen können. Da half auch der Zucker nichts.

»Er hat den siebten Sinn.«

»Was darf ich darunter verstehen?«

Ich äffte ihn nach und legte sehr interessiert die Fingerspitzen gegeneinander, aber sein Blick ging schon wieder nach innen.

»Wissen Sie, er hatte nur ein Spielzeug als Kind. Das heißt, er hatte sehr viel Spielzeug, denn Frau Leichhardt war ungemein großzügig. Sie hat ihn viel zu sehr verwöhnt. Der Alte weniger, der war eher ein Griesgram. Der hörte irgendwann auf, sich um den Jungen zu kümmern. Er war ihm wohl auf eine gewisse Weise zu feminin. Sie dagegen überschüttete ihn mit Geschenken. Die tat der Kleine alle in eine Kiste und am nächsten Tag waren sie schon wieder vergessen. Das einzige, was ihn interessierte, war ein Kreisel. Ich kam hier an, einen Tag vor seinem dreizehnten Geburtstag, da saß er im Kinderzimmer und drehte diesen Kreisel immer so vor sich hin. Das tat er auch am nächsten Tag, trotz Mountain Bike, und am übernächsten. So ein Kind war das. Eine unglaubliche Konzentrationskraft.«

»Oder einfach nur unglaublich beschränkt?«

»Widerspricht sich das? Alle Virtuosen sind auf ihre Weise beschränkt. Auf ihr Talent nämlich.«

»Alle Virtuosen haben es nicht weit zur Klapse.«

»Erzähl ihm doch von Clara.«

Wieder hatte sich die Gruft geöffnet und erstaunlich leise war sie daraus hervorgekrochen mit einem kleinem Tablett ärmlich dekorierter Schnittchen. Ich spürte durch den Sessel hindurch, wie der Haß ihren Körper krümmte, wenn sie nur an Boris dachte. Ihre Gelenke knirschten, und ihr Kopf kam herab wie der einer Hexe ganz nah an mein Ohr, bis mir ihr höllischer Atem die Nackenhaare versengte.

»Hausgemachter Quark. Eigene Petersilie.«

Sie stellte das Tablett auf den Tisch, aber ihr Rücken blieb krumm, weil sie immer noch in mein Ohr flüsterte.

»Clara war unser kleines Kätzchen. Die dritte im Haus. Nach Räuber und Sumsum. Noch ganz weiche Knochen, so hat sie sich immer gestreckt, länger und länger. Purr, purr, den Sessel hoch, und so hat sie einem über die Hand geleckt.«

Sie fuhr sich tatsächlich mit der Zunge über den Handrücken. Dabei verdrehte sie die Augen und verschränkte beide Arme zur Wiege. Vermutlich hätte sie auch noch miaut, wenn er nicht endlich eingegriffen hätte.

»Gerda, verschwinde! Hau endlich ab!«

Die Maske war ein kleines Stück verrutscht, und sein altes Gesicht kam zum Vorschein. Das des kleinen Gauners, der Angst hatte, die Kontrolle zu verlieren.

»Noch eine Tasse Kaffee?«

Er hob die Kanne mit abgewinkeltem Arm. Reckte das Kinn. Versuchte, sich wieder Haltung zu geben.

»Danke, danke.«

»Oder eins dieser Kanapees?«

»Erzähl ihm doch, wie wir sie gefunden haben, draußen vor der Tür. Jede mit einem Strick um den Hals. Eines Morgens lagen sie nämlich da. Sag ihm doch, wie sie dalagen. Sag es ihm schon, oder das Feuer des Herrn wird auch dich verbrennen!«

Weiß der Teufel, wie plötzlich die Tortenschaufel in ihre Hand kam. Sie hatte sie wohl als Heber für die Schnittchen dazu legen wollen und dann doch lieber in der Schürze versteckt. Da stand sie nun hinter ihm, eine Furie, deren Arbeit fast schon getan war. Denn mir stand bei ihrem Anblick ohnehin das Grauen im Gesicht, und auch ihm mußte sie nicht mehr drohen. Die Erinnerung hatte ihn längst eingeholt.

»Die Augen fehlten, die hatte einer herausgehebelt. Mit einem Löffel vermutlich. Erst unserer Clara, dann Ramses von nebenan, dann Mitsu mit dem langen Fell. Er leugnete, trotz der Kratzspuren an seinen Händen, aber Gerda fand den Beutel in seinem Zimmer. Da hatte er sie drin aufbewahrt wie Murmeln. Er ließ sich das Säckchen auch nicht wegnehmen. Weder von mir noch von Frau Leichhardt. Sie mußte ihn in Therapie geben. Zu einem Nervenarzt in Berlin, Kassenwart der dortigen Goethe-Gesellschaft. Es waren ohnehin Ferien, und so ging alles ohne großes Aufsehen.«

»Warum tut der Junge so was?«

Die beiden schwiegen, nicht aus Unkenntnis, sie wußten

verdammt gut, warum er es getan hatte. Sie waren sich nur nicht sicher, ob sie endlich die Wahrheit sagen sollten. Da war noch immer etwas von dieser Komplizenschaft früherer Tage. Vermutlich hatte ihnen die alte Leichhardt mit ihrem letzten Atemzug den Schwur abgenommen, in alle Ewigkeit zu schweigen.

»Es gibt Menschen, die kennen die Liebe nicht.«

Gerda machte kehrt und schlurfte hinaus, als wäre damit alles gesagt.

Wir sahen ihr verdutzt hinterher. Er hüstelte etwas verlegen. Ich wußte nicht genau, ob ich lachen sollte. Sie hatte plötzlich so eine seltsame Würde in ihrer Haltung. Wie sie Schiedsrichter manchmal haben oder Ministranten, alle, die eigentlich nichts zu sagen haben, aber einer ganz wichtigen Sache dienen. Ob der Satz jetzt von ihrem Pastor stammte oder aus dem Fortsetzungsroman ihres Lokalblättchens, sie glaubte an ihn, und das gab ihr ein Rückgrat. Er dagegen machte schon wieder den Bückling.

»Wenn es Ihnen recht ist, zeige ich Ihnen jetzt die Sammlung. Frau Leichhardt sammelte nämlich Steine, berühmte Steine, an die sich eine Geschichte knüpft. Hier entlang die Treppe hoch bitte.«

Es waren scharfkantige Holzstufen. Kein Teppich. Poliertes Holz, in der engen Spirale eines Wendelgangs. Eine Todesfalle für Senioren und Trinker.

Der Butler sah meinen Blick, und sofort fühlte er sich wieder genötigt zu erklären, als ließe sich damit im nachhinein alles ungeschehen machen.

»Frau Leichhardt wollte immer schon einen Aufzug einbauen lassen, aber als ihr Mann noch lebte, durften keine Handwerker ins Haus und dann fehlte irgendwann das Geld! Die Leichhardts sind eine sehr alte Familie, und sie waren sehr reich, bis er das Vermögen verschleuderte. Große Schenkungen an die Hospizbewegung, an die Gesellschaft zur Rettung Schiffbrüchiger und weiß Gott an wen. ›Das tut er alles nur mir zum Trotz‹, meinte die gnädige

Frau immer, und sie hatte wohl nicht unrecht damit, denn er war an sich kein großzügiger Mensch.«

»Wie hat er sich denn verabschiedet? Ist er auch die Treppe runtergefallen?«

»Das Herz. Zu viele Zigarren und zu viel Alkohol. Eines Tages lag er tot in seinem Bett.«

Die Antwort kam mir etwas zu schnell. Er spürte, daß ich mißtrauisch wurde, aber er war schlau genug, nicht allzu dreist weiter zu lügen.

»Unter uns gesagt, das war keine große Tragödie. Frau Leichhardt hatte ihn nie geliebt, aber er war nun mal ein sehr umgänglicher Mensch gewesen, nach außen hin, und er hatte viele Bekannte, die von einem Tag auf den anderen fernblieben. Das hat sie sehr gekränkt. Wären da nicht die Freunde der Goethe-Gesellschaft gewesen...«

»Schon gut, schon gut. Und wem gehört das jetzt alles?«

»Dem Jungen natürlich. Das Haus wird in seinen Besitz übergehen, sobald die notariellen Formalitäten erledigt sind. An eine Veräußerung ist allerdings so ohne weiteres nicht zu denken, denn Gerda und ich haben Bleiberecht.«

»Sonstiges Vermögen? Bargeld?«

»Wie erwähnt, Frau Leichhardt war hoch verschuldet. Die Sammlung gehört der Bank. Ein Gutachter war schon hier. Das alles wird in den nächsten Tagen abgeholt werden. Sie sind vermutlich der letzte, der die Sammlung sehen wird.«

»Die besten Stücke wurden wohl schon in Sicherheit gebracht?«

Ich zwinkerte ihm zu, schließlich war ich nicht vom Diebstahldezernat, und ein bißchen mehr gegenseitiges Vertrauen könnte meinen Aufenthalt erheblich abkürzen. Doch das war ihm egal. Er hatte sich einen Plan zurecht gelegt, und den verfolgte er jetzt Schritt für Schritt, da konnte ich tun und lassen, was ich wollte.

»Die Sammlung ist katalogisiert, da kann kein Stück verloren gehen. Bitte sehr!«

Sein Gesicht war in Würde erstarrt. Beidhändig öffnete er die Flügeltüren und ließ sie aufschwingen.

»Die Vitrinen der Frau Leichhardt!«

»Na Donnerwetter, das ist ja ein echtes Museum!«

Ich war beeindruckt. Zum Dank ging er rundherum und knipste die restlichen Lichter an. Ein großer Raum mit hohen Fenstern und Rolläden, die kaum noch Sonne hereinließen. An den Wänden die Vitrinen, mannshoch. Brutkästen des Kuriosen. Raffiniert ausgeleuchtet. Es war wie der Eintritt in einen Verkaufsraum. Einen Verkaufsraum für Grabsteine.

»Der Urgroßvater von Frau Leichhardt war Ludwig Leichhardt, der berühmte Forschungsreisende. Der Name wird Ihnen wenig sagen, in Australien ist er ein Nationalheld, hierzulande aber ein Vergessener. Frau Leichhardt und ich haben deshalb eine kleine Broschüre über sein Leben und sein Werk verfaßt, bitte, wenn Sie sie mitnehmen mögen, dann kann ich mich im folgenden auf das Notwendigste beschränken. Hier vorn sehen Sie ein frühes Porträt von ihm und seinem Studienfreund, Sir William Nicholson, späterhin Lord Nicholson.«

Fehlte nur noch, daß er ein Zeigestöckchen zur Hand nahm. Er war die perfekte Kopie eines wilhelminischen Museumsführers, allerdings ohne Schnurrbart, Uniform und Kaiser. Was blieb, war diese ängstliche Steifheit ähnlich der einer Schnecke, die gerade ihr Haus verloren hatte. Oder lag es daran, daß Gerdas Stimme wieder zu hören war? Ein seltsamer Singsang, von ganz fern nur drang er herauf, aus dem Keller, aus der Gruft, wo sie mit der Beharrlichkeit des Wahnsinns einem rotierenden Schleifstein Musik zu entlocken versuchte, mit den Fingernägeln erst und dann mit den Zähnen. Oder war es nur das Kratzen der alten Leichhardt am Sargdeckel?

»Sehr ausdrucksstark, finden Sie nicht? Das Original hängt übrigens im Naturkundemuseum von Sydney.«

Es war ein kaum handtellergroßes Oval, auf dem nicht

mehr zu sehen war als zwei Männer, die eng aneinander lehnten.

»Wie gesagt: Eine große Freundschaft!«

Es lag keine Ironie in seiner Stimme. Also hakte ich nach. All sein Geplapper schien nämlich nur die Absicht zu verfolgen, einen möglichst bunten Teppich über eine Güllegrube zu breiten. Denn hier stank irgendwas ganz gewaltig. Nicht die kleinen Diebstähle, da war etwas anderes, etwas, das einen frösteln ließ. Vielleicht hatte der Alte an Boris rumgefingert, oder alle beide, denn ganz von alleine war der Junge wohl nicht durchgeknallt.

»Sind die Engländer nicht bekannt für ihre... innigen Männerfreundschaften?«

»Ludwig Leichhardt war nie verheiratet, in der Tat. Aber Herr Claasen, es muß nicht jede Leidenschaft als solche gelebt werden... Hier sehen Sie eine Vitrine mit Kometengestein. Frau Leichhardt und ich haben auch darüber eine kleine Schrift verfaßt: ›Himmelssteine‹ der Titel. 1492 ging im Elsaß ein solcher Stein nieder, 100 Kilo schwer. Das hier ist ein Bruchstück. Es wurde seinerzeit in Holz gerahmt, wie eine Reliquie. Diese Steine haben ja ihre ganz eigene Aura. Wenn ich einen herausnehmen könnte, würden selbst Sie sofort die kosmische Strahlung spüren. Schmunzeln Sie nicht! Unsere Gefühle lehren uns mehr über das Leben als unsere Gedanken. Gerade Steine haben eine unglaubliche Gefühlsenergie. Hier – en miniature – eine Replik des Schwarzen Steins, der im Kaaba-Tempel in Mekka als Heiligtum verehrt wird. Muslimischem Glauben zufolge wurde er vom Erzengel Gabriel auf die Erde gebracht. Vermutlich ebenfalls ein Meteorit. Das schwerste uns bekannte Kometenbruchstück wiegt übrigens 60 Tonnen und liegt in Südwestafrika. Aber vielleicht interessiert Sie das gar nicht?«

»Doch, doch!«

Ich preßte die Nase an der Vitrine platt, konnte aber keinen Unterschied zwischen all den Bröckelchen entdecken.

»Die privaten Erinnerungsstücke der ersten Expedition

entlang der Ostküste Australiens hat Leichhardt mitsamt seinem Reisetagebuch Nicholson zuschicken lassen. Nach dessen Tod gingen sie an die Familie Leichhardt zurück. In diesem Reisetagebuch ist gegen Ende hin immer häufiger die Rede von einem geheimnisvollen Stein, den die Eingeborenen ›Auge des Himmels‹ nennen. Der Legende nach wird er in einer Kulthöhle im Inneren des Landes aufbewahrt und von einem besonders kriegerischen Stamm bewacht. Leichhardt war kein abergläubischer Mensch, aber er schien außerordentlich fasziniert von diesem Stein. Frau Leichhardt folgte da gewissermaßen seinen Spuren. Vielleicht vermutete er in der Nähe des Steins ein größeres Diamantenfeld oder ähnliches. Was genau, wissen wir nicht. Wertvolle Funde dieser Art gab es jedenfalls keine. Alles, was die Familie von ihrem berühmten Vorfahren besitzt, liegt hier in dieser Vitrine. Einige landestypische Gesteinsproben, gepreßte Pflanzen, Landschaftsskizzen und dieses sehr schöne Aborigines-Amulett. ›Der Stein der vier Sonnen‹. Frau Leichhardt hat mir zu meinem fünfzigsten Geburtstag eine Replik anfertigen lassen.«

Er fingerte das Ding unter seiner Weste hervor und hielt es mir unter die Nase wie eine Parfumprobe. Dreckiger Lehm zu einem unsauberen Kreis gepreßt. Drei gezackte kleine Sonnen um eine größere gekritzelt. Mehr war nicht zu sehen. Zumal er es sofort wieder verschwinden ließ.

»Von der zweiten Reise existiert kein einziges Erinnerungsstück. Die Suchexpeditionen fanden nicht einmal Leichhardts Skelett. Hier übrigens die wertvollste Vitrine. Ausschließlich Edelsteine. Sehr schöne Stücke. Direkt auf ihrer Augenhöhe ein besonders eindrucksvoller Diamant, ›Koh-i-noor‹ geheißen, der Berg des Lichts. Das hier ist natürlich nur eine Nachbildung. Der Türkisring daneben ist allerdings echt. Eines der wertvolleren Teile aus den Pfänderspielen Zsa Zsa Gabors. Empfiehlt sich besonders Männern ihres Alters. Wenn eine Liebende dir einen Türkis-Ring schenkt, heißt es nämlich, wird dieser Stein von zartem Blau sein. Sobald aber ihre Liebe schwindet, verblaßt der Stein.«

»Sagen Sie mal, hören Sie das Gejaule eigentlich nicht?«

»Nein.«

Er sah drein, als hätte ich ›Let it be‹ auf Kisuaheli gesungen, und fuhr einfach fort im Text.

»Ende des 19. Jahrhunderts starb der letzte direkte Nachkomme der Nicholsons. Damit war dieses Kapitel der Familiengeschichte eigentlich beendet. Jetzt stellen Sie sich unser Erstaunen vor, als wir vor einigen Monaten erfuhren, daß ein Testament Leichhardts aufgetaucht sein soll.«

»Ist das Brieftäubchen einen kleinen Umweg geflogen?«

»Sie müssen wissen, daß sich Frau Leichhardt nach dem Fall der Mauer sehr um die kleine Forschungs- und Gedenkstätte in seinem Geburtsort Trebatsch bemüht hat. Wir haben Mobiliar zur Verfügung gestellt, Geld gespendet, wenn das Dach wieder einmal undicht war, kurz gesagt, getan, was getan werden mußte. Der Sozialismus war schließlich nicht die Schuld der kleinen Leute. Anfang Mai hat die Leiterin des Museums sich bei uns gemeldet. Nichts Ungewöhnliches, wir hatten ja guten Kontakt. Frau Kolstermann ist an sich Grundschullehrerin, und drei Mal die Woche nachmittags betreut sie das kleine Leichhardtmuseum. Jedenfalls war sie ganz aufgeregt. Ein Paket aus London sei angekommen. Auf dem Dachboden des Nicholsonschen Besitzes hatte sich eine Kiste mit alter Post gefunden. Die Vorbesitzer hatten sie schlicht vergessen, und erst jetzt, als die Restaurateure des National Trust das Haus auf den Kopf stellten, fand man den Schatz. Der letzte Nicholson war wohl ein ziemlich komischer Kauz gewesen. Die Neugier des Großvaters hatte sich nicht nur familiär erschöpft, sondern schien geradezu in ihr Gegenteil umgeschlagen zu sein. Jedenfalls öffnete er die letzten fünfzehn Jahre seines Lebens keinen einzigen Brief mehr. Aus Prinzip. Was kam, wurde in eine Kiste geworfen. So blieb alles auf dem Dachboden liegen. Darunter eben auch dieses Schreiben mit dem Testament Leichhardts. Wir nennen es Testament, obwohl wir seinen Inhalt gar nicht kennen, aber da es nun mal der letzte Brief ist, den er überhaupt geschrieben hat ... Wie dieser Brief dann doch noch nach England kam, darüber kann man nur rätseln. Vielleicht hat Leichhardt vor seinem Tod einen dieser umherstreunenden Buschjäger getroffen, die jahrelang nicht mehr nach Hause finden. Vielleicht war es auch nur ein entlaufener Sträfling, der sich nicht in die Siedlungen zurück wagte. Vielleicht pflegten ihn Aborigines, und der Brief blieb liegen, bis weiße Kopfgeldjäger den Stamm ausrotteten, wer weiß?«

»Was für eine absurde Geschichte. Ein Brief, der hundertfünfzig Jahre unterwegs ist!«

»Finden Sie? Heutigentags können Sie doch nicht einmal sicher sein, ob er überhaupt ankommt.«

»Was steht drin?«

»Wir wissen es nicht. Der Brief ging direkt nach Trebatsch. Die Leichhardt-Forschungsstätte ist im internationalen Verzeichnis der Museen und Gedenkstätten aufgeführt. Da haben es sich die Verantwortlichen vom National Trust leicht gemacht und erst gar nicht nach Erben gesucht. Von Trebatsch wurde das Dokument sofort an die Humboldtuniversität nach Berlin weitergereicht. Ohne unsere Einwilligung. Frau Kolstermann war vollkommen überfordert, und ihr Dorfschulkollege wollte sich offensichtlich wichtig machen. Kaum daß er weg war, bekam sie allerdings ein schlechtes Gewissen und hat uns angerufen. Den Telephonanschluß haben übrigens auch wir bezahlt. Frau Leichhardt hat sich unglaublich aufgeregt. Warten Sie, werfen Sie einen kurzen Blick hier hinein. Bernstein. Die Tränen der Götter. Wirkliche Raritäten. Der letzte Ankauf stammt aus der neuen Grube im Baskenland. Im vorigen Jahr wurde dort eine der weltweit reichsten Lagerstätten entdeckt, ein riesiger Friedhof der Vorzeit. Insgesamt über siebzig Kilogramm reinsten Bernsteins. Glücklicherweise wohnt unsere alte Putzfrau in der Gegend. Diese Fliege hier ist über 100 Millionen Jahre alt. Sehen Sie den perfekten Erhaltungszustand! Als sei der Tod nur eine Illusion. Dank eines einzigen Harztropfens. Ein wunderbares Material, finden Sie nicht? ›Die Seele des Lichts‹, sagte Frau Leichhardt immer, ›glimmt im Auge einer Katze, in einer Kette aus Bernstein und in dem Blick der Frau, die du liebst...‹«

Ich war nicht undankbar für sein plötzliches Schweigen, auch wenn ich fürchtete, daß die Stimme der Alten wieder zu hören sein würde, aber ich hatte auch nicht alle Zeit der Welt. Und irgendwie sagte mir meine innere Stimme, daß der Bursche mich auf eine falsche Fährte locken wollte. Nämlich weg von dem Testament, das mir viel zu sang- und klanglos nach Berlin verschwunden war und hin zu diesen wertlosen Klunkern.

»Verstehen Sie nicht, was ich Ihnen sagen will?«

»Nein, verstehe ich nicht. Drücken Sie sich doch einfach deutlicher aus!«

»Warum, glauben Sie wohl, hat der Junge die Katzen getötet?«

»Vielleicht war er allergisch?«

»Ihr Journalisten seid sehr witzig. Zeigen Sie doch zur Abwechslung etwas Einfühlungsvermögen. Martin war oft ganze Tage in diesem Raum. Er spielte darin wie in einer Höhle. Frau Leichhardt ging mit ihm vor den Vitrinen auf und ab. Er kannte schon als Kind jeden Stein, jede Geschichte, über die Murmeln der anderen konnte er doch nur lachen. Seine Schulkameraden suchten Schätze. Er saß in der Schatzkammer und war doch kein König, denn diese Vitrinen durfte nur sie öffnen, und Frau Leichhardt gab nie einen Stein aus der Hand. Da war sie eisern. Nach dem Tod des alten Leichhardt ließ sie nicht einmal mehr Besucher in den Raum! ›Diese Steine sind die Augen meiner Seele‹, sagte sie immer, ›sie können nur gute Menschen sehn.‹«

»Ein bißchen viel Blabla. Kann das sein, daß Ihre Frau Leichhardt mental einknickte nach dem Tod ihres Alten?«

»Frau Leichhardt war geistig ungemein rege. Das können Ihnen ihre Freunde aus der Goethe-Gesellschaft bestätigen, und daß ihr die Steine wichtiger wurden als die Menschen, ist so schwer nicht zu begreifen. Für Frau Leichhardt war dieser Raum so eine Art Kapelle. Sie saß oft stundenlang hier, gemeinsam mit dem Kleinen, und darf ich Ihnen sagen, was ich vermute?«

»Sie dürfen.«

»Er wurde verstrahlt. Lächeln Sie nur, aber ich habe es gesehen, das Frösteln, als Sie hier eintraten. Die Steine haben eine eigene Kraft, die manchmal gut ist und manchmal böse, aber sie wirkt. Immer.«

»Und bei ihm war sie böse?«

Wir standen vor der letzten Vitrine. Sie war leer bis auf ein Samtkissen.

»Ein kleiner Scherz des alten Leichhardt. ›Da legen wir dann den Stein der Weisen drauf, wenn wir ihn haben.‹ Wie alle Alltagsmenschen war er sehr stolz auf seinen Humor.«

»Der Junge hat es wörtlich genommen?«

»Martin nimmt immer alles wörtlich. Als der alte Leichhardt starb, hieß es, er sei auf Reisen gegangen. Wie man kleine Kinder so tröstet: ›Die Katze ist im Himmel und hat nur ihr Fell dagelassen.‹ Der Junge hat es damals geglaubt, und er glaubt es auf seine Weise immer noch.«

»Jetzt erzählen Sie mal genau, was an dem Tag eigentlich geschah!«

Meine Fragerei war reiner Automatismus. Seit ich in dem Raum war, hatte mich das Frösteln nicht mehr verlassen, es waren nicht die Steine, es war dieser verdammte Singsang, und die Worte, die sich darin ins Ununterscheidbare vermengten. Ich kannte sie, ich hätte sie der alten Gerda vom Mund ablesen können wie das ›Vaterunser‹ von den Lippen eines Kindes, nur war ich mir sicher, daß ihr Gott nicht im Himmel saß, sondern in der Hölle. Dieses Haus war verflucht. Ein alberner Gedanke, aber ich wurde ihn nicht los. Da konnte sein Tonfall noch so geschäftsmäßig sein.

»Frau Leichhardt entschloß sich, nach Berlin zu fahren. Über Trebatsch nach Berlin. Der Junge wollte mit, aber er durfte nicht. Ich sollte sie begleiten und Frau Kolstermann natürlich, damit es keine Probleme gab bei der Einsicht der Papiere. Schließlich ist sie vorläufig die offizielle Eignerin, genauer gesagt das Museum. Sie können sich vorstellen, wie hektisch es hier zuging an diesem Morgen. Treppauf, treppab. Sie voran, er immer hinter ihr her. Streiterei. Telephongeklingel. Dann wieder auf und ab, hin und her. Sie haben die Treppe gesehn, da kann leicht etwas passieren.«

»Ein Mord zum Beispiel?«

Er ließ sich nicht aus der Fassung bringen.

»Es war ein Unfall, Herr Claasen. Das hat der Arzt protokolliert, und die Polizei hat es bestätigt. Keiner von uns hatte ein Motiv. Der Junge schon gar nicht. Im Gegenteil, es ginge uns allen besser, würde sie noch leben.«

»Wo standen Sie denn in dem Moment?«

»Unten im Flur, und Sie dürfen mir glauben, es ist kein schöner Anblick, in das Gesicht einer Sterbenden zu sehen. Schon gar nicht, wenn der Tod so ungelegen kommt.«

»Da hören Sie! Da ist die Stimme wieder!«

Wir waren die Treppe hinuntergegangen während des Gesprächs, und jetzt konnte auch er nicht mehr so tun, als litte ich unter Verfolgungswahn.

Ein grausam kreischender Singsang, als würde eine alte Burgtür immer hin und her geschwungen. Natürlich war es Gerda, jetzt in Hörweite war ihre Stimme klar zu erkennen, nur die Worte, die klangen so fremd in ihrem Mund, als übte der Teufel Kirchenlieder. Der Butler nickte resigniert.

»Sie singt Psalmen. Seit dem Tag des Unfalls.«

»... wie Rauch vor dem Winde verweht, wie Wachs vor dem Feuer zerschmilzt, vergehen die Frevler, doch die Gerechten frohlocken, und jauchzen in Wonne, singet Gott, singet Gott, singet seinem Namen.«

Der Gesang brach ab. Ein kalter Lufthauch durchzog

den Flur. Die Tür zum Kaminzimmer schlug zu, und prompt sträubten sich mir wieder die Nackenhaare. Ich lachte, wie ich als Kind immer gelacht hatte, wenn ich in den Keller mußte, aber das schien sie irgendwie zu locken. Unpassende Fröhlichkeit. Sofort ging die Tür auf, und sie kam herein, mit diesem Gesicht, das selbst schon Strafe genug war. Sofort verschwand Viktors Dandygrinsen. Von wegen Sieger über den Alltag.

»Die Wächter sind blind, lauter stumme Hunde, aber die Stunde des Erwachens kommt!«

Sie trottete wieder davon, als ob sie selbst mit dem Satz nicht viel anzufangen wüßte. Viktor sah ihr hinterher. Vielleicht war es wieder nur eine Maske, die er da zur Schau stellte, aber es war die Maske der Angst, und die stand ihm ganz besonders gut.

»Ich rufe Ihnen jetzt ein Taxi?! Oder haben Sie noch weitere Fragen?«

Er starrte auf seine schwarz-weißen Schuhe, fast so, als schämte er sich für das alles hier. Aber eigentlich war es mir ganz recht, daß er es plötzlich eilig hatte. Es gibt gute Storys und schlechte Storys, aber das hier war weder das eine noch das andere. Die ganze Atmosphäre paßte mir nicht. Ein Irrenhaus war das, nichts anderes, aber eins, in dem man selbst Gefahr lief, irgendwann verrückt zu werden. Besser, der ganze Schuppen brannte tatsächlich ab und mit ihm alle Geister, die hier beschworen worden waren.

Er schüttelte mir die Hand. Einen Moment zu lang. Dafür war mein Händedruck eine Spur zu kräftig.

»Glauben Sie mir, es war ein Unglücksfall, den wir alle sehr bedauern.«

›Warum ist der Junge dann verschwunden?‹ Die Frage hätte ich ihm stellen sollen, aber sie blieb mir im Halse stekken, als Gerda einen neuen Psalm anstimmte.

*

Es herrschte ein unglaubliches Gedränge im Zug. Selbst in der ersten Klasse. Die Leute rempelten, stauten sich in den Gängen und vor den Toiletten, in der Bistrobar. Überall Gepäck, Taschen, Koffer, dazwischen mit Storchenschritten die Kontrolleure. Ich war froh, im Speisewagen noch einen freien Tisch gefunden zu haben. Das lag wohl daran, daß die Mitropa mit griechischen Köstlichkeiten aufwartete. Ich sah die Mousaka nebst Salat auf dem Nachbartisch und bestellte einen doppelten Ouzo. Und noch einen. Dann blätterte ich die Broschüre über Leichhardt durch. In Trebatsch geboren. Kleines Dorf in der Nähe von Berlin. Der Vater Torfmeister. Studium, Begegnung mit Nicholson. Erste Reisen nach Frankreich und Italien, dann Pläne für die große Expedition. China? Südamerika? Nein, Australien! Der rätselhafte Kontinent, unerforschte Territorien, weitläufiger als Europa, unbekannter als die afrikanischen Wüsten. Aber die beiden fühlten sich gerüstet, waren reisefertig, da starb Nicholsons Vater, und Leichhardt mußte alleine an Bord. 1842 traf er in Sydney ein. Zwei Jahre Bettelgänge, bis er seine Ausrüstung zusammen hatte, Vorräte gekauft und Träger angeworben waren. Fünf bis sechs Monate hatte er für diese erste Expedition veranschlagt, es wurden eineinhalb Jahre daraus. Als Leichhardt aus dem Outback zurückkehrte, war er ein berühmter Mann. Aber kaum hatte er sich von seinen Strapazen erholt, plante er schon die nächste Reise, und diesmal standen die Geldgeber Schlange. Obwohl die Route waghalsiger war als die erste, selbstmörderisch geradezu: Er wollte ins Innere des Landes vordringen, eine Durchquerung des Kontinents versuchen, von der Ostküste über Alice Springs an die Westküste, mehr als 3000 km durch Buschland und Wüste. Zwei, drei Jahre vergingen. Noch machte sich niemand Sorgen, Leichhardt war ein erfahrener Buschläufer und auch die erste Reise hatte länger gedauert als geplant. Vier, fünf Jahre, erst im siebten machte sich ein Suchtrupp auf den Weg. Nichts, keine Spur. Immer neue Suchtrupps folgten, aber alle kamen sie mit leeren

Händen zurück. Sein Leichnam wurde nie entdeckt. Die ganze Expeditionskarawane war spurlos verschwunden!

Bald kursierten die wunderlichsten Gerüchte über Leichhardts Verschwinden. Gegenseitig sollen sich die Forscher niedergemacht haben, Kannibalismus in letzter Not, einer nur wurde gerettet, Leichhardt selbst, den die Aborigines verschleppten, weil er einem ihrer Heiligtümer zu nahe gekommen war, von Stamm zu Stamm wurde er gereicht, ein Feind erst, dann ein Freund, der zu allen Mysterien Zutritt erhielt, selbst zu jener Oase im Innern des Landes, von der es hieß, dort schlage das grüne Herz Australiens.

Ich legte den Kopf auf die Hände. Erinnerungen, die ich längst vergessen geglaubt hatte, stellten sich ein. Bilder aus Kinderbüchern und zerflatterten Reiseerzählungen. Es gab nur ganz wenige Geschichten, die mich damals als Kind verzaubert hatten, weder Winnetou noch Peter Pan, Superman oder Robinson Crusoe waren Spielkameraden meiner Phantasie gewesen, allenfalls Jerry Cotton. Aber die Geschichte dieses Holzfällers Rip van Winkle, der eines Morgens in den Wald ging, in einer Höhle einschlief und abends in eine andere Welt zurückkehrte, die hatte mich schon immer fasziniert. Zwanzig Jahre waren vergangen an diesem einen Tag, und ich hatte mich oft gefragt: Wie kommt ein Mann auf so eine Geschichte, wenn er sie nicht selbst erlebt hat oder von einem weiß, der sie erlebt hat. Und plötzlich sah ich Leichhardt vor mir. Diesen hageren Mann mit den brennenden Augen. Die Kameraden waren tot. Nur er hatte durchgehalten, weil sein inneres Fieber der Hitze trotzte, diesen einen Tag noch, den würde er durchhalten, und den nächsten und noch einen. Bis er in die Nähe des Felsens kam, in seinen Schatten, auf allen vieren kroch er hin, seine Augen rot im Widerschein der steinernen Wand, die sich plötzlich auftat wie die Schatzhöhle vor Aladin. Ich sah ihn vor mir, sah ihn die letzten Schritte tun, und dann im Dunkel der Grotte sich niederlegen, so müde, nur schlafen, und vergessen, und schlafen, Tage, Wochen, Jahre, und dann das Erwachen.

Wunderlich erholsam war der Schlaf gewesen, ohne Durst, ohne Hunger erwachte er, sein Körper war frischer als je, sein Gesicht hatte sich verändert, war ein jüngeres geworden, und es sah dem von Boris zum Verwechseln ähnlich. Dieser Leichhardt war nicht tot, dessen war ich mir in diesem Moment absolut sicher, und sein Testament war nicht zufällig aufgetaucht. Es war eine Einladung an den Sohn, die Nachfolge anzutreten. Denn wenn es stimmte, daß alle Geschichten dieser Welt nur die eine Geschichte erzählen, dann konnte auch Rip van Winkle wieder lebendig geworden sein. Zwanzig Jahre, zweihundert, zweitausend, was war der Schlaf der Götter gegen die Uhren der Menschen?

Ich tippte mir gegen die Stirn, nicht zu sanft, denn ich war gewaltig ins Tagträumen gekommen. Das mußte der Ouzo gewesen sein. Ich gönnte mir noch einen und verschlief den kurzen Rest der Fahrt.

»Willkommen im Bahnhof Zoo. Der Zug fährt nach wenigen Minuten Aufenthalt weiter Richtung Ostbahnhof. Sie haben Anschluß an...«

Das war vor einer guten Viertelstunde gewesen. Seitdem lief hier gar nichts mehr. Ich hatte es gerade noch aus der Tür raus geschafft. Dann konnte ich keinen Schritt mehr tun. Vor mir eine Mauer aus Menschenleibern. Hinter mir die Drängelei derer, die noch aus dem Zug hinaus wollten. Allen voran eine ältere Frau, die mir immer wieder ihren Koffer in den Rücken stieß.

»Wenn Sie so nett wären!«

»Ich wäre gern so nett, aber wie Sie sehn, geht hier gar nichts mehr!«

Das schien sie gar nicht zu hören. Wie eine Ameise, der man den Transportweg blockiert hatte, ruckte sie immer wieder mit ihrem Koffer gegen mich an. »Wenn Sie bitte so nett wären!« Es ging nicht. Keinen Meter. Vor mir schob und schnaufte ein Heldentenor, der seine Frau am anderen

Ende des Bahnsteigs entdeckt zu haben glaubte, aber selbst seine zwei Zentner genügten nicht, eine Bresche zu schlagen. Wir ruckten allenfalls zentimeterweise voran, dann verkeilten sich wieder Koffer ineinander.

»Da geht nichts. Passen Sie doch auf, bitte!«

Eine Großmutter versuchte, ihren Enkel vor dem Riesenrucksack eines Trampers zu retten. Wie ein Mammutkäfer stand er auf seinen Hinterbeinen, wankte unter der eigenen Last und drohte, im nächsten Moment umzukippen. Um ihn herum ein Heuschreckenschwarm schmächtiger Schülerinnen aus der Provinz mit diesen dicksohligen Trampolinschuhen, die immer wieder zum Sprung ansetzten und sich doch nur den Kopf an den Taschen derer stießen, die hofften, sie könnten durch diese Stromschnelle einfach hindurchwaten, wenn sie das Gepäck hoch genug über den Kopf stemmten. Andere hatten resigniert und sich auf Wartebänke gerettet. Von dort aus betrachteten sie mit ihren Handfernrohren das Treiben, als gehörten sie längst nicht mehr dazu. Darunter auch zwei Burschen, die mir irgendwie bekannt vorkamen. Oder war es dieses kalte Lächeln über die Aufregung um sie herum, das mich an Boris erinnerte?

»Die Ausgänge sind blockiert!«

›Na prima!‹ dachte ich. ›Willkommen! Willkommen in Berlin.‹ Das Transparent war quer durch die Bahnhofshalle gezogen. Berlin begrüßt das neue Jahrtausend. Treffpunkt Brandenburger Tor. Aber dazu würde es bei diesem Tempo wohl nie kommen.

»Vorwärts, vorwärts, machen Sie doch endlich vorwärts!«

»Na wie denn, Sie Idiot?«

Plötzlich konnten sie alle schimpfen. Sogar die Aktentaschenträger und Brillenmenschen. Jeder hatte was zu sagen. Überall rief irgendeiner und winkte wie ein Wahnsinniger, und ein anderes Winken antwortete ihm. Als wäre die Mauer gerade gefallen.

»Warum tut sich denn da nichts?«

Die Frage wurde eilig durchgereicht, stille Post, nur die Antwort ließ auf sich warten. Kein Schaffner, das Kontrollhäuschen unbesetzt, dafür wies die Lautsprecherdurchsage wieder mal darauf hin, daß der Zug zur Weiterfahrt bereit war.

»Verdammt noch mal, ich muß da durch. Da vorne wartet meine Frau!«

Der fette Tenor krabbelte wie ein Krebs in der Fritteuse und fing wieder an zu schwitzen, er hatte die ganze Fahrt über schon geschwitzt, beim Bierholen, und als er seinen Koffer herunternahm, immer konnte man sehn, wie er große dunkle Flecken in sein Hemd schwitzte. Seinen Mantel hatte er in der linken Armbeuge, weil ihm zu warm war, mit der Rechten winkte er, dann lockerte er seine Krawatte, dann winkte er wieder. Dabei wischte sein Ellbogen vor meinem Gesicht hin und her, und gleichzeitig stieß die Omi von hinten: »Könnten Sie bitte so nett sein...!«

»Nein, verdammt noch mal!«

Ich konnte mir noch nicht mal eine Zigarette anzünden, nichts konnte ich, wir standen so dicht an dicht, daß mir die Luft wegblieb, und immer ging es noch ein Stück dichter. Noch mehr schlechter Atem, noch mehr Mottenkugeln. Hoch auf die Zehenspitzen und nur keinen Erstickungsanfall kriegen jetzt. Tief Luft holen, mit dem Mund, immer nur tief Luft holen.

»Da sind bestimmt die Rolltreppen ausgefallen, das passiert hier gelegentlich, dann staut sich natürlich alles die Stufen hinunter.«

»Und warum sind dann so viele Bullen hier?«

Bevor mir der Rentner Auskunft geben konnte, trieb er auch schon ab, wirbelte hinein in eine Lücke, die sich plötzlich vor uns auftat, denn da war etwas in Bewegung geraten, vorne, in Richtung des Kiosks. Seine kleine Tasche mit der großen Schlaufe hielt er ganz eng am Körper, und den Hut hielt er hoch, auf seiner Fingerspitze, weit über seinen Kopf, als Lebenszeichen für seine Frau, die ihn längst aus den Augen verloren hatte und immer nur »Horst« rief, »Horst!«

»Jesus starb am Kreuz, und wir haben die Pflicht zu sterben.«

Kein Schlachtruf. Ein Lobgesang eher. Mit einer knappen Andachtspause in der Mitte.

»Jesus starb am Kreuz, und wir haben die Pflicht zu sterben!«

Eine kleine Gruppe stand im Kreis, unbeirrt, trotz allem Gedränge hielten sie sich in den Armen und stampften rhythmisch. Gospelsinger, dachte ich, die sich schützend um ihren Chorleiter zusammenzogen, ein kleines dürres Männchen. Er war mir schon im Speisewagen aufgefallen, denn während er am Tisch saß und die große Menüfolge in sich hineinstopfte, standen sich zwei seiner Adjutanten die Beine in den Bauch. Gospelsinger, klar doch, aber das war kein Gospel, auch wenn die Melodie daran erinnerte und die Kraft der Stimmen.

»Jesus starb am Kreuz, und wir haben die Pflicht zu sterben!«

»Ein Kirchenchor, na prima!« meinte der Dicke vor mir. »Das hat uns gerade noch gefehlt.«

»Von wegen Kirchenchor! Hören Sie doch mal, was die singen!«

Die Aufforderung kam von der sehr resoluten Mutter, die ihren kleinen Sohn fest an der Hand hielt, denn der wäre am liebsten zwischen den Beinen hindurchgewuselt.

»Die nennen sich ›Wächter des Herrn‹. Die haben im Zug schon Flugblätter verteilt.«

»Deswegen die Bullen!«

»Gab es eine Bombenwarnung oder was?«

»Es gab eine Bombenwarnung?!«

»Ne, gab es nicht, oder!«

»Es gab eine Bombenwarnung!!«

Das Stimmengewirr hatte ein Ende. Die stille Post. Sie war angekommen und bestand nur aus einem Wort: Bombenwarnung. Natürlich! Deswegen das Gedränge, deswegen die Polizei. Plötzlich war alles so logisch.

Die Erkenntnis fuhr wie ein Stromstoß durch die Menge. Zum Ausgang, hin zum Ausgang. Der Tenor rammte gegen die Menschenmauer vor ihm. Ich drängte nach, aber wir kamen dem Ausgang nicht näher, wir trieben nur ab auf die andere Seite des Bahnsteigs, vorbei am gläsernen Wartehäuschen, wo sie dicht an dicht Schutz gesucht hatten, und nur einer sah heraus zu uns, ich kannte ihn, den Mann mit dem tätowierten Schädel, aus vielen Kreuzberger Nächten, Queequeg, Bote des Todes.

Ein Baby fing wieder an zu kreischen, als es ihn sah. Seine Großmutter schaffte es irgendwie, eine Spielente aus der Tasche zu ziehen, drückte sie wieder und wieder gegen die Brust, Quak, Quak und wieder Quak, Quak. Aber es beruhigte nicht mehr, dieses Quak, Quak, es zauberte kein Lächeln mehr hervor. Das Kind schrie, und mit ihm die Großmutter, die Ente fiel ihr aus der Hand, geriet dem Tenor unter die Füße, und der stampfte darauf herum, bis das Quak, Quak erstarb, da kickte er sie aufs leere Gleis.

»Meine Damen und Herren, sehr geehrte Fahrgäste...«

»Fahrgäste, von wegen Fahrgäste!«

»Halten Sie den Mund!«

»Ruhe, verdammt!«

»Ruhe!«

Für einen Moment wurde es tatsächlich ruhig. Der Countdown lief. Gleich würde diese verdammte Bombe hochgehen. Ich war mir völlig sicher, und das Entsetzen in den Gesichtern der andern gab mir recht. Nur der Bahnhofsvorsteher hatte es noch nicht begriffen.

»... aufgrund einer Betriebsstörung verzögert sich die Weiterfahrt des Zuges noch um einige wenige Minuten. Wir bitten um Ihr Verständnis.«

»Das war alles? Die lügen uns doch an. Die haben längst die Ausgänge gesperrt.«

»Warum sollten sie das tun?«

»Jesus starb am Kreuz, und wir haben die Pflicht zu sterben. Jesus starb am Kreuz...«

Die Arme reckten sich triumphierend nach oben, winkten hin und her in gemeinschaftlicher Euphorie, als wäre das Spiel schon gewonnen.

›Football is coming home, is coming home, is coming home.‹ Der falsche Text, aber ich wollte mitsummen, für Momente nur, das half gegen die Angst, aber den Text hatte ich geändert, noch verlor ich nicht die Nerven, noch nicht.

»Ich krieg die Panik.« Die junge Mutter sagte es ganz nüchtern, so als wäre es unabwendbar. »Ich krieg gleich die Panik.« Dabei wischte sie sich eine Haarsträhne aus dem Gesicht, immer wieder dieselbe Geste, immer wieder wischte sie nur die Haarsträhne. Genausogut hätte sie es auch schreien können. Ich will hier raus. Laßt mich endlich hier raus. Aber sie wischte nur mit einer unendlichen Geduld diese Haarsträhne zur Seite.

»Da!«

Die metallene Statue wankte. Das große blaue Zwillingspärchen, diese Laubsägearbeit der Bahnlehrlinge, die mit der Fahrplanauskunft schwanger ging. Sie schwankte heftiger und heftiger, als wollten diese Fanatiker einen Götzen stürzen. Wenn dieses Ding kippte, dann würde es etlichen von uns den Schädel einschlagen noch bevor die Bombe hochging. Und es würde kippen, denn sie hatten sich in Bewegung gesetzt, die Kämpfer des Herrn, rücksichtslos schoben sie die Leute beiseite, der Schlachtgesang machte ihnen den Weg frei, die Scheu, ihnen zu nahe zu kommen, gab ihnen die Zentimeter an Lücke, die sie brauchten, um voran zu kommen.

Der Bahnsteig wurde hier enger, viel zu eng, als daß noch einer hätte ausweichen können, und doch drängten sich die Sänger durch die Menge, hieben ihre Ellbogen gnadenlos in jedes Gesicht, das sich ihnen zukehrte, »Aus dem Weg, los doch!« Frauen, Kinder, kein Hieb wurde schonender geführt.

Der Tenor schwankte, ein Schlag hatte ihn am Ohr getroffen, er quoll auf vor Wut, drückte mich näher und näher an die Bahnsteigkante.

»Jesus starb am Kreuz, und wir haben die Pflicht zu sterben. Jesus starb am Kreuz, und wir haben die Pflicht zu sterben.«

»Die sind verrückt, die bringen uns doch alle um.«

»Achtung, auf Gleis zwei hat jetzt Einfahrt der verspätete Intercity Clara Viebig aus Braunschweig. Bitte von der Bahnsteigkante zurücktreten.«

Es kam so etwas wie Gelächter auf. Wer sollte da zurücktreten, wenn keiner auch nur einen Schritt tun konnte. Da war nicht einmal Platz für einen Polizisten, der diese Demonstration hätte auflösen können. Denn auf ein Kommando hin, das die Todesangst ihnen einflüsterte, hakten sich alle unter, und auch wenn die Menschenkette gefährlich nah an die Kante heran schwankte, sie hielt, da konnte keiner mehr fallen.

Ich rutschte dennoch ab. Keine Ahnung, ob ich gestoßen wurde oder ob ich einfach kapituliert hatte. Plötzlich stand ich auf den Schienen, so fern von allem Trubel, daß ich aufatmen konnte, und doch so nah, daß ich lachen mußte über das komische Gedränge. Denn von oben staunte der dicke Tenor herunter, als sähe er einen fröhlichen Ertrinkenden dahintreiben in diesem ausgemauerten Schienenkanal, aber er sagte kein Wort, der Tenor, streckte auch keine Hand aus.

»Da unten ist einer!«

Der Junge sah mich als erster. Dann seine Mutter und die anderen. Aber die Wand der Füße war so dicht, daß keine zwei Hände Platz auf der Bahnsteigkante gefunden hätten. Da öffnete sich keine Tür, auch auf Zuruf nicht. Denn ich brüllte, ich brüllte um Hilfe, und war im nächsten Moment schon wieder still und ein anderer. Einer der sich niederkauert und jammert, so einschüchternd war der Anblick des Todes, wenn er die Maske des Unbekannten ablegte.

Das Baby kreischte wieder los, und plötzlich schrien sie

alle. »Helft ihm doch!« Die Stimme des Kindes hatte das Stillschweigen gebrochen, und jetzt drängte es plötzlich jeden, Hilfsbereitschaft zu zeigen. »Los, los! Holt ihn hoch!« Hunderte von Händen, selbst der fette Tenor beugte sich etwas vor, aber ich wollte keine Hilfe mehr. Wozu? Der Tod würde mir Alinas Mitleid bringen, und aus Mitleid würde Liebe, und ihr Kuß würde mich wieder zum Leben erwekken. Die Lichter waren schon zu sehen, die flache Schnauze der Schlange zischte heran. Ich taumelte an den Rand.

»Nehmen Sie doch endlich meine Hand, Sie Idiot!«

Die junge Mutter erwischte mich mit zwei Fingern am Kragen, zerrte mich ein Stück heran an das Dutzend Hände, die mich hochziehen wollten. Aber ich kam mit den Beinen nicht nach, die hingen unten wie Blei. Sollten sie mich doch auf den Schienen lassen. Der Zug kam. Das Quietschen der Notbremse, die nicht mehr half. Sie würde mich im Rollstuhl sehn. Mein Engel, meine Nachtschwester. Den blutigen Verband der Stümpfe würde sie wechseln, Tag für Tag mich durch den Tiergarten schieben. Sie entkam dem Mitleid nicht. Der Zug! Niemals würde sie mir entkommen. Ich blieb hier unten. Die Lichter! Egal, ich blieb, ich blieb, verdammt, ich blieb. Sollte er doch kommen, der Tod.

Wagen um Wagen schoß vorbei. Gekreisch der Radreifen, Bremsen. Stillstand. Ich blieb einfach liegen, kühlte das Gesicht auf dem schmierigen Bahnsteig, bis sich die ersten Schritte entfernten. Ich sah hoch auf meine Retterin. Die stand breitbeinig über mir und schnaufte zornig.

»Alles in Ordnung mit Ihnen?«

»Da hat mich einer gestoßen!«

Sie glaubte mir kein Wort, verschwand einfach mit ihrem Jungen, wie all die anderen, denen die Sensationsgier in die Gesichter geschrieben stand, und die Enttäuschung, daß ich es doch noch geschafft hatte.

»Na ja, ein ›Danke Schön‹ hätten Sie sich schon abringen können, mein Freund.«

Die Entrüstung brachte die Schweinsäuglein des Tenors

zum Glänzen, und die seiner Frau, die ihm jetzt wieder im Arm hing. Alles war wieder so alltäglich. Mit einem Schlag. Keiner wußte mehr, wieso es überhaupt zu diesem Tumult hatte kommen können. Die Absperrung war aufgehoben. Die Rolltreppe nicht länger blockiert. Kein Hindernis staute mehr. Die Menschen strömten den Gang hinunter, eng aneinander gedrängt immer noch, aber im ruhigen Fluß, als hätte die Normalität die Erinnerung im Nu entwertet.

Keiner sah mehr zurück, jeder wollte nur noch so unauffällig wie möglich verschwinden. Selbst das Auftreten des Sonderkommandos lockte keine Zuschauer mehr. Zehn, zwölf Polizisten waren herangeeilt, umstellten die Sängerknaben und ließen nur eine kleine Gasse für den Auftritt des Kommissars. Ich sah ihn nicht, aber seine Stimme, die kannte ich, denn sie erinnerte an die Zeiten von Kojak, als Polizeibeamte noch das Recht hatten, das Böse direkt an den Eiern zu packen.

»Herr Kim Miller? Kommissar Orlowski mein Name. Ich muß Sie und Ihre Anhänger bitten, uns aufs Präsidium zu folgen!«

Keine Bombe. Kein Blutvergießen. Die Jünger blieben völlig ruhig, als hätten sie dieses Spiel schon oft gespielt. Höflich streckten sie ihre Hände, um sich nach Waffen abtasten zu lassen. Selbst das Singen hatten sie eingestellt, als fürchteten sie, dafür mit einem Bußgeld bestraft zu werden.

Einen Moment war ich im Zweifel, ob ich nicht direkt auf ihn zugehen sollte. Anzeige erstatten wegen versuchten Mordes. Aber ich konnte mir schon die Reaktion vorstellen! Damals, als die Sache mit der Wiedertäufer-Sekte aus dem Gleis zu laufen drohte und ich jeden Morgen mit einer Morddrohung geweckt wurde, hatte ich in einem Anfall von Schwäche Personenschutz beantragt. Wurde prompt entschieden, ohne langen Behördenweg. Die hatten sich geradezu erfreut gezeigt, denen von der Presse auch mal eins auswischen zu dürfen. ›Bei allem Respekt vor Ihrer Arbeit, aber nehmen Sie sich da nicht zu wichtig, Herr Claasen?!

Personenschutz für einen Reporter?‹ Und dabei hatten sie mich angesehn, als würde ich unter Verfolgungswahn leiden. Zumal ich ja immer noch am Leben war. Wie konnte da ernsthaft von einer Bedrohung die Rede sein. ›Im Fall Ihres Todes wäre das natürlich etwas anderes! Dann würden wir Sie bitten, Ihren Antrag einfach noch mal einzureichen!‹

Nein, einen Teufel würde ich tun und mit diesem Kommissar reden. Direkt ins Rockys Inn würde ich gehen, da trieb sich mein alter Kumpel Friedhelm für gewöhnlich herum, der war mal Vize bei den Stadtmeisterschaften gewesen, ein Fliegengewicht, aber mit Killerinstinkt. Friedhelm hatte ein ziemlich schlichtes Motto, wenn es galt, anderen die eigene Meinung näher zu bringen: ›Nenn ihn Lukas und hau drauf.‹ Ein paar Tage Personenschutz von der Sorte wären das einzig Richtige.

Ich legte einen Zahn zu, weil unterm S-Bahnbogen mal wieder die Stricher rumlungerten und ich schon oft genug blöd angequatscht worden war. Hinter mir lief einer, der es anscheinend darauf anlegte, so lässig, wie er dahinschlenderte. Ich trat einen Schritt zur Seite, zog eine Zigarette und ließ ihn passieren. Ein blondierter Schnösel, dessen Jaguar in der Werkstatt stand, weil Mamas Taschengeld grade noch fürs tägliche Tütchen Koks reichte. Aber ich konnte mich irren. Denn er wurde langsamer, ein schleichender Schritt, aber keine Spur zögerlich. Er drehte sich um, kam wieder zurück. Direkt auf mich zu. Der lauernde Blick. Die kalten Augen. Das kam mir alles so bekannt vor. Und da war es auch wieder, dieses verdammte Frösteln, das mir den Rükken krümmte.

»Haben Sie Feuer?«

»Klar doch.«

Mit der Rechten gab ich ihm Feuer, und mit der Linken griff ich meinen Schlüsselbund. Den Längsten und Kantigsten würde ich ihm in die Augen rammen, da konnte er noch so verschämt mit seinen Lidern klimpern. Nur die geringste falsche Bewegung!

Er ließ sich sehr lange Zeit. Beide Hände als Windschutz um meine. Und wieder dieser Augenaufschlag. ›Einmal noch, dann bist du dran!‹ dachte ich.

»Danke schön!«

Er verschwand. Genauso schlendernd, wie er gekommen war. Nur die Angst, die war nicht gewichen. Links und rechts eilten Passanten vorbei, aber mir schien es, als verlangsame sich der Gang aller Uhren. Wie in Zeitlupe sah ich mich um, musterte jeden Punkt in meinem Gesichtskreis, bis ich direkt vor mir auf die Gefahrenquelle stieß, und die Zeiger wieder schneller liefen, viel zu schnell. Tak, tak, taktaktak, wie ein Geigerzähler beschleunigte mein Puls. Dort, ihm Halbdunkel, kaum zehn Meter entfernt, lehnten zwei Russenstricher. Auf ihren Gesichtern diese seltsame Mischung aus Ekel und Dreistigkeit. Die standen dort und kauten Kaugummi, das Knie hochgezogen und den Blick unverwandt auf mich gerichtet. Als hätte ich ihnen ein Zeichen gegeben, stemmten sie sich plötzlich von der Wand ab und traten auf mich zu. Slow Fox. Ganz und gar lässig. Noch ehe sie überhaupt den Mund aufmachten, wußte ich, daß es besser war zu verschwinden. Und zwar schnellstens.

Ich gab mir keine Bedenkzeit, rannte einfach los. Ein paar Meter Vorsprung extra, mit denen sie nicht gerechnet hatten. Blitzschnell reagiert. Punkt für mich. Sie würden mich kriegen, klar, aber leicht würde ich es ihnen nicht machen.

Ich hätte ein Taxi nehmen können. Auf die Straße rennen. Mit den Armen winken. Aber ich hatte Angst, ich wollte in die Menge, mich sicher fühlen, zurück zum Bahnhof, wo hoffentlich die Bullen noch rumstanden.

Das war mein verdammter Fehler. Die Jungs trugen Turnschuhe, da hätte ich wetten können, Nikes, die mit der Sichel, die mußten gar nicht rennen, die trabten nur hinter mir her, als wollten sie mir die Armbanduhr zurückbringen, während ich mir die Lunge aus dem Leib keuchte. Slalom durch die Fußgänger. »Tschuldigung, Tschuldigung!«, aber das kostete nur Puste. Und die brauchte ich dringend. Denn langsam machten sie ernst. Ihre Schritte wurden schneller. Je näher ich dem Bahnhof kam, desto größer war meine Chance, sie abzuhängen. Das wußten die auch. Aber sie sahen auch, wie ich mir die Lunge aus dem Leib hechelte. Die nahmen mich nicht ernst. Das war ihr verdammter Fehler.

›Runter in die U-Bahn‹, dachte ich, aber bis dahin waren es zweihundert Meter, dann noch mal die gleiche Strecke im gekachelten Gang. Da verwischte das Blut so schön, wenn man mit dem Schädel dagegen knallte, ich hatte mal eine kleine Streiterei unter Dealern da unten miterlebt. ›Scheiße‹, dachte ich, ›Scheiße, nicht mit mir‹. Aber der Vorsprung war weg.

»Aus dem Weg, verdammt!«

Ich hätte sie fast gerammt. Die Kleiderliesel, die ihren Wagen vorbei schob. Das hatte sie schon vor zehn Jahren getan, den Einkaufswagen über den Ku-Damm schieben, hoch und runter, und abends am Bahnhof Zoo geparkt. Da war alles drauf gestapelt, was sie je an Wäsche getragen hatte, dazu an jeder Seite noch ein Dutzend Tüten, das Ganze ein Berg, den niemand außer ihr hätte lenken können. Ich riß sie um und den Wagen gleich mit.

»Tut mit leid!« schrie ich und kippte die Kiste in den Treppenabgang. Sie klammerte sich an ihren Wagen, rutschte die Stufen runter, der Einkaufswagen hinterher, über sie drüber, wie ein Laster die Böschung hinab. Oben Gelächter. Klar doch, verdammt komisch das alles.

Die kamen da nicht durch. Das ging gar nicht. Da war ich mir sicher. Ich hetzte den gekachelten Gang entlang, vor mir eine Schulklasse, picklige Gesichter im Halbkreis um einen dieser Althippies, die vierundzwanzig Stunden Neil Young klimpern, ›Heart of Gold‹, was sonst. Ich kickte seinen Blechnapf gegen die Wand, daß die Münzen nur so flogen, und prompt pickten sie das Kleingeld, die Kiddies, schimpften hinter mir her und versperrten den Gang. Das würde reichen. Das mußte reichen. Ich lief ans Ende des Bahnsteigs und versteckte mich hinter einem Pfeiler.

Nur ein bißchen Glück, nur ein bißchen Glück, mein Mantra, meine autogene Formel, die ich betete und betete, bis sie kam, die verdammte U-Bahn, genau richtig, ich drängelte mich rein, drehte mich um die Achse und ließ mich aufs Polster fallen. Geschafft.

Jetzt fahr los! Fahr los! 23, 24! Fahr los! Ich schloß die Augen, weil Wünschen half. Das hatte Alina auch immer gesagt. 25, 26. Schließ die Augen, das hilft. Fahr los, verdammt! Noch konnte der Vorsprung reichen.

Und sie fuhr los!

»Zurückbleiben bitte.« Und dicht die Türen. Geschafft. Es war so ein unglaublicher Moment der Ruhe und des Friedens. Meine Lunge pumpte noch immer Turbo, aber mein Herz pulste einen entscheidenden Schlag ruhiger. »Ich bin ruhig, ich bin ruhig, ich bin ganz entspannt!« Und ich konnte mich umsehn, mit einer ganz neuen Gelassenheit.

Links von mir saß eine dieser Achtundsechziger-Matronen mit viel zu üppig toupierten Haaren und jeder Menge Indianerschmuck an den Handgelenken. Die Tochter daneben wirkte fast eine Spur zu bieder, aus Trotz gegen die Mutter, und sie wich auch sofort verschüchtert, als sie den Schnaps roch und den Schweiß. Konnte mir nur recht sein, wenn ich mehr Platz hatte. Ich legte erschöpft mein Gesicht in die Hände. Am Wittenbergplatz drängten noch mal jede Menge Mütter mit vollen KaDeWe-Taschen nach, aber das war es dann auch. Sonst kam keiner mehr. Ich hatte es wirklich geschafft.

»Zurückbleiben bitte!«

Endlich schlossen die Türen wieder. Irgendwie war mir jetzt verdammt wohler. Wenn sie in einem der anderen Wagen gewesen wären, hätten sie jetzt auftauchen müssen. Mit ihren verdammten Grinsevisagen. Aber ich hatte sie abgehängt. ›Im Kopf muß man es haben, nicht nur in den Beinen‹, dachte ich mir und mein Gegenüber nickte. Da sah ich sie.

Ich schloß die Augen, als könnte ich das Unheil ausblenden. Aber sie hatten mich längst entdeckt. Drängelten durch den Mittelgang heran. Mußten sich als letzte durch die hintere Tür reingedrückt haben. Einer setzte sich neben mich, in die Lücke, die kaum breit genug war für eine Handtasche, und spreizte die Beine. Die Matrone rückte mißtrauisch zur Seite und nahm ihre Tochter fast auf den Schoß. Der andere stellte sich mir gegenüber und starrte auf mich runter. Beide kauten wieder Kaugummi. Ein feuchtes Schmatzen, daß einem das Wasser im Mund zusammenlief, mit diesem leichten Ekelgefühl, als müßte man das vorgekaute Ding gleich selber schlucken. Ich wußte nicht, wohin mit dem Blick, nicht, wohin mit den Beinen. Ich wollte nicht aufstehen, denn dann hätten sie sich an mich drängen können. Ich wollte aber auch nicht sitzen bleiben, denn der kalte Schweiß kam wieder. Die Garotte.

Die beiden trugen Ghettokapuzen, Turnschuhe und viel zu enge Jeans. Da war nirgendwo ein Messer. Wozu auch. Die waren zu zweit und hatten Muskeln für drei. Der eine grinste mich an, als könnte er Gedanken lesen. Die Zähne ganz weiß, der Blick völlig kalt. Plötzlich stülpte er die Lippen. Als wollte er einen Golfball durch einen Gartenschlauch saugen. Die würden mich zusammenschlagen und dann einfach irgendwo liegenlassen. Nein, das würden sie nicht. Was hätten sie schon davon. Die wollte mir nur Angst machen. Aber das klappte ganz gut.

Der Schweiß lief mir von der Stirn. Es war verdammt warm im Abteil, und bei jeder Station drängten neue nach. Der vor mir schob die Hüfte immer näher. Ich roch es. Ich roch, wo er sich die letzten Stunden rumgetrieben hatte. Auf Bahnhofstoiletten, wo kein Desinfektionsmittel mehr was half, auf diesen billigen Caféstühlen aus Plastik, von denen man aufstehen wollte, noch ehe man saß, und auf kunstledernen Taxipolstern, abgewetzt von Touristenärschen.

Die Menge ruckte nach vorn beim Anfahren, und er wurde ein, zwei Meter weiter geschoben. Ich konnte Luft holen.

Auch wenn er sich grinsend umsah. Er kam nicht mehr ran an mich. Blieb nur noch der eine von der Seite, Iwan II., und sein Schmatzen, als wollte er mit dem Speichel Wassergläser füllen, und ich müßte sie schlucken, eins nach dem anderen.

»Was ist Ihnen denn, Sie werden ja ganz blaß?«

Jetzt blies er auch noch eine Blase mit seinem Kaugummi, die größer wurde und immer größer. Größer als jede Seifenblase, die sich noch hätte balancieren lassen auf einer Kinderhand. Er ließ sie platzen. Der warme Speichel spritzte mir an die Wange, die Blasenhaut klebte über meinem Gesicht, eine Vollmaske, ohne Nasenschlitze, ohne Mundloch. Ich gurgelte ab.

Dauerregen. In der Waschstraße. Über mir die Walzen. Aber das Dach hielt nicht stand und die Walzen kamen wieder, hinterrücks, drückten das Dach vollends ein, und links und rechts spritzte immer noch Wachs und der Garagenchef stürzte herein, zog mich raus und knallte mir eine.

»Na, jetzt kommen Sie mal wieder zu sich, junger Mann!!«

Sie klatschte mir drei, vier Mal ins Gesicht. Nicht einmal unangenehm. War wohl mal Krankenschwester gewesen. Ich hob den Kopf von ihrer Schulter. Ihre Tochter tat ganz abgebrüht und hielt mir ihr Taschentuch hin. Die beiden Russen waren verschwunden.

»Ja, ja sicher. Alles in Ordnung.«

Ich lauschte. Als könnte ich das Schmatzen noch hören. Ich sah mich um. Aber sie waren verschwunden. Ganz sicher. Denn das Gefühl der Bedrohung war weg. Mit einem Mal staunte ich über mich selbst. Als wäre meine Angst nur Einbildung gewesen. Nur neugierige Gesichter um mich herum. Schadenfrohes Grinsen.

»Trinken Sie mal nicht mehr so viel, verstanden, und wenn Sie Sorgen haben, kommen Sie demnächst zu uns.«

Sie drückte mir eine Visitenkarte in die Hand. Ich wußte nicht, worüber ich mehr staunen sollte. Über den Ring an ihrem Finger oder darüber, daß sie Visitenkarten bei sich trug.

*

Haltestelle Stadtmitte. Mit mir stiegen einige Touristen aus, die sich vom Namen der Station hatten täuschen lassen. Die dachten, sie landen auf dem Ku-Damm. Mitten im vollen Leben der neuen Hauptstadt. Tatsächlich hätten sie genauso gut auf dem Mond aussteigen können, so einsam war es hier in Stadtmitte.

Ich blieb einfach stehen. Wartete, bis alle Schritte verhallt waren, dann marschierte ich los. Ich sah mich nicht mehr um. Wozu auch? Da waren keine Verfolger mehr. Nicht hier in Mitte. Hier gab es keine Exhibitionisten, hier gab es keine Obdachlosen, keine Punker und keine Penner, keine Stricher, keine Nutten, nichts, niemand. Die Mauerstraße war nachts ein Todesstreifen.

In der Wohnung brannte Licht. Da war ich nicht sonderlich sparsam. Das ließ ich immer brennen. Gab ein gutes Gefühl, wenn man nach Hause kam. Zumindest im ersten Moment. Ich ging ins Bad, drehte den Wasserhahn auf, wusch die Hände und spritzte kräftig den Spiegel naß. Alina hatte das gehaßt. Jeden Tropfen hatte sie einzeln weggewischt. ›Ist das so schwer, einen Spiegel sauber zu halten? Ist das wirklich so schwer! Ich will morgens in einen sauberen Spiegel sehn. Mehr will ich gar nicht. Das ist doch nicht zu viel verlangt, oder?‹

Sie konnte eine gute Stunde so zetern, und man wußte nie, ob sie es wirklich ernst meinte oder ob sie nicht einfach so zum Spaß weitermachte. Dabei ist es wirklich verdammt schwer. Wer denkt schon beim Händewaschen daran, daß es spritzt, und wenn ich wirklich mal dran dachte, schlenkerte ich die Hände noch mal extra aus, nur so zum Trotz. ›Soll ich meine Hände vielleicht trocken waschen?‹ ›Soll ich die Hände vielleicht trocken waschen?! – Du lachst am liebsten über dich selbst ja? Am allerliebsten hast du dich selbst, dich und deine scheiß blöden Witze, du verdammtes Arschloch.‹

Hätte sie Blumen auf mein Grab gelegt? Wäre sie überhaupt gekommen zu meiner Beerdigung, wenn dieser Scheißzug mich platt gemacht hätte?

Wäre sie nicht. Wir hatten ja schon Abschied voneinander genommen, und endgültiger hätte es auch diesmal nicht sein können. Ich gurgelte mit Hexoral und danach mit Calvados. Da stand immer eine Flasche im Handtuchschrank. Für Notfälle. Und heute war ein Notfall.

Wir waren um den Schlachtensee gelaufen, damals. Sie ging immer spazieren, wenn sie Probleme hatte. ›Wir haben doch kein Problem‹, meinte ich, als sie den Regenschirm rausholte und mir die Wanderschuhe hinstellte. ›Doch, wir haben eins.‹ Natürlich hatten wir eins. Aber das war noch lange kein Grund, im Regen um den Schlachtensee zu laufen, dachte ich damals. Aber sie sah mich an, mit diesem Blick, der mir wie einem Kind buchstabierte, daß jedes weitere Wort zu viel war. Ich hätte damals ihre Hand nehmen müssen, als wir schweigend um den See liefen. Ich hätte mir alle Sätze sparen können. Ich hätte sie nur in den Arm nehmen müssen und ein bißchen in Sicherheit wiegen. Aber wie hätte ich das tun können, bei einer Frau, mit der ich seit Monaten nicht geschlafen hatte. Wie hätte ich ihr sagen sollen, daß ich sie immer noch liebe und daß ich mit ihr alt werden wollte.

Denn das war mir klar geworden, in den Wochen davor, daß ich sie liebte und daß ich vor ihr sterben wollte, weil ich ihren Tod nicht ertragen hätte, und daß ich alles für sie tun würde jetzt und in alle Ewigkeit – nur mein Leben nicht ändern.

›Ich sag Heinrich zu dir. Ricki klingt so doof!‹ Mir war alles recht, solange sie nur meine Hand nicht losließ. Das war bei unserem ersten Spaziergang gewesen. Da waren wir auch um den Schlachtensee gelaufen und dann auf die Wiese gefallen, dort, wo es zur S-Bahn hochgeht, und die Penner am kleinen Kiosk hatten sich schief gelacht über unser albernes Getue.

Wir hatten gebalgt wie die Kinder und waren doch ganz schnell erwachsen geworden. Ich drehte sie auf den Rücken und sah ihre Brüste durch das dünne Hemd, und es waren bestimmt nicht die schönsten Brüste, die ich je gesehen hatte. Nichts an ihr war wirklich schön. Nicht ihre Haut mit den vielen Muttermalen und den Narben, denn sie war aufgewachsen wie ein Junge. Auch nicht ihr viel zu fetter Hintern, der sich so schwer heben ließ, wenn wir Sex hatten, was gar kein Spaß war am Anfang.

Ich hatte mir Frauen bis dahin immer aus dem Modekatalog ausgesucht, Cocktailbeauties, die von Kollege zu Kollege gereicht wurden. Die mochten mich, weil ich Geld hatte und Einladungen für jede Party der Stadt. Da gab es auch nie Verzug, weil die Mädels auf diesen Partys irgendwann an den Richtigen gerieten, und wir einander ohne Reue Tschüß sagen konnten, so hübsch sie auch immer waren. Aber an Alina war einfach gar nichts schön. Nicht die Knollennase, die immer ein wenig tropfte, nicht die langen Füße und schon gar nicht ihre Hände, an denen sie zu viele Ringe trug, weil sie all ihren Erinnerungen treu blieb.

›Ich will die Scheidung.‹ ›Ich liebe dich, Alina.‹ ›Und ich will die Scheidung.‹

Unsere Liebe war eine Falle gewesen, und plötzlich sollte ich sie freilassen, obwohl ich selbst nicht mehr herausfand. Dabei war ich es gewesen, der das Gefühl gehabt hatte, jederzeit gehen zu können. Selbst nach dem ersten Kuß. Sie fischte mir ein paar Krümmel aus dem Bart und lag mir plötzlich in den Armen. Ihre Augen waren schon geschlossen, bevor sich unsere Lippen trafen, und sie hatte sehr schmale Lippen. Da hatte ich schon ganz andere Lippen geküßt. Nein, die Falle schnappte erst am nächsten Tag zu, als sie ihre Fäuste in meine Hosentaschen steckte, von hinten, tief hinein in die Hosentaschen. Wir standen in der Nationalgalerie. Ihr Kopf an meinem Rücken. Weiß der Teufel, vor welchem Bild. Sie ließ die Hände in meinen Taschen, es war meine alte grüne Cordhose, und ich rührte mich nicht mehr vom Fleck, bis es zu eng wurde für ihre Fäuste. Von da an hatte sie mich im Griff. Das war kein Sex. Das war nur das Gefühl, daß sie immer genau das tun würde, was mir gefiel. Und ich tat das, was ihr gefiel, dachte ich zumindest.

Es fing wieder an zu regnen, und sie klappte den Schirm auf, aber ohne sich unterzuhaken, wie sie das früher immer getan hatte.

›Ich ziehe zu Rüdiger.‹ Rüdiger war der Klavierlehrer unserer Tochter. Geschieden. Zwei Kinder. Netter Kerl.

›Ihr habt ein Verhältnis?‹ Sie nickte nur. Ich war gar nicht wütend, nur erstaunt.

›Ihr geht wirklich miteinander ins Bett? Du und Rüdiger?‹ Sie nickte wieder. Trotzig geradezu.

Es war Liebe zwischen uns gewesen, kein Sex. Wie konnte sie das eintauschen? ›Du liebst ihn, liebst du ihn, verdammt noch mal?‹ Sie gab keine Antwort. ›Aber du warst mit ihm im Bett?‹ Das war die falsche Frage. Das wußte ich. Aber wer tut in so einer Scheiß-Situation schon das Richtige.

›Gelegentlich.‹

›War es schön?‹

Wieder die falsche Frage.

›Du liebst mich, aber es war schön? Mit ihm war es schön! Schöner als mit mir?!‹

Ich wurde kleinlaut. Sie hatte in der ersten Nacht keinen Orgasmus und nicht in der zweiten. Nach der dritten hatte ich nicht mehr gefragt. Es war egal. Es war Liebe. Kein Sex. Anfangs ging er mir oft schon ab, bevor ich ihn überhaupt aus der Hose hatte und dann lagen wir da und lachten. Zwerchfell rieb gegen Zwerchfell, und irgendwie wurde uns wärmer, und irgendwann war er drin, ohne daß wir auch nur einen Finger gerührt hätten.

›Wer verhütet hier eigentlich?‹ hatte ich dann zwischendurch mal gefragt.

›Keiner‹, hatte sie geantwortet, und es war mir auch völlig egal gewesen. Was heißt egal, ich hatte mich gefreut, ich wollte der Vater ihres Kindes sein, weil es mich an sie erinnern würde. Das war mein größter Wunsch, den ich damals hatte. Ich wollte ein Kind von ihr, weil es mich an die Mutter erinnerte. Wie hätte ich ahnen können, daß sie schon schwanger war.

*

»Hallo Herzchen! Du hast deine Tür mal wieder offenstehen lassen. Schau her, was ich für dich habe! Hier ist dein postillon d´amour!«

Lucia stand im Licht, stützte die Hand in die Taille und wippte mit der Hüfte. Sie hatte eine sensationelle Figur in diesem Glitzerkleidchen.

»Hast du nicht versprochen, die Finger von meiner Post zu lassen!«

»Das kam nicht mit der Post, mein Süßer, das Paketchen wurde einfach so abgegeben. Ganz privaaat!«

Lucia war Drag Queen. Eine der besten. Eigentlich hieß sie Holger und kam aus einem kleinen Kaff in Nordrhein-Westfalen, Kamp Linfort oder so. Wir waren ganz notgedrungen Freunde geworden, denn die ersten Monate wohnten wir allein im Haus. Lucia plapperte hundert Sätze, die sinnlos waren, aber der hunderterste Satz barg die Perle. Sie war ein Orakel, etwas umständlich wie alle Orakel, aber erstaunlich hellsichtig – meist wußte sie schon die Antwort, noch ehe man überhaupt die Frage formuliert hatte.

»Ich stör doch nicht?«

»Ach Quatsch, komm rein. Du bist nicht die erste seltsame Erscheinung heute.«

Lucia ging meist, wenn ich kam. Mein letzter Drink war ihr erster. Eigentlich trank sie nicht, sondern nippte nur.

›Alkohol ist Gift für jeden Mann. Für jeden! Ein echter Lattenbrecher.‹ Dann tippte sie mir immer auf die Brust und setzte noch einen drauf: ›Denk dran, Kleiner.‹

Lucia hatte eine Menge spendabler Freunde. Einer davon hatte ihr seinerzeit das Apartment überlassen. Die anderen versorgten sie mit all den luxuriösen Kleinigkeiten, die sie so liebte. Deswegen ging ich auch nie in ihre Wohnung. Weil mir der ganze Nippes auf die Nerven fiel.

»Oh Gott, diese Schuhe bringen mich um!«

Sie streifte die Pumps ab und warf sie in die Ecke.

»Wie wär's mit niedrigeren Absätzen?«

»Bist du wahnsinnig Herzchen? Ein Schuh muß eine Mutprobe sein! Und bitte, rauch nicht in meiner Gegenwart, das läßt die Haut so wahnsinnig altern.«

Ich scherte mich nicht drum und zog die nächste Kippe aus der Schachtel. Sie legte den Arm um mich, nahm die Zigarette weg und streichelte mir über die dünnen Haare. Ich grunzte ein bißchen verlegen. Lucia hatte verdammt zarte Hände.

»Mal wieder Liebeskummer, Kleiner?«

Sie summte ein, zwei Takte Hans Albers, ließ es aber schnell sein, als sie mein Gesicht sah.

»Schon gut, schon gut. Ein Gläschen Schampus für Lucia? Einen kleinen Fingerhut voll.«

Ich hatte immer eine Flasche Rotkäpchen für sie im Kühlschrank. Die hielt länger als eine Woche.

»Und danach ein Tänzchen?«

Wir tanzten gelegentlich eine Runde hier im Wohnzimmer. Sie brachte es mir bei. Stehblues. Mehr wollte ich gar nicht lernen. In zwei, drei Monaten würde ich Alina einladen in irgendeine Schummer-Bar und Sinatra spielen lassen. Das hatte sie sich nämlich immer gewünscht. Wange an Wange Old Frankieboy hören. Sie war so verdammt sentimental.

»Dreht es sich mal wieder um die eine, die ich so lieb wie keine?«

Ich nickte nur. Sie tat es mir nach und ließ ihr Kinn immer tiefer zwischen die Brüste sinken. Die waren ihr Geld aber auch wert.

»Hände raus, Kleiner!«

Sie drohte mir mit dem Finger, als ob sie Gedanken lesen könnte, und ich wiederum wußte genau, was sie als nächstes fragen würde. Das war das schöne, Lucia enttäuschte einen nie, dazu war sie selbst zu oft enttäuscht worden.

»Hast du sie eigentlich je gefragt, warum sie gegangen ist?«

»Natürlich nicht. Warum auch? Ich hatte einen anstrengenden Job. Ich hatte andere Frauen. Ich kümmerte mich nicht um sie. Sie hatte tausend Gründe zu gehn. Das wäre ein langes Gespräch geworden. ›Liebst du ihn denn?‹ hatte ich sie gefragt. ›Das ist nicht die entscheidende Frage!‹ hatte sie geantwortet. ›Du gibst unsere Ehe auf wegen diesem Hampelmann und sagst mir, das ist nicht die entscheidende Frage.‹ Ich schrie, weil ich sonst nie recht behalten hätte. Sie hielt sich die Ohren zu. ›Ich will die Scheidung.‹ Sie flüsterte es nur, aber ich konnte den Satz von ihren Lippen lesen. ›Ich will die Scheidung.‹ Sie hat mich einfach stehen lassen mit dem Satz und mir damit allen Wind aus den Segeln genommen. Wie hätte ich jetzt noch um sie kämpfen können? ›Manche lieben sich eben‹, meinte sie, ›und können doch nicht miteinander leben.‹ Sie hatte recht, verdammt noch mal, sie hatte immer recht. Laß doch die Flennerei, Lucia!«

Ich drückte ihr ein Päckchen Tempotaschentücher in die Hand. Sie zog eins und ließ die anderen in ihrer Handtasche verschwinden.

»Oh Baby, das ist so traurig. Immer wieder so traurig. Aber jetzt mach doch endlich mal dein Paketchen auf!«

»Ich bin ihr hinterhergelaufen. Ich lag vor ihrer Tür. Es gab keinen Tag in dieser Woche, an dem ich nicht versucht hätte, in ihre Nähe zu kommen. Bis mich dieser Rüdiger zur

Rede stellte. Na ja, wir haben uns ausgesprochen. Danach lag ich eine Woche im Krankenhaus. Sie hat mich nicht mal besucht damals.«

Ich lehnte mich zurück und schmollte mal wieder mit meinem Schicksal. Das ging ziemlich gut mit Lucia. Still sein. Sie schloß für einen Moment die Augen. Ihr Gesicht entspannte sich. So frisch geschminkt war es wie ein Traumbild, exotisch und doch so vertraut, daß man seine eigenen Züge darin entdecken konnte.

»Glaubst du eigentlich an den Tod, Lucia? Ich meine, daß dann alles vorbei ist? Keine Frühstückszigarette mehr, kein Sex, kein Kino?«

Sie schlug die Augen auf und klimperte ein bißchen mit den Wimpern.

»Ich glaub an die Auferstehung, Herzchen. Jede Nacht. Und an die Sterne und an Hans Albers...«

»Jetzt mal im Ernst. Wärst du nicht lieber tot manchmal?«

»Ach Gottchen! Jeder Blick in den Spiegel ist ein kleiner Tod. Und du wirst es nicht glauben: Ich war schon tot. Mein totes Ego war ein pickliger Versicherungsvertreter, der auch Holger hieß und gern schnelle Autos fuhr, weil er nicht loskam von sich und seinem alten Leben. Der mußte damals eine Menge Kohle schaufeln, um den Mädels zwischen die Beine gehen zu dürfen, obwohl es ihm gar keinen Spaß gemacht hat. Heute will mir jeder seinen Schwanz zwischen die Arschbacken stecken. Heute kenne ich alle guten Schuhläden in Paris, London, Rom und Neukölln. Ich weiß, wo ich jede Übergröße kriege und diese wunderbaren Paillettenkleidchen. Ich bin Lucia, und so sehn mich die Männer auch an. Tot war ich in Kamp-Linfort. Als ich mir Ganther-Schuhe kaufte, wegen dem guten Fußbett, und samstags ins Kino ging und danach ins Bett mit einer Frau, die genauso wenig Spaß dran hatte wie ich. Da war ich mausetot. Da hätte ich Familienvater werden können. Sportwart. Pfadfinderführer.« Sie schnalzte mit der Zunge.

»Aber warum nicht? Wunder gibt es immer wieder. Warum sollte ich nicht doch noch mal Pfadfinderführer werden dürfen? Für eine katholische Jungschar!«

Lucia frömmelte ein bißchen. Damals, als der Papst im Olympiastadion auftrat, hätte sie es sogar fast bis zum Podium geschafft. Als Schwester Elisabeth.

»Weißt du, was wirklich ein Wunder wäre?! Wenn du mal nüchtern ins Bett kommst, Ricki. Oder wenn meine Mutter sich mit mir versöhnen würde. ›Aus dir, mein Schatz, wird mal was ganz Besonderes!‹ meinte sie immer. Jetzt ärgert sie sich, daß sie recht behalten hat.«

Sie spreizte ihre Finger wie zur Maniküre. Sah hindurch, ein Zauberfächer, weit zurück in die Kindheit, erblickte ihren Vater und machte schnell wieder kehrt.

»Ein Gläschen noch, dann muß ich aber wirklich los. Und jetzt bitte, bitte, mach endlich dein Paket auf!«

»Und im Alter? Was willst du da tun? Wenn dich keiner mehr ansieht?«

»Da hab ich einen Berg Erinnerungen. Den kann ich bis an mein Lebensende nicht abtragen. Ehrlich, Baby, ich würde alles nehmen, um meinen vierzigsten Geburtstag zu verhindern. HGH, Stierhodenextrakt, was auch immer. Ich würde alles, alles dafür tun!«

»Dein Ernst?«

»Ehrliche Antwort? Es ist mir scheißegal! Wenn es wirklich so ein ultimatives Anti-Aging-Mittelchen gibt, krieg ich es sowieso nicht in die Hände. Aber was hast du denn für trübe Gedanken heute? Soll ich dir vielleicht einen blasen? Einen ganz kleinen?«

»Danke, heute nicht, aber ich komm drauf zurück.«

»Tu das. Und jetzt mach endlich dieses Paket auf!«

»Wer hat es denn abgegeben?«

»Ein gut gebauter Bursche. 1,80 groß. Brünett, leichte Locken.«

»Das nächste Mal läßt du keinen mehr rein, verstanden!«

»Ach Gottchen, Penetrationsverbot?«

»Lucia! Nicht jeder Wahnsinn ist so nett wie deiner.«

»Was soll das denn schon wieder heißen? Du bist mir heute entschieden eine Spur zu ernst. Komm her! Los! Komm her zu Lucia. Tut nicht weh, Kleiner.« Sie küßte mich auf die Wange. Und Lucia küßte verdammt gut.

»Und jetzt zeig mir endlich, was du da hast? Aber das sind ja nur Murmeln!«

Sie sah die Murmeln. Aber ich sah die leeren Augenhöhlen der Katzen.

*

Sie kugelten nach und nach aus ihrem Korb, überschlugen sich, balgten und kamen immer näher heran, vier süße puschlige Kätzchen mit patschigen kleinen Pfoten, die in meinem Gesicht herumtapsten als wäre es eine flache Milchschüssel. ›Miez, Miez‹, lockte die Stimme, und da kamen auch schon die kleinen rosa Zungen, schleckten über meine Wange, ›Miez, Miez‹, höher hinauf schleckten sie, immer höher, ›Miez, Miez‹. Ich schloß die Augen und spürte, wie diese noch weichen Reibeisen über meine Lider schleckten, hin und her und ein bißchen ungeduldig, als wäre ihnen die Beute schon davon gehuscht, und wie sie sich immer mehr verhärteten und heftiger raspelten in ihrer Gier.

›Miez, Miez, wo ist das Mäuschen?‹ Ihre Köpfe drängten zusammen, als hätten sie schon Blut gerochen, und die Schleckerei wurde schmerzhaft, und ich roch den Katzenatem aus ihren kleinen Rachen. »Na, jetzt aber gut.« Ich wollte sie wegscheuchen, weg, weg, aber diese verdammten Kätzchen blieben, Kletten, die sie waren, hingen sie an mir, und meine Hände halfen mir nicht, sie waren weg, weit weg, am anderen Ende des Körpers, drumherum geschlungen als wollte ich mich wärmen, mit dieser verdammten Schnürjacke, die mich ans Bett fesselte. Was ich auch tun wollte, mein Körper tat es nicht. Nur den Schmerz ließ er zu und die Ahnung, daß er größer werden würde. Die Füße ruckten am Bettgestell und verstärkten doch nur das Gefühl der Ohnmacht, so fest waren sie gebunden. Den Kopf konnte ich hin und her drehen, aber sie waren in der Übermacht, diese vier kleinen Kätzchen, und ihre Pfoten schlugen zu, wohin ich mich auch wendete, eine Pfote traf immer, und die Pausen der Erholung wurden immer kürzer. Sein ›Miez, Miez‹ feuerte sie an, Beute und Futter versprach seine Stimme, und die Pfoten schlugen heftiger, und immer häufiger trafen sie meine Lider, denn darunter saß, was sie suchten, ›Miez, Miez‹, sie leckten schon Blut, streckten die Krallen heraus, schlugen zu, wieder und wieder. Meine Lider bekamen Risse, und ich sah Licht hindurch schimmern, der nächste Schlag würde das Lid ganz wegreißen wie ein Heftpflaster und darunter die offene Wunde bloßlegen.

›Hilfe!‹

Ich tobte im Bett, ruckte hin und her, bis mir der Schweiß von der Stirn lief und die Striemen salzte. Ich brüllte, von allen Seiten kam der Schmerz, als würde ich auf dem Nagelbrett gewälzt, immer hin und her, bis keine Stelle der Haut mehr ohne Wunde war. Ein Wahnsinniger, dem der Wahnsinn nicht mehr half, auf der Fahrt in die Hölle, die doch nur Durchgangsstation war. Die Katzen kreischten auf, stoben davon, aber ich wußte, sie würden wiederkommen, und alles würde noch schlimmer werden.

Der Trost kam wie ein Knebel. ›Na, na, beruhigen Sie sich.‹ Erst der Pfleger, der mich würgte, bis er mir den Bißgummi zwischen die Zähne pressen konnte. Dann der Arzt, der meine Hand nahm und mir Trost zusprach. ›Der Schmerz geht vorüber, lieber Claasen. Sie wissen doch, ich verordne ihn wie eine Medizin, er wird Ihnen guttun. Und noch sind die Krallen des Schicksals ja gar nicht ganz ausgefahren! Schwester, wären Sie so nett?‹

Schwester Alina, da stand sie plötzlich, lächelte, und aller Kummer schwand. ›Helfen Sie mir, Schwester!‹ Sie kam mit dem Holzspachtel, den Kittel zugeknöpft bis zum Hals, nahm den Bißgummi heraus, ich zeigte die Zunge, aber sie zog nicht die Zunge, sie zog die verwundeten Augenlider in die Höhe, ganz sanft, und stieß den Spachtel hinein, in die Augenhöhlen, mit einem Ruck, nahm sie die Augäpfel heraus und balancierte sie auf ihren spitz gefeilten Fingernägeln.

Der Schmerz kam mit Verspätung. In Gestalt eines Flammenwerfers und in seiner Gefolgschaft alle Teufel der Hölle. Alarm! Das Haus brannte, die Straße, das Viertel, überall loderte Schmerz, überall leckten die Zungen des Feuers. Alarm! Die Stadt ging in Flammen auf. Kein Löschwasser, immerwährende Qual, immerwährendes Klingeln, Klingeln, und keine Erlösung, bis ich die Welten wechselte.

Er war selbst am Hörer. Ich verstand nicht recht, was er wollte, bis sein Brüllen mir die Worte einzeln einbleute.

»Schon gut, Chef, geben Sie mir zwanzig Minuten!«

*

»Und? Was sagen die Sterne, Sommer?«

Herr Sommer war unser Portier und unser Hausastrologe. Früher hatte er mal die Berliner Eisbären kutschiert, dann hatte er das Saufen angefangen, weil seine Frau mit einem der Spieler durchgebrannt war. ›Wäre nie passiert, wenn ich mein Horoskop gekannt hätte!‹ beteuerte er immer wieder, und warum sollte ich ihm widersprechen?

»Guten Morgen, Herr Claasen!«

Er schlug die Bild-Zeitung zu und klopfte darauf, als würde das Glück bringen.

»Wenn ich Ihnen mal einen Tip geben darf, so eine Geschichte wie die über die ›Jünger der letzten Tage‹ müßten sie bringen! ›Christus starb am Kreuz, und wir haben die Pflicht zu sterben!‹ Die spinnen doch, oder? Und das mit der Selbstverbrennung vorm Brandenburger Tor, ist das deren Ernst? Weil ich übers Wochenende Besuch krieg und die Verwandtschaft wollte...«

»Also, wie sieht es aus mit den Sternen?«

»Ja, ja, schon verstanden! Mal wieder schlechte Laune?! Sieht auch gar nicht gut aus! Wären Sie mal lieber im Bett geblieben heute!«

Er hatte die Bild-Zeitung wieder aufgeschlagen und den Berliner Kurier daneben gelegt, weil er gern systematisch an die Sache ranging.

»Ich würde Ihnen zuliebe ja was mogeln, nur...«

»Okay, Sommer, beim nächsten Mal, ich hab's eilig.«

Ich warf Susi einen trockenen Handkuß zu und lief ohne groß anzuklopfen ins Büro des Chefs.

»Schön, daß Sie einen Moment Zeit gefunden haben!«

Er lotste mich zum Schreibtisch. So nah am Fenster und im Licht besehen, schien er auch nicht mehr geschlafen zu haben als ich. Entsprechend müde war auch sein Tonfall.

»Das Fieber steigt, Claasen. Eine Katastrophenwarnung nach der anderen. Hier die Faxe aus der Zentrale. Nur die von gestern!«

Er wühlte auf dem Tisch herum wie ein Dirigent in einem Stapel vertauschter Notenblätter.

»Attentate, Amokläufer, Selbstverbrennungen. Eine ganze Armee apokalyptischer Reiter scheint sich auf den Weg in die Hauptstadt zu machen, und alle geben sie vorher noch schnell eine Pressemitteilung raus.«

Er zog eins der Faxe und hielt es hoch, als wäre es sein eigener Steckbrief. Was immer er mir damit beweisen wollte, er tat es eine Spur zu theatralisch.

»Kim Miller samt Anhang. Gestern im Hilton eingecheckt.«

»Den hab ich ankommen sehn. Ihn und seine Heiligen der letzten Tage. Die haben ganz schön für Tumult gesorgt am Bahnhof.«

»Und warum haben wir über die keine Geschichte? Sie

sind doch Sektenspezialist, oder? Selbst die Bild-Zeitung hat sich da dran gehängt. Die Israelis haben Miller und seinen Clan schon vor Wochen ausgewiesen, weil sie Unruhen befürchteten. Hätten wir alles schon bringen können!«

»Meinte Herr Sommer auch!«

Er überlegte kurz, um wen es sich da handeln konnte, blieb dann aber doch bei seinem Text. Er war ja auch grade so schön in Fahrt.

»Die planen offensichtlich zum Jahreswechsel den kollektiven Selbstmord. Das wäre eine richtige Kleinserie über drei Nummern geworden. Als Pointe die Archivnotiz, daß dieser Kim Miller 1993 schon einmal wiederauferstanden ist! Unter einem anderen Namen allerdings. Damals wurde er beinahe gelyncht von seinen Jüngern, weil er ihre Ersparnisse hatte mitgehen lassen!«

Er registrierte mein Desinteresse und reagierte mit Angriff. Sein Blick hob sich von den Unterlagen und fixierte mich direkt.

»Was ich sagen will: Wir haben nicht viel Zeit, Claasen. Entweder da tut sich schnell was mit diesem Stein der Weisen oder wir konzentrieren uns auf die Heiligen der letzten Tage. Aber jetzt erzählen Sie erst mal, wie war Ihr Besuch in Göttingen?«

Ich stand immer noch am Fenster. Ein grau verhangener Morgen, wie es in Berlin viel zu viele gibt im Herbst. Die Sonne, weit abgewandert in den Süden, hatte nur ein fahles Licht zurückgelassen, das jedem Gebäude und jedem Menschen die Farbe nahm und so immer neues Grau dazugewann. Er räusperte sich, aber so elegisch konnte ich gar nicht drein gesehen haben, denn die Erinnerung an Göttingen ließ mich schon wieder lächeln.

»Ein Irrenhaus, aber gemütlich. Die alte Leichhardt war verrückt, die Köchin ist verrückt, und der Zeitvertreib unseres Freundes Boris bestand darin, kleinen Katzen die Augen auszustechen. Er war in Behandlung deswegen, bei einem Berliner Psychiater. Susi soll sich mal nach seiner Adresse erkundigen. Der Mord scheint jedenfalls ein Unfall gewesen zu sein, behauptet zumindest Viktor, der Hausdiener, er selbst würde sagen ›Butler‹. Aber der hat selbst Dreck am Stecken. Würde mich jedenfalls wundern, wenn er nicht kräftig mitkassiert hat bei diesen Klunkern, die seiner Herrin da untergeschoben wurden.«

»So, glauben Sie?«

Er wirkte etwas unzufrieden, als wäre ihm meine Schlußfolgerung zu voreilig, überhaupt schien ihm die ganze Richtung meiner Ermittlungen nicht zu passen, so verdrossen, wie er nachhakte.

»Und was ist mit dem Stein?«

Die Neugier war nicht echt. Da konnte er noch so angespannt dreinsehn, seine Hände verrieten ihn. Sie spazierten auf der Seidenkrawatte auf und ab, als wäre da dieser Fussel, diese verdammte Kleinigkeit, die nicht in sein Konzept paßte. Irgend etwas hatte ihn irritiert, so nachhaltig, daß er nicht einmal mehr Interesse heuchelte, als ich zu erzählen fortfuhr.

»Ein Urahne der Leichhardts war Schatzsucher in Australien. Er hinterließ einen Abschiedsbrief, so eine Art Testament also, in dem von einem geheimnisvollen Stein die Rede sein soll. Dieses Schriftstück ist jetzt erst aufgetaucht, wurde aber direkt vom Leichhardtmuseum zum Entziffern nach Berlin gegeben. Nun raten Sie mal, wohin? In die Humboldt-Universität! Genau! Da sollten wir vielleicht noch mal nachfragen. Boris kommt jedenfalls nicht ran an dieses Testament. Deswegen kam er zu uns und hat geblufft. Schlau eingefädelt. Wir hängen uns an die Sache dran, und er hängt sich an uns! Ich wette, es wird auch keine Geldforderung mehr geben. Dieser Auftritt sollte uns nur richtig heiß machen!«

»Die Detektive haben ihn übrigens verloren.«

»Und wenn schon! Wie gesagt, er muß uns auf den Fersen bleiben, nicht wir ihm. Also wird er auch wieder auftauchen. Sie können mir folgen, ja?«

Irgendwie sprach ich ins Leere. Er wirkte immer noch völlig geistesabwesend. Seine Hand spielte mit einem Umschlag, sein Blick spazierte draußen auf dem Gendarmenmarkt, und nur die angespannte Körperhaltung ließ ahnen, wie sehr er sich mühte, wieder ins Gleis der Routine zu kommen. Immerhin registrierte er meine Ungeduld und gab sich einen Ruck.

»Möglich, daß Sie recht haben, Claasen. Möglich auch, daß Sie sich irren. Könnte es nicht sein, daß hier jemand die Umstände nutzen will, um privat mit Ihnen abzurechnen?«

»Wie kommen Sie auf so was?«

»Sehen Sie sich das hier an!«

Er zog die Photos aus dem Umschlag und blätterte sie vor mich hin, als hätte er ein Full House.

Obenauf mein Gesicht. Unrasiert wie immer. Ein Porträtphoto im Andenkenformat. Darüber mit Rotstift der Spruch: ›Wir haben dich im Visier.‹ Sehr akkurate Buchstaben. Hätte auch eine Frauenhandschrift sein können. Darunter stand das Geburtsjahr. Und der Todestag.

»Der 29.10.? Das ist übermorgen, Samstag?«

»Allerdings!«

Meine Finger hatten sich selbständig gemacht und tanzten auf der Tischplatte Tango. Hin und her im Wiegeschritt des Zweifels. Nur durfte ich ihn nicht laut werden lassen, denn ängstlich würde er mich nicht erleben, das hatte ich mir damals geschworen. Niemals mehr einknicken.

»Wenn ich solche Drohungen ernst nehmen würde, hätte ich den falschen Job. Wo haben Sie die Bilder eigentlich her?«

»Der Umschlag wurden gestern abend in der Redaktion abgegeben. Sie können sie behalten, Susi hat bereits Kopien gezogen. Fingerabdrücke waren sowieso keine drauf.«

»Das ist Lucia. Meine Nachbarin. Wirklich gut getroffen. Kann gar nicht so lange her sein, daß die das aufgenommen haben.«

Ich plapperte so vor mich hin, aber irgendwie war mir

plötzlich, als hätte sich meine Wirbelsäule in eine Eisenstange verwandelt. Denn da kam das Bild Martinas. Arm in Arm mit einer ihrer Freundinnen. Und dann unser Scheidungsphoto, Alina und ich am Schlachtensee.

»Wo haben die diese Bilder her? Geben Sie mir mal Ihr Telephon, bitte!«

Ich wollte Alinas Nummer tippen, aber er nahm mir das Handy aus der Hand.

»Wo haben die diese Bilder her, verdammt?«

»Beruhigen Sie sich, Ricki. Woher soll ich das wissen?«

Wir standen uns ganz dicht gegenüber. Es war einer dieser Momente, in denen der Zorn die Masken herunterreißt. Er konnte gar nicht anders, sein Gesicht wurde der Spiegel meiner Wut, aber nur für einen Augenblick der Unbeherrschtheit, denn je zorniger ich ihn anstarrte, desto kühler blickte er zurück. Es war das kalte Mitleid des Arztes, der mit tröstenden Worten die Wunde noch ein wenig mehr spreizt als nötig, einfach aus Neugier auf den Schmerz.

»Hat Ihre Frau einen Grund, Sie zu hassen?«

Und selbst wenn, würde ich es dir etwa sagen? Grade dir, du gelacktes kleines Arschloch? Würde ich dir verraten, was ich weiß oder fühle. Was mich ängstigt? Und was sie ängstigt? Würde ich dir das sagen? Das Erstaunen über diese Zumutung stand mir wohl deutlich im Gesicht, und ich war nahe dran, mit meiner Faust noch ein Ausrufezeichen dahinter zu setzen. Mitten hinein in seine selbstzufriedene Visage. Das schien er auch zu spüren. Jedenfalls wandte er sich abrupt ab. Fast etwas schuldbewußt.

»Entschuldigen Sie, Ricki, ich wollte nicht persönlich werden.«

»Okay, okay! Ich denke, das mit diesen Bildern ist ein übler Scherz. Mehr ist das nicht.«

»Ich kann es gut verstehen, wenn Sie jetzt auf stur stellen. Dennoch, die Frage bleibt! Wer steckt dahinter? Nehmen Sie das nicht so auf die leichte Schulter. Irgendwann ist der Punkt erreicht, wo Leichtsinn in Fahrlässigkeit umschlägt.«

»Keine Sorge Chef! Wer auch immer das ausgeheckt hat, will mich nicht wirklich fertig machen. Die wollen mich nur einschüchtern.«

»Vielleicht, aber Sie sollten dennoch vorsichtig sein. Ich mache hier nicht den Helfer zum Suizid! Ist das klar? Ich will nicht, daß Sie ins offene Messer laufen.«

Ich nickte. Damit er sich endlich beruhigte. Und klargestellt war, wer hier die coolere Nummer abzog. Aber er kam mir schon wieder zuvor.

»Von nun an Sicherheitsstufe 1, Claasen! Keine Telephongespräche mehr über die Redaktionsleitungen. Sie erstatten mir persönlich Bericht. Sobald Sie sich bedroht fühlen, blasen wir die Sache ab. Das ist mein Ernst. Keine noch so gute Geschichte wäre das wert. Und melden Sie sich bei Kommissar Orlowski, Dezernat Milleniumsfieber. Der hat heute morgen hier angerufen.«

»Klar doch!«

Augenzwinkern. Für einen kurzen Moment war es wieder da, dieses gemeinschaftliche Gefühl, allen anderen überlegen zu sein. Erst recht den Bullen.

»Was haben Sie jetzt vor?«

»Hatte ich das nicht erwähnt? Geburtstagsessen mit meiner Tochter.«

*

»Wir haben hier in Berlin keine Verwendung für Sie, Viktor, tut mir leid.« Die Stimme am Telephon war freundlich gewesen, nicht einmal sonderlich laut, einfach nur sehr bestimmt und etwas kränkend in dieser Bestimmtheit. Viktor hätte sich zumindest ein leichtes Zögern gewünscht, schließlich waren Dr. Borsig und er über lange Jahre hinweg Geschäftspartner gewesen, wenn auch in unterschiedlicher Stellung, aber seine Dienstzeit hatte nun ein Ende und folglich auch die Pflicht, Herablassung zu ertragen. ›Herr Friedemann, bitte‹, wollte er entgegnen, aber dazu war es nicht gekommen, denn Borsig hatte nur gelacht, als Viktor des Nachdrucks wegen den Besuch des Journalisten erwähnte. »Sie wollen mir doch nicht etwa drohen, Viktor, und schon gar nicht mit der Presse?!«

»Doch!« entgegnete Viktor und etwas an diesem ›Doch!‹ hatte Borsig aufhorchen lassen. Es war richtig, daß Borsigs Gutachten ihn seinerzeit von dem Verdacht des versuchten Mordes befreit hatte, ebenso richtig war, daß er ihm die Stelle bei Frau Leichhardt verdankte. Aber seine Seele hatte er ihm nicht verkauft. Das war etwas altmodisch gedacht, aber diese moralische Ausstiegsklausel hatte Viktor seit jeher geholfen, Respekt vor sich selbst zu bewahren, ganz gleich, für wen er arbeitete. Hätte man ihn allerdings gefragt, was er unter dieser seiner ›Seele‹ eigentlich verstand, dann wäre er nach längerem Nachdenken wohl nur wieder bei der Feststellung angelangt, daß es sich dabei um den Willen handeln müsse, hin und wieder gegenteiliger Meinung zu sein als andere.

»Vielleicht gibt es da doch etwas, das Sie interessieren könnte, Herr Dr. Borsig!«

»Was sollte das sein?«

»Das Testament Leichhardts.«

Borsig hatte erst gar nicht verstanden, bis Viktor ihm erklärte, daß die Museumswärterin in Trebatsch Frau Leichhardt zuliebe das Testament kopiert hatte. Wenn auch nur die ersten zwei Seiten – dann war sie ertappt worden, aber das mußte Borsig ja nicht wissen.

»Die Qualität dieser Kopie läßt zwar stark zu wünschen übrig, aber für einen Spezialisten ist es sicherlich lesbar. Herr Dr. Borsig, haben Sie verstanden, was ich sage? Ich hätte mich gern früher bei Ihnen gemeldet, aber Gerdas Ohren sind überall, wie Sie wissen, und es ist doch besser, wenn man dergleichen Angelegenheiten von Angesicht zu Angesicht bespricht. Ich schlage Ihnen also vor, wir sehen uns um 13 Uhr im Café Kranzler.«

Der Wind wehte herbstlich frisch, und Viktor legte beide Hände schützend auf seine Haare, als er Richtung Ku-Damm flanierte. Er war nicht sonderlich eitel, was sein Äußeres anbelangte, aber die Frauen hatten ihn immer schön sehen wollen, und so verstand er es als seine selbstverständliche Pflicht, ihnen diesen Gefallen zu tun. Er kam diesem Verlangen um so lieber nach, als sein gepflegtes Äußeres die natürlichen Mängel seiner Erscheinung wettmachte, insbesondere sein etwas belangloses Gesicht und die an einen Windhund gemahnende Hagerkeit, wobei letztere ihm nicht wenige Herzen gewann. Denn es waren nun einmal die Mängel, die Viktor Friedemann seit jeher bei den Frauen beliebt gemacht hatten. Er war nicht besonders klug, im Gegenteil, kaum je in seinem Leben hatte er etwas Bemerkenswertes gesagt, und wenn, dann war es angelesen oder zweite Meinung, aber dieser konventionelle Charme gefiel. Es war auch nicht die charmante Art, auf die er sich selbst sehr viel einbildete und die zuweilen etwas aufgesetzt wirkte, wie auch seine Sprechweise und seine angestaubten Manieren. Was Viktor auszeichnete in den Augen der Frauen, war die Ehrlichkeit seines Gefühls, die sich so rührend mit der Hilflosigkeit paarte, ihm einen angemessenen Ausdruck verleihen zu können.

Viktors Mutter war Straßenkehrerin in Leipzig gewesen. Sein Vater ein Kommunist, der in den frühen fünfziger Jahren aus dem Rheinland in die DDR gekommen war, weil er beim Aufbau des Sozialismus hatte mithelfen wollen. Er tat es, aber mit wechselnden Frauen, und so verfiel Viktors Mutter dem Alkohol, was Viktor ihr seltsamerweise nie verübelte, denn von Kindesbeinen an hegte er ein ritterliches Gefühl für sie. Es war ihm nie in den Sinn gekommen, daß Liebe etwas anderes sein könnte als die sehr einseitige Verpflichtung zu helfen. Das war ihr Zweck, alles an ihr war Zweck, selbst die kleinen Bitten um Zärtlichkeit, die seine Mutter ab und an geäußert hatte, forderten von ihm ja grundsätzlich keine andere Art der Handreichung als etwa die, der Zitternden die erste Zigarette des Tages anzuzünden.

Viktor nahm seiner Mutter die verlorene Kindheit nicht übel, im Gegenteil, er war ihr dankbar, daß sie ihm die Möglichkeit bot, so über sich hinauszuwachsen, und er blickte etwas mitleidig auf seine Mitschüler, die normale Eltern hatten und sich so gar nicht aus ihrem Kindsein lösen konnten. Er empfand wenig dabei, wenn seine Mutter ihn küßte, aber er liebte ihr Gesicht, das Gesicht der Nacht, denn am Tag quoll es auf und wurde gewöhnlich, aber schon in der Dämmerung linderte die Gewißheit des Sonnenuntergangs ihren Kummer, und sie wurde wieder schön. An ihrem freien Tag ging Viktor mit ihr in die Kneipe, trank ein Mineralwasser und beobachtete, wie nach und nach ihre Schönheit den Zenit wieder überschritt, sie die Worte zerkaute, schwer daran schluckte wie an Unverdaulichem und schließlich nur noch Gebrabbel hochwürgte. Davon war ihm eine Neigung zum akzentuierten Sprechen geblieben und diese fürsorgliche Einstellung älteren Frauen gegenüber, die anfangs zu vielen Mißverständnissen geführt hatte.

Seine Liebe war vollkommen uneigennützig, das begriffen die wenigsten, zwar hatte er die Heiratsanträge immer von sich aus gestellt, aber nie, ohne zuvor nachdrücklich dazu aufgefordert worden zu sein. Zudem achtete er sehr wohl darauf, daß die Frauen, die sich ihm näherten, in geordneten Verhältnissen lebten und sich finanziell nicht verausgabten.

›Viele Frauen im fortgeschrittenen Alter wollen heiraten‹, pflegte er im Stillen zu dozieren, ›sind sich aber nicht darüber im Klaren, daß es sich bei der Ehe um eine Dienstleistung im engeren Sinne handelt, die es zu honorieren gilt. Bitte verstehen Sie mich nicht falsch!‹ setzte er dann meist noch hinzu, denn er dachte sich immer ein größeres Publikum bei seinen inneren Monologen, ›ich lasse mir nicht das Gefühl selbst vergüten, sondern seine Ausschließlichkeit.‹ Daß er einer einzigen treu blieb, und nicht allen, das war der eigentliche Kostenfaktor, den er geltend machte. Insofern war er kein Betrüger, und die Frauen, mit denen er liiert war, sei es als Ehemann oder Butler, sahen das meist ebenso.

So hatte er den Betrug an Frau Leichhardt nie als Betrug empfunden, denn auch wenn sie die Steine zu teuer bezahlte, was ihren reinen Materialwert anbelangte, so war doch der Nutzen für ihr seelisches Wohl um ein Vielfaches höher. Er hatte sich alle Mühe gegeben, diesen Wert noch zu steigern, indem er für jeden der Steine eine außerordentliche Geschichte erfand, obwohl er von Borsig nur eine sehr geringe Provision erhalten hatte, und er selbst eigentlich nicht wirklich abergläubisch war, oder zumindest doch nur in dem Maße, wie es ihm das Zusammenleben mit Frau Leichhardt erleichterte.

Für sie war die Welt nach dem Tod ihres Mannes in ein großes Puzzle zerfallen, dessen Teile sich nur schwer wieder zusammenfügen ließen, und eben diese Ahnung, daß ihrem Leben ein glückliches Ende versagt blieb, schürte eine Angst ganz anderer Art, eine, die auf ein gewaltsames Ende all ihrer Zweifel hoffen ließ. Denn eine Hoffnung war es, ein furchtsames Warten auf den Faustschlag Gottes, der reinen Tisch machen würde, indem er den Kometen sandte. Nichts war ihr gewisser als das Unausweichliche dieser väterlichen Strafe, und da sie selbst sich am Ende ihrer Geduld glaubte, war sie sich sicher, daß diese Geißel Gottes bereits zur Jahrtausendwende die Erde treffen würde. Da duldete sie keinen Widerspruch, selbst von Viktor nicht.

Am Morgen des Tages, als sie sterben sollte, war es zu einem schrecklichen Streit gekommen. ›Der Junge wird nicht nach Berlin mitkommen, schließen Sie ihn ein, Viktor. Er benimmt sich unmöglich in letzter Zeit!‹ Natürlich war er längst verschwunden, streunte wieder umher, was ihre Aufregung geradezu ins Hysterische steigerte, und als der Brief mit der Kopie des Testaments kam, mußte ihn Viktor öffnen, so sehr zitterten ihre Hände.

Sie wußte nicht, was sie zu erwarten hatte, aber in diesem Augenblick war sie sich vollkommen sicher, daß sie das letzte Teil des Puzzles in ihren Händen hielt. Sie kannte Leichhardts Handschrift, sie hatte seine Manuskripte wieder und wieder studiert, aber die Kopie war sehr schlecht. Schon das Original schien stark gelitten zu haben, und auf den ersten Blick waren die Buchstaben kaum zu unterscheiden. Doch ihr ging es auch nicht um die fortlaufende Lektüre, sie hatte ihre Augen geschärft für die entscheidenden Stichworte, die würde sie finden, da gab es keinen Zweifel mehr, und ihr ganzer Körper verkrampfte sich in der Vorfreude. Sie würde es finden, das entscheidende Wort, sie würde es finden!

Frau Leichhardt hatte sich dank Viktors Hilfe ihre eigene Theorie über die Herkunft des Steins der Weisen gebildet. Anders als die Freunde in der Goethe-Gesellschaft, mit denen sie zuweilen über den Fall stritt, war sie sich sicher, daß der Stein der Weisen das Bruchstück eines Meteors war, der einst die Sintflut ausgelöst hatte. Diese Katastrophe würde sich wiederholen, dessen war sie sich gewiß, und wieder würde ein Menschenpaar gerettet werden, wie seinerzeit Adam und Eva oder Noah und sein Weib, und die Götter würden das auserwählte Paar daran erkennen, daß es den Stein in seinen Händen hielt.

Viktor war sich nicht sicher, ob sie dabei wirklich an sich selbst dachte, aber mitunter blickte sie so versonnen drein, als fühlte sie sich noch keineswegs zu alt für dieses Abenteuer. Andererseits schien es Viktor ein etwas trostloser Ausgang der Menschheitsgeschichte, wenn nur er und Frau Leichhardt diese zweite Sintflut überleben würden, und als ganz und gar unerträglich empfand er die Zumutung, mit ihr ein neues Menschengeschlecht zeugen zu müssen.

»Dieser Stein der Weisen ist der Schlüssel zum Tor der Unendlichkeit, Viktor, wer ihn besitzt wird mit dem Komet auf Reisen gehen. Wie Arthurs Schwert zur rechten Zeit in die Hand des rechten Mannes kam, so wird auch der Stein zur rechten Zeit wieder erscheinen und das Erscheinen des Sterns ankündigen.«

Viktor war davon keineswegs überzeugt, so sehr er auch den poetischen Reiz der Geschichte als solcher zu goutieren vermochte, aber als er Frau Leichhardt das Testament lesen sah, begriff er, daß tatsächlich etwas ganz Unerwartetes geschehen war, etwas, das er nie für möglich gehalten hätte: die Wirklichkeit war seiner Phantasie vorausgeeilt.

»Also doch!«

Sie las den Brief wieder und wieder, und auch wenn sie nur Bruchstücke zu entziffern vermochte, war doch die Botschaft eindeutig, sie hatte den einen Satz gefunden. Es war so unglaublich, daß sie einander in die Arme fielen, zumindest zog sie den Verdutzen an ihre Brust und ließ ihn so schnell nicht wieder zu Atem kommen, denn die Kraft ihrer Mütterlichkeit hatte sich ja nie wirklich erschöpfen dürfen.

»Leichhardt hat ihn tatsächlich gefunden, Viktor, und dieses Testament beschreibt uns den Weg. Weißt du, was das heißt? Wenn der Stein der Weisen demnächst in unseren Händen sein wird, dann ist auch die Ankunft des Kometen nicht mehr fern! Mein Gefühl hat mich nicht getrogen!«

»Gnädige Frau, der einzige Komet, der je eine Bedrohung für die Menschheit hätte darstellen können, ist bereits vor zwei Jahren an der Erde vorübergezogen!«

»Dann ist es eben ein anderer, Viktor, einer aus der Schar der Leoniden vielleicht, der Himmel ist voll von Sternen, die herunterfallen können.« Dem war nicht zu widersprechen, aber Viktor in seiner etwas peniblen Art wagte, darauf hinzuweisen, daß die meisten dieser Sterne in großer Entfernung an der Erde vorbeifallen würden, und selbst wenn der ein oder andere sein Ziel nicht verfehlte, so würde er doch fast zur Gänze in der Atmosphäre verglühen. »So, so!« meinte Frau Leichhardt nur mit einem leicht spöttischen Unterton und hielt ihrerseits die Diskussion für beendet.

»Es ist ein Komet! Wenn es am 11. Juni 2000 zu einer totalen Sonnenfinsternis kommt, Viktor, dann stehen vier Planeten in einem magischen Quadrat, das gab es zuletzt 1914, als der große Krieg ausbrach. Die Krise auf dem Balkan, der Kosovokonflikt, das ist das Ende der Menschheit! Aber für uns wird es der Anfang sein!«

Viktor mochte nicht so recht glauben, daß gerade ihnen sich ein Ausweg eröffnen würde, aber ausschließen wollte er es ihr zuliebe nicht, und immerhin blieben noch etliche Monate bis zur Ankunft des Kometen. Zeit genug, eine schöne Reise zu machen, und wenn die Welt danach immer noch existierte oder eine andere... um so besser! In diesem Sinne hatte er sich auch geäußert, und in der Aufregung über die herablassende Art, mit der er ihre Entdeckung aufnahm, war sie die Treppe hinuntergefallen.

Er hatte Gerda zum Stillschweigen verpflichtet und sich am Tag danach mit einer Tasse Tee ins Kaminzimmer zurückgezogen. Es war das erste Mal seit vielen Monaten gewesen, daß er sich in die Nähe seiner Mutter wünschte und sie um ihren Rat bat, wie sich vielleicht doch noch alles zum Guten wenden könnte. Nicht, daß sie ihm zu Lebzeiten je einen Rat erteilt hätte, aber das innere Zwiegespräch, das er zuweilen mit ihr führte, hatte ihm noch aus jeder mißlichen Lage einen Weg gewiesen. So auch diesmal.

Viktor wollte Borsig nicht wirklich erpressen, sondern ihn nur an seine Fürsorgepflicht erinnern. Zumal er ihm bei dem Verkauf der Steine durchaus ideelle Motive zugestanden hatte, obwohl er, durch dessen Hände der Schmuck vieler alter Damen gegangen war, sehr wohl den tatsächlichen Wert dieser ›Kuriositäten‹ kannte. Er hatte geschwiegen, wieder und wieder, denn Borsig verstand es auf sehr diskrete Weise, einem das Gefühl von Kollegialität zu vermitteln. Geld interessierte da gar nicht, wer es nahm, wer es gab, war gleichgültig, man diente der gemeinsamen guten Sache.

Tatsächlich hatte er dem Jungen ja damals auch sehr geholfen. Martin kam wie verwandelt aus Borsigs Klinik zurück, und wären nicht in letzter Zeit wieder erste Anzeichen dieses nervösen Eigensinns an ihm zu bemerken gewesen, man hätte ihn für geheilt halten müssen. Frau Leichhardt vertraute Dr. Borsig bis an die Grenze der Ergebenheit. Sie hatte ihm von ihrer Liebe zu seltenen Steinen erzählt, und er von seinen Reisen zu den indianischen Heiligtümern in Nord- und Südamerika sowie von seiner eigenen ausgedehnten Sammlung an Wunder- und Heilsteinen, die er leider würde auflösen müssen. Er hatte sie durch seine Klinik geführt und erklärt, warum er sich gerade suchtkranker und verwahrloster Jugendlicher annahm und wie kostenintensiv deren Behandlung sei; und je häufiger sie Gespräche geführt hatten bei Gelegenheit all der Nachuntersuchungen, die der Junge in Berlin absolvieren mußte, desto näher waren sie sich gekommen. Auf einer sehr vergeistigten Ebene, wie sie immer wieder nachdrücklich betonte, so als wollte sie Viktor jeden Anlaß zur Eifersucht nehmen.

Bei ihrem letzten Besuch in Berlin, als es erneut um diesen langwierigen und sehr kostspieligen Stufengang zum Geheimnis der Geheimnisse ging, hatte Frau Leichhardt dann allerdings deutlich gemacht, daß sie nicht in der Lage sei, weitere Steine anzukaufen, da sich ihre Geldreserven erschöpft hatten und sie für den kommenden Sommer, wenn nicht gar früher, die Ankunft des Kometen erwarte. Borsig, ein wenig erschrocken über den Grad ihres Fatalismus, ließ anklingen, daß innerhalb der Goethe-Gesellschaft eine Freimaurergemeinschaft existiere, Humanistische Liga genannt, die sich eben mit dieser Wissenschaft der letzten Dinge beschäftige, als Expertenkommission gewissermaßen, und er stellte ihr die Aufnahme in diesen inneren Zirkel in Aussicht, zumindest seine Fürsprache, da Frauen dort bislang keinen Zutritt erhalten hatten. Viktor war sich sicher, daß dieses Verbot durch eine großzügige Spende für die Klinik sehr schnell außer Kraft gesetzt werden konnte, und so kam es auch. Frau Leichhardt belastete das Haus mit einer letzten Hypothek, und eben dieses Geld wollte Viktor nun gegen das Testament Leichhardts zurücktauschen.

»Passen Sie doch auf!«

Der Warnruf der alten Frau kam zu spät, er war auch viel zu leise, als daß Viktor ihn hätte hören können, gedankenverloren wie er die Straße überquerte. Das Auto war nicht einmal sonderlich schnell um die Ecke gebogen, aber da Viktor einfach so auf die Straße trat, ohne sich umzusehen, ohne auch nur in Erwägung zu ziehen, daß ihm Gefahr drohte, konnte der Wagen nicht mehr rechtzeitig bremsen.

»Mein Gott, sie hat ihn überfahren!«

Sofort hatte sich eine kleine Runde Neugieriger gebildet. Eckensteher aus dem Imbiß gegenüber, ein Zeitungsverkäufer, drei, vier Passanten, die über die teuren Parkhäuser hier in Ku-Damm-Nähe klagten, derentwegen man ja geradezu gezwungen sei, dauernd im Quadrat zu fahren.

»Da passiert so was natürlich!«

»Wie verrenkt er da liegt! Er ist ganz bestimmt tot.«

Die alte Frau hielt die Handtasche ganz nah an ihren Körper, weil sie in diesem Tumult einen Diebstahl befürchtete.

Viktor lag noch immer etwas benommen auf der Kühlerhaube und sah in das zornrote Gesicht der Fahrerin. Die kurbelte die Scheibe herunter, mit erzwungener Beherrschtheit, und streckte den Kopf ganz weit heraus, einer Schildkröte nicht unähnlich.

»Sind Sie wahnsinnig oder was?«

»Entschuldigen Sie, gnädige Frau! Ich war etwas in Gedanken.«

Viktor wischte sich den Anzug ab. Mit beiden Händen immer vom Revers hinunter zu den Knien und wieder zurück.

»Wisch dir lieber mal die Kontaktlinsen!«

»Nein, bitte, es war wirklich meine Schuld.«

Diese Hilflosigkeit rührte schon wieder. Die junge Frau stieg aus und musterte ihn, und je länger sie ihn ansah, desto mütterlicher wurde ihr Blick.

»Haben Sie sich denn weh getan?«

»Es ist schon alles in Ordnung. Tut mir leid.«

»Hier ist meine Karte, wenn doch noch was sein sollte, rufen Sie mich an.«

»Das tu ich sicher!«

Viktor nahm die Karte an sich, ohne die Fahrerin weiter zu beachten. Er hatte nur noch Augen für die Reklame, die sich über den ganzen Wagen zog: ›SAT 1. Ich drück' dich!‹ ›Wie unpassend‹, dachte er, und dann sah er wieder hoch auf die Leuchtbuchstaben, die ihn so in Verwirrung gesetzt hatten, es war die erloschene Werbeschrift des Tanzpalastes. Dort oben im Bürohaus am Zoo, im zweiten Stock, war sein Revier gewesen. Foxtrott, das war sein Tempo, sein Tanz gewesen, und im Foxtrottschritt war er auch auf die Straße getänzelt. Jetzt schien das Haus abbruchreif.

Immerhin, der Anzug hat nicht gelitten, registrierte er beruhigt, die Krawatte sitzt korrekt, und bevor er ins Kranzler trat, faßte er kurz sein Amulett und rückte den Hut noch etwas verwegener in Schräglage.

»Guten Tag!«

Er blieb einen Moment stehen, erwartungsvoll, als würde ihm ein Platz zugewiesen, aber kein Kellner, keine Kellnerin nahm Notiz, und so stand es ihm frei, den Ecktisch am Fenster zu wählen, direkt neben dem Eingang; etwas zugig, aber immerhin mit drei freien Stühlen. Alle anderen Tische in dem niedrigen, schlecht ausgeleuchteten Raum waren besetzt, meist Frauen, als Pärchen oder zu dritt, und viele hatten schon das zweite Glas Sekt vor sich stehen.

»Einen koffeinfreien Kaffee bitte!«

»Keine Eile, junger Mann. Komme sofort!«

Die Bedienung schmiß ihm die Karte auf den Tisch und verschwand hinter die Kuchentheke. Aus alter Gewohnheit musterte Viktor die alleinstehenden Frauen, denn das sah er jeder Frau an, die Einsamkeit, ganz gleich, ob sie in Begleitung war oder nicht. Es waren viele einsame Frauen hier, allerdings nur noch wenige von der schüchternen Art, die der Gang in dieses Café jedes Mal Überwindung kostete, weil sie ihr Alleinsein insgeheim für einen Makel hielten. Es waren diese Frauen, deren Halstuch immer ein wenig zu schwungvoll geschlungen war, für die er sich eigens mit dem Rasiermesser drei dünne Narben in die Wange geschnitten hatte, als Blickfang für ihre unruhigen Augen. Und wenn sich ihr Gesprächsstoff erschöpft hatte, die ersten unverfänglichen Fragen gestellt waren und ernstere Neugier aufkam, begann er zu erzählen, über seine frühen Jahre in der Fremdenlegion. ›Nein, nein, nicht Abenteuerlust, eine unglückliche Liebe war es, ein zu strenger Vater oder einfach nur Pech im Leben‹, je nach dem, wem er gegenüber saß, ob eher dem romantischen oder eher dem mütterlichen Typ. Aber mit diesen Geschichten kam er nicht mehr weit, da war er sich sicher, nicht bei diesen Frauen, die ein Apartment auf Teneriffa hatten oder doch zumindest eine gute Freundin, die dort überwinterte, und die sich Männer ganz nebenbei suchten, für die Stunden nach der Bridge-Runde, weil sie die wirkliche Einsamkeit gar nicht mehr kannten.

»Nu, was darf es denn sein?«

»Eine Tasse koffeinfreien Kaffee bitte!«

»Sonst noch was? Nein? Ist ja auch kein Verzehrzwang hier!«

Viktor blickte etwas vorwurfsvoll, was ihm umgehend die Zuneigung der Kellnerin gewann, einfach der Zaghaftigkeit wegen, mit der er es tat.

»War nicht so gemeint, junger Mann. Hier herrscht nun mal eine etwas kuriose Stimmung, in zwei Monaten ist der Bau hier abgerissen, und dann ist es aus mit dem Café Kranzler. Berlin wird doch mit jedem Tag schöner! Und gehen Sie mal nicht so nah ran ans Fenster, hier laufen in den letzten Tagen eine Menge Spinner durch!«

Draußen auf dem Ku-Damm war nichts Außergewöhnliches zu sehen. Jetzt, um die Mittagszeit, hetzten die Sekretärinnen mit ihren Diätportionen zurück ins Büro, vorbei an dem trägen Troß der Bustouristen, die hier meist schon ihre Wendemarke erreicht hatten und wieder zum KaDeWe zurückmarschierten. Ein Verkäufer für eine der Obdachlosenzeitungen machte seine Bücklinge, zwei Sheriffs von der Berliner Wache patrouillierten nachlässig vor einem Schmuckgeschäft, und selbst der Obdachlose mit der Matrosenmütze, der am Zeitungskiosk hockte, blinzelte so sorglos in die unerwartet erschienene Herbstsonne, als könnte ihn niemand mehr von diesem Platz vertreiben. Nicht einmal der Winter.

»Ein Kännchen Kaffee Haag, bitte schön. Wird nicht mehr in der Tasse ausgeschenkt, tut mir leid! Jetzt kieken Sie mal nicht so grimmig drein, oder sind Sie etwa auch einer von den Heiligen der letzten Tage, die hier fortwährend den Ku-Damm auf- und ablatschen? Ne, nich? Dann machen Sie sich mal nicht gleich bange, die kommen immer erst nachmittags, wenn hier so richtig was los ist. Die wissen ganz genau, für wen se schauspielern! Jut, bin schon wieder weg.«

Viktor sah viel abweisender drein, als ihm zumute war, denn er hatte Borsig und seinen Fahrer entdeckt. Sie parkten den schwarzen Range Rover direkt gegenüber, im Halteverbot. Allzu lange wollten sie sich wohl nicht mit ihm abgeben. ›Geh einfach‹, flüsterte seine innere Stimme, ›Verschwinde!‹, und er hätte es getan, wenn er gewußt hätte, wohin. Aber bevor er zu Gerda zurückkehrte, konnte er es genau so gut mit Borsig aufnehmen.

»Ah, da sind Sie ja! Schön, Sie zu sehen, Viktor, aber warum denn in diesem dunklen Eck hier? Herrn Dömges kennen Sie ja noch?«

Sicher kannte er Herrn Dömges! Herr Dömges war der Chefpfleger und Borsigs rechte Hand. Einer, der schon viel gesehen hatte im Leben, kein wirklich brutaler Mensch, aber da er nicht mehr zwischen Normalität und Wahnsinn unterscheiden konnte, waren für ihn alle Menschen außerhalb der Klinik nur Patienten auf Heimurlaub. Entsprechend besitzergreifend legte er seine Hand auf Viktors Stuhllehne. Und wieder spürte Viktor diese Angst. Kein panisches Gefühl, eher die körperliche Gewißheit, daß er all dem nicht mehr gewachsen war. Er hob die Kaffeetasse, es war wie eine Mutprobe, er wollte das Gegenteil beweisen, er wollte zeigen, daß er sich im Griff hatte, und er nahm einen Schluck, ohne Herrn Dömges dabei aus den Augen zu lassen, aber die Tasse zitterte beim Absetzen.

Borsig musterte ihn etwas belustigt. Sein Blick war nie ganz ohne Wohlwollen, so, als wäre jeder Mensch, so unbedeutend oder so verrückt er auch immer sein mochte, doch eine Bereicherung für sein ganz privates Kuriositätenkabinett.

Selbst Herr Dömges grinste und nahm wieder die Hand vom Stuhl. Sie hatten wohl beide mit einem gefährlicheren Gegner gerechnet.

»Nun, Viktor, was wollen Sie mir so Dringliches sagen?«

Borsig legte die Hände übereinander und blickte ihn sehr ruhig an. Es war diese Ruhe des Stärkeren, der immer die besseren Karten hat, in jedem Spiel, ohne sein Glück je in Zweifel ziehen zu müssen. Borsig würde der Sieger sein, jetzt und immer, und er, Viktor, der Verlierer. Daran war gar nicht zu zweifeln, das gab ihm dieser Blick zu verstehen.

»Ich bin im Besitz einer Kopie des Testaments von Ludwig Leichhardt. Daraus geht hervor, daß der Stein der Weisen tatsächlich existiert.«

»Wer hat daran je gezweifelt, Viktor? Wer hat daran je gezweifelt?«

*

Vor dem S-Bahnhof Friedrichstraße lungerten die Penner auf der Wiese und ließen sich von den letzten Sonnenstrahlen des Jahres die Glatzen wärmen. Ihre Hunde lagen faul daneben und leckten die Pappteller der Imbißbuden. Lange würde das nicht mehr gehen hier. Die Bereinigung stand an, da war ich mir sicher, schließlich war das Bundespresseamt gleich um die Ecke und der Weltmeister der Friseure, zu dem mich Alina immer hatte hinschicken wollen. ›Wenn du eine Glatze kriegst, verlaß ich dich!‹ Der Spruch kam immer, wenn sie ein Haar von mir in der Dusche fand, aber was half schon gegen eine Glatze? Bestimmt keine Friseurrechnung über 300 Mark.

Auf alle Fälle würde irgendwann der Chinapalast gegenüber verschwinden müssen mitsamt der alten DDR-Disco und ihrer ganzjährigen Single-Party. Das war immerhin ein Fortschritt.

Ich hatte den Bahnhof Friedrichstraße nie gemocht. Damals nicht und heute nicht. Es war nicht die Vergangenheit, von wegen Tränenpalast und so, Einreise, Ausreise, das war es nicht. Die Farbe war es und der Geruch, die Kacheln und die Stehcafés, und daß die Leute einen immer zum falschen Ausgang drängten. Da stand ich dann plötzlich unter der Eisenbahnbrücke, von der selbst im Sommer ständig Regen fiel, sah rüber auf das Brecht-Ensemble und die ›Bonner Vertretung‹ und dachte mir, ›Scheiß drauf, das kann es nicht gewesen sein‹. Und dann lief ich um den Bahnhof herum, und manchmal, wenn ich Zeit hatte, noch ein Stück weiter, die Spree entlang bis zum Bode-Museum, wo ein Saxophon-Spieler den Touristenblues spielte und der Fernsehturm blinkte und die Lichter im Monbijoupark, und prompt war da wieder das Heimweh nach dem Berlin, das es mal gegeben hatte.

Lehrter Bahnhof, Bellevue, Tiergarten, Zoo. Früher hatte ich mir die Nase platt gedrückt auf dieser Strecke. Als ich noch im Westteil wohnte, da waren diese Baustellen große Bilderrätsel mit Namen Utopia gewesen. Da wollte ich mir eine Vorstellung machen von der Zukunft der Stadt und die Gegend bevölkern mit Häusern und Menschen. Inzwischen sah ich schon gar nicht mehr raus aus dem Fenster. Ich hatte alle Zahlen mit Strichen verbunden und herausgekommen war nur ein Gekritzel.

»Du kriegst ja wirklich eine Glatze, Paps!«

Das waren nicht gerade die Worte, die man von seiner Tochter hören wollte. Selbst wenn es ihr Geburtstag war und nicht meiner.

»Du Armer!«

Ich strich mir die Haare nach vorn und verteilte sie so gut es ging links und rechts des Scheitels, dann drückte ich ihr einen Kuß auf die Stirn.

»Alles Gute zum Geburtstag, Süße!«

»Ist ja nicht mein letzter, Paps!«

Sie löste sich etwas zu schnell aus meinen Armen. Wir saßen beim Italiener am Savignyplatz, Ecke Kantstraße. Nicht in der Trattoria mit dem Sonnensegel, wo die Schikkeria von gestern Gambas gabelte, sondern vorne, in der Pizzeria neben der Bushaltestelle, der mit der Plastikpalme vor der Tür und dem goldenen Schriftzug über dem Höhleneingang: Ristorante Capri. Ich war seit Jahren nicht mehr dort gewesen, und ich wußte wirklich nicht, warum Martina ausgerechnet diesen Laden vorgeschlagen hatte.

»Hier hab ich deiner Mutter übrigens meinen ersten Heiratsantrag gemacht!«

Ich half ihr aus dem Mantel. Eher ein Cape. Hauchdünner Stoff, den man über keinen Haken hängen wollte. So was hätte Audrey Hepburn auch gut gestanden.

»Es waren insgesamt drei oder vier Heiratsanträge. Den hier hat sie mir glattweg abgelehnt. War ja auch grade mal unser erstes gemeinsames Essen. Dort, der Platz am Fenster! Da liefen wir nämlich damals lang. Die Kantstraße runter Richtung Savignyplatz. Ich wollte sie wirklich chic ausführen damals, aber dann hat sie die Palme umgerannt. Sie war wie eine Wünschelrute. Wo es ihr gefiel, ist sie gestolpert. Meistens vor irgendwelchen schäbigen Pizzerien mit einer Gondel im Fenster.«

Der Kellner kam, und aus seinem Schlurfen wurde ein Tanzschritt, als er Martina sah. Sie blickte hoch zu ihm. Ihre Augen wurden ganz groß und rund. Egal, ob Kellner oder Koch, es war einfach ihre Masche. Als würde Bambi zum ersten Mal einen Menschen jenseits des Waldes sehn. Ich räusperte mich. Er nahm meinen Blick wahr und warf die Speisekarten auf den Tisch. Mit einem Lächeln, das ihn sein Trinkgeld kostete.

»Arrogant wie eh und je, die Burschen!«

Ich sah über die Karte hinweg und konnte nur immer wieder darüber staunen, wie schön sie geworden war. Sie hatte den Mund ihrer Mutter, aber nicht deren kleine, viel zu eng gesetzten Zähne. Es war das gleiche Lächeln in den Augen, aber wärmer, nicht wie der Sonnenschein an einem viel zu heißen Julitag am Wannsee, sondern wie Septemberlicht im Grunewald. Ihr fehlte das Grübchen am Kinn, das ich nie gemocht hatte, weil es Alinas Gesicht so etwas Unverläßliches gab. Ihr Gesicht war härter, selbstbewußter, ohne daß sie sich ihrer Stärke schon bewußt schien, aber es war nur eine Frage der Zeit, wann dieser Dornröschenschlaf enden würde.

»Zweimal Calzone, zwei Pils und ein Gläschen trockenen Chianti für das Fräulein.« Ich lächelte hart. »Und zwei kleine Schälchen Peperoni extra. Als Vorspeise.«

Sie hatte das Haar wieder länger wachsen lassen. So daß es weich in den Ausschnitt fiel. Kein Bubischnitt mehr. Sie war weiblicher geworden. Nicht in der Bluse, in ihrer Art.

»Feminin. Du bist sehr feminin geworden, findest du nicht?«

»Und du wirst immer alberner, Paps. Bitte rauch nicht!«

Sie war die einzige, der ich diesen Wunsch nie abschlagen konnte. Als kleines Kind war sie wochenlang in einem Lungensanatorium gelegen. Ich hatte sie mal besucht dort. Sie lag in einem weißen Gitterbettchen, tränennaß. ›Heimweh tut so viel mehr weh als Husten.‹

»Paps? Hallo! Mal wieder offline?« Sie schnippte etwas

ungehalten. »Entschuldige. Alte Männer kruscheln nun mal gern in ihren Erinnerungen. Du kannst dir ja gar nicht vorstellen, wie verliebt ich damals war.«

Ich drehte am Pilsglas, als ließe sich die Zeit zurückstellen. Das erste hatte ich schnell getrunken. Gegen den Durst. Gott sei Dank zapften die hier nicht so umständlich. Das zweite war für den Genuß. Ein Prost auf glücklichere Tage. Martina nippte nur.

»Das Bild hab ich ewig im Kopf. Wie sie sich damals in der Redaktion vorstellte! Als hätte plötzlich einer das Licht angeknipst! Sommer hatte sie unbedingt hoch begleiten müssen, trotz seiner Kurzatmigkeit. Da stand er dann, keuchte und fiel fast vornüber in seiner Atemnot. Du hättest sie sehen müssen: Schäbiges blaues Kostüm. Keine 400 Mark. Horten oder C&A. Die Hüften ein wenig zu dick. Der Rücken sehr grade. Die kleinen Brüste vorgestreckt. Und trotzdem, da war keiner, der ihr nicht in diesem Augenblick den Rock hätte heben wollen und...«

»Erzähl ruhig weiter, Paps. Ist ja nur Mutti!«

»Ich weiß gar nicht mehr, wer der erste war. Jeder ging mal mit ihr aus, das war die Abmachung, sie sollte eine faire Chance haben. Ich war jedenfalls der letzte in der Reihe. Wir saßen genau hier, an diesem Tisch, und sie erzählte von ihrer Tanzstunde und ihrem Abschlußball, von ihren Schulausflügen und ihrem blödsinnigen Poesiealbum. Sie kannte noch alle Namen von damals. Sie hat keinen Tag ganz in der Gegenwart gelebt. Schon damals nicht. Das hätte mich eigentlich warnen sollen.«

»Zweimal Peperoni, der Herr. Als Vorspeise.«

»Ich war unglaublich verliebt. Ich nahm die Rose hier aus der Vase, bin in die Knie gegangen und habe ihr einen Heiratsantrag gemacht. Sie hat nein gesagt, aber mit was für einem Lächeln!«

»Am gleichen Abend wart ihr das erste Mal...?«

»In der Kiste, meinst du? Am gleichen Abend. Genau. Das war gar keine Frage, daß wir miteinander schlafen würden. Schon als sie hier saß: Ich wollte nur die Augen schließen, ihre Haut spüren, ihre Haare, ihren Atem. Es war unglaublich. Und natürlich ging alles schief in der Nacht.«

»Hatte sie einen Orgasmus?«

»Was, bitte?«

»Ob sie einen Orgasmus hatte?«

»Wie redest du denn von deiner Mutter?«

»Also, Paps? Hatte sie einen?«

»Das war uns nicht so wichtig.«

»Uns?«

»Es war Liebe, kein Sex.«

»Beim ersten Mal ist es vielleicht Liebe. Beim zweiten Mal ist es Sex.«

Und beim dritten Mal ein Oldtimertreffen oder was?

»Hast du sie je gefragt?«

»Natürlich nicht!«

»Sie hatte keinen. Stimmt's?!«

»Kann sein.«

»Und?«

»Und? Was und?«

»Warum hast du nicht gefragt?«

»Na, daran ist es nun wirklich nicht gescheitert!«

»Woher willst du das wissen? Es gibt viele Formen der Rücksichtslosigkeit, Paps.«

»Ich hab sie geliebt! Was hätte ich mehr tun können?«

»Du hättest nicht mehr tun sollen, sondern weniger. Du verklärst immer nur, Paps, oder du verteufelst. Mami war nicht so. Sie ist eine ganz normale Frau. Noch nicht mal eine besonders kluge, wenn du mich fragst. Die wollte gar nicht die Königin deines Herzens sein, das war ihr total peinlich.«

»Vergiß es! Heute ist dein Tag! Und hier ist dein Geschenk. Wollte ich eigentlich deiner Mutter damals geben, aber jetzt bin ich froh, daß ich es nicht getan habe. Dir steht er viel besser. Er paßt so schön zu deinen Augen.«

Sie sah mich ein bißchen mißtrauisch an, so als wollte ich sie wieder einmal zur Komplizin meiner Sentimentalität machen. Aber darum ging es mir gar nicht. Alina hatte blaue Augen und immer einen Diamanten gewollt. Sie wäre von Bernstein nur enttäuscht gewesen, so wie sie immer von all meinen Geschenken enttäuscht war.

»Echt schön. Ich werd' den Ring für dich aufheben, Paps!«

»Du sollst ihn tragen, dir steht er doch viel besser. Das ist echter Bernstein. Gar nicht so billig. Na komm, zieh ihn an.«

Sie streifte ihn über, aber so recht schien er ihr doch nicht zu passen, auch wenn er sich nicht mehr abstreifen ließ.

»Das probier ich zu Hause. Mit Seife. Ist nicht so schlimm jetzt.«

»Ah, die Calzone. Merci, merci.«

Ich würdigte den Kellner keines Blickes, aber das fiel ihm nicht auf. Konnte ihm gar nicht auffallen, weil er die ganze Zeit nur meine Tochter anstarrte. Die drehte unruhig an dem Ring, also beschloß ich, es kurz zu machen.

»Da ist noch was anderes. Du bist jetzt einundzwanzig. Eigentlich wollte ich es dir an deinem achtzehnten Geburtstag sagen... Laß mich mal so anfangen. Ich meine, hast du je das Gefühl gehabt, daß ich...«

Die Zigarette hing offensichtlich immer noch zwischen meinen Lippen, denn plötzlich gab sie mir Feuer.

»... daß ich nur ein Vater für dich bin? Ich meine, hast du je gespürt, daß da noch was anderes ist? Verstehst du, was ich sagen will?«

»Nicht so ganz, Paps.«

Sie blickte längst nicht mehr wie Bambi. Eher wie ein Maulwurf im Solarium. Fehlte nur noch, daß sie an den Fingernägel knabberte, so nervös war sie jetzt, aber ich konnte ihr das nicht ersparen.

»Martina, ich will nicht, daß du glaubst, du hättest Grund, daß ich dich, wenn ich dich anfasse, nicht als meine Tochter anfasse? Verstehst du? Ich bin nicht dein Vater, nicht dein leiblicher Vater, der bin ich nicht. Das wollte ich dir gesagt haben.«

Ich plapperte einfach weiter vor mich hin, weil ich ihr nicht in die Augen sehen wollte. Hätte ich es nur getan, dann wäre mir eine Lachnummer erspart geblieben.

»Ich bin dein Vater, ich war es und verdammt, ich werde es auch immer sein, hier mit dem Herzen. Aber Alina wußte, daß sie schwanger war, als sie mich kennengelernt hat. So, jetzt ist es raus!«

Ich lehnte mich zurück und schloß die Augen. Früher hatte ich mal autogenes Training gemacht, von wegen ›Ich bin ganz ruhig, ganz ruhig, ganz entspannt‹. Irgendwie wirkte das nicht mehr. Zumindest nicht heute. Schon, weil dieses blöde Kichern störte.

»Was gibt es denn da zu lachen?«

Sie fingerte aus dem Päckchen noch eine Lucky, zog die Streichhölzer, zündete sie an und steckte sie mir zwischen die Lippen, kaum daß die alte ausgedrückt war. Vielleicht hatte ich Tränen in den Augen. Andererseits war ich auch ziemlich stolz auf mich.

»Ist dir schwer gefallen, Paps, oder?«

»Sehr schwer.«

»Aber du hättest nicht so rumstottern müssen. Ich wußte es längst.«

»Was meinst du?«

»Daß du nicht mein Vater bist. Mami hat es mir mit dreizehn gesagt oder mit vierzehn. Sie meinte, wenn da irgendwann mal ein Gefühl ist von dir zu mir oder von mir zu dir, dann soll ich mich nicht beunruhigen. Aber da war nie was, Paps. Bestimmt nicht. Du bist mein Vater. Niemand sonst. Ich kenne ja nicht einmal seinen Namen. Mami wollte ihn mir nie verraten.«

»Wünschen die Herrschaften vielleicht noch was zu trinken. Ein Pils?«

»Bringen Sie mal gleich zwei, und sagen Sie dem Typen da drüben, er soll nicht dauernd so hier rüberstarren.«

»Sehr wohl.«

»Mami meinte immer, du würdest irgendwann schon selber damit kommen. Sie wußte ja, daß du dir Zeit läßt bei so was. Das würde dich nur unnötig verkrampfen, meinte sie. Da hatte sie nicht ganz unrecht.«

»Kicher mal nicht so blöd! Ich möchte dich mal in so einer Lage sehn. Ah, Gott sei Dank, das Bierchen!«

Aber mit dem Bier kam die nächste Katastrophe und sie kam auch noch auf Gesundheitsschuhen.

»Guten Tag, Herr Claasen.«

Sie war jung, untersetzt und hatte ein Gesicht blank wie eine Tischplatte. Ein offenes Gesicht, eins, das alles und jeden ins eigene Blickfeld läßt und jedem anderen Blick standhält. Entsprechend stämmig wirkte sie auch. Wie ein Handwerksbursche, der auf große Fahrt ins Leben geht und glaubt, jeder würde ihn mit Handschlag begrüßen. Duzbrüder und Kumpane überall. Aber so naiv war sie gar nicht. Nicht auf den zweiten Blick. Unter ihren Augen hatten sich Ringe eingegraben. An denen ließen sich die Jahre der Nachtarbeit abzählen. Radiomoderatorin, Nachrichtensprecherin. Redakteurin fürs Frühstücksfernsehen. Irgendwas in der Preisklasse.

»Paps, ich möchte dir jemanden vorstellen. Das ist Katrin.«

»Hallo Katrin, freut mich.«

Sie gab mir die Hand. Etwas zu kühl, aber nicht feucht. Ein sehr fester Händedruck. Ich wurde mißtrauisch.

»Nu ja, unsere Calzone ist ja jetzt auch schon kalt geworden, da können wir ihre direkt auch noch abwarten.«

»Danke, aber ich hab keinen Hunger. Ein Cappuccino tut es auch.«

Der Kellner hatte sich schon auf Hörweite an den Tisch geschlichen und nickte nur noch ironisch.

»Ein Cappuccino. Sehr wohl.«

»Haben wir uns schon mal irgendwo getroffen? Beim

Presseball neulich? Sie sehn jedenfalls nach Fernsehen aus. Wie auch immer, Martinas Freundinnen sind meine Freundinnen. Klingt komischer, als es gemeint war, oder? Aber wir hatten grade ein viel zu ernstes Gespräch für einen Geburtstag und könnten jetzt eigentlich ein bißchen albern sein und feiern. Mit einem Calvados, aber so was haben die hier nicht. Dann bitte einen doppelten Ramazotti.«

Er hatte den Cappuccino abgestellt. Das mit dem doppelten Ramazotti schien er nicht recht glauben zu wollen, also bat er Martina um ihre Erlaubnis. Die nickte nur resigniert.

»Einen doppelten Ramazotti, na los doch, es eilt, prego, verstehst du!«

Aber er hatte sich schon davongemacht. Ich fingerte an meiner Zigarettenpackung herum, um mich abzulenken. Es war mir klar, daß ich Unsinn redete, aber Pausen hatte ich noch nie ertragen können. Außer in der Oper.

»Also ich zum Beispiel feiere meine Geburtstage gar nicht mehr, nicht aus Angst vor dem Alter, sondern weil ich mir sage, was soll das Ganze? Natürlich könnte ich das Geld auch spenden, aber alles, was ich vererbe, geht an Martina und an die Welthungerhilfe oder an den Fond für notleidende Journalisten oder so...«

»Paps, halt man einen Moment die Luft an. Wir wollen dir was sagen, und es hat keinen Sinn, groß drum herum zu reden. Katrin und ich wollen zusammenziehen.«

»Geht es um die Kaution? Ich meine, ich bin immer ein bißchen klamm, aber wenn ihr einen kleinen Kredit braucht...?«

Sie sahen mich beide verdutzt an. Als hätten sie ein bißchen mehr Verstand erwartet, selbst von einem Mann.

»Wir wollen zusammenleben, Paps. Nicht nur zusammen wohnen. Zusammen leben!«

Ich hieb meine Gabel in den aufgeschlitzten Leib der Calzone. Immer wieder. So muß es Ahab mit Moby Dick gemacht haben.

»Du bist eine Lesbe?«

»Wenn du es so ausdrücken willst.«

»Das ist schön, ich meine, ich hab nichts gegen Lesben. Hab ich nicht. Sie riechen nur anders.«

Wieder so eine peinliche Pause.

»Das war ein Scherz!«

Ich stieß das Messer hinterher und stocherte die Pilze heraus. Die beiden schwiegen, und irgendwie war es jetzt an mir, den richtigen Satz zu sagen. Schon klar. Aber so lange ich die Calzone noch nicht mal probiert hatte, konnte das keiner von mir verlangen. Schließlich saß ich jetzt schon fast eine halbe Stunde hier und hatte noch keinen Happen gegessen. Immerhin ist es ihr Geburtstag, dachte ich, also reiß dich zusammen. Deine Frau hast du schon verloren, also verlier nicht auch noch deine Tochter. Aber wie soll man sich zusammenreißen, wenn diese Tochter einen gerade zum Deppen gemacht hat.

»Also nichts gegen Sie persönlich, Katrin. Aber wenn ich ehrlich bin: Natürlich hab ich was gegen Lesben. Ich finde sie spießig, immer schon. Dieses Aneinanderklammern. Diese Bunkermentalität. Immer männlicher sein als jeder Mann. Daß Sie mich richtig verstehen: Es ist mir egal, ob sie besseren Sex haben oder nicht, aber ich finde Lesben einfach spießig. Ich finde die Szene spießig und die Zeitschriften, die Kneipen, die Klamotten, die Tanztees, den Geiz. Nein ehrlich, ich mag Lesben nicht.«

»Paps. Es ist nicht so, daß Katrin mich verführt hätte.«

Ich suchte nach Spuren in ihrem Gesicht. Etwas, das ich vorher nicht gesehen hatte. Eine Enttäuschung, von der ich nichts wußte. Irgendein Mann, der sie auf die falsche Bahn gebracht hatte.

»Wollt ihr etwa heiraten oder so?«

Nach ihrem Gelächter zu urteilen, mußte ich ein ziemlich belämmertes Gesicht machen. Gott sei Dank war das Lokal leer. Bis auf diesen hageren Junggesellen hinter der Zeitung, der stundenlang hier rüber gestiert hatte und jetzt den Kopf beharrlich in die andere Richtung drehte, als wäre ihm das Ganze noch peinlicher als mir.

»Das gibt es doch heutzutage. Was lacht ihr so? Daß Frauen heiraten. In Holland oder Skandinavien oder weiß der Teufel, wo überall die Männer nichts mehr taugen.«

»Paps, du bist mein Vater. Es ist mir echt wichtig, daß du verstehst, was ich will.«

»Ist es meine Schuld?«

»Das ist keine Krankheit, Herr Claasen!«

Katrin hatte das Wort ergriffen. Eine wirklich schöne Stimme. Eine, die nicht zur ihrer Figur paßte und schon gar nicht zu ihrem Gesicht.

»Das ist Liebe. Das zwischen Ihrer Tochter und mir. Nicht erst seit heute. Eigentlich vom ersten Tag an.«

»Aber sie hat doch schon mit Männern geschlafen?«

»Sie glauben, das wirkt wie eine Schutzimpfung?«

Plötzlich mußte ich lachen.

»Nein, das glaube ich nicht. Das glaube ich wirklich nicht. Mädels, ehrlich gesagt weiß ich noch nicht, was ich von der ganzen Sache halten soll. Bedenkzeit, okay? Ich bin ein alter Hetero, aber ich liebe meine Tochter. Und solange ich euch nicht beim Umzug helfen muß, soll es mir recht sein.«

»Komm, Paps! Kuß!«

»Wollen Sie von mir auch einen?«

Sie wartete meine Antwort erst gar nicht ab, und so hatte ich ein Mädel links hängen und ein Mädel rechts und war dennoch nicht glücklich. Zumal der Kellner vor mir stand und wie ein Bescheuerter grinste.

»Die Rechnung bitte!«

»Ihre Rechnung wurde bereits bezahlt.«

»Martina, das ist dein Geburtstag! Die Rechnung geht auf mich. Zumindest die Getränke. Also stell dich nicht so kindisch an.«

»Ich hab' noch nicht bezahlt!«

Katrin schüttelte auch den Kopf. Unseren Kellner schien

die Verwirrung richtig zu freuen. Bevor sie in Ratlosigkeit umschlug, beugte er verschwörerisch den Kopf und flüsterte des Rätsels Lösung, die Lippen viel zu nah an Martinas Ohr.

»Nein, der Herr dort drüben hat für sie bezahlt. Der im dunklen Anzug. Der gerade rausgeht.«

»Hat er was gesagt?«

»Nein, nicht direkt. ›Es sei ihm eine Freude!‹ meinte er nur.«

»Also hat er doch was gesagt!«

»Wenn Sie so wollen. Aber sehr aufschlußreich war es nicht.«

»Überlassen Sie das mal mir, junger Mann.«

Er schien regelrecht beleidigt über meine Abfuhr. Es gab in dieser Stadt zu viele Kellner mit Abitur, die glaubten, für ihren Bußgang ins Dienstleistungsgewerbe ein Mitspracherecht bei den Tischgesprächen ihrer Gäste eingehandelt zu haben.

»Na, ist ja auch nicht so wichtig, Kinder, Hauptsache bezahlt. Sorry, sorry, ich muß mich beeilen, die Redaktion ruft. Wir sehn uns. Ciao!«

Ich hatte es auf einmal ziemlich eilig. Weil mir unbehaglich war. Wegen Martina, wegen Katrin, und überhaupt. Verdammt unbehaglich. Vor allem wegen dem Burschen im Lokal. Ich kannte ihn nicht, hatte ihn nicht mal richtig gesehen, aber ich hatte auch nicht den Eindruck, als ob hier nur einer ›Emil und die Detektive‹ mit uns spielen wollte.

Natürlich war ausgerechnet jetzt kein Stau auf der Kantstraße und Mr. Nobody nirgendwo mehr zu sehen. Ich winkte ein Taxi heran, aber der Fahrer zeigte mir nur den Vogel. Immer gut drauf, die Jungs! Vermutlich wäre es einfach schlauer gewesen, den Wagen von Katrin zu nehmen. Der parkte nämlich direkt vor der Tür. Quer über dem Bürgersteig. Mit einem Presseschildchen auf der Ablage und dem Schriftzug SAT 1 auf der Tür. Oben drüber in Dickdick-Buchstaben der Werbespruch der deutschen pädophilen Gesellschaft von wegen: ›Ich drück dich‹.

Jedenfalls war der Bursche weg, und zurück ins Restaurant wollte ich auch nicht mehr. Bis zum Abendessen mit Helen hatte ich noch eine Menge Zeit, nicht genug, um nach Hause zu fahren und auszuschlafen, aber genug, um mich nüchtern zu trinken.

*

»Natürlich existiert dieser Stein, Viktor, natürlich! Hast du je daran gezweifelt?«

Borsig zupfte sich zärtlich den Schnurrbart. Immer wenn er sich langweilte, verfiel er in die Angewohnheit, mehr Freude an seiner eigenen Person zu empfinden, als selbst er es für richtig hielt. Er verdoppelte Worte und Sätze, auch ganz banale, fuhr sich durch die ungewöhnlich vollen Haare oder rieb versonnen an seinen Händen. Er hatte sich diese Unart abgewöhnen wollen, weil er sich ungern von seinen eigenen Gefühlen übertölpeln ließ, aber es waren seine Mitmenschen, die ihn immer wieder in die Falle der Eitelkeit lockten.

Von Kindesbeinen an war sein Spitzname ›Der Doktor‹ gewesen, niemand hatte ihn je bei seinem Vornamen genannt, schon auf der Schule nicht, weil es da keine Vertrautheit gab zwischen ihm und seinen Mitschülern und sich auch nie eine einstellen wollte. Vielleicht duzte er deshalb so beharrlich jeden, der ihm unterstand, und Dr. Borsig hatte nur Untergebene, keine Freunde, denn er irrte nie, nicht einmal aus taktischen Gründen, darin war er konsequent, er wollte die Zuneigung seiner Mitmenschen nicht mit dem ›Bettelblick der Höflichkeit gewinnen‹, wie er es ausdrückte. Natürlich wäre es leicht für ihn gewesen, etwas verbindlicher zu sein, aber Borsig wollte recht behalten, immer, und er behielt immer recht, nicht weil er der bessere Arzt war, sondern weil er genug Phantasie besaß, auch das Unmögliche für möglich zu halten. Er, der ungeselligste aller Menschen, hatte ein untrügliches Gespür für die Sehnsucht der Masse, und er kultivierte dieses Gefühl mit Sorgfalt. Kein Mineral, keine Wunderpflanze, kein exotisches Elixier, das er nicht in sein Sortiment der Gegengifte einbezogen hätte, ›denn‹, so pflegte er in sehr sanftem Ton zu fragen, ›was ist Krankheit anderes als eine Vergiftung der Seele?‹

In den Jahren an der Universitätsklinik waren ihm die aussichtslosen Fälle der liebste Umgang gewesen. Er war an jedem Krankenbett zu finden, wo der Tod nicht mehr lange auf sich warten ließ. Er mochte diese verzweifelte Regung der Dankbarkeit, die ihm die Sterbenden entgegen brachten, weil sie ganz und gar nicht seiner Person galt. Da war zwar nichts Gewinnendes in seiner Art, auch nicht, wenn er ihnen die Hand hielt, aber sie nahmen diese Hand, weil sie die einzige war, die ihnen entgegengestreckt wurde, und mancher kam so wieder zurück ins Leben.

Als er seine erste Privatpraxis eröffnet hatte, behandelte er bevorzugt Drogensüchtige, Aidskranke und Stricher, denen er Patenschaften vermittelte und Arbeit in Aussicht stellte, ohne daß er sie zum Entzug zwang. Das sicherte ihm Zulauf und Publizität. Bald konnte er sich eine weiträumige Praxis in Nähe des Bahnhofs Zoo leisten, und noch immer wuchs die Warteliste seiner Patienten. ›Hierzulande ist es so unglaublich viel leichter, mit Menschen zu experimentieren, als Tierversuche genehmigt zu bekommen! Und ein Experiment ist es ja – oder ein großer Traum, wenn Sie so wollen. Der Versuch, mit den dürftigen Mitteln der Psychologie einen neuen Menschen zu schaffen, einen Menschen, der die Angst vor dem Tod nicht kennt! Dafür, gnädige Frau, benötige ich ein größeres Laboratorium und Ihr Geld!‹ – ›Oh Sie Zyniker!‹ hieß es dann meist amüsiert auf den Wohltätigkeitsdiners, die er veranstaltete, um den Spendenfluß in Gang zu halten. Die Kollegen, die keine Einladung erhielten, streuten die Gerüchte, daß es da seitens des Herrn Dr. Borsig auch noch ganz andere Gefälligkeiten gebe, die er sich teuer bezahlen ließ. Doch die Beweise blieben sie schuldig.

Nach der Wende übernahm Borsig von der Treuhand das alte psychiatrische Kinder- und Jugendheim in Babelsberg und baute es binnen weniger Monate zur modernsten Suchtklinik in Deutschland aus. ›Diese Klinik ist eine Art Segelschulschiff fürs Leben‹, bleute er jedem Neuankömmling ein, Pflegern wie Patienten, ›mit einer festen Ordnung, einem klaren Kurs und einem Kapitän, der dich nie aus den Augen läßt! An keinem Tag! Zu keiner Stunde!‹ Die Kranken glaubten ihm. Die Schwächeren vertrauten auf seine Kraft. Die Klügeren machten sich seinen Willen zu eigen, keine Grenze mehr anzuerkennen.

›Atlantis ist nur einen Tagesreise entfernt!‹ Dieses Motto hing in jedem Zimmer, in jedem Flur, und morgens war es der erste Gruß aus dem Klinikradio. Jeder hoffte, daß es der nächste Tag sein würde. Diese vierundzwanzig Stunden galt es durchzuhalten und die nächsten vierundzwanzig Stunden, und wenn die Sucht besiegt war, galt es, die Sucht nach der Sucht zu besiegen, bis, ja, bis die letzte Nacht der Krankheit kam und mit ihr der Morgen der zweiten Geburt.

Borsig dachte bei dieser Vision eines besseren Lebens keineswegs in den Kategorien von gut und böse, eher schon von stark und schwach, zumal wenn er die geeignete Zuhörerschaft um sich wußte: ›Die Gegenwart ermüdet unseren Willen. Die Menschen sind nervös, abgespannt, unentwegt auf der Suche nach einer Linderung ihrer unbegriffenen Schmerzen. Uns Ärzten kommt da eine neue Rolle zu, die doch ganz die alte ist: Wir müssen uns um die Schwachen kümmern. »Die Söhne und Töchter Hamlets«. Sind deren Seelen erst einmal gehärtet, tritt ganz selbstverständlich eine allgemeine Gesundung ein. Die Starken verausgaben sich nicht mehr im Mitleid, und die Schwachen gefallen sich nicht mehr in der Rolle der Opfer!‹

Die greisen Herren der Goethe-Gesellschaft hörten dergleichen gern. Das waren neue Töne, aber in vertrauter Gewandung, und sie gaben Borsig zu verstehen, daß er ihr volles Einverständnis besitze und jederzeit auf ihre Unterstützung rechnen könne. Unterstützung ideeller Art vornehmlich, denn mit Spenden waren sie zurückhaltender als ihre Gattinnen, die wiederum nicht viel Wert auf große Worte legten, weil sie spürten, daß dieser Dr. Borsig es ernst meinte mit seinem Kampf gegen die Krankheiten der Zeit. Was sie nicht ahnten, war, wie ernst er es wirklich meinte. Sie sahen nicht das kalte Glimmen in seinen Augen, Leidenschaften weit unter Zimmertemperatur waren ihnen fremd, aber das Entsetzen hätte sie gepackt angesichts des Schikksals, das er ihnen zudachte.

Borsig war ein Fanatiker der Feuerprobe. ›Über glühende Kohlen laufen‹ war noch die leichteste Übung gewesen, die er sich in seinen Lehrjahren bei den Schamanen auferlegt hatte. Keine Reise ins Jenseits, die er nicht angetreten hatte, keine Droge, die er nicht in nüchterner Dosierung als Eintrittskarte in die zweite Welt gelöst hatte – aber nichts stellte ihn wirklich zufrieden. Deshalb war jede neue Todeserfahrung wie ein belebendes Elixier für ihn, jeder fremde Absturz in die Hölle des Ich-Verlusts ein ganz persönlicher Gewinn, den er auf seine Weise honorierte. Er zollte seinen Patienten Respekt, weit weniger als sich selbst, aber immerhin, sie waren Grenzgänger wie er, Auserwählte, Wissende, denn nur wer dem Tod ins Angesicht geschaut hat, erkennt ihn wieder unter all seinen täuschenden Masken. Für die Kollegen auf dem Kurfürstendamm waren die Insassen in Babelsberg ein Haufen verwahrloster Suchtopfer, für ihn waren sie Eingeweihte, denen nur ihre eigene Kraft zu Bewußtsein gebracht werden mußte, um sie zum Sieg über die Dutzendmenschen zu führen.

Längst drohte seine Klinik als Heerlager für diesen Krieg zu klein zu werden, die Wartelisten wuchsen, aber draußen, vor den Toren Berlins, lagen seit dem Auszug der Russen die Heilstätten von Beelitz im Dornröschenschlaf, eine Sanatoriumsstadt, im Sozialismus verwahrlost, die er wieder zum Leben erwecken würde. Behandlungsräume, Wohnstätten und Arbeitsplätze für Tausende von Patienten.

Für die Erfüllung dieses Traums brauchte er Geld, viel Geld, und es gab viel Geld in dieser Stadt, denn es gab viele alte Menschen in Berlin, deren Leben längst seinen Sinn verloren hatte und denen er beistehen konnte, so wie er Frau Leichhardt beigestanden hatte.

Aber nun erschien plötzlich Viktor, bot eine Kopie des Testaments an, das er so oder so bald in den Händen halten würde und drohte ihm mit der Presse. Ein kleiner Heiratsschwindler ohne Fortüne, und dennoch – da war etwas in Viktors Stimme, das Borsig veranlaßte, vorsichtiger zu sein, lauernder, ein neues Selbstbewußtsein klang da heraus, als wollte die Marionette ihre Fäden kappen.

Viktor wiederum taxierte Borsig, unauffällig, denn das hatte er nicht verlernt, zu reden, zu reden, ohne Pause zu reden, und das Gegenüber mit Vertrautheit einzuschläfern, bis das passende Wort die Bresche in den Panzer der Gleichgültigkeit schlug. Auch Borsig war verwundbar, gerade er war verwundbarer als andere, denn er war eitel, eitler als alle Frauen, die Viktor je getroffen hatte. Diese selbstverliebte Art, mit der er seinen Schnurrbart zupfte, dieses Lächeln, das der eigenen Geduld galt! Viktor spürte nur zu gut, wie schäbig er in Borsigs Augen wirkte, und so redete er weiter auf ihn ein, ganz einfältig, und gab nur ab und an ein Stichwort, von dem er hoffte, daß es zünden würde.

»Frau Leichhardt hat in den Tagen vor ihrem Tod viel von dem inneren Zirkel erzählt, von dem Kommen des Kometen...«

»Macht dich das nervös, Viktor!? Die Angst vor dem Kometen? Doch, doch, du wirkst unglaublich nervös. Vielleicht wäre es tatsächlich das Beste, wenn du einige Wochen zu uns in die Klinik kommst?! Eine Arbeit wird sich im Lauf der Zeit dann schon finden und bis dahin...«

»Und von dem großen Plan hat sie erzählt!«

Pause. Sie musterten sich. Borsig mit dem plötzlich verhärteten Blick des Arztes, der eine unerwartete Komplikation zu meistern hat, und Viktor neugierig und ein wenig triumphierend. Er hatte ins Schwarze getroffen. Nun mußte er nur noch die Zielscheibe drum herum malen.

»Du kommst mit uns, Viktor! Wie gesagt, das wird das Beste sein! Ist es nicht so?«

Der Pfleger nickte nur. Seine linke Hand lag ohnehin schon wieder auf Viktors Stuhllehne und die rechte ging zur Innentasche.

»Also gehen wir?!«

»Sie werden mich doch nicht erschießen wollen? Nicht hier im Café Kranzler?!«

Viktor lächelte plötzlich so überlegen, daß Borsig nicht umhin konnte, ebenfalls zu schmunzeln.

»Natürlich nicht!« Seine Hand legte sich beruhigend auf Viktors Unterarm.

»Ganz ruhig! Dein Puls rast ja!«

Der Zeigefinger fuhr die Venen des Unterarms entlang, so sanft, fast war es nur ein Kitzeln auf der Haut wie von einer Daunenfeder.

»Wir werden spritzen müssen!«

Viktor zuckte zurück. Seine Hand wischte Borsigs spitzen Finger vom Unterarm. Er brauchte Luft zum Atmen. Der Kragen, die Krawatte, der Lederriemen des Amuletts, alles schnürte ihn. Mit beiden Händen mußte er ziehen, nur ein wenig mehr Luft. Er sah, wie Borsig neugierig den Stein musterte. Und wurde noch panischer. Eine Prämie mehr für seine Ermordung. Er wand sich hin und her, und hätte doch so gern Haltung bewahrt, aber wenn ihn etwas zittern ließ, dann waren es Spritzen. Er hatte dünne Adern, dünner als die eines Kindes, und die Schwester hatte damals bei seiner Einlieferung drei Mal gestochen und dann doch den Arzt rufen müssen.

Die Hand des Pflegers kam ein wenig aus der Tasche und Viktor sah die Kanüle. Da war das Zittern wieder, wie damals, viel heftiger noch, und jetzt half es nicht mehr, sich am Tisch fest zu halten. Der Schweiß perlte ihm von der Stirn. Die Panik ließ seinen Puls rasen, und alle Selbstsicherheit, die er sich in den Tagen zuvor eingeredet hatte, war dahin. Seine Nerven ließen ihn im Stich. Wieder einmal.

Er konnte um Hilfe brüllen, natürlich, aber was half es, es wäre ja doch nur die Aufforderung gewesen, ihn ruhig zu stellen. ›Entschuldigen Sie die Aufregung, mein Name ist Dr. Borsig, ich kenne diesen Mann, ein Patient...‹ Und das war nicht gelogen, er war ja Patient gewesen, damals, nach dem Tod seiner Mutter, als er getrunken hatte, Tag für Tag, bis ins Koma, aus dem er in Borsigs Praxis erwachte, schreiend, in den Armen der Schwestern, die ihn ruhig spritzen wollten.

Nein, keiner konnte ihm helfen! Die Passanten eilten nur schneller vorbei, je hilfesuchender er hinausblickte, und selbst der Obdachlose mit der Matrosenmütze zog die Beine an, als hätte er Angst vor dem, was da kam.

Borsig hatte nach der Kellnerin geschnippt. Die sah nun mißtrauisch auf den Pfleger und dann wieder auf Viktor, der immer noch nach draußen winkte, mit einer kleinen, verlegenen Handbewegung, die schon wieder ihr Herz rührte, denn da war keiner, der ihn grüßte.

»Schönen Tag dann noch!«

Sie kassierte und ging. Borsig wies Viktor den Weg.

»Zur Garderobe und dann Richtung Ausgang!«

Der Pfleger hielt sich dicht hinter ihm. Kein Entkommen. Wenn er es doch versuchen würde? Wohin würde er ihn stechen? In den Hals, in den Nacken? Er nahm den Mantel vom Bügel. Drei Schritte noch bis zur Tür. Da draußen hatte er keine Chance mehr. Und so blickte Borsig ihn auch an, mit diesem Lächeln, das keinen Ausweg ließ.

›Mach doch nicht so lange rum, Junge!‹ Das war die Stimme seiner Mutter, und die Kellnerin, die hinter der Kuchentheke stand und besorgt zu ihm herübersah, schien das gleiche zu denken: ›Na los! Wehr dich endlich!‹ Ihr Blick war wie ein kleiner Schubs in den Rücken. Viktor zierte sich etwas, doch als sie ein zweites Mal nickte, ging plötzlich alles wie von selbst.

»Entschuldigen Sie, könnten Sie einen Moment meinen Mantel...?«

»Sicher, mein Lieber!«

Borsig trat einen Schritt vor, griff den Mantel und im gleichen Moment zog Viktor sein Knie in die Höhe. Borsig knickte mit einem kleinen Seufzer ein. Der Pfleger grunzte überrascht, stapfte auf Viktor zu, tapsig wie Godzilla, wollte ihn greifen, aber Viktor tauchte leichtfüßig unter seinen Armen hinweg. An der Tür holte er kurz Atem, ließ ein kleines Lächeln für die Kellnerin zurück und verschwand im Strom der Passanten.

*

›Meine Tochter eine Lesbe!‹ Der Gedanke wollte mir nicht mehr aus dem Hirn, egal, in welches Schaufenster ich starrte. Ich spazierte Richtung Ku-Damm. Kurz ins Erotik-Museum und dann im KaDeWe ein paar Socken kaufen. Der letzte Luxus, den ich mir gönnte. Jede Woche neue Socken. Das hatte ich nämlich immer gehaßt, Socken mit Löchern, wie sie mein Vater getragen hatte, oder gestopfte Socken, die sofort auffielen in der Umkleidekabine, weil die anderen diese flauschigen Tennissocken trugen, deren Fersen sich nie abschabten.

Die Paris-Bar war noch leer, aber die Tische standen schon draußen, weil die jetzt auch ihre Extra-Mark mit der Außenbestuhlung machen wollten, aber da saß keiner, und abends hatte ich hier auch schon lange keinen richtigen Prominenten mehr gesehen, vielleicht weil ich so lange nicht mehr hier gewesen war, im Westen, vielleicht weil es keine mehr gab.

Alina wollte immer schon mal in die Paris-Bar. Irgendwann hatte ich dann nur gemeint, ›Okay, zieh dir was Schickes an, wir gehen aus heute, nur wir beide!‹, und dann hatte ich sie ins Ottenthal geführt, ein, zwei Häuser weiter, das war ein österreichisches Restaurant, und weil ich die

Österreicher nun mal mag, mag ich auch ihre Küche. Aber Alina konnte damit nicht viel anfangen, weil sie gerade ihre Salat-Diät durchzog, also wurde es ein ziemlich schweigsamer Abend, Schauspieler waren auch keine da. Das war ihr einziger wirklicher Fehler, daß sie so scharf auf Prominente war. Sie wurde immer schier ohnmächtig, wenn sie einen von denen leibhaftig sah. An Regentagen blätterten wir oft stundenlang ihre alten Autogrammkarten durch, Rex Gildo und Ricky Shane, das war ja noch lustig, aber hinter einer Blondine mit struppigen Haaren und sehnigen Beinen herzuhetzen, nur weil sie Steffi Graf ähnlich sah, war alles andere als komisch. Vor allem, wenn ihr russischer Begleiter keinen Spaß verstand.

›Das ist für mich ein Hobby, mehr nicht!‹ meinte sie immer. ›Du säufst gern beim Angeln, und ich fisch mir halt Prominente.‹ Aber erstens hatte ich seit Jahren nicht mehr geangelt, und zweitens war eine Forelle nicht entfernt so feucht wie der Händedruck von Til Schweiger, den sie irgendwann mal in der Nähe des Zoopalasts gestellt hatte. Da entwickelte sie regelrechte Verfolgerinstinkte.

Der Strom der Spaziergänger nahm mich auf, und mein Tempo glich sich für eine kleine Strecke dem Schlendergang der Feierabendkäufer an. Ich hielt, wo Pärchen hielten, musterte Schmuckauslagen mit alten Damen und landete schließlich an meiner alten Würstchenbude, Kap der guten Hoffnung, bevor ich Kurs Richtung KaDeWe nahm. Currywurst hatte ich eigentlich noch nie gemocht und das ganze Getue drum herum, von wegen die beste Wurst gibt es immer woanders, aber die Sauce hier war okay. Ich atmete tief durch und nahm noch einen kräftigen Schluck aus der Dose, weil Bier manchmal richtig gute Laune macht, vor allem, wenn nichts anderes da ist.

Hinter der Gedächtniskirche blinkte der Mercedes-Stern. Auf der Straße die Lichterkette der Bremsleuchten. Die kleinen Mädels hetzten rüber zu H&M, die großen in Richtung der Schuhgeschäfte. Dazwischen die russischen

Blockadebrecher, zwei, drei Leibwächter, die sich um ein blondes Flittchen scharten oder um Big Boss persönlich, einen dieser Kriegsgewinnler des sowjetischen Suizids. Ganz früher hatte ich mal DKP gewählt, und es gab Leute, die mir das immer noch verübelten.

Ich musterte jeden entgegenkommenden Passanten, als ob er ein alter Bekannter wäre. Es war eine seltsame Unruhe, die auch dann nicht wich, als ich begriff, daß ich nur ein ganz bestimmtes Gesicht suchte. Boris war hier irgendwo. Das spürte ich. Es war, als flüsterte mir unentwegt einer ins Ohr: ›Ich bleib dir auf den Fersen.‹

Auf dem Kirchplatz lungerten Hütchenspieler herum wie Tauben vor der Fütterung. Gleich würden sie wieder im Kreis hocken mit pickenden Köpfen, denn irgendeiner fand sich immer. Warum auch nicht, ich hatte meine Schachpartien auch immer zu Ende gespielt, obwohl ich nie eine echte Chance besaß. ›Du mußt dir einfach mehr Zeit beim Vorspiel lassen!‹ meinte mein alter Freund Edi dann immer und grinste, weil er das witzig fand. Wortspiele fand er witzig. Jetzt jobbte er als Anwalt in einer bankrotten Kanzlei, und die Partie war längst wieder offen. ›Scheiß drauf.‹ Die Sauce tropfte mir aufs Hemd, ein schmales Rinnsal Rot, fast bis hinab zum Gürtel. ›Dir kann man einfach nicht beim Essen zusehen.‹ Da hatte sie verdammt recht. Schade nur, daß sie es mir nicht mehr selber sagen wollte.

Vor dem KaDeWe war ein riesiger Menschenauflauf, Sonderposten oder was, aber durch den Haupteingang ging ich eh nie rein. Ich kam immer von der Seite, blinzelte kurz mal in die Tabakabteilung, auch wenn ich mir richtig gute Zigarren bei meiner Hypothek schon lange nicht mehr leisten konnte.

Die Mädels in der Parfümerie lächelten etwas verschreckt, was wohl an der neuen Dekoration lag, denn die hatten das Raumschiff Enterprise in die Eingangshalle gestellt, das Kapitänscockpit, und drum herum und mitten durch liefen dutzende geklonter Spoks und Kirks und Tamaras, um ihrer verehrten Kundschaft auf dem Heimatplaneten überteuerte Pauschalarrangements für Silvester anzudrehn. Als ob noch irgendwo ein Platz frei gewesen wäre auf dem Empire State Building oder dem Fernsehturm, die waren doch schon seit Jahren ausgebucht, Restplatzbörse, mehr war das hier nicht mehr. Aber nett anzusehen, die Mädels der finalen Besatzung, denn zum Fliegen würden sie das Schiff ja wohl nicht mehr kriegen, ganz gleich, wie groß ihr Heimweh war.

»Was ist denn los hier?«

Ich richtete die Frage an das nächstbeste Fräulein mit roten Haaren. Die stand in ihrem Rondell und sortierte wie wild ihre Flacons. Wahrscheinlich wünschte sie sich im Augenblick nichts sehnlicher als die Routine der letzten Tage. Völlig verschreckt die Kleine, als hätte ihr grade ein Klingone den Rüssel in den Ausschnitt gesteckt.

»Herzchen! Hast du eine Ahnung, was hier eigentlich los ist?« Ich schnippte, bis sie zu sich kam. »Nein, entschuldigen Sie, ich...«, und schon fing sie wieder an zu flennen.

»Na, na, nicht gleich feucht werden, Kleines!« Cary Grant hätte jetzt sein blütenweißes Taschentuch gezogen, aber ich hatte nicht mal ein Tempo dabei. Sie wischte sich dennoch tapfer über die künstlichen Wimpern.

»Die wollten Molotowcocktails werfen!«

Früher hatte sie das wohl für einen besonders exotischen Drink gehalten. Jetzt war es wieder ein richtiges Fremdwort für sie. Eins, das ihr gewaltig Angst einjagte. So wie Metastase oder Karzinom.

»Wer ›die‹?«

»Ich weiß nicht.«

Schon senkte sich ihr Köpfchen wieder nach unten. Das war die Scham darüber, daß sie die Welt einfach nicht begriff. Und es wäre wohl auch kein Trost für sie gewesen, wenn ich ihr gestanden hätte, daß es mir ähnlich ging.

Ich fuhr hoch in die Freßetage, wo Alina sich immer stundenlang herumgetrieben hatte, obwohl hier nichts frischer war als anderswo, aber alles teurer. Weil es nun mal das KaDeWe war. Kaum kurvte sie um den ersten Verkaufsstand, war sie auch schon verloren. Meist trippelte sie dann von Wursttheke zu Fischtheke, von Käsetheke zu Kuchentheke, als wäre sie auf kulinarischer Weltreise. Und immer diese Ohs und Ahs und dieser kokette Bettelblick. Das hatte ich noch nie an ihr gemocht, dieses kindliche Staunen darüber, daß die Wunder dieser Welt nicht alle gratis zu haben waren. Und die Hoffnung auf das Happy-End, von wegen die gute Fee richtet Aschenputtel den Gabentisch und Rumpelstilzchen schleppt die Tüten und zahlt. Wenn dann alles eingekauft war fürs Wochenende, spielte sie meist noch eine Runde ›Jetzt-hab-ich-dich‹, weil an irgendeiner dieser Freßtheken immer eine abgewrackte Fernsehgröße stand, die sich hier von den Hausfrauen hofieren ließ. Heute war ich es allerdings, der auf ein bekanntes Gesicht lauerte. Denn da war wieder dieses Gefühl, unter Aufsicht zu stehen wie damals auf dem Pausenhof, wenn man die erste Kippe des Tages anzündete und aus dem Nichts der Lehrer erschien.

Vor der Champagnertheke war die Rempelei am größten. Hier war auch die Stimmung am besten. Direkt vor mir standen zwei dicke Nutten, die eine blond, die andere schwarz, ganz schwarz, so wie ich es mochte. Stöckel wie Mikadostäbchen und ein roter Mini in Gürtelbreite. Kleiner Champagneraufguß vor der Tour d'amour.

»Ihr beiden Süßen trinkt doch bestimmt noch ein Gläschen Rotkäppchen mit mir?«

»Aber klar doch, Kleiner!«

Sie prosteten mir zu, mit ihren leeren Gläsern, und ließen mich stehen. So ging es mir oft in letzter Zeit. Zu oft.

»Hey, habt ihr nicht doch Zeit auf ein klitzekleines Gläschen?«

Sie waren schon weg. Feixend. Die Ärsche wie Fesselballons über der Rolltreppe schwebend, für einen kleinen Moment der Schwerelosigkeit. Ich wechselte zum Spirituosenstand. Der Barmann nickte mir zu. Aus Mitleid, und weil er wußte, daß ich einen Doppelten bestellen würde. Aber solche Freunde hatte ich überall.

Ich ließ die Eiswürfel klirren. Tränen des großen weißen Bären, der auf seiner Eisscholle trieb und nicht mehr nach Hause fand. Irgendwann würde er ins warme Gewässer geraten und absaufen, da konnte er strampeln, wie er wollte.

Und wenn das kleine Floß der Träume ihn doch ans Ziel gebracht hätte? Unmöglich! Und wenn doch? Wenn Leichhardt den Stein tatsächlich gefunden hatte? Wieso nicht mal eine Überraschung von der positiven Seite? Schließlich waren auch all unsere Alpträume irgendwann Wirklichkeit geworden: King Kong, Frankenstein, Lothar Matthäus.

Ich kenne deine Märchentritte, Traum, aber vielleicht kannte ich sie doch nicht so genau. Schließlich war ich selbst mal Hans im Glück gewesen, vor langer Zeit, und hatte einen Schatz gefunden, gestohlen hatte ich ihn aus der Schreibtischschublade meines Vaters. Aus der kleinen Schatztruhe, dem geschnitzten Holzkästchen, in dem eine Patrone lag, ein Zigarrenschneider, ein Silberdollar, ein Zahnstocher aus Elfenbein und der Stein. Daumengroß und warm poliert. Geschliffen wie eine Figur, aber ohne Gesicht. Kein Zufallsfund, aber auch kein Ding mit Geschichte. Er lag in meiner Faust, dieser Stein, den ganzen Schultag, bis ich begriff, daß er gestohlen war und mein Vater ihn eines Tages vermissen würde. Ich hätte ihn tauschen können gegen ein Jo-jo oder eine Wasserpistole, aber ich warf ihn von der Brücke, damit er nie wiederkehrte als Zeuge der Anklage. Er blieb dennoch. Nacht für Nacht erschien er mir im Traum. Ein Totem der Angst. Weil mein Vater nie ein Wort darüber verlor, ob er ihn vermißte oder nicht, ob es ein Andenken war oder nur ein Souvenir. Jahre später sah ich in einem Trödelladen ein Schachspiel. Geschlagene Truppen auf beiden Seiten. Unersetzliche Verluste. Der König ohne

Zepter, die Bauern elend in Unterzahl. Es war ein Stein aus diesem Spiel gewesen.

»Der Blick ins Glas ist immer noch der schönste, wie? Happy Hour alle Tage. Sie sind Herr Claasen, wenn ich mich nicht schwer irre?«

Ein kleiner magerer Mann schwang sich auf den Barhocker neben mir. Er hatte entzündete Äuglein und eins dieser Affengesichter mit der Maske Methusalems. Der Barmann kannte ihn und schenkte ein, noch ehe er aufgefordert wurde.

»Drei Finger Wodka please, korrekt. Thank you, Edi.«

Er bleckte dankbar die Zähne und wandte sich wieder zu mir.

»Lassen Sie uns über Ihre Zukunft reden!«

»Wen interessiert die schon?«

»Wird nicht verraten. Alles perfekt, schon bezahlt. Keine Angst. You are welcome.«

Er schien kräftig einen getankt zu haben. Jedenfalls trug er eine Fahne vor sich her, als würde er die olympischen Spiele eröffnen.

»Ist doch Scheiße, daß man hier nicht mehr rauchen kann, oder? Sorry, aber stimmt doch. Wenn, dann nur im Klo, und da geht direkt der Sprenkler an. Gestatten, Hanussen II. Zukunftsberater und Handleser. International tätig. Worldwide, wie ich gern sage. Schauen Sie mal nicht so ungläubig drein, junger Mann, es gibt auch noch Hanussen III und Hanussen IV. Ehrlich gesagt, es gibt mindestens ein Dutzend Hanussens in Berlin. Allein hier im Haus fünf, weil wir in Schichten arbeiten. Das boomt, sage ich Ihnen, unsere kleine Astrologie- und Wahrsagerecke. Direkt neben dem Frisiersalon. Da können sich die alten Schnallen wunderbar die Wartezeit verkürzen. Ich rede mich noch um Kopf und Kragen, ich weiß. Never mind. Na kommen Sie schon, geben Sie Ihr Händchen her, das ist alles ganz reell. Ich war mal Psychologiestudent. Dreißig Semester. Prüfungsangst. Jetzt bin ich hier. Gar nicht so dumm, was? Alles easy. Na los, entspannen Sie sich. Please. Kennen Sie nicht den Witz von dem Pfarrer, der durch ein Dorf kommt und auf den Scheunen Zielscheiben sieht, und auf jeder hat einer ins Schwarze getroffen. ›Habt ihr hier einen Meisterschützen?‹ fragt er den nächstbesten. ›Nö‹, meint der, ›das ist der Dorfdepp. Der schießt, und dann malt er die Scheibe drum herum.‹ Das ist mein verdammter Scheißjob hier. Verstehn Sie?«

»Kein Wort versteh ich, aber wenn Sie noch einen Drink wollen, der geht auf meine Rechnung. Ich muß jetzt nämlich los!«

»Stop! Das ist schon bezahlt. Ehrlich. Keine unsauberen Geschäfte. Nicht mit mir! In so einer heiklen Sparte gewinnt auf Dauer nur der Seriöse.«

Er zog meine Hand zu sich heran, und fuhr geschäftig die Linien auf und ab, Lebenslinie und Schicksalslinie und Herzlinie, und was es auch immer gab, er kurvte um die flachen Hügel der Fingerwurzeln und strich mit seinem dünnen Zeigefinger über die fetten Handballen, ohne mehr als ein Kitzeln zurückzulassen. Und genau das regte mich auf. Diese professionelle Gleichgültigkeit, mit der er mich hier verarschen wollte. Er sah hoch. Ich wußte, was er sagen wollte, und er wußte, was ihn erwartete. Denn er sah in meinen Augen den Jähzorn.

»Soll ich dir sagen, was du siehst, du kleiner Affe! Du siehst eine große Liebe, mehr siehst du nicht! Verstanden!«

Ich packte ihn an seinem dünnen Krawattenknoten und schüttelte ihn ein bißchen hin und her, damit sich der Wodka besser in seinem Hirn verteilte.

»Hey Mann, alles easy, ja! Du hast mir die Worte aus dem Mund genommen. Ich sehe eine große Liebe, ganz recht! Eternal Love. Praktisch ohne Ende.«

»Gut. Das hast du gut gesehen. Und was siehst du sonst noch?«

Er zwinkerte nervös, weil er keinen Fehler machen wollte. Sah mich von schräg unten an, sortierte ein paar Vorschläge, Ehe, Kinder, Hochzeitstag. Aber dann ließ er es. Sein Glück!

»Nein, nichts weiter. Nur diese große Liebe.«

»Gut so, und jetzt Bye, bye mein Freund!«

Er schwang sich vom Barhocker. Eigentlich hatte er immer das letzte Wort, und er kaute dran rum, das sah ich, aber irgendwas in meinem Blick gab ihm zu verstehen, daß er sich das diesmal sparen konnte. Also nickte er nur kurz dem Barmann zu, wischte sich über die Stirn und verschwand.

Ich konnte mir schon denken, wer ihn bezahlt hatte. Boris! Und ich konnte mir auch denken, was dieser Hanussen prophezeien sollte. Der Spaß am Socken kaufen war mir jedenfalls vergangen. Ich hatte nicht mal mehr Lust, den Mädels in der Parfümerie unter die Röcke zu schielen.

»Noch einen Doppelten!«

Langsam wurde ich richtig nervös. Schon die Sache mit den Bildern war mir ganz schön auf den Magen geschlagen. ›Könnte es nicht sein, daß hier jemand die Umstände nutzen will, um privat mit Ihnen abzurechnen?‹ Das waren doch seine Wort gewesen? ›Natürlich, klar doch, Chef!‹ hätte ich antworten können. ›Und Sie werden es nicht glauben, genau davor habe ich Schiß.‹ Nicht vor den Wiedertäufern! Die hatten damals ein paar böse Briefe geschickt, und damit war die Sache erledigt gewesen. Solche Kläffer schnappten immer nur nach der Ferse, die gingen einem nicht an die Kehle. Das hier war was anderes. Das hier war Rachsucht. Hier wollte mich einer wirklich fertigmachen. Mr. Montechristo! Wer sonst würde so einen Aufwand treiben?! Mich beobachten lassen. Killer engagieren. Das war krank! Und doch wurde ich das Gefühl nicht los, daß sich alles ganz einfach erklären ließ. So einfach, daß es mir schon wieder davor graute. Wenn Haß wirklich die Kehrseite der Liebe war, dann hatte nur ein Mensch Grund, mich so zu hassen. Aber das konnte nicht sein! Und wenn doch? Dann entfernte mich jeder Schritt, den ich in diesem Fall vorwärts tat, Lichtjahre von meiner Frau. Scheiße!

Wo war in dieser Sache der Notausgang? Wem konnte ich vertrauen? Rip van Winkle! Wo war er gewesen, als ihm alles zu viel wurde? Als er nachdenken mußte? Wo hatte er sich hin verkrochen, als ihn seine Frau verließ? Und er von allen anderen die Schnauze voll hatte und nicht mehr ein noch aus wußte? Gab es wirklich einen Ort auf dieser Welt, wo die Zeit stillstand? Für ein paar Tage, für ein paar Jahre? Und wie vertrieb man sich die Stunden dort? Mit Nachdenken darüber, was hätte sein können? Wenn man dies oder das nicht getan hätte? Wie viele eigene Lebensläufe, die der Zufall verhindert hatte, gab es? Millionen, Milliarden? Da hockte man dann wie ein Häufchen Elend in Aladins Höhle und grübelte bis zum jüngsten Tag. Oder wurde es einem schon vorher langweilig. Du gehst nach Hause und klopfst an die Tür: ›Hallo, hier bin ich wieder! Ich blick jetzt eine Spur klarer!‹ Und die Frau, die dir öffnet, ist eine alte Hexe!

Nein, ich wollte es gar nicht wissen! Ich wollte nicht wissen, wer dahinter steckte! Wer Boris geschickt hatte! Was in dem Testament stand! Ich würde den Fall abgeben. Oder Dienst nach Vorschrift machen. Und auf alle Fälle erst mal pinkeln.

Als ich zurückkam, winkte mich der Barmann über den Tresen.

»Herr Claasen? Hanussen war gerade noch mal hier. ›Schönen Gruß‹ soll ich Ihnen sagen, und dann soll ich Ihnen noch was ausrichten, was sehr Wichtiges!«

»Na reden Sie doch schon!«

»Er meinte: ›Passen Sie gut auf Ihre Tochter auf!‹«

Mir wurde heiß. Unglaublich heiß. Diese Hitze, die dir den Atem nimmt. Als würde dir einer die Kehle zuschnüren. Boris! Er mußte hier irgendwo sein. Weil er sich einen Spaß daraus machte, mich leiden zu sehen. »Ist Ihnen hier gerade jemand aufgefallen? Ich meine, so ein Lockenkopf?« Blöde Frage! Natürlich nicht. Natürlich hatte ihn niemand gesehen. War ja auch Unsinn. Er war ja nur mir auf den Fersen.

»Stimmt so!« Ich knallte den Schein auf die Theke. Raus hier, raus. Ich mußte irgendwo in Ruhe nachdenken. Hier drin in dieser Hitze wurde ich nur wahnsinnig. Ich rannte die Rolltreppen runter, lief aus dem Seiteneingang und direkt bei Rot rüber in den U-Bahn-Pavillon. Mit ein bißchen Glück war ich ihn jetzt los und die Angst, vor allem die Angst. Ich hatte Glück, kaum war ich unten, spürte ich auch schon den Windzug, die U-Bahn kam, und ich erwischte die richtige Tür, ließ mich auf die Sitzbank fallen und grinste breit ins Fenster gegenüber. Sonst hätte ich kotzen müssen, so übel war mir nach dieser Panikattacke. Warum fuhren wir nicht endlich los? ›Ganz ruhig, ganz ruhig, ganz entspannt.‹ Ich mußte nachdenken. ›Ganz ruhig!‹ Die Formel wirkte immer noch, nach Jahren. ›Ganz ruhig, ganz ruhig, ganz entspannt‹. Aber immer noch drängelten Leute herein. Ich hielt meine Hand, ohne den Puls zu messen. Wir hatten den Kurs mal zusammen gemacht, Alina und ich, kaum ein Jahr, nachdem wir uns kennengelernt hatten. ›Ganz ruhig, ganz ruhig, ganz entspannt.‹ Wir waren ja beide immer ziemlich nervös. War eine gute Idee gewesen, so ein gemeinsamer Kurs. Hatte auch ziemlich Spaß gemacht damals. Wirkte auch jetzt wieder, die Formel. Nur das eine Mal, als es wirklich darauf ankam, da hatte sie nicht gewirkt.

*

Wenn Viktor über sein Leben nachdachte, dann tat er das meist in Grünanlagen, nicht in den großen Parks mit den schlammigen Wegen im Herbst und den vielen Radfahrern im Sommer, er tat es rund um die kleinen Rasenquadrate zwischen den großen Apartmentblocks, mit winzigen Teichen, die kaum als Vogeltränke taugten. Um diese Teiche spazierten ganz früh am Morgen und spät am Nachmittag die Berufstätigen, eilig, mit nervösen Hunden, die wenig Zeit zum Niederhocken hatten, weil ihre Herrchen sie immer schon weiterzerrten. Nach diesen großen Hunden kamen die kleinen mit den elastischen Leinen, deren Enden die alleinstehenden Frauen hielten, sehr energisch, weil sie Runde um Runde gegen die Zeit marschierten.

Anfangs war Viktor oft noch ins Tierheim gegangen und hatte sich dort einen Hund geliehen, mit dem er sich ganz unauffällig dazugesellen konnte, doch selbst die sehr Kleinen hatten ein eigenes Herz, und wenn er sie wieder zurückbringen wollte, spürten sie das und zerrten in die andere Richtung, in irgendeine, nur nicht in Richtung Tierheim. Das hatte er nicht ertragen, oder doch nur sehr schwer, und so verfiel er statt dessen darauf, einfach die Hunderassen zu memorieren, die Welpenpreise und die häufigsten Krankheiten. Dann ging er mit tief gesenktem Kopf, bis er einen Hundenamen hörte oder einen Pfiff. Wenn die Frauenstimme sympathisch war und der Hund nicht zu verzogen wirkte, knüpfte er ein Gespräch an, ein wehmütiges meist, denn die Trauer über das Dahinscheiden eines vierbeinigen Gefährten erweicht selbst die härtesten Herzen.

›Manchmal ertappe ich mich immer noch dabei, wie ich mich nach ihm umsehe. Dreizehn Jahre wurde er alt, der Ferdinand, eigentlich kein Alter für einen Zwergschnauzerrüden!‹ So lenkte Viktor das Gespräch immer sofort auf den Tod oder doch zumindest auf Scheidung und Krankheit, auf das Alleinsein, und nach dem Tee im nahen Pavillon trug ein Glas Cognac oder Sekt dazu bei, daß der Kummer erträglich wurde und fast ein gemeinschaftliches Vergnügen. Viktor achtete immer sehr darauf, daß sich diese seelische Gemütlichkeit nicht durch allzu große Neugier oder taktloses Mitleid verflüchtigte, und wenn er zum Abschied die Hand schüttelte, dann wußte er sehr genau, ob er Erfolg gehabt hatte und es ein Wiedersehen geben würde. ›Die Hände sollten nach so einer ersten Begegnung weder kalt vor Unbehagen sein noch feucht vor Anstrengung, sie sollten einfach nur gern ineinander liegen – eine kleine Geste der Zärtlichkeit, mehr Abschied als Versprechen.‹

Die Frauen dankten Viktor seine diskrete Zurückhaltung durch rückhaltloses Zutrauen. Selbst wenn sie von ihren Heiratsplänen in der Regel Abstand nahmen, weil sie beim dritten oder vierten Zusammensein dann doch das Bedeutende an ihm vermißten, das, was ihn zum Ehemann erst tauglich gemacht hätte, so reute es sie doch selten, Viktor mit einem kleinen Darlehen unter die Arme gegriffen zu haben. Ganz bescheidene Summen, die er meist sofort beim Herrenausstatter oder auf der Spielbank ließ.

Die Erinnerung an diese alten Zeiten tat Viktor gut, denn heute wirkte der kleine Park wie ausgestorben, als hätten all seine Verflossenen bereits ihre Winterquartiere im Süden bezogen. Kein Vogel war mehr zu sehen, kein Eichhörnchen, und selbst die Enten stolzierten so mißmutig umher, als hätten sie eingefrorene Füße. Nur ein alter Mann ging sehr langsam und beharrlich am Stock um den Teich, wie der Zeiger einer Uhr, die nicht die Stunden und Minuten, sondern die Jahre zählt.

Diese Langsamkeit gab Viktor etwas von der inneren Ruhe wieder, die er im Café verloren hatte. Er war sich so sicher gewesen, Borsig beeindrucken zu können mit dieser Kopie des Testaments, und auch seine Forderung nach 60 000 Mark hatte er schon erfüllt gesehen, noch ehe sie gestellt war, zumal er auf dieser Höhe gar nicht bestanden hätte. Das Geld mußte nur genügen, um in den Süden zu fliegen, Gran Canaria, Teneriffa, wohin auch immer, irgendwo in der Wärme wollte er die Ankunft des Kometen erwarten oder noch einmal die Ehe wagen, wenn die Katastrophe ausbleiben sollte. Dafür hätten auch 40 000 Mark genügt oder 30 000, selbst 20 000 Mark wären nicht zu wenig gewesen. Aber so ging es immer in seinem Leben, daß er sich an eine Hoffnung klammerte und dann an die nächst kleinere, beinahe rückhaltlos, und dann doch enttäuscht wurde, vielleicht, weil er insgeheim diese Enttäuschung erwartete und ihr vorarbeitete. Nur kam diesmal ein anderes Gefühl hinzu, das er bislang nicht gekannt hatte: Angst. Er hatte

Angst vor Borsig, vor diesem Blick, den er ihm zugeworfen hatte vorhin im Café. Er kannte diesen Blick, es war der Blick des Kassenwarts gewesen, der seiner Mutter jeden Morgen die Pauschale von 50 DM für die Nachtschicht auszahlte. ›Wenig genug, aber immer noch zu viel für dich!‹ sagte der Blick, und Borsig würde in seiner Arroganz noch hinzugefügt haben ›Viel zu viel!‹

›Schluß jetzt, Viktor! Nie an sich selbst zweifeln! Ein Mann muß ein Mann sein! Wer mir alle Tage Blumen bringen will, soll warten, bis ich tot bin.‹ Das war Elses Credo gewesen, die drüben das Penthouse bewohnte. Ihr Mann hatte ihr einen Schrotthandel hinterlassen und einen alten, zahnlosen Boxerrüden, der immer ihren Chinchilla vollsabberte, ›aber soll ich deswegen frieren?‹ Sie durchschaute Viktor, noch ehe er den Mund aufgemacht hatte, ein Blick auf seine schwarzweißen Schuhe genügte, aber sie war einsam nach dem Tod ihres Albert und amüsierte sich eine Zeitlang mit ihm. ›Von mir kannst du noch was lernen, denn was euch Männer angeht, macht mir keiner mehr was vor!‹

Drüben war ein Kiosk, neben dem Pavillon, dorthin lud sie ihn ein, denn sie trank gern einen zwischendurch und ließ ihre Liebschaften Revue passieren, während er an seiner Cola nippte. Aber jetzt war Viktor versucht, auch eine kleine Flasche Weinbrand zu kaufen, nur so, als Talisman, den er in der Tasche halten konnte. Er würde das Trinken nicht wieder anfangen, nein, das nicht, aber er wußte, wenn er dieser Versuchung widerstehen konnte, hatte er auch genug Kraft, Borsig standzuhalten.

Er mußte jetzt den nächsten Schritt tun, das war klar, er wußte nur nicht, in welche Richtung. Er drehte sich im Kreis wie dieser alte Mann, dem er hinterher lief, oder er ihm, wie auch immer, und je länger er darüber nachdachte, wie ausweglos seine Situation war, desto heftiger wurde ein Gefühl, das der Angst so nah verwandt war, daß er beide zunächst kaum auseinanderzuhalten vermochte. Er spürte Haß. Wenn er Borsigs Gesicht vor sich sah, diese wissenden

Augen, das amüsierte Lächeln, dann hatte er das Foto seines Vaters wieder vor sich, das einzige Bild, das seine Mutter aufbewahrt hatte. Sie hatten sich gerade verlobt damals; ein Charmeur war darauf zu sehen und ein Idealist. Aber auch ein Rechthaber und ein Zyniker, der Frau und Sohn im Stich ließ, weil ihm Treue nichts mehr galt, als seine Träume nicht in Erfüllung gingen. Jedes Gesicht zeigt seine Zukunft, und wenn er seiner Mutter je etwas verübelt hatte, dann vielleicht nur das eine, daß sie das wahre Gesicht dieses Mannes nicht sofort erkannt hatte.

Viktor haßte seinen Vater, und er haßte Borsig, als wäre er dessen verjüngter Wiedergänger, und je deutlicher ihm dieses Gefühl wurde, desto heftiger ballte er die Fäuste in den Taschen seines Anzugs, und als die zu reißen drohten, schrie er es laut über den kleinen Teich hinweg: »Ich hasse ihn!«

Es war ein seltsamer Anblick, dieser kleine Mann ohne Mantel, der da am Ententeich stand und über sich selbst erschrak, denn sein Mund stand noch immer offen, als staunte er dem Schrei hinterher, der ihm wie ein Vogel aus dem Käfig entwischt war.

›Ich lasse mich gehn!‹ dachte Viktor und fuhr sich über die Haare, die doch ganz glatt waren trotz des Herbstwindes. ›Wie peinlich!‹ Aber der alte Mann schien ihn nicht gehört zu haben, und andere Spaziergänger waren noch immer nicht zu sehn.

Viktor ließ sich ungern von seinen Gefühlen überwältigen, schon gar nicht bei der Arbeit. ›Die Neutralität des Herzens ist gewissermaßen Grundvoraussetzung für einen erfolgreichen Wettbewerber auf dem Heiratsmarkt.‹ Das war eine seiner Maximen, die er gelegentlich zu einer kleinen Broschüre zu bündeln gedachte. Wenn er also auch in diesem Fall auf seine Vernunft vertraute, und das mußte er, das mußte er unbedingt, dann gab es nur einen möglichen Grund, warum Borsig sich nicht für das Testament interessierte. Nur einen einzigen.

Viktor schob die Argumente noch einmal hin und her wie die bunten Kugeln auf dem Rechenbrett seiner Kindertage, aber er kam immer zu dem gleichen Fazit: Borsig brauchte das Testament nicht, weil er den Stein bereits besaß. Eine andere Lösung gab es nicht. Borsig besaß den Stein der Weisen – oder etwas, das er dafür hielt. Vielleicht erst seit kurzem, vielleicht aber auch schon seit sehr langer Zeit. So wie viele Menschen ein teures Bild besitzen und es in den Tresor einschließen, nur damit andere es nicht sehen, so hielt er den Stein unter Verschluß, und nur ab und an nahm er ihn heraus und sonnte sich in seinem Besitz. Ein Vergnügen ganz für sich allein, das er mit niemandem teilte. Woher sonst seine Selbstsicherheit, dieses überlegene Lächeln, mit dem er alles und jeden in den Schatten seiner eigenen Person stellte? Frau Leichhardt hatte ja davon erzählt in ihren letzten Wochen, geprahlt geradezu von dem, was Borsig ihr nach und nach preisgegeben hatte, unter dem Siegel der Verschwiegenheit, von der Legende des Steins, daß der Wunderheiler Paracelsus ihn einst besaß, daß dieser ihn gekauft hatte von Ahasver selbst, dem ewigen Juden, und der Preis war gewesen, daß er sich selbst nicht würde heilen können, wenn der Tod kam, und der kam bald, denn jede glückliche Heilung kostete ihn einen Tag seines eigenen Lebens. Kein hoher Preis für einen Arzt, aber einer, an dem man sein Leben lang zahlte, und so war auch Paracelsus an keiner großen Krankheit gestorben, sondern einfach nur zermürbt worden durch den Kummer über die Unzulänglichkeit seines Tuns. Von da an ging der Stein von Arzt zu Arzt, sie erkannten sich an dem Blick, dem ungerührten Auge, und jeder von ihnen starb einen schrecklicheren Tod als sein Vorgänger, bis Axel Munthe kam, der letzte in dieser Reihe, und der Fluch gebannt schien, dank des guten Sterns, unter dem er stand. Denn alles, was die Götter dem Menschen geben können, besaß er, Erfolg und ein Haus am Meer, nicht irgendwo, sondern auf Capri, auf dem höchsten Felsen, dort, wo Kaiser Tiberius einst seinen Palast hatte errichten lassen. Dort baute Axel Munthe sein Haus, das Haus seiner Träume, denn alles, die Mosaiken der Wände, die Säulen, die Figuren des Gartens fand er dort, wo seine Träume ihn hinführten, auf der Ebene Trojas und in den Höhen des Olymp, von überallher brachte er Relikte einer anderen, besseren Zeit. Als dann das Haus stand und seine Wünsche noch übertraf, und nichts mehr blieb, als sich dort niederzulassen, erblindete er und mußte hinunterziehen, in einen dunklen Turm, im Schatten des großen Felsen. Sein Haus wurde ein Museum, sein Geld vermachte er den Armen, aber wem er den Stein weitergegeben hatte, das war ein Rätsel, über das sich Borsig immer vielsagend ausschwieg.

Borsig besaß den Stein, das sollte dieses Schweigen bedeuten, und wenn es so war, warum sollte er, Viktor, ihn nicht finden können? Er würde sich nachts in die Klinik schleichen, in Borsigs privates Sprechzimmer, und hinter einem dieser großformatigen Patientenbilder den Tresor entdecken. Er würde den Stein an sich nehmen, hinausgehen und am nächsten Tag wiederkehren und die Rückzahlung der Hypothek verlangen!

›Was für ein wunderlicher Plan, Viktor! Ein ganz und gar wunderlicher, alberner Plan! Die Pfleger würden dich auf der Treppe abfangen, wenn dich nicht schon zuvor im Garten die Hunde gestellt hätten, denn die Klinik ist Tag und Nacht bewacht, wie du weißt. Keiner kommt da unerkannt hinein, wie auch keiner hinauskommt ohne meine Erlaubnis.‹

Er sah das Lächeln Borsigs wieder vor sich, diese Herablassung, in die sich auch immer etwas der Wunsch nach Zuneigung mischte, denn Borsig konnte nicht allein sein, das hatte Viktor begriffen, gleich beim ersten Mal, als er ihn sah. Was er auch immer wollte, er brauchte Publikum. Wenn Borsig diesen Stein also wirklich besaß, dann würde er ihn nicht verschlossen halten, dann würde er ihn vor sich hertragen wie eine Monstranz. Nein, nein, Viktor war sich nun ganz sicher, Borsig besaß den Stein doch nicht. Er rechnete nur felsenfest mit seiner Existenz, und damit, daß er ihn bekommen würde.

Viktor sah hinaus auf den kleinen Teich, bekümmert über seine Verwirrung und das schwerfällige Hin und Her seiner Gedanken. Er sah den alten Mann, wie er beharrlich Schritt um Schritt vorwärts tat, er sah das Lächeln Borsigs, und das Gesicht des Jungen, an den er all die Tage nicht gedacht hatte, und die Gesichter wechselten in immer schnellerer Reihenfolge, immer schneller, bis sie verschmolzen zu einer Fratze des Hohns über seine Einfalt.

Ein Blatt segelte neben Viktor zu Boden, fast lautlos landete es, und dennoch tat es einen Schlag, als hätte Aladin seine Lampe fallen lassen. Aber es war kein hilfreicher Geist, der da erschien, es war der Dämon des Todes. Auf einmal waren ihm Borsigs Absichten klar, und es war so ungeheuerlich, dieses Gesicht des Bösen, das ihm da entgegen grinste, daß er seine eigenen ängstlichen Augen sofort wieder hinter der Maske des Erpressers verbarg.

15 000 DM würde er für sein Schweigen verlangen, so viel brauchte er unbedingt für seine kleine Kreuzfahrt, mehr war eigentlich nicht nötig, selbst wenn die Sintflut tatsächlich kam, weiter als nach Rhodos oder Kreta hatte er eigentlich nie gewollt, zumal ihn seine Flugangst an jeder größeren Reise hinderte.

Oder waren 15 000 noch immer zuviel verlangt? Seine Euphorie ließ nach, bei jedem Schritt, und der Zweifel holte ihn ein, wieder einmal. Sollte er nicht lieber die Stadt verlassen, zurück nach Göttingen. Aber weit würde er nicht kommen, spätestens am Bahnhof hätten ihn Borsigs Späher ausfindig gemacht. Aber wie sollte er bleiben, ohne Mantel konnte er keine Frau ins Café ausführen, ohne Mantel würde er nicht einmal eine Nacht im Freien überstehen. Er hatte keine Papiere mehr und keine Kreditkarte, nie eine besessen, selbst sein Taschentuch war in der Manteltasche. Viktor zupfte etwas verlegen an der Schnur seines Amuletts, als brächte es schon längst kein Glück mehr, und rieb sich statt dessen die frierenden Fäuste in den Achselhöhlen warm, bis das Blut wieder schneller floß und erneut der Haß aufstieg in ihm.

»Hiermit erkläre ich Ihnen den Krieg, Dr. Borsig!«

Er schrie es nicht, er flüsterte es nur, so ernst war es ihm damit in diesem Moment, aber schon im nächsten brachte die Angst wieder ihre Einwände vor. War es nicht etwas voreilig, Borsig den Krieg zu erklären, ohne genau zu wissen, wie er ihn führen sollte?

Vielleicht wenn er etwas trank? Er konnte den Kampf auch morgen weiterführen und jetzt hinübergehen und sich eine kleine Flasche Weinbrand gönnen. Der erste Schluck würde wunderbar sein, er würde das alte Feuer wieder anfachen, aber er beherrschte es ja, seit Jahren hatte er sich schon beherrscht, da konnte er sich jetzt den kleinen Schluck Wärme gönnen.

Viktor kramte in seinem Geldbeutel. ›Lauf zu, lauf zu!‹ flüsterte die Stimme seiner Mutter, ›wärm dich!‹

Fast hätte er den alten Mann umgerannt. Oder trat der ihm in den Weg? Obwohl er doch noch zerbrechlicher wirkte als Viktor selbst? Er war nicht schäbig gekleidet, aber die Eleganz, die er zur Schau stellte, war nicht mehr ganz zeitgemäß, und wenn man den Mantel genau musterte, und Viktor tat das, schon aus Gewohnheit, und weil er selbst gerade keinen besaß, dann sah man, daß dieser Mantel doch viel älter war als die Mode selbst für Senioren es gestattete.

»Entschuldigen Sie, darf ich Ihnen meine Hilfe anbieten?«

Viktor hatte die Frage noch gar nicht begriffen, da faßte ihn der Alte auch schon unter. Er wollte sich losreißen, aber dieser Griff war wie eine Klammer. Das ist einer von Borsigs Leuten, schoß es ihm plötzlich durch den Kopf, einer dieser Handlanger mit dem eigentümlich kühlen Blick, dem er nicht standhielt. Er knickte ein, es war Wille gegen Wille, und der Wille dieses alten Mannes war stärker.

»Eine gute alte Freundin von mir betreibt ein Nachtasyl

nicht weit von hier in Kreuzberg, und jeder ihrer Stammgäste, dazu zähle ich mich auch seit Jahren, hat das Recht, an unserem Jour fix einen Gast mitzubringen. Sofern Sie nichts besseres vorhaben? Keine Angst, nichts Förmliches, ganz und gar nicht, wir geben uns alle ganz leger. Hedwig kocht, und jeder der Gäste revanchiert sich nach Lust und Belieben mit einer Kleinigkeit, chacun à son goût, aber erst nach dem Dessert, da legt sie Wert darauf. Eine kleine Artusrunde, wenn Sie so wollen, für all die Ritter, die nicht mehr nach Hause gefunden haben.«

*

Kottbuser Tor. Das letzte Mal war ich beim Karneval der Kulturen hier gewesen. Und wie damals roch es nach Pennerpisse und kalter Kotze, Marke Schultheiß. Natürlich hatte der Umzug über zwei Stunden Verspätung gehabt, weil die Kreuzberger Uhren ja anders gehen, und ich saß da auf dem Geländer und wartete auf Alina, die auf einem der Wagen mit ihrer Flamencotruppe rumturnte. Aber irgendwann hatte ich die Geduld verloren, oder den Halt, oder beides, und war davongeschlichen.

Kottbuser Tor. Wo auch immer man hier hinsah, es war Scheiße. Die Fenster blind, die Wände voller Graffiti, so bunt, daß man sie längst wieder grau wünschte, denn trauriger als das hier war nur die Vorstellung, daß es ewig so bleiben würde. Ich lief ganz dicht an den Gyrosbuden lang, wärmte mich und staunte mal wieder, daß die Jungs das Zeugs immer noch selber futterten. Ich hatte immer gedacht, wenn die dummen Deutschen mal grade nicht hinsehen, holen die hinter der Theke die wirklich leckeren Sachen raus, Lammkeule oder so, Edelgyros auf Blattspinat, aber die aßen tatsächlich das gleiche wie wir.

Ich stellte mich in den nächstbesten Innenhof, zückte mein Handy und rief Martina an. Aber da meldete sich nur die Mailbox. Dann die Redaktion. Susi war am Apparat. Vor acht ging sie nie nach Hause. Nicht, weil sie so gerne arbeitete. Sie hatte einfach Angst vor dem Alleinsein.

»Blätter mal schnell meine Post durch, Süße!«

»Nichts Aufregendes dabei, Ricki. Du sollst dich dringend bei diesem Kommissar Orlowski melden, und eine Einladung der Goethe-Gesellschaft zu einem Vortrag morgen: Magie und Alchimie im Faust II.«

»Wußte gar nicht, daß der eine Fortsetzung geschrieben hat. Ha, Ha. War ein Scherz!«

»Da klebt noch eine Gesprächsnotiz dran: Ein Herr Kassner hat angerufen und noch mal persönlich um dein Erscheinen gebeten. Hast du denn überhaupt eine Krawatte?!«

»Ha, Ha! Sag dem Chef, ich bin mit seiner Braut essen, und Kommissar Orlowski richtest du aus, er kann mich mal... wieder anrufen, wenn er Zeit hat. Ciao!«

War da nicht irgendwo eine Flöte. Keine türkische Musik hier im Hinterhof? Das war eine Flöte. Eine häßliche Blockflöte. Martina hatte Querflöte gespielt. Sie war unglaublich musikalisch. Ganz anders als ihre Mutter. In der Mariannenstraße hatte sie gewohnt, damals. Kreuzberg war immer Alinas Revier gewesen. Bis sie dann zu mir nach Charlottenburg kam, aber sie hatte immer zurückgewollt. Hat dann ja auch geklappt. Ich hab ihr damals noch meine alten Wohnungsschlüssel mitgegeben. ›Behalt sie. Falls er dich mal schlägt.‹ Als ob so ein verdammter Musiklehrer seine Frau schlagen würde. Sie lächelte nicht mal, behielt aber die Schlüssel. Waren ja eigentlich wertlos jetzt, und die von meiner neuen Wohnung hatte sie nie gewollt.

Er war einer aus Kreuzberg. Einer, der den Kiez niemals verließ, es sei denn mit den Füßen voran. Da konnten sie seinen Kindern das Messer an die Kehle setzen, er blieb. Da konnten sie ihm Hundescheiße in die Haare schmieren und seine Katze mit Einwegspritzen spicken, er blieb. Weil er nun mal Kreuzberger war. Einer, der Freitags seine Volleyballgruppe hatte und in der Bergmannstraße jeden Trödler kannte. Einer, der nie erwachsen werden wollte und auch noch stolz darauf war.

Vor mir liefen drei türkische Mädchen. Verdammt hübsch und alle mit diesen kleinen festen Ärschen, die man bei ihren Müttern immer vermißt hatte. »Alter Wichser«, murmelte die eine. Die konnte vermutlich Gedanken lesen.

Ich stand vor dem Kafka. Es war kurz vor acht. Sie würde pünktlich sein, da war ich mir sicher. Eine Frau wie sie kam nie zu spät. Ich schnippte die Kippe auf die Straße und bekam von einer Fahrradfahrerin den Mittelfinger zurück. Wenn das so weiterging, würde ich irgendwann tatsächlich noch mit Rauchen aufhören.

Ich ging rein und roch sie, noch bevor ich sie sah. Sie roch unglaublich gut und hatte mal wieder alles im Griff. Wahrscheinlich kam sie immer fünf Minuten zu früh und nutzte die Zeit, um sich frisch zu machen und das Terrain zu sondieren. Sie fuhr U-Bahn. Das war klar. Oder Bus. Im Sommer natürlich Fahrrad. Bei ihrer sportlichen Figur. Weil die Vernunft das nun mal diktierte: Verzicht auf Individualverkehr in der Großstadt. Aber vorher tat sie die Pumps in die Tüte und zog sich Turnschuhe an. Eine dieser Frauen, die in der U-Bahn wie ägyptische Statuen im Eck sitzen. Egal, ob ihnen einer vor die Füße kotzt oder sich die Hose runterzieht. Immer die smarte, wohltemperierte Karrierefrau. Aber kaum ist sie ausgestiegen, überkommt sie der Ekel und sie rennt vor den nächstbesten Spiegel. Mit ein bißchen Rouge und Augenbrauenstift ist sie dann in drei Minuten wieder die wohltemperierte Karrierefrau. Aber heute wirkte alles an ihr eine Spur zu selbstsicher. Als hätte sie grade die Façon verloren und nur mühsam wieder gewonnen. So würde sie das ja wohl nennen, für einen Moment die Façon verlieren, wenn ihr mal einer nicht vor die Füße kotzte, sondern direkt in die Bluse. So sah sie nämlich gerade aus.

»Ist alles okay mit Ihnen?«

»Nun, dafür, daß mich beinahe so ein Rowdy überfahren

hätte, wirke ich sicherlich nicht zu angespannt, oder? Ich weiß nicht, wie Sie das empfinden, aber für mich ist der Straßenverkehr der Faschismus in seiner alltäglichsten Form. Die Autofahrer hier in Berlin sind eine einzige große Wehrsportgruppe. Vielleicht übertreibe ich in Ihren Augen, aber als Fußgängerin hat man da einen etwas anderen Blickwinkel.«

»Bedienung!«

Ich schnippte. Das tat ich sonst nie, aber bevor ich mir dieses unvergorene Gequatsche weiter anhören mußte, wollte ich wenigstens was zu trinken haben.

Die Kellnerin kam aus dem Osten. Das blasse Lächeln gab es nur dort. Sie konnte höchstens zwanzig sein, sah aber aus wie dreißig. Wahrscheinlich kam sie aus Bitterfeld oder so, aber mit Rätselraten hatte ich heute ohnehin keinen Erfolg.

»Darf ich Ihnen empfehlen? Der Seeteufel ist sehr gut. Auch das Kaninchen auf...«

»Für die Dame den Teufel und für mich ein Steak. Zweimal Salat und eine gute Flasche Rioja. Sie trinken doch ein Glas mit? Gut. Das geht nämlich auf Spesen.«

Ich klopfte gegen die Brieftasche. Das war ich mir schuldig. Lieber gab ich gleich den Prol als den Gourmet. Sie sollte mich nicht mit meinem Chef verwechseln. Mit dem wäre sie ohnehin ins Vau gewandert oder zu irgendeinem anderen dieser Petersilienkönige.

Helen schien etwas entsetzt über meine resolute Art, aber das stand ihr ganz gut. So ein bißchen Farbe im Gesicht. Ich sah mich um. Der Platz in der Ecke war nicht schlecht gewählt. Wir konnten den ganzen Raum einsehen und waren selbst einigermaßen hinter den Topfpflanzen versteckt.

»Stört es Sie, wenn ich rauche?«

»Nein.«

Kaum hatte ich das Streichholz an der Zigarette, kam die Kellnerin wieder zurück. »Entschuldigen Sie, aber heute ist

Nichtrauchertag. Im Interesse unserer Gäste. Montags ist Rauchen gestattet. Alle 14 Tage.«

Irgendwie hatte ich ja größte Lust, sie auf ihre Stasivergangenheit anzusprechen, aber sie hatte die Flasche Rioja schon dabei und lächelte so nett, daß mir wieder mal nur der Bernhardinerblick blieb, von wegen alle Lawinenopfer sind gefunden, aber tot.

»Hier! Das Dossier!«

Helen knallte mir eine Mappe auf den Tisch, um endlich meinen Flirt mit der Kellnerin zu beenden, aber erst mußte ich vorkosten. Und dann ließ ich mir noch mal kräftig nachschenken. Mit Augenaufschlag.

»Das brauchen Sie jetzt nicht durchsehen. Ich werde Ihnen erzählen, was drin steht. Vielleicht kennen Sie ja den Absender?«

»OtO – Institut für humanistische Studien? Nie gehört.«

Dabei hatte es längst irgendwo Klick gemacht, aber zunächst mal faszinierte mich das Kürzel OtO. Und die Art, wie sie ihre Erotik ins Spiel brachte. Ganz beiläufig. Durch einen fächernden Griff in die Haare, der den Vanilleduft ihres Shampoos freigab, dann die leichte Seitwärtsneigung des Kopfes, Vorfahrt für Vampire, und die Lippen, feucht, noch ehe sie geküßt hatten. Er hatte einen guten Riecher, mein Chef, auch wenn alles ein bißchen zu makellos war.

»Ich wurde vor drei Monaten von diesem Institut angeschrieben. Mit der Bitte um ein Gutachten. Das ist nicht ungewöhnlich. Als Expertin für Alchimie werden ich tagtäglich um Auskünfte gebeten. Ein Modethema augenblicklich. Ungewöhnlich war allerdings, daß ein Verrechnungsscheck über 10 000 Mark dabei lag. Ein Vorschuß in dieser Höhe macht natürlich neugierig.«

Klar doch, geizig war sie auch, oder zumindest sehr umsichtig im Umgang mit Geld, weil es ihr Unabhängigkeit gab und dieses gute Gefühl, keinen Mann zu brauchen. Zumindest nicht deswegen.

»Sagt Ihnen das Kürzel etwas?«

»OtO? Sollte es?«

»Der Orden OtO, Ordo Templi Orientis, wurde 1912 von Theodor Reuß gegründet, Deckname unter seinesgleichen Merlin Peregrinus. Ein Hochstapler, allerdings einer von denen, die nicht mehr zwischen Betrug und Selbstbetrug unterscheiden können. Reuß hatte gute Kontakte zu den Illuminaten und den Rosenkreuzern, aber diese einzelnen Verästelungen müssen Sie nicht interessieren. Sinn und Zweck des Ordens war die Suche nach dem Stein der Weisen. Dabei ging dieser Reuß keineswegs zimperlich vor. Orgien, Drogenexzesse, mancher übereifrige Polizeispitzel will sogar von Menschenopfern gehört haben. Kurz vor seiner Verhaftung verschwand Reuß. Seinen Jüngern ließ er mitteilen, er befände sich auf der Suche nach dem heiligen Berg, dem Berg, an dem einst Noah gestrandet war. Dort nämlich, so ging die sekteninterne Sage, würde auch die neue Arche Noah starten.«

»Dann war der Stein der Weisen Noahs Erbe oder wie? Der hatte ihn seinerzeit schon in der Tasche und konnte grade froh sein, daß sein Schiffchen nicht unterging?«

»Man hat mir einiges erzählt über Ihren extravaganten Sinn für Humor. Sie müssen ihn nicht eigens unter Beweis stellen. Merlin Peregrinus alias Reuß hielt diesen Stein für eine Art Mitgift aus dem Paradies. Gott ließ Adam und Eva ziehen, wie man Kinder ziehen läßt, nicht ohne Sorge. Also nahm er Adam zu sich und legte ihm eine Kette um den Hals mit diesem Stein. Ein kleines Unterpfand der göttlichen Liebe, das immer auf den männlichen Erstgeborenen überging.«

»Die Frauen hatten es sich ja auch irgendwo verscherzt. Aber warum wird dieser Stein dann nicht in der Bibel erwähnt? Ich meine, ich hab ja auch mal eine Schule besucht.«

»Er wird erwähnt: ›Du schautest hin, bis ein Stein ohne Zutun von Menschenhand vom Berge losbrach und das Bild des falschen Gottes zerschlug. Der Stein aber, der das Bild zerschlug, ward zu einem großen Berge und erfüllte die ganze Erde.‹ Das Motiv des heiligen Steins oder Felsens findet sich sogar ausgesprochen häufig, vorwiegend allerdings in den Apokryphen, also in all den Texten, die nicht in die offizielle Sammlung aufgenommen wurden. Vielleicht ist es Ihnen deswegen entgangen. Aber selbst im Neuen Testament gibt es deutliche Spuren: ›Wer die Welt überwindet, dem will ich von dem verborgenen Manna geben und will ihm einen weißen Stein geben und auf dem Stein geschrieben einen neuen Namen, den niemand kennt, als wer ihn empfängt.‹ Reuß glaubte, er sei der Berufene. Und da der Stein seit biblischen Zeiten nie wieder gesehen worden war, zog er den Schluß, daß Noah ihn in der Nähe der Arche zurückgelassen hatte. In einem Tempel auf dem Berg der Ankunft, wo der ihn finden würde, der den Weg zurück zu den Göttern antrat, zu den ›Vätern unter der Wolke‹, wie es an anderer Stelle heißt. Sie müssen nicht so skeptisch dreinsehn. Die Geschichte ist wie alle Geschichten dieser Art, glaubwürdig für die, die glauben wollen. Sie brachte Reuß Anhänger, nicht viele, aber viele Fanatiker, und sie gab ihm die Lizenz zum Exzeß.«

»So eine Art Pilgergang zum Berg der Läuterung mit anschließendem Eintrag im Gästebuch des Paradieses?«

»Reuß dachte wohl mehr an ein Purgatorium, einen riesigen Scheiterhaufen der Lust, in dem das alte Ich verbrennen und sich wie der Vogel Roch aus der Asche als ein neuer sündenfreier Mensch würde erheben können. Seine Anhänger vernahmen es mit Freude. Als die Polizei ihm dann immer dichter auf den Fersen war und die Geldmittel knapper wurden, rückte auch der Abfahrtstermin näher. Reuß nutzte die Trauer seiner Jünger, ließ noch einmal für die Reise sammeln und machte sich dann mit seinen drei treuesten Gefolgsleuten auf den Weg.«

»Und kehrte nie wieder zurück?«

»Exakt. Er galt fortan als verschollen. Einige wollen ihn noch als Gastwirt in Bayern gesehen haben, andere als Husarenleutnant im I. Weltkrieg oder als Schafzüchter in Australien, aber eine beglaubigte Nachricht über sein Weiterleben gibt es nicht. Die Jünger zerstreuten sich, das Sekretariat des neuen Jerusalems löste sich auf. Man wußte zwar, daß es einige Ableger in Amerika gab, man ahnte, daß hier in Europa noch die ein oder andere Splittergruppe überlebt hatte, Partisanen des Aberglaubens sozusagen, singuläre Phänomene, vernachlässigbar, zumindest in wissenschaftlicher Hinsicht. Solche Amateurvereinigungen der Magie finden Sie ja immer wieder. Kegelbrüder gründen die Artusrunde neu, feministische Cafékränzchen organisieren Rundflüge über den Blocksberg. Das ist Animation für Analphabeten, aber nicht wirklich organisierte Magie. Es gab in dieser Unterwelt der Vernunft seit Jahrzehnten keine charismatischen Führerpersönlichkeiten, und was viel entscheidender ist: Es gab keine neuen Glaubensinhalte. Das ist jetzt anders geworden. Was hier stattgefunden hat«, sie klopfte auf das Dossier, »ist ein Quantensprung. Werden Sie nicht unruhig, ich mach es schon so kurz wie möglich. Und wenn Sie mir einen Gefallen tun wollen, ziehen Sie bitte die Zigarette hinter dem Ohr hervor. Das wirkt sehr albern.«

Sie hatte wohl gesehen, daß ich nervös wurde. Monologe konnte ich bei anderen nun mal schlecht ertragen.

»Es gibt in Amerika Tausende, Hunderttausende aus der sogenannten Hippiegeneration, die in gewisser Weise Kinder geblieben sind. Reiche Erben, alternde Computerfreaks, die ein Vermögen gemacht haben, Haschischdealer aus Idealismus, die ihre Drogenmillionen waschen wollen. Es gibt viel, viel Geld auf dieser Welt und immer mehr Menschen haben den festen Willen, es in eine gute Sache zu investieren. Diese Risikopools oder alternativen Geldverleihinstitute kennt man auf dem Gensektor, natürlich im Computerbereich, Softwareentwicklung, Pharmazie. Junge Leute mit Talent und Ideen bekommen von diesen Pools oft mehr Geld, als sie ausgeben können. Natürlich sind auch die Gewinnerwartungen enorm, aber sie werden selten enttäuscht.«

Sie trank einen Schluck und stocherte in ihrem Seeteufel herum, der längst kalt geworden war. Hatte ich mich geirrt, oder war ihre Fußspitze tatsächlich leicht an meine gestoßen? Einen Moment verharrte sie dort. Lange genug, um den Kitzel auszukosten, den jede ihrer Berührungen gab.

»Dieses Modell der kalkulierten Risikoinvestition scheint sich jetzt auch auf dem spirituellen Sektor durchzusetzen.«

»Soll heißen?«

»Wir haben eine Menge Leute, die in diese Branche viel Geld einbringen wollen und dafür Ergebnisse erwarten. Konkrete Ergebnisse. Wissenschaftlich nachprüfbare. Wir reden nicht mehr über Alchimie und Magie alten Stils. Nicht über Tischrücken und Geisterbeschwörung. Ich bin Wissenschaftlerin und keine dieser vergrämten Vierzigjährigen, die auf Esoterikmessen nach Gebärsteinen Ausschau halten.«

»Können wir zum Thema zurückkommen?!«

»Die meisten Grenzen ziehen sich die Menschen selbst. Das ist das Thema.«

»Und was ist daran so schlimm?«

»Die Nestwärme. Das sich heimisch machen im Vorurteil. Die Lüge, die Welt wäre noch so schön, wie sie es einmal war. Das ist das Schlimme. Wir sind Parasiten, die bald ihren Wirtsplaneten verlassen müssen. Die wenigsten wollen das begreifen. Aber gut, reden wir wieder über Wissenschaft und darüber, wie wir Fakten produzieren, wie wir Fakten zur Kenntnis nehmen können. Ob als Registrierkasse oder als Mensch. Verstehen Sie? Nein, Sie verstehen es nicht. Das Grundprinzip der Finanzierung haben Sie aber zumindest begriffen? Gut! Früher gab es eine Rentabilitätsgrenze des Denkens. Die gibt es heute nicht mehr. Freies Kapital finanziert freie Forschung. Überflüssiges Vermögen wird in Stiftungen eingebracht, um Projekte zu fördern, die uns direkt etwas angehen. Themen wie Krankheit, Tod, Unsterblichkeit. Kein Mensch da draußen interessiert sich schließlich für die DNA der Drosophila, aber jeder von uns will etwas über das Leben nach dem Tod wissen.«

»Schade nur, daß so wenige darüber berichten können.«

»Das ist der Irrtum. Eigentlich haben wir nämlich viel mehr Daten, als wir ahnen. Denken Sie an Heinrich Schliemann, und erinnern Sie sich an das Urteil seiner Zeitgenossen! Ein Wahnsinniger! Einer, der auszog, sein Glück zu machen, und nicht einmal wußte, wo genau er es suchen sollte. Alles, was er besaß, war ein altes Märchenbuch, verfaßt von einem blinden Mann namens Homer, von dem wir nicht einmal sicher sagen können, ob er nicht selbst eine Fiktion ist. Es gab keine verläßlichen geographischen Daten über Troja, keine Karte, keinen Stadtplan, aber Schliemanns Überlegung war einfach: die Dichtung kennt keine Lüge. Die Geschichten der Väter kennen keine Lüge. Ich vertraue auf Homer, ich vertraue auf die Sätze der Poesie, auf ihren wörtlichen Gehalt, und ich finde Troja. Verstehen Sie?«

»Sehe ich eigentlich so besonders blöd aus in letzter Zeit, oder warum werde ich dauernd gefragt, ›verstehen Sie?‹ Natürlich verstehe ich kein Wort, aber das ist ja wohl auch nicht der Punkt. Also erzählen Sie erst mal weiter.«

»Wir müssen die Geschichten wörtlich nehmen. Alle Geschichten. Und wir haben unzählige Geschichten über das Jenseits und die Reisen dorthin. Die religiöse Literatur der Völker zählt mehr Bände, als Sie oder ich je studieren könnten. Wir müssen nur lernen, sie richtig auszuwerten. Dazu haben wir inzwischen die technischen Mittel. Können Sie mir noch folgen? Entschuldigung, das war ein Automatismus. So wie bei Ihnen der chauvinistische Blick.«

»Nur, weil ich ab und an ein Stilauge in Ihren Ausschnitt hängen lasse? Dazu ist er ja wohl da.«

»Also: Die Idee ist ganz einfach. Genial einfach. Alle Mythen hängen ursächlich zusammen, alle Geschichten erzählen im Grunde nur die eine Geschichte, die es zu rekonstruieren gilt. In diesem Dossier wird sie erzählt. Zumindest in Bruchstücken. Kostproben sozusagen, die ich auszuwerten hatte, weil sie in mein Fachgebiet fielen.«

Ich nickte. Einfach nur, weil ich wußte, das tat ihr gut.

»Die Koordination aller Einzelauswertungen hat die OtO übernommen. Fragen Sie mich nicht, wie die grade auf diesen Namen verfallen sind. Ich vermute, hinter all dem steckt einer dieser Studenten mit Kinderhirn, die ihre erste Million bereits auf dem College verdient haben. Mit dreißig kommen sie dann in die Pubertät und stellen die Sinnfrage neu. Alles, was sie haben als geistige Wegzehrung, sind ein Stapel Comics und ihre Kindheitsträume. Vielleicht ist er in einem dieser Ketzer-Clans groß geworden. Einwanderer aus Europa, Vertriebene des Glaubens, die nur untereinander geheiratet haben, Theosophen, Templer, wer weiß? Kinder aus diesen Sekten leben in einer sehr eigenen Welt, aus der sie nie mehr ganz herausfinden. Dieser Theodor Reuß kann für unseren Mr. X in der Jugend eine so vertraute Figur gewesen sein wie für uns der Papst. Die neue Arche Noah, der Stein der Weisen, das waren für ihn nicht irgendwelche Geschichten. Das war sein Leben. Aber Sie wollen Fakten. Gut! Lassen Sie uns über Fakten reden. Dieser Mr. X schart Gleichgesinnte um sich. Eine GmbH, die nur dieses eine Ziel hat: die Menschheitsträume auf ihr reales Substrat hin zu analysieren. Geld, Mitarbeiter und Technik, alles im Überfluß vorhanden. Der Informationspool der Organisation ist schon jetzt das Gigantischste, was Sie sich vorstellen können. Überzeugen Sie sich selbst, Teile davon sind unter dem Kürzel Trojaproject.de im Internet zugänglich.«

»Sehr sinnig.«

»Es hält den Schneeball im Rollen. Eine Freihandbibliothek der esoterischen Weltliteratur, zu der jeder Texte beisteuern kann. Die scheuen die Öffentlichkeit nicht, im Gegenteil, die suchen sie.«

»Und wo ist der Kick? Ich meine, wenn Mr. X eh schon genug Geld hat?«

»Die wollen den ultimativen Mythos herausfiltern. Das ist ein artistischer Impuls, vielleicht auch ein religiöser! Der ökonomische Erfolg ist da nur ein Sekundäreffekt.«

Mein Gesichtsausdruck konnte nicht sonderlich geistreich sein, denn sie betonte jede Silbe ihres nächsten Satzes einzeln: »Es geht um die Frage, ob unsere Welt eine Zukunft hat! Und ob diese Zukunft nicht schon längst in einer dieser Geschichten, die wir als Mythen bezeichnen, erzählt wurde?«

Sie faltete die Hände. Da war dieser Blick wieder, den ich vor nicht allzu langer Zeit schon mal gesehen hatte. Dieser vollkommene Ernst. Die Konzentration des Jägers. Ihre Hände lagen nebeneinander. Ganz ruhig. Es waren wunderschöne Hände. Lange Finger, schmale Glieder. Ein ganz unmerklicher Duft nach Creme, die kühlte und geschmeidig hielt. Sie würde mir ihre Hände auf die Wange legen, noch heute nacht, das spürte ich, und ich verfluchte den Tag, an dem ich meinen Rasierapparat auf den Müll geworfen hatte.

»Sie kommen wieder zu sich, ja? Oder soll ich mir eine Serviette über den Ausschnitt legen?«

»Wegen mir nur keine Umstände. Also bitte, fahren Sie doch fort, von mir aus auch in Quantensprüngen.«

Solche Kalauer taten körperlich weh, das wußte ich. Sie verzog das Gesicht allerdings ein wenig zu schmerzhaft.

»Es gab schon immer zwei Lager unter den Denkern des Untergangs. Nennen wir die einen die Numeriker, die glauben, das Datum der Katastrophe näher bestimmen zu können, indem sie den gemeinsamen chronologischen Nenner aller Prophezeiungen suchen, das statistische Mittelmaß sozusagen. Da ist die magische Grenze, das Jahr 2000.«

»Sie glauben doch nicht im Ernst, daß Silvester der Komet einschlägt?«

»Was ich persönlich glaube, ist belanglos. Das muß ich nicht immer wieder betonen. Ich werbe nur für etwas mehr Verständnis, was die Dynamik des Irrationalen angeht. Wenn Sie von einem Auto überfahren werden, kann es Ihnen egal sein, ob es von einem schadstoffarmen Dieselmotor angetrieben wurde oder wie von Geisterhand bewegt. Ähnlich wird es uns in den nächsten Monaten ergehen. Die Leute erwarten etwas, die Erwartung setzt Energien frei. Die Aufmerksamkeit für Phänomene aller Art wächst. Unversehens wird die numerische Grenze zu einer Erkenntnisschranke, die sich hebt, weil alle mit anpacken. So muß es nicht sein. So könnte es sein.«

»Self fulfilling prophecy.«

»Wenn Sie es so banal ausdrücken wollen...«

»Wie wäre es denn, wenn Sie mal wieder eine Spur konkreter würden!«

»Die Numeriker setzen auf das Datum. Weltuntergang 2000 oder 2010 oder 2027. Jeder kleinste Irrtum in der Auswertung der Quellen kann da zu falschen Ergebnissen führen, trotz unbestechlicher Rechenmaschinen. Die Symbolisten hingegen verfahren methodisch wesentlich raffinierter, und mit denen haben wir es hier zu tun.«

Sie klopfte auf das Dossier. Die Kellnerin mußte das irgendwie falsch verstanden haben, also ließ ich zwei Kaffee und ein Päckchen Zahnstocher kommen.

»Nehmen wir ein einfaches Beispiel. Die Geschichte von Adam und Eva. Die glaubt heute doch kein Mensch mehr. Wenn Sie auf die Straße gehen und fragen, wo der Mensch herkommt, sagt Ihnen jeder, daß der Mensch vom Affen abstammt. Eine unbestrittene Tatsache der Genforschung ist nun aber, daß es dieses Ururelternpaar tatsächlich gab, vermutlich in Afrika, vielleicht in Asien. Wissenschaft und Mythos widersprechen sich nicht so diametral, wie es der Alltagsverstand manchmal glauben machen will. Sie reden nur in anderen Sprachen.«

»Husch, pfusch, alles ist eins, oder wie?«

»Sie sind so naiv zuweilen. Als ob es immer nur Alternativen im Leben gäbe. Immer nur dies oder das, ja oder nein. Wir haben doch heute ganz andere Differenzierungsmöglichkeiten. Früher hätte es Jahre gedauert, auch nur die wichtigsten religiösen Texte auf eine Frage hin zu vergleichen. Heute geht das mit einer Raffinesse, die für die Forscher der alten Generation unvorstellbar war. Die Leute von OtO haben einfach ihre Suchmaschinen für sich arbeiten lassen. Das ist eine ganz andere Form von Objektivität!«

»Wissen Sie, was mein Verdacht ist. Wir benutzen die gleichen Worte, aber wir meinen etwas ganz anderes. Für Sie sind solche Ergebnisse doch nur Brücken ins Niemandsland des Aberglaubens.«

»All unsere Worte sind Hypothesen. Äußerungen auf Verdacht. ›Brücken ins Niemandsland‹. Hübsch. Ich wußte gar nicht, daß Sie so poetisch sein können. Also gut, ich revanchiere mich und gebe Ihnen ein persönliches Beispiel. Wenn ein kleines Mädchen, wie ich es einmal war, ›Liebe‹ sagt, dann kennt es die Liebe doch noch gar nicht. Sicher, ich habe meinen Vater geliebt und meine Mutter, meinen Bruder, aber die große Liebe, woher sollte ich die kennen? Mein einziges Unterpfand war das Wort ›Liebe‹. Die Magie des Versprechens, daß es Wunder immer wieder gibt und eines Tages rote Rosen auf mich regnen werden, das hat mich verzaubert. Daran habe ich geglaubt. Wie Schliemann an seinen Traum geglaubt hat. Und der Glaube versetzt Berge. Solche Sätze muß man wörtlich nehmen.«

»Okay. Mag sein, daß ich eine andere Meinung zu der ganzen Sache habe, aber die laß ich jetzt erst mal klemmen. Was mich interessieren würde: Was hat das alles mit dem Stein der Weisen zu tun?«

»Die wissenschaftliche Genealogie des Aberglaubens lehrt: Es gibt diesen Stein.«

»Bitte was?«

»Alle relevanten Mythen haben eine Gemeinsamkeit: sie setzen die Existenz des Steins der Weisen voraus. Er ist sozusagen des Pudels Kern. Das, was die Heiligen Drei Könige nach Bethlehem trugen, was die Mohammedaner in Kaaba verehren, die Bundeslade Mose, das Geheimnis der Pyramiden, die Hinterlassenschaft von Atlantis – immer treffen wir auf den Stein. Wir wissen noch nicht genau, wo wir ihn suchen müssen. Wir wissen nichts Exaktes über seine Beschaffenheit, aber es gibt ihn, und er ist der Schlüssel zu unserer Existenz. Glauben Sie mir, wir sind näher am Geheimnis, als wir es je waren.«

Ich hätte ihr gern einen Spruch reingedrückt für dieses esoterische Genuschel, aber ich hatte keinen parat. Dafür jede Menge kalten Schweiß auf der Stirn. Es war Zeit für einen Calvados. Für einen doppelten.

»Kennen Sie das Märchen vom Hans im Glück?«

»Sicher! Das war dieser Idiot, der seinen Goldklumpen gegen einen Feldstein tauscht. Also ich meine, erst mal gegen einen Esel, dann gegen eine Kuh, dann ein Huhn, und so weiter bergab.«

»Ihr Journalisten könnt wirklich Geschichten erzählen. Und? Wie verstehen Sie dieses Märchen?«

»Was heißt hier verstehen? Geht das schon wieder los? Märchen erzählt man sich, um besser einzuschlafen. Was gibt es da groß zu verstehen? Mein Religionslehrer hätte gesagt, selig sind die geistig Armen. Meine Frau hätte gesagt, genau wie du, der weiß einfach nicht mit Geld umzugehen.«

»Sie wissen nichts von Alchimie, Ricki, müssen Sie auch nicht. Diese Geschichte können selbst Sie ohne weiteres begreifen, denn es ist die einfachste Geschichte über den Stein der Weisen, die je erzählt wurde. Die einen haben ihn gegen Geld getauscht, gegen Ruhm oder gegen Liebe. Die anderen tauschen auf dem Weg ihres Lebens all das wieder zurück, denn der wirklich Glückliche hält zum Schluß nur den Stein in den Händen. Es sind noch viel kompliziertere Geschichten erzählt worden, aber keine bringt alle auf einen so einfachen Nenner wie das Märchen vom Hans im Glück.«

»Sagt Ihnen der Name Leichhardt was? Wissen Sie etwas von der Existenz seines Testaments? Und was steht darin über den Stein?«

Bevor sie mir auch noch Schneewittchen erzählte, wollte ich doch mal zur Sache kommen. Und der Zeitpunkt war gut gewählt. Sie war zwar ein Genie der Maske, aber sie hatte sich einen Moment zu sicher gefühlt. Die Serviette war schon in ihrem Gesicht und ein verlegenes Hüsteln kam dazu, als hätte sie sich verschluckt.

»Nein, nicht daß ich wüßte.«

Jeder Lügendetektor hätte jetzt zu qualmen begonnen. Nur ich saß da und kaute an einer kalten Zigarette. Natürlich wußte sie sofort, daß sie einen Fehler gemacht hatte, und prompt gab sie ihrem Charme wieder ein bißchen mehr Schub, und auch ihr Füßchen rückte wieder näher.

»Obwohl mir der Name bekannt vorkommt, aber Sie wissen ja gar nicht, wie viele Menschen an einer Universität beschäftigt sind.«

»Und Sie wissen offensichtlich nicht, wie tief Sie schon in der Scheiße stecken, Frau Doktor. Ich bin mir ganz sicher, daß Sie dieses Testament schon in Ihren Händen hatten. Das sagt mir meine innere Stimme. Und ich rate Ihnen: Geben Sie mir eine Kopie. Als Lebensversicherung! Je schneller wir das Testament veröffentlichen, desto weniger Gefahr für Sie. Ich habe nämlich den Eindruck, Sie betreiben das hier als so eine Art Glasperlenspiel. Aber diese Geheimniskrämerei ist gefährlich. Sie sollten sich an den Gedanken gewöhnen, daß Sie längst unter Aufsicht stehen. Daß die Jungs von OtO Sie möglicherweise überwachen und noch ein paar Private in eigener Regie. Offensichtlich nimmt da nämlich einer die Sache etwas zu wörtlich. Einer, der diesen verdammten Stein kaufen oder verkaufen will. Der dieses ganze Mythengequatsche gar nicht versteht, aber eine Menge Leute kennt, die eine Million Dollar für so ein Rezept aus der Apotheke von Herrn Paracelsus bezahlen würden, wenn es nur gegen ihr Zipperlein hilft. Und die alten Herren der Russen-Mafia sind da nicht zimperlich, wenn es um ihre eigenen Wehwehchen geht. Mensch, Mädel, haben Sie denn gar keine Angst, daß irgendeiner diese Geschichte tatsächlich glaubt und Ernst macht?«

»Doch, die habe ich.«

»Na prima! Darauf trinken wir noch einen!«

»Aber nicht hier.«

Ihre Hand lag plötzlich auf meinem Knie und ihre Lippen waren so nah an meinem Ohr, als hätte sie diese Bitte flüstern müssen: »Gehen wir zu mir!«

*

Es waren Gesichter wie Spitznamen. Ganz oben an der gedeckten Tafel saß Django, der kaum den Kopf über die Tischplatte brachte. Das störte nicht weiter, denn er war kein guter Erzähler. »Ich hab eine Frau gesucht«, so begann er immer, »die kocht wie meine Mutter, gefunden hab ich eine, die säuft wie mein Alter.« Dieser Spruch war die Eingangsprüfung für seine Zuhörer, und wenn er einen fand, der darüber noch lachen konnte, gab es kein Halten mehr. »Ne, Tatsache ist, ich bin gar nicht mehr verheiratet, weil ich war ja lange alkoholkrank«, fuhr er dann sehr ernsthaft fort, »zum Teil bin ich es heute noch. Weil ich früher in ner Brauerei gearbeitet hab, direkt an der Droge, da hatte ich so viel Kohle, daß ich mir jeden Tag noch Schnaps extra leisten konnte. Was die als Entlassungsgrund genommen haben, aber ich halt es da mit Freddy Quinn! ›Nicht eine Stunde tut mir leid!‹« Es war ein Redeschwall, der kein Ende mehr nahm, es sei denn, man kehrte ihm irgendwann den Rücken zu, oder er ging von selbst, weil er auf Tour mußte.

Django zog mit Moped und Anhänger durch Kreuzberg, den Trödelhändlern immer entscheidende Minuten voraus, wenn es darum ging, den Sperrmüll zu sichten. Abends verkaufte er die guten Sachen in den Kneipen, die schlechteren behielt er für sich. Wegwerfen wollte er nichts, ›denn es gibt immer ein Wiedersehn, sagt Freddy Quinn‹, und da hielt sich Django dran, weil er ungern eine Arbeit zweimal tat.

Die besten Sachen, die er aufspürte, brachte er zu Hedwig, aus Dankbarkeit und weil er wußte, daß sie hier ihren eigenen Platz finden würden. Alte Schellackplatten mit Widmungen, oder Autogrammkarten, Liebesbriefe, die in Nähkästchen vergessen worden waren, Poesiealben, Spieluhren, all das schleppte er herbei. Nicht, daß er wirklich um den Wert der Dinge wußte. Manchmal drehte er eine Porzellanfigur in seinen kurzen Fingern hin und her und war sich unschlüssig, ob fünf Mark oder zehn, da fiel ihm Hedwig ein. Sie war seine innere Stimme, die ihn davor bewahrte, Seltenes zu verramschen, und wenn dann dieser Meißner Engel in der Wohnung auf dem Tisch stand, und Django erzählte, wo er ihn gefunden hatte, gewickelt und gewindelt wie ein kleines Kind in einer alten Damenhandtasche, darüber all die Utensilien für die letzte Nacht in der Klinik, dann sprachen die Dinge plötzlich selbst, und Django konnte zufrieden sein, weil irgendwie rechnete er sich das persönlich als Verdienst an.

Neben ihm saß Queequeg, und wenn bei Django jedes Wort zuviel war, so saß hier der Mann, der die Worte einsparte. Es hatte ihn nie einer reden hören, seit Jahren nicht, es konnte sich nicht einmal einer erinnern an einen, der ihn je hätte reden hören, und dennoch zog er die Aufmerksamkeit aller auf sich, immer und überall, denn er war tätowiert am ganzen Körper. Nicht hier und da ein Anker oder ein Herz, eine Frau, deren Busen schwoll, wenn der Bizeps pumpte, nein, es war ein Rankenwerk, das jeden Körperteil überzog und mit einschloß, selbst die Augenlider, die er selten schloß zum Schlaf. Das eine Auge fixierte mit stets gleicher Gelassenheit sein Gegenüber, das andere dagegen schien immer schon eine Ewigkeit vorauszublicken, und vielleicht war es dieses leichte Schielen, von einem Lächeln kaum zu unterscheiden, das ihm seinen Platz in den Herzen aller reservierte.

Queequeg hatte nie eine Geschichte erzählt, das mußte er auch nicht, er trug sie ja mit sich herum, diese Geschichte, und jeder wußte: Eines Tages würde sie erzählt werden. Bis dahin tat er nichts anderes als dazusitzen. Man war sich nicht einmal sicher, ob er zuhörte, wenn ein anderer erzählte, man wurde auch nicht unruhig durch seinen Blick, nur fragte sich jeder insgeheim, ob die eigene Geschichte wohl an seine heranreichen würde, und so spornte er an, auf seine ganz ungerührte Art, und verhinderte bei anderen die Eitelkeit.

Insbesondere bei Willi, dem Matrosen, der neben ihm saß und dessen Augen so wasserblau waren, daß man ihm seine Abenteuer fast hätte glauben können, obwohl er nie etwas anderes tat als S-Bahn fahren, denn das war sein liebster Ort, seit er sein Schiff verpaßt hatte, damals, als ihn der Mut schon in Berlin verließ und er nur im Kreis gefahren war, Zoo, Wannsee, Alex und wieder retour.

Alle drei sahen neugierig hoch, als die Tür sich öffnete und endlich der Professor erschien, mit Verspätung wie immer, aber elegant und so leichten Schritts, daß man den Stock fast übersah.

»Darf ich vorstellen, mein alter Freund Viktor! Wir haben uns heute nachmittag im Park kennengelernt.«

Die anderen kamen gar nicht dazu, den Neuankömmling eingehender zu mustern, da hatte Hedwig ihn schon in ihre Arme geschlossen.

»Willkommen!«

Hedwig hieß eigentlich Gabriella, ein Name, der ihr zu unseriös schien, als sie die vierzig überschritt. Sie hatte von ihrer Mutter nicht nur die Herzlichkeit und den Hang zu kontrollierter Korpulenz geerbt, sondern auch eine Künstlerpension in der Nähe des Kurfürstendamms, kaum hundert Meter entfernt vom Café Kranzler. Eigentlich war es nur eine sehr große herrschaftliche Wohnung gewesen, die einst dem reichen Liebhaber ihrer Großmutter gehörte. Da er ihr jedoch – neben der Tochter – nichts anderes hinterlassen hatte, wurde daraus eine Pension für ›liebe Gäste‹, nun schon in der dritten Generation, denn keine der Frauen hatte je etwas anderes gewollt als Fremde beherbergen. Sie liebten das Exotische, sofern sie es nicht selbst aufsuchen mußten, und ihr gemeinsamer Traum galt dem geheimnisvollen Fremden, der für eine Nacht kam und ein Leben lang blieb. Tatsächlich blieben die Gäste in der Regel für zwei- oder drei Nächte, und es waren sehr gewöhnliche Leute, die sich dort einquartierten, auch wenn ihre Mutter sie Künstler nannte. Mehrheitlich durchreisende Geschäftsleute mit dem Hang zur Boheme oder zur Sparsamkeit, je nach Blickwinkel, die sich für ein, zwei Tage etwas leger fühlen wollten, denn sonderlich sauber war es in der Pension nie. Vielleicht blieb deshalb keiner für immer, trotz Hedwigs verschwenderischer Liebe, oder gerade deswegen, denn das Recht der ersten Nacht hatten Großmutter, Mutter und Enkelin stets gern und beherzt wahrgenommen. Als aber immer neue Hotels entstanden, mit vielen sauberen Zimmern, die billig angeboten wurden, blieben immer mehr Gäste aus, und die wenigen treuen Stammkunden genügten nicht, um rentabel zu wirtschaften. Also verkaufte Hedwig nach dem Tod ihrer Mutter den Betrieb und zog nach Kreuzberg in eine Wohnung, in der sie fortan nur noch Menschen übernachten ließ, die sie wirklich um sich sehen wollte. Anfangs war sie dazu noch mit ihrer Tochter durchs Viertel gestreift und hatte jedem, der ihr gefiel, eine Visitenkarte in die Hand gedrückt. Inzwischen war das nicht mehr nötig. Jeder im Viertel kannte Hedwig, und sie hatte an keinem Abend mehr Langeweile, zumindest nicht, bevor es ins Schlafzimmer ging, denn dort galten für sie andere Gesetze.

Ihr erster und liebster Gast war der kleine bucklige Spaziergänger gewesen, von dem sie gar nicht mehr wußte, wer wem zuerst über den Weg gelaufen war. Sie hatte ihm den Spitznamen Professor gegeben, hielt ihn aber insgeheim für das illegitime Kind des letzten österreichischen Erzherzogs, weil er diese Wiener Grandezza hatte, wie die Portiers der großen alten Hotels, und deren Menschenkenntnis. Heute abend allerdings hatte er sie ein wenig enttäuscht, denn er kannte ihren Geschmack, sie mochte schöne, kräftige Männer, bei denen ihr Herz höher schlagen konnte, aber das ließ sie Viktor nicht spüren, daß sie etwas an ihm vermißte. Im Gegenteil, ihre Begrüßung war vielleicht sogar eine Spur zu überschwenglich angesichts seiner Schüchternheit.

»Guten Abend, Viktor! Was für ein schöner Name!«

»Viktor, Glanz und Gloria! Von wegen, da hat sich Mutti wohl etwas vertan beim Eintüten!« raunzte Django, ganz leise aber nur, denn er kannte die Spielregeln. Jeder Neuankömmling wurde als guter Freund behandelt, und selbst wenn dieses Gebot nicht existiert hätte, wäre sein Mitleid größer gewesen als seine Spottlust. Denn Viktor wirkte unglaublich schmächtig in seinem dünnen Anzug, und er schien noch einmal zu schrumpfen, als Hedwig ihn endlich aus ihren Armen entließ. Sie trug nach Feierabend gern lange wallende Gewänder, um den Hals Indianerketten, Amulette, die Hände voller Ringe, die Haare zerzaust, nicht selten mit einer Feder oder Blumen geschmückt, eine wahre Monstrosität an Lebensfreude, der gegenüber sich Viktor mit seinen glatt gelegten Haaren und den unruhigen Händen wie die personifizierte Verzagtheit ausnahm. Entsprechend mitleidig blieb ihr Blick.

»Was fehlt ihm denn?«

»Er hat es mir noch nicht verraten.«

Der Professor zeigte Viktor seinen Platz, setzte sich selbst daneben und faltete die Hände. Jede seiner Gesten war so unaufgeregt, daß auch Viktor innerlich wieder etwas zur Ruhe kam und neugierig den Matrosen musterte, der ihm irgendwie bekannt vorkam. Er lächelte in die Runde, froh darüber, nicht ganz fremd zu sein in diesem Kreis.

»Sieht mir gar nicht danach aus, als ob der groß was zu erzählen hätte!«

Django spreizte die Cowboystiefel und zog kräftig an seinen Jeans, die weder durch einen Gürtel noch durch seine Hosenträger auf Hüfthöhe zu halten waren.

»Ne, ganz und gar nicht!«

»Na, warten wir es doch erst mal ab. Bitte schön!«

Das war Polen-Jupp. Er trug für gewöhnlich das Essen

auf. Eigentlich war er Ostpreuße, aber daran durfte ihn keiner erinnern. Gekocht hatte Hedwig, aber wie meist war ihr Schorle-Paul kräftig zur Hand gegangen. Ein Mann zum Verlieben, immer noch, auch wenn der Suff ihn tapsig und grau hatte werden lassen. Ein bedeutender Chirurg und Kapitän auf seinem eigenen Schiff, Hausbesitzer, Ehemann, Vater, das alles war er gewesen, bis er wieder einmal betrunken operiert hatte und sein Schutzengel die Seiten wechselte, genau in dem Moment, als beiden nicht mehr zu helfen war. Aber mit dem Kochlöffel konnte er immer noch umgehen, vor allem, wenn es so etwas Handfestes zuzubereiten galt wie Lammkeule, die auch schon mal zwei Flaschen Rotwein in der Sauce vertrug.

Beim Essen herrschte Stille. Nicht aus Verlegenheit, es war einfach nur andächtige Dankbarkeit für das gute Essen und den Wein, der großzügig in Karaffen ausgeschenkt wurde. Polen-Jupp bot eine zweite Runde Dessert an, aber Django winkte satt ab. Er hatte eine instinktive Abneigung gegen Viktor gefaßt, er war ihm zu weibisch, zu sehr Mann für die Frauen, und er sah es gar nicht gern, wie sich Hedwigs mütterlicher Blick fast ins Amouröse zu wandeln schien, je aufmerksamer sie ihn musterte. Aber Viktor hatte auch eine sehr appetitliche Art zu essen, ohne Ziererei, aber mit selbstsicheren, konzentrierten Handbewegungen. Das verriet mehr Talent zur Zärtlichkeit, als sie ihm nach dem ersten Anschein zugetraut hätte.

Der Professor faltete die Serviette, zog ein Zigarillo aus seiner Brusttasche und gab sich Feuer. Damit war die Unterhaltung eröffnet, und er wies auch gleich die Richtung: »Viktor braucht unsere Hilfe!«

»Na toll! Hilfe brauchen wir alle irgendwie! Soll er doch erst mal erzählen, worum es überhaupt geht!«

Viktor hatte sein Lammfleisch gegessen und seine Kartoffeln, er hatte mit dem Löffel sehr sauber sein Dessertglas ausgekratzt und sah jetzt aufmerksam von einem zum anderen. Natürlich hatte er geahnt, daß diese Frage kommen würde, aber noch wußte er nicht, was er eigentlich antworten sollte. Über den Stein der Weisen, was konnte er da erzählen, über Frau Leichhardt nichts Handgreifliches, er wußte nicht, ob der Komet kam oder nicht, er wußte nicht, was das Testament noch wert war, er hatte kaum mehr als eine vage Ahnung von Borsigs großem Plan, und von seinem eigenen Leben wollte er schon gar nicht beginnen, das ging niemanden etwas an.

Andererseits war er dankbar für die Ruhe und das Essen, er fühlte sich wohl, seit langem das erste Mal, und er wollte sich wirklich mit etwas revanchieren, schon, weil ihn alle so erwartungsvoll ansahen und er wieder ein bißchen unsicher wurde, weil er an das Gesicht Borsigs denken mußte und dessen so ganz andere Neugier.

Borsigs Neugier war die Neugier des Besserwissers und sein Lächeln immer schon Triumph, nie Zuneigung, also gab Viktor diesen Satz von sich, der ihn selbst etwas erstaunte, weil er all seine Empfindungen so ungewohnt präzise zum Ausdruck brachte: »Ich ertrage das Lächeln der Sieger nicht mehr.«

Da verschlug es selbst Django die Sprache, denn eigentlich zählte er sich selbst zu den Siegern, aber er wußte, was dieser Viktor meinte. Alle am Tisch wußten es, weil sie es jeden Tag sahen, auf der Straße, in der U-Bahn, auf den Werbeplakaten, diese Grimassen des Wohlstands und der ewigen Jugend, die geschminkten Gesichter der Nüchternen und der Gesunden, das Behagen der Tüchtigen am eigenen Erfolg, den Kindern und dem Urlaubsgeld. Das Lächeln der Sieger, das ertrugen sie alle nicht mehr, die sie hier saßen.

»Vielleicht sollte ich doch von vorn beginnen?«

Viktor räusperte sich etwas geziert. Er hatte das Schweigen falsch verstanden, und glaubte, nun doch alles ganz umständlich erklären zu müssen.

»Es ist nämlich so, daß der Zufall mich mit einem Mann zusammengeführt hat, einem Arzt, der Name tut hier eigentlich gar nichts zur Sache, der meiner verstorbenen Dienstherrin, Frau Leichhardt, in Göttingen Steine verkauft hat, indianische Wundersteine und andere mineralogische Kuriositäten zu weit überhöhten Preisen. Dieser Dr. Borsig will alte Menschen glauben machen, er besitze den Stein der Weisen, der zur Unsterblichkeit verhilft, und er könne den Tod besiegen in seiner Klinik, der uns allen droht, spätestens wenn der Komet kommt zum Ende des Jahres, was ja noch nicht ausgemacht ist, denn das Testament drückt sich in diesem Punkt etwas unklar aus...«

Der Professor lächelte ein wenig in sich hinein, als er sah, welche Wirkung Viktors Worte bei den anderen hervorbrachten. Queequegs Miene schien noch etwas steinerner als sonst. Der Matrose blickte grimmig auf Polen-Jupp, als wäre der verantwortlich für all den Unsinn, der ihnen hier aufgetischt wurde. Django hingegen hatte sich ohnehin vorgenommen, kein gutes Haar an Viktor zu lassen, also kam ihm die Verwirrung gerade recht.

»Kapier ich nicht! Was geht uns das an, wenn dein Doktor Omis über den Tisch zieht? Das tun sie doch alle, da müssen wir uns doch nicht den Kopf drüber zerbrechen?«

»Doktor Borsig?« Schorle-Paul wiegte den Kopf, als wäre sein Schiff in schwere See gekommen. »Den kenne ich! ›Der Drogenspritzer vom Bahnhof Zoo‹, so hieß der damals bei uns. Unangenehme Erscheinung! Hielt den Kollegen gern Vorträge über die Pflicht zur Euthanasie.«

»Mag ja sein«, mischte sich Django ein, »daß der was von seinem Handwerk versteht, aber was soll das mit dem Stein und dieser Kometenquatsch?«

»Vor allem, wie können wir dir helfen?« Polen-Jupps Miene war ehrlich bekümmert.

Viktor schüttelte verzweifelt den Kopf. Was hätte er auch sagen können? Daß er Borsig erpressen wollte, tat ja nichts zur Sache, und was er auch immer sonst vorbrachte, es würde sich nur wie Gestotter ausnehmen, weil er sich selbst über gar nichts mehr im klaren war, am allerwenigsten über den Grund seines Hierseins.

»Ich weiß es nicht, es ist ja nur eine Ahnung, daß Borsig etwas Böses vorhat. Ich kann es gar nicht genau sagen, was es ist, es war nur so ein Verdacht...«

Der Professor unterbrach ihn, nicht rücksichtslos, er legte einfach nur seine Hand auf Viktors Hand. Das ließ ihn ruhig werden.

»Freunde! Ist das nicht ein guter Anlaß, wieder einmal die Geister um Rat zu fragen?«

»Eine spiritistische Sitzung! Wundervoll!!«

Hedwig applaudierte so heftig, daß ihre Armreife klirrten. Sie hatte sich etwas in sich zurückgezogen, ein wenig meditiert, wie sie das in letzter Zeit oft nach dem Essen tat, aber jetzt wirkte sie plötzlich wieder hellwach. Elektrisiert geradezu. Sie war nicht abergläubisch, denn daß Geister existierten, war für sie keine Frage des Glaubens, sondern eine Gewißheit, und nichts fand sie selbstverständlicher, als um deren Hilfe nachzusuchen. Sie selbst bekam im Traum regelmäßig Besuch von ihrer Mutter und ihrer Großmutter, die beiden erschienen meist gemeinsam und berieten sie in Haushaltsdingen oder suchten einfach nur die Gelegenheit zu einem Plausch. ›Vergangenheit, Gegenwart und Zukunft sind die Zimmer einer Wohnung‹, sagte sie immer, ›und alle Türen stehen offen, wenn man sein Herz nicht verschließt.‹

»Na los, zieht die Vorhänge zu!«

Django dirigierte, Schorle-Paul trug die Gläser hinaus in die Küche, nicht ohne bei allen die Reste geleert zu haben, und Polen-Jupp zog vorsichtig die Tischdecke von der weiten runden Mahagonifläche. Aus dem Flur schien helles Halogenlicht herein, das aber gleich darauf gelöscht wurde, als Therese, die Tochter, auf ihr Zimmer ging. Sie hatte für die Freunde ihrer Mutter wenig übrig und für spiritistische Sitzungen schon gar nichts.

Die Deckenleuchte hing sehr niedrig und schnitt einen Lichtkreis aus dem dunklen Holz, um den herum sie jetzt die Hände legten, einzeln und ohne sich zu berühren, wie Brennhölzer um ein indianisches Lagerfeuer, bei dem die

Scheite ganz flach liegen und immer nur ein wenig vorgerückt werden, damit die Flamme nicht erlischt.

Der Professor übernahm die Regie. War seine Stimme zuvor schon leise und eindringlich, so wurde sie jetzt noch eine Spur sanfter und hypnotischer.

»Legt die Hände aneinander, erdet Daumen an Daumen, bringt Fingerspitze zu Fingerspitze, nur ganz sacht, daß ihr den einen Kontaktpunkt spürt, diese eine, einzige Stelle, an der das Seelenfluidum von euch zum nächsten geht. Spürt ihr die Stelle, nicht größer als ein Nadelstich, wenn ihr sie spürt, schließt die Augen als Zeichen eures Einverständnisses. Schließt die Augen. Schließt sie!«

Ein Ernst lag in seiner Stimme, dem sich keiner entziehen konnte. Es war kälter geworden in dem Raum, Viktor fröstelte, jeder am Tisch schien ein wenig Wärme zu suchen, alle Körper drängten aneinander, ohne sich auch nur einen Millimeter von ihrem Platz zu bewegen. Es war eine gemeinsame Sehnsucht, die sie aneinander band, der Wille, einander zu helfen, gewann Gestalt, wuchs aus ihnen hervor auf diesem Tanzplatz des Lichts, umgeben vom Strahlenkranz der Hände, deren Finger sich weit spreizten, als erwarteten sie aus dem Inneren des Zirkels heraus den sanften Druck der Gegenhand wie zur Begrüßung, denn etwas Fremdes war anwesend. Nicht, daß sie ihm einen Namen hätten geben können, es war eine Ahnung, die sie festhielten, kaum mehr als der Traum eines Traums, der nicht mehr zurückfand in den Schlaf des Vergessens.

Sie hatten das Licht umzingelt. Der Kreis war geschlossen. Sie bannten es in ihrer Mitte, was immer es war, aber es regte sich nicht, und es geschah auch nichts weiter, dieses neue Wir, das sie schufen, hatten keinen Namen, keine Stimme. Da war nichts, das Viktor oder einen der anderen hätte beunruhigen können. Das Licht flackerte vielleicht etwas heftiger, doch das konnten sie nicht sehen, denn noch immer blieben alle Augen fest geschlossen. Die Fingerspitzen vibrierten leicht, aber kein Fluidum zirkulierte, nichts, gar nichts war zu spüren, nur die leichte Beunruhigung der anderen, die die eigene Erwartung fast unerträglich werden ließ. Dennoch rührte sich niemand, kein Atmen, kein Seufzen, keine Ungeduld, daß dieses neue Gegenüber sich endlich offenbare.

Links saß der Professor, rechts Hedwig, und Viktor spürte, wie die Spannung zunahm zwischen den beiden, als wollten sie ihn in ihre Mitte nehmen, einen kleinen Jungen mit dem sie jetzt Schiffschaukel spielten oder »Kleiner Käfer, flieg!« Er nahm schon Anlauf, fühlte, wie seine Füße den Boden verloren und sein Kopf den Himmel gewann, da kam der Zauberstab der Fee, und gefror alle ein, in dieser Sekunde des vorweggenommenen Todes. War es zuvor schon sehr still gewesen im Raum, so hatte Viktor jetzt den Eindruck, daß außer ihm keiner mehr am Leben war, er saß allein, die Seelen der anderen hatten sich aus den Körpern verflüchtigt, selbst Django, dessen Miene immer ein wenig ungläubig grimassiert hatte, wirkte lebloser als eine Wachsfigur.

Alle Augen standen jetzt offen, so starr, als könnten sie sich nie wieder schließen, denn vor ihnen hatte sich der Lichtkegel in die Tiefe gesenkt, unendlich weit hinab ging es, in diesem Tunnel der Zeit, und er, Viktor, hing darüber, noch immer ein Kind auf der Schaukel, das nicht hinabsehen wollte in die Hölle, aber auch nicht mehr hinauffand in den Himmel. Er wartete auf die Stimme des Vaters, der ihm ein Wort der Erklärung gab, und die Stimme kam, aus dem Mund des Professors, aber es war wie ein Flüstern aus dem Jenseits.

»Einer von uns ist dem Tode nah, der soll sprechen.«

›Ihr anderen seid doch dem Tod nah‹, wollte Viktor widersprechen, aber wozu, es war so offensichtlich, daß er recht hatte, und außerdem war da eine ganz andere Stimme zu hören, und die Stimme, die Viktor hörte, war jung und fröhlich. Er hatte sie schon einmal vor sehr langer Zeit gehört, in einem Ferienlager an der Ostsee, als der Sommer niemals zu enden schien, damals, als er das erste Mal das Meer gesehen hatte. Denn es war seine Stimme, er lieh sie dem Geist der Zeit in dem Abgrund vor ihm, und er sprach keineswegs zaghaft, denn er war nicht dem Tode nah, Unsinn, er war noch niemals so jung gewesen, so lebensfroh.

»Was siehst du?« fragte der Chor um ihn herum, »sag uns, was du siehst?!«

»Ich sehe ein Schiff mit fröhlichen Menschen an Bord, junge Gesichter, die sich alle dem Wind zukehren. Es ist eine Reise in eine neue Welt, Arche Atlantis heißt das Schiff, und es teilt die Wellen so sorglos wie ein Delphin. Nur eins ist seltsam...«

Das Zögern wurde schier unerträglich, und Viktor bebte am ganzen Körper, als könne er mit all seiner Kraft das nächste Bild niederhalten, das da herankam aus dem Tunnel der Zeit, doch all seine Kraft genügte nicht.

Die Totenmasken um ihn herum schienen sich zu beleben angesichts seines Kampfes, die Neugier kehrte auf die Gesichter zurück, denn sie spürten die Angst, die Viktors Stimme altern ließ, Jahre in Sekunden, plötzlich war sie wieder so tonlos wie damals am Grab seiner Mutter, als er die letzten Worte für sie gesprochen hatte, ein kleines Gebet und ein Dankeschön für die Zeit mit ihr.

»Es hat keine Segel, dieses Schiff!«

Der Matrose mußte die Frage erst gar nicht stellen, sie lag im Raum, sie war mit Händen zu greifen, wie kann dieses Schiff mit all den jungen Menschen vorwärts durch die Wellen fliegen ohne Segel? Wie? Wie soll das gehen? Die Frage stellten sich alle: »Wie kommt es dann vorwärts?«

»Es sind Ruderer unter Deck, man sieht sie nicht, man hört nur die seltsam knirschenden Geräusche, so als würden Knochen an Holz reiben.« Skelette ruderten, dicht an dicht saßen sie, denn zwei Arme reichten nicht für ein Ruder, es waren, vier, sechs, acht auf einer Bank eng aneinander gerückt, die Totenschädel nickten vor Anstrengung, und die

Füße stemmten sich an die Becken der Vordermänner, ein Hau Ruck ging durch die Reihen, auch ohne Peitschenhieb, denn was hätte er nutzen sollen, ein Hau-Ruck genügte. Vorne stand der Tod mit der Peitsche, einer kleinen Reitgerte eher, aber er schlug sich nur gegen die Schenkel damit. Er trug einen weißen Kittel, der Tod, und auf dem Schild über seiner Brusttasche stand sein Name in kleinen roten Buchstaben geschrieben, so klein, daß keiner die Schrift entziffern konnte, der nicht ganz nah herankam.

»Willkommen, Viktor!«

Er hatte ihn entdeckt, der Tod. Winkte ihn heran mit dieser Reitgerte, fast zärtlich, als wollte er ihm die Wange tätscheln.

»Willkommen, und reih dich ein, oder hast du gedacht, dein Platz wäre oben, auf dem Sonnendeck?«

Da war es wieder, dieses Lächeln!

»Komm nur, ich erkläre dir den großen Plan, wohin mit den vielen alten Menschen, die uns Jungen die Luft zum Atmen nehmen. Komm, gib deine Hand, wir suchen dir einen Platz direkt unter meinen Augen...«

»Nein!«

Viktors Schrei brachte die anderen vollends zur Besinnung.

»Nein, nein, nein!«

Er fand gar kein Ende mehr, wich selbst dem Blick des Professors aus, und zog die Hände zurück in den Schoß, als hätte er sich verbrannt an diesem Feuer vor ihm, das jetzt nur noch ein blasser Lichtfleck auf einer verkratzten Tischplatte war, milchig und kalt, als wäre Möbelpolitur verschüttet worden.

Polen-Jupp stand auf und knipste die Stehlampe an. Die Welt, die gerade noch so groß und grausam gewesen war, schrumpfte wieder ein auf die wenigen Quadratmeter dieses Wohnzimmers, das fast schon zu gemütlich wirkte mit all dem Nippes, der herumstand. Und so erleichtert Hedwig über das Ende der Reise auch schien, so war sie doch auch ein wenig enttäuscht über die abrupte Rückkehr ins Heimelige.

»Der Kontakt ist abgerissen«, konstatierte der Professor ganz ohne Bedauern. Er wollte Viktor nicht das Gefühl der Schuld vermitteln, eine überflüssige Rücksichtnahme in den Augen der anderen, denn keiner in dem Kreis verübelte ihm diesen Gefühlsausbruch. Es schien im Gegenteil, als hätten sie ihn erwartet wie einen Schlußpunkt unter eine Geschichte, mit der sie so recht immer noch nichts anfangen konnten. Obwohl sie sich wirklich Mühe gaben, jeder auf seine Weise, denn eins hatten sie begriffen: Es war etwas Ernstes, das Viktor umtrieb. So ernst, daß es sie selbst anging.

»Nun, was haltet ihr von der Sache, Freunde?«

Django schüttelte verlegen den Kopf und zog noch mal kräftig an seiner Hose. Er war kein Dummkopf, er wußte, wann er überfordert war, und er war kein Feigling, er gab es zu. Diesem Viktor saß ein Schreck in den Gliedern, wie er selbst ihn noch nie gekannt hatte.

»Ich würd' mal so sagen: Unser Freund hier hat schon recht, er sitzt richtig in der Scheiße, so sieht das aus. Mit diesem Doktor ist nicht zu spaßen. Das ist einer von der Sorte, sagt mir mein Gefühl, der andere gegen den Wind pinkeln läßt, einfach so zum eigenen Vergnügen.«

Der Matrose nickte zustimmend. Nicht, weil er begriffen hätte, worum es Viktor ging, und schon gar nicht, weil er verstand, was Django eigentlich gemeint hatte, er nickte, weil er endlich die Frage gefunden hatte, die zu ihm paßte.

»Wo hat der eigentlich seine Klinik? Welche S-Bahnhaltestelle, mein ich? Da könnte ich ja dann patrouillieren!«

Viktor schüttelte nur irritiert den Kopf, aber Schorle-Paul grübelte eine Weile, ziemlich eindrucksvoll, mit gerunzelter Stirn und rotierenden Daumen.

»Warte, ich weiß, ich hab's gleich. Nikolai..., nein nicht Nikolai, Griebnitzsee! Genau! Das müßte Griebnitzsee sein. Meine Ex-Frau wohnt dort jetzt in einer Villa, die mal

Marlene Dietrich gehört haben muß, mindestens, bei der Miete!«

»Wir könnten ein Schild malen vielleicht?«

»Ja klar doch und ne Mahnwache vor Aldi!«

Polen-Jupp war stolz auf seine Schilder. Zu stolz in den Augen Djangos, der immer schon Probleme mit den Augen hatte, wenn es ums Lesen ging. Aber er half Jupp beim Organisieren der Pappe, auf die der dann seine Texte schrieb, manchmal reimte er sogar, Verse gegen die Massenarbeitslosigkeit und den Kurdenkrieg. ›Stoppt den Völkermord an den Armeniern‹, war so ein Schild gewesen, das große Verwirrung ausgelöst hatte, weil er sich die Themen nun mal nicht von der Aktualität diktieren ließ. Wenn dann die Passanten ganz besorgt einen Napf suchten, um ihr Almosen hineinzulegen, konnte Polen-Jupp allerdings sehr schnell zornig werden.

»Dabei ist die Idee gar nicht so dumm. Einfach kursieren lassen, die Geschichten mit der Euthanasie. Nichts ist schlimmer für einen Arzt als so ein Gerücht. Das macht die Runde bei den Patienten, bei den Kollegen, und in null Komma nichts ist die Sache beim Staatsanwalt auf dem Tisch!«

»Du mußt es ja wissen!«

Zum Glück für Django hatte Schorle-Paul den Satz nicht gehört. Er war noch ganz in Erinnerung, und da fand er in letzter Zeit immer schwerer heraus. »Ich hab neulich diese Sendung gesehn«, fuhr er gedankenverloren fort, »mit den Dominosteinen, den Rekord fürs Guinnessbuch, wißt ihr, der erste Stein fällt, die Schönheitskönigin von Sachsen hat ihn angetippt, nur so ganz leicht, und sssssttt, fallen alle anderen, 1000, 10 000 Steine, weiß der Henker wie viele, da mag dieser Borsig noch so grinsen, das Unglück rast schon auf ihn zu!«

»Stimmt genau, Freunde!«

Der Professor schien ganz zufrieden, was etwas rätselhaft war angesichts der Verworrenheit der Vorschläge, oder vielleicht war er einfach nur müde, denn er stützte sich schwerer auf seinen Stock als gewöhnlich.

»Viel mehr können wir vorläufig wirklich nicht für Viktor tun.«

»Also!«

»Zeit, was zu trinken, oder?«

»Höchste Zeit!«

Polen-Jupp kam mit einem Arm voller Flaschen herein und füllte die Gläser. Das Gespräch plätscherte noch ein bißchen vor sich hin, und wie immer konnte sich keiner sicher sein, ob der andere überhaupt zuhörte. Schorle-Paul beschrieb noch einmal in allen Details den Rekord mit den Dominosteinen, der ihm seit Tagen nicht aus dem Kopf ging. ›Diese kilometerlange Schlange! Figuren und Spiralen, Brücken, Kreuze, alles in Wochen mühevoll aufgebaut, und sssssttt, geht das Unglück in Sekundenschnelle durch die Reihen und mäht Stein um Stein‹, aber noch ehe das einer kommentieren konnte, gähnte Hedwig, sie tat es sehr dezent, nur drei Finger am Mund, doch das Zeichen war unmißverständlich.

»Meine Herren, es war ein langer Abend!«

Hedwig zog sich immer um Mitternacht zurück. Ganz gleich, wie amüsant oder wie traurig die Unterhaltung verlief. Die Zeitgrenze galt erst recht, wenn ein neuer Gast anwesend war, der ihr gefiel, und je eindringlicher sie Viktor gemustert hatte, desto besser gefiel er ihr. Er hatte bei allem Ernst so etwas ganz und gar Kindliches, daß man versucht war, ihn auf der Stelle an die Brust zu drücken, und genau das hatte sie jetzt vor.

Als die anderen aus dem Zimmer verschwunden waren, hakte sich Hedwig umstandslos bei ihm unter und führte ihn direkt in ihr Schlafzimmer. Es war ein großes Bett darin, ein Wandschrank und ein Stuhl, mehr nicht.

Hedwig war eine sehr kräftige Frau und Viktor ein sehr schmächtiger Mann, und wie sie sich jetzt gegenüberstanden am Fenster, dessen Vorhänge weit zurückgezogen waren, und er ihr fragend ins Gesicht sah und sie mit einem Lächeln hinaus in den Himmel wies, schien der Größenunterschied noch ungewöhnlicher.

Ganz oben stand die schmale Sichel des Mondes, als hätte sie der liebe Gott dort auf Zehenspitzen angebracht und die Sterne einfach daneben geklebt, zu denen Viktor doch eigentlich ein sehr zwiespältiges Verhältnis hatte, aber jetzt, an Hedwigs Seite, wirkten sie wie Christbaumschmuck.

»Glauben Sie wirklich, Viktor, es könnte uns von einem dieser Sterne Gefahr drohen?«

»Ich weiß nicht so recht.«

›Nein‹, mußte er ihr innerlich recht geben, er glaubte es nicht. Er glaubte es ganz und gar nicht mehr. Denn da hatte sich so etwas wie ein neues Zutrauen zur Welt in sein Herz geschlichen. Wie wenn Liebende nach langen Jahren durch einen glücklichen Zufall zusammen kommen, und bei der ersten Berührung ist plötzlich alles wieder wie früher, weil die Zeit den Schrecken verloren hat. Aber nur für diese eine Sekunde. Denn schon beim zweiten Kuß schleicht sich das Gefühl ein, daß die Gegenwart die Erinnerung doch Lügen straft. Nein, Viktor war sich ganz und gar nicht sicher, ob von den Sternen nicht doch eine Gefahr drohte, und wenn es nur die Mahnung daran war, daß dieses Licht von längst verglühten Sternen stammte. Und das war ein Gedanke, der ihm schon immer zu schaffen gemacht hatte, daß dieses Universum sich so ins Unermeßliche dehnte. ›Da kommt ja nie einer ans Ende!‹ hatte seine Mutter immer ganz nüchtern festgestellt. ›Geht gar nicht. Das ist überdimensional.‹

Hedwig begann sich auszuziehen, und Viktor tat es ihr einfach nach. Er zog sein Jackett aus, die Schuhe, das Hemd, die Hose, selbst das Unterhemd. Er wirkte nicht dürr, so ganz ohne Kleider. Er war zwar schmächtig und hatte kaum Muskeln, aber seine Haut glänzte frisch und rosig, als würde er sich regelmäßig mit einer Wurzelbürste schrubben. Es war etwas durch und durch Appetitliches an ihm, und Hedwig, die inzwischen einen hauchdünnen Morgenmantel übergestreift hatte, zupfte ein wenig an ihrem Ausschnitt, um ihre Brüste kräftiger hervortreten zu lassen. Das war immer noch die erste Garnitur, die sie da ins Feld schickte, und bislang hatte noch keiner was dran zu mäkeln gehabt.

»Na, blinzeln Sie mal nicht so verlegen, Viktor, das ist alles Natur.«

Aber Viktor war nicht verlegen. Er erschrak auch nicht vor ihrem freien Blick. Er hatte über Jahrzehnte den Körper seiner Mutter nackt gesehen, in allen Stadien des Verfalls. Er war vor ihr zu anderen Frauen geflohen und wußte, was Schönheit war und wie ein gesunder Körper roch, frisch wie eine Wiese. So roch Hedwig, unglaublich lebendig, und so stand sie auch vor ihm, eine Göttin, vor der er nur allzu gerne in die Knie gegangen wäre. Das sah Hedwig, und es erstaunte sie nicht, denn sie vertraute auf den Magnetismus der Seelen, wie sie das nannte, und ganz besonders auf die Anziehungskraft ihrer eigenen, die dort irgendwo zwischen den Brüsten saß, und so trat sie noch einen Schritt näher an ihn heran und gurrte mit warmer Stimme:

»Was haben wir denn da Schönes?«

»Das Amulett der vier Sonnen«, erklärte Viktor etwas befangen, »ein altes Schmuckstück der Aborigines!« Und da er Hedwigs mächtigen Leib noch ein wenig auf Abstand halten wollte, ließ er sich viel Zeit für die Details.

»Hier, das ist die Morgensonne, die Mittag- und die Abendsonne. Unsere alte Welt, wie wir sie kennen. Der Legende nach wird sich dieses Zeitalter eines Tages wieder wenden, und das große Ahnwesen kehrt zurück aus der Traumzeit. Dann wird die vierte Sonne leuchten, die Sonne des Geistes, und sie wird die Nacht auf ewig erhellen.«

»Nicht schon wieder der Komet, Viktor!?«

Hedwigs Lachen war so herzhaft, daß Viktor ihr unmöglich böse sein konnte, auch wenn er sehr streng dreinsah, denn das war er sich schuldig, jetzt, wo er beschlossen hatte, den Kampf mit Borsig aufzunehmen. Hedwig wiederum schämte sich etwas dafür, daß sie seinen kriegerischen Blick so gar nicht ernst nehmen konnte, obwohl sie spürte, wie viel ihm daran gelegen war.

»Viktorchen! Na komm, mach nicht gleich so ne Schnute! Die Idee vom Professor ist doch gar nicht so schlecht! Außerdem kannst du zur Zeitung gehen, oder zum Fernsehn. Denen erzählst du einfach alles, was du weißt, und wenn dieser Arzt tatsächlich ein Gauner ist, dann finden die das schon heraus! Aber ich kann das eigentlich gar nicht glauben! Das wirklich Böse gibt es doch schon lange nicht mehr! Heutzutage ist doch jeder nur noch ein bißchen was, ein bißchen gut, ein bißchen böse!«

Viktor grübelte und grübelte, weil ihm dieser Einwand so belanglos schien. Er wußte, daß Borsig genau darauf rechnen konnte, auf die Gleichgültigkeit derer, die den Tod erst ganz am Ende ihres Lebens vermuteten. Aber so viel Zeit blieb nicht. Er, Viktor, wußte es besser. Er hatte jahrelang Umgang gehabt mit dem Tod, und er wußte, was er seiner Mutter schuldig war, daß sich keiner darüber täuschen konnte, daß jeder Tag einen anderen Tod kennt. Sie hatte sich gefürchtet den einen Tag, und den anderen hatte sie den Tod herbeigesehnt, sie hatte ihm wechselnde Namen gegeben, einen Feind verloren und einen Freund gewonnen, willkommen geheißen hatte sie ihn, hinausgeworfen, wieder herbeigefleht, und in der letzten Nacht, als er dann tatsächlich kam, da hatte sie ihn verflucht, weil er sich so viel Zeit nahm für sie, obwohl ihr der Abschied so leicht gefallen wäre.

Viktor war zwar immer noch weit davon entfernt zu begreifen, was Borsig wirklich vorhatte, aber über eins war er sich vollkommen im klaren, daß die Erlösung vom Tod, die Borsig in Aussicht stellte, ein Schwindel war.

»Begreifen Sie denn nicht, Hedwig?«

Viktor stotterte etwas, weil ihm die Sache so am Herzen lag.

»Begreifen Sie denn nicht, was hier geplant wird? Borsig schickt seine Todesengel in die Welt, und die nehmen ein Opfer in die Mitte und versprechen ihm den Stein, und schon hat er die Angst vor dem Tod verloren. Und wer die Angst vor dem Tod verliert, kann dem Leben bald gar nichts mehr abgewinnen, der läßt sich lebendigen Leibes aufbahren und blickt nur noch verwirrt auf die anderen, weil der nächste Tag ganz unerwünscht ist, denn die Unsterblichkeit zählt ja nicht nach Tagen und nicht nach Jahren! Also gilt ihm das gewöhnliche Leben gar nichts mehr! Und so töten sie, diese Leute von Borsig, ohne zu morden. Nur mit ihren falschen Versprechungen!«

»Viktor, verwirren Sie mich mal nicht mit so dunklen Gedanken! Kommen Sie lieber ins Bett, und erzählen Sie mir noch ein bißchen von der Sonne, die niemals untergeht!«

Schmollend hatte sie wieder zum förmlicheren ›Sie‹ gewechselt, aber gleichzeitig schlug sie die Bettdecke zurück, und Viktor schien es, als leuchtete ihr Körper dort noch um einiges wärmer als zuvor am Fenster.

»Gleich. Was meinen Sie, Hedwig, wenn man den festen Willen hat, sich durch den Tod nicht beeindrucken zu lassen, läßt er sich so besiegen?«

»Der Tod?«

»Ja, gesetzt den Fall, es liefe ihm mal einer über den Weg, der sagt, du gehst mich nichts an, Tod, verschwinde! Da bräuchte ich doch keinen Stein der Weisen und nichts. Ich müßte einfach nur den Mut haben, ihn wieder wegzuschicken!«

»Nu, jetzt laß es mal gut sein mit dem Gequatsche und komm her!«

Viktor stand da in seinen weißen, weiten Unterhosen, die windig um seine Beine schlackerten, und ballte die Fäuste.

»Ich werde Borsig besiegen! Er mag seinen Plan haben, ich habe meinen.«

»Das ist gut! Das ist sehr gut, Viktor!«

Ihre Stimme erinnerte ihn wieder an die seiner Mutter. Frühmorgens, wenn sie nach Hause kam, nach dem letzten Weinbrand im Bahnhofstreff, fast glücklich, weil sie endlich Schlaf finden würde, war er oft an ihr Bett getreten, zog ihr die Decke hoch ans Kinn und flüsterte ihr zu: ›Eines Tages werde ich...‹ Noch ehe er zu Ende reden konnte, sah sie ihn aus ihren halbverhangenen Augen an und tätschelte kurz seine Hand: ›Ja, das wirst du, Viktor.‹ Damals war er traurig über dieses mutlose Tätscheln, so wie er jetzt traurig war über den abwiegelnden Ton Hedwigs. Traurig und etwas enttäuscht, so stand er da und fror. Hedwig sah das Zittern seine Beine hinauflaufen, als würde ein graues Eichhörnchen in den verspäteten Winterschlaf flüchten.

»Na komm endlich rin, die Nachbarn kiekn schon. Das Grübeln macht dir nur kalte Füße!«

»Hast du eine Kerze, Hedwig?«

»Na, für was das denn nu schon wieder? Ne Kerze? Du strapazierst mir die Nerven!«

Er sah sie nur an, so schräg von oben, daß er die Bitte erst gar nicht wiederholen mußte.

»Schau da unten mal nach, unterste Schublade im Schrank, da müßte irgendwo ein Teelicht sein, mit Streichhölzern, weil die Sicherungen immer rausfliegen, seit Schorle-Paul die Waschmaschine repariert hat.«

Viktor zündete das Teelicht an und stellte es auf das Fensterbrett.

»Das tut gut manchmal, so ein kleines Licht gegen die großen da oben.«

»Recht hast du, aber jetzt komm endlich rin hier.«

*

»Wollen wir ein Taxi nehmen?«

»Wenn Sie mich die Hälfte zahlen lassen!«

»Unsinn, geht auf Spesen.«

Wir warteten eine Weile, und irgendwann hakten wir einander unter und gingen in Richtung Kanal. Es war nicht viel los auf der Straße, kein Vergleich zu früher. Kreuzberg schien tot, zumindest entvölkert. Vielleicht war auch einfach nur die Stimmung umgeschlagen, und die Leute trieben sich nicht mehr auf der Straße herum, sondern saßen zu Hause vor der Glotze oder bekochten sich gegenseitig, die Kinder auf dem Schoß und an der Wand die Prospekte vom Eigenheim im Grünen.

Helen ging sehr forsch, ein bißchen wie auf dem Laufsteg, aber ganz ohne Eitelkeit. Sie hatte sich im Griff. Ihr Körper tat, was sie wollte. Es gab solche Menschen, die konnten sich im Spiegel ansehn und Freude dran haben, ohne eitel zu wirken. Sie hatte einen eigenen Kopf, das war es, das spürte man, bei allem, was sie machte, gab es eine Richtung.

Wir kamen ans Paul-Lincke-Ufer. Vorne an der Brücke lag die Ankerklause und drohte mal wieder zu sinken. Dennoch drängten Dutzende nach. Siebziger Jahre Party! Wie damals bei der Premierenfeier. Alina hatte die Einladung von einem Burschen, der beim Stadtmagazin arbeitete und selbst nur Jazz hörte. ›Laß uns hingehn, das ist kultig.‹ Sie hatte manchmal eine so süße Art zu betteln, die machte einen ganz kirre, und natürlich gab ich nach und zog mir extra enge Jeans an, was total daneben war. Von wegen kultig! Obwohl Alina Kußhändchen nach allen Seiten warf, kamen wir kaum rein in den Laden, und als wir endlich drin waren, wollte ich sofort wieder raus. Das war nicht meine Generation. Das war nicht die MS-Europa auf großer Fahrt ins Pensionärsparadies der Bee-Gee-Inseln. Kapitän Elton John begrüßt die Village People und wünscht ihnen eine gute Fahrt ins Nirwana. Hier tanzten die Kids der Nintendo-Welt, die kaum ihren eigenen Namen schreiben konnten. Für die waren die Who ein Musikantenquartett aus der Steinzeit.

›Du stehst dir immer selbst im Weg mit deinem Gemecker‹, meinte sie bloß, was einigermaßen blöd war, weil mir grade in dem Moment ein Dutzend Junioren auf den Füßen rumtrampelten und ich alle Mühe hatte, überhaupt mein Gleichgewicht zu halten. Sie dagegen hatte ihren Spaß, tanzte in ihrem Blümchenwickelrock und flirtete mit Jungs, die ihre Söhne hätten sein können. Fehlte nur noch eine Prise Nasenpuder Marke Ziggy Stardust. Irgendwann zerrte ich sie einfach raus. Daß wir uns damals nicht schon geprügelt haben, war wirklich alles. ›Komm, sei lieb!‹ Das war ihr Standardspruch, mit dem hatte sie mich auf der Palme, noch ehe ich mich überhaupt richtig aufregen konnte. Wir spazierten eine Weile am Ufer auf und ab, faßten einander noch mal an den Händen und landeten schließlich im ›Ma Rose‹ vor einer Portion kalter Nudeln. Irgendwie war uns beiden der Appetit vergangen.

›Ich ertrag es nicht, wenn du so stumm bist.‹ ›Mußt du auch nicht, du kannst ja gehen.‹ In der Tonlage lief das. Sie schubste und wollte geschubst werden. Wir stritten und versöhnten uns, aber die Versöhnung an diesem Abend ließ alles nur noch schaler werden.

Als wir dann raus gingen, nach der zweiten Flasche Veltliner, hielt ich sie noch mal kurz im Arm. Die Schwäne wendeten, der Herbstwind wehte eine kleine Handvoll Blätter herunter, und ganz weit oben schickte der Himmel die schweren Segler Richtung hohe See. Ich hätte nur irgendwas Nettes sagen müssen damals, irgendein Wort, das hätte uns vielleicht die Trennung erspart und den ganzen Kummer davor. Selbst wenn es nur einer meiner blöden Witze gewesen wäre, sie hätte gelacht oder so getan, und alles wäre wieder gut gewesen. Oder auch nicht.

Ich mußte wohl gezittert haben, denn Helen faßte plötzlich meine Hand.

»Ich wußte gar nicht, daß Sie auch still sein können.«

»Irgendwie hab ich das Essen wohl nicht vertragen.«

Es war einer dieser Apartmentblocks, die in den Siebzigern hochgezogen wurden, als ganz Kreuzberg saniert werden sollte. Vergitterter Zugang. Aufzug. Halt im 5. Stock. Penthouse, Parkett und Hausschuhe für die Gäste, um die Edelhölzer zu schonen, die damals noch aus dem Urwald kamen. Innen viel Glas, viel Leder. Keine Bücher. An der Wand ein Walfisch. Großformatig. Gezeichnet wie ein Höhlenbild. Moby Dick schwebt ins Großraumaquarium ein, aber zu sehen war nur der Umriß. Die Körperlinie. Darunter die Löcher der Harpune. Na prima, so was konnte ich auch noch pinseln.

Sonst war da nichts. Keine Photographie. Kein Firlefanz. Kein Fussel auf dem Perser. Immerhin war die Aussicht toll.

»Warum wollen Sie eigentlich unbedingt mit mir ins Bett?«

»Ihr ausgeprägter Hang zur Romantik, Herr Claasen! Das macht uns Frauen immer wieder schwach. Zärtlichkeit. Worte wie Küsse gehaucht. Die hohe Schule der Verführung eben, das ist es, was uns so magisch anzieht und auf die Knie unseres Herzens sinken läßt.«

Sie stand in der Küchentür, schwenkte eine Flasche Champagner mitsamt Serviertuch und einem Augenzwinkern, für das ich sie glattweg hätte küssen können.

»Kümmern Sie sich doch bitte um die Gläser. Dort in der Vitrine. Einen Aschenbecher kann ich Ihnen leider nicht anbieten, aber wie wäre es mit Musik. Vivaldi? Ihr Geschmack, oder? Klassik-Light?«

Das war ihre Strafe, daß ich in diesen Designerschrank reingreifen mußte, wo die Gläser enger standen als Pinkelphiolen beim Urologen. Reinstes Liliputanermikado. Dabei wäre mir Calvados ohnehin lieber gewesen als dieses Prikkelwasser, aber das Schärfste, was sie im Haus hatte, war vermutlich Waschbenzin. Diese Scheißgläser klirrten, noch ehe man sie berührte. Als würde die U-Bahn direkt unter uns fahren, so schepperte das alles.

Ich stellte die Gläser ab, zog mein Handy und versuchte

auf die schnelle, Martina zu erreichen. Weil ich mir verdammte Sorgen um sie machte. Aber die war natürlich nicht zu Hause. Wiegte sich wohl grade in den Armen von Katrin.

»Verdammt, machen Sie das nicht noch mal!«

Ich drehte mich um. Die Hand auf dem Herz, denn dort saß der Schmerz. Immer schon. Deswegen hatte ich auch nie Sport machen müssen. Angeborene Rhythmusstörungen.

»Wenn Sie noch mal einen Korken knallen lassen, bin ich tot. Gratistip. Falls Sie den perfekten Mord planen...«

»Sie sind wirklich sehr nervös, Ricki! Schwache Nerven? Eine Ihrer Berufskrankheiten? Aber bitte, wollen wir uns nicht setzen?!«

Als ob hinter irgendeiner ihrer Handlungen tatsächlich ein Fragezeichen gestanden hätte. Sharon Stone at home. Das war ihr Film, und ich war nur ein mieser Statist, der seine Rolle nicht beherrschte. Immerhin war die Couch perfekt. Sie ließ zwei Menschen gerade genug Abstand, um einander ohne viel Gerutsche näher zu kommen. Ich legte den Arm auf die Lehne und prostete ihr zu. Sie nippte kaum an ihrem Glas und schenkte mir nach. Dann stellte sie die Flasche auf den Couchtisch, in einen Untersetzer, und wischte mit dem weißen Kragen die Tropfen weg, die beim Einschenken auf die Glasplatte gefallen waren. Unauffällig, wie sie meinte.

»Ich weiß wirklich nicht, wie Sie auf die Idee kommen, mich verführen zu wollen. Dieses Prickelwasser hier hilft Ihnen dabei bestimmt nicht. Das macht mich nicht anhänglicher. Nicht in der Dosierung. Also, was wollen Sie?«

»Vielleicht will ich mir nur beweisen, daß ich selbst einen so harten Burschen wie Sie um meinen kleinen Finger wickeln kann? Vielleicht lege ich Wert auf Ihren Applaus? Vielleicht will ich auch nur, daß Sie endlich den Mund halten?«

»Glaube ich sofort, daß Sie sich vom Leben immer viel zuviel gewünscht haben. Aber wie kommen Sie darauf, daß ich dabei den Erfüllungsgehilfen mache?«

Was ich wirklich wollte, interessierte sie überhaupt nicht. Sonst hätte sie mir eine Zigarette gegeben. Statt dessen öffnete sie mein Hemd. Die obersten zwei Knöpfe. Ihre Finger spazierten hinein und strolchten. Alina hatte es als erste gespürt. Wie empfindlich ich an den Brustwarzen war. Oft hatten wir Stunden damit verbracht, nur aneinander rumzuknabbern, am Anfang, als wir noch den gleichen Musikgeschmack hatten.

Helens Hand war kühl und sicher wie die Hand einer Ärztin. Sie spürte sofort, wo es guttat.

»Mein Döschen Viagra steht daheim.«

»Das schaffen wir auch so.«

»Glaub ich nicht. Ich bin heute nämlich nicht sonderlich gut drauf, und Streß oder Drängelei ertrag ich schon gar nicht. Da bin ich nämlich wie Helmut Berger, der mag auch erst kuscheln und dann spritzen. Nicht umgekehrt.«

Am liebsten war mir immer noch schummriges Licht und eine dicke Bettdecke, unter der ich mich verstecken konnte, aber das konnte ich ihr ja schlecht sagen. Und ihr Schlafzimmer wollte ich erst gar nicht sehn. Da lag wahrscheinlich eine abwaschbare Hygienedecke über einer milbenfreien Latexmatratze, und das ganze in kühlem Blau, weil die Farbe so nett ans Meer erinnert und an die Selbstreinigungskräfte von Ebbe und Flut.

»Warum bist du nicht gut drauf?«

Das war keine Frage. Das war ein Gurren. Und irgendwie wurde auch der Vanilleduft immer stärker.

»Meine Tochter ist eine Lesbe!«

»Hat sie dir das gesagt?«

»Sie hat mir ihre Freundin vorgestellt, mit der sie zusammen ziehen will.«

»Deine Tochter ist sehr hübsch. Sehr, sehr hübsch, aber sie ist keine Lesbe.«

»Woher willst du das wissen?«

»Ich habe sie geküßt.«

Da war der Kick. Nicht, daß sie mich wirklich überrascht hätte, aber ein bißchen komisch fand ich es schon. Ihre Linke rieb nämlich immer noch an meiner Cordhose, und schon das mußte eine Riesenüberwindung sein. Sie fuhr in meine rechte Tasche, aber die war leer. Ich trug mein Taschentuch komischerweise auch immer links. Heute war ich das erstemal dankbar dafür. Denn sie ließ die Hand dort. Obwohl sie leer war, die Tasche.

»Ist das wahr?«

»Was?«

»Daß, daß du eine...«

Sie legte den Zeigefinger auf meine Lippen. Den Zeigefinger der linken Hand. Als ob das gegen Stottern helfen würde. Die rechte hatte sie nämlich immer noch in meiner Hosentasche, und sie war verdammt kühl. Obwohl sie das lose Ende längst gefunden hatte. Und dran zog. Und mir immer heißer wurde. Nicht, weil sie mit ihren Lippen an meinem Ohr hing. Das hatte ich noch nie gemocht. Die Knabberei am Rand. Die feuchte Zunge im Ohr. Auf den ganzen Verführungsfirlefanz konnte ich verzichten. Ich mochte nur eins. Sex solo. Das hatte sie raus. Schneller als jede andere. Besser als jede Professionelle.

»Ich war verheiratet. Zweimal.«

»Ja und?«

»Frauen sind einfach geiler.« Das Wort gab mir den Rest. Aus ihrem Mund war das Aphrodisiakum pur. Sie spürte genau, daß sie nicht mehr viel zu tun hatte. Drei-, viermal hin und her. Sie war nicht sonderlich zart dabei. Das mochte ich. Daß sie nicht bloß rumrieb mit den Fingerspitzen, sondern zugriff. Aber sie sollte aufpassen, daß sie es noch aufs Trockene schaffte. Alina hatte auch immer gleich zugepackt. Schon beim ersten Mal. Und nicht mehr locker gelassen. Das mochte ich verdammt gern. Wenn die Schnecken nicht nur am Salatblatt knabberten. Verdammt, das mochte ich. Das hatte mich damals regelrecht ins Koma getrieben. Und jetzt auch wieder. Sie konnte es. Sie konnte es wirklich gut. Einer nach dem andern spazierten die Gedanken aus dem Kopf. Bis auf den einen. Der drückte sich noch hinten in der Ecke herum. Wie ein Muttersöhnchen auf seiner ersten Party. ›Es wäre verdammt schade, wenn diese Couch Flecken bekäme.‹ Aber da stöhnte sie auch schon, als hätte sie mit diesem Rubbellos den Hauptgewinn gezogen. Dabei hatte ich den Spaß. Ich allein.

»Vielleicht doch noch ein Gläschen?«

Ich schenkte ihr ein. Dankbar für den guten Job, den sie gemacht hatte, und gar nicht so abgeneigt gegen Small talk.

»Hast du eigentlich Hobbys?«

Ihre Finger strolchten durch mein Haar. Geschickt, aber ohne Zärtlichkeit. Sie dachte einen Moment nach. Nicht über das Hobby vermutlich, sondern darüber, ob sie die Frage zulassen sollte. Von wegen zu intim oder nicht.

»Ich reite sehr gern. Draußen in Lübars steht mein Pferd.«

»Bei Frauen noch immer die beliebteste Art, die Beine breit zu machen, oder?«

Und schon war die Schnecke wieder im Haus. Ich war einfach ein Idiot. Aber einer, der sich um Wiedergutmachung mühte. Ich griff ihre Hand. Die Linke vorsichtshalber. Und küßte sie in die Innenfläche. So zart ich eben konnte.

»Warum bist du eigentlich so verrückt nach diesem Stein?«

Sie war müde, jetzt sah man erst, wie müde ihr Gesicht war, wenn sie es einen Moment unbewacht ließ. Als ob sie plötzlich alle Kraft hätte abziehen müssen, nur für diese eine Frage, deren Beantwortung ihr immer noch so schwer fiel. Und daß sie mir überhaupt die Antwort gab, war Rätsel genug. Sie, deren stärkste Empfindung das Bedürfnis nach Diskretion war, gab sich mir preis, nur um eine weitere Karte in diesem verdammten Spiel zu kaufen. Denn mit dieser unerwarteten Ehrlichkeit hatte sie mich gewonnen, das wußte sie. Ich würde ihn jederzeit für sie apportieren, diesen verdammten Stein, nur damit ich weiter für sie mit dem Schwanz wedeln durfte.

»Du wirst vielleicht eines Tages Kinder haben, Ricki. Ich werde allein sterben.«

»Irgendeiner wird dir schon das Händchen halten.«

»Irgendeiner sicher. Aber niemand, den ich so liebe, daß ich ihm das Weiterleben wünsche und mir den Tod.«

Wenn sie jetzt anfangen würde zu weinen, hatte ich kein sauberes Taschentuch mehr, aber das tat sie natürlich nicht, tapferes Mädchen, das sie war.

»Du glaubst doch nicht ehrlich daran, daß dieser Stein dich unsterblich macht! Wenn die Vernunft je ein hübsches Gesicht trug, dann deins! Komm, Helen, sieh her, ich knie vor dir! Laß ab von all diesem Blödsinn, ich beschwöre dich.«

Ich rutschte tatsächlich von der Couch runter auf den Boden und faltete die Hände in ihrem Schoß.

»Du kannst von mir alles haben! Sex, Geld, Videospiele, nur hör auf mit diesem albernen Hokuspokus. Die Computer von OtO können rechnen, was sie wollen, das mußt du doch spüren, das kann nicht wahr sein, das darf nicht wahr sein. Diesen Stein gibt es nicht, Helen. Den darf es nicht geben. Das war doch das einzige, was bisher mit diesem Scheißleben versöhnt hat, die Tatsache, daß alle die Todesstrafe erwartet.«

»Na komm wieder hoch, Ricki. Du machst ja noch den Teppich dreckig.«

Ich kauerte mich in die Ecke der Couch, und sie kam tatsächlich heran und kuschelte sich an mich für einen Moment. Als wäre das nicht mein alter Norweger, sondern ein Angorapullover aus dem Hause Wuschelweich, und mein Atem Zitronenduft und das Streicheln meiner Hände Samt und Seide und kein Schmirgelpapier. Aber dann saß sie auch schon wieder gerade und fand ihr Lächeln.

»Eigentlich sollte man dich als Hofnarr mit auf die Reise nehmen.«

»War das eine Art Liebeserklärung?«

»Du bist ein fetter, unansehnlicher Mann, Ricki! Du riechst aus jeder Pore nach Tabak und Schnaps, deine Witze sind fader als deine Küsse, und ins Bett kann man nur mit dir gehen, wenn man wirklich müde ist. Dafür soll ich meine Träume aufs Spiel setzen?«

»Wir könnten uns ein Häuschen auf Rügen mieten und viel am Meer spazierengehn.«

»Lieber sterb ich.«

»Und deine Todesangst?«

»Ist kleiner als die Angst vor einer Strandburg mit Hausmeister. Ricki, wir sind doch schon fast Freunde. Warum wollt ihr Männer immer gleich zuviel?«

*

»Darf ich Sie zu einem Kaffee einladen?«

»Nein.«

Die Mittagspause war ihr heilig. Die teilte sie mit niemandem. Nicht einmal mit Katrin. Er ignorierte die Absage einfach und sah sie nur sehr ernst an. Als hätte sie etwas Dummes getan. Etwas sehr Dummes. Einen Fehler, den sie umgehend wiedergutmachen mußte.

»Sind Sie Hypnotiseur, oder was?«

Sein Haar war gelockt, sehr kurz geschnitten und gerade erst gewaschen worden. Ein Duft, den sie kannte, ein viel zu teures Shampoo für einen Mann. Alles an ihm war zu teuer. Auch heute wieder. Ein Blickfang für Schwule. Dieser Körper schrie geradezu nach Anmache, selbst Cliff Richard wäre da in die Knie gegangen, und sie würde es auch tun, jetzt und wann immer er wollte. Irgend etwas zwang einfach, ihn anzufassen. Eine Kraft, die er ausstrahlte, dieses Drängen nach einem Gegenüber spürte sie wie ein Zittern durch ihren eigenen Körper gehen. Er war wie ein Bogen, der auf seinen ersten Pfeil wartete. Sie mußte lächeln bei dem Vergleich. Michael, ihr Exex, war Zen-Buddhist gewesen und hatte mit seinem Bogen immer Kraft durch Ruhe geübt. Bei ihr war er allerdings ziemlich unruhig gewesen.

Boris war anders. Ganz anders. Seine Hände waren breit und endeten in sehnigen Fingern, die niemals zittern würden. Die Nägel waren extrem kurz geschnitten. Gute Maniküre, wie bei allen besseren Strichern, dachte sie. Aber er war kein Stricher. Auch kein Sonnenschein für Wilmersdorfer Witwen. Er roch einfach nicht so. Nicht nach Sex mit Männern und nicht nach Kölnisch Wasser. Er roch so frisch und unschuldig, daß sie unwillkürlich einen Schritt näher an ihn herantrat. Ehe sie das Gefühl begriffen hatte, ging ein Lächeln über ihr Gesicht. Es war Dankbarkeit und ein bißchen mehr. Diese Vorfreude, die sie gestern schon gehabt hatte. Darauf, daß sie ihn würde lieben können, wenn er nur wollte.

Allein seine Lederjacke mußte ein kleines Vermögen gekostet haben. Sie war so schlicht, daß man sie glattweg übersah. Dazu eine grüne Cordhose, aber von ganz anderem Schnitt als die labbrigen Cordhosen ihres Vaters. Feste braune Winterschuhe, die noch glänzten. These boots are made for walking. Das ging ihr jetzt tagelang wieder nicht aus dem Kopf, dieses Lied. So eine Melodie hakte sich immer fest bei ihr, und wenn es bloß ein blödes Jingle aus der Radiowerbung war.

Trotzdem entschied sie, ihn stehenzulassen. So wie er sie gestern hatte stehenlassen.

»Wollen wir nicht wenigstens einige Schritte gehen? Sie frösteln ja!«

Er faßte sie unter. Sie mochte den festen Druck seiner Hand. Nicht hart, aber energisch. Sie spürte seinen Willen und atmete etwas schneller, als sei sie an eine Kraftquelle angeschlossen worden.

»Nein, tut mir leid.«

»Keine Zeit?«

»Doch. Nur keine Lust, sie mit Ihnen zu verbringen!«

Sie schmollte immer noch, aber sie suchte bereits nach einer Ausrede. Was nicht nötig war, er hatte sie längst durchschaut.

»Sie müssen mit mir Kaffee trinken gehen. Ich kann mir sonst keinen leisten.«

Er brachte sie zum Lachen. Das hätte sie gar nicht erwartet. Er verzog auch keine Miene, als wäre ihm ihre Reaktion nicht ganz begreiflich. Vermutlich konnte er ihr die Lottozahlen vorlesen, und sie würde trotzdem kichern. Einfach weil sein Ernst dem Leben gegenüber irgendwie übertrieben war und trotzdem so rührend wirkte, und gar nicht einstudiert. Er war so ganz anders als ihr Vater.

»Hier, tragen Sie erst mal meine Tasche. Die Leute wundern sich ja schon über uns.«

Es war eigentlich nur ein Tütchen. Kein Mann wirkt mehr bedrohlich, wenn er eine Einkaufstasche in der Hand hält. Das war ein alter Spruch ihrer Mutter. Einer der wenigen, die sie sich gemerkt hatte. ›Und kauf deine Wäsche nur im KaDeWe. Das mußt du dir wert sein.‹ Sie hatte eingekauft im KaDeWe. Ein bißchen Wäsche. Sie war verrückt nach Wäsche, wie Mum auch. Nach Schlafanzügen ganz besonders. Seidenpyjamas ohne Hose. ›Die machen den schlimmsten Besen zum Feger.‹ Das war ein Spruch von Paps. Und nach Bodys, obwohl sie die selbst nie trug. Aber vor allem nach BHs. Die brauchte sie eigentlich auch nicht, aber das war nicht weiter tragisch. Sie fand ihren Busen nämlich ziemlich hübsch, und sie hatte noch keinen getroffen, der ihr da widersprochen hätte.

Meist spazierte sie auch noch oben in der Gourmetetage herum, einfach aus Gewohnheit, weil sie das damals so gern zu dritt gemacht hatten. Jeden Samstag. Paps immer ein paar Schritte hinterher, damit er ja nicht bezahlen mußte. Danach war er dann spendabel. Da gab es eine Wurst im Schlemmer-Pylon nebenan.

Die Wurst hatte sie sich heute gespart. Genau wie das Taxi. Wenn es nicht regnete, ging sie immer zu Fuß. In der

U-Bahn war es ihr zu eng. Außerdem haßte sie die Gerüche. Später einmal würde sie sich ein Taxi nehmen. Immer. Für jede Strecke. Egal, ob es regnete oder die Sonne schien. Wie Holly Goligthly. Die einzig Nette in all den amerikanischen Filmen, die sie immer mit Paps hatte anschauen müssen. Das war nämlich sein Verständnis von einem schönen gemeinsamen Familiensonntagmorgen gewesen. Im Bett liegen und ›Frühstück bei Tiffany‹ sehn.

»Wollen wir hier ins Café Hardenberg? Oder haben Sie was gegen Studenten? Ich schon, aber im Augenblick sind ja nicht so viele da. Dabei hab ich selbst ein paar Semester studiert. Ziemlich schlampig allerdings. Haben Sie auch mal studiert, oder sind Sie schon im Anzug geboren worden?«

Es war ein Platz am Fenster frei. Er half ihr aus dem Mantel auf eine etwas altmodische Art. Sehr steif, als wäre er mit seiner Großmutter aufgewachsen. Nun gut, sie würde weiterplappern und ansonsten die Scheue geben. Das Reh, wie Katrin immer spottete.

Und was tat er? Er saß ihr gegenüber und starrte sie nur an. ›Ihr Männer seid so blöd‹, dachte sie. Jetzt kommt bestimmt gleich der Satz mit den wunderschönen Augen. Dabei wäre ihr irgendwas Belangloses tausendmal lieber gewesen. So ein Gespräch kann nach außen farblos und zerschlissen wie eine alte Wolldecke sein, nur muß man sich drunter kuscheln können. Aber das begreift ihr nie. Niemals nie. Mit Katrin war das anders. Da konnte sie stundenlang über nichts reden, und es wurde ihr immer nur noch wohler dabei.

»Zwei Milchkaffee. Oder haben Sie auch noch Hunger?«

Er schüttelte den Kopf. Sie war sich nicht sicher, ob dieses ›Nein‹ ernst gemeint war. Irgendwie wirkte er nämlich ziemlich hungrig.

»Na ja, bringen Sie mal noch ein Käsesandwich, wird ja nicht schlecht.«

Er schwieg beharrlich. Und schien sich nur noch auf ihre Hände zu konzentrieren. Die waren schön, sicher, schlank und ganz kühl, aber da hätte er auch später noch drauf kommen können. Von wegen Pingpong der Pointen, wie das bei frisch Verliebten so ist.

»Hören Sie, wenn ich diese Unterhaltung allein führen muß, wird sie ziemlich kurz. Ich hab einen harten Arbeitstag hinter mir und hoffentlich eine anstrengende Nacht vor mir.«

Sie lächelte schon mal ihr Abschiedslächeln. ›Nach so einem Spruch scheiden sich die Männer von den Memmen‹, hatte Katrin immer gesagt, und die verstand von Männern fast so viel wie von Frauen. Das hatte sie immer an ihr gemocht, daß sie keine von den Ultralesben war. Das mochte sie immer noch an ihr, und so, wie sich das hier gestaltete, würde er es ziemlich schwer haben, gegen sie zu gewinnen.

Jetzt hob er zumindest mal den Kopf. Eine Memme war er also nicht. Aber sein Gesicht blieb ausdruckslos. Ihre Vergangenheit interessierte ihn einfach nicht. Da hatte er gar kein Organ für. Das spürte sie. Irgendeiner mußte den Imperfekt aus seiner Grammatik gestrichen haben. Der kannte nur die Zukunft. Immerhin konnte sie jetzt seine Augen sehn. Blaßblau wie ihr altes Spannbettuch. Ein Himmel ohne Sonnenschein und ohne Sterne. Bernsteinbraun hätte sie sich seine Augen gewünscht, wie ihre eigenen, oder schwarz. Wie Kohlen im Schnee. Das waren Katrins Augen.

»Ich brauche Ihre Hilfe.«

»Brauchen Sie Geld?«

»Nein.«

Sie atmete auf. Nicht, daß sie geizig war, aber sie hatte diesen Wunsch, immer einen anderen zahlen zu lassen. Es war wie ein Sport, nur auffallen durfte es eben nicht. Aber die Registrierkasse lief. Immer. Und wenn sie sparen konnte, sparte sie. Ganz gleich, mit wem sie zusammen war. Das hatte sie wohl von Paps. Hier ein Kaffee, dort ein Essen. Eintrittsgelder sowieso, da kam sie immer noch mit ihrem

Studentenausweis durch. Kino nur an Kinotagen. Das ging immer drei, vier Wochen gut. Dann kam das schlechte Gewissen, und sie kaufte einen Berg unnützer Geschenke. Wie diesen Body heute, der eigentlich nicht nötig gewesen wäre. Obwohl er von zweihundert runtergesetzt worden war auf fünfzig. Das machte wieder hundertfünfzig Plus, und morgen würden sie bestimmt ultragut essen gehn. Auf Katrins Kosten. Oder er war von der Konkurrenz. Dann hatte er zumindest eine ziemlich chaotische Art sie abzuwerben. Vielleicht wegen der Ausstellung im Springer-Haus. Da war sie vor drei Wochen als beste Nachwuchsphotographin ausgezeichnet worden. Ganz zu Recht, wie sie fand.

»Sie haben wunderschöne Augen.«

»Warum siezen Sie mich eigentlich? Ich meine, wenn Sie schon so originelle Komplimente machen?«

Aber für Ironie schien er irgendwie keine Antenne zu haben. Das war es überhaupt, was in seinem Gesicht störte. Da war keine Bewegung. Keine Unruhe. Nur diese schreckliche Wachsamkeit. Hoffentlich war er nicht auch noch Buddhist oder so was. Grünen Tee zum Frühstück vertrug sie nicht, und schon gar nicht diesen Ernst in allen Lebenslagen. Richard Gere soll ja auch immer so ernst gewesen sein, privat, im Bett, von wegen innere Wachsamkeit und attention, dabei hatte sie ihn eigentlich ganz gern. Vom Typ her. Erst recht, seit er sich von Cindy Crawford getrennt hatte.

»Arbeiten Sie für ein Magazin? Dann ist das hier vielleicht eine Abwerbung, und ich hab es nur noch nicht geschnallt?«

Porträts waren nicht ihr Ding. Das würde sie ungern machen. Aber alles andere, warum nicht? Der Vertrag bei Paps lief nur über ein Jahr, und wer wußte, ob die ihn verlängern würden, wenn er mal nicht mehr da war. Besser, sie sah sich rechtzeitig nach etwas anderem um. Geo, das wär's. Landschaftsbilder. Meinetwegen auch Werbung. ›Wählerisch können Sie werden, wenn Sie Ihre dritten Zähne kriegen!‹

hatte Meyer an der Kunstaka immer gesagt. Der mußte es schließlich wissen, der alte Absahner.

»Ich suche den Stein der Weisen.«

Sie hätte ihm am liebsten laut ins Gesicht gelacht, aber ausgerechnet in diesem Augenblick trat einer dieser Schnorrer an den Tisch, die auf der Behinderten-Schiene rollten. Der hier gab den Taubstummen mit dem Engelslächeln. Er stellte ein Püppchen vor sie hin, legte einen Zettel daneben, auf dem seine Geschichte mitsamt Honorarforderung stand, und ging weiter zum nächsten Tisch.

So kam sie sich jetzt vor. Wie eins dieser Püppchen, die diese Burschen als Bettelhilfe verteilten. Den Zettel mußte sie erst gar nicht lesen. Sie wußte, was drauf stand. Bei ihr schienen das auch alle zu wissen. Alle schienen irgendwie genau zu wissen, was sie von mir wollen. Paps, Katrin. Der Kerl vor mir.

»Das sind doch Betrüger, oder? Was meinen Sie? Bei den unsauberen Fingernägeln.«

»Die Betrüger sind wir, weil wir uns nur von unseren schlechten Gedanken leiten lassen.«

Also doch Buddhist, dachte sie. Shambala-Orden oder so was. Eher noch Zen. Wegen dieser unnatürlichen Ruhe. Einer, der mit der Armbrust Kaninchen schießt und dann über den Tod meditiert.

Der Taubstumme kam wieder. Sie drückte ihm fünf Mark in die Hand und die Puppe. Immer noch besser als Kirchensteuer. Den Zettel behielt sie.

»Sie sind also Boris. So haben die in der Redaktion sie genannt. Unser neuer Top-Informant!«

»Ich heiße Martin.«

»Lassen wir es lieber bei Boris. Satz, Spiel und Sieg. Das mit dem Stein der Weisen ist doch wohl nicht Ihr Ernst. Ich wollte es Paps erst gar nicht glauben. Nun ja, er hat mir auch nicht allzuviel darüber erzählt. Klingt für mich irgendwie nach Ostereiersuchen für Erwachsene. Ist nicht böse gemeint. Jetzt, wo ich weiß, wie Sie aussehn. Ich servier

Männern ungern Komplimente, aber Sie sind ja wirklich ein hübscher Kerl. Tut Männern gar nicht gut, so ein pretty face. Also, ich mach die Photos, und die mach ich gern, aber sonst will ich mit der Sache nichts zu tun haben. Mental – verstehn Sie? Ich bin zu jung für den Weihnachtsmann.«

»Können Sie das Plappern nicht mal lassen.«

»Doch sicher. Jederzeit.«

»Sie sind Photographin.«

»Und?«

»Ihr erstes Bild? Erinnern Sie sich daran noch?«

»Mein erstes Bild?«

Ihr Zögern war überflüssig. Sie kannte es gut, ihr erstes Bild, denn es lag in ihrem Schreibtisch. Das einzige Bild, das sie immer wieder ansehen konnte. Es war ihre Eintrittskarte ins Leben gewesen. Ins richtige Leben. An ihrem dreizehnten Geburtstag. Mum hatte schon das Essen gerichtet, Würstchen und Kartoffelsalat, es sollte ja alles immer ganz normal sein, aber sie wollte unbedingt noch mal raus, weil Paps ihr diesen Photoapparat geschenkt hatte. ›In einer halben Stunde seid ihr wieder zurück!‹ ›Sind wir, sind wir!‹ Sie lief mit der Kamera voran und Paps hinterher. ›Hetz nicht so!‹ hatte er gebrüllt, aber sie hatte es eilig. Sie wollte etwas besonders Schönes photographieren. Etwas ganz Außerordentliches. Paps machte schon seine Faxen, weil er unbedingt aufs Bild wollte, aber nicht aufs erste, da sollte was Schönes drauf. Dann standen sie an der Uferböschung. An einem Herbsttag wie heute. Die Wolken hatten es schon etwas eiliger. Der Wind stahl die ersten Blätter. Vor ihnen Kinder mit kleinen bunten Drachen, die etwas Konfetti in den Himmeln streuten. Es war absolut perfekt. Bis sie den Abzug in den Händen hielt.

»Grau, ziemlich grau war mein erstes Bild.«

»Weil Sie keine Ahnung hatten, was Licht ist und was Schatten.«

»Sie kennen sich aus damit?«

Hoffentlich nicht, dachte sie, denn sie haßte nichts mehr,

als über ihre Arbeit zu diskutieren. Das war fast noch schlimmer, als mit Paps ins Museum zu gehen. ›Siehst du den Schatten hier, wie er jedem Ding erst die ganz eigene Kontur gibt!‹ Er hatte ja recht, aber ihr war es lieber, wenn er einfach den Mund hielt. Das konnte sie nämlich regelrecht wütend machen, so ein Gequatsche. Und jetzt fing der hier auch noch an. Mit dieser Wichtigtuermiene, genau wie Paps.

»Du kannst sehen, besser als andere, denn du hast es gelernt, dieses andere Sehen. Ich auch. Ich habe es auch gelernt. So viele Augen, so viele Wahrheiten.«

»Klingt toll. So nach Räucherstäbchen und Esoterikmesse. Nur hab ich einen Belichtungsmesser für meine Wunder, während du mir weismachen willst, daß irgendwo in einer Schatulle ein Wunderstein rumliegt, der nur auf dich gewartet hat! So wie Klein-Arthur auf sein Excalibur?«

»Umgekehrt. Excalibur wartet auf Arthur. Was ist daran unglaubwürdig? Es gibt tausend Dinge, von denen du weißt, daß sie nur auf dich gewartet haben, auf dich ganz allein. Ein Kleid, eine Kamera, was auch immer. Warum soll das Gefühl falsch sein, nur weil dein Verstand keine Erklärung dafür hat? Wo ist das Licht in der Nacht? Was tun die Sterne am Tag? Du stellst Kinderfragen und lachst darüber wie ein Erwachsener. Fällt dir denn nicht auf, wie dumm das ist? Diese ewigen Witzeleien. Wie haltet ihr das aus? Euch dauernd selbst zum Gespött zu machen?«

Die Frage war so ernst gemeint, daß sie unwillkürlich lächeln mußte. Sie konnte sich gar nicht daran erinnern, je eine so ernste Frage gehört zu haben. Selbst vor ihrer ersten Abtreibung war die Stimmung lockerer gewesen. Seine Stimme war auch prompt eine Spur sanfter geworden, die eines Moderators, der seinen Problemgast hereinbittet, 13 Mal vom Großvater vergewaltigt und dann auch noch das Bafög gestrichen. Die Sache stand jetzt auf der Kippe. Wenn er sie mit seinem Kaspar-Hauser-Charme nur für blöd verkaufen wollte, konnte er nämlich heute abend allein schlafen.

»Der Stein der Weisen wurde von den Göttern gebracht. Ein Talisman, den sie zurückgelassen haben bei ihrem Abschied von dieser Welt. Das ist eine Geschichte, die über den Stein erzählt wird. Eine von vielen. Wenn sie wahr ist, dann könnte dieser Stein größer sein, als wir denken. Vielleicht ein Menhir mit einer unentzifferten Inschrift oder ein Felsengrab. Eine Pyramide des Zutrauens zu den alten Göttern, die immer wieder erneuert wurde. Oder warum sonst sollten Menschen so etwas tun? Steine häufen zum Andenken der Toten? So hoch, daß man diese Grabmäler selbst vom Mond aus sehen kann? In Babylon, in Ägypten...«

»Inkaland nicht vergessen.«

»In vielen verschiedenen Kulturen, die nie in Verbindung miteinander standen. Gib mir deine Erklärung für das Unerklärliche in unserem Leben, und ich ziehe meine zurück.«

»Könnte natürlich auch sein, daß E.T. seinerzeit nur eine Murmel verloren hat. Dann wäre es ziemlich viel Aufregung um nichts.«

»Wenn du glücklich damit wirst, glaub daran. Aber du bist nicht glücklich. Ganz und gar nicht. Ich sehe, daß du auf der Suche bist. Diese Menschen, die suchen, erkennt man leicht. Sie haben die Bewegungen hungriger Katzen. Sie streunen umher und geben sich mit nichts zufrieden. Nicht mit diesem leichten Leben. Nicht mit dem leichten Tod. Insgeheim wäre jeder von ihnen gern ein Opfer für die Götter. Jeder von ihnen würde gerne Blut sehn, nur um Farbe in sein Leben zu bringen.«

»Du spinnst doch!«

Er strich ihr über den Arm. Ganz sanft. Es war wie eine Beruhigung zur rechten Zeit.

»Du wirst deinem Vater nichts von uns erzählen!«

»Willst du mir drohn?«

»Natürlich nicht. Ich will dich nur warnen, die Täter auf

der falschen Seite zu suchen. Wir sind die Opfer. Unsere Väter haben diese Welt so langweilig werden lassen. So ohne Wunder. Was immer wir tun, um uns zu retten, es kann nicht falsch sein.«

»Du machst es dir ein bißchen einfach, oder?«

Er hatte die Hand immer noch auf ihrem Arm liegen. Sie hätte sie ihm gern gelassen und dem ganzen Gerede ein Ende gemacht. Dann wären sie gemeinsam durch den Grunewald spaziert oder in den Zoo, der war näher. Sie wäre wahnsinnig gern jetzt mit ihm spazierengegangen, den Kopf einfach an seine Schulter gelehnt.

»Liebst du deinen Vater?«

»Natürlich liebe ich ihn.«

»Stell dir vor, er käme jetzt hier herein, würde den Arm um dich legen und dir einen Kuß auf die Wange drücken. Du fröstelst. Ich spüre es genau. Du glaubst, es ist sein Äußeres, was dich stört. Kettenraucher. Trinker. Aber das ist es gar nicht. Was dich wirklich ekelt, ist sein Zynismus. Diese alten Männer nehmen uns die Luft zum Atmen und schenken uns ein Grinsen dafür. Wir sollten sie alle töten. Wir haben das Recht dazu. Weil sie die Natur betrügen. Weil sie ein Leben verlängern, das längst uns gehört. Die bleiben nur, weil sie anderen den Platz nicht gönnen.«

»Kein Grund sie umzubringen, oder?«

Was für ein absurder Dialog, dachte sie. Das alles hätte ihr Angst machen müssen. Da saß dieser Psychopath vor ihr und predigte den Mord an den Vätern. Sie glaubte ihm jedes Wort, aber sie empfand keine Angst. Sie war seine Komplizin, und das gefiel ihr. Sie wollte seine Komplizin sein, und sie wollte mit ihm schlafen. Da konnte er noch so wirres Zeug reden.

»Du kannst die Zeit mit der Uhr messen oder mit deinem Herzschlag. Was, glaubst du wohl, ist richtiger?«

»Hab ich irgendwie einen Satz verpaßt? Ich komm grade nicht mehr ganz mit.«

»Die Uhr zählt die Stunden bis zum Ende des alten Jahrtausends, aber selbst wenn die Uhr anders zählen würde, wüßte ich, daß die Zeit für einen neuen Anfang gekommen ist. Und du kannst dabei helfen.«

»Wozu brauchst du mich wirklich?«

»Vielleicht weil ich nicht allein sein kann?«

»Ich glaube dir kein Wort.«

»Das mußt du auch nicht.«

Er griff ihren Nacken und küßte sie. Viel sanfter, als sie gehofft hatte. Ganz unerwartet sanft. Nur der Griff in ihrem Nacken, der ließ nicht locker. Fast schmerzhaft war er.

Verdammt gutes Timing, dachte sie. Aber das Klingeln kam aus ihrer Tasche. Auch wenn sie einen Moment bereit gewesen war, es für das Glöckchen der guten Fee zu halten.

»Tschuldigung. Dieses verdammte Handy. Du bist es, Paps? Ja, alles okay. Nein wirklich! Eine Einladung? Zum Jour fête? Was ist das denn? Heute abend? 20 Uhr. Sandwerder 2. Muß ich da hin? Na ja! Sicher hab ich ein Kleidchen, aber hast du eine Krawatte? Tschüßi dann. Ja, ich liebe dich auch.«

Aber da hatte sie schon den Kopf zu ihm gedreht und suchte seine Augen.

»Danke für die Einladung!«

Er blickte so kalt, als wäre der Kuß zuvor nie gewesen. Zwei Männer waren ins Lokal getreten, kramten in einem Segeltuchsack und spannten ein Transparent zwischen sich auf. Lautlos. Als wollten sie damit ohne großes Aufsehen den Ausgang sperren. ›Jesus starb am Kreuz, und wir haben die Pflicht zu sterben.‹

Martina lief ein Frösteln den Rücken hinab. Schon die Zeugen Jehovas machten ihr immer Angst, wie sie so ungerührt dastanden mit ihrem Wachturm-Blättchen. Diese Kraft, mit der sie ihre Lächerlichkeit ertrugen, konnte nicht von dieser Welt sein. Aber an einer anderen Welt hatte sie persönlich nun mal kein Interesse. Da konnte kommen, wer wollte.

»Wir sehen uns wieder!«

Er nickte und verschwand. Einen Moment lang hoffte sie, er würde nie wiederkehren. Aber schon im nächsten vermißte sie ihn.

*

Sandwerder 2. Beste Lage am Wannsee. Die Villa kannte ich gut. In den goldenen Zeiten des Subventionsbetrugs, als jedem Künstler in Berlin eine Rente ausgesetzt wurde, damit er in der Stadt blieb, war hier das Hauptquartier der Korruption gewesen. Ein Kulturhaus vom Feinsten. Mit eigenem Filmstudio und Seezugang. Mit Wintergarten und alkoholfreiem Bier in der Hausbar, damit die Herren Künstler sich nicht um ihr bißchen Verstand soffen. Nach der Wiedervereinigung war der Kasten verkauft worden. Da hatte sich die Zahl der Berliner Immobilien verdoppelt und die der Kreativen halbiert. Konkurrenz vertrugen die nämlich nicht. Also wurde auch das Literaturhaus verkauft, unter der Hand sozusagen, wie alles hier in der Stadt, an einen alten Freund und Förderer, zu einem Preis, der gerade mal die Renovierungskosten deckte. Dafür sollte Herr von Nostitz, wie er sich nach seiner Adoption nannte, nun allerdings auch das hauptstädtische Leben kulturell bereichern.

Fortan gehörte es zu seiner gern geübten Pflicht, regelmäßig einen Jour fête zu veranstalten, damit die örtliche Politprominenz mal einem leibhaftigen Kulturschaffenden begegnen konnte. Meistens linderten die Mädels vom Ballett den Kollisionsschmerz, aber dieses Jahr war ja nun leider Goethe-Jahr, also gab der das Motto vor.

Ich stand neben dem Pförtnerhäuschen und versuchte, mir eine Zigarette anzuzünden. Es war schon ziemlich windig, und meine Hände zitterten vor Kälte. Außerdem waren diese verdammten Streichhölzer verdammt viel brüchiger als früher. Wo sie nur blieb?

Ich war von Nostitz zwei, drei Mal begegnet, ohne mit ihm mehr als ein paar Worte gewechselt zu haben. Das war auch nicht nötig. Ich kannte diesen Typus. Ich hatte sein Näseln im Ohr, das er sich antrainiert hatte, und seine gereckte Gestalt vor Augen. Er sprach viel und gern und fixierte sein Gegenüber immer sehr direkt, denn das Leben war ein Duell, und es gab immer nur einen Sieger, ihn nämlich.

Wagen um Wagen fuhr vor. Die Frauen saßen am Steuer. Die Männer hielten die Spazierstöcke zwischen den Beinen. Dann ließen sie sich die Tür öffnen, drehten ihre gichtigen Knochen ins wärmende Licht der Laternen und sammelten ihre letzten Kräfte für den Ausstieg. Ich spuckte zur Seite. Das war die Berliner Republik. Die Republik der Senioren, die sich hier mit ihren Enkeln trafen. Die einen hatten eine schmutzige Karriere hinter sich, die anderen hatten sie vor sich. Aber wahrscheinlich war ich einfach nur wütend, weil ich diese verdammte Kippe nicht anbekam.

»Scheiße, Scheiße, Scheiße!«

»Kann ich dir helfen, Paps?«

»Na endlich! Du kannst mir deine Taxiquittung geben, oder bist du mit der S-Bahn gekommen?«

Klar war sie mit der S-Bahn gekommen. Deswegen auch der Trenchcoat. Damit ihr hübsches Kleidchen nicht schmutzig wurde.

Ich faßte Martina unter und schritt mit ihr die Stufen hoch. Die Eingangshalle ähnelte der eines englischen Landsitzes in der Phantasie eines deutschen Brauereibesitzers. Ein hohes Deckengewölbe aus Holz und eine Treppe, auf der man zehn Showgirls gleichzeitig hätte tanzen lassen können.

Um uns herum die überschminkten Gesichter der Ehefrauen und Witwen. Als wäre Lotte tatsächlich nach Weimar zurückgekehrt und in der gleichen Nacht noch nach Berlin weitergefahren, mit all ihren Freundinnen, versteht sich, denn immer waren es mehr Frauen als Männer bei solchen Anlässen. Oder ihre Gegenwart war einfach nur aufdringlicher. Weil sie fetter waren und penetranter rochen und lauter lachten. Alles auf eine sehr kultivierte Weise, natürlich, denn so fett waren sie ja gar nicht mehr, und das Parfum war auch nur ein Hauch Sommerfrische, teuer geborgt von der Natur, und das Lachen perlte an den glattgespachtelten Gesichtern wie Brunnenwasser ab.

Natürlich kannte hier jeder jeden. Die Honoratioren der Stadt eben. Nicht grade der Geldadel, die hatten Kultur nicht mehr nötig, aber auch nicht die Proseccotrinker der Vernissagen. Das hier war gediegenes Bürgertum, etwas angestaubt, aber mit Manieren, die einen ganz sentimental werden ließen. Dazu kam das handverlesene Fußvolk der Goethe-Gesellschaft, die Lehrer und Rentner, die zunehmend unruhiger mit den Füßen scharrten, weil sie es gern pünktlich hatten.

Wir traten ans Fenster des Wintergartens und blickten hinaus auf den See, der grau da hockte in der Dämmerung, wie eine große alte Katze, die nur noch auf ihr Ende lauerte. Der Wind war stärker geworden und riß Zweige aus den Bäumen, die vor Schmerz knirschten. Kein Regen würde sie trösten, es war ein kalter, trockener Herbstwind, der zum Sturm werden würde in der Nacht.

Martina fröstelte in ihrem dünnen Kleidchen. Ich wollte sie in den Arm nehmen, aber sie spürte mein Zögern, und schon war das Gefühl der Nähe wieder verdorben.

»Komm Paps, ich glaube, es geht los!«

In der Halle hatte sich ein Halbkreis formiert. Von Nostitz sprang die ersten Stufen der Showtreppe hinauf, drehte sich mit Schwung zum Publikum und nahm Haltung an. Die Linke fuhr in die Tasche seines goldgeknöpften Jackets, ganz Wannseekapitän, die Rechte winkte Ruhe.

»Meine Damen und Herren, ich darf Sie recht herzlich begrüßen, hier im Haus der Kultur. Es gehört zu meinen gern geübten Pflichten, zum Jour fête zu laden, und Sie wissen, daß jeder dieser Festtage unter einem kleinen Motto steht. Dieses Jahr sind wir insofern der Suche enthoben, als wir den Wahlspruch dem Werk des Mannes entnehmen können, dessen Andenken wir in der Goethe-Gesellschaft ganz unabhängig von allen äußeren Anlässen treu im Herzen bewahren.«

Er machte eine Pause, als wäre er sich nicht ganz sicher, ob der alte Schwerenöter nicht doch noch persönlich die Treppe runterschwanken würde, in der linken die Weinkönigin, in der rechten eine Flasche gesüßten Mosel. Tatsächlich konzentrierte er sich nur, denn Nostitz war stolz darauf, jedes Goethe-Gedicht frei rezitieren zu können.

»›Denkt man sich, bei deprimierter Stimmung, recht tief in das Elend unserer Zeit hinein, so kommt es einem oft vor, als wäre die Welt zum jüngsten Tage reif.‹ Das ist das Thema unseres Abends: Eine kleine Meditation über die Zeit, die uns so wenig behagt und der wir dennoch standhalten werden, mit unseren ganz bescheidenen Mitteln! Das mag ein wenig düster klingen, meine Damen und Herren, aber ich bin mir sicher, unser Gastredner aus München, Prof. Dr. Dieter Waitz, wird mit dem ihm eigenen Charme auch diesem Thema eine heitere Seite abgewinnen. Im Anschluß eine kleine Erfrischung und natürlich, wie Sie es gewohnt sind, Musik. Wir freuen uns, das beste Klezmerquartett der Stadt hier begrüßen zu dürfen. Applaus für die Bronstein Brothers!«

Es waren kaum hundert Leute in einem Raum, der mehr als dreihundert hätte fassen können. Entsprechend dünn klang der Applaus, aber das war von Nostitz nicht anzusehen. Eitelkeit und schlechtes Gehör reichten sich bei ihm dankbar die Hände. Gravitätisch und ein bißchen gerührt schritt er die Treppe hinab und schloß sich dem Strom derer an, die in den Vortragssaal drängten.

Wir standen etwas verloren in der Halle herum, als Kassner auf uns zutrat.

»Schön, daß Sie Zeit gefunden haben! Ihre Tochter? Ein Vergnügen, gnädiges Fräulein.«

Er beugte sich tatsächlich zum Handkuß, und Martina

schien das nicht einmal sonderlich trottelig zu finden. Überhaupt tat er so, als wären wir alte Bekannte, Verbündete fast, und das Seltsamste war: Ich fand diese Vertrautheit nicht einmal unangenehm. So, wie er da stand, die Hand auf dem Stock und doch kaum gebeugt von der Last seiner Jahre, flößte er mir fast so etwas wie Respekt ein.

»Wir haben eine knappe Stunde Zeit, uns umzusehen, es sei denn, Sie wollen den Vortrag dieses unsäglichen Herrn Waitz hören. Kein Interesse? Na, dann kommen Sie, ziehen wir uns in den kleinen Salon zurück. Der Abend bringt noch manche Überraschung, da ist es klug, sich mit einem Glas Champagner zu wappnen.«

Er schnippte, und prompt tauchte eine Serviererin mit sehr langen Beinen auf.

»Bitte sehr, der Herr!«

Ihr Knicks war linkisch, aber ihr Lächeln professionell. Sie hatte in mir sofort den Freier erkannt. Und ich in ihr die Nutte. Als sie wieder verschwunden war, zog mich Kassner vertraulich zur Seite. »Lassen Sie sich bitte nicht durch die Manieren des Dienstpersonals irritieren. Sie sind alle, nun, wie soll ich sagen... Zöglinge aus dem Heim von Dr. Borsig. Gut möglich, daß Ihnen die eine oder der andere schon einmal an einem ganz anderen Ort begegnet ist. Es gehört zu seinem Therapiekonzept, die jugendlichen Straftäter möglichst häufig in der Öffentlichkeit auftreten zu lassen. Das ist gut für deren Rehabilitation und gut für die Klinik, denn dieser Service finanziert weitere Heimplätze. Da verbindet sich soziales Gewissen und ökonomisches Kalkül auf eine sehr effiziente Weise. Das ist überhaupt Borsigs hervorstechender Charakterzug. Die praktische Intelligenz. Sie werden ihn noch kennenlernen heute abend.« Er wandte sich an Martina. »Ein sehr interessanter Mann. Er hat so etwas Dämonisches.« Dabei zwinkerte er verstohlen. Als hätte er die Mona Lisa gerade mit einem Ziegenbärtchen verziert. Martina lachte albern. Sie schien seinen Humor wirklich zu mögen.

»Und wir, lieber Claasen, können bei dieser Gelegenheit auch endlich das Rätsel lösen, wie es denn kam, daß ich neulich im Borchardt so gut über Sie Bescheid wußte. Sie müssen nämlich wissen, daß der Vater Ihres neuen Chefredakteurs und ich Freunde waren, Logenbrüder, um genauer zu sein. Sein Sohn Alexander ist ihm auf diesem Weg leider nicht nachgefolgt, aber er sucht zuweilen meinen Rat und hat mich gebeten, Ihnen behilflich zu sein!«

»So, so!«

Die Tür des Vortragssaals schlug zu, aber hier, im kleinen Salon, schien das keinen zu interessieren. Im Gegenteil. Aus dem Einerlei des verhaltenen Flüsterns waren nun deutlich einzelne Stimmen herauszuhören. Darunter eine, die von Rübezahl selbst zu stammen schien, so dröhnte es in dem kleinen Raum. Kassner schob uns direkt auf die Lärmquelle zu. Ich selbst war immer noch viel zu verblüfft, als daß ich mich hätte wehren können, und Martina schien sich ohnehin ganz wohl zu fühlen in seiner Obhut.

»Ah hier, ein weiterer Flüchtling. Darf ich vorstellen: Herr Balthasar Bläsig. Einer der erfolgreichsten Verleger der letzten Jahre. Seine Frau Elise Bläsig. Die Seele des Geschäfts!«

Papa Holzhacker, der gerade Hänsel und Gretel ausgesetzt hatte, das karierte Hemd noch verschwitzt vom Heimweg, die eine Hand an der Axt, die andere am Taschentuch, um sich die Stirn zu wischen, so stand er da. Seine Frau hatte ihm wohl grade das richtige Stichwort gegeben, jedenfalls fing der Kronleuchter wieder an zu zittern.

»Der Esoterikmarkt ist ein knallhartes Geschäft, da geht es nicht um ewige Wahrheiten, da geht es nur darum, schneller zu sein. Zur Zeit ist der ganz große Renner ja arische Esoterik! Da hat uns der Osten endlich mal Gewinn gebracht. ›Unternehmen Alderbaran‹ zum Beispiel, Kontakt mit Menschen aus anderen Sonnensystemen. Reinrassigen versteht sich. 100 000 Exemplare! Keine Mark Werbung. Das geht ruck zuck. Auf jeder Esoterik-Messe setz ich eine

Palette davon ab. Drei Millionen Reichsdeutsche stecken noch im Erinnern. Zehn Millionen Ostdeutsche träumen von der guten alten Zeit. Da ist keine Verschwörungstheorie zu blöd, als daß sie sich nicht versilbern ließe.«

Er nahm mich in den Arm. Sein Bart kitzelte an meinem Ohr. Seine Stimme wurde vertraulich. Der Seewolf als Fischverkäufer. Das war verdammt viel unangenehmer, als wenn er den wilden Mann mimte.

»Ich persönlich halte das natürlich alles für Humbug. Arische Mandalas. Steinheilkunde. Seelenwandern mit Olga. Aber solche Hausfrauenbibeln finanzieren uns Bücher wie die Nordlichttrilogie unseres jungen Dichters hier. Die ›Odyssee‹ des 21. Jahrhunderts, glauben Sie mir. Unser neuer Homer!«

Er brachte das Kunststück fertig und klatschte uns beiden gleichzeitig auf den Rücken. Ich sah Martina an, und sie sah mich an. Wir waren uns einig. Seit langer Zeit das erste Mal wieder. Aber bevor ich mich darüber freuen konnte, hatte mich der Verleger schon wieder vertraulich im Arm, während sich der junge Dichter an Martina rieb wie ein Karnickel an einer Riesenmöhre.

»Der Markt ist am Expandieren, Claasen! Da müssen Sie doch mal was drüber schreiben! Über unseren Erfolg. Achtzig Millionen Deutsche! Ziehen Sie sieben Millionen Ausländer ab, bleiben immer noch dreiundsiebzig Millionen Leser. Die Alten kriegen wir mit Hörcassetten, die Jungen mit Comics und Videos.«

»Interessant!« Mehr konnte ich dazu nicht sagen, denn Kassner zog uns bereits zur nächsten Gruppe weiter.

»Darf ich Ihnen einen wirklich außergewöhnlichen Menschen vorstellen? Frau von Busacker mit Gemahl.« Er wandte sich zu Martina und flüsterte in vernehmlicher Lautstärke: »Herr Busacker gehört zu den renommiertesten New Age-Autoren der Gegenwart. Ein Zukunftsforscher von Rang und ein begnadeter Romancier.«

»Platz, Fifi.«

Frau von Busacker sah streng auf ihren Pudel. Der hatte nämlich die gleichen Manieren wie der Dichter. Irgendwie mußte Martina ein besonderes Rammel-mich-Hormon versprühen. Busacker hatte sie auch schon ins Auge gefaßt. Er trug eine Art Monokel, das hielt er jetzt wie ein Vergrößerungsglas in ihre Richtung und redete dennoch weiter auf Kassner ein.

»Fifi!«

Sie nahm ihn hoch, aber ihr Griff war nicht sehr sanft und ihr Blick erst recht nicht. Das spürte auch der Pudel, denn er war auf der Stelle still. Aber schon im nächsten Moment lächelte sie wieder so unverfänglich, als wäre sie nur die kleine, liebe Frau, die sich bevorzugt im Schatten ihres Mannes aufhält. Und Busacker war ohne Frage eine imposante Erscheinung. Groß, schlank, mit dichtem weißen Haar, das er immer wieder nach hinten strich. Ein bißchen Karajan, ein bißchen Rudi Carell. Ab und an griff er verstohlen nach dem Arm seiner jungen Frau, um sicher zu gehen, daß sie noch da war.

»Lieber Herr Kassner, das freut mich sehr, Sie zu sehen. Leider sind die Anlässe, die uns zusammenführen, ja so selten geworden. Um so schöner, wenn es dann doch einmal klappt. Herr Claasen? Sehr erfreut. Wiewohl man in Ihrer Redaktion den Wert meiner Arbeiten nicht immer richtig zu schätzen weiß, aber dafür tragen Sie ja nicht persönlich die Verantwortung!«

Er sah mich ein wenig zweifelnd an, ob ich auch wirklich der aufrichtigen Bewunderung seiner Person fähig sein würde. Seiner Person, seiner Frau und seiner Männlichkeit. Denn er strich sich schon wieder über die Haare. Wie seinerzeit Simson vor der Begegnung mit Delila.

Ich hatte mal gehört, daß die meisten Senioren nur noch einen trockenen Orgasmus zuwege bringen. Und genauso sah er aus. Inwendig vertrocknet. Eine Mumie, in der nur noch ein Funke Eitelkeit glomm, und den ließ er sich immer wieder gern anfachen.

»Ihre Redaktion hat die kleine Gabe neulich gut erhalten? Es sind nur Miszellen, kleine erzählerische Gelegenheitsarbeiten, die meine bisherigen Forschungen über die Tachyonen-Energie zusammenfassen. Viele meiner Freunde sagen, ich hätte da eine besonders glückliche Mischung zwischen Wissenschaft und Poesie gefunden, aber ich bin bescheidener. Immerhin, demnächst werde ich über das Thema Unsterblichkeit eine kleine Vorlesungsreihe halten, in meinem neuen Revitalisierungszentrum, nicht weit von Wandlitz. Sie sehen so skeptisch drein, Herr Claasen? Nein, nein, kein Lämmerblut, kein Tarot, wir versprechen auch keine ewige Jugend. Dieser vulgäre Materialismus in den Diskussionen über Lebensverlängerung stößt mich unglaublich ab. Wenn einer wie Butlar, dieser Sachbuchautor minderer Güte, wenn ich so sagen darf, dem ich mit meinen Arbeiten ja eigentlich seinerzeit den Weg gebahnt habe, wenn also dieser Mann mit seiner Methusalemformel Millionen umsetzt, dann doch nur, weil diese Diskussion noch immer nicht ernsthaft geführt wird. Wirklich seriöse Verfahren konzentrieren sich auf eine Vitalisierung unserer geistigen Kräfte. Da liegt noch viel zu viel brach.«

Ich war mir da bei ihm gar nicht so sicher. Jedenfalls verfiel er wieder ins Dozieren. Seine schmalen, knöchernen Hände dirigierten die Aufmerksamkeit der Zuhörer. Etwas zu theatralisch, aber es war dennoch ein Vergnügen, ihm zuzuhören. Seine Stimme schmeichelte sich ein, noch ehe man die Worte verstanden hatte. Zumindest schien Martina fest entschlossen dazu. Da war sie wie ihre Mutter. Der hatte es auch immer genügt, wenn einer eine schöne Stimme hatte. ›So was geht bei uns Frauen direkt in den Unterleib.‹ Dazu zwinkerte sie immer, um zu beweisen, daß sie sich über sich selbst lustig machen konnte. Und beim nächsten Baßbariton schmolz sie wieder dahin.

»Es geht ja nicht darum, dem Leben mehr Jahre zu geben, sondern den Jahren mehr Leben. Das ist eine mentale Kunst, keine medizinische. Insofern habe ich in meiner Klinik längst Abstand genommen von einer rein körperorientierten Therapie des Alterns. Daß dieser Prozeß dennoch aufzuhalten ist, ja bei manchen vielleicht sogar umzukehren, dessen bin ich jedoch absolut gewiß. Dr. Borsig und ich arbeiten da in letzter Zeit eng zusammen, und ich glaube, daß wir einer Lösung sehr nahe sind. Der Stein der Weisen liegt sozu...«

»Fifi, ruhig jetzt!«

Der Köter hatte direkt neben einen der niedrigen Blumentöpfe gepinkelt. Busacker sah mit leidender Miene, wie seine Frau ihn mit der Leine strafte. Zwei sanfte Klapse, aber Busacker zuckte zusammen, als wäre es sein eigener Hintern.

»Laß ihn doch, Schatz, der Hausdiener wird es schon richten.«

Sie war eine dieser Frauen, denen man die Brille abnahm und die dennoch nicht hübscher wurden.

»Wie meinen Sie das mit dem Stein der Weisen? Mehr so metaphorisch oder glauben Sie, das Ding existiert wirklich?«

Seine Miene wurde nachdenklich. Er stellte sich neben den Sessel, nahe dem Fenster, und faltete die Hände auf der Lehne. Er mußte sich nicht abstützen, er arrangierte ein Stilleben mit dem Titel Konzentration. Schade nur, daß er die Pause etwas überzog. Vielleicht, weil Martina ihm so tief in die Augen sah.

»Ich glaube, Herr Claasen, der Stein existiert. Ich kann verstehen, daß Sie skeptisch sind. Ich bin es auch, aber je stärker die Menschen ein solches Unterpfand des Glaubens herbeisehnen, desto wahrscheinlicher wird seine Existenz. Das klingt paradox und ist doch eine viel verführerischere Hoffnung als alle Fünfjahrespläne der Vernunft. Wir brauchen wieder Visionen!«

Er hatte nur noch Augen für Martina, und sie wiederum drängte sich immer dichter an ihn. Da paßte kaum noch ein Handtuch zwischen die beiden, und prompt plazierte er auch noch seine Greisenhand auf ihren Rücken. Guter Tänzer, der er war, genügten ihm zwei, drei Walzerschritte, um sich etwas aus unserem Kreis zu drehen. Plötzlich stand ich allein mit seiner Frau, was mir nicht direkt unangenehm war, hätte sie nicht diesen Köter an der Leine gehabt.

»Und was tun Sie so neben dem bißchen Haushalt?«

Wir sahen ihnen beide hinterher. Ich mehr besorgt, sie eher amüsiert.

»Ich helfe Gerd bei seiner Arbeit.«

»Glauben Sie etwa den ganzen Unsinn, den er da regelmäßig zwischen die Buchdeckel pressen läßt?«

»Woran glauben Sie denn?«

»Ich? Ich glaube an das, was auf meinem Kontoauszug steht. An die ewige Schuld und die Unmöglichkeit der Erlösung.«

Sie lächelte mich so seltsam an, als wäre ich ein Kind mehr in ihrem Kindergarten. Irgendwie hatte ich das Gefühl, daß ich ihr eine ehrlichere Antwort schuldig war.

»Schon gut, schon gut! Ich weiß nicht mehr so recht, woran ich glauben soll. Früher hätte ich gern dreimal im Jahr Weihnachten gefeiert, heute graut mir vor dem Tag. Ist das Antwort genug? Muß eine Stoffwechselstörung sein.«

Sie war nicht überrascht, und sie mußte auch nicht groß nachdenken. Sie hatte mich einfach durchschaut, und als kleine Geste des Zutrauens legte sie mir ihre Hand auf den Arm, nur für einen kleinen Moment. Als könnten wir uns wirklich verständigen, wir ganz allein, wenn ich ihr nur folgen würde, auf dem Weg des Trostes, den sie mir jetzt beschrieb mit ihrer sanften Stimme.

»Als kleines Kind, Herr Classen, lag ich oft im Bett und habe mich von Stern zu Stern gewünscht, immer ein Stück näher an die Unendlichkeit, bis mir ganz schwindlig wurde wegen der weiten Entfernung und diesem Gedanken, daß nichts mehr hinter dem Nichts ist. Das kennen Sie, oder? Dieses Ohnmachtsgefühl, das manchmal so leicht mit dem Glück zu verwechseln ist. Der Teil eines Ganzen zu sein, das einem so fern ist, aber doch nicht ganz unbegreiflich. Vielleicht sind wir ja wirklich wie Ameisen, programmiert auf die Endlichkeit, und dennoch! Wir können unserem Weg auch ein anderes Ziel geben. Daran glaube ich!«

»Was hat das mit dem Esoterikquatsch Ihres Mannes zu tun?«

»Nichts. Oder vielleicht doch. Die Leute sagen alle, hier ist die Grenze des Denkens, damit bin ich zufrieden. Dabei hatten sie doch alle in ihrer Jugend diese Bilder der Unsterblichkeit im Kopf. Erinnern Sie sich noch an Ihre kindlichen Angstträume? Dieser Fall ins Bodenlose, immer tiefer hinab. Diesen Traum träumen wir doch alle gelegentlich. Wir stürzen hinab in einen Abgrund, der keiner ist, weil die Wände sich wölben zu einem Tunnel, an dessen Ende wir ein kleines Licht glimmen sehn, das stärker wird, immer näher kommt, groß wie ein Stern, größer, wir glauben, plötzlich ins Gesicht Gottes sehen zu können, hätte uns nicht das Erwachen um die Ankunft betrogen. Es ist der Traum, der uns daran erinnern soll, daß wir hier auf dieser Welt nicht zu Hause sind. Daß wir Heimweh haben. Ein selten schönes Wort, finden Sie nicht. ›Heimweh‹. Wir Erwachsenen verlieren diese Träume, weil wir glauben, wir hätten so viele wichtige Dinge zu tun, aber wichtig im Leben sind doch eigentlich nur die Fragen, die wir als Kinder gestellt haben. ›Gibt es Länder nördlich des Nordpols? Ist die Welt die gleiche, wenn wir sie ein zweites Mal umrunden?‹ Die meisten vergessen diese Fragen wieder. Meinem Mann sind sie im Kopf geblieben. Unter uns gesagt, ich glaube nicht, daß seine Antworten vernünftig sind, aber ich bewundere ihn dafür, daß er die Fragen stellt.«

Der Pudel fing an zu kläffen, und diesmal hatte er einen guten Grund. Das Buffet war freigegeben. Gleich mußte der Vortrag zu Ende sein. Ich hatte mir das Abendessen gespart und ziemlichen Heißhunger, die anderen sicherlich auch, da wollte ich nichts verkommen lassen.

»Sie entschuldigen!«

Wieder dieses ernste Lächeln, als wäre ich viel zu albern für mein Alter. Ich lächelte ernst zurück, aber mehr konnte ich im Augenblick nicht für sie tun, denn neben mir drängelten schon die Gourmetgreifer Richtung Fischplatte. Und genau da wollte ich auch hin. Kopf an Kopf mit einer desertierten Weight Watcherin, die sich immer gleich zwei Brötchen von jeder Art griff. Das konnte ich schon mal gar nicht leiden, wenn man am Buffet bunkerte. Aber kaum hatte ich mein erstes Schnittchen auf dem Teller, stand Kassner auch schon da und reichte mir ein Glas Champagner.

»Eine außergewöhnliche Frau, oder?«

»Frau von Busacker? Schon, schon, aber ich dachte, wir wären seinetwegen hier? Von wegen einer der führenden Köpfe der Esoterikbewegung? Denker des New Age Zeitalters! Gralshüter des Steins der Weisen!!«

»Busacker? Lieber Claasen, Sie scherzen! Busacker wäre nichts ohne seine Frau. Nebenbei bemerkt war sie zunächst seine Sekretärin. Darin war er immer sehr findig, die Opferbereitschaft anderer auszunutzen. Inzwischen hat die Marionette die Fäden jedoch längst selbst in der Hand. Diese Wende zur Unsterblichkeitsphilosophie, die ihm so viele neue Leser gebracht hat, war ganz allein ihre Idee. Er macht sich ihre Einfälle zu eigen, sie bewundert ihn dafür, und während er sich in ihrer Demut sonnt, blüht sie in seinem Schatten auf.«

»Ein wenig zynisch, oder?«

»Jeder spielt sein Spiel so gut er kann! Aber Achtung, die Meute kommt!«

Die Türen des Vortragssaals schwangen auf. Erleichterte Gesichter, deren Züge beim Anblick des geplünderten Buffets sofort wieder gefroren.

Kassner navigierte mich ins ruhigere Gewässer des Nebenzimmers. Das Ganze hier sollte wohl so eine Art Kreuzfahrt werden, die mich mit allen hochrangigen Mitgliedern des Ordens bekannt machte. Allerdings hätte ich ganz gerne gewußt, wozu. Denn über den ›Stein der Weisen‹ schienen sie alle nicht viel mehr zu wissen als ich selbst.

»Darf ich vorstellen: Herr Dr. Borsig, Herr Claasen. Ah, und da vorne sehe ich ja auch wieder Ihre entzückende Tochter!«

Martina trat auf unser Winken hinzu. Sie schien etwas verwirrt. Ihr Blick ging immer wieder Richtung Wintergarten. Und die Tatsache, daß dort ein Lockenkopf zu sehen war, der mich verdammt an Boris erinnerte, machte mich erheblich nervöser als sie.

»Die Herren waren gerade sehr angeregt im Gespräch?«

»Nichts, was Sie nicht wissen dürften, mein lieber Kassner!«

So falsch Borsigs Lächeln, so verlogen die Kumpanei Bläsigs. Es war offensichtlich, daß sie nur auf uns gewartet hatten. Das war kein Gespräch, das war die Schauspielerei eines Gesprächs. Und jetzt, da sie uns endlich als Zuhörer hatten, wurde ihr Tonfall noch ein Spur theatralischer.

»Ich sage es gern noch einmal: Religion ist heutzutage ein Produkt! Nicht mehr und nicht weniger!« posaunte Bläsig. »Und das ist auch gut so, weil sich jetzt endlich der Bessere am Markt durchsetzen kann! Nehmen Sie Ron Hubbard! Persönlich nicht grade mein Fall, aber unglaublich erfolgreich. Als Autor wie als Religionsstifter. So einen muß man als Verleger natürlich gern haben! Und warum sollte so was in Deutschland nicht möglich sein!«

»Zumal die Scientologen, psychologisch gesehen, auf einem erschreckend dilettantischem Niveau operieren.« Borsig wandte sich an Martina, als wollte er sie für eines seiner Seminare werben. »Es wird immer so viel gesprochen von emotionaler Intelligenz. Was wir brauchen, ist eine visionäre Intelligenz. Ein Denken, das sich wieder stärker an Bildern als an Worten orientieren kann. Wenn wir die Überlegung von Herrn Bläsig einen Moment ernst nehmen...« »Das will ich hoffen, daß Sie das tun, mein Lieber!« »... und prüfen, welche Konstruktionselemente es eigentlich braucht, um eine neue Religion zu stiften, dann werden wir erstaunt feststellen, daß es sehr wenige sind! Die Weltreligion des Christentums gründet sich letztlich auf dreißig Seiten Text und ein Holzkreuz.«

Ich blendete mich einfach aus. Ich wurde nämlich das Gefühl nicht los, daß Borsig zwar zu uns allen sprach, aber eigentlich nur Martina meinte. Er umwarb sie mit seinen Worten und seinen Gesten nicht als Frau, sondern als Gesprächspartnerin. Das tat ihr sichtlich gut. Ihre anfängliche Abneigung wich einer freundlichen Skepsis, die wiederum Borsig antrieb, sich von seiner charmantesten Seite zu zeigen.

»... Wir haben die Erinnerungen, sie haben die Träume. Bislang zählten in unserer Gesellschaft nur die Erinnerungen, und die Träume galten als Schmuggelware der Sektierer, die sie allenfalls auf Umwegen ins öffentliche Bewußtsein bringen durften. Doch die Zeit ist reif für einen neuen, gemeinschaftlichen Traum. Ein Gesellschaftsvertrag über das, was wir in Zukunft wirklich wollen. Vielleicht von Planet zu Planet reisen? Das Universum besiedeln? Hinter die Grenzen der Zeit gelangen? Was auch immer. Dieser Mythos des neuen Jahrtausends wird jedenfalls ein Traum sein, der alle anderen Träume in sich schließt. Kein Phantasieprodukt eines einzelnen, sondern die wissenschaftliche Synthese aller Utopien, die es je von einem besseren Leben gab.«

»Nette Idee, aber wie wollen Sie die unter die Leute bringen!«

»Mit Ihrer Hilfe, Martina! Wenn ich Sie so nennen darf?! Je einprägsamere Bilder wir für diesen Mythos finden, desto größer wird seine Akzeptanz sein. Und die Nachfrage besteht, glauben Sie mir. Die Leute wollen nicht mehr nur gut leben, sie wollen für etwas Gutes leben.«

»Da sind wir uns ja einig!« Bläsigs Baß dröhnte. »Jeder sieht doch, daß unser Volksorganismus durch und durch krank ist. Dieser stumpfsinnige Materialismus ruiniert uns ja alle noch.« Borsig nahm den Faden geschickt auf. »Dabei wird uns immer noch eingeredet, wir befänden uns nur in einer ökonomischen Krise. Die Kurse steigen, keine Besserung. Man ruft den Arzt, der gibt eine andere Diagnose, und plötzlich fängt der Patient an zu plärren: ›Verdammter Lügner.‹ Weil er die Wahrheit nicht hören will. Also fragt er den nächsten Arzt und den übernächsten, aber eine spirituelle Krise läßt sich durch Konjunkturprogramme nun einmal nicht bewältigen.«

»Machen Sie es doch kurz, Borsig: Der Fisch stinkt vom Kopf her.«

»Sagen wir es etwas eleganter: Unsere Demokratie entfesselt keine Kräfte mehr, sondern bindet sie. Weil wir keine Visionen mehr haben!«

»Und da beißt sich die Katze in den Schwanz! Wir brauchen...«

»Einen Gott?« Martina lächelte spöttisch von einem zum anderen.

»Gott ist eine viel zu extreme Hypothese in diesen Zeiten, junge Frau. Wir müssen den Egoismus raffinierter täuschen lernen, dann stoßen wir auch wieder zum wirklich Sozialen vor. Es führt kein Weg daran vorbei: Wir brauchen einen neuen Mythos.«

»Das ist doch alles nur faschistoides Geschwätz.«

Er wartete wohl noch auf einen Nachsatz, aber den schenkte ich mir. Zumal jetzt auch noch Waitz hereinschlich. Wahrscheinlich waren wir die letzte Station auf seinem Bettelgang für Komplimente.

Kassner trat als erster auf ihn zu: »Ah, der verehrte Vortragende. Glückwunsch! Es ist immer wieder ein Vergnügen, Sie über Goethe sprechen zu hören. Da wird einem der alte Heide so wohltuend fremd.«

Waitz sah auf Kassner hinunter und wußte nicht genau, ob er sich geschmeichelt fühlen sollte. Aber Kassner war niemand, über den er sich länger Gedanken machte. Er nickte abweisend wie die Sekretärin, die vom Abteilungsleiter Blumen bekommt, obwohl sie längst für den Juniorchef die Beine breit macht. Dabei drohte er fast vornüber zu kippen, denn Waitz war groß, und da er sich aufgrund seiner Größe häufig bücken mußte, hatte sein ganzer Körper eine präventive Demutshaltung eingenommen.

»Herr Kassner. Erfreut, Sie wiederzusehn. Immer noch der alte Spötter! Das freut mich, daß Ihr Alter Sie nicht vor Torheit schützt. Ha, Ha!« Sein Lachen galt noch Kassner, aber sein Blick kreiste längst umher, dienerte ein bißchen vor Bläsig, streifte Borsig nur kurz, fast schon komplizenhaft, und blieb schließlich an Martina hängen.

»Ah, ganz entzückend, daß die Jugend auch einmal hierher gefunden hat.«

Seine Hand lag auf ihrem Rücken, noch ehe sie protestieren konnte. »Sie schreiben doch, oder? Nein? Dann sollten Sie es aber tun. Sie haben so etwas Lyrisches im Blick. Ungelogen. Das sehe ich sofort. Unser junger Dichter, das darf ich hier im kleinen Kreis sagen, ist meine Entdeckung. Sohn eines befreundeten Professors. Ein großes Talent! Im übrigen muß ich Herrn Claasen natürlich energisch widersprechen: Nicht jeder Begriff, den die Nationalsozialisten in Anspruch genommen haben, ist dadurch schon entwertet. Ein Mythos, das hat Herr Borsig ja sehr schön gesagt, ist doch letztlich nichts anderes als die gemeinschaftliche Vereinbarung zu glauben. An was, sei einmal dahingestellt. Im Prinzip also ein durch und durch demokratisches Geschehen. Das natürlich einer metaphysischen Legitimierung bedarf. Deshalb würde ich den lieben Gott auch nicht so ohne weiteres für tot erklären wollen, bislang hat er schließlich noch alle seine Widersacher überlebt. Ha, ha! Nein, aber im Ernst: Wissenschaft, Religion und Literatur werden wieder zusammenkommen, da bin ich ganz fest von überzeugt. Und gerade die Literatur hat da einen wirklichen Auftrag: Zum Glauben verlocken, ohne die Vernunft zu verraten! Das ist doch ein spannendes Unterfangen! Was sollte daran verwerflich sein, Herr Claasen? Wenn Autoren die spirituelle Meinungsführerschaft im Land anstreben? Aber ich rede zuviel, eine Krankheit unserer Generation, schließlich geht es hier ja eigentlich um Sie, junges Fräulein, um Ihre Zukunft.«

Sein Hand rieb auf Martinas Rücken, als würde dort aller Streit ausgetragen.

»Besuchen Sie uns doch mal in München! Da ist das geistige Klima viel gesünder. Was hält Sie denn schon hier?«

»Berlin ist der Kopf der Republik.«

»Ach ja?« Er lächelte mokant. »Und München?«

»Der Arsch.«

Martina quittierte zufrieden seine mimische Vereisung und verschwand, ohne sich nach mir umzusehen. Wahrscheinlich hatte sie uns mal wieder alle in Kollektivhaft genommen.

»Infantil. Aber hübsch, Ihr Töchterchen. Sehr hübsch.«

»Gegen den ist eine Schnecke ja ein Wirbeltier!«

»Nicht so laut!«

Kassner zog mich raus in die Halle. Das war auch gut so, denn ich hatte da noch ein paar andere Vergleiche aus der Zoologie, die ich gern losgeworden wäre. »Waitz ist ein Mann mit vielen Kontakten. Deshalb hat Borsig sich so nachhaltig um ihn bemüht. Er ist der Dritte im Triumvirat der neuen Ordensführung und als Gegner sicher der unangenehmste!«

»Machen Sie sich mal nicht gleich in die Hose!«

Ich ließ Kassner stehen und drängelte Richtung Wintergarten. Ich wollte Martina nicht allzu lange aus den Augen lassen. Es war ein Riesengedränge in dem kleinen Raum. ›Hallo‹ hier, ›Hallo‹ da, im Wechselschritt gegrüßt, Grinsen links, grinsen rechts. Der Kopf dackelte noch, aber der Blick hatte sich schon verabschiedet. Denn da draußen stand sie. Nahe der Laterne. Und immer wenn ich sie so von der Seite sah, sprang mir das Herz. In Paris hatte ich mal einen Scherenschnitt für Alina machen lassen, auf dem Montmartre, wo sonst, und eine ganz Traube Touristen hatte applaudiert angesichts der Geschwindigkeit, mit der er ihr Profil hervorzauberte. Aber das war keine Zauberei gewesen. Alina hatte ein Seriengesicht, hübsch, aber ohne Seele, die ließ sich nicht kopieren, die existierte nur in ihrem Lachen. Martina dagegen war schön. Unglaublich schön. Nicht die Lippen, das war das erste Kompliment, immer das erste, die voll geschwungenen Lippen, und auch nicht die Augen, es war der schmale Kopf, die Stirnseite, die Schläfe eigentlich nur. Die Stelle, wo der zarteste Druck genügt hätte, sie an den Schmerz zu erinnern, der ihr Erscheinen für andere bedeutete. Ich hatte mir tausend Mal darüber den Kopf zerbrochen, warum sie so schön war. Heute wußte ich es, sie war weder Mann noch Frau, sie war Undine, die an diesem Abend an Land gekommen war, für eine einzige Stunde, um ihr Herz zu verschenken.

Es schien, als unterhielte sie sich mit einem der Kellner. Bis sie mich sah, abrupt abbrach und hereinstürmte. Als wäre sie völlig aufgelöst und den Tränen nahe. Sie war eine Schauspielerin, wie ihre Mutter es auch gewesen war in den letzten Jahren. Vielleicht von Anfang an.

Sie hing sich mir an den Hals, streichelte die Wange, kraulte den Bart und schob meinen Kopf weg von der Terrasse, wo meine Augen immer noch diesen Kellner suchten. Ich hätte schwören können, es war Boris.

»Paps! Ich ertrage das nicht mehr. Diesen unmöglich groben Verleger, diesen Waitz mit seinen feuchten Händen. Ich muß hier verschwinden!«

»Nichts da!« Ich faßte sie an der Hand. Ziemlich kräftig sogar. »Hier wird nicht weglaufen! Kassner hat uns gebeten, bis zur Hypnosesitzung zu bleiben. Das ist was ganz Besonderes, nur für Eingeweihte. Die nehmen wir noch mit, dann gehen wir. Gemeinsam, verstanden!«

Wieder wischte diese Kellnerin vorbei. Und diesmal hatte sie sogar einen Calvados auf dem Tablett. Langsam begann ich, an Zauberei zu glauben.

»Na, Herr Claasen! Mal wieder am Dehydrieren?«

»Sie haben mir grade noch gefehlt, Weininger. Immer noch keinen anständigen Händedruck?«

»Ihre überlebten Männlichkeitsrituale führen doch nur zu kritischen Leberwerten, Claasen.«

»Und Ihr Buckeln vor dem Zeitgeist zur chronischen Rückgratverkrümmung. Darf ich vorstellen: Meine Tochter. Herr Weininger von der ›Zeit‹. So eine Art Kulturkorrespondent fürs Kulinarische. Hängt seine Nase in jeden Suppentopf und garniert die dünne Brühe mit Humor.«

»Wir haben uns schon gesehen. Bei der Photoausstellung. Kompliment, junge Frau. Ihre Bilder sind phantastisch!«

»Na und Sie, Weininger? Immer noch nicht genug auf der hohen Kante, um uns Ihre Anwesenheit zu ersparen?«

»Paps!«

»Lassen Sie! Ich bin es gewohnt. Ihr Vater wäre ein ganz netter Mensch, wenn er nicht so viele schlechte Filme gesehen hätte. Aber ich will hier nicht mit Ihnen streiten. Folgendes: Hier läuft jemand in der Stadt herum, der mehr über Sie erzählt, als Ihnen lieb sein kann. Gestern hatten wir Kollegenessen, von der Süddeutschen und von der Rundschau, da kam das Gespräch auch auf Sie. Es stellte sich heraus, daß in den letzten Tagen jeder von uns auf Sie angesprochen wurde. Immer irgendwie zufällig, immer irgendwie kollegial. Der Bursche muß aus unserem Milieu sein, obwohl ihn keiner kennt.«

»Der geht ja nicht grade sonderlich diskret vor.«

»Eben. Der will, daß sich das rumspricht: Von wegen, Sie wären ein hoffnungloser Trinker, litten unter Verfolgungswahn, all diese Gerüchte eben, die ohnehin schon kursieren. Auch wenn ich persönlich Ihren journalistischen Stil ja nicht sonderlich schätze, Claasen, aber Sie gehören nun mal dazu, insofern...«

»Dieses Sympathiegedusel können Sie sich schenken, Weininger.«

»Paps!«

»Laß mich! Tagsüber machen Sie den Deppen für die Hausfrau der gehobenen Stände und abends kommen Sie hierher und wagen es, mir den besorgten Kumpel vorzuspielen? Für Sie ist das doch nur eine andere Raffinesse des Genießens.«

»Claasen, Sie bringen sich um jeden ehrlichen Feind. Ich zweifle, ob Sie sich das auf Dauer leisten können.«

Martina sah mich vorwurfsvoll an, aber der wollte mir nicht helfen. Der wollte sich in seiner Generosität sonnen. Anders konnte er seinen Job nämlich nicht ertragen.

»Wie wird denn das Silvestermenü, Herr Weininger?«

Er war noch in Rufweite.

»Surprise! Surprise!«

»Laß uns eine rauchen, sonst kotz ich wirklich noch.«

Ich zerrte Martina raus auf die Terrasse. Zwei, drei Senioren mit Zigarre schreckten zusammen, als hätte der Hausmeister sie auf der Toilette erwischt.

»Paps, so kannst du dich nicht benehmen.«

»Doch, das kann ich.«

Ich klopfte die Taschen ab, aber wahrscheinlich hatte ich die Kippen in dem kleinen Salon liegen lassen. Nichtraucher in vierzehn Tagen dank Dr. Alzheimer.

»Ich kann mich benehmen wie ich lustig bin!«

»Nicht in meiner Gegenwart, Paps. Ich laß mir von dir meine Zukunft nicht ruinieren.«

»Noch bin ich deine Zukunft, Kindchen. Und du bleibst jetzt hier, verdammt noch mal.«

»Darf ich Ihnen eine von meinen anbieten.«

Die Stimme war so sanft. Ein Lamm, das zwischen zwei Löwen tritt. Viel schlauer konnten wir auch nicht dreingeschaut haben, und wie immer, wenn mir der Mund offen stand, fing ich an zu plappern.

»Frau von Busacker! Was rauchen Sie denn? Marke Astro? Aber nicht auf Lunge? Nu ja, besser als nichts.«

Sie gab mir Feuer und berührte meine Hand. Es war eine Erdung. Ich redete einfach weiter, als ob ich noch immer aufgeregt wäre, aber ich war es gar nicht. Ich war plötzlich vollkommen ruhig. Ich stand neben dieser kleinen Frau, in ihrem schäbigen grauen Kostüm, und fühlte mich geborgen. Bis mein Großhirn rebellierte.

»Warten Sie auch auf unsere kleine Hanussenshow?«

»Hypnose ist kein Hokuspokus, wenn Sie das meinen, Herr Claasen. Manchmal sickert ein fremdes Ich in ein anderes. Das kennen Sie doch. Wie in der Ehe. Sie können irgendwann nicht mehr unterscheiden, welche Gedanken Ihre eigenen sind und welche die Ihres Mannes. Sie werden einander ähnlich zum Verwechseln. In dem, was Sie tun. In dem, was Sie fühlen. Einer gibt die Antwort, ohne die Frage des anderen gehört zu haben. Daran ist doch nichts Magie, oder?«

»Ist das Hypnose?«

»Hypnose ist nur die fachmännische Beschleunigung dieses Vorgangs. Es gibt Menschen, deren Gemüt ist so offen, da können Sie hineinspazieren, und Sie fühlen sich sofort zu Hause, als wäre es Ihr eigenes Heim. Andere sind verschlossener, da braucht es Geduld und die Hilfe des Spezialisten. Aber es gibt zu jeder Persönlichkeit einen Schlüssel, das dürfen Sie mir glauben. Kommen Sie, gehen wir hinauf.«

Sie nahm meine Hand, und ich hätte sie ihr gelassen, wenn nicht im gleichen Augenblick die Kellnerin aufgekreuzt wäre.

»Calvados?«

»Korrekt!«

Frau von Busacker schüttelte den Kopf, aber beim Trinken hatte ich mir noch nie Vorschriften machen lassen. Von keiner Frau, auch nicht von Alina.

»Wie ich sehe, fehlt ein zweiter Kavalier. Darf ich mich Ihnen anschließen?« Kassner trat zu uns und nahm Martinas Arm. Sein Gesicht wirkte grau. Als wäre der Seenebel heimlich ins Haus geschlichen und hätte sein erstes Opfer gefunden.

Es war die kleine Konzertbühne im ersten Stock. Dreißig Stühle, fünfzehn auf jeder Seite. Auf einer Empore ein Beistelltisch mit einer Karaffe und zwei Gläsern, daneben ein Hocker. Ich sah mich um, nur bekannte Gesichter, und alle schienen sie neugierig. Borsig mußte Wunderdinge versprochen haben.

Aber die ließen auf sich warten. Oder vielleicht war das nur ein Trick der Regie, um die Spannung zu erhöhen. Martina fing jedenfalls schon an, mit ihren Pumps zu scharren, und hinter mir hüstelten die Damen in ihre kleinen Taschentücher. Da ging das Licht plötzlich aus. Ein Scheinwerfer strahlte auf. Borsig stand auf der Bühne. Schlank. Schwarzer Anzug. Sparsame Gebärden. Er sah in den Zuschauerraum. Ein Dompteur, der die letzten Momente der Ruhe genoß als Vorschuß auf den Applaus, dessen er sicher war.

»Meine Damen und Herren, ich darf Sie willkommen heißen zu unserer Vorstellung. Eine kleine Demonstration jener Kraft, die in uns allen wohnt, denn, meine Freunde, Hypnose ist nichts anderes, als den Weg in die Vergangenheit gemeinsam gehen: entlang der Ahnengalerie alles Gewesenen bis in die Zeit vor aller Zeit, in das Atlantis der Präexistenz. Zunächst als Paar, Meister und Schüler, aber die Rollen verkehren sich, schneller, als Sie vielleicht glauben und mir persönlich lieb sein kann.«

Er beruhigte das anerkennende Gelächter, noch ehe es aufkam. Die Hände weit ausgestreckt, die Finger gespreizt, tat er alle Ironie von sich ab wie eine Schlangenhaut. Er wußte, daß er gefiel, und man sah es ihm an, daß er es wußte. Seine Souveränität war nicht geschauspielert. Sie war einfach nur körperlicher Ausdruck all des Zuspruchs, den er erfahren hatte.

Wie er langsam an den Tisch trat und mit dem Rücken zum Publikum einen Schluck Wasser trank, bedächtig einen zweiten, einen dritten Schluck und sich dann wieder drehte, vortrat, das war eine Frechheit in meinen Augen, der ich meist stolperte, sobald ich nur aufstand.

»Ein Freiwilliger, bitte!«

Sein Blick ging die Reihen ab wie ein Unteroffizier, machte auf dem Absatz kehrt und fixierte mich. Mir wurde unbehaglich.

»Wenn ich bitten darf? Ja, Sie dort!«

Von wegen, dachte ich, dieser Film läuft ohne mich. Und eigentlich hätte er es hören müssen, Mr. Houndini, so energisch dachte ich es. Aber er sah noch immer in meine Richtung, und ich spürte, wie die anderen mir ihre Köpfe zukehrten, und ich war fast bereit nachzugeben, nur um nicht Zielscheibe dieser Erwartungen sein zu müssen, die immer drängender wurden. Wahrscheinlich wäre jeder andere gern an meine Stelle getreten. ›Warum also nicht?‹ dachte ich schadenfroh, es war schließlich ein Spaß, und vielleicht konnte ich ihm die Show verderben.

Ich wischte meine Hände trocken und stemmte mich aus dem Sessel.

»Kommen Sie!«

Der Applaus überraschte mich dann doch und tat mir gut. Bis ich spürte, daß mich jemand niederzog, kaum daß ich stand, und statt meiner Martina zum Treppenabsatz ging.

»Schön, daß Sie den Mut gefunden haben, junge Frau!«

Er reichte seine Hand hinunter, führte sie über die Stufen hinweg zum Hocker und hieß sie niedersitzen. Er stellte sich hinter sie, ganz nah, bis der Scheinwerfer die beiden zu einer Person verband. Niemand räusperte sich, nirgendwo war auch nur ein Rascheln zu hören. Denn King Kong hatte die Faust um sein Mädchen geballt und war auf dem Weg zum Empire State Building. ›Was für ein netter Ausflug!‹ schien sie zu denken, denn sie hatte die Beine sehr zierlich übereinander geschlagen und zupfte am Kleidchen, als ginge es im Damensitz zur Hölle. Aber das war nur die Maske fürs Scheinwerferlicht.

Ich spürte das Frösteln auf ihrer Haut und die Angst, er würde sie jetzt anfassen, den Fanggriff im Nacken, und der Wunsch, es würde dennoch geschehen, aber seine Hände blieben noch immer fern, und nur seine Stimme kam näher und schmeichelte sich in ihr Ohr, ohne daß er den Kopf auch nur einen Zentimeter gebeugt hätte. Kara, die Schlange, flüsterte und wir alle konnten es hören.

»Entspannen Sie sich!«

Er hatte einen Ring aus der Tasche gezogen, der an einem dünnen seidenen Faden hing. Ein schlichter Goldreif, unversehens vor ihre Augen gebracht, denn er wußte ganz genau, daß er ihr noch nicht gegenüber treten durfte. Sie war kein Kind mehr, das sich vergaß, nur weil ein fremdes Flüstern sein Ohr traf. Sie war vorgetreten, weil sie die Herausforderung suchte. Die Feuerprobe ihres Ichs. Er war der Gegner, in dessen Hände sie sich begab, eine Geisel ihres eigenen Selbstvertrauens, und noch war nicht ausgemacht, wem sie die Niederlage wünschte.

»Blicken Sie auf den Ring!«

Seine Hand gab ihrem Körper Form, ohne ihn zu berühren. Er modellierte ihn bis zur Hüfte und wieder hinauf zum schmalen Hals, und sein Streicheln ließ sie viel schmächtiger erscheinen, als sie es tatsächlich war. Jünger, hilfloser. Aber das war sie längst nicht mehr, das konnte ich bezeugen, hier vor allen anderen, und wenn er sie weiter betrog mit seinen Händen, würde ich das tun, aufstehen würde ich, und protestieren.

»Entspannen Sie sich. Atmen Sie ruhig, ganz ruhig. Lauschen Sie auf Ihren Puls, wie er ruhiger wird. Atmen Sie, und hören Sie auf Ihren Atem. Atmen Sie ein, atmen Sie aus. Entspannen Sie sich beim Atmen. Wir haben Zeit. Viel Zeit.«

Seine Hand lag auf ihrer Schulter, nicht ganz, sie lag nicht ganz. Sie ließ Raum für ein Frösteln, das über ihren Körper lief. Ein Bote der kommenden Niederlage, denn sie war müde, nicht wirklich müde, erschöpft war sie von den vielen Tagen, an denen sie stärker sein mußte, als sie es sein wollte, und niemand fand, bei dem sie ausspannen konnte. Obwohl ihr Kopf so schwer war und jedes Kissen recht, wenn sie ihn nur für einen Moment legen konnte. Nur für einen Moment. Das verstand ich, aber sie durfte nicht nachgeben jetzt.

»Sie sind ruhig, ganz ruhig. Um Sie selbst ist Ruhe, in Ihnen ist Ruhe. Nur Ruhe, und der Wunsch zu schlafen. Tief zu schlafen. Ganz tief zu schlafen.«

Das spürte ich, das spürte jeder, daß es ihr Wunsch war. Ihr Kopf sank etwas. Vielleicht zu schnell. Ganz sicher zu schnell. Vielleicht war es Schauspielerei. Aber sie atmete tatsächlich ruhiger, tiefer, ihre kleinen Brüste spannten den Stoff, die Brustwarzen stachen durch den Samt, und einige der alten Herren hinter mir keuchten dankbar.

Sie war meine Tochter, verdammt, und ich spürte, wie sie sich preisgab, für einen Moment nur, denn noch hielt sie ihm spielerisch stand, gab sie spielerisch nach, noch war es ein Tanz, in dem sie ihm die Führung überließ, willentlich sich in den sichernden Arm fallen ließ. Tango. Das war es. Sie kokettierte nur mit ihm. Ich kannte sie. So wie sie mit allen Männern spielte, ein Kätzchen, dachten diese Dummköpfe, bis sie die Pranke des Löwen traf. Denn plötzlich, fast unvermutet für ihn, sackte sie in sich zusammen, sank hin, in Trance.

Ich strich mit der Hand über Martinas Stuhl, als könnte ich ihr die Nackenhaare sträuben. Krallte den verzogenen Polsterstoff, wollte ihren Widerstand erzwingen und schreien. Einfach schreien und allem ein Ende machen. Da lag plötzlich Frau von Busackers Hand auf meiner. Der Stromkreis schloß sich. Borsigs Blick wandte sich mir zu, verharrte, bis ich nickte. Denn sie ließ die Hand nicht, und er ließ Martina nicht, aber es war in Ordnung. Wir waren zu viert jetzt, und alle Angst war vergessen. Er war nicht länger der Verderber und ich nicht länger der Furchtsame, wir würden einfach nur unser Vergnügen haben wie Kinder, die auf dem Speicherboden des alten Schlosses nach dem großen Schatz suchen. Fünf Freunde in geheimer Mission, denn Kassner gehörte dazu, auch wenn er unten Wache schieben mußte, seiner Krücken wegen.

»Wir gehen den Weg zurück in Ihre Kindheit. Nicht auf der sonnigen Seite, den Schattenweg gehen wir, der geradewegs ins Dunkle führt. Du hast doch keine Angst vor dem Dunkel, oder? Still. Du mußt uns nichts verraten. Du hast ein Geheimnis, das behältst du ganz allein für dich. Ganz allein für dich. Nimm es ganz fest in deine Hand. Mach eine Faust draus und halt es fest. Ganz, ganz fest. Keine Angst, ich will dir nichts wegnehmen. Halte die Faust schön zu. Du mußt mir nur sagen, was du siehst und wer da an deiner Seite ist?«

»Paps. Paps geht mit mir einen Gang, der sich im Kreis dreht.«

»Ein Wendelgang?!«

»In den Keller hinab, mit vielen Menschen, Hand in Hand, im Gänsemarsch. An den Wänden sind Spinnweben, ganz weit oben, nur Paps kriegt sie in die Haare. Ein großer Keller mit vielen Türen ist da unten, manche stehen offen, und die Menschen drängen hinein. Sie lachen und schubsen sich und es riecht ganz eklig.«

»Was ist in den Kammern?«

»Große Särge aus Stein. Särge, sagt Paps, die von der Rutsche gefallen sind. Dünne Äste sind drin, sagt Paps, aber es sind Knochen, ganz graue, und alte Lumpen, die Kleider von den Toten. Es ist gar nichts aufgeräumt.«

»Und im nächsten Raum?«

»Da kann man nur durch ein kleines Gitter reinsehen. Paps hebt mich hoch, viele kleine Kisten. Kinder sind darin, in den Kisten, aber ich seh nur eins, ein ganz dickes Bündel in einer Kiste, und der Kopf liegt daneben, weil er runtergefallen ist. Jetzt wird Paps ausgeschimpft, und er nimmt mich wieder runter und zerrt mich raus in den Gang. Ich will heim, aber Paps sagt, er will noch eine Treppe tiefer gehn. Ich mag nicht, aber er hält meine Hand fest und zieht mich zu einer Tür, die plötzlich aufgeht und wieder zu.«

»Was siehst du?«

»Es ist dunkel, und ich hab Angst vor den Stufen. Schreckliche Angst.«

Lüge, alles Lüge. Da konnte mir Fräulein Busacker noch so fest das Händchen drücken. Sicher, sie hatte tatsächlich Angst damals, schreckliche Angst. Es war der Tag der offenen Tür. Freier Eintritt in all den Baudenkmälern, die sonst nie öffneten. Jedes Jahr gingen wir da hin, mal in ein Schloß, mal in ein altes Wasserwerk. Das hatte ihr immer riesigen Spaß gemacht. Aber der Gang in die Gruft der Parochialkirche war damals keine gute Idee gewesen. Alina hatte mir die Hölle heiß gemacht, als ich die Kleine nach Hause brachte, so verstört war sie noch Stunden danach. Die Nacht wurde dann ganz schlimm. Wir saßen beide an ihrem Bett, bis der schwarze Mann wieder ging, ohne sie oder Fräulein Augusta mitzunehmen. Fräulein Augusta war ihre Lieblingspuppe.

Es hatte sich alles so abgespielt, wie sie erzählte, nur eins war gelogen. Die Tür nach der Kammer mit den Kindersärgen. Es gab keine weitere Tür, schon gar keine verschlossene. Wir waren damals sofort wieder hochgegangen, und als wir über den Friedhof spazierten und die schiefen Kreuze gerade rückten, war aller Schrecken schon fast wieder vergessen gewesen.

»Was siehst du dort unten?«

»Gar nichts. Alles ist dunkel, bis Paps seine Taschenlampe anmacht. Ich will wieder hoch, ich will wieder hoch. ›Pst!‹ macht Paps und legt mir die Hand auf den Mund, ›Pst! Hier unten liegt ein reicher Mann. Der Bischof. Willst du dich zu ihm legen?‹ ›Zum Bischof?‹ Mir gruselt, aber es ist ein schönes Gruseln. ›Der Bischof hat sicher einen Pelzkragen wie Muttis Wintermantel‹, sagt Paps, weil er sieht, daß mir kalt ist. Mir ist ganz schrecklich kalt. Es tropft von den Wänden, und überall sind Spinnweben. Paps hält mir die Hand, aber seine zittert auch. Da liegt er, da liegt der Bischof. Paps ist ganz aufgeregt. Er liegt auf einem Gestell neben dem Sarg, und er hat gar keinen Pelz an, nur eine graue Decke, die mir nicht gefällt. Paps geht mit der Lampe ganz nah heran. ›Ich will sein Gesicht sehn‹, sagt er, ›vielleicht kenne ich ihn ja. Du kennst ihn bestimmt auch. Komm! Ich heb dich hoch.‹ Er hebt mich hoch, und ich sehe in sein Gesicht und...«

»Was siehst du in seinem Gesicht?«

Borsig fiel es zunehmend schwer, die Ruhe zu bewahren. Den Zuschauern ging es genauso. Die einzige, die ganz gelassen blieb, war Martina. Sie schien ihr Zögern direkt zu genießen.

»Sein Gesicht ist alt, ganz alt, nur ein bißchen Haut, ganz dünn, aber es liegt ein Lächeln drauf wie gemalt, das kommt von den Augen, die sind wunderschön und leuchten. Ja doch, sie leuchten wirklich. ›Das sind keine Augen‹, sagt Paps, ›das sind Steine‹, und er greift danach, und plötzlich ist das Lächeln weg. ›Was tust du da? Was tust du da?‹ ›Ich nehm ihm ein Auge, mit dem anderen kann er immer noch genug sehn.‹ Er nimmt das Auge, und ich sehe, wie sich der Bischof krümmt, und seine Hand fällt von der Bahre und streift meinen Kopf. Ich schreie, schreie!«

»Wo ist der Stein jetzt? Wer hat ihn? Du darfst es mir sagen!«

Martinas Hände fingen an zu zittern. Ihre Beine wippten, die Knie schlugen aneinander. Es war ein Kampf, sie wußte etwas, etwas, das sie ihm nicht sagen wollte, das sie keinem sagen wollte, aber ihr Mund schien von selbst sprechen zu wollen.

»Sag mir, wer hat den Stein?«

Neben mir schnaufte Kassner. Die Finger spielten nervös am Stockknauf. Vielleicht hatte er sie durchschaut. Vielleicht spürte er aber auch nur, daß er die Regie verloren hatte. Hier lief alles nicht mehr nach Plan, nicht mehr nach seinem Plan. Selbst Borsig war plötzlich ein Gefangener seines eigenen Spiels.

»Wir sind ihm so nah, wir sind dem Geheimnis so nah, Martina. Schau dich um. Wer hat den Stein?«

»Es ist alles so dunkel, und dann fällt auch noch die Tür zu mit einem lauten Knall...«

Der Knall war zu hören. Wie ein Schlag in den Rücken. Verdammt laut, dieser Knall. Kassner blickte erschrocken auf mich, dann auf Martina. Plötzlich begriff ich. Das war kein Knall, das war ein Schuß. Martinas Mund stand immer noch offen. Aber aus diesem Mund kam kein Schrei. Nicht dieser Schrei. Der kam von draußen. Kein Schrei. Ein Gejaule war es, das abbrach, in einem Wimmern verendete. Bis die Stille unerträglich wurde. Die Saaltür flog auf, und ein Bündel rollte herein. Der Scheinwerfer folgte, aber es war auch so deutlich zu sehen. Nur begriffen wir es nicht. Bis Busacker aufschrie, die Arme in die Luft warf und leblos zusammensackte. Seine Frau hielt ihm den Kopf. Ihre Fingerspitzen schlossen sich mitleidig zur Binde, denn in dem Bündel blutiger Tücher lag sein Hund. Was ich nicht weiter tragisch fand. Aber ihm fehlten die Augen.

*

Ich hatte mit Lucia noch eine Flasche Rotkäppchen getrunken, um sicher zu sein, daß die Nacht keine Träume brachte. Sie kamen dennoch, die Träume, aber sie blieben nicht lang. Genau wie der Schlaf, der früher mal ein guter Freund gewesen war. Nach dem Kummer mit Alina hatte ich ganze Tage verpennt, im Bett und im Kino, im Büro, wo auch immer. Jetzt war es nur noch ein unruhiges Schwitzen in den Kissen, bis die Morgenstunden eine kurze Ohnmacht brachten.

Als ich aus dem Haus lief, wußte ich sofort, daß der Tag noch schlimmer werden würde als die Nacht. Sie standen am Eck, vorne, an der Metzgerei, und gaben sich nicht einmal mehr die Mühe, unbemerkt zu bleiben. Der eine spielte an seinem Handy, der andere pfiff eine Melodie, so jämmerlich, als stammte sie aus einem russischen Western.

Als sie mich sahen, tippten sie kurz an ihre Baseballmützen und schlenderten einfach hinter mir her. Vorbei an Escada, vorbei am Mercedeshändler, vorbei am Lafayette. Immer der gleiche Abstand, und bei jedem Schritt wurde ich wütender. Verdammt wütend. Ich hatte die Schnauze voll von dem ganzen Theater. Und wenn sie mich abknallen wollten, war es mir auch egal. Es war mir verdammt noch mal scheißegal. Ruheformel hin, Ruheformel her, ich gab mir noch zehn Sekunden, dann würde ich mich umdrehen und den ersten packen. ›Ich bin ruhig, ich bin ruhig, ich war gar nicht ruhig.‹ ›Zähl langsam bis zehn!‹ das war das Notventil, die letzte Auflage des Streßtherapeuten. Das tat ich. Aber ich kam nicht mal bis sieben. Ich mußte mich auch nicht umdrehn. Da waren sie schon fast auf meiner Höhe. Keine Passanten sonst. Der eine hatte noch immer das Handy am Ohr. Der andere sprintete voran. Hatte mich erreicht – und zog vorbei.

Die blickten nicht mal zurück. Ich hätte einfach so verschwinden können. Ich sah mich um. Nirgendwo Bullen. Nichts, niemand. Na prima, dachte ich, Happy end! Aber wieso plötzlich Happy end? Dann begriff ich, das war ihre Strategie des Terrors. Katz und Maus. Sie wollten meine Nerven zerrütten. Die wußten genau, wie Panik zu schüren war. Die Vorstellung, daß sie mich da vorne irgendwo erwarteten, machte mich unruhiger, als wenn sie hinter mir geblieben wären. Ich scherte aus und lief auf der Straße, ließ mich auch durch das dämliche Gehupe der Autofahrer nicht stören. Immer noch besser, als in einen Seiteneingang gezerrt zu werden. Aber das war ein Irrtum. Die Regie wollte es anders. Ich war noch gar nicht an der Reihe.

Auf dem Gendarmenmarkt sah ich sie wieder. Ich mußte nicht lange suchen. Direkt neben der Sekretärinnenbank. Da saßen sonst die Mädels bei Sonnenschein, dicht gedrängt wie Tauben, und pickten aus ihren kleinen Freßkartons fettfrei frittierte Fischflossen. Heute war der Himmel verhangen, aber sie hätten wirklich was zu sehen bekommen. Keine knutschenden Schülergruppen. Eine reguläre Prügelei. Meine beiden Russen prügelten, was heißt prügeln, das war eine Strafaktion, immer und immer wieder trat der eine in die Magengrube dieses elenden Haufens da vor ihm. Ein alter Mann mit Turnschuhen aus dünnem blauen Tuch, wie sie Penner tragen. Viel war nicht zu sehen von ihm unter diesem grauen Mantel, nur dieses Hervorzucken der Beine, wieder und wieder, als läge da ein Epileptiker im Sterben. Und immer noch trat der Handyjunge mit seinen Stiefeln hinein und wieder hinein, bis das Zucken unregelmäßiger wurde und schließlich ganz erstarb. Der andere hatte sich währenddessen das Pappschild des Alten geschnappt und zerriß es in immer kleinere Teile. Ganz geschäftsmäßig, keine Regung auf den Gesichtern.

Ich hätte eingreifen müssen. Aber es war die eigene Wut, es war meine Wut, die sich da auslebte. Aus Gegnern waren Komplizen geworden. Sie hatten nicht mich erwischt, das war gut. Jetzt taten sie, was ich auch gern getan hätte. Dem nächstbesten die Fresse polieren. Sollte der doch für alles büßen. Und je länger ich zusah, desto stärker wurde mein Wunsch, selbst hineinzutreten, einmal nur, direkt hinein in die Fresse des Unheils, und noch mal, immer mit dem Fuß voran, da hinein, wo es weich war und weh tat und Blut floß.

Eine junge Frau begann hysterisch zu schreien, forderte uns auf zu helfen, wollte selbst eingreifen, ihn wegzerren von dem Alten. Aber sein Kumpel stellte sich ihr in den Weg, einfach so, er hatte kein Messer, nicht in der Hand, aber er würde es ziehn, das sah man. Dumm, wer da dazwischen ging. Sekunden, Minuten, die ich diese Hilflosigkeit auskostete, bis mich mein schlechtes Gewissen an den Taxistand trieb.

»Haben Sie die Polizei gerufen?«

»Klar doch! Sind schon unterwegs.«

Und prompt verbarg er sich wieder hinter der Zeitung.

Unser Pförtner saß in seinem Kommandorondell, vollklimatisiert, fünfzehn Überwachungsmonitore vor sich, und in den sechzehnten starrte er hinein. Frühstücksfernsehen.

»Ihren Job möchte ich haben, Sommer! Von der Welt da draußen kriegen Sie wohl gar nichts mehr mit, oder?«

»Mann, haben Sie aber wieder eine Scheißlaune!«

»Was sagt denn mein Horoskop?«

»Gehen Sie wieder ins Bett, sagt Ihr Horoskop.«

»Dann sehen Sie doch mal unter einem anderen Sternzeichen nach!«

»Döskopp!«

Im Aufzug roch es, als hätten die Parfümeriemädels vom KaDeWe gerade Paarungszeit. Alina hatte mich auch immer eingestäubt, jeden Morgen, weil ›nichts ist schlimmer als kalter Rauch‹, meinte sie, und ließ mich um den Zerstäuber kreiseln. ›Ne, das mag ich nicht. Lieber kalter Rauch als tuntige Herrenparfums‹, aber da war nicht mit ihr zu reden, also kreiselte ich. Jetzt nahm ich nicht mal mehr Deo. Wäre aber kein Fehler gewesen heute morgen, so eine Prise Parfum, denn der Blutgeruch ging mir nicht aus der Nase.

»Morgen, Susi!«

»Sie können gleich mit rein. Er hat schon nach Ihnen gefragt.«

Sie balancierte ein kleines Tablett mit Porzellan. Ich öffnete die Tür. »Morgen, Chef. Haben Sie schon gesehen, was da unten los ist? Die Schlägerei?«

Er schüttelte etwas geistesabwesend den Kopf und wies direkt auf den italienischen Würfel, aber mit einem Blick, als hätte er zuvor meine Cordhose am liebsten ganz unten im Wäschesack verstaut. Auf dem Couchtisch lag ein Stapel Akten. Daneben blieb gerade noch Platz für Susis Tablett.

»Bringen Sie doch bitte noch eine Tasse grünen Tee für Herrn Claasen.«

»Wenn Sie wüßten, was ich für eine Scheißnacht hinter mir habe, würden Sie mir einen Schnaps anbieten!«

»Hätten Sie heute morgen zur Abwechslung mal in den Spiegel gesehen, würden Sie jetzt Tee trinken.«

»Hilft der auch gegen Drahtschlingen? Damit wurde nämlich gestern der Köter von Busacker abgedrosselt. Vorher knallte noch eine Schreckschußpistole, damit es auch wirklich jeder mitkriegte. Und nun raten Sie mal, wer dem Kleinen die süßen Knopfaugen geklaut hat!«

»Boris?«

»Vermutlich hatte er sogar eine Komplizin, weil schießen und klauen und den Hund festhalten ist ja ein bißchen kompliziert für einen allein. Sagen Sie, Susi, ist meine Tochter eigentlich schon im Haus?«

»Ich hab sie noch nicht gesehen.«

»Tun Sie mir einen Gefallen, rufen Sie sie an. Und machen Sie mir einfach einen richtig guten Kaffee, ja? Nicht in so ein Porzellanschälchen, sondern in eine richtige Tasse mit Henkel. Klar?«

»Was ist denn mit Ihrer Tochter?«

»Sie hat diese Scheiß-Veranstaltung ohne mich verlassen. Und zwar nicht allein, sondern mit einem der Kellner. Der Beschreibung nach Boris. Mehr war in dem Tumult nicht rauszukriegen. Busacker wollte natürlich sofort die Polizei holen, aber Borsig und Kassner haben ihn irgendwie zur Ruhe gebracht. Wäre auch eine Scheiß-Propaganda für den Verein, wenn die alten Damen erfahren, daß ihre Schoßhündchen da abgeschlachtet werden. Würde empfindlich das Spendenaufkommen drücken. Jedenfalls ist sie nicht zu Hause, und gemeldet hat sie sich auch noch nicht.«

»Sie ist erwachsen.«

»Das macht mir ja grade Sorgen. Kann ich eine rauchen?«

Er hörte mir gar nicht zu. Und das war auch gut so. Solange ich selbst nicht klar sah, hatte ich überhaupt keine Lust, mehr als nötig zu erzählen. Andererseits durfte ich auch nicht so tun, als hätte ich mich aus dem Fall schon verabschiedet. Das war ein verdammter Spagat, und mich wunderte, daß er so ruhig blieb, bei der lächerlichen Figur, die ich abgab. Er hatte seinen Tagesplaner auf dem Schoß und tippte mit dem Goldkuli drin rum, als wollte er Flöhe stempeln.

»Neuigkeiten aus Göttingen. Das Haus ist abgebrannt. Mitsamt der Haushälterin. Der Butler ist verschwunden. Unsere Leute haben sich dahintergeklemmt. Heute nachmittag haben Sie übrigens einen Termin auf dem Präsidium. Gespräch mit Kommissar Orlowski. Haben Sie gehört, Claasen? Das Ganze gewinnt an Tempo, ich hoffe, Sie können Schritt halten. Bislang habe ich allerdings den Eindruck, daß Sie von all dem etwas überfordert sind.«

Ich sah Gerdas Gesicht in der Glut. Sie starrte mich an, krebsrot war ihr Kopf und aufgedunsen in der Hitze des Hexenofens, endlich Halloween grinste ihr Kürbisschädel, bis er platzte. Peng!

»Claasen?«

Er hatte nur mit den Fingern geschnippt.

»Kommissar Orlowski? Keine Lust.«

»Das ist keine Bitte, Claasen, das ist eine Vorladung. Der ist inzwischen etwas ungehalten. Dann hier, kam gestern abend rein: Die Akte über Borsig. Hat sich endlich mal ausgezahlt, die Stasivergangenheit unserer Herren Detektive. Sie brauchen da jetzt nicht rumzublättern, ich gebe Ihnen die Kurzfassung. Dieser Borsig ist ein großer Menschenfreund, Kassenwart im Goethe-Verein, und wo immer es Spendengelder einzusammeln gilt, ist er als erster zur Stelle.«

»Weiß ich doch.«

»Er hat eine Riesenpraxis für Neurologie am Bahnhof Zoo und leitet zugleich ein Heim für Suchtkranke und schwer erziehbare Jugendliche in Babelsberg.«

»Weiß ich doch auch.«

»Diese Besserungsanstalt stand ehemals unter staatlicher

Leitung, wurde aber kurz vor dem Mauerfall geschlossen. Borsig hat den ganzen Laden in privater Trägerschaft übernommen, mustergültig saniert, ausschließlich mit eigenen Mitteln.«

»Dafür kriegt er ja auch irgendwann das Bundesverdienstkreuz. Aber das weiß ich auch schon alles. Ich könnte ja schon mal eine rauchen, solange Sie weitererzählen.«

»Na, dann wissen Sie wohl auch, daß die Stasi seinerzeit einen Kinderpuff in Babelsberg unterhielt, im Volksmund Villa Pimper genannt, vorwiegend Jungs für Westdiplomaten. Alles ganz legal, versteht sich, aber natürlich wollte man die Kinder nicht aus der Nachbarschaft rekrutieren, das hätte nur böses Gerede gegeben. Also...«

»Holte man die Jungs aus der Besserungsanstalt. Okay, das wußte ich nicht.«

»Der Clou ist: Borsig hat dieses System einfach privatisiert. Die Villa ist eine Art betreutes Wohnheim für exklusive Stricher, und nebenbei läuft ganz normal der Klinikbetrieb.«

»Bitte?«

»Bislang konnte ihm keiner was nachweisen, aber die alten Seilschaften wissen natürlich, was Sache ist. Es gab Adressenlisten von Kunden, die einige liebend gern auf dem freien Markt angeboten hätten, aber alle Unterlagen sind in Borsigs Tresor verschwunden. Das macht ihn bei manchen Politikern so beliebt.«

»Aber das muß doch irgendeiner mitkriegen!«

»Wieso ›muß‹? Erinnern Sie sich doch an den Fall Prinz Alain und seine spanische Kinderschänder-Sekte ›Edelweiß‹. Der hat damals an die hundert Kinder in seinen Pfadfinderheimen mißbraucht und weiterverkauft, über Jahre hinweg. Die Kinder hielten still. Die glaubten sein Gerede von wegen, er wäre ein Außerirdischer und hätte hier auf Erden eine Mission der ganz besonderen Art zu erfüllen. Kinder sind sehr leicht zu manipulieren, wenn sie Krieg gegen ihre Eltern führen dürfen.«

Der Mythos des 21. Jahrhunderts! Das neue Atlantis! Diese Rattenfänger verfolgten doch immer die gleiche Masche. ›Junge Frau, wir brauchen Ihre visionäre Intelligenz! Wir Älteren haben nur Erinnerungen, Sie haben noch Träume!‹ Aber auf dieses Gesülze würde Martina nicht reinfallen. Da war ich mir sicher. Denn zuvor würde ich Borsig zur Strecke bringen.

»Dieser Prinz Alain wurde gefaßt, oder!«

»Nachdem er aus Versehen den Sohn eines Parteifreundes vergewaltigt hatte. 168 Jahre Haft. Sechs davon hat er abgesessen. Dann ließen sie ihn laufen. Mit einer Haftentschädigung, die es ihm erlaubte, sich im großem Stil auf Ibiza einzukaufen!«

»Und da macht Borsig bevorzugt Urlaub, oder wie?«

»Borsig scheint dieses Prinz Alain-Prinzip perfektioniert zu haben. Im Normalbetrieb ist die Klinik eine vorbildlich organisierte Jugend- und Erwachsenenpsychiatrie. Das ist der äußere Zirkel. Der innere Zirkel ist strukturiert wie ein Orden. Ursprünglich war das wohl eine Art Nachwuchsorganisation der Humanistischen Liga, in der sich die Freimaurer innerhalb der Goethe-Gesellschaft zusammengeschlossen haben. Bis Borsig auf die Idee kam, seine Privatarmee daraus zu rekrutieren. Ein Dutzend Auserwählte, sogenannte ›Engel des Todes‹, haben Offiziersrang und ihrerseits das Recht, Jüngere als Adjutanten zu rekrutieren. Die Eingangsprüfung ist einfach: ›Erwecken und Erlösen!‹«

»Soll heißen?«

»Wer dazugehören will, muß töten.«

»Mord?«

»Borsig würde es Sterbehilfe nennen. Ein neues Leben im Tausch für ein altes!«

Ich sah ihn zweifelnd an. Die Story klang so abstrus, als wäre sie eigens für die Presse erfunden worden.

»Gesetzt den Fall, das alles ist wahr, und Meister Borsig befiehlt tatsächlich einer Todesschwadron von Pubertierenden. Wie kommen wir dann Ihrer Meinung nach an ihn ran? Ich meine, wenn wir die Geschichte so ins Blatt setzen, zerpflücken uns doch nur seine Anwälte. Oder haben wir konkrete Beweise?«

»Wenn ich daran erinnern darf: Das ist Ihre Aufgabe, das herauszufinden, Classen! Meines Erachtens gibt es da nur einen Weg: Den über Kassner. Offensichtlich herrscht Streit innerhalb der Humanistischen Liga. Ein Generationenkonflikt, Differenzen über den zukünftigen Kurs. Kassner will sich die Führung nicht so einfach aus der Hand nehmen lassen. Mit Sicherheit schreckt er vor der Brutalisierung zurück, die Borsig insgeheim betreibt. Er ist ein Freimaurer alten Stils, der immer noch glaubt, er stünde im Dienst einer guten Sache. Insofern besteht eine reelle Chance, ihn auf unsere Seite zu ziehen. Die Sache hat nur einen kleinen Haken.«

»Der wäre?«

»Sehen Sie hier! Das Dossier Kassner.«

»Ein bißchen dünn!«

»Eben. Die haben nichts herausgefunden über ihn. Fraglich, ob der Mann überhaupt existiert. Seine Wohnung gehört der Humanistischen Liga. Er selbst ist nirgendwo gemeldet. Keine Krankenversicherung, kein Auto. Wir wissen nur, daß er Österreicher ist.«

»Na prima, das sind wir ja alle irgendwie, wenn es ums Essen geht.«

»Im nächsten Fall sieht das schon anders aus!«

»Schon wieder eine Akte?«

»Ja. Kam auch gestern. Mit einem freundlichen Gruß von Herrn Kassner, ›auf daß sie nicht in falsche Hände gerate‹. Ich könnte Ihnen die Kurzfassung geben, aber vielleicht wollen Sie lieber selbst...«

»Geben Sie her. Nebenbei, warum haben Sie eigentlich nie erwähnt, daß Ihr Vater und Kassner Logenbrüder waren?«

Ich blätterte durch. Eine Menge Rechnungen, eine Menge Gesprächsprotokolle, sogar einige Bilder waren wieder dabei. Mann und Frau an einem See, die Gesichter einander zugekehrt. Wenn man genau hinsah, gingen ihre Blicke allerdings weit aneinander vorbei. Es war unser letzter Spaziergang gewesen. Eine Woche nach der Katastrophe. Das Photo erfaßte die Stimmung wirklich gut. Mußte man zugeben, die verstanden ihr Handwerk.

Mit so einem Dossier fällt es nicht schwer, einen zu überraschen: Von wegen, ich lese in Ihrem Gesicht einen großen Kummer. Hier, hier drin hat er das gelesen.

»Scheiße! Ich möchte verdammt noch mal wissen, wo der das alles her hat? Die müssen mich über Jahre hinweg systematisch observiert haben. Briefe an meine Frau. Kneipenunterhaltungen. Mahnungen von meinem Analytiker!«

»Ich kann mir meinen schon lange nicht mehr leisten!«

»Sehr witzig! Ich werde hier bis auf die Socken ausgezogen, und Sie kriegen plötzlich eine Heiterkeitsattacke.«

»Claasen! In dieser Stadt weiß ohnehin jeder Barmann über Sie Bescheid. Das hat Ihnen doch noch nie was ausgemacht.«

»So, meinen Sie? Da bin ich ja beruhigt. Kann aber sein, daß ich das inzwischen ein bißchen anders sehe, weil mich hier nämlich einer fertigmachen will!«

»Kommen Sie, gehn wir erst mal rüber zu Lutter und trinken einen Cognac auf den Schreck.«

Ich gab mir Mühe und grinste dankbar, obwohl mir gar nicht danach war. Das sah man mir wohl auch an, so mitleidig wie er zurücklächelte. Fehlte nur noch, daß er mich unterhakte.

»Ich bin eine Stunde unterwegs, Fräulein Brunner. Kein Anruf aufs Handy!« Er nickte kurz zum Abschied, während ich mich noch mal umdrehte. »Und Susi, wenn meine Tochter auftaucht, schicken Sie sie bitte direkt rüber!«

»Sicher! Machen Sie sich da mal keine Gedanken, die kommt bestimmt gleich!«

Jeder schien mich hier irgendwie beruhigen zu wollen.

Als ob ich mir diese Sorgen zum Spaß machen würde. Meine Tochter war verschwunden. Mein Leben auf dem Servierteller einer Spinnerorganisation, und hier summte jeder sein ›Don't worry‹. Das sah verdammt nach einer frühzeitigen Verabschiedung aus. Aber ich konnte aus dieser Sache nicht mehr aussteigen, nicht mehr, nachdem Martina verschwunden war.

»Scheiße, Scheiße, Scheiße.«

Wir standen im Aufzug. Das Herrenparfum war verflogen, aber auch so war die Situation unangenehm genug. Ich starrte auf seine Krawattennadel, um nicht diesen Samariterblick ertragen zu müssen. Eine schmale Goldspange, in der Mitte eine matt glänzende Perle. Schlicht, aber teuer. Wie die Perlenkette meiner Mutter, die ich Alina geschenkt hatte. Ich sollte sie schließen, damals, es war ihr 39. Geburtstag, und wir standen im Schlafzimmer. Meine Finger zitterten wie damals, das erste Mal, bei ihrem BH-Verschluß. Also hängte sie sich die Kette selbst um, drehte sich vor dem Spiegel, nackt, nur die Perlen um den Hals. Eine Venus auf der Töpferscheibe, immer im Kreis drehte sie sich, bis mir schwindlig wurde. Ihr Hintern glänzte rosig und sackte schwer in meine Hand, als ich sie kniff vor lauter Glück. Sie war die schönste Frau der Welt. Sie würde es immer sein.

»Ihre Tochter ist übrigens wirklich sehr hübsch.«

»Weiß ich. Und wenn Sie das noch mal erwähnen, schneide ich Ihnen den Schwanz ab.«

*

Es war kalt. Sie wollte, daß er den Arm um sie legte, aber er hielt Abstand, nur ihre Hand hatte er gefaßt, mit viel zu festem Griff.

›Wo gehen wir hin?‹ wollte sie fragen, aber warum hätte sie fragen sollen, es war gleichgültig, wohin sie gingen, denn sie würde ihm überallhin folgen, Hauptsache weg von diesen Leuten, mit ihren alten Gesichtern, nur sollte er endlich den Arm um sie legen und sie dicht an sich ziehen, daß sie den Ärmel seines Jacketts würde hochkriechen können, ganz weit hoch, in seine Achselhöhle, wo selbst ein Eichhörnchen im Sommerpelz nicht mehr frieren würde.

»Du bist aber hartnäckig!« Sie hatte ihn sofort gesehen. Noch ehe sie ganz auf die Veranda getreten war. Er sah gut aus in dieser Kellneruniform. Stand ihm besser als anderen der Smoking. »Verdienst du dir hier dein Taschengeld, oder was?«

Er zückte einen 100-Mark-Schein, zog ihn glatt, und noch einen und noch einen. »Blow Jobs.« Sie glaubte ihm kein Wort. Das hatte er denen aus der Tasche geklaut. Sie sah auf seine Knie, die Bügelfalte war tadellos, da war er nicht drauf rumgerutscht. Sie nahm seine Hände hoch, die rochen frisch nach Seife, nicht nach sonstwas, denn den Geruch nach sonstwas kannte sie gut. Sie schmiegte sich an ihn, ganz nah, und schnupperte an seinem Hals, nichts. Er hatte überhaupt keinen Eigengeruch, außer einem Hauch von After Shave. Was schon fast wieder ein bißchen irritierend war.

»Laß uns verschwinden!« Er küßte sie ganz sacht auf die Lippen, als hätte sie diese Beschwörung nötig. Sie legte kurz ihre Hand in seinen Nacken, fuhr mit dem Daumen die Wirbelsäule entlang, spürte, wie sein Haar sich kräuselte bei der eiligen Bewegung, so sanft, daß sie versucht war, sich eine kleine Locke zu nehmen, aber die ersten Gäste starrten schon herüber. »Wenn du willst, verschwinden wir sofort! Das ist so krank hier, die Veranstaltung, das glaubst du gar nicht.« »Ich muß noch zwei Stunden arbeiten.« Und schon war er wieder verschwunden. Drinnen winkte Paps, da blieb gar nicht viel Zeit für Einwände, denn eigentlich hatte sie noch sagen wollen, daß sie ihm die zwei Stunden gern selbst bezahlen würde. Und den nächstbesten Last-Minute-Flug in den Süden.

Er war tatsächlich pünktlich. Trotz aller Aufregung. Unten in der Halle schrie Busacker wie ein Wilder nach der Polizei, während alle anderen nach oben drängten, um den toten Hund zu sehen.

Boris dagegen stand ganz ruhig da und winkte sie auf die Veranda. Den Kellnerfrack hatte er ausgezogen, aber die Kleider, die er jetzt trug, standen ihm kaum schlechter.

»Komm! Hier den Seitenausgang raus. Zieh den Pullover drüber, es wird kühl.«

Sie waren zum S-Bahnhof gerannt, eine Station gefahren, Knie an Knie, Stirn an Stirn, ohne aus dem Fenster zu sehen. Sie wollte ihn nach dem Hund fragen, nach der Hypnose, nach Borsig, aber alles, was sie tun wollte, vergaß sie, kaum daß er ihre Hand nahm. Es war so ein wunderbares Gefühl, sich für einen Moment aufgeben zu dürfen.

Er zerrte sie wieder raus aus der S-Bahn, die Treppen runter und hinüber zum Uferweg, der kaum beleuchtet war, und erst jetzt wurde sein Schritt etwas langsamer, erst jetzt zog er sie an sich, fast so eng, wie sie es sich gewünscht hatte.

»Du frierst ja selbst!«

Er trug nur ein dünnes Jackett, unter dem sie jedes Frösteln spürte. Sie hätte ihre Hand gern auf seinen Rücken gelegt, zwischen die Schulterblätter, dort, wo die wunde Stelle war, hätte sie ihn gestreichelt und die Kälte aus seinem Herz vertrieben.

Aber er zog sie einfach weiter, immer am Seeufer entlang. Er war nicht verliebt, unmöglich, sonst hätte er längst Halt gemacht unter einer dieser Laternen, sie hatten doch alle Zeit der Welt. Warum blieb er nicht stehn? Sie spürte keine Angst, das nicht, aber warum diese Eile? Sie war kein Beutestück, das er ins Dickicht zerren mußte. Sie mochte das Dunkel nicht, sie hätte ihn so gern hier im Licht geküßt und seine Augen gesehen. Seine Hände gespürt, wie sie auf ihren Wangen zu liegen kamen, an seinem Ohr hätte sie gezupft, bis sein Atem sich erwärmte, aber je zögerlicher sie ging, desto heftiger zerrte er.

Würde er sie schlagen, wenn sie stehenblieb oder umkehren wollte? Würde sie sich wehren? Schon nach dem ersten Schlag, oder würde sie auch noch den zweiten und dritten ertragen, wie Bea, die sich regelmäßig grün und blau prügeln ließ und ihre Prellungen zur Schau stellte wie andere ihre Tatoos? Nein, die Nummer lief nicht. Das war es nicht, was sie wollte. Sie hätte ihn einfach nur gern untergehakt, denn es war gar nicht so kalt, jetzt, da der Wind abgeflaut war, und die Sterne blinkten, als wäre der Himmel heute besonders nah und nur eine Tagesreise entfernt. Sie war nicht romantisch, nicht sonderlich jedenfalls, auch wenn sie mit Katrin hin und wieder eine Kerze anzündete, aber jetzt hätte sie sich gern an den Strand gesetzt und hinübergewunken zum anderen Ufer.

»Hier stehen doch die Villen der alten Ufa-Stars, oder? Hans Albers, Lilian Harvey und so?«

Sie kannte sich ein bißchen aus hier. Direkt nach dem Mauerfall hatte Paps sie mal sonntags hergeschleppt. ›Im Sozialismus waren wenigstens die Uferwege für jedermann passierbar!‹ hatte er gegrummelt, ›Weiß der Teufel, wie lange es noch so bleibt.‹ Und sie hatten tatsächlich hier langgehen können, ohne Probleme, immer am Ufer lang, aber es war kein Spaß gewesen, diese Eigenheimzeile der toten Ufa-Helden abzuschreiten.

Paps schwadronierte, weil er jedes Haus hier kannte oder zumindest so tat, und hier hatte Emma ›Was-weiß-ich-wer‹ gewohnt und ›hier Harry Piel, ein alter Star aus der Stummfilmzeit. Der erste wirkliche Stuntman. Der hat nach dem Krieg noch mal einen Zirkusfilm mit mottigen Tigern gedreht, aber im Fernsehn kam er nicht mehr so richtig zu Potte. Eine seiner Verehrerinnen hat ihn schließlich geheiratet, um ihn vor dem Hungertod zu bewahren.‹ Es schlich sich immer eine falsche Melancholie in die Stimme von Paps, wenn er so was erzählte. Als hätte er das alles selbst erlebt. Mum sonnte sich immer im Glanz der Stars, er suhlte sich in ihrem Kummer.

Boris interessierte das alles nicht. Er zerrte sie einfach weiter, bis sie schließlich doch an einen Grenzzaun kamen. Das Haus dahinter mußte sehr groß sein. Vom Ufer aus war es zwar kaum zu sehen, aber sein riesiges Dach überragte die Bäume, und ein seltsamer Lichtschimmer war um das Gebäude, als wäre dort kein einziges Zimmer je dunkel. Selbst der Zaun war beleuchtet, Meter für Meter, ohne daß sie die Scheinwerfer sehen konnte, und gar nicht weit von ihnen entfernt stand ein Hundezwinger, aber kein Gekläffe klang herüber, ›das müssen große gefährliche Hunde sein‹, dachte sie.

»Sag mal, was wollen wir hier eigentlich?«

Die Eingangspforte war elektronisch gesichert. Kein Schloß. Er zog eine Chipkarte aus seiner Hosentasche und klammerte schon wieder ihr Handgelenk.

›Hey, warte mal, so läuft das nicht‹, wollte sie sagen, aber er schubste sie einfach rein. Ehe sie auch nur einen Mucks tun konnte, hatte sich die Tür wieder hinter ihnen geschlossen. Völlig geräuschlos. Wenn ich jetzt schreie, wecke ich nur diese Köter auf, dachte sie, also halte ich den Mund, bis ich ihm in Ruhe die Meinung sagen kann. Denn fliehen wollte sie nicht. Noch nicht. Und Angst hatte sie immer noch keine, aber unheimlich war ihr zumute. Denn er war so still.

Der Weg schien wie mit Sägemehl gepudert, so leise waren ihre Schritte. Nichts, kein Laut. Nicht mal das Schnarchen der Wächter war zu hören. Jeder schien irgendwie gespannt auf das, was noch kommen würde. Alle hielten sie den Atem an. Selbst die Hunde.

Sie gingen auf einen der Pavillons zu, die sehr nah am Hauptgebäude standen. Der Scheinwerfer über dem Eingang strahlte auf, als sie die Lichtschranke passierten. »Duck dich!« Leder knirschte, als die zwei Wachleute herbei eilten, einmal im Kreis schritten und nach einer kurzen Lauschpause wieder kehrtmachten. Er hatte sie fest im Arm. ›Der Schatten des Baums schützt, aber eigentlich hätten die beiden uns entdecken müssen‹, dachte sie, ›wenn sie sich nur einmal genau umsahen. Und warum hatten sie die Hunde im Zwinger gelassen?‹

Er hielt sie immer noch fest, aber da war gar keine Spannung in seinem Körper. Er hatte keine Angst. Nicht vor diesen Wachleuten. Boris tat immer noch so, als wäre sie in größter Gefahr, aber das nahm sie ihm nicht ab. Er war in sein eigenes Wohnzimmer eingebrochen, weil das die Nummer ein bißchen prickelnder machte.

»Das ist eine ziemlich schlechte Inszenierung, du! Romeo und Julia in der Babelsberger Fassung, oder was?«

Diesmal hörte er wenigstens zu, während er die Chipkarte reinsteckte, und auch wenn er nicht antwortete, sein Grinsen gab ihr recht. Sie tapsten eine Weile nach dem Schalter, bis das Flurlicht anging. Er nahm sie in den Arm, hob ihr das Kinn und tippte auf die Nasenspitze.

»Okay, ertappt! Aber bevor ich dir groß was erkläre, zeig ich dir erst mal unser Zimmer.« Komisch, jetzt, wo er so tat, als wäre die Gefahr vorbei, schlich sich doch so etwas wie Unbehagen in ihr Herz. Das Zimmer lag ganz am Ende des Gangs und erinnerte eher an eine komfortable Gefängniszelle. Kochnische, Duschecke. Kein Bild an der Wand, kein Buch auf dem Tisch. In diesem Raum war nichts Privates. Nur das Bett. Aber das war es eigentlich, was sie sich noch vor einer Stunde am sehnlichsten gewünscht hatte: ein Bett und ein sauberes Bad, aber in der richtigen Reihenfolge.

»Wenn du mir einen warmen Kakao servierst, geb ich dir noch mal eine Chance.« Er nickte. »Okay, dann geh ich jetzt duschen.«

Als sie zurückkam, lag er nackt im Bett. Die Beine übereinander geschlagen, die Hände auf dem Bauch gefaltet. Auf dem Nachttisch stand der Kakao. So heiß, daß sie die klammen Finger kaum an der Tasse wärmen konnte, denn mehr als ein Handtuch trug sie nicht, und es war kühl in dem Raum.

Sie setzte sich an seine Seite, streichelte seine Wange

mit ihrer schmalen Hand, die sie ihm ließ, ein Geschenk auf Zeit, das er annahm, ganz selbstverständlich. Sein Gesicht wurde weicher, und ohne daß sie es streichelte, spürte sie, wie die Kälte zwischen ihnen wich. ›Wie albern‹, dachte sie, ›so eine Nähe, die zwei Menschen völlig hilflos macht, weil es so eine Liebe sonst nicht gibt in der normalen Welt.‹ Sie dachte an Katrin, die sie immer noch liebte und immer lieben würde und begehren vielleicht auch, aber nur, weil sie die Erinnerung nicht aufgeben wollte, denn die Gegenwart war er allein.

»Nur schlafen will ich nicht mit dir. Jetzt noch nicht«, flüsterte sie.

Sie sah sein Gesicht, das so völlig entspannt schien in ihrer Nähe, und fast tat es ihr leid, und um sich nicht selbst zu überstimmen, erklärte sie es ihm noch einmal, laut und deutlich: »Ich werde nicht mit dir schlafen!«

»Wer sagt, daß ich das will?«

Seine Frage war ganz und gar ehrlich. Seine Hände waren es auch. Sie nahmen ihren Kopf und wendeten ihn hin und her wie ein Bild, so kalt war plötzlich wieder sein Interesse. Diese Stimmungswechsel waren unheimlich und aufregend zugleich.

»Du hast so wunderschöne Augen.«

Sie war verwirrt, während er immer selbstsicherer wurde, aber so einfach würde sie sich nicht hergeben. Er sollte ein wenig um sie kämpfen, mit seinen Händen, mit seinen Lippen, und still sollte er sein, ein ganz leiser Feldzug sollte es werden, ohne das Tam Tam der Verführung.

»Glaub mir, ich habe heute abend schon genug Komplimente über meine braunen Augen gehört, also gib dir keine Mühe.«

»Dann weißt du auch, was das für ein Gefühl ist, so ein Auge auf der Zunge zu balancieren. Vogelaugen sind wie Perlen, Kaviar der Lüfte, Kaninchenaugen nahrhafter, knakkiger, Katzenaugen unübertroffen zart im Schmelz.«

»Sei nicht so eklig.«

»Oder hier! Hundeaugen! Frisch und...«

»Hör auf!« schrie sie. »Hör auf, das ist widerlich!«

Sie hatte ihre Augen geschlossen, noch ehe er die Hand öffnete. Aber was sie mit geschlossenen Augen sah, war noch ekelerregender. Busackers Hund lief vor ihr her, torkelte blind vor Schmerz mitten auf der Straße, Autos links, rechts, der Lärm und das Gekreische wurden immer lauter, aber er rannte im Zickzack des Fiebers, weil sie die Leine verloren hatte und der Schmerz ihn rasend machte und das Geschrei der Passanten, und aus den Augenhöhlen lief ein dünner Faden Blut und lief und lief...

»Ist gut, beruhige dich! Du sollst dich beruhigen!«

Sie kam erst zu sich, als er sie ohrfeigte. Der Schmerz brachte sie wieder zurück. In seine Gegenwart. Die sie hatte fliehen wollen.

»Du bist so widerlich.«

Sie schluchzte und konnte dennoch nicht den Kopf von seiner Brust heben. »Hier sieh doch. Das sind nur Murmeln.«

War das ein schlechter Zaubertrick? Oder hatte die Angst ihre Empfindungen betrogen. Sie nahm seine Hände. Da war kein Blut. Sie waren glatt und kühl. Kein Kadavergeruch. Nichts Ekliges. Er packte das Taschentuch wieder zusammen. Das Klack-Klack der Steine gab ihm recht.

»Ehrlich, das sind nur Murmeln, oder glaubst du, ich will ins Gefängnis nur wegen so einem blöden Köter?«

»Ich glaub dir kein Wort mehr.«

»Dann eben nicht. Aber es ist lange vorbei, daß ich so etwas getan habe.«

Sie lagen schweigend nebeneinander. Länger als sie je in ihrem Leben stillgehalten hatte. So lagen die Mumien im Grab der Pyramiden, die Hände dicht am Körper, die Nase spitz in den Himmel gereckt und das Ohr an der Zeit, die so unendlich langsam verrann.

Er hätte tot sein können, so still war sein Atem, so wenig

Wärme strahlte er aus. Die Hände berührten sich, ohne einander zu halten. Es war diese Fremdheit der Körper, die sie so haßte, weil dann immer das Gerede einsetzte, und Fragen hin und her wechselten wie kleine Fähren ohne Fracht von einem Ufer zum anderen. Fragen, die man nie beantworten konnte. Wie oft hatte Katrin versucht, so in sie hineinzuhorchen, und immer war der Angelhaken gewesen ›Ich will dich doch nur besser verstehn!‹, und immer hatte sie auf den ganz dicken Fisch gewartet. Aber sie wollte gar nicht verstehen, sie wollte nur Beute an Land ziehen und ihre Liebe gewogen haben und eine Trophäe des Vertrauens. ›Wenn du weißt, was ich fühle, gut! Wenn du es nicht weißt, dann wirst du es auch in Zukunft nicht wissen‹, hatte sie gedacht, aber geantwortet hatte sie all das, was man sagt in solchen Momenten, um den anderen nicht zu enttäuschen. Aber keines dieser Worte galt wirklich. Und jetzt tat sie das gleiche mit ihm, stellte ihm die gleichen dummen Fragen, weil es wie ein Zwang war, und weil sie ihn nicht mehr entkommen lassen wollte, und weil sie sonst wahnsinnig geworden wäre.

»Wieso hast du überhaupt so was gemacht? Diese Katzen ermordet?«

»Die Augen sind die Lichtquellen des Leibes. Gut für deine innere Sehkraft. Du ißt ja auch Fleisch, um deine Muskeln zu stärken.«

Sie hätte sich ekeln müssen, aber sie tat es nicht, denn genau in diesem Moment wurden sie wieder ein Paar. Nicht, weil er das Richtige gesagt hatte, sondern weil er wieder ihre Hand in seine Hand genommen hatte, fester jetzt, und ihre Finger wärmte, die ganz kalt geworden waren vor Schreck. Plötzlich dachte sie wieder, wie er dachte, und fühlte, wie er fühlte, und es war nichts Ungeheuerliches mehr an dem, was er erzählte. Und er spürte ihr neues Zutrauen und die Erregung, die ihren Atem beschleunigte.

»Wieso willst du eigentlich nicht mit mir schlafen?«

»Weil ich eine Frau liebe.«

»Ich auch.«

»Blödmann! Du weißt, was ich meine.«

»Ich meine, du weißt nicht, was du willst.«

»Ich werde trotzdem nicht mit dir schlafen.«

Seine Hand fuhr über ihren Bauch, den sie flach streckte, um ihm eine Spielfläche zu geben, denn neugierig war sie schon, was er jetzt tun würde. Jede falsche Bewegung würde sie ahnden, das sollte er wissen, aber er zog nur kleine Spiralen auf ihrer Haut, die keinen Ausweg suchten, er war so ohne Eile, daß sie fast unruhig wurde. Immer nur diese kleinen Kreise, wie stur, dachte sie, daß er keinen Ausweg suchte, er ließ sich so viel Zeit, als hätte er kein Ziel.

Dabei wäre es so leicht, aber er ließ es dabei, zog nur immer diese Kreise, bis sie selbst seine Hand mit in die ihre nahm, und hinabzog, tiefer mit jedem Kreis, ihre Finger und seine Finger sich verklammerten, und wieder tiefer glitten, und er immer noch zögerte, als ihr leises Stöhnen ihm schon längst recht gab, und sie ihre eigenen Finger nicht ruhen ließ, und er nicht seine Hand, die langsamer rieb als ihre, aber nicht weniger zärtlich, und sein Mund an ihrem Ohr flüsterte und seine Augen in ihre Augen sahen, und ihre Hände einander nicht ließen, so zart, bis sie kam, eine ganz sanfte Welle nur, Botin der großen Flut, die für die nächste Nacht angesagt war oder für die übernächste. ›Wann kommt die Flut, wann kommt die Flut, in ein anderes großes Leben.‹ Wieder so eine Liedzeile, die ihr nicht mehr aus dem Kopf ging.

Er lag neben ihr, atmete schon wieder ruhig, ruhiger als sie, und sie wußte nur eins, daß sie noch nie so viel Vertrauen besessen hatte. Zu keinem Mann.

Sie fuhr mit den Fingern über seine Brustwarze. Zog sie sanft, bis er fröstelte.

»Wie seltsam hat das alles angefangen mit uns beiden«, flüsterte sie. Aber er nahm dieses Flüstern nicht auf, sondern strich ihr übers Haar und hob ihr das Kinn, als müßte sie jetzt antreten zur Prüfung, nachdem die Stunden der inneren Sammlung verstrichen waren.

»Deine Augen sind wirklich wunderschön, weißt du

das? Viel wärmer als das Bernstein in den Vitrinen. ›Sterne der Seele‹ nannte meine Mutter solche braunen Augen immer, weil ihre Wärme alle Angst vor dem Tod nimmt.«

»Glaubst du denn an den lieben Gott?«

Die Frage kam ihr ganz unvermittelt über die Lippen und war ihr schon im nächsten Moment furchtbar peinlich. ›Wie albern‹, dachte sie, ›wie blöd. Was muß er jetzt von mir denken, daß er hier ein kleines Mädchen neben sich liegen hat oder was.‹ Aber er schien nur auf diese Frage gewartet zu haben. Denn er war kein bißchen erstaunt.

»Ich glaube an seine Wiederkehr. Gott ist unter uns, das glaube ich. Er wohnt in jedem von uns. Jeder kann seine Stimme hören. In sich. Seine Sehnsucht wird eines Tages deine eigene Sehnsucht, und du willst seine Erlösung, die dein eigener Tod sein wird. Warum sonst wären uns die Träume gegeben und das Heimweh nach der anderen Welt? Ich weiß, daß ich diese Reise eines Tages antreten werde – mit dir.«

»Aber doch nicht um vier Uhr morgens, oder?«

Sie versuchte, ihrer Frage einen scherzhaften Unterton zu geben, was ihr nicht so recht gelang.

»Wir haben eine Nacht und einen Tag, dann werde ich dich dem Meister vorstellen, aber erst müssen wir unsere Seelen reinigen im Schlaf!«

Er legte die Tablette auf ihre Zunge, ganz sacht, wie der Priester die Hostie, damals, als sie das letzte Mal in der Kirche gewesen war, am Tag ihrer Kommunion. Und sie wehrte sich nicht, sie wollte glauben, dieses eine Mal wollte sie wirklich glauben.

»Liebst du mich denn?«

Er zog ihr Gesicht ganz nah an seines. Bis ihre Lippen einander fast berührten und seine Worte ihre Worte wurden.

»Das ist die falsche Frage.«

»Wie lautet die richtige?«

»Wollen wir zusammen sterben?«

*

»Zwei Cognac bitte!«

Sie war eine dieser schnippischen Kellnerinnen, die irgendwann mal den Chef gevögelt hatten und sich seitdem für was Besseres hielten.

»Zwei Cognac, die Herren!«

Die kleine Verkaufs- und Trinkstube bei Lutter und Wegner war leer. Ein Touristenpärchen nippte an den Weinproben und ließ sich vom historischen Ambiente auf die Stadtrundfahrt einstimmen. Ich war nie gern hier gewesen. Auch nicht im Restaurant nebenan. Alles hier war Kulisse. Dumm nur für die Statisten, daß sie ihren Auftritt so teuer bezahlen mußten.

Wir hielten unsere Gläser wie Kenner und schaukelten die Brühe hin und her, als wäre es der ganz weiche Chantré.

»Sie mögen mich nicht besonders, Claasen, oder?«

»Ich habe einige Ihrer Reportagen gelesen. Gar nicht so übel. Diese Story über den Wirt, der nicht mehr hinter dem Tresen stehen kann, weil ihm sein Raucherbein amputiert wurde. Echt nicht übel.«

Er winkte geschmeichelt ab. »Das ist doch für Sie nur Schreiberei für den Tag!«

»Unsinn. Machen Sie hier mal nicht den Zyniker. Das ist mein Part. Ihre Sachen sind gut, das ist nicht der Punkt. Nur Sie sind mir zu smart! Wenn ich allein sehe, wie Sie Ihren Anzug tragen! Als ob Sie keinen Wert darauf legen würden, obwohl der garantiert eine Stange Geld gekostet hat. Handgemachte Budapester Schuhe, die ich nur auf meiner Beerdigung anziehen würde, latschen Sie platt, als wären es Türkenslipper. Sie haben eine Menge Kohle, und es ist Ihnen egal. Das kotzt mich an. Ich habe zehn Jahre rackern müssen für meine erste Wohnung. Jeder Honorarausfall war damals eine Katastrophe. Geld ist mir wichtig. Verdammt wichtig, verstehen Sie!? Und jeder, der so tut, als wäre es ihm gleichgültig, geht mir gegen den Strich.«

»Ist das alles?«

»Nein! Sie schreiben gut, und Sie wissen eine Menge,

aber ich bin mir nicht sicher, ob Sie auch darunter leiden.«

Er blinzelte verständnislos, also fing ich ganz von vorn an.

»Als wir fünfzehn waren, wurde uns in der Aula dieser Film über Auschwitz gezeigt. Man darf fünfzehnjährigen Kindern keinen Film über Auschwitz zeigen. Verstehen Sie? Ich meine, deswegen bin ich nicht Journalist geworden, deswegen sicher nicht, aber... wir trinken doch noch einen Cognac, oder?«

»Auf alle Fälle.«

»Auf alle Fälle. Klar doch. Und nachher werfen Sie zwei Aspirin ein, und drei Stündchen später joggen Sie schon wieder durch den Tiergarten. Ich bin mir nicht mal sicher, ob Sie je einen Kater hatten. Wenn, dann war es wohl eher ein Angorakätzchen.«

»Was verübeln Sie mir eigentlich, Claasen? Meine Jugend?«

Er wollte der Frage mit einem Lächeln die Härte nehmen, aber in dieses Lächeln hatte sich schon wieder Mitleid geschlichen. Ein Sohn, der seinem Vater gegenüber sitzt, längst schon mit scharrenden Füßen, weil der wieder zu viel getrunken hat und mit den Geschichten aus der guten, alten Zeit anfängt.

»Sie sind ausgebrannt, Claasen. Ich könnte Sie morgen nach Hause schicken, und ich müßte kein schlechtes Gewissen haben, das wissen Sie genausogut wie ich. Sie wollten diesen Fall, aber Sie wollten ihn nur, damit kein anderer ihn bekommt. Und anstatt noch einmal Gas zu geben, trotten Sie den Ereignissen einfach so hinterher. Sie können doch von mir nicht erwarten, daß ich da so einfach zusehe? Gehen Sie in Urlaub, bevor ich Sie in Urlaub schicken muß! Keiner nimmt es Ihnen übel, wenn Sie ein bißchen Abstand von der Sache gewinnen wollen. Und in vier Wochen kommen Sie wieder zurück. Wir wollen ja nicht für immer auf Sie verzichten! Okay? Okay! Das ist die berufliche Seite.

Es gibt aber auch eine menschliche, und jetzt hören Sie von mir aus weg: Viele in der Redaktion mögen Sie und machen sich Sorgen um Sie, Claasen. Diese nette Geschichte mit Auschwitz, gut und schön, und verdammt rührselig. Das ist so eine Geschichte, mit der man Praktikantinnen ins Bett kriegt. Nur glaube ich Ihnen kein Wort. Sie und Ihresgleichen haben ganz gut von diesem schlechten Gewissen am Holocaust gelebt, und jetzt, wo den Leuten die Gegenwart näher ist als die Vergangenheit, wird Ihnen der politische Alltag plötzlich zu schäbig!«

»Tatsache! Der ist mir auch zu schäbig. Wenn zehn Ossis einen Neger klatschen und Heil Hitler rufen. Das ist mir echt zu schäbig. Wenn Sie das als die Zukunft der Berliner Republik verkaufen wollen, meinetwegen, aber ohne mich.«

»Claasen, wir sind noch immer das größte Nachrichtenmagazin in diesem Land. Ich will, daß wir es bleiben und daß wir hier was bewegen!«

»Dann tun Sie es doch! Bewegen Sie Ihren kleinen Joggerarsch! In welche Auflagenhöhe soll es denn gehn? Und wen wollen Sie als Ballast abwerfen auf Ihrem Höhenflug? Wie viele alte Säcke sind denn schon über Bord? Nein, danke! Ich gehe in Urlaub, wann ich will! So ekeln Sie mich nicht raus. Nicht auf diese krumme Tour.«

»Es ist wegen Ihrer Frau, oder?«

»Das geht Sie nichts an!«

»Haben Sie eigentlich nie daran gedacht, wieder zu heiraten?«

»Klar doch! Will die eine nicht, will die andere! Mein Gott, was verstehen Sie denn schon von Frauen?«

»Würde Sie das stören? Wenn ich homosexuell wäre?«

Er legte seine Hand kurz auf meine und fing an zu grinsen. Wirklich ein ausgebuffter Hund.

»Okay, okay. Glauben Sie es, oder glauben Sie es nicht: Ich bin ein romantischer Mensch. Ich habe nur eine Frau in meinem Leben geliebt, und daran wird sich nichts ändern.

Ich kann meine Ideale nicht einfach so verhökern, nur damit es mir besser geht.«

»Und Helen?«

Er hatte mich auf dem linken Fuß erwischt. Aber ich ließ ihm keine Zeit, sich darauf was einzubilden.

»Wieso? Haben Sie sich von ihr auch einen blasen lassen? Gleiche Nummer, gleicher Kick, von wegen ›Ich bin Lesbe und mach es dir umsonst‹?«

»Helen ist meine Schwester. Meine Halbschwester. Das sollten Sie vielleicht wissen, bevor Sie weiterreden. Mein Vater war zweimal verheiratet. Um keines seiner Kinder konnte er sich so richtig kümmern, verständlich bei seiner beruflichen Belastung. Wir sind uns wie Fremde begegnet, als wir uns in Berlin wiedertrafen.«

»Wenn Sie meinen Dispens für einen Inzest wollen, den haben Sie.«

»Sie werden um so vulgärer, je anlehnungsbedürftiger Sie sind, Claasen. Der Tadel der Umwelt gibt Ihnen ein familiäres Gefühl, oder? Ist Ihnen noch nie aufgefallen, wie leicht Sie es Ihrem Gegenüber damit machen, Sie zu durchschauen?«

Ich hatte schon den passenden Spruch parat, und der hätte gesessen wie ein Meßdiener im Bischofsschoß, da zog er plötzlich ein Zigarrenetui und hielt es mir hin. Nur so zum Schnuppern. Eine Cohiba. Die hätte ich selbst von unserem Kanzler angenommen.

Er gab mir Feuer, und wir taten eine Weile nichts anderes, als diesen Rauch zu schmecken und weich in die Höhe zu atmen, als dürften wir kleinen Engelchen damit die Röcke heben.

»Helen hat Angst vor dem Tod. Eine Angst, so ungeheuerlich, daß Sie mit Ihrem Verstand von der Stange sie gar nicht begreifen können. Ich übrigens auch nicht. Wenn ich morgens erwache, denke ich keinen Moment daran, daß es morgen oder übermorgen mit mir zu Ende sein könnte. Sie tut das jeden Morgen. Alle Zeichen der Hinfälligkeit kann sie lesen, so flüchtig die Schrift auch sein mag. Die wenigsten merken es, wenn der Tod sie im Vorübergehen grüßt, aber dieses ›Bis bald‹ ist unauslöschlich. Helen hat dieses ›Bis bald‹ schon als Kind gehört, und seit sie ein Kind ist, rätselt sie über die Zahl der Tage, die ihr noch bleiben, wägt das Minimum und das Maximum. Ihr Ordnungsgefühl ist nichts anderes als die Weigerung, vorzeitig etwas zu verschenken. Deswegen gibt es keinen Tag in ihrem Leben, über den sie sich nicht Rechenschaft ablegen könnte.«

»Das hat sie nicht grade entspannter gemacht.«

»Nein, hat es wirklich nicht. Sie hat mehr Macht über sich gewonnen, aber nicht mehr Macht über das Leben. Im Gegenteil, ihre Selbstbeherrschung ist nur die Kehrseite der stetig gewachsenen Angst. Deswegen will sie unbedingt diesen Stein. Seit dieser unheilvollen Begegnung auf Capri.«

Ohne Zigarre hätte ich die Geschichte gar nicht hören wollen. Seine Stimme war mir nämlich eine deutliche Spur zu elegisch. Ich sollte hier Tränen vergießen über eine Frau, die ich noch nicht einmal liebte. Aber die Cohiba im Aschenbecher verglühen zu lassen, wäre Verrat an Castro gewesen, außerdem hatte er eine einschmeichelnde Stimme. Da schwang etwas zu viel Selbstgefälligkeit mit, und der vorweggenommene Applaus verschmierte sein Lächeln ins Ölige, aber nach dem dritten Cognac war das nicht sonderlich störend. Es schläferte ein, auf angenehme Weise.

»Capri«, fuhr er fort, »war in jenen Jahren so etwas wie der Sitz einer spirituellen Gegenregierung, gleich fern dem Kapitalismus und dem Kommunismus, und genau das lockte meinen Vater. Er war ein Machtmensch, und wie alle Machtmenschen verachtete er den Erfolg, als er alltäglich geworden war. Das Magazin verkaufte sich von selbst, die Arbeit taten die Chefredakteure, und sie machten sie um so besser, je rücksichtsloser er sie gegeneinander ausspielte. Das kleine Einmaleins der Menschenführung. Wer das einmal beherrscht, kann den Rest seiner Tage auf dem Golfplatz verbringen. Er dagegen blieb in seinem Bürosessel sitzen, die Fäuste auf dem Tisch wie ein trotziges Kind, dem das Spielzeug geraubt worden war, und ließ sich die Leserpost ins Büro bringen, unsortiert, Woche für Woche, Berge von Briefen, in denen er zu wühlen begann wie Dagobert Duck in seinen Goldtalern.«

»Der Briefmarken wegen?«

»Um nach Sonderlingen zu stöbern. Von einem Tag auf den anderen sammelte er kuriose Zuschriften. Er wollte Gesichter sehen, in denen etwas anderes stand als der Wunsch nach Geld oder Karriere. Er zeichnete physiognomische Skizzen aus einigen wenigen wirren Zeilen, dichtete genialische Lebensläufe anhand seitenlanger Reformpläne, die ihm zugeschickt wurden, ihm, dem wichtigsten Pressemann Deutschlands, der von nun an alles mit majestätischem Wohlwollen prüfte, sofern es absonderlich genug war, seine Aufmerksamkeit zu erregen.«

»Er wurde einfach bekloppt, oder wie? Citizen Kane-Syndrom?«

»Sagen wir so, er umgab sich mit neuen Untertanen. Komische Käuze in unseren Augen. Für ihn hingegen waren sie die Eingeborenen einer anderen Welt, keiner besseren, darum ging es ihm gar nicht, eine andere Welt mußte es sein, in der er noch einmal Entdecker und Pionier sein durfte. Bald begann er, mit einigen dieser neuen Freunde zu korrespondieren. Er machte sich einen Spaß daraus, immer verrücktere Wucherungen ihrer Phantasie hervorzukitzeln und sie dann fallen zu lassen, sobald sie sich verausgabt hatten. Anderen schickte er Geld, ließ sie auf mehr hoffen und narrte sie dann mit einem letzten Almosen. Es war ein riesiges Vergnügen für ihn, bis er an den Falschen geriet.

Sie müssen wissen, daß mein Vater bis dahin noch nie in Urlaub gefahren war. Mit keiner seiner Frauen hatte er je eine Hochzeitsreise unternommen. Um so größer natürlich das Erstaunen meiner Mutter, als wir plötzlich aufgefordert wurden, ihn nach Capri zu begleiten. Wir, das waren die zwei Exfrauen mitsamt Kindern. Er mietete die Villa von Graham Greene und empfing Tag für Tag Gäste. Schauspieler, Dichter, Pensionäre mit und ohne Adelstitel, darunter viele Emigranten des Eigensinns, die auf der Insel Zuflucht gesucht hatten vor der Banalität des Wirtschaftswunders. Unter ihnen ein kleiner Mann, der schon am ersten Tag unangenehm auffiel durch seine hochmütige Art, mit der er sich in Szene setzte. Dennoch wären wir nie auf die Idee gekommen, daß mein Vater allein ihm zuliebe diesen ganzen Zauber veranstaltete. Helen nannte ihn den Propellermann, weil er immer eine viel zu große Fliege trug. Eigentlich hieß er Willy Kluck. Er stellte sich als Professor des IPS vor, International Private Service, ließ dann aber schnell durchblicken, daß es sich dabei nur um eine bürgerliche Tarnung handle. Tatsächlich war er der heimliche Präsident des Inselreiches, Richter und Staatsanwalt in einer Person, zugleich vornehmster Bekenner der eigenen Religion.

Kluck schauspielerte seinen Wahnsinn mit einer Überzeugungskraft, die gar keinen Gedanken an die Notwendigkeit einer psychiatrischen Einweisung aufkommen ließ. Mein Vater war ihm verfallen, in Hamburg schon, als er den ersten Entmachtungsbescheid erhalten hatte. Die verschickte Kluck damals in Serie an alle Mächtigen der Welt. Mein Vater war der einzige, der akzeptierte, und wurde prompt auf die Insel eingeladen, auf daß er seiner Untertanenpflicht nachkommen möge und die ausstehende Steuerschuld beglich. Eine banale Summe, denn Kluck ging es nicht um Geld.

Er residierte in seinem ›Einsamkeitswürfel‹, wie er ihn nannte, eine alte Hirtenhütte am Monte Solaro, ein schrankgroßer Raum, ohne Wasser, ohne Strom. Nur seine treuesten Anhänger durften ihn dort aufsuchen und verpflegen. Bargeld brauchte er eigentlich nur für Bücher und Porto. Wenn er keine Briefe schrieb, verbrachte er die Tage damit, über alten Karten von Capri zu brüten. Für ihn war die Insel ein Pentagramm, dessen Losung nur er allein kannte, der Fels, auf den er seine eigene Kirche baute, die allen Gläubigen Unsterblichkeit verhieß, sofern sie ihm bedingungslos huldigten.

Mein Vater hörte die Botschaft gern. Er suchte Psychopathen, deren Spleen er teilen konnte. Auf eine ironisch-reservierte Art versteht sich, aber er teilte ihn. Wenn Kluck über das ewige Leben und den Stein der Weisen schwadronierte, dann nahm er das ernst, auch wenn er danach beim Essen seine Witze darüber riß. Er spürte, daß Klucks Phantasien, so verrückt sie auch immer waren, nur die etwas närrische Verkleidung einer ihm selbst zutiefst einsichtigen Wahrheit darstellten.«

»Alle Geschichten dieser Welt erzählen die eine Geschichte?«

»Die von der Überwindung des Todes!«

»Schön, schön. Jede Insel hat ihren Robinson und jeder Wahnsinn seinen Schöpfer. Aber wann hat Herr Kluck den Stinkefinger in die kleine Helen gesteckt? Das ist ja wohl die Pointe an der Geschichte, oder?«

»Manchmal sind Sie einfach nur widerwärtig, Claasen!«

»Nennen Sie mich doch einfach Mr. ›Ich weiß, was ihr alle wollt und sag es auch‹.«

Er ließ sich nicht aus der Ruhe bringen. Im Gegenteil. Je mehr mir das Blut kochte, desto lockerer hielt er seine Zigarre. Und dennoch war sie eine Nummer zu groß für ihn. Glückskind, das er war, hatte er ein Erbübel, das ihm dummerweise alles verdarb. Er würde seinen Vater niemals übertrumpfen können. Da konnte er seinen kubanischen Weihrauchwedel noch so salbungsvoll schwenken.

»Die esoterische Bewegung, Claasen, hat die Figur einer Spirale: Inzwischen umfaßt der Kreis die Welt, aber in ihren Anfängen geht sie zurück auf kleine Zirkel Eingeweihter und wenige auratische Orte. Capri war so ein Tempelstätte des anderen Denkens.«

»Daß wir uns recht verstehn... noch zwei Cognac Fräulein ja!... Sie meinen diesen Felsen vor Neapel. Die Folterburg des Tiberius, Heimstätte der Pädophilen, Insel der Vogelsteller, die meinen Sie doch, wo Generationen von Operettenfischern ihre Freizeit damit verbringen, kleinen Vögelchen die Augen auszustechen, damit sie Tag und Nacht singen und neue Vögelchen in die Netze locken?«

»Das sind die Einheimischen. Da sollten Sie unterscheiden. Auch Adam und Eva waren zu ungeschickt, das Paradies in Besitz zu nehmen. Helen und ich stellten uns da gescheiter an. Für uns war die Insel ein Zauberreich, Prosperos Eiland. Ein Palast von ungeheurer Größe und mittendrin, der verwunschene Ort, die Blaue Grotte. Das Hochzeitszimmer von Sissy und Ludwig, mit nachtschwarzem Samt ausgeschlagen, jener Raum, in dem Klucks jungfräuliche Prinzessin nächtigte bis zum Jüngsten Tag, an dem sie den neuen Gott gebären würde. Albern natürlich, aber mein Vater machte ein Geheimnis aus der Grotte und wollte uns erst am letzten Tag hinführen. Bis dahin durchstöberten wir jede Villa der Umgebung, all diese Gräber verrückter Träume, mit ihren Gärten, deren Pforten niemand mehr schloß, durchsuchten wir nach einer Geheimtür, die uns den Zugang zur Grotte öffnen sollte.

Es war ein Tag, der so glücklich begann wie alle anderen zuvor, Sonnenschein, Entdeckerlaune, als mein Vater beim Mittagessen ankündigte, er wolle uns am späten Nachmittag in die Katakomben des Tiberius führen. Da war es mit unserer Ruhe vorbei. Unsere Mütter putzten uns heraus, als handele es sich um eine Landpartie. Wir zogen los mit Picknickkorb und farbig bebänderten Strohhüten, Helen und ich immer Hand in Hand.

Vor dem Eingang zu den Katakomben hing damals noch ein Skelett in einem Käfig. ›Das Skelett des Besuchers, der glaubte, ohne Führer auskommen zu können‹, scherzte unser Scipione zum Vergnügen der Erwachsenen, deren Lachen uns in die unterirdischen Gänge trieb. Es war so unpassend, dieses Lachen, fanden wir beide, wie alles, was die Erwachsenen trieben. Wir hielten uns immer noch an den

Händen und eilten voran mit unseren Taschenlampen. Wir wollten einfach nur laufen, hinein ins Dunkel, auf dieser leichten Schräge, hinab ins Innere der Insel auf unserem Geheimgang in die Grotte. Helen drängte voran, sie war die Mutigere, ich dagegen blieb immer einen Schritt zurück. Ich hatte Angst vor den Ratten, die vor uns hersprangen, aufgeregt, als wäre seit Wochen keiner hier gewesen. ›Richtungspfeile gibt es keine‹, hatte der Führer gewarnt, ›und keine Notbeleuchtung, denn die Dorfjungen stibitzen immer die Glühbirnen. Wer dort unten verlorengeht, bleibt verloren bis zum Jüngsten Tag.‹

›Geh nur weiter!‹ schien einer zu flüstern, leiser als der Flügelschlag der Fledermäuse, ›Geh nur voran! Wir haben dich gewarnt!‹ Das Licht meiner Taschenlampe reichte nicht weit. Ich mußte sie mit beiden Händen halten, streckte sie weit weg vom Körper, längst war sie keine Wünschelrute mehr, sie war eine tote Schlange, die ich zum Ausgang schaffen mußte, ehe sie wieder zum Leben erweckt wurde.

Helen winkte aufgeregt, als hätte sie das Ziel schon vor Augen, während mir die Beine immer schwerer wurden. War da nicht schon ein Zucken im Körper der Schlange? Sollte ich nicht auf der Stelle kehrtmachen? ›Komm doch!‹ rief sie. ›Beeil dich!‹ Aber ich blieb stehn. Ich wollte einen Moment still sein. Nachdenken dürfen. Da trat sie ins Dunkel ohne mich. Wie durch einen Vorhang trat sie hinein und war plötzlich verschwunden. Der Schreck versteifte mir vollends die Glieder. Ich leuchtete mit der Taschenlampe die Wände ab, aber da war keine Tür, kein Spalt. Ich zog und zog, sehr vorsichtig, bis die Lampe wieder ganz dicht vor meiner Brust war. Die Kälte des metallenen Griffs trieb einen Pflock in mein Herz. Es waren nur Sekunden, es konnten nur Sekunden gewesen sein, einige Atemzüge, die wir uns aus den Augen verloren hatten.

Ich stand starr. Der Puls hatte ausgesetzt, aber ich zählte die Zeit in Bildern der Erinnerung. ›Macht mir die Blätter im Herbstwind.‹ Alle Hände hoben sich und zitterten. ›Macht mir die Blätter im Sturm.‹ Hui, Hui, pfiff es jetzt durch den Saal, Hui, Hui, und alle Kinder sprangen wie wild durcheinander, als wäre der Windstoß mitten in sie hineingefahren.

Ich rannte vorwärts. Laut schreiend. Die Ratten sollten sich vor mir entsetzen wie ich mich vor ihnen. Und die Fledermäuse, die Nachteulen, die Totengräber und kopflosen Kadaver, wer immer sich mir in den Weg stellte. ›Hui, Hui, aus dem Weg!‹ Keine dreißig Meter weiter stand sie und wartete auf mich, faßte meine Hand. Aber ihre Hand war kälter. Wenig später erleuchtete Vaters starke Taschenlampe den Gang.

Auf dem Nachhauseweg summte Helen ein Lied. Ich kannte es nicht, ich kannte auch nicht den Abzählreim, den sie vor sich hinmurmelte auf dem Weg hoch nach Anacapri: ›Zähl die Stufen, zähl die Lebensjahre.‹

Ich wußte nichts mehr über sie, denn von diesem Tag an hatten wir keine Gemeinsamkeiten mehr. Ich blieb noch für Jahre ein Kind, sie war erwachsen geworden. Der Schrekken darüber kam erst in der Nacht. Es war wohl das erste Mal, daß ihre Angst wirklich Augen bekam. Sie sah den Tod vor sich. Schrie das ganze Haus zusammen. Immer wieder schrie sie: ›Zähl die Stufen, die Lebensjahre. Zähl die Stufen, deine Lebensjahre.‹

Mein Vater saß an ihrem Bett bis zum frühen Morgen und protokollierte ihre Alpträume. Ein Mann mit Bart und einer großen Sonnenbrille war auf sie zugekommen. In seinem Gefolge ein Affe und ein Hund. Der Mann trat ganz nah an sie heran und strich ihr über die Haare, ganz behutsam, nur um sich zu vergewissern, daß sie auch wirklich da war. ›Komm, ich zeige dir die Villa des Tiberius‹, hatte er geflüstert und sie dann ganz einfach bei der Hand genommen. Der kleine Spitz lief voran, der große Affe turnte hinterher. Er stank nach Schnaps, seltsamerweise, das roch sie ganz deutlich.

›Ja, ja, das ist meine größte Sorge‹, meinte der Fremde, ›der Affe trinkt. Er trank schon bei seinem alten Herrn, er tut es auch jetzt noch ab und an heimlich bei mir, erst neulich wieder hat er den Weinkeller geplündert. Aber komm, spute dich, ich zeige dir die Kammer der unschuldig Gemordeten. Du weißt doch, die Menschen erzählen, daß Tiberius all seine Kinder und die Kinder seiner Freunde und die seiner liebsten Soldaten in der blauen Grotte ertränkte, weil er sie mit dem Tod vermählen wollte. Alberner Unsinn. Das kann ich beweisen. Du mußt mich nur die Stufen hinabführen. Führ mich hinunter in die Katakomben, Kleines, und zähl die Stufen! Vielleicht gefällst du ihm so gut, wie du mir gefällst, und du wirst seine Braut?! Möchtest du das gern? Daß wir Freunde werden? So wie er mein Freund wurde und ich der seine und wir beide einander zum Verwechseln ähnlich.‹

Plötzlich schwand das Fleisch von seinen Knochen, und der Anzug schlackerte um sein Skelett. Die Brille fiel, die Wangen schmolzen, und er schlug die Hände vor sein Gesicht, das nur noch ein Totenschädel war, und nahm sich die Augen heraus, glühende Kohlen, ganz rot, als spiegelte sich ein letztes Mal die Abendsonne darin.

Helen beruhigte sich erst gegen Mittag, als der Arzt ihr eine Spritze gab. Kluck wurde hinzugerufen und schwieg sich aus. Mein Vater in seiner Not erzählte den Traum der greisen Constanze von Bismarck, die direkt nebenan in einer verfallenen Villa hauste und die ein bißchen bleich um die Nase wurde, als sie das hörte.

›Il Dottore Axel Munthe‹, flüsterte sie, denn sie tat alles mit verhaltener Kraft. ›Der Bauherr von San Michele. Ich habe ihn noch gekannt vor seiner Erblindung. Er war ein wunderbarer Arzt. Mit diesem Gespür dafür, wie wenig Medizin es oft braucht, die Leiden der Frauen zu lindern. ›Alle glauben, ich habe einen Pakt mit dem Teufel geschlossen! Pah, alberner Unsinn.‹ Da war tatsächlich keine Zauberei im Spiel, ich kann es bezeugen, kein Geist aus der Flasche, der einen Palast über Nacht erbaut hätte. Axel Munthe hat sich das Haus dort oben hart erarbeitet. Er schleppte Antiquitäten aus aller Herren Länder herbei, legte alte Mosaiken frei, grub die Säulen des Tiberius aus, und als alles seinem Traum zum Verwechseln ähnlich sah, erblindete er. Die Sonne Capris strafte seinen Hochmut, hieß es, der Teufel selbst habe ihm die Augen ausgestochen. Er sei dazu verdammt, in den Katakomben umherzuirren, und nur die Tränen der Kinder, die seine Nachfolger zu Tode brachten, können seine Wunden kühlen.

Ich selbst bevorzuge doch eher die Dämmerung, aber viele meiner Gäste haben mir versichert, daß er nachts noch immer auf der Insel umherstreift mit seinem Hund und dem ewig betrunkenen Affen, weil er die Sonne haßt und die Sterne liebt. Wer ihn sieht und anzureden wagt, stirbt eines frühen Todes, denn jeder Tag, den er den anderen stiehlt, verlängert sein Schattenleben um ein Jahr.‹

›Tolle Geschichte!‹ murmelte mein Vater, aber zu Hause ließ er die Türen knallen und brüllte seine Diagnose jedem ins Ohr, der ihm zu nahe kam: ›Erblich belastet, die Frau!‹

»Warum erzählen Sie mir das eigentlich alles?«

»Damit Sie verstehen, warum meine Schwester Dr. Borsig geheiratet hat.«

*

Den Tag zuvor war Viktor am Grab seiner Mutter gewesen. Er hatte ihr Blumen gebracht, das erste Laub entfernt und die Ereignisse der letzten Tage in allen Einzelheiten vorgetragen, bis ihn die Kälte daran erinnerte, daß er noch immer keinen Mantel besaß. Am Abend hatte Schorle-Paul für alle gekocht, Fisch in Weißwein hätte es werden sollen, aber er lag ziemlich auf dem Trockenen, der Fisch. Was keinen weiter störte, denn der Abend gehörte den Geschichten aus der guten alten Zeit, den Jahren, als jeder von ihnen jung, froh und verliebt gewesen war, Queequeg ausgenommen.

Die Nacht verbrachte er mit Hedwig, und er konnte sich nicht erinnern, jemals in seinem Leben glücklicher gewesen zu sein. Sie hatten ein Teelicht nach dem anderen niederbrennen lassen, und gegen Morgen, als sie längst schon schlief und er im Schutze ihres mächtigen Rückens noch immer grübelte, stand sein Plan fest. Er hatte alles erwogen, jedes Detail, diesmal würde er sich durch nichts und niemand aus der Ruhe bringen lassen. Borsig verließ sich darauf, daß er, Viktor, leicht einzuschüchtern war, und das war er auch, aber er konnte auch aufs Ganze gehen, wenn er nur wollte. Er war nicht mehr nur darauf aus, einen kleinen Profit einzuheimsen, ihm ging es darum, Borsig verlieren zu sehen. Er, Viktor, würde die Partie zu seinen Gunsten entscheiden, das hatte er seiner Mutter geschworen, zumindest pari.

Als er sich vor dem Spiegel rasierte und noch ein wenig Frisiercreme in seine Haare brachte, die er sehr akkurat nach hinten strich, akkurater denn je, da konnte er ein kleines Lächeln nicht unterdrücken. »Herr Dr. Borsig, Sie haben mich unterschätzt!«

Er übte den Satz zwei, drei Mal, und auch wenn er nicht ganz zufrieden war, so machte sich doch ein harter Zug um seinen Mund bemerkbar, den er so noch nicht an sich gekannt hatte.

Hedwig war noch immer im Morgenmantel, als er seine letzte Tasse Kaffee trank. Zum Essen war er zu aufgeregt. Sie hatte ihm die zwei Brötchen einpacken wollen, aber er konnte schlecht einen Brotbeutel mitnehmen, also ließ er sich noch eine Tasse Kaffee einschenken. Die fünfte jetzt.

»Ist gut, Hedwig! Ich muß los.«

Sie drehte sich nicht um, aber er griff noch einmal von hinten um ihre Brust, und auch wenn er sie mit beiden Armen kaum umschließen konnte, so spürte sie doch seinen festen Willen, und etwas in ihrem Busen bebte, so lieb hatte sie ihn, und so ungern ließ sie ihn gehen.

Draußen im Flur stand der Matrose. Er tat so, als würde

er den Fahrplan der S-Bahn studieren, tatsächlich hatte er nur Viktor abpassen wollen.

»Warte mal, Junge, ohne Mantel kannst du doch nicht los! Hier, such dir einen aus!«

Er öffnete den Wandschrank. Da hingen ein Dutzend Anzüge und jede Menge Mäntel, und unten standen die Schuhe, passend in allen Farben, säuberlich poliert.

Viktor pfiff anerkennend.

»Sag mal, wem gehört die Garderobe denn?«

»Polen-Jupp! Alter Ostpreuße, kann doch nichts wegwerfen, genau wie Django. Allerdings ist das alles feines Tuch, der war doch mal in der Wirtschaft, nicht so wie Schorle-Paul, sondern richtig. Also, such dir einen aus, er hätte nichts dagegen. Wenn er wiederkommt, sag ich ihm Bescheid.«

Viktor war nicht unbescheiden, denn er hatte das Gefühl, daß dieser Tag so etwas wie sein Geburtstag war, der Tag, an dem er endlich der Mann werden würde, den seine Mutter sich immer gewünscht hatte. Und am besten sah dieser Mann in einem Kamelhaarmantel aus, den hatte er schon immer haben wollen und der hier paßte wie angegossen, wenn er auch etwas zu lang war an den Ärmeln.

»Ich bring ihn zurück.«

»Na klar, wie gesagt, Polen-Jupp hätte bestimmt nichts dagegen!«

Hedwig kam noch mal rausgerannt aus der Küche, umarmte ihn kurz, wärmte die Hände in seinen Manteltaschen und verschwand wieder. Hinten im Flur, im Halbdunkel, stand Queequeg. Viktor traute sich nicht, auf ihn zuzugehen, aber es schien ihm, als nicke Queequeg ihm kurz zu, so, als wäre es eine abgemachte Sache, daß er wiederkam.

Als er dann die Treppe hinunterlief, immer zwei Stufen auf einmal vor Verlegenheit über so viel Gefühl, hüpfte sein Herz gleich mit. Es war so ein großes Glück, Freunde zu haben, dachte er, als er auf die Straße trat. Und überall gaben ihm lächelnde Gesichter recht.

Was Viktor nicht sah, waren die zwei jungen Männer, die sich im benachbarten Hausflur herumdrückten.

Es war kühl. Graue, schwere Regenwolken hingen herab wie alte Katzenbäuche. Neue kamen heran, dicht an dicht, und schlossen die letzten Sonnenlöcher. Es würde ein grauer, nasser Tag werden. Er hätte sich einen Regenmantel nehmen sollen. Viktor schlug den Kragen hoch, und als er die Fäuste in seine Manteltaschen stopfte, knisterte auf jeder Seite ein Geldschein. Das war Hedwig!

Er ging zum nächsten Taxistand. Immer, wenn er Geld in der Tasche hatte, verzichtete er auf öffentliche Verkehrsmittel. Der Fahrer ließ nur die Scheibe herunter, denn so sicher war er sich nicht, daß der komische Kauz in dem viel zu großen Mantel mehr wollte als nur eine Auskunft. Viktor beugte den Kopf und lächelte in den Wagen hinein.

»Können Sie mich zum Fernsehn bringen?«

»Das wird schwer bei Ihrem Gesicht!«

»Wie meinen Sie das?«

»Na, werden Sie mal nicht gleich wütend. War ja nur ein Scherz! Also, wo wollen Sie hin: SFB, ZDF, RTL, SAT 1, N-TV, Pro7?«

»Was sehn Sie denn so?«

»Einer wie der andere, ich guck nicht in die Röhre!«

Viktor war etwas enttäuscht, denn in seinem Plan war der Respekt vor dem Fernsehen der entscheidende Faktor.

»Hierhin bitte!«

Viktor hielt ihm die Visitenkarte unter die Nase.

»SAT 1. Die sitzen in Mitte, direkt gegenüber dem Polizeirevier, Nähe Spittelmarkt, falls Sie mit der U-Bahn zurückwollen.«

»Ja gut, dann fahren Sie mich bitte dorthin, und wenn Sie einen kleinen Umweg über den Alexanderplatz machen könnten, wäre mir das sehr recht.«

Viktor lehnte sich zurück. Er sah nicht hinter sich, er sah nicht, daß ihnen ein zweites Taxi folgte, das registrierte nicht einmal sein Fahrer, der die Ledermütze ein wenig verlegen in den Nacken geschoben hatte, weil er sich nicht recht im klaren war, was er von dem Burschen hinter sich halten sollte. Ein teurer Kamelhaarmantel, aber schwarzweiße Schuhe, eine Verlierervisage, wie er sie noch selten gesehen hatte, aber ein Auftreten wie Graf Koks.

Der Kollege hinter ihm war da schon nervöser, denn die beiden jungen Männer in seinem Wagen sahen mehr nach Ärger als nach Trinkgeld aus. Sie trugen anständige Schuhe, ordentliche Jacken, Krawatten sogar, da war nichts zu wollen. Aber etwas in ihrer Art ließ ihn ganz nervös am Lenkrad spielen. Es war der konzentrierte Blick. Als suchten sie überall eine Zielscheibe, und immer trafen sie mit ihrem Haß ins Schwarze. Für die gab es keine Opfer, nur Täter. Das machte ihnen den Job so leicht.

Owi und Horia waren aus Rumänien. Borsig hatte sie freigekauft, als er dort die Patenschaft für ein neues Kinderheim übernahm. Einer der Bukarester Bahnhofspatrone hatte das Brüderpaar gegen ein paar Flaschen Schnaps ihrem Vater abgehandelt, eingekleidet und an deutsche Sextouristen vermietet, bis sie für deren Spiele zu alt wurden. Danach hielt er sie in seiner Leibgarde. Borsig konnte sie benutzen wie ein Paar gut abgerichtete Kampfhunde. Auch wenn sie ihn nicht mochten, sie parierten, denn sie teilten seinen Haß auf alte Männer mit zu viel Geld. Davon gab es in Berlin genug. Wo immer sie hinblickten, sie fanden ein Gesicht, das sie kannten, und wenn es auch nur die Ahnung einer Ähnlichkeit war, stellte sich sofort die Erinnerung an die Mißhandlungen ein. Die Welt war für sie beherrscht von ehemaligen Freiern, die mit ihrer Macht protzten, und die Wut darüber konnten sie an jedem auslassen, der ihnen preisgegeben wurde.

Was die beiden nicht sahen, war das dritte Taxi, das etwas Abstand hielt, denn Django hatte genug amerikanische Serien gesehen, um zu wissen, wie man eine professionelle Verfolgung organisierte.

Eigentlich hatten Schorle-Paul und er nur so aus dem

Fenster herabwinken wollen, als sie plötzlich die zwei Typen in dem Hauseingang stehen sahen. »Das heißt nichts Gutes.«

»Ne, das tut das nicht.«

Das mußte Django zugeben, und auch wenn er Viktor nicht mochte, so hatte es doch keinen Sinn, wenn Hedwig sich die Augen ausweinte, nur weil ihr Däumling direkt eins in die Fresse bekam, kaum daß er das Haus verlassen hatte.

»Also hinterher!«

Django hatte eigentlich erst sein Moped nehmen wollen, aber Schorle-Paul beharrte auf einem Taxi.

»Auf deine Hämorrhoidenschaukel setz ich mich nicht!«

»Okay, aber meinen Helm nehm ich trotzdem mit, man weiß ja nie!«

Nun saß Django vorne, immer ein argwöhnisches Auge auf den Taxameter, während Schorle-Paul hinten die Arme weit ausbreitete und ein bißchen vor sich hin brabbelte, denn so oft fuhr er nicht Taxi, eigentlich gar nicht mehr seit seiner letzten Scheidung.

»Hey, was fahren die denn da immer im Kreis um den Alex? Kann das sein, daß Ihr Kollege meinen Kumpel bescheißen will?«

»So blöd ist doch keiner, daß er sich zweimal um den Alex fahren läßt und nix merkt.«

»Auch wieder wahr.« Aber jetzt kam Django erst recht ins Grübeln.

Viktor dagegen war völlig mit sich im Reinen. Er schielte von unten hoch auf den Fernsehturm, und auch wenn die Sonne verschwunden war und die Wolken sich immer tiefer senkten, das Lächeln blieb auf seinem Gesicht. Als kleiner Junge war er mal mit seiner Mutter auf den Turm gefahren, dicht gedrängt im Aufzug, an einem Herbsttag wie heute, und auch damals schien die Kuppel fast schon in den Wolken zu verschwinden. Sie hatten im Restaurant ein viel zu kleines Eis gegessen und langsam die Stadt um sich kreisen lassen, weil die Erde ist eine Scheibe, und wenn sie sich dreht, dann spielt sie eine traurige Melodie, ganz leise, für die Ohren der Engel. Das hatte er ihr geglaubt damals.

»Kommen Sie von auswärts? Soll ich Ihnen was über den Alexanderplatz erzählen?«

»Danke nein, aber fahren Sie doch bitte noch mal die Runde.«

Also bog der Taxifahrer noch einmal am Adenauerplatz ein, ehemals Marx-Engelsforum, vorbei am Roten Rathaus und wieder im Karree um den Funkturm, auf der Busspur vorbei am Dauerstau, den spielzeuggelben Straßenbahnen, ohne Stop diesmal Richtung Unter den Linden, vorbei am abbruchreifen Palast der Republik und dem Dom, wo er eine Kerze anzünden würde, wenn alles gut ging. Aber gerade, als er sich noch einmal umsehen wollte nach der Kuppel, bogen sie auch schon in die Oberwallstraße ein.

»Okay, da wären wir. Wollen Sie Ihr Toupet noch mal richten?«

Viktor nahm das Angebot ernst, drehte zum Erstaunen des Fahrers den Rückspiegel zur Beifahrerseite hin und strich sich die Haare mit beiden Händen glatt. Dann zupfte er an seiner Hose, die ihm Hedwig aufgebügelt hatte, und suchte nach dem 50-Mark-Schein.

»Hier! Ist gut so!«

»Na, dann viel Erfolg und toi, toi, toi!«

Viktor warf die Autotür zu und ging direkt hinein in den Neubau des Medienzentrums, an dessen von Baugerüsten vergitterter Front zerschlissene Planen flatterten wie die Segel eines gekaperten Schiffes. Viktor trat auf den Pförtner zu, zückte die Visitenkarte und akzentuierte jedes einzelne Wort, um sicherzugehen, daß es keine Mißverständnisse gab.

»Ich habe einen Termin mit Frau Katrin Graf.«

»Gehen Sie da hinten noch mal fragen.«

Die erste Hürde war genommen, zu leicht, wie Viktor fand. Er trat in ein mit Marmor gefliestes Atrium, links und rechts Fahrstühle, vor ihm eine felshohe Glaswand, durchbrochen von einer Sicherheitsschleuse. Viktor nahm vorsichtshalber sein Münzgeld aus der Tasche, legte es auf die flache Hand, aber die Wachbeamten winkten ihn einfach durch.

Er stand in einem Raum, dessen anderes Ende nicht absehbar war. Dutzende von Stellwänden, angeordnet zu Bürowaben. Jede für sich großzügig und bunt, aber bedrükkend monoton in der Art und Weise ihrer Reihung.

Viktor hatte die Fäuste fest in den Taschen seines Mantels verborgen, aber allmählich siegte die Neugier über die Verlegenheit, und er blinzelte fasziniert den Frauen hinterher, die an ihm vorbeieilten. Die meisten von ihnen sehr groß und mit einem freundlichen Lächeln, ganz anders die Männer, die allenfalls hektisch die Zähne bleckten. Es brauchte etliche Minuten und viele fragende Blicke, bis schließlich ein viel zu schlaksiger junger Mann in übergroßen Turnschuhen auf Viktor zutrat.

»Kann ich Ihnen helfen? Alles ein bißchen unübersichtlich hier, nicht wahr? Von wegen Tempel der Transparenz, alles nur Architektengerede. Ich heiße Klaus Hecker, stellvertretender Chef vom Dienst, der ist nämlich grade in der Frühstückspause.«

»Mein Name ist Viktor Friedemann. Ich habe einen Termin mit Frau Graf!«

»Katrin? Das wird schwer, die ist nämlich gerade in einer Abnahme. Nein, das ist keine Diät, wenn Sie das meinen!« Er lachte aufgeräumt, obwohl Viktor ihm nicht den geringsten Anlaß dazu gegeben hatte. »Das ist die Schlußredaktion, da wird entschieden, ob ein Beitrag gesendet wird oder nicht. Aber worum geht es denn?«

»Ich hätte Frau Graf eine Geschichte anzubieten.«

Der junge Mann starrte ihn an, pikiert und ein wenig enttäuscht, als hätte Viktor seinen Mantel aufgeschlagen, um Nacktphotos von Hillary Clinton zu zeigen.

»So, so! Eine Geschichte haben Sie zu verkaufen! Na, dann kommen Sie mal mit. Gleich hier!«

Er zog ihn in eine der größeren Bürozellen, aber kaum daß Viktor sich gesetzt hatte, klingelte auch schon das erste Telephon und, als wären sie insgeheim gekoppelt, auch gleich das nächste und das übernächste.

»Nein, der ist grade beim Frühstück. Okay, ich sag Bescheid. Also, was war das mit Ihrer Geschichte? Entschuldigung!«

Er nahm den dritten Hörer ab, hielt den zweiten aber noch am Ohr und sprach in einem zunehmend hektischeren Ton in beide, als müßte er eine Auktion moderieren.

»Ist nicht wahr? Geil! Ja, Katrin ist grade auf der anderen Seite. Hast du gehört, Katrin? Selbstverbrennung auf dem Kurfürstendamm! In Höhe des KaDeWe. Kann noch rein, der Beitrag? Ja, das kann noch in die 18 Uhr Sendung. Die Bilder kommen in einer halben Stunde. Wie viele? Keine Ahnung, wie viele! Klaus ist mit dem Team noch draußen! In einer halben Stunde weiß ich mehr. Hier will dich übrigens jemand sprechen, ein Viktor...«

»Friedemann!«

»Viktor Friedemann. Hat eine Geschichte anzubieten, sagt er! Mmh!«

Er sah Viktor über den Hörer hinweg an und flüsterte, als stünde er am Krankenbett eines kurz zuvor Verstorbenen: »Sie kann sich grade nicht an Ihren Namen erinnern, aber ich soll mich um Sie kümmern. Sorry, sie hat echt zu tun. Ist gleich auf Sendung. Also wie kann ich Ihnen helfen Viktor?«

»Ich würde Frau Graf gern eine Geschichte anbieten.«

»Ja klar, so weit waren wir schon mal. Warte, ganz kurz!«

Es hatte wieder geklingelt. Nur einmal allerdings. Er knallte die Turnschuhe auf den Tisch. Unter dem einen klebte ein Kaugummi, und Viktor überlegte, wieviel Mühe es ihn kosten würde, diesen Kaugummi aus den Rillen des Schuhs zu kratzen.

»Ja, ich sag dir, der ist echt nur noch Asche. Einen halben Kanister Benzin. Ha, Ha! ›Bleifrei hoffentlich!‹ Der ist gut. Nein, gleich, ich hab hier noch jemand sitzen. Tschüßi!«

Er tat kurz die Hand auf den Hörer und blickte Viktor in einer seltsamen Mischung aus Hoffnung und Zweifel an.

»Sagen Sie mal, Sie gehören nicht zufällig zu dieser Sekte? Das wäre nämlich echt der Hammer? Nein? Schade! Überlegen Sie es sich noch mal! War ein Scherz! Okay, kommen wir zu Ihrer eigenen Geschichte!«

»Was würden Sie sagen, oder was würde Frau Graf dazu sagen, wenn ich Ihnen beweisen könnte, daß eventuell ein bekannter Berliner Arzt...«

»Warten Sie mal, warten Sie mal, Viktor! Schon mal vorneweg eins, kleiner Tip unter Brüdern! Für uns ist so eine ›Geschichte‹ erst interessant, wenn was Konkretes dahintersteckt, verstehen Sie! Sonst haben wir nur eine Horde Anwälte am Hals. Ein ›vielleicht‹ hilft uns da nicht viel, mit einem ›eventuell‹ mußt du erst gar nicht kommen. Das ist dann nämlich Rufmord! Fakten, Fakten, Fakten! Verstanden? Einen Moment, das Scheißding klingelt schon wieder. Wie – Klaus ist schon da mit dem Material! Ja, klar, ich bring es gleich rüber in den Schnitt. Nein, ich beeile mich! Okay, wir machen das so, Viktor. Bleiben Sie schön sitzen. Hier – haben Sie so was schon mal gesehen? Das ist ein DAT-Rekorder. Ein digitales Aufnahmegerät. Hier, die Schnur geht zum Mikrophon, und da sprechen Sie Ihre Geschichte rein. Sie müssen einfach nur reden. Verstanden. Einfach nur hier draufdrücken und los. Aber nicht mitgehen lassen, ja?!«

»Hätten Sie vielleicht noch einen Kaugummi?«

Viktor wußte auch nicht, was in ihn gefahren war, aber dieser junge Mann hatte ihn so nervös gemacht, daß er gar nicht anders konnte. Er brauchte irgend etwas zur Beruhigung. Außerdem hoffte er, ihn mit der Frage irgendwie in Verlegenheit bringen zu können.

»Na aber klar doch! Hier! Nehmen Sie zwei! Sie können es vertragen.«

Der junge Mann sah einen Moment belustigt zu, wie Viktor den einen Streifen in die Innentasche seines Jacketts steckte und den anderen sorgfältig entblätterte, als wollte er Papier- und Wertmüll trennen.

»Okay, ich verschwinde jetzt. Sie machen das hier schon, und dann komm ich wieder, hör mir das alles an und spreche mit Katrin. Wenn ich was später kommen sollte oder gar nicht, legen Sie einfach Ihre Telephonnummer hierher, und wir rufen zurück. So oder so, wir kommen ins Geschäft! Alles klar?! Tschüßi!«

Viktor sah auf das Mikrophon, würgte den Kaugummi hinunter, drei, vier Mal mußte er schlucken, weil die Angst vor Erstickung seine Kehle schnürte. Dann ging er seine Geschichte noch einmal Satz für Satz durch. Am frühen Morgen, im Schutz von Hedwigs mächtigem Rücken, war alles so leicht gewesen. Jetzt plötzlich schien jedes einzelne Wort wieder eine Kehrseite zu haben, die seinen Gebrauch peinlich wirken ließ. ›Fakten, Fakten, Fakten!‹ Was genau hatte er sich darunter vorzustellen? Keine bloßen Vermutungen äußern, das verstand sich von selbst, keine Vorgriffe auf die Wirklichkeit, alles Gewisse numerieren: »Erstens: Der Stein der Weisen existiert.« Er murmelte den Satz halblaut vor sich hin und sah sich dann scheu um, als hätte er etwas ganz Dummes gesagt. In diesem Raum, inmitten so vieler junger Menschen, klang diese Feststellung völlig verrückt. Er kam sich vor wie einer der Zeugen Jehovas, die vor dem Bahnhof Zoo Wache hielten, die Bibel immer dicht vor Augen, weil sie die mitleidigen Blicke der Passanten nicht ertrugen. »Das Testament Ludwig Leichhardts ist der Beweis!« setzte er trotzig hinzu.

War es das denn wirklich? Er hatte es ja noch nicht einmal gelesen! Viktor lief der Schweiß von der Stirn, aber seinen Mantel mochte er nicht ausziehen.

»Zweitens: Dr. Borsig, Leiter und Inhaber der Babelsberger psychiatrischen Anstalten, läßt ehemalige Patienten für sich morden.« Er sah schon das gelangweilte Gesicht des jungen Mannes vor sich. ›Nennen Sie mir Name, Adresse, Alter und Todesursache der Opfer!‹

Viktor zögerte. Frau Leichhardts Tod war nicht die Schuld Borsigs. Und daß der alte Leichhardt ermordet worden war, wen interessierte das noch? ›Fakten, Fakten, Fakten, Herr Friedemann! Wie viele alleinstehende Frauen haben Borsig ihr Vermögen vermacht? Wie viele davon sind unter seltsamen Umständen zu Tode gekommen?‹ Er wußte es nicht. Er konnte nichts beweisen. Letztlich blieb nur ein beglaubigter Fall, ein Opfer, das er mit Namen kannte.

Er sah auf das Gesicht der Frau in der Wabe nebenan. Es hätte das Gesicht dieser Katrin sein können. Er hatte kaum mehr eine vage Erinnerung an sie, der Unfall schien schon Jahre zurück, aber so furchtbar konzentriert war sie sicherlich auch bei der Arbeit.

Hier in diesem Saal gab es keine Verbündeten für ihn, im Gegenteil, sie würden alle seine Gegner sein, sofern er nicht mit etwas aufwartete, das die alltäglichen Sensationen noch übertraf. Etwas, das sie mit Stolz präsentieren konnten, denn genau diesen Stolz würden sie ihm als Wohlwollen zurückzahlen. Und darauf war er angewiesen. Er brauchte ihre Hilfe, denn die Polizei würde ihm kein Wort glauben. Also mußte er ein Opfer bringen. Fakten schaffen.

Er nannte den Namen des Toten, sein Alter und seine Anschrift, die Todesursache und den Zeitpunkt. Er sprach sehr langsam und sehr akzentuiert, damit keine Mißverständnisse aufkommen konnten. Das hatte er sich vorgenommen, daran hielt er sich. Dennoch war er etwas benommen. Das alles hier lief nicht nach Plan, und als er ging, wußte er nicht einmal mehr genau, ob er überhaupt die Starttaste des Aufnahmegeräts gedrückt hatte.

Borsigs Männer lehnten an dem blechernen Toilettenhäuschen, das für die Gerüstbauer stehengelassen worden war.

Sie tippten Primzahlfolgen in ihre Handys und fixierten wie beiläufig den Eingang des Medienzentrums. Sie hatten gar keinen Blick für die zwei seltsamen Gestalten, die in sicherer Entfernung von ihnen gestikulierten. Django und Schorle-Paul waren sich uneins, was zu tun war, jetzt, wo sie den Taxifahrer verabschiedet hatten.

»Vielleicht sollten wir präventiv zuschlagen?!«

Schon während er die Frage äußerte, wiegte Paul unschlüssig seinen Kopf und ließ die Hände hin und her schwingen wie ein kranker Bär seine Tatzen.

»Is doch scheißegal, wo wir die hinhauen, Hauptsache, wir tun es bald.«

Django spazierte in seinen Cowboystiefeln einmal rund um Schorle-Paul, die Daumen unter den Hosenträgern wie ein Flamencotänzer. Und mit einem fast tänzerischen Aplomb kam er vor seinem Freund wieder zu stehn.

»Oder wir warten einfach, was passiert! Ist vielleicht gesünder?!«

»Auch wieder wahr!«

Also drückten sie sich noch etwas enger zusammen in den Hauseingang, der sie vor den neugierigen Blicken der an- und abfahrenden Polizisten schützen sollte. Und so verpaßten sie den Augenblick, als Viktor aus dem Medienzentrum trat, die Arme fröstelnd um den viel zu weiten Mantel geschlungen, weil der auffrischende Wind die herbstliche Kälte fühlbar werden ließ. Er ging Richtung U-Bahnstation. Mit gekrümmtem Rücken und etwas zaghaftem Schritt, als sei er seiner Sache gar nicht mehr so sicher wie noch Stunden zuvor.

Borsigs Leibwächter folgten ihm mit gehörigem Abstand, bis die Polizeistation außer Sichtweite war, dann schlossen sie auf. Er hörte ihren Schritt, er fühlte die Gefahr und wußte im gleichen Moment, daß jeder Fluchtversuch sinnlos war. Sie packten ihn links und rechts unter den Armen, hoben ihn in die Höhe, daß seine Beine im Leerlauf strampelten. Owi schlug einfach zu, ohne Vorwarnung, kurze Haken in den Magen. Zwei-, dreimal. Um Gesprächsbereitschaft herzustellen.

»Wo ist das Testament?«

Er mußte die Faust gar nicht in Anschlag bringen. Viktor standen auch so die Tränen in den Augen. Er fürchtete Schmerzen viel stärker als die Polizei oder den Tod. Alles, was er je vom Schicksal als Gegenleistung für die Pflege seiner Mutter gefordert hatte, war die Freistellung von körperlichen Qualen. Er ertrug sie nicht. Bei dem kleinsten Nadelstich wand er sich, wimmerte und wurde sofort zum Kind. Auch jetzt wieder. Vor diesen beiden. Alles würde er tun, auf die Knie gehen, ihnen die Schuhe küssen, nur zuschlagen durften sie nicht mehr, die Schmerzen mußten sie ihm ersparen. Sofort ein Ende machen, bitte, aber die Bettelei seiner Blicke, die jammervolle Stimme, das alles half nichts.

»Ich hab das Testament nicht mehr.«

Jetzt schlug Horia. Nur einmal. Als Gegenprobe. Viktor knickte ein. Den Kopf in den Schoß der Gosse, da wollte er hin. In den Rinnstein und weiter hinab, wie eine Ratte wollte er sich ducken hinter die Gitter der Kanalisation, irgendwohin fliehen, wo ihm keiner mehr folgen konnte. Die beiden rissen ihn hoch. Wieder die Faust in den Magen. Gemeinsam diesmal. Aber jetzt achteten sie darauf, daß sein Kopf frei hing. Denn er würgte, wieder und wieder, aber was kam, war nur ein dünner Faden blutiger Speichel.

»Ich hab es dem Journalisten zugeschickt! Gestern!«

Sie spürten, daß er die Wahrheit sagte, aber das änderte nichts daran, daß ihnen seine Antwort nicht paßte und er ihnen mehr Arbeit machte als gedacht. Das war nicht schön. Owi hob wieder die Faust. Er hatte eine feste Vorstellung von der Zahl der Schläge, die nötig waren, um diese Schuld abzubezahlen. Viktor knickte ohnmächtig ein.

»Hey, ihr Jungs, wartet mal einen Moment!«

»Hau ab, du Penner!«

Wenn Schorle-Paul eins nicht mochte, dann, wenn man

ihn als Penner ansprach. Nur brauchte er eine Weile, bis er reagierte, denn seine Manieren kamen noch immer in Konflikt mit dem, was Django ›das verdammt harte Gesetz der Straße‹ nannte. Und so rieb er seine Faust verlegen an den Stoppeln seines Kinns, weil es ihn schon jetzt reute, nicht direkt zugeschlagen zu haben.

»Hey! Mein Freund mag das gar nicht! Der ist kein Penner, versteht ihr. Ich bin vielleicht einer, wenn ihr also Ärger sucht, dann bei mir!«

Django war aus dem Windschatten Pauls herausgetreten und zupfte großspurig an seinen Hosenträgern. Und wie er da so stand, mit seinen Cowboystiefeln, neben sich Paul, der fast zwei Meter groß war und immer noch so ganz und gar gelassen an seinem Bart rieb, als hätte er ein Problem, aber eins, das sich lösen ließ mit der Zeit, schöpfte Viktor fast so etwas wie Hoffnung.

»Hau ab, du Arschloch!«

Owi und Horia wußten, daß sie Viktor nicht einmal loslassen mußten, um mit den beiden Schießbudenfiguren vor ihnen fertigzuwerden. Aber Paul, so heruntergekommen er auch aussah in seinem speckigen Trenchcoat und den vollgepißten Hosen, glich doch immer noch viel zu sehr der Respektsperson, die er einmal gewesen war. Einer von denen mit blauem Jackett und goldner Uhr, die auf der Durchreise zu den Jagdrevieren in Siebenbürgen kurz in Budapest Station machten, um sich mit Bahnhofskindern zu vergnügen. Paul glich ihnen, weil da noch immer ein Funken Selbstherrlichkeit in ihm glomm. Der genügte, um die Stimmung zur Explosion zu bringen. Owi tat etwas, das er unterlassen hätte, wenn Paul ein ganz normaler Penner gewesen wäre: Er spuckte ihm ins Gesicht.

Paul reagierte gar nicht. Er hatte keine Reflexe mehr, was seinen Selbstwert anging. Ganz anders Django. Der fuhr Owi sofort an die Kehle. Mit ausgestreckter Hand. Aber er kam nicht heran. Sein Glück. Denn Owi hätte ihn der Länge nach aufgeschlitzt. So wischte er mit der Klinge nur zwei-, dreimal vor Djangos großen Augen. So verdammt ernst hatte der sich die Sache auch wieder nicht vorgestellt.

»Verzieht euch!«

»Okay, okay, kein Grund, hier nervös zu werden. So gut sind wir auch wieder nicht befreundet, stimmt's, Viktor?«

Django winkte ab mit beiden Händen. Schorle-Paul schwieg immer noch, aber inzwischen hatte sich sein Gesicht verändert. Seine Augen waren blutunterlaufen, von Trunkenheit keine Spur mehr. Die Wut war in ihm aufgestiegen, das sahen auch Owi und Horia, und sie wußten, daß sie es schwerhaben würden. Sie kannten diesen Blick, das war kein bloßer Ärger mehr, das war kopfloser Zorn. Da würden die Fäuste noch schlagen, auch wenn sie ihm längst das Gehirn weggepustet hatten. Der durfte keinen Schritt näher an sie heran. Keinen einzigen. Auch wenn es jetzt Aufsehen gab. Denn einige Passanten musterten die Gruppe neugierig, und es würde nur Minuten dauern, bis die Polizei hier auftauchte, weil einer von denen den Notruf seines Handys testen wollte.

Horia zog die Pistole.

»Schluß jetzt! Verzieht euch! Los!«

Seine Bewegung war hektisch, fast schon fahrig. Die beiden waren nervös. Jede falsche Bewegung konnte zur Katastrophe führen. Das spürte auch Django. High Noon. Aber ohne ihn, denn er hatte nachmittags noch eine Tour. Also blieb gar nichts anderes übrig als geordneter Rückzug. Alles unter Kontrolle. Er nickte Paul zu, der schüttelte nur unwillig den Schädel, wie in Zeitlupe. ›Mann, mach keinen Scheiß!‹ flehte Django innerlich, und die Bitte war wohl in Großbuchstaben in seinen Augen zu lesen, oder es war sein Händedruck, ganz allmählich ließ Paul von seiner Beute ab. Die Temperatur ging runter. Er trat einen Schritt zurück, und noch einen. Horia senkte die Waffe.

»Okay, und jetzt verschwindet!«

»Wollen Sie vielleicht ein Kaugummi?«

»Was?«

Schorle-Paul und Django wußten gar nicht, wo sie hinsehen sollten. Ob auf die beiden Schläger, die genauso erstaunt waren wie sie selbst, oder auf Viktor. Keiner hatte ihn bis dahin überhaupt wahrgenommen. Er hing in den Armen der beiden wie eine tote Katze, um die sich die Hunde stritten. Und jetzt plapperte er plötzlich. Owi und Horia sahen sich an und lachten. Sie lockerten nicht den Griff, aber sie lachten übers ganze Gesicht, fast entspannt, wie Kinder über einen ganz sinnlosen Satz. Das nutzte Viktor. Er ließ sich vornüber fallen, rutschte aus dem Mantel. Stolperte ein paar Schritte, fing sich, rannte weiter. Schneller als je in seinem Leben. Und geradewegs durch die Pfütze mit seinen schwarz-weißen Schuhen.

»Das hilft dir nichts, du kleine Ratte«, zischte Owi, und fast genüßlich ließ er sein Messer zuschnappen. Er nickte Horia zu. Der grinste zurück. Die Jagd begann. Aber ohne Owi. Denn noch ehe er das Messer hatte verschwinden lassen, rammte ihn Django. Seinen Dickschädel gebeugt, die Gürtelschnalle im Visier, stürmte er vorwärts und rammte genau ins Weiche. Owi stolperte, wollte mit aller Macht sein Gleichgewicht wiedererlangen und ruderte sich nur noch weiter hinein in den Sturz. Schlug mit dem Schädel aufs Trottoir und sah Django über sich, wie er seinen Helm schwang, ganz locker hin und her, wie ein Sieger, da kam die Wut, half ihm, er kämpfte sich wieder heraus aus seiner Ohnmacht, packte Djangos Stiefel mit beiden Händen, und ließ erst locker, als der Helm zum zweiten Mal gegen seine Schläfe knallte.

Schorle-Paul hatte sich Horia geschnappt. Etwas von der alten Geistesgegenwart des Operateurs war zurückgekehrt. Er hieb die Tatze gegen die Schußhand. Die Pistole flog im weiten Bogen in Viktors Richtung. Der hörte das Scheppern, drehte sich um, lief ein paar Schritte zurück, schnappte das Ding und rannte weiter. Die zweite Tatze schlug in Horias Gesicht. Eigentlich sollte es nur eine Ohrfeige sein für das schlechte Betragen, aber es wurde eine Strafe daraus für all die sinnlosen Schläge, die Schorle-Paul selbst in den letzten Jahren hatte einstecken müssen. Zwei, drei, vier. Blut floß Horia aus der Nase, aber Paul fand seinen Rhythmus, schlug und schlug, jetzt mit beiden Händen. Da kam Django zurückgerannt. Packte ihn am Arm. Zog ihn weg.

»Laß abhauen. Die Bullen kommen!«

*

»Herr Claasen! Na prima, daß es doch noch geklappt hat. Ich war ja früher ein großer Fan von Ihnen. ›Polizeipräsident macht bezahlten Urlaub auf Philippininnen‹. Das rumste ganz schön seinerzeit.«

Daß er mir nicht auf die Schultern schlug, der Herr Orlowski, war gerade alles und bei seinem Gewicht ein echtes Entgegenkommen. Mit der Pranke, die er da schwang, hätte er mich nämlich locker flachgelegt, und das wäre auf dem Teppichboden kein Vergnügen gewesen. Sein Büro war eine Besenkammer, deren Inventar kurz vor der Überführung ins Polizeimuseum stand. Und wie er da so vor mir saß und mich lässig anlächelte, schien mir Beten allemal die aussichtsreichere Form der Kriminalitätsbekämpfung. Die Augen wässrig, auf der Nase ein Brillengestell, für das kein Optiker Zuzahlung verlangt hätte, und über der Lippe ein so strähniger Schnurrbart, daß ich mir unwillkürlich ein Rasiermesser wünschte.

Er mußte früher diese Krimiserie abonniert haben ›Die Profis‹ oder ›Die Zwei‹ oder so ähnlich, jedenfalls sah er in jedem Mann sofort einen Kumpel für Kalauer.

»Sie staunen, Herr Claasen? Sie hatten die Sonderermittlungsgruppe 2000 in einem Großraumbüro erwartet? Nein, die Sonderermittlungsgruppe 2000, das bin ich ganz allein, und ein Kollege, der seit zwei Jahren krank geschrieben ist, aber das soll uns nicht weiter stören!«

Natürlich störte das. Vor allem störte sein Geschwafel.

Wichtigtuer seiner Art blockierten in allen Behörden dieser Welt die Telephone. Und weil er wußte, daß ich nicht fliehen konnte, trommelte er mit seinen dicken Patschfingern jetzt schon Beethovens Neunte auf die Tischplatte, und natürlich stand auch kein Aschenbecher auf dem Schreibtisch. Nur an der Wand hing ein schmales Schild ›Rauchfreie Zone‹. Ich hatte es mit einem Spaßvogel zu tun.

»Sie wissen, Herr Claasen, was wir unter dem ›Jerusalem-Syndrom‹ verstehen?! Pünktlich zum neuen Jahrtausend marschiert eine gar nicht kleine Armee des Heils auf Berlin zu. Die ersten Botschafter sind schon eingetroffen. Diese Armee, oder nennen wir es lieber eine lose Sammlung von Partisanentrupps, will die Ankunft des Messias erzwingen und die alte Menschheit auslöschen. Denn wir«, und dabei schlug er sich tatsächlich auf die Brust, »sind seine Ankunft nicht wert!«

›Wer wollte da widersprechen?‹ dachte ich, aber zu der Frage hätte er es nie kommen lassen, so gern, wie er sich reden hörte.

»Wie gesagt, diese Armee stürmt heran, und ich sitze hier mit einem Computer, der nicht einmal im Schach gewinnt. Meine Kollegen schneiden mich. Der Sektenbeauftragte des Senats ist Scientologe. Was soll ich da reißen? Verhaften, verhören, freilassen. Das ist mein Job!«

Er zwirbelte selbstgefällig seinen Schnurrbart und dröselte ihn wehleidig wieder auf.

»Ja und? Was hat das mit mir zu tun?«

»Eine gute Frage, Herr Claasen. Eine kritische Frage! Minütlich gehen hier Faxe mit Katastrophenwarnungen ein. Aum, Aryan Nations, das ganze Abc des Aberglaubens bis hinab zu Zoros friends, kleine Kreuzberger Splittergruppe, die mit der Auspeitschung aller türkischen Gemüsehändler droht. Dabei weiß man nie, ob die Leute nur ein religiöses Deckmäntelchen für ihre Geschäftsinteressen suchen oder tatsächlich an die Apokalypse glauben. Dann sind da noch die Kamikaze-Aktivisten, die nur von einem Tag zum nächsten denken. Für die ist die Silvesterfeier am Brandenburger Tor Weihnachten und Neujahr zugleich. Wenn sich da nämlich hunderttausend Menschen auf dem Pariser Platz drängeln, kann so ein Pyromane ein ganz schönes Feuerwerk veranstalten. Oder die werfen eine Anthraxampulle wie damals in Tokio! Sie wissen schon, Senfgas.«

Er hatte eine Tafel Schokolade aus der Schublade gezogen, sauber nach Reihen geknickt, noch im Papier, das er vorsichtig aufriß und nach allen Seiten hin glättete. Dann nahm er sich einen Riegel, knabberte, tupfte mit geleckten Finger die Krümmel der Bruchstelle, verpackte den Rest wieder und schloß ihn in seine Schublade.

»Sie runzeln die Stirn? Als ob Berlin keine Erfahrungen mit Verrückten gemacht hätte! Aber zur Sache: Wir haben hier in der Stadt drei oder vier Sekten, die prinzipiell dazu bereit sind, einen der ihren am Tag X hops gehn zu lassen. Allen voran die Jungs hier.«

Er knallte einen Ordner auf den Tisch. Dann schlug er noch zweimal mit der flachen Hand hinterher, was übersetzt wohl soviel hieß wie: Das Problem läßt sich nur mit Gewalt lösen. Ich war mir jedenfalls sicher, daß seine Kinder mehr Schläge bekamen, als ihnen gut tat.

»Akte ›Sonnentempler‹, nicht gerade die größte Sekte in Berlin, zahlenmäßig, aber verdammt gut organisiert. Stützpunkte auf Teneriffa, Capri, Florida.«

»Überall, wo es sonnig ist eben.«

»Genau!«

Er war jetzt so konzentriert, daß er nicht mal mehr lächelte.

»Zielgruppe vorwiegend Frauen. Karriereschulung, Egotraining, Schwangerschafts- und Adoptionshilfen, konkret: Kinderhandel, vielleicht sogar Prostitution. Ihre Zigaretten müssen Sie leider stecken lassen. Oder sind Sie nur nervös? Mit gutem Grund. Da existieren nämlich Listen. Ihr Name steht auch drauf. Und meiner natürlich, wenn es Sie beruhigt. An sich unterrichten wir die Leute über so was nicht, weil wir keine Panik machen wollen. Aber in diesem Fall... Tschuldigung.«

Sein Handy stammte aus fossilen Zeiten und war so schwer, daß er es mit beiden Händen ans Ohr halten mußte. Entsprechend kräftig brüllte er auch hinein: »Bin schon unterwegs!«

Er raffte seine Jacke an sich. Als er sah, daß ich keine Anstalten machte aufzuspringen, griff er mich einfach am Arm und zog mich zur Tür raus.

»Da sitzt einer auf dem Funkturm und will sich in die Luft jagen. Nur keine Panik. Das kriegen wir schon hin, das mit Ihnen. Notfalls geben wir Ihnen Personenschutz. Oder Sie arbeiten mit uns zusammen!«

Ich war überhaupt nicht panisch. Ich war einfach nur müde, wollte eine Zigarette rauchen und mich vergewissern, ob Martina aufgetaucht war, aber bevor ich was sagen konnte, wuchtete er schon wieder sein Handy ans Ohr.

»Fahr schon mal den Wagen vor, Stefan!«

Sein Lachen hatte nichts mit Humor zu tun. Er gab damit einfach nur das Signal einzustimmen. Ich tat ihm den Gefallen, schließlich war es wirklich lächerlich, drei Stockwerke hinter einem fetten Bullen herzustolpern, vorbei an seinen feixenden Kollegen, nur um vor einem Taxi stehenzubleiben.

»Sie staunen, aber ein Taxi ist nun mal billiger als ein eigenes Dienstfahrzeug. Darf ich vorstellen: Stefan alias Max Knopf – Herr Claasen. Ja genau, der Claasen! Stefan hat mal Publizistik studiert, kennt sich also bestens aus!«

»Wo soll es hingehen?«

»Zum Alex. Da hat einer den Fernsehturm gekapert.«

Er lehnte sich bequem ins Polster zurück.

»Soll ich Ihnen mal verraten, Claasen, warum diese Sekten so einen Zulauf haben. Weil Deutschland immer häßlicher wird. Sehn Sie doch nur raus aus dem Fenster! Neulich war ich in Hamburg auf Fortbildung, da ist es auch häßlich, aber nicht so wie hier.«

Irgendwie wurde ihm wohl melancholisch zumute, und er schwieg. Aber nicht lange. Das Taxi war wohl so eine Art mobiler Beichtstuhl für ihn.

»Sehen Sie mich an. Jeden Abend, jeden Morgen mit der S-Bahn zum Amt und wieder zurück. Jeden Tag die Schmierereien an den Wänden. Ständig rotzt mir einer vor die Füße oder furzt das Abteil leer. Wenn ich zu Kaisers gehe, liegt eine Hundestaffel vorm Eingang, und wenn ich rauskomme wieder der gleiche Spruch ›Haste mal 'ne Mark oder 'n Fünfer für Kondome‹. Weil sich diese Arschlöcher keine Gesichter merken wollen! Meins schon gar nicht, weil ich ihnen so scheißegal bin wie sie mir, und trotzdem geht mir das alles auf die Nerven, dieses Scheiß ›Haste mal 'ne Mark.‹ Ne, ne, das ist kein Leben mehr hier. Deswegen drehn die alle durch. Aber zurück zu meinem Angebot. Könnten Sie sich vorstellen, für uns zu arbeiten? Als verdeckter Ermittler sozusagen?«

»Sie meinen, als Lockvogel?«

Unserem Chauffeur schien der Vorschlag genauso suspekt wie mir, jedenfalls gab er noch mal richtig Gas, als wir ums Rote Rathaus kurvten, so daß der Dicke völlig aus dem Gleichgewicht geriet und mir mit seinem feuchten Schnauzer direkt in den Ohren hing. Immerhin brachte ihn die anschließende Vollbremsung wieder etwas zur Besinnung.

»Nennen Sie es, wie Sie wollen. Aber anstatt zu warten, daß Sie irgendwann einer abknallt, würde ich, an Ihrer Stelle, einfach direkt in die Höhle des Löwen gehen. Kontakt mit denen aufnehmen. Vielleicht suchen die ja nur einen neuen Pressesprecher. Nein, jetzt im Ernst, wir müssen die aus der Reserve locken. Da könnten Sie uns helfen. Denken Sie drüber nach. Du wartest hier, Stefan. Sie kommen mit.«

Wir waren am Seiteneingang zum Fernsehturm. Im Rükken Wienerwald und Schultheiß. Vor uns der Bauzaun für die Medienstadt 2000. Sie hatten ihn der Mauer nachempfunden, diesen Zaun. Unfreiwillige Ironie oder Absicht, aber alle zwanzig Meter fand sich an Stelle eines Wachturms eine extra hohe Informationswand, die über den Fortgang der Bauarbeiten unterrichtete. Und über die Unbestechlichkeit der Sprayer. ›Alles Lüge‹ hatten die nämlich drüber gepinselt. Und jeder neue Tag gab ihnen recht.

Der schmale Zugang zur Basisplattform war von drei Motorradpolizisten abgesperrt. Touristengruppen standen im Halbkreis und tuschelten. Ab und an streckte einer angestrengt seinen Kopf in die Höhe, als würde da oben Nils Holgerson seine Gänse an der Leine führen. Andere ließen schon mal die Videokameras warmlaufen. Aber da war nichts zu sehn. Außer diesem grauen Himmel, der nie wieder aufhellen würde.

»Okay, laßt uns mal durch hier, Jungs. Nein, keine Presse. Sonderermittlungsgruppe 2000.«

Er tippte auf seinen Ausweis, aber der Motorradbulle kontrollierte dennoch.

»Und der hier?«

»Mein Assistent. Keine Panik, Jungs, das regeln wir schon. Wo ist der Einsatzleiter?«

Der Verkehrspolizist nickte nur Richtung Treppenaufgang. Wenn der je in seinem Leben Panik gehabt hatte, dann höchstens an der Tankstelle.

In der Eingangshalle kam man sich vor wie auf einem Trachtenball der Polizeiakademie. Überall lungerten Scharfschützen herum und hantierten geschäftig an ihren Kanonen, sobald einer der Kollegen von der Streife hinsah. Zwei kleine Männer kramten emsig in Kisten, als hätten sie noch Dutzende alter Bomben zu entschärfen. Sakkoträger organisierten den Tumult und winkten immer mal wieder einen beiseite. Dazwischen die Farbtupfer der Sanitäter und die verschüchterten Blaumänner der hauseigenen Sicherheitstruppe.

Wir waren kaum eingetreten, als sich aus einer der kleineren Gruppen neben den Aufzugstüren ein kleiner Dicker löste und mit der Grazie einer trächtigen Möpsin auf uns zuwatschelte. Dicht dahinter trabte sein hagerer Schatten, ein Windhund im Kampfanzug.

»Tag, Hubert.«

»Tag, Heinz.«

Eine Begrüßung unter Männern. Ein Handschlag zwischen Ost und West, denn Hubert kam aus dem Osten, zumindest seine Krawatte. Mußte aus dem Stoff von Siegfrieds alter Tarnkappe sein. Hattest du das Ding erst mal umgebunden, sah dich garantiert keine mehr an.

»Wer ist der Bursche?«

»Keine Ahnung.«

Das höhnische Lachen des Hageren beendete den Dialog. Diese Leute vom SEK hatten immer eins gemeinsam: Alle schwänzten sie die Seminare für Menschenführung.

»Sind Sie der Psychologe? Nein, nein, Sie waren ja der Chef der Sonderermittlungsgruppe! 2000? Oder 2001? Wie auch immer, das ist jetzt das dritte Mal in vierzehn Tagen. Und jedes Mal verplempern wir eine Doppelschicht für Diskussionen mit diesen Spinnern. Die stecken drei Kohlrabi in ihre Alditüte und sagen, es ist eine Bombe, damit sie sich mal wieder richtig ausquatschen können. Ich bin das Theater leid. In genau fünfundvierzig Minuten gehen wir da hoch und stürmen den Gemüsestand. In fünfundvierzig Minuten!«

Er drehte eine Pirouette in seinen Kampfstiefeln und verschwand zu seinen Kameraden. Ich kannte den Kotzbrocken. Wiesmann. Anti-Terror. Ich hatte mit ihm und seinem Chef mal ein Interview, von wegen Hauptstadt im Belagerungszustand. Vor dem Umzug hatte der Kanzler ja Angst, daß die Kreuzberger über kurz oder lang das Regierungsviertel niederbrennen würden. Offiziell wurde die Bannmeile zwar verkleinert, Akt des Zutrauens in die Berliner Bevölkerung, inoffiziell hatte man die Zahl der Elitebullen allerdings verdreifacht und ihnen nach Vorbild der französischen Sicherheitspolizei einen ganz schlichten Einsatzbefehl mit auf den Weg gegeben: ›Draufschlagen und Notwehr reklamieren‹.

»Jetzt sag mal, Hubert, was ist da oben los?«

»Ehrlich. Keine Ahnung. Wir sind auch erst seit zehn Minuten hier. Der Täter stieg oben aus dem Aufzug, fuchtelte mit seiner Pistole rum und schnappte sich eine Mutter mit Kind. Die andern durften runter. Gab gar keine große Panik, weil heute eh nicht so viele oben sind wegen dem Nebel.«

»Die Aufzüge?«

»Beide blockiert.«

»Treppe?«

»968 Stufen. 1995 fielen schon mal die Fahrstühle aus. Der Notarzt schaffte die 207 Meter in fünfzehn Minuten, hab ich mir sagen lassen.«

»Irgendwelche Forderungen?«

»Ne, bislang nicht. Das ist ja das Komische. Wir versuchen die ganze Zeit, Telephonkontakt mit ihm zu kriegen, aber er geht einfach nicht ran. Ich sag mal, das ist kein Spinner. Oder ein ganz großer. Wir sollten jedenfalls vorsichtig sein.«

Die beiden ließen sich Zeit. Die diskutierten den Fall, als säßen sie in der Kantine. Aber bei diesen Berliner Bullen wundert mich gar nichts mehr, seit die meinen Führerschein einbehalten hatten. Nicht wegen Trunkenheit, sondern wegen Beamtenbeleidigung. Was mich allerdings noch mehr irritierte, war, daß Neumeister von der Bild schon hier rumlief. Dafür gab es eigentlich nur eine Erklärung: Irgendeiner hatte ihn vorab informiert. Das war ein bißchen wie eine PR-Veranstaltung hier. Es hätte mich auch nicht sonderlich überrascht, wenn plötzlich irgendwo Scheinwerfer losgeknallt wären und Ehrenkommissar Rex Werbung für Hundeshampoo gemacht hätte. Vielleicht war es dieses Gefühl, Komparse in einer billigen Serie zu sein, das mich nachfragen ließ: »Überhaupt keine besonderen Kennzeichen? Irgendwas muß den Leuten doch aufgefallen sein?«

»Eigentlich nichts!«

»Was heißt eigentlich?«

»Eine Kleinigkeit nur. Seine Schuhe! Die fanden alle irgendwie komisch. So schwarz-weiße wie früher Clark Gable!«

Ich hatte es geahnt, verdammt, ich hatte es geahnt. Alles lief hier nach Drehbuch. Jede Szene kam mir bekannt vor, und doch hätte ich den Fortgang nicht vorhersagen können. Ich wußte nur: Ein Happy-End würde es nicht geben.

Ich nahm Orlowski beiseite.

»Hören Sie, den Mann kenne ich. Nicht gut, aber gut genug. Sie kriegen von mir jede Info über ihn, aber nehmen Sie mich mit hoch!«

»Ne, ne!«

Der Ostbulle hatte gelauscht und schüttelte sich, als wäre er gerade unter eine kalte Dusche geraten.

»Der kann nicht mit hoch, Heinz! Das wäre gegen die Vorschriften!«

»Wollen Sie vielleicht ein Blutbad da oben? Wenn die vom SEK anfangen rumzuballern! Ich kenne den Mann, der ist harmlos, man muß ihn nur zu nehmen wissen. Hier«, ich tippte auf die Uhr, »wieviel Zeit haben Sie noch, um da groß drüber nachzudenken über Ihre Vorschriften?«

Die beiden klärten die Sache mit einem kurzen Blickwechsel.

»Okay, kommen Sie mit hoch, Claasen! Aber Sie tun, was wir sagen! Verstanden! Keine Extratour!«

»Klar doch! Und wie kommen wir da jetzt hoch? Die Stufen rauflaufen oder was?«

»Sie können sich ja ne Strickleiter runterwerfen lassen.«

Die beiden eilten voran. Mr. Cool im Doppelschritt, der Mops schon jetzt mit hängender Zunge.

Ich war mal mit Alina auf dem Fernsehturm gewesen. Ins Restaurant hatte ich sie eingeladen. Zum Kaffee, weil so lange wollte ich da auch nicht rumsitzen. Sie mochte ja Überraschungen, mit Hoch- und Runterfahren war die Überraschung schon perfekt. Da mußte ich nicht stundenlang rumsitzen. Und die Sache lief auch gut an. Im Aufzug standen wir ganz eng, die Rohrpost ging direkt in den siebten Himmel. Der Aufzugführer lächelte, die kleinen Schulmädchen aus Leipzig lächelten, und ich drückte mich noch ein bißchen fester an ihren Hintern. Weil ich so verdammt glücklich war und kleine Sternchen sah, wegen meinem Kreislauf und überhaupt. Dann standen wir oben, und Berlin war unten, ziemlich weit unten sogar, deswegen ging ich auch nicht an die Brüstung, weil ich solchen Handläufen nicht traue, und dem Panzerglas aus DDR-Produktion erst recht nicht. ›Das dreht sich ja.‹ ›Klar, mein Herz, das ist ja auch ein Panoramarestaurant.‹ ›Ich muß hier ganz schnell raus.‹ Ganz schnell war nicht ganz schnell genug gewesen.

Der Mops hechelte immer noch, aber zwischendurch knurrte er seine Sätze, als hätte er Luft nur zur Kühlung nötig, und Mr. Cool nahm die zwei Stufen mit einer Regelmäßigkeit, die mich ganz krank machte. In dieser Tunnelröhre konnte gar nicht genug Luft sein für uns drei. Zumindest mußte ich ganz schön schnaufen, aber das schien die beiden nicht weiter zu stören. Sie plapperten pausenlos.

»An deiner Stelle würde ich das Neue Jahr irgendwo auf dem Land feiern. Du hast doch Verwandte auf Rügen, oder? Meine Familie laß ich jedenfalls nicht hier.«

»Das wäre ungeschickt, sag ich mal, weil ich doch das Silvestermenü schon gebucht habe. Bei uns um die Ecke hat Clärchens Ballhaus jetzt ne Filiale, und meine Frau tanzt so gern. Also, mal nicht den Teufel an die Wand.«

»Der ist längst unter uns, glaub mir.«

Die Vorstellung gab ihnen noch mal richtig Schub. Jedenfalls hetzten sie die Stufen hinauf, als wollten sie den Geschwindigkeitsrekord des Notarztes einstellen.

»Täterprofil?«

»Keine Ahnung, ehrlich gesagt.«

»Und die Sekte?«

»Sonnentempler, könnte ich wetten. Weil es nämlich hoch hinausgeht. Will wahrscheinlich Funkkontakt aufnehmen. Wie die auf Teneriffa, die die Antennenstation auf dem

Teide gestürmt haben. So eine Art Taxiruf ins Jenseits, verstehst du?«

»Ne, versteh ich nicht.«

»So unlogisch ist das nicht. In deren Kopf. Per Anhalter in die Galaxis, denken die sich. Und von wo, wenn nicht vom Funkturm, sollte so ein Funkruf abgehn? Und da er keine Ahnung hat, wie er oben in die technische Abteilung reinkommt, nimmt er sich halt eine Geisel im Restaurant.«

Ich hätte mich auch gern bemerkbar gemacht, aber meine Puste ging längst Parterre.

»Na gut, und was ist, wenn der Typ da oben die Tür aufmacht und eine Granate runterkullern läßt?«

»Ich sag mal so, dann sehn wir blöd aus. Wie kommst du überhaupt drauf, daß der noch eine Granate in der Tasche hat?«

»Weil die in Polen gerade im Angebot sind.«

»Na, dann lassen wir doch deinen Mann von der Presse vor.«

Die blieben tatsächlich stehen. Ich nahm die Stufen, die mich von ihnen trennten, im Minutentakt und hatte dennoch den schweren Verdacht, daß dieses Seitenstechen tödlich sein würde.

»Na, kommen Sie, kommen Sie! Sonst seid ihr Jungs von der Presse doch auch immer so fix. Ich hab übrigens mit Rauchen aufgehört. Ist jetzt zehn Jahre her, und ich muß sagen, hat mir wirklich gutgetan.«

Der Mops hopste wieder voran, und Mr. Cool nahm seine zwei Stufen mit der Beharrlichkeit eines Tirolers.

»Denken Sie dran, bald haben Sie Rambo und seine Scharfschützen im Rücken.«

Der Mops tippte auf die Uhr. Aber mit der Drohung hatte er sich verrechnet. Bei meiner Atemnot war der Gedanke an den finalen Rettungsschuß nämlich ein echter Trost. Immerhin hatten sie aufgehört zu quatschen. Minutenlang war nur noch unser Schnaufen zu hören. Ich hatte meine Augen geschlossen, alles andere ausgeblendet, stapfte nur noch, Stufe um Stufe, blind, weil mir der Schweiß die Augen ausbrannte.

»Okay, wir sind da.«

Wir waren noch eine Treppe von der Tür entfernt. Eine Stahltür, in diesem Grau der Nationalen Volksarmee, und ich würde sie nicht öffnen, da war ich mir sicher. Mr. Cool zog seine Pistole und schickte den Mops vor. Der hüpfte hoch, legte den Kopf an die Tür und winkte uns nach. Als ob sich da plötzlich so viel geändert hätte.

Er drückte die Klinke. Bedächtig. Ohne Zittern. Aber auf seiner Stirn ging ein Schweißvorhang nieder. Abgang. Letzte Vorstellung. ›Na prima‹, dachte ich, ›warum nicht hier oben sterben, fast schon im Himmel.‹ Er drückte immer noch die Klinke, als hoffte er auf Widerstand. Jetzt nahm er auch noch die zweite Hand dazu. Mr. Cool hatte seine Dienstpistole gereckt und grinste wie 007.

»Und auf!«

Wir standen in einer kleinen Schleusenkammer. Hinter uns eine Tür, vor uns eine Tür, und über uns die Lüftungsschlitze der Küche. Diesmal ging Mr. Cool voran. Er drückte einfach die Klinke, öffnete und winkte uns forsch nach.

Wir standen neben der Garderobe. Über uns blinkte das Schild ›Notausgang‹, aber ansonsten tat sich hier gar nichts. Die ganze Kuppel war in Watte gepackt, als hätten wir die Enterprise direkt auf eine Nebelbank gesetzt.

Und überall Souvenirs der Flucht. Handtaschen, Schnuller, Gehstöcke, Puppen, ein Teddybär. Ich könnte das Zeug einsammeln, bevor die von der Spurensicherung es archivierten und viele Kinderherzen unglücklich machten. Vor allem hatte ich damit einen Vorwand, dieses Trio endlich zu verkleinern, denn wir waren eine verdammt gute Zielscheibe für eine polnische Handgranate.

»Sie bleiben erst mal hier. Und vor allem halten Sie die Klappe, Claasen! Wir gehen die Runde ab und geben Ihnen ein Zeichen, wenn wir in Stellung sind. Dann sprechen Sie ihn an. Alles klar?!«

Ich nickte nur. Da war immer noch nichts zu sehn und zu hören. Die beiden schlichen los. ›Blöd‹, dachte ich, ›verdammt blöd, die Idee, hier den Friedensengel zu spielen.‹ Vor allem weil ich plötzlich Schutz hinterm Tresen suchen mußte und nicht davor. Das kam auch nicht so oft vor. Die Kuchenvitrine stand offen, als hätte einer die Gelegenheit genutzt, noch mal schnell ein Stück zu stibitzen. Keine schlechte Idee eigentlich. Warum sollte ich nicht auch noch einen kippen auf Kosten des Hauses, bevor mich hier irgendeiner vom SEK über den Haufen knallte. Meine Hand ging hoch ins erste Regal, aber das war kein Cognac, verdammte Scheiße, das war Jägermeister, und so was vertrug ich jetzt ganz und gar nicht.

›Scheiße‹, dachte ich, ›verfluchte Scheiße‹, und kroch weiter, den Blick immer schräg aufs Regal.

Vielleicht sah ich sie deshalb zu spät. Aber sie war ja auch unauffällig genug. Denn sie war tot. ›Hoffentlich kein Blut‹, betete ich. Aber es gab kein Blut. Nicht einen Tropfen. Sie hatte eine etwas schäbige Mütze auf dem Kopf und diese rauhen Hände vom Kohletragen. Zweites Hinterhaus, Ofenheizung und kein Geld für eine ordentliche Gesichtscreme.

Ich fühlte ihren Puls, als hätte er nur einmal kurz ausgesetzt, große Pause oder so, und sie schlägt die Augen gleich wieder auf, unser Schneewittchen, weil Wunder gibt es immer wieder. ›Komm schon, Herzchen‹, flehte ich, ›der Prinz ist da, spuck den Apfel aus, bitte!‹ Ich schlug ihr sacht ins Gesicht und hätte auch noch den Blasebalg gemacht und ihr Herz gedrückt, aber sie war tot. Ihre schmalen Lippen sprachen von nichts anderem. Nie hatte ich irgend etwas sicherer gewußt, als daß diese Frau tot war. So mausgrau tot wie ihr ganzes Leben tot gewesen war.

Ich kroch weiter. Da sah ich den Kinderfuß. Nur den Schuh sah ich. Ein glanzlackroter Riemenschuh mit einer kleinen goldfarbenen Schnalle. Fast wie ein Puppenschuh. Die Kleine trug dicke wollene Strumpfhosen, solche, wie sie Alina immer trug, nur Strumpfhosen, viel größere natürlich, aber mehr wollte ich nicht sehen, ich würde einfach kehrtmachen und auf den Schreck einen Jägermeister trinken. Nicht auch noch das Kind, ich kannte ja schon die Mutter, und das Gesicht der Kleinen konnte nicht ärmer sein, und der Mund nicht schmaler.

»Das ist wie die Geschichte von Lilli und Tilli, den Sternenkindern!«

Das Püppchen sprach. Mir kam das Frühstück hoch und alles, was ich sonst so im Magen hatte. Die lebte, die Kleine, und ich wußte noch nicht mal, ob sie mir damit wirklich einen Gefallen tat. Zumal er bestimmt daneben saß und das andere Füßchen hielt. Aber warum plapperte sie dann so zutraulich? Wie auch immer, ich tat besser daran stillzuhalten und zu warten, bis die anderen kamen.

»Die Geschichte erzählt mir Mami immer vor dem Schlafengehen. In letzter Zeit nicht mehr, weil sie so oft müde ist. So wie jetzt.«

Die Kleine nickte wichtig, obwohl ihre Stimme viel mehr Angst verriet, als sie zugab. »Mami arbeitet zu viel, und ich bin auch eine Extrabelastung, sagt sie immer.«

Jetzt sah ich seinen Schuh. Ich kannte diese Dandytreter, und ich kannte auch diese kleinkarierten Socken, und er hätte auf die Frage der Kleinen gar nicht antworten müssen, denn seine Stimme kannte ich auch.

»Warum zitterst du denn so?«

»Warum ich zittere? Weil ich meinen Mantel verloren habe, Kindchen!«

Die Anrede mochte die Kleine gar nicht, sie hätte gerne geschmollt, aber sie konnte mit diesem komischen Mann in den Clownsschuhen nicht böse sein. Sie spürte wohl, daß er selbst ein Kinderherz hatte, eins, das ihm schwer geworden war.

Und ich konnte mir schon vorstellen, warum. Vermutlich hatte er ihre Mutter ganz höflich gebeten, sich als Geisel zur Verfügung zu stellen, und dann war sie einfach umgekippt. Pech mal wieder. Das Schicksal hatte ihn zum Mörder gemacht, noch ehe überhaupt ein Schuß gefallen war.

»Glaubst du denn, mein Kind, es gibt einen Stern, der so klein ist wie dieser Amulettstein hier und so wichtig wie die Sonne, die darauf gemalt ist? Einer, der dich immer beschützen kann?«

Seine Stimme war auf einmal so väterlich verlogen wie die Heinz Rühmanns, wenn er den »Mann im Mond« singt, von wegen ›La, le, lu, schlaf auch du!‹ Aber die Kleine war auf der Hut.

»Beschützt Mami mich denn nicht mehr?«

»Doch, natürlich! Aber laß sie erst mal ausschlafen. Wir haben ja noch Kuchen für die ganze nächste Woche. Da braucht sie gar nicht kochen. Und jetzt beug das Köpfchen, dieser Stein bringt dich nämlich immer direkt zu ihr, du mußt nur ganz fest dran glauben!«

Unser Heiratsschwindler saß hier und machte den Kleinen Prinzen für unsere große Alice, und da hatte er richtig Talent für. Sorge machte mir nur, daß seine Stimme klang, als wäre er psychisch irgendwie am Abkippen, und ich hatte keinen Nerv, daß er auch noch die Kleine mitnahm auf seine Himmelfahrt.

Er hängte ihr das Amulett um den Hals. Man sah, wie es in ihrem Gesicht arbeitete. Sie schien von dem Wert seines Geschenks nicht ganz überzeugt, und sein Gerede hatte sie ohnehin nicht verstanden. Aber sie wußte, daß er es gut meinte und was sich gehörte, wußte sie auch, also drehte sie sich den Ring vom Finger, etwas umständlich, denn sie gab ihn nur ungern her.

»Hier, der ist für dich! Du mußt ihn größer machen lassen. Wenn er dann immer noch nicht paßt, bringst du ihn mir wieder und wir tauschen zurück. Versprochen?!«

»Und du mußt das Halsband ein bißchen enger machen lassen!«

Die Kleine sah plötzlich in meine Richtung. Wahrscheinlich hatte ich zu laut geschnauft vor lauter Entrüstung. Ich legte den Finger auf den Mund und machte das Verschwörerzeichen. Sie nickte nur ganz ernsthaft und wandte sich wieder Viktor zu, ganz energisch, als hätte er Mumps und sie wäre die Krankenschwester.

»Also ich erzähl dir jetzt die Geschichte von Lilli und Tilli und dem Kometen. Eigentlich wollten sie nämlich erst den Mond besuchen, aber der schlief noch. Also gingen sie zum Sandmann, der machte aber nur Theater und war albern. Und als sie gar nicht mehr viel Zeit hatten, weil sie ja bald wieder am Himmel leuchten mußten, sahen sie plötzlich die grüne Sonne, die kannten sie noch gar nicht. Da wurden sie ganz neugierig und wollten hinfahren, aber sie wußten ja nicht wie, weil Sternlein ja keine Flügel haben wie Engel.«

»Da kam der Komet und nahm sie mit.«

»Woher weißt du das?«

In ihrer Stimme klang mehr Enttäuschung als Neugier.

»Weil alle Geschichten die gleiche Geschichte erzählen, Kindchen.«

»Jedenfalls hatte er einen Schweif und eine Pfeife, weil er sich manchmal langweilt auf seinen Reisen.«

»Die Rute der Züchtigung und das Feuer der Vernichtung, ich weiß! Er wird die Verderbten töten und die Unschuldigen retten. Denk dran! Halte das Amulett fest, und gib es nie wieder her. Was immer geschieht!«

Ich war nicht so blöd, da jetzt einzugreifen, da sollten erst mal die anderen kommen und ihn vollends ruhigstellen, dann würde ich mit ihm sprechen. Er hatte nämlich bereits aufgegeben, den Tonfall kannte ich. Die sentimentale Nummer hatte ich selbst schon oft genug abgezogen.

»Na komm, Kleine! Aufstehen!«

Er stand auf und zerrte sie hoch. Ich robbte zurück, denn seine Hand ging ins Jackett. Hatte er mich gesehen? Konnte er gar nicht in dem kurzen Moment. Aber ich hatte ihn gesehen. Und der Blick in sein Gesicht hatte genügt. Von wegen Kapitulation. Da war eine Entschlossenheit, die ich bei ihm nicht vermutet hätte. Und so fremd die Waffe in seiner Hand auch wirkte, bedrohlich war sie allemal. Er hielt sie nämlich direkt auf den Kopf der Kleinen gerichtet. Als wollte er sich doch noch in den Annalen des Bösen verewigen. Verdammte Scheiße, wo blieben die beiden?

»Hast du ein Poesiealbum, mein Kind? So ein Buch, in das jeder was reinschreiben darf zum Abschied? Hast du doch bestimmt, oder? Weißt du, was in meinem Lebensbuch steht? Auf der ersten und auf der letzten Seite: ›Er, dessen Antlitz kein Licht aussendet, wird nie zum Stern.‹ Das steht bei mir drin. Daß alles umsonst war.«

Der würde abdrücken. Ich sah es ihm an. Der wollte einfach nicht allein den Weg in die Hölle antreten.

»Mann, lassen Sie doch endlich dieses Kind los!« flüsterte ich, weil ich ihn nicht erschrecken wollte, aber er sah nur verständnislos in meine Richtung. Ich wußte nicht mal, ob er mich wiedererkannte. So bleich wie er dreinsah, schien er völlig neben sich.

»Viktor, bleiben Sie ganz ruhig, und lassen Sie die Kleine los! Dann geschieht Ihnen nichts.«

Er hörte mich. Er sah mich. Aber er verstand kein Wort. Er war in einem völlig anderen Film. Ganz klar geistesverwirrt. Und da kam auch schon das große Zittern über ihn, wie ein kalter Wasserguß, und die Hand der Kleinen begann plötzlich wie eine Wünschelrute zu vibrieren, weil er sie immer noch nicht los ließ. Dieses Zittern durchlief ihn von den Haaren bis zu den Zehen, und das Klappern der Zähne gab die Melodie.

»Ich erschieße das Kind!«

»Das tun Sie nicht, Viktor!«

»Bleiben Sie, wo Sie sind!«

»Klar doch, Mann, ich rühr mich nicht vom Fleck. Das siehst du doch. Und jetzt tust du mir auch einen Gefallen. Laß die Kleine los!«

Er kämpfte. Mit sich und allen Teufeln. Weiß der Henker, was die ihm einflüsterten und was ihm versprochen worden war für den Tod der Kleinen. Aber so wie ihm die Knie schlotterten, konnte ich mir nur einen Wunsch vorstellen, eine einzige Bitte, die er ans Schicksal hatte. Die könnte ich ihm auch erfüllen. Zumindest mußte ich so tun.

»Viktor, Sie brauchen keine Angst mehr zu haben. Vor niemandem. Und wenn ich Ihnen helfen kann, dann tu ich das. Aber lassen Sie bitte das Mädchen los.«

Er sah mich an. Und wußte, daß ich log. Er würde immer Angst haben. Er war ein Verlierer. Daran würde sich nie etwas ändern. Da konnte ihm keiner helfen. Schade eigentlich. Und komisch. Irgendwie mußte ich ihn doch lieb gewonnen haben, und mir ging es nicht allein so, denn plötzlich war da auch wieder die Sandmännchenstimme der Kleinen.

»Du brauchst wirklich keine Angst haben!« Sie nahm seine Hand. »Du kannst heute nacht bei uns schlafen, wenn du magst.«

Das hatte gesessen. Er ging mit der Hand zum Herz. Ein Kavalier der alten Schule eben, und entsprechend vornehm beugte er sich vor, riß sich aber sofort wieder hoch, hielt die Pistole an die Schläfe und lächelte sein nettestes Lächeln in das erschrockene Kindergesicht. Das erstemal in seinem Leben, daß er eine gute Figur machte. Wäre da nicht dieser verdammte Knall gewesen, der ihm den Kopf abriß.

»Komm schnell her, Kleine«, schrie ich oder hatte es schreien wollen. »Komm her, verdammt noch mal, Kleine, komm her!« Aber sie kam nicht. Sie wandte nur ihr Köpfchen in meine Richtung. Sie sah nicht das Blut, das über sie spritzte, das Hirn, das an der Theke klebte, sie sah es nicht, ihre Augen waren fest geschlossen.

»Gleich, gleich, ganz gleich darfst du sie wieder aufmachen, mein Herzchen, gleich machst du deine Augen wieder auf, und dann ist der Schmerz schon fast vergessen von dem Schuß, so nah an deinem Ohr. Komm zu mir, Kleines, komm her.«

Ich rannte vor, riß sie in meine Arme, an dem viel zu langen Halsband riß ich sie heran, hatte das Amulett plötzlich in der Hand und preßte ihren Kopf an meine Schulter. Es war Blut in ihrem Haar und auf ihrem Gesicht, und es war meine Lammfelljacke, mit dunklem Pelz, da sieht man nicht jeden Fleck drauf, hatte Alina gesagt, und recht behalten wie immer.

»Warum haben Sie nicht auf uns gewartet?«

Kommissar Mops und Mr. Cool. Das Kind blickte von einem zum andern. Ungerührt. Die beiden waren nur eine Überraschung mehr in einem Spiel, dessen einzige Regel darin bestand, sich nicht überraschen zu lassen.

Der Dicke bückte sich über die Leiche. Den Blick immer noch auf mich gerichtet, vorwurfsvoll, aber die Hände schon geschäftig unterwegs. Starr wie Pinzetten zupften seine Fingerchen an der Leiche herum, als ließe sich dort die Lösung des Rätsels finden. Jetzt bückte sich auch Mr. Cool, aber mit einem Gesicht, das der Pfütze vor ihm gar nicht so unähnlich sah.

»Was war das denn hier? Selbstmord aus Verlegenheit?«

»So was in der Preisklasse.«

Ich salutierte Zustimmung und nahm gleichzeitig meinen Abschied. Keine Lust, mitansehen zu müssen, wie die Mutter in den Sarg gelegt wurde. Aber die Kleine weinte ja jetzt schon in meinen Armen. Wahrscheinlich hatte sie ihren Ring gesehen. Viktors Faust hatte sich wieder geöffnet, als hätte der innere Druck nachgelassen, und da stak der Ring mit dem Stein voran tief im Handfleisch, so tief es eben ging, wenn der Todesschmerz die Kräfte verzehnfacht. Ich wischte der Kleinen mit dem Bart ein bißchen die Tränen, und sie stopfte ihre Hände ganz tief in meine Jackentaschen, aber ihr Körper blieb ein einziges Schluchzen. Ich ging mit ihr zum Panoramafenster, und tatsächlich hatte der liebe Gott ein Loch freigeschaufelt in der Wolkenmenge, und sie hob ihr kleines Händchen und wies direkt hinunter auf den Stern. Klar doch, ein Stern, geradewegs vom Himmel gefallen, weil du so gern dein Röckchen hebst für all die Glückstaler, die noch kommen. Aber verdammt, sie hatte recht. Der Stern der Erlösung, von hier oben war er zu sehen, er war nicht über uns, er war unter uns. Das sternförmige Kongreßhaus und in Gehweite die geplättelte Spirale auf dem Alexanderplatz. Ein wunderbares Silbenrätsel für die Götter und ein prima Landeplatz für so einen Spinner wie Viktor, der gerade aus allen Wolken gefallen war.

»Tschüß dann, Männer!«

Nichts rührte sich. ›Na, wie auch immer‹, dachte ich, ›das alles wird noch ein Nachspiel haben, das verspreche ich euch!‹ »Und zwar in unserem Magazin!«

Den letzten Satz brüllte ich. Da blickten sie dann doch hoch, die beiden, aber nur, weil der Schützenverein im schnellen Trab anrückte und Aufstellung nahm zur verspäteten Exekution. Im Halbkreis, um uns herum, als hätten wir die Mutti selbst abgeknallt.

»Ist ja gut, Jungs«, wiegelte der Ostbulle ab, der jetzt gar nicht mehr wie ein Mops wirkte, eher schon wie ein prämierter Pitbull.

»Und Sie nehmen mal einen kräftigen Schluck zur Beruhigung.«

Das ließ ich mir nicht zweimal sagen. Also setzte ich die Kleine ab, drehte ihr den Kopf weg von der Leiche, tätschelte noch mal ihre Wange und nahm mir mein Schlückchen Asbach aus der Hängeflasche. Sie stand da und starrte mich an, als wäre ich ein noch größerer Betrüger als der Tod, aber was blieb mir übrig, außer in Richtung Aufzug zu verschwinden. Genau das tat ich auch.

Die Tür glitt auf. Vor mir drohten die Fernsehkameras von SAT 1. Dahinter fuchtelte Neumeister von der Bild-Zeitung mit seinem Mikrophon.

»Wer hat euch Aasgeiern eigentlich den Tip gegeben, daß hier was zu holen ist?«

»Oh, der Herr Claasen! Hatte gedacht, Sie wären schon in der Klapse. Von wegen zu viel Gluckgluck. Aber gut sehn Sie aus! War das Rasierwasser mal wieder die letzte Reserve? Na ja, Sie wissen doch, wir vom Boulevard sind zur Geschmacklosigkeit verdammt. Zur Sache? Okay! Der Bursche hat bei uns angerufen. Klang etwas gehetzt, aber eigentlich ganz vernünftig. Meinte, das wäre eine tolle Story, und wir sollten doch unbedingt mal vorbeischauen, wenn er sich vom Fernsehturm stürzt. Hat ja wohl nicht ganz geklappt.«

»Arschloch.«

»Bye – bye!«

Ich drückte die unterste Taste, und prompt sackte das Herz in die Hose.

Mein Gott, was für ein Schicksal mußte Viktor gefürchtet haben, daß er sich selbst die Kugel gab? Das gleiche vermutlich, das mir drohte. Ich sah Borsigs Lächeln vor mir. Und je hämischer es wurde, desto mehr Angst bekam ich um Martina.

*

Unten standen die Schaulustigen, mürrisch und mit langen Hälsen, weil das Feuerwerk so lange auf sich warten ließ. Sandwichverkäufer waren aufgetaucht und machten ein gutes Geschäft. Die ersten Träger mit Glühweinkanistern trabten heran. Unterdessen wärmten die Kollegen von SAT 1 die Passanten mit Fragen über Gott und die Welt und die Todesstrafe für pädophile Scientologen. Das Stimmungsbarometer im Arsch des Pöbels plazieren. Darum ging es doch. Fehlte nur noch, daß einer Lose für die Logenplätze der letzten Tage anbot.

Ich musterte die Menge auf der Suche nach dem einen bekannten Gesicht, denn ich war sicher, daß seine Handlanger sich hier rumtrieben. Den Erfolg der Operation überwachen.

Da sah ich plötzlich Susi, oder das Gesicht ihrer Schwester, oder das ihrer Doppelgängerin. »Susi!« Ich brüllte ihren Namen über die Köpfe hinweg. »Susi, verdammt noch mal, guck doch rüber!« Aber genau in dem Augenblick befahl ein Megaphon, den Platz zu räumen.

Susi wohnte nicht weit von hier in einem der neu verputzten Alexhochhäuser, ganz oben, im Aussichtsstockwerk, also konnte es Zufall sein. Ich war mal eine Nacht bei ihr gewesen, sie hatte Pizza gebacken und mir die Wollsocken ihres Verflossenen angezogen, weil ich immer fror in diesen Plattenbauten, aber die waren dann doch eine Nummer zu groß, die Socken. Hatten wir einvernehmlich beschlossen damals und waren gute Freunde geblieben, bis sie nicht mehr meine Sekretärin sein wollte. Aber jetzt war sie verschwunden, wenn sie es überhaupt gewesen war, was ich gar nicht mal hoffte, denn was hatte sie hier zu suchen?

Die Schaulustigen drängten sich in die Ladenpassage oder nahmen Aufstellung entlang dem Baustellenzaun, kaum einer gab auf und ging nach Hause, bevor der Krankenwagen noch nicht dagewesen war oder die Kuppel nicht explodierte oder einer der Schaulustigen von einem Querschläger getroffen wurde.

Ich drehte mich nicht um, ich mußte nicht mal den Blick heben, denn der Tumult hielt die Leute in Bann, und der Weg vor mir war leer gefegt, selbst die Bullen vor dem Roten Rathaus wendeten die Köpfe Richtung Funkturm und achteten gar nicht auf mich, der ich bei Rot die Straße überquerte, was ich sonst nie tat, weil ich mich immer umsah, ob nicht ein kleines Kind da stand, oder eine Oma mit Hund, den ich unter einen LKW hätte schubsen können, und früher hatte ich ja Martina immer an der Hand gehalten, weil die Autofahrer in dieser Stadt immer noch den Mauerkoller hatten oder den Trabikomplex oder einfach nur einen Hirnschaden wie überall. Selbst wenn sie standen, kotzten sie mich an, die Falschparker, seit ich meinen Führerschein verloren hatte sowieso, und das ganze Nikolaiviertel kotzte mich an, was gelogen war, weil wir hatten mal ein Orgelkonzert in der Kirche gehört, und seitdem streunte ich da manchmal herum und lauerte auf die Musik wie Peter Pan auf den Wecker des Krokodils.

Ruhiger wurde ich erst, als ich auf der Brücke stand und die Spree unter mir floß, so schwarz und schläfrig, als hätte der Teufel seine Seele vergossen und sich als Grabmal den Palast der Republik gesetzt. Von wegen die Außerirdischen kommen erst noch, sie waren längst gelandet, und dort stand ihr Raumschiff, verlassen von Mann und Maus, weil sie den Heimweg nicht wieder antreten konnten mit diesem maroden Schiff und den leeren Tanks. Also hatten sie begonnen, die Stadt zu kolonisieren, die kleinen Antennenmännchen, die untereinander nur per Funk verkehrten und nachts in kleinen Blechhäuschen schliefen, gerade groß genug für einen von ihnen, denn ihr Land hieß Dixiland und ihre Hauptstadt Dywidag, und sie hatten die teuersten Anzüge und Frisuren und Gesichter aus Magazinen kopiert, und manche der Ureinwohner glaubten, sie residierten am Potsdamer Platz, und die Landestation Zukunft sei dort, aber das war eine taktische Lüge, ihr Hauptquartier war noch immer der Palast der Republik, die Versammlungsstätte all der Gespenster, die sie vertrieben hatten und die sich hier Abend für Abend trafen, mit ihren Henkern, auf der Bowlingbahn und Köpfe rollen ließen.

Sie kolonisierten die Stadt, die kleinen Handy-Men, wie sie bald genannten wurden, bauten Wachtürme mit großfenstrigen Zellen, änderten die Farben und die Lichter der Laternen, leuchteten letzte Winkel aus und belebten Straßen zum Spaß. Sie hatten keine gemeinsame Sprache, die kleinen Antennenmännchen, sie tauschten nur Zahlen aus, für die sie kleine Quadrate und Rechtecke einhandelten, um am nächsten Tag wieder Wachtürme und Besatzerbüros bauen zu können, denn die Leere machte ihnen Angst, und jede Freifläche konnte der Parkplatz feindlicher Truppen sein und jede Lücke die Fußfessel des Nichts.

Nur samstags verließen sie ihre Klohütten und setzten sich in die Glaskäfige rund um die Hackeschen Höfe, wo sie sich füttern ließen, die extraterrestrischen Kuckucks, von aufgeregten Eltern, im Schutz ihrer Wachtruppen, den großen Jungs mit der Sichel auf dem Rücken und den kahlen Köpfen, Nikes Armee, die sich von Sieg zu Sieg pöbelte und abends wieder in ihre Quartiere eingezogen wurde. Denn dort in den Außenbezirken hatte man ihnen kleine begrünte Hütten gebaut, in denen sie sich schneller vermehrten als in den Kasernen und sorgsamer ihren Nachwuchs heranzogen, unter künstlichem Licht und ständiger Lärmbeschallung wuchsen sie heran, die kleinen Sichelträger, und wurden geweidet im Tiergarten Jahr für Jahr, und geschoren danach, und mit ausgepustetem Hirn in Lichtspieltempel getrieben, wo ihnen bunte Bildchen die Sehschlitze verklebten, bis ihnen am Tag der Weihe die Augen geöffnet wurden, und Til Schweiger sie an der Hand nahm, je zwei der gesündesten, und in einen der Wachtürme führte, hinunter in den Keller, wo in großen Kühlräumen die schlachtfrischen Vorräte lagerten und an Bord des Raumschiffes verfrachtet werden sollten am Tag X. Denn so bunt alles war im Lande Dywidag, es sollte nur ein kurzer Frühling sein, und der Sommer der Ernte nahte schon, und der Herbst versprach Winde für die Weiterfahrt. Denn das Wirtsvolk hatte sich erschöpft, und das Land war die Bebauung nicht wert, und die Kolonisatoren hatten keine Freude mehr an ihrem Bleiben und trafen sich immer häufiger in ihrem alten Schiff, denn hier schlug das alte Herz der Finsternis, hier in der ausgesparten Mitte war die Gruft der Träume, hier auf dem Schloßplatz hauste in sich selbst vertieft die Einsamkeit.

›Welcher Dämon schuf diese abscheuliche Leere‹, rief Johnny Depp, als er die Spree hoch- und runterruderte im Schatten des Schreckens, auf dem schwarzen Fluß, und ich hätte ihm antworten können, aber ich mochte ihn nicht, weil Alina ihn vergötterte, und als er dann diesen Komiker auf

Droge spielte, waren wir längst auseinander und ihr Widerruf kam zu spät. Nein, nein, Johnny Depp war kein guter Schauspieler, aber seine Frage blieb: Wer schuf diese abscheuliche Leere?

Was heißt hier Leere, tönte es dann vom Kanzleramt herüber, das ist die neue Mitte, und das Gelächter der kleinen Antennenmännchen, die oben in den dunklen Räumen des Palastes saßen und sich nach ihrer alten Welt sehnten, war unhörbar, weil sie kein Licht ertrugen und keinen Widerspruch, hinter den goldverglasten Fenstern, und sie überkam das Heimweh, jetzt, im dreizehnten Jahr des Aufbaus hatten die kleinen Antennenmännchen Heimweh nach ihrer alten Welt, aber noch waren die Kühlhäuser nicht voll, und noch konnte sich keiner so recht erinnern, woher sie gekommen waren und wohin sie gewollt hatten, denn im Aufruhr der Flucht war für nichts Zeit geblieben, und ein Gedächtnis hatten sie nie besessen. Dabei hatte jeder ein Mitbringsel aus der Heimat, das er zwischen seinen Fühlern drehte, der eine eine getrocknete Blume, der andere den Kopf des Großvaters und der dritte schließlich den Stein, der eine Kristallkugel war, in der die Vergangenheit festsaß wie eine Maus in der Falle.

Im Kanzleramt brannte noch Licht, und nebenan bügelte Joschka Fischer seinen Frack, und dahinter dienerten die Stricher in der Sperlingsgasse und fickten die Ministerialbeamten in den Arsch, und die bunten Pipelines davor pumpten die ganze Gülle der Reformversprechen an der Friedrichswerderschen Kirche vorbei direkt in die Tanks der privaten Anbieter, deren Blondinen die Scheiße parfürmierten und wieder ins öffentlich-rechtliche Leitungsnetz einspeisten.

Aber heute war Sturm, und der Segelschlag der Gerüstabdeckungen trieb mich an den Medienzentren und Bankhäusern vorbei quer über den Gendarmenmarkt hinein ins Quartier 205, und am Fuß der Schrottsäule saß wie immer der Pianomann, um die Sekretärinnen für ein Gläschen zu halten, in der kleinen italienischen Bar dort unten, neben der Billigbäckerei, in den blaßblauen Sesseln und Zweisitzern, in denen Männer die Beine übereinanderschlugen, die nicht nach Hause gehen wollten, aber auch nicht den Mut für das große Bier hatten, und nur am kleinen Pils nippten und auf die kleinen Mädchen starrten, die mit dem Rotkäppchenkorb aus dem Lafayette, die Schuhe kaufen und den einsamen Wolf auf ihre Spur locken wollten, aber der stand am Geländer und lauschte auf den Pianomann. Und grade als ich eine Münze runterwerfen wollte, damit er unser Lied spielte, stellte sich ein hagerer Japaner dazu und lächelte hoch, und mein Lächeln verdoppelte das seine, und es war ein hoher Einsatz, denn er bewegte nur den Mund, trank einen Schluck und sang, aber kein Wort war zu hören. Karaoke über Kopfhörer oder so, oder vielleicht wollte er auch nur soufflieren, vielleicht kam Engelbert doch noch, denn er lächelte wie Engelbert und versuchte immer wieder, in die Melodie hineinzufinden, und der Pianomann half so gut er konnte, aber es kam kein Ton. Alina hätte Mitleid mit ihm gehabt und sich dazu gestellt, Barbara Streisand und Kris Kristofferson im Duett, beide mit Kehlkopfkrebs.

›Scheiß drauf‹, dachte ich, ›seit Pearl Harbour habt ihr Japaner nicht mehr viel gebracht‹, aber sagen konnte ich es ihm nicht, denn ich mußte raus, weil die Mädels aus dem Wäscheladen mich schon unruhig musterten, weil sie sorglos in den Feierabend gehen wollten und nicht getrieben von irgendeinem Spinner, der sie bis zu ihrem Auto verfolgte, das immer weit hinten am dunklen Ende der Taubenstraße stand, wo keiner mehr kontrollierte. Ich folgte ihnen mit weitem Abstand, weil ich selbst noch mal um den Block kreisen wollte, weil ich Angst hatte, nach Hause zu gehen, einen Sprung in der Platte, der mich immer wieder die gleichen Fehler wiederholen ließ.

Beim Ministerum für Arbeit und Soziales sicherten gleich drei Wachleute den Zugang, als ob es da was zu holen gäbe, aber inzwischen gab es ja nichts, was nicht geklaut wurde, selbst die Granitplatten des Fußgängerwegs hatten sie neulich ausgehebelt und unter den Augen des Sicherheitsdienstes abtransportiert. Die Metzgerei war natürlich längst zu, aber drüben hatte Friseur Machande noch einen letzten Kunden auf dem Stuhl, und es wäre nicht der schlechteste Tod gewesen, mir von ihm das Rasiermesser an die Kehle setzen zu lassen, für den einen, sauberen Schnitt.

Die Haustür stand offen. Das mochte Herr Seligmann gar nicht. Herr Seligmann war mein Vermieter, ein alter New Yorker Jude, der sein Geld in Berlin investierte, wegen der guten Rendite, versicherte er mir immer, und weil er einen Vorwand suchte, ab und an nach dem Rechten zu sehn. Eigentlich hatte er deutschen Boden nie wieder betreten wollen, aber jetzt zwang ihn ja seine Immobilie, immer mal wieder rüber zu fliegen und nach dem Rechten zu sehen, in dieser Stadt und in seinem Elternhaus, eine Brachfläche, die er neu hatte kaufen müssen, weil es keine Papiere mehr gab, die seine Eigentumsrechte hätten bestätigen können. Ein Waisenkind der Emigration eben, das seinen Erinnerungen zu früh einen Grabstein gesetzt hatte.

Seligmann hatte seine Wohnung im Hinterhof. Künstlich verkleinerte Fenster, Sicherheitsglas und eine Wohnungstür, die jeder Panzerfaust standhielt. ›Ich bin ein bißchen vorsichtig geworden in meinem Leben‹, meinte er immer, ›und ich bitte Sie, sein Sie es auch.‹ Und so ließ er Monat für Monat ein handschriftliches Rundschreiben an die Mieter des Hauses verteilen, in dem er dringend bat, doch bitte die Haustür geschlossen zu halten, zu jeder Tageszeit.

Heute stand sie offen.

Ich nahm den Aufzug, aber wenn diese verdammte Aufzugstür nicht von allein aufgegangen wäre, ich hätte sie nicht geöffnet. Denn ich roch es, ich roch das Blut.

Lucias Tür stand offen. Viel zu laute Musik, wie immer. Das war mir immer schon auf die Nerven gegangen, selbst wenn es ein Lied war, das ich mochte. Gloria Gaynour. ›I will survive‹. Jede dieser Schnulzen brachte Lucia mit mehr Schmelz als Anneliese Rothenberger ihr Ave Maria. Konnte sie mal. Würde sie aber nie wieder.

Eigentlich hätte ich gleich die Mordkommission rufen sollen. Sie war tot. Wieso hätte sie sonst die Tür offen stehen lassen? Da war sie wie Seligmann. Immer die Angst vor der Deportation. Dabei wurde sie höchstens mit dem Taxi in den nächstbesten Nachtclub verfrachtet.

Sie lag auf der Ledercouch, für die sie zwei Jahre gespart hatte. Hände und Beine an den mattsilbernen Rahmen gefesselt. Der Knebel stak im Mund wie ein Schlagsahnehäubchen im Roten Meer. Sie schwamm in Blut. Die ganze Couch war voll Blut, der Teppichboden, das würde sie nie wieder rauskriegen. Nie wieder.

Ich ging direkt ins Badezimmer und kotzte. Vorher hob ich die Klobrille. Einfach aus Gewohnheit. Außerdem konnte ich mir sicher sein, daß sie sauber war. ›Mein Gott, Herzchen, das ist nun mal meine Macke, wenn du so willst, hat doch jeder seinen kleinen Webfehler. Bei mir muß nun mal alles tiptop sein, wie bei Mami.‹ Sie dehnte das Wort immer zu einer Rettungsleine, ›Maaammmi‹, als bückte sich Leichtmatrose Heintje persönlich über die Reling.

Nur gut, daß sie das hier nicht sehen konnte von ihrer Couch. All ihre Schminkschränkchen waren durchwühlt. Das hätte sie nicht überlebt, diese Unordnung. Diese verdammte Scheißunordnung. Ich stieß den Wäschekorb um, diesen Scheiß aufblasbaren Wäschekorb, an dem ich eine Stunde rumgeblasen hatte, bis er endlich in Form war. ›Wenn du dir doch nur bei mir so viel Mühe geben würdest, Herzchen‹, hatte sie geflötet und ihre Fußnägel lackiert, auf dem Badewannenrand. Das war noch keine drei Wochen her, und jetzt war dieses Ding schon wieder schlapp. Scheiße! Die CD begann auch wieder von vorn. Aber es klang mehr wie ein Wimmern. Gloria Gaynour auf der Streckbank. Die Vorstellung hätte ihr gefallen. Sie wimmerte tatsächlich.

Ich lief zurück. Sie lag noch immer wie tot. Was hätte sie

auch bewegen sollen, ich Idiot hatte ja noch nicht mal ihre Fesseln gelöst. Die Augen standen offen. Die Angst, daß der Tod wiederkam, weil er seinen Job nicht korrekt erledigt hatte, hatte ihr die Lider hoch gerissen.

»Lucia, Herzchen, ich bin es, Ricki!«

Sie nickte ganz kurz. Nach einer kleinen Ewigkeit. Und nochmal und nochmal. Es kam tatsächlich so was wie Freude auf. Nur wußte ich nicht, wie ich diesen Knebel entfernen sollte, ohne sofort wieder kotzen zu müssen. Immerhin waren da keine Zähne mehr, die ihn halten konnten. Es war einfach nur ein feuchter Propf in einer teigigen Backmischung.

»Mann, Lucia, wen hast du denn da versetzt? Den russischen Zwilling von Al Capone, oder was?«

Was immer über ihr Gesicht zuckte, es war kein Grinsen. Und es würde auch noch ein paar Wochen dauern, bis ihre Gesichtszüge wieder zu entziffern waren. Wenn überhaupt.

»Verdammte Scheiße, tut mir das leid.«

Was blieb mir anderes übrig, als jetzt endlich diesen verdammten Propf zu ziehen, aber dann würde ich mir auch ihre Vorwürfe anhören müssen, und Vorwürfe würde es geben, denn an der Sache hier war ich nicht unschuldig.

Ich verstand erst gar nicht, was sie sagen wollte. Denn ich hielt immer noch dieses verdammte Taschentuch in der Hand. Dann würgte sie plötzlich, und es kam noch ein Schwall Blut hinterher, und ich drückte das Tuch wieder auf ihr Gesicht, zog es sofort wieder weg, als die Panik in ihre Augen trat, aber ich legte die Hand auf ihre Schulter und flüsterte meine autogene Formel, und ich betete, daß sie auch bei ihr helfen würde.

»Ganz ruhig, Lucia, ganz ruhig, mein Schatz.«

Es wirkte, und es wirkte doch nicht. Sie hielt still, aber irgend etwas bäumte sich in ihr auf. Es war Ärger und Angst in einem. Sie gaben ihren Worten einen heftigeren Ton, als fände sie erst jetzt den Mut, sich zu wehren.

»Dich, nicht mich.«

Dieses Nuscheln würde sie nie wieder loswerden. So gut war kein Zahnarzt auf dieser Welt, daß er ihr Gebiß wieder in Ordnung bringen könnte. Zumindest konnte ich ihn nicht bezahlen.

»Was heißt das? Sie wollten mich und nicht dich?«

Ihr Kopf sackte müde zur Seite. Die Frage war überflüssig. Ich wußte genau, was sie meinte. Hier wollte mir einer das Hirn vernebeln mit Schmerz, und eins mußte ich zugeben, er machte seine Sache verdammt gut.

»Wie viele waren es?«

Sie spuckte die Antwort mit einem Schwall Blut. Und hob dann doch die Hand. Als ob sie ihren Worten keine Kraft mehr zutraute. Zwei Finger. Wenigstens die waren nicht gebrochen.

»Wonach haben die gesucht?

Sie schüttelte den Kopf. Hin und her, aber es gab kein Herauswinden aus dem Korsett des Schmerzes.

»Komm, Lucia, sei ruhig. Sprechen tut dir jetzt nicht gut. Und Bewegen erst recht nicht.«

Aber sie hatte die Augen schon wieder geschlossen zum Dornröschenschlaf. Den wünschte ich ihr jedenfalls, dafür hätte ich auch diesen verdammten Stein hergegeben und sämtliche Klunker Dianas, die sie immer so verehrt hatte. ›Göttin meines Herzens.‹ Ich fuhr mit der Hand über ihre Wange, spürte unter der dicken Schminkschicht und dem verkrusteten Blut die Bartstoppeln. Wenigstens die wuchsen nach.

Ich könnte Alina anrufen, schließlich war sie mal Krankenschwester gewesen, sie könnte sich eine Nacht um sie kümmern. Statt dessen wählte ich den Notruf und wunderte mich, daß die Burschen das Telephon heil gelassen hatten. Die waren so verdammt selbstsicher, diese Schweine.

»Du mußt jetzt einfach nur still sein, mein Herzchen, und dich ausruhen. Gleich kommen die Jungs von der Caritas, die bringen dich express in die Sanieranstalt. Und die Zahnarztkosten teilen wir. Versprochen!«

Ich konnte nur hoffen, daß sie schon eingeschlafen war.

Natürlich stand auch meine Haustür offen. Aber das tat sie häufig. Weil ich oft vergaß, sie zuzuziehn. Im Suff, oder weil ich hoffte, Alina würde reinkommen, sich auf die Couch setzen und auf mich warten. Das meinte jedenfalls mein Analytiker.

Viel mehr Unordnung hatten sie jedenfalls nicht veranstalten können. ›Bei dir sieht es ja eh immer aus wie nach einem Raubzug!‹ Sie hatte nie bei mir im Zimmer geputzt, auch nicht in unserer gemeinsamen Wohnung, das hatte ich ihr verboten. Und dennoch stand sie immer da, jeden Samstag, wenn Meister Proper kam, mit dem Staubsauger, und drohte, in mein Territorium einzufallen, und manchmal schaffte sie es auch. Aber meistens landeten wir im Bett, denn in ihrem Putzfimmel fand ich sie immer ganz besonders geil.

Aber das hier war kein Raubzug gewesen. Hier hatte jemand systematisch durchsucht, im Uhrzeigersinn, und mittendrin war er gestört worden. Im Bad war Schluß gewesen. Meinen Wäschekorb hatte er noch leeren können, was nun wirklich keine Sache für schwache Gemüter war, und dann war er überrascht worden, oder er hatte einfach die Lust verloren. Wäsche wechselte ich nur selten. Wozu auch? Die fünf Banani-Boxershorts, die sie mir Weihnachten '95 geschenkt hatte, hielten immer noch.

Aber hier roch es nicht nach alter Wäsche, sondern nach einem teuren Parfum. Eins, das so unaufdringlich war, daß es einem zuerst gar nicht zu Bewußtsein kam. Oder sich doch nur ganz allmählich in die Nase schlich, ein Geruch nach einem besonders schönen Frühlingsmorgen mit warmen Brötchen und einem Strauß Blumen auf dem Tisch. Und etwas Vanille. Ich kannte das Parfum. Sie war hier gewesen.

Lucia war hiergewesen. Es roch nach Lucia. Außerdem hatte sie einen Schlüssel für meine Wohnung. Für Notfälle.

Sie war es, die gesucht hatte. Es war ihre Handschrift. Jeden Fussel einzeln abstauben, das war ihre Art. Dabei mußte jemand sie überrascht haben. Vielleicht waren sie auch wirklich zu dritt gewesen, vielleicht auch nicht, vielleicht log sie mich auch einfach nur an, wie alle, die hinter diesem verdammten Stein herwaren. Sie hatte bei mir nachgesucht, und zur Belohnung hatten die ihr ein bißchen die Wohnung verwüstet. Aber was hatte sie gesucht? Den Stein? Die Frage war ein Gläschen wert und eine Zigarette, aber natürlich hatte ich mein Feuerzeug mal wieder verloren, auf dem Fernsehturm oder sonstwo.

Oder es war Helen gewesen?! Denn von ihr kannte ich den Duft auch. Lucia hatte viele Parfums, aber Helen trug nur das eine. Das war ihre zweite Haut. Sie hatte den Terror nebenan mitbekommen und sich wieder verabschiedet. Aber wie war sie ins Haus gekommen? Vielleicht hatte ihr Lucia geöffnet. Vielleicht. Aber was suchte Helen hier in der Wohnung?

Ich hörte die Ambulanz, das Tatütata, ganz wie bei einem Spielzeugauto, so fern war es noch, aber allmählich nahm es Raum ein in meinem Kopf, der leer genug war, und dann sah ich die Blinkanzeige meines Anrufbeantworters, drückte mechanisch auf Abfrage und hörte eine Stimme, die ich viel zu gut kannte.

*

Sie hatte den Tag verschlafen in einem wirren Traum, dessen Bilder sie gar nicht zurückholen wollte, war schweißgebadet aufgewacht in seinen Armen, hatte sich hineingeschmiegt und war noch einmal zurückgefallen, mit ihm, hinab in eine Hölle, deren Gesichter ihr alle bekannt vorkamen, schon beim ersten Mal. Ihren Vater hatte sie wiedergesehen, ihre Mutter, ihren Stiefvater, und eins war allen gemein, sie hatte ihnen den Tod gewünscht. Hand in Hand war sie mit Boris an den Schaukästen der nie vollstreckten Strafe entlangflaniert. Dort standen all jene, die eine Mitteilung des Todes erhalten hatten. Ein schäbiger Zettel war ihnen in die Hand gedrückt worden, gleich würde er wiederkommen, der Tod, in einer Minute, und was sie in dieser Minute vom Leben erinnern konnten, sollten sie behalten dürfen auf ihrer Reise ins Vergessen. Sofort kam die Gier in ihre Gesichter. Das Beste, das Schönste, das Unwiederbringlichste in ihrem Leben wollten sie finden, sie rasten durch ihre Erinnerungen wie Geisterfahrer und ließen doch jeden und alles passieren. Es war zu dürftig, alles war zu dürftig. Die Zeit wurde knapp, immer knapper, da mußten sie sich an die nächstbeste Planke klammern in ihrer Not wie Schiffbrüchige. Und der Tod, mitleidig wie er war, kam noch einmal vorbei und gönnte ihnen noch eine Minute, und noch eine, und so trieben sie sich selbst hinein in die Höllenqualen, ganz ohne Zutun aller Teufel, deren Freude kein Ende fand an diesem Spaß. Nein, die Langeweile war es nicht, die sie hier unten störte, es war die Hitze. Es war tatsächlich heiß in der Hölle, das hatte sie unruhig werden lassen, keine äußere Glut, es brannte in ihr, es glühte sie aus, den alten Leib ließ sie hinter sich, sie wollte weitergehen, den Weg des Schmerzes, dem Meister entgegen treten dürfen. Nur Flamme sein, das wollte sie, ewige Flamme sein, verzehren und verzehrt von einem viel größeren Feuer, auf das sie zuging, gemeinsam mit Boris.

Und doch war ihr unwohl, denn wenn es einen Stachel gab, der sie selbst in diesem Alptraum wachhielt, dann die Angst, ihren Körper zu verlieren und das, was sie an sich geliebt hatte. Und als der Schlaf der Droge ausklang, hatte sie Boris genommen, fast noch in der Ohnmacht hatte sie ihn alle Qualen entgelten lassen in der ihr geläufigen Währung der Lust.

Jetzt lagen sie beide auf dem Rücken, am Fenster, ganz nah beieinander, atmeten ruhig, nur die Fingerspitzen berührten sich. Sie fror nicht, weil ihr Herz noch immer bis zum Hals schlug, aber sie war auch nicht darauf aus, sein Lächeln zu sehn, sie wollte keine Erholung in der Genugtuung, dann schon lieber das Ende und den Abschied.

Das hatte sie schon immer gekonnt, die Welten mit einem Schritt wechseln. Ganz gleich, was gewesen war und wie es gewesen war. Sex war etwas, von dem sie sich sofort verabschieden konnte. Manche Männer verstörte das, und manche Frauen, aber jedes Bild braucht seinen sauberen Rand, und für Wiederholungen war sie zu jung.

Deshalb fing sie meist an, von einem ganz anderen Thema zu reden. Egal über was, nur nicht mehr über die Liebe. Sie stützte sich auf den Ellbogen, wischte mit den Lippen flüchtig über seine Stirn und sah in den Garten hinaus.

»Weißt du, Paps will es nicht kapieren, daß sie von uns gar nichts mehr wissen mag. Von ihm nicht und von mir nicht. Sie hat ihr eigenes Leben jetzt. Ein neuer Mann, ein neues Kind. Da stören wir einfach nur. Und weißt du, was noch? Er hat einfach keine Power mehr. In seinem Leben bewegt sich nichts mehr. Als würde er auf der Pausetaste sitzen, seit dem Tag, als sie ihn verlassen hat. Manchmal sehe ich ihn an und denke, ›Paps, wo hast du nur die Fernbedienung hinverschlampt‹. An ihn selbst kommt ja keiner mehr ran, und ich bin es inzwischen echt leid, die Seelsorge zu machen. Diese blöden Witzeleien immer! Und natürlich Alina! Was anderes interessiert ihn nicht! Er sitzt nur da und bemitleidet sich. Dann fängt er an, mit den Zähnen seine Fingernägel abzuknabbern oder nach Kippen zu suchen. Ich hasse es, wenn er an den Nägeln kaut.«

»Laß mich doch endlich mit deinem Vater in Ruhe!«

Er lag da, ganz ohne Schweiß. Die Haut trocken, aber warm. Wie frisch gebadet. Er hielt die Hände hinter dem Kopf verschränkt und starrte an die Decke, mit dieser schrecklichen Konzentration, die ihr Angst machte. Als hätte der Himmel nicht schon genug Löcher.

Sie stöberte mit ihrer Nase in seinen Achselhöhlen, blies ihren Atem hinein und sog ihn auf, blies wieder hinein und sog, so zart, daß er sich mit seiner Hand vor dem Kitzel schützen mußte, der über ihn kam.

»Er steht immer nur neben sich. Du bist ganz anders, du bist immer du selbst. Er ist immer nur der, der er einmal war. In seinen Augen brennt kein Licht mehr, seine Hände wollen nicht mehr greifen, keiner seiner Finger ist mehr auf Wanderschaft, hör schon auf, du Fummler!«

Sie kicherte, denn seine Hand strich über ihre Haut, glatt und ohne Muttermale, das genoß sie selbst, daß sie gecremt worden war vom ersten Tag an, nie berührt von rauhen Fingern, die Haut einer Königin. Er mußte fühlen, wie dankbar sie für seine leise Berührungen war, wenn er seine Fingerspitzen auf ihr ließ, ganz zart, diese kleinen warmen Kuppen, Tupfer eines unheilbaren Verlangens nach körperloser Nähe.

›Bleib weg, und fick mich nur in Gedanken, verführ mich nur mit den Händen und den Augen, gib mir den letzten Atemstoß, der weniger ist als ein Hauch, der mich deckt mit einem ganz zarten Frost.‹ Sie wollte einen Rest Kühle lassen zwischen ihm und sich, eine Schmelzschicht, die selbst Katrin nie hatte abtragen können, mit all ihren hunderttausend Küssen, und keiner war zuviel gewesen, und alle, alle waren sie zu wenig.

›Fick mich‹, flüsterte sie ihm zu, so leise, daß er es niemals würde hören können, und nie würde er ahnen, daß sie gewünscht hatte, sein Biß würde ihr die Kehle zerreißen und für jede Bitte stumm machen. ›Fick mich‹, flüsterte sie, und was sie flüsterte, war ihr egal, sie wollte nur, daß es in sein Herz drang, ›fick mich‹, aber faß mich nicht an, nicht so hart, faß mich ganz sanft, daß ich all meine Wünsche vergesse.

Er fuhr zwischen ihren Brüsten hindurch und ließ sie klein und fest und unberührt, Inseln, an denen er viel später stranden würde, den Hals hinauf fuhr er mit seiner Hand in den Nacken und hob ihren Kopf leicht an, bis sie die Lippen öffnete, die er gar nicht küßte, weil sein Mund schon wieder abwärts ging, den Hals hinab, über die Brüste hinweg, hinab zum Nabel, in dem eine kleine Feder lag, aus dem Kopfkissen, die er mit der Zunge wieder hinaufbrachte zu ihren Lippen, wie ein Taucher die Beute seiner Braut.

Und wieder zog es ihn hinunter, mit beiden Händen hielt er sich erst an ihren Schultern, dann an ihrer Brust, an ihrer Hüfte, die viel zu breit war, und sein Kopf sank hinein in die Mulde, und seine Stirn lag an ihrer Scham, und seine Hände faßten ihren Hintern, der viel zu flach war, das wußte sie. Selbst Katrin hatte ihren Hintern nicht gemocht, aber ihre Zunge war gern dort und hatte geleckt, wie ein Hund hatte sie ihren Hintern geleckt, und seine Nase witterte, daß sie dort gewesen war, aber ihre Hand suchte Halt in seinem Haar und preßte seinen Mund höher, so daß er weich zu liegen kam, mit seinen Lippen und seine Zunge den Weg fand, hinein in das Zimmer, an dessen Tür er erst noch zu pochen hatte.

Sie seufzte und bog den Rücken, und führte seine Hände hinauf zu ihrer Brust, die er ganz sacht zupfte an den Warzen, bis das Frösteln kehrtmachte und seiner Zunge hinabfolgte in die wunde Stelle, aufgerauht von Katrins Lust und ihrer eigenen, die sie für niemand sonst empfand. Nur für sich selbst rief sie die Bilder auf, wie sie gemeinsam in der Badewanne gesessen waren, Mam, Paps und sie unter einer großen Schaumkrone, und das warme Wasser spülte immer zwischen ihren Schenkeln und schaukelte mit dem Schiffchen vor ihr, und es wurde immer wärmer, weil Mam immer neues Wasser zulaufen ließ und ihr den Rücken rieb, und Paps ihre Zehen küßte, jeden einzeln, und an dem kleinen begann er zu saugen, bis Mom ihm auf die Finger hieb, saugte er ihren kleinen Zeh mit ganz feuchter Zunge.

Und das Schiffchen versank, und sie strandete auf Mallorca, und ihr gegenüber war dieser Junge, direkt gegenüber hatte er sich gesetzt, das große Badetuch um seine frierenden Schultern, und die Sonne kehrte wieder aus den Wolken, und sie sah seinen Schwanz aus der Badehose wachsen, wie er zwischen ihre kleinen nackten Brüste starrte, und mit der einen Hand das Badetuch klammerte und sich mit der anderen einen runterholte, gar nicht zufällig, warum hätte sie wegsehen sollen, wie er abspritzte in den Sand, für sie, so schnell, mit einem letzten Lächeln, daß er gar nicht sah, wie sie die Beine auseinanderbog und sich stärker in den warmen Sand preßte, während sie ihn noch vor sich sah, wie rasend schnell er seinen Schwanz rieb, so schade, so rasend schnell, noch ehe sie kam.

Vielleicht würde sie all diese Bilder verabschieden für ihn. Er wollte es unbedingt, er wollte, daß sie kam, sie spürte, wie der Schmerz ganz unerträglich wurde, daß sie ihn warten ließ und er ihre Wunden lecken mußte, immer ungeduldiger, immer breiter mit der Zunge leckte er über sie hinweg, immer schneller, suchte das Ende, und vielleicht würde sie kommen für ihn, vielleicht, vielleicht, vielleicht...

Sie zog seinen Kopf nach oben.

»Was glaubst du, was ist Liebe?«

Er schüttelte sich nur. Ein kalter Guß, so mußte es ihm vorkommen, aber das war dumm von ihm, sie liebte ihn nur um so mehr, wenn er ihr Zeit ließ, für die nächste Nacht und die nächste und all die Träume der übernächsten.

»Weißt du, was ich glaube? Die Liebe ist ein alter Palast. Ein großer alter Palast, der Jahrhunderte lang leer stand. Die Königskinder waren unterwegs. Zuerst im Internat und dann auf der Suche nach der großen Liebe natürlich, und jetzt kehren sie heim. Sie haben eine Menge Geld verdient und viele Koffer dabei, weil sie so schrecklich erwachsen geworden sind, aber jetzt ist es Herbst, und sie möchten heim, weil sie den Winter zusammen verbringen wollen. Diesen ganzen Winter wollen sie sich Zeit geben für die Liebe, die gar keinen Platz mehr hatte in ihrem Leben.

Im Erdgeschoß des Palastes zieht Dienerschaft ein, und oben, in den Zimmern mit Aussicht, richten sie sich selbst ein, getrennt nur durch den Flur, weil sie die Nähe noch nicht ertragen, aber erst recht nicht die Ferne. Also lassen sie am Anfang kleine Briefe kursieren, sie himmelblaue und er blaßrote, in denen sie sich erzählen, wie es war gemeinsam als Kinder, damals, und sie laden sich zum Essen ein, und natürlich vögeln sie wie die Verrückten, aber nur, wenn sie sich zufällig begegnen auf ihrer Suche nach der Erinnerung. Und irgendwann gehen sie hoch in die Dachkammer, da stehen die Kisten mit all ihren Spielsachen, da ist auch der Ball, der sie verband, das erste Mal, dieses Hin und Her, das war Liebe.«

Sie wußte gar nicht, ob er zugehört hatte. Zur Strafe setzte sie sich auf ihn, küßte ihn, drückte, küßte ihn wieder und wieder, und auf jeden kleinen Biß in seine Brustwarzen antwortete ein Stöhnen tief unten in seiner Brust. Sie ließ ihre Hände dort, die kühlten, und saugte sich abwärts, und als er ihren Kopf faßte, da spielte ihre Zunge schon in seinem Nabel, andächtig, wie ein Rehkitz leckte sie das Salz, das sich dort gesammelt hatte, in dieser Nacht. Sie legte die Hand sanft auf seinen Bauch, ganz warm sammelte sich das Blut darunter, und dennoch fror er unter ihrem Atem, der zu frisch war, er fror, das sah sie, und sie stülpte die Lippen über dieses Pflänzchen Liebe, um es vor dem Kältetod zu schützen. Mit ihrer Zunge wärmte sie es und rollte es hin und her auf ihren Lippen, ließ es in ihrer Faust wachsen und wärmer werden und rieb dennoch weiter, weil sein Seufzen sie antrieb.

Sie hob den Kopf, leicht, er sollte ihr dabei in die Augen sehn, sie wollte seinen Blick, wenn er kam, sie wollte es sehn, seine Macht sollte er nur einen Moment tauschen gegen ihre Liebe, aber er krallte sich in ihren Haaren fest und schob ihren Kopf über seinen Schwanz wieder und wieder zwischen ihre Lippen, ruckte hin und her gegen ihren Gaumen, bis ein Zittern durch seinen Körper lief, als sie den letzten Tropfen saugte.

Ernüchtert hob sie den Kopf, robbte hoch auf diesen Fels und legte ihren Kopf auf seine Brust mit der Kinnspitze und sah ihm in die Augen, die längst wieder kalt geworden waren.

«Du glaubst nicht, daß zwei Menschen manchmal mehr sind als einer allein?«

Sein Blick faßte ihren, und wieder war sie nur Beute. Er konnte gar nicht anders. Seine Augen waren immer auf der Jagd, und seine Hände faßten sie an den Schläfen, die Daumen ganz nah an ihren Augen, daß sie fast Angst bekam, so gewaltsam verzog er ihr Gesicht zur Grimasse und ließ seine Zunge über ihre gezupften Brauen streichen und über ihre Lider, ohne Zärtlichkeit ging er mit seiner Zunge quer über ihr Gesicht und kam wieder zurück zu ihren Augen. Sie schloß die Lider fester, aber sie fühlte seine Zunge schwer darauf liegen, ein Bär vor dem Bienenstock.

Sein Körper verspannte sich, das war eine andere Gier, die kannte sie nicht, die mochte sie nicht, das war Blutgier, sie sträubte sich gegen ihn, aber er zog sie zu sich, und sie drehte ihr Ohr an seinen Mund, ganz nah.

»Erzähl mir von der Liebe«, flüsterte sie, und er nahm ihr Flüstern auf, aber jedes ihrer Worte gewann einen neuen Klang in seinem Mund, so fremd, daß sie ihre Geschichte nicht wiedererkannte.

»Sie hatten ein Jahr und einen Tag in diesem Palast gelebt, ein schönes Jahr, aber einen Tag zuviel. Denn als sie an diesem Morgen erwachten, hatten sie das alles satt, und sie schickten den Diener mit dem Frühstück hinaus. Sie musterten ihre Körper, aber sie musterten sie müde, weil alle Nächte des vergangenen Jahres den Zauber der ersten Nacht nicht hatten wiederholen können, also suchte ihre Liebe ein neues Ziel. Sie würden nicht länger auf den Wegen der Kinderzeit spazieren und sich das Glück in kleiner Münze auszahlen lassen, sie würden hinabgehen in den Keller des alten Palastes und dort den ganzen Schatz finden oder den Tod.

Hand in Hand eilten sie hinunter und gelangten an die erste Tür, die leicht zu öffnen war, denn hier hatte nie einer kehrtgemacht, hier hatten sie alle den Mut weiterzugehen, zur zweiten Tür, auf die ein Zeichen gemalt war mit Blut, die Spirale der Erlösung, deren Fortgang verhieß, sie würden ins Innerste gelangen, aber dafür ein Opfer bringen müssen. Eins, das die Schwachen abhielt, eins, das doppelt wog und ihren ganzen Mut kosten würde, es war kein Rätsel mehr, das Zeichen, ihre Herzen hatten es längst entziffert, sie kannten die Frage, wußten die Antwort: Wollt ihr Vater und Mutter töten?

Sie blickten sich an, erklärten wortlos ihr Einverständnis und öffneten die Tür mit einem bloßen Nicken. Es war dunkel im Raum, und es blieb dunkel, aber ihre Augen waren heller geworden, das innere Feuer strahlte reiner, und sie sahen die Sarkophage, die an der Wand lehnten, sahen die Gesichter seiner Eltern, denen Spinnweben die Augen verklebten, und sie sah ihren Vater, fast schien es ihr, als lebte er noch, aber seine Augenhöhlen waren leer wie die ihrer Mutter, die daneben aufgebahrt war, in einem viel zu bunten Kleid.

Sie hatten keine Angst mehr vor dem Tod, also verbrachten sie die Nacht in diesem Raum, als wäre es die erste gemeinsame Nacht, so liebten sie sich, und noch vor Anbruch des nächsten Tages schworen sie sich, nie den Mut zu verlieren, auch nicht vor dem nächsten Opfer, was immer es sein würde, wer immer es verlangte.

Sie gingen weiter, ohne Angst, obwohl auch die dritte Tür mit der Spirale des Todes gezeichnet war, und wer sie öffnete, würde das Blut seines Kindes vergießen müssen. Sie sah es in der Wiege liegen, die in der Mitte des Raums stand, sie sah das Kind, das seines war und ihres und beider Lächeln hatte und tief atmete, denn es würde gesund sein und einen guten Schlaf haben, und ohne zu zögern, griff sie es, hob es am Hals und würgte es, bis die Augen aus den Höhlen traten.

Die Nacht war kurz am Fuß der vierten Tür, und ihre Liebe leidenschaftlich wie die zweier neu zum Leben Erweckter, denn die Erwartung peinigte sie, und der Wunsch, das Geheimnis des Todes zu lösen, war so übermächtig, daß sie noch vor Beginn der Müdigkeit eintraten in den letzten Raum.

Dort stand ein Thron aus Holz, und auf dem Thron lag eine Schlange, deren Kopf sich bei ihrem Eintritt hob, und inmitten der Spirale ihres Leibes lag der Stein der Weisen.

Beide traten sie vor, Hand in Hand, und streckten die gemeinsame Faust ins züngelnde Angesicht und ließen die Wächterin des Schicksals entscheiden, ob sie gemeinsam berufen waren oder allein.«

»Keine sehr schöne Geschichte!«

»Schönheit ist selten mehr als ein Versprechen auf die Zukunft.«

›Was für ein dummer Spruch‹, dachte sie plötzlich. ›Was für ein unglaublich dummer Spruch und was für eine eklige Geschichte.‹ Mit einem Schlag wurde ihr klar, daß Boris den Stein nie finden würde. Niemals. Er war die Marionette einer Idee, die ihn plappern ließ, mit seinem schönen Mund und den weichen Lippen, die sie so gern auf ihren Lippen spürte. Aber noch viel lieber spürte er sich selbst.

›Na schön‹, dachte sie, ›dann eben nicht.‹ Die Liebe war dagewesen, aber nur auf Besuch. Und gerade eben hatte sie diesen lieben Besuch ohne großes Bedauern wieder hinauskomplimentiert.

»Du liebst mich nicht. Du liebst mich einfach nicht!«

Sie sagte es mehr zu sich selbst, sang fast im Staccato diese Liedzeilen als Bekräftigung eines Gefühls, das sie eigentlich noch gar nicht hatte wahrhaben wollen. Um so mehr staunte sie über die Heftigkeit seiner Antwort, und gerade, daß sie so gelassen staunen konnte, gab ihr die Gewißheit der neuen Distanz.

»Laß mich doch endlich mal in Ruhe mit diesem Blümchengequatsche von wegen ›Ich liebe dich nicht, du liebst mich nicht‹. Du bist deinem Vater viel ähnlicher, als du glaubst.«

Vor einer Stunde hätte sie noch jedes Opfer für ihn gebracht, jetzt verachtete sie ihn, und morgen würde er wieder ein Fremder sein.

»Ich will nicht sterben, Boris. Für niemanden! Weder allein, noch in deinen Armen. Kapier das bitte!«

Sie spürte genau, wie er mühsam Worte für seine Enttäuschung suchte, aber auch die würden geborgt sein wie alles in seinem Leben. Denn mit Dingen, die nicht in seinem Erziehungsplan standen, konnte er nicht umgehen.

»Weil du keine stärkeren Gefühle als deinen Egoismus kennst!«

Sprechblasen. Alles nur Sprechblasen. Da saß einer hinter ihm und pumpte Luft hinein in diesen Blasebalg, und heraus kamen bunte Seifenblasen.

»Du hättest meine Königin sein können. Wir wären gemeinsam auf die Reise gegangen und reicher zurückgekehrt als je ein Paar zuvor!«

Jetzt flehte seine Stimme, aber auch das rührte sie nicht.

»Wir werden sehn.«

Sie strich ihm über die Haare. Ein ungezogenes Kind war er, trotzig und verschlagen, und jetzt, da er kein anderes Mittel mehr fand, versuchte er es mit einer letzten Drohung, die nur ihn selbst einschüchterte.

»Der Meister wird entscheiden!«

Er drehte sich zur Seite, schmollend und doch besänftigt, als hätte er sein Nachtgebet gesprochen und Antwort erhalten. Er drehte sich nicht abrupt, wie es ihr Börsenmakler immer getan hatte. Ganz sanft tat er es, wie eine Katze schnurrte er in sich zusammen. Sie fuhr ihm über den Rükken. Er hatte die kühle Haut eines Schwimmers, eines Fischs, der nur in klaren Gewässern geschwommen war. Sie würde diesen Körper vermissen. Aber er krümmte sich um eine Mitte, die nicht existierte. Gestern noch hätte sie ihm jedes Wort geglaubt, aber heute sah sie seiner Gestalt an, daß er log. Da war gar kein Rätsel um ihn, er war nicht die Faust des Schicksals, die ein Geheimnis umschlossen hielt, er war ein Kind, das sich wand vor lauter Sehnsucht nach einer Macht, die ihm nicht zustand.

›Wenn aber der stirbt, an dem am meisten die Schönheit hing, daß an der Gestalt ein Wunder war und die Himmlischen gedeutet auf ihn...‹ Die Verse hatte Katrin ihr immer wieder ins Ohr geflüstert, in den vielen Nächten, die in völliger Erschöpfung geendet hatten. Ihr war diese Vergötterung stets zuwider gewesen, sie hätte die Last so gerne abgegeben an ihn, aber diese Verse logen in seinem Mund. Denn jetzt, da er ihr den Rücken zudrehte, sah sie seltsamerweise sein Gesicht viel deutlicher, und dieses Gesicht war leer.

Plötzlich kam sie sich ganz schrecklich erwachsen vor.

Sie riß seine Arme um ihren Körper und drängte seinen Hintern an ihren Schoß. Ihre Hand knetete seinen Schwanz, bis das Blut wieder hineinschoß und er die Augen aufriß und nach Luft schnappte, so überraschend kam der Machtwechsel.

»Los, fick mich!«

Jetzt schrie sie es. Einmal noch wollte sie ihn in sich spüren, dieses Drängen, einmal noch diesen Schwanz, und er gehorchte, weil man ihn zum Dienst antrieb und er immer schon pariert hatte, wenn die Stimme des Meisters ertönte. Sie drehte ihn auf den Rücken, setzte sich auf ihn, legte die Hand über seine Augen, denn darin würde sie nur dummes Staunen sehn.

Er war nur der Lockvogel, das begriff sie plötzlich. Er hatte sie hierher geschleppt, zur Begutachtung, wie ein Opferlamm sollte sie in Augenschein genommen werden.

»Los, fick mich, du Idiot!«

Sie trieb ihn an. Und je angestrengter er unter ihr keuchte, weil sein Ehrgeiz längst schon wieder sein Gedächtnis übertölpelt hatte, desto klarer arbeitete ihr Verstand. Sie wurden beobachtet. Das spürte sie genau. Ihre Sinne waren hellwach. Als würden ihre Gedanken erstmals ganz ohne Verzögerung ihren Gefühlen folgen. Sie nahm alles wahr um sich herum. Sie war die Tänzerin. In einer Peepshow. Überall in diesem Raum waren fremde Blicke, aber es war ihr egal.

Sie bog seinen Körper zur Brücke, nur mit der Kraft ihrer Hüfte, hob ihn hoch, ließ ihn fallen, gab seinem hirnlosen Gerammel einen Rhythmus und ließ ihn kommen.

Er riß die Augen auf, als wäre es sein Sieg, Dummkopf der er war, lachte er in die Kamera, denn von dort erwartete er ein Lob. Statt dessen verriet er ihr die Richtung. Genau dort war sie. Die Führungskamera. Dort, wo ihr Blick ohnehin schon hing. Kaum größer als ein Auge. Direkt gegenüber. Und wie eine Schlange schlich sie hinein in dieses Mauseloch, wollte sehen, wer am Ende des Tunnels saß, wer dieses seltsame Spiel dirigierte.

*

Kassner stand an der Brücke. Ein kleiner, buckliger Mann mit einem viel zu wuchtigen Spazierstock. Er mußte Dutzende von diesen Dingern zu Hause haben, filigrane Stöckchen wie die Reitgerte von neulich, die kaum bis zum Boden gereicht hatte, und nun also dieses Ding, Rübezahls Gehhilfe, ein Knüppel, fast mannshoch.

Die alten Laternen des Bode-Museums leuchteten mit ihrem matten Orange kaum heller als der Mond, der noch immer irgendwo hinter den Wolken dämmerte. Doch keiner der Radfahrer, die in rascher Folge über die schmale Brükke eilten, hatte Licht. Und kein Fußgänger hielt inne. Dabei war es der schönste Platz der Stadt. Wenn der Blick mit der S-Bahn im weiten Bogen um das Handelszentrum fuhr, im Visier das blutrote Signal des Berliner Ensembles, vorbei an der Charité und der Synagoge, bis der Kreis sich schloß im Monbijoupark, der die Hackeschen Höfe verbarg und diese kleine Birke als letzten Vorposten des Grüns ans Ende der Brücke gesetzt hatte.

Ich wußte gar nicht mehr, wer diesen Ort als Treffpunkt

gewählt hatte, er oder ich, aber so, wie er stand, geziert und unbeweglich wie eine der Figuren auf der Balustrade hinter ihm, war es ganz allein seine Bühne.

Für die Nacht war ein Kälteeinbruch vorausgesagt worden, aber noch war die Luft warm, als könnte sich der Herbst an die letzten Sommertage erinnern. Nur der Wind frischte auf, holte Atem von weither.

Kassner hielt den Mantelkragen in der einen Hand und den Spazierstock in der anderen, schräg in den Boden gestemmt hatte er ihn, und vielleicht schüchterte er mich wirklich etwas ein, hilflos, wie er war, denn es wurde nichts aus meinem Auftritt. Keine geballte Faust, kein Gebrüll. Ich brachte nur ein Flüstern heraus, als ich ihm gegenüberstand. Nur so ein verdammt dünnes Flüstern, und dazu schlotterten mir die Knie.

»Wo ist meine Tochter, Kassner? Wo habt Ihr sie hin.«

Er schüttelte den Kopf, als wäre mein Kummer auch sein Kummer, aber gleichzeitig spreizte er alle Finger seiner Hand in Abwehr einer Gefahr, die irgendwo aus den Lüften herabzuschweben schien, ein altersschwacher Engel, der zur Gefahr für den öffentlichen Luftraum geworden war.

»Sie ist verschwunden? Ihre bezaubernde Martina? Wie entsetzlich! Kommen Sie, gehen wir einige Schritte. Es ist der letzte laue Herbstabend, den uns der Winter zugesteht.«

»Mann, Kassner, Sie glauben doch wohl nicht, daß ich hier neben Ihnen herdackle, während meine Tochter...«

»Mein lieber Freund. Entweder ist Ihre Tochter tot, dann können Sie ihr auch nicht mehr helfen, oder sie lebt. Dann allerdings sind Sie auf mich und mein Wissen angewiesen. Sie können aber auch eine Vermißtenmeldung aufgeben. Das Polizeipräsidium ist ja gleich bei Ihnen um die Ecke.«

Natürlich hatte er recht. Die Bullen würden keine Fahndung einleiten. ›Wie lange, sagen Sie, ist Ihre Tochter vermißt? Vierundzwanzig Stunden. Volljährig? Und geistig nicht behindert oder verwirrt wie ihr Vater?‹

»Kommen Sie, wir machen einen kleinen Rundgang,

keine Stunde wird er dauern, und danach werden Sie wissen, was zu tun ist.«

Er hakte mich tatsächlich unter, und so schritten wir wie ein Liebespaar über die schmale Brücke, nicht ohne die Sorge, daß uns einer der Radfahrer übersehen würde. ›Und wenn schon, die Charité ist ja gleich um die Ecke‹, dachte ich, aber die Angst wich nicht. Und wenn er nicht so klein gewesen wäre und so verkrüppelt, ich hätte meinen Kopf auf seine Schulter gelegt und erst mal Wasser gelassen wie ein Dackel an der Urne seines Herrchens.

»Eigentlich, mein Lieber, hatte ich Sie ja zum Essen einladen wollen, aber ein bißchen Bewegung tut uns beiden gut, glaube ich, und sicherer ist es allemal.«

»Kassner, mal ein Wort unter uns: Ihre scheißhöflichen Manieren gehen mir langsam auf den Keks. Ihre Fürsorge hat mir bisher nämlich nur eine Menge Ärger eingebracht.«

»Nicht echauffieren, bitte! Hier!«

Er zog einen Riesen-Flachmann aus der Tasche. Ein Flacon, wie er es nennen würde, mit zwei silbernen Bechern und einem Schraubverschluß, den er auffällig lang zwischen den Händen rieb. Wahrscheinlich pustete er mir grade einen Fingerhut Arsen in den Asbach. Es war ein silbernes Schneckenhaus, glatt poliert und fast so groß wie die Schneckenhäuser, die wir als Kinder gesammelt hatten.

»Was für eine Verschwendung, finden Sie nicht, ein so filigraner Bau für das kurze Leben einer Schnecke. Wissen Sie, als kleines Kind dachte ich immer, der Schneckenmann geht auf Arbeit und die Schneckenfrau hütet das Haus. So habe ich mir erklärt, warum es bewohnte und unbewohnte Häuser gibt. An den Tod denkt man in diesem Alter noch nicht.«

»Bevor Sie tiefsinnig werden, geben Sie mir mal lieber noch so einen Schluck.«

»Gern. Aber das können wir auch im Gehen tun. Dieser Flacon ist übrigens ein Erbstück. Gefällt er Ihnen? Und die Idee mit dem Verschluß als Schneckenhaus? Wissen Sie, was mich daran fasziniert, ist die Spiralform. Aus nur einem einzigen Punkt nimmt die Natur diesen Schwung und öffnet sich zu einer winzigen Kammer erst, dann zu einem Treppenhaus, zu einem Palast. Es braucht kaum mehr als einige Windungen, und diese Schneckenspirale würde unsere Erde umfassen und in der nächsten Drehung das Universum. Oder denken Sie es sich in die Tiefe. Als Meeresstrudel gen Atlantis, als Malstrom. Oder als Reise in die Zeit! Stellen Sie sich ein Ziffernblatt vor, auf dem der Zeiger immer weitere Kreise zieht, bis die letzte Stunde geschlagen hat.«

»Woher nehmen Sie eigentlich diese verdammte Sicherheit, daß es so bald kommen wird, das Ende der Welt?«

»Die neuen Buchhalter der Apokalypse vertrauen dem Computer. Ich vertraue der Angst. Als Krüppel wie als Postbote kennt man sich aus mit der Angst der Menschen. Ich rieche sie bei anderen. Das ist ein schreckliches Talent noch vom Krieg her, und ich würde viel darum geben, wenn ich es verloren hätte. Aber die Unruhe spüre ich, die bunten Angstträume. Godzilla, Armageddon, Akte X. Diese Unruhe hat ja nicht nur mich erfaßt. Die Messiaserwartung. Der Wunsch nach einem Erlöser. Und ehe sie sich versehen, werden sie ihn wieder Führer nennen...«

»Das ist mir schnurz. Mich interessiert nur eins: Wo ist meine Tochter?«

»Sie sind ungenau, Claasen. Vielleicht kommen Sie deshalb nicht von der Stelle, weil Ihr Präzisierungsvermögen mit Ihrer Phantasie nicht Schritt zu halten vermag.«

»Soll heißen?«

»Martina ist nicht Ihre Tochter.«

Wir bogen in die Oranienburger Straße ein. Die Nutten waren längst abgezogen. Geblieben waren die Touristen, die jedes vorbeifahrende Auto belächelten, als säße ein Freier drin. Noch waren die Restaurants nicht voll, aber die Bürgersteige quollen schon über. Ein ewiger Strom, der sich auf Höhe der Synagoge staute, weil da alle langsamer liefen und so taten, als hörten sie irgendwo da ganz hinten Anne Frank leise Klezmer-Musik spielen.

Nur die Bullen zeigten sich ungerührt, achteten sorgsam darauf, daß keiner Sprengstoff vor der Tür parkte oder auch nur sein Fahrrad hier abstellte. Ich hatte es einfach, mir wichen sie alle aus, mit diesem Krüppel an der Seite, dachte wohl jeder, hier humple gerade ein Verfolgter des NS-Regimes mit seinem Anwalt Richtung Entschädigungsstelle.

»Gibt es eigentlich irgend etwas in meinem Leben, das Sie nicht wissen?«

Er hing in meinem Arm, ließ den Stock schleifen wie einen Degen und nickte vor sich hin, als hätte man ihm das Genick gebrochen. Und dennoch war seine Stimme so hell und fast heiter.

»Wissen Sie, ich bin froh, einen Stock zu haben, der mir das Recht gibt, langsamer zu sein als die anderen. Aufmerksamer sein zu dürfen, ist eine Gnade. Die meisten Menschen, die hier entlanggehen, sehen dieses Haus hier, ein schönes Haus, sagen sie, jetzt, nach der Renovierung. Aber je länger sie es betrachten, desto banger wird ihnen, sie wissen gar nicht, warum sich dieses Unbehagen einschleicht, denn das Haus ist nicht mehr das Haus, die Fenster nicht die Fenster, sie sind Augen ohne Lider, immer offen, in der Nacht wie am Tag, ohne Schlaf, ohne Schutz vor der Sonne, und der Vorbau des Treppenhauses ist die Nase und das Gitter zur Tiefgarage das verzahnte Maul, und jeden Morgen öffnet es sich und jeden Abend, und sie marschieren hinein, im Gänsemarsch, weil ihnen gesagt wird, es ist der Hexenofen, der schon lange ausgeglüht ist, ein Museumsstück. Albern, denken sie, warum sind wir dann hier gefangen, und sie rütteln am Gitter, wie albern, und sie wischen sich die Augen, nichts in dem Bild ist anders, alles ist noch an seinem Platz, aber nichts ist mehr so wie es war, wenn sie es mit den Augen der Angst ansehen, dann ist hier alles verflucht, jedes einzelne Haus hier hat dieses Hexengesicht, und es blickt dich unverwandt an und stellt dir die Frage:

Willst du derjenige sein, der der Wahrheit ins Auge sieht? Willst du es sein?«

»Na, ich glaube, jetzt brauchen Sie mal ein Gläschen, mein lieber Herr Kassner. Entspannungshalber.«

»Meine Name ist nicht Kassner.«

»Ich weiß. So weit sind unsere Herrn von der Detektei auch schon gekommen.«

Seltsam, da tapste dieser bucklige Greis neben mir her, als hätte ihm das Schicksal alle Last dieser Welt aufgebürdet, und ich hatte nicht einmal mehr Mitleid. Der Schnaps wärmte mir den Magen, und die Gesichter der entgegenkommenden Mädels glänzten, und irgendwo stand sicher auch Lili Marleen, aber wo genau, war mir scheißegal. Es gab keine Vergangenheit. Nicht für mich. Ich hatte mit all dem nichts zu tun, und was er damit zu tun hatte, war mir erst recht scheißegal. Ich dachte an den nächsten Tag und an den übernächsten, und bis drei hatte ich schon lange nicht mehr gezählt. Doch das schien ihn gar nicht zu kümmern. Er numerierte mit seinem Stock die Häuser, als traute er seinen Augen nicht.

»Hier war meine Schule, ein kleines Privatinternat, das Haus dort vorne war mein Elternhaus. Ich war gerade bei den Nachbarn, als meine Mutter geholt wurde. Wir wußten sofort, was los war. Wir hatten es ja seit Wochen erwartet. Wir waren immer wieder gewarnt worden. Ich verbrachte viele Tage nebenan, bei dem deutschen Nachbarn, weil wir nicht überrascht werden wollten. Meine Mutter hat dafür bezahlt, auch mit Geld, mit dem wenigen, was wir hatten. Familienschmuck, Silber, nach und nach hat sie ihm alles überlassen. Ihre Brosche, ihren Ehering und die Perlenkette ihrer Mutter, die ganz zuletzt. Flußperlen. Immerhin wertvoll genug, um sein schlechtes Gewissen wach zu halten. Er versprach, sich um mich zu kümmern, bis alles vorbei war. Keinen Tag länger. Für ihn mußte immer ein Ende absehbar sein. Er war Kustos im Bode-Museum. Museumswächter. Vielleicht hatte er deswegen gelernt, so penibel die Stunden zu zählen und die Minuten. Er war ohne den rechten Arm aus dem Ersten Weltkrieg gekommen und hatte für Hitler nicht viel übrig.«

»Sie sind Jude?«

Die Frage kam ein bißchen zu spät, das war mir schon klar, aber ich hatte es immer noch nicht begriffen. Ich hatte es geahnt, sicher hatte ich es geahnt, aber wozu war es jetzt nötig, daß er mir eine Geschichte erzählte, die man mit Tausend multiplizieren konnte, mit Hunderttausend, mit sechs Millionen. Alle Geschichten erzählen die eine Geschichte, klar doch, aber ich kannte sie schon, verdammt noch mal, und ich hatte keine Lust, sie wieder und wieder und wieder zu hören.

»Das Bode-Museum war damals unterirdisch verbunden mit dem Pergamon-Museum. Ein zweistöckiges Kellerlabyrinth mit verzweigten Tunneln und Trockenstollen für wertvolle Expeditionsfracht, die dort für die kleine Ewigkeit lagerte, wie wir das nannten, für die Jahre und Jahrzehnte der Auswertung. Anfangs, nach den Siegen in Frankreich und Polen, glaubte man ja noch, hier sei alles sicher gelagert, da dachte man an gigantische Museumsneubauten für die Trophäen aus dem Louvre und dem Britischen Museum. Und es kamen auch die ersten Kisten an, aber sie wurden nie ausgepackt, weil es bald keine Helfer mehr gab. Als der Krieg sich hinzog, wurde das Diebesgut in verplombte Sonderräume geschafft, zusammen mit anderen ›entbehrlichen‹ Stücken, die gegen Devisen getauscht werden konnten. Nach Stalingrad wurde dann alles in Bergwerke verfrachtet.«

»Ganz schön was los da unten.«

»Es war eine Art Verschiebebahnhof, sehr richtig, aber darunter, in der zweiten Kelleretage, gab es das sogenannte Mausoleum. Dort herrschte nach Kriegsbeginn Totenstille.«

»Ein Friedhof?«

»Die Gräber der Gelehrten, wenn Sie so wollen, der Ort, an dem ihre Nachlässe lagerten. Raum für Raum, Kammer für Kammer ein Lebenswerk. Manuskripte, Akten, Arbeitsmaterialien. Alles, was die Angehörigen den Museen überantwortet hatten, Schenkungen, Ankäufe, Tonnen an Erbgut, die brachlagen. Für Wochen und Monate betrat kein Mensch diese Räume, und dennoch mußte ich tagsüber in einer der kleineren Kammern bleiben, in der eines Vergessenen, durfte nur nachts auf- und abgehen, bis zum Waschbecken und wieder zurück. Ich verbrachte die Tage in völliger Dunkelheit, neben mir nur die Katze, die in den Kellern auf Jagd ging, im offiziellen Auftrag, und die ich haßte, weil sie freien Ausgang hatte, wann immer sie wollte. Hin und wieder ließ ich sie das spüren. Wen hätte ich auch sonst strafen können? Ihm mußte ich ja dankbar sein. Jeden Morgen brachte er mir sein Pausenbrot und einen Henkelmann Suppe vom Vortag, manchmal mit einem Stück Fleisch, das er gekaut und ausgespuckt hatte, weil es zu flechsig war. Drei Jahre lebte ich dort in der Kammer des Toten.«

Seine Stimme klang noch immer fröhlich, komischerweise, als wäre grade heute der Tag seiner Befreiung. Und diese Heiterkeit war ansteckend. So einfach war das nämlich alles. Lächerlich einfach. Ich hätte laut auflachen können, und er sah es mir an, daß ich Bescheid wußte. Selbst die Passanten erschraken. So allwissend war mein Grimassieren. Als wäre heute der achte Tag der Schöpfung. Der Tag der Erkenntnis des allgegenwärtigen Betrugs.

»Die Kammer des Toten, das war die Kammer Ludwig Leichhardts?!«

»Ganz recht! Sie müssen wissen, daß das kleine Museum in seinem Heimatdorf erst lange nach dem Krieg eingerichtet wurde. Bis dahin lag alles in diesem Verschlag gestapelt. Es war nicht viel, deswegen auch die kleinste Kammer, aber immer wieder waren im Laufe der Zeit Fundstücke der letzten großen Expedition zum Ayers Rock aufgetaucht. Dazu kam der Nachlaß seines englischen Freundes, insofern er Leichhardt betraf, und schließlich schickte kurz vor dem Krieg die australische Regierung noch die Reisejournale Leichhardts. Bei der Umsiedlung eines Aboriginesstammes hatten sie sich in einer alten Expeditionskiste gefunden. Kein Mensch konnte mehr sagen, wie sie zu diesem Stamm gelangt war. Vielleicht hatte auch keiner gefragt. Die Eingeborenen bewahrten sie jedenfalls auf wie ein Heiligtum. Nichts war berührt worden. Dutzende unbeschriebener und beschriebener Kladden, die unseren Handschriftenexperten zur Auswertung übergeben werden sollten. Leihweise, bis der Krieg alle Rückgabeforderungen überflüssig machte. Nach der Befreiung wurde der Nachlaß von der Bundesregierung dann offiziell angekauft. Ein gutes Geschäft für Australien, da ein Teil der Tagebücher und Briefe als verschwunden galt und längst unter Kriegsverlust abgebucht worden war.«

»Na, da haben Sie aber ganz schön gestutzt, als dieses Testament auftauchte? Glücklicher Zufall, oder? Daß da so ein Brief Jahrzehnte unterwegs ist und dann doch noch an sein Ziel kommt?!«

»Sollte das Ironie sein? Dann müssen Sie entschuldigen, dafür habe ich leider kein Organ mehr. Die Fähigkeit, gedanklich die Seiten zu wechseln, kam mir damals abhanden.«

Er hielt einen Moment inne, als eilten die Bilder der Vergangenheit in einer schnelleren Gangart herbei, als ihm lieb sein konnte.

»Unser Nachbar, der Kustos, wurde bettlägrig. Seine Tochter übernahm das Amt und brachte mir fortan das Essen hinab in den Keller. Sie hieß Lieselotte und war ihrem Vater im Beruf nachgefolgt. Lieselotte, zwei Namen, zwei Gesichter. Mir kehrte sie immer nur eins zu. Ich war eine Last, die sie zu tragen hatte, und sie trug sie, pflichtbewußt wie sie war, aber sie lauerte darauf, daß ich sie küßte oder aufdringlich wurde, das wäre der Vorwand gewesen, mich der Gestapo auszuliefern. Ich habe sie nie geküßt, und sie hat mich verpflegt bis zum letzten Tag, danach sahen wir uns nie wieder. Mag sein, daß ich sie gar nicht erkannt habe, denn meine Augen hatten in den ersten Monaten Mühe, sich an das Tageslicht zu gewöhnen.«

»Und daran, daß Wirklichkeit und Traum zweierlei Dinge sind und man nicht ohne weiteres Testamente unter fremdem Namen verschicken darf?«

»Ich hatte in den Jahren des Infernos genug Zeit, mich in das Leben Leichhardts hineinzudenken. In den wenigen Stunden der Nacht, in denen das Licht brannte, las ich seine Reisejournale, immer und immer wieder, und in den dunklen Stunden des Tages folgte ich ihm im Traum. Eine Expedition ins Innere Australiens! Und ich war dabei. Die Todesstrahlen der Wüstensonne drangen selbst in die Katakomben des Museums! Der Schweiß der Angst war nicht länger vergeudet für die Furcht vor dem Verrat, er war von nun an der Preis für die Anstrengungen der Reise. Denn je weiter wir vordrangen, Tag für Tag mühseliger, desto ungeheuerlicher schien uns auch das Geheimnis dieses Landes, das von den Göttern nach ihrer Reise aus der Zeit als erstes betreten worden war. Das erzählten uns jedenfalls die Aborigines. Und auch wenn wir ihren Glauben nicht teilten, so schien uns doch verdächtig, daß nur der Küstensaum begrünt war und das Innere des Landes so wüst schien, als hätte es tatsächlich der heiße Atem Gottes gestraft!

Wir nahmen Gesteinsproben, zeichneten gemeinsam Fossilien, und ließen alles, was uns von Wichtigkeit schien, von den Eingeborenen in Kisten packen, die wir in provisorischen Hütten lagerten. Auf dem Rückweg wollten wir dann zusätzliche Träger anwerben. Wie eine Handelskarawane würden wir zurückkehren, schwer beladen, nach Jahren unentwegter Geschäftigkeit.

Wir kamen auf diese Weise nur sehr langsam voran, aber Leichhardt wollte das so. Allerdings waren nicht alle seiner Meinung. Die Reise dauerte nun bereits über ein Jahr, und der Rückweg würde nicht einfacher werden, zumal wir nur noch hundert Schuß Munition hatten. Zu siebt waren wir damals aufgebrochen, von Cairns, begleitet von einem ganzen Troß Abenteurer, die uns die ersten Tage das Geleit gaben und nach und nach zurückblieben. Als wir schließlich den Urwaldgürtel hinter uns ließen, der die Küstenregion vom Buschland trennte, waren wir allein mit unseren zwölf Trägern, ein kleiner Stoßtrupp, der seine Spur durch die Einöde zog, keineswegs gradlinig, sondern im Zickzack der Neugier.

In den ersten Wochen war es ein leichtes gewesen, immer wieder die Vorräte aufzufrischen, jeder Tag brachte Unvorhersehbares, und stets gab es etwas, das uns weiter vorantrieb, eine unruhig gefärbte Felsformation, ein Tier unbekannter Spezies, eine Pflanze schwer vergleichbarer Art. Und auch wenn wir die reichen Weidegründe nicht fanden, die sich die Siedler erhofft hatten, geschweige denn Gold oder Edelsteine, so waren wir doch einig in dem Gefühl, Pioniere zu sein. Aber dieses Gefühl wurde zum Alltag, und die Funde entgalten bald nicht mehr die Qualen der unausgesetzten Suche. Ein seltenes Fossil wog wenig gegen den Durst und die Endlosigkeit der Steppe, die nicht einmal eine Fata Morgana aufbot, und die Gespräche drehten sich längst um die Menschen daheim, Abend für Abend, und kannten kein anderes Ziel mehr als die Umkehr.

Als wir den Heiligen Berg endlich in der Ferne sahen oder doch seine Kuppe ahnten, zählten wir nur noch drei Expeditionsteilnehmer. Richard, der jüngste, ein Leichtmatrose, der vor dem Meer hatte fliehen wollen, war als erster gestorben. Die Sonne glühte ihn regelrecht aus, und in den letzten Stunden des Fiebers wiegte er sich in den Armen Leichhardts, als wäre er noch einmal an Bord eines Schiffes gegangen, das längst alle Stürme passiert hatte und nun im Heimathafen lag.

Zwei andere waren desertiert. Desmond und Oswald. Ein englisches Brüderpaar. Sie hatten sich einfach davongemacht, ohne uns weiter zur Last zu fallen. Sie hatten ihren Mut still verzehrt wie ansonsten ihr Mittagsmahl, und als sie sahen, daß sie uns nicht mehr helfen konnten, verschwanden sie mit ihrem Anteil an den Vorräten, die sie penibel geteilt hatten, zu unseren Gunsten. Dann war da noch Dave. Der einfach verrückt wurde. Von einem Tag auf den anderen. Er war auf allen vieren davongerannt und umkreiste unser Lager, denn Leichhardt stellte ihm Abend für Abend eine Schale mit Wasser hinaus, trotz unserer knappen Vorräte.

Und nun, da der Berg in Sicht war, verweigerten auch noch unsere Träger den Dienst. ›Sie würden keinen Schritt mehr weitergehen, heiliges Land, unbetretbar!‹ murmelte der Älteste, und Leichhardt konnte sie nicht überreden, da half auch seine Autorität nicht mehr. ›Nein, keinen Schritt würden sie weitergehn!‹ Als hätten wir eine geheime Grenze erreicht, unsichtbar für unsere Augen, aber unüberschreitbar für die Aborigines. Alles, was wir ihnen abringen konnten, war das Versprechen, sich in zwei Wochen wieder hier einzufinden. Das war weniger als eine Hoffnung, das wußte Leichhardt, das wußte Martin, der Zeichner, der ihn schon auf der ersten Expedition begleitet hatte, und das wußte ich, aber wir wollten weiter. Wir würden nicht umkehren, ohne diesen Berg gesehen zu haben, der kein Berg war, sondern ein einziger Stein, ein Monolith in einer grandiosen Fassung. Das Weißgold der Sonne ließ ihn schon aus der Ferne funkeln wie einen sehr seltenen Rubin, dem ein Gott selbst sein Feuer gegeben haben mußte oder sein Blut.

Ein seltsames Flackern lag in Martins Augen, oder vielleicht war es nur mein Wahnsinn, der sich in seinem Blick spiegelte, denn wir waren keine Wissenschaftler mehr, schon seit Tagen nicht, wir waren die Jäger eines Schatzes, und vielleicht war Leichhardt uns im Weg, vielleicht durfte nur einer diesen Berg betreten, diesem Heiligtum sich weihen, vielleicht war ich der Berufene, ich allein.

Am Morgen dieses letzten Tages ging ich auf Wassersuche. Das Terrain war unwegsam und buschig. Ich verlief mich, kehrte erst nach Stunden zurück, und als ich unser

Lager betrat, waren die beiden tot. Ich trat ganz ohne Angst in den Kreis und sah die Lanzen in ihren Rücken stecken, die Köpfe hatte man zueinander gelegt, als ob sie sich belauschen wollten im Tod, das letzte Geheimnis, das ich nun aufzuklären hatte, ich ganz allein.

Ich raffte die Wasserflaschen zusammen und verschwand, ehe sie zurückkamen, aber es war zu spät, sie waren nie gegangen, umstanden das Lager immer noch im Kreis, und da sah ich den Armschwung meines Mörders, die blinkende Lanzenspitze, fühlte den Schmerz noch ehe sie traf...«

»Nette Geschichte.«

»Ich habe sie Nacht für Nacht variiert, und dennoch fand ich nie die Lösung. Ich glaube nicht an Leichhardts Tod. Er war ein so erfahrener Expeditionsführer. Jahrelang hatte er sich auf diese Reise vorbereitet. Was hätte ihn aus der Bahn werfen sollen? Das Fieber?

Ich sah, wie der vom Schüttelfrost Gepeinigte von seinen Trägern zu ihrem Clan gebracht wurde, wie sich heilige Männer um seine Gesundheit mühten, wie er in den Monaten seiner Genesung ins Stammesleben fand, die Sagen der Ahnen hörte und notierte, die Traumgeschichten, die alle um den großen Stein kreisen, den Himmelsfelsen, der von den Göttern gebracht worden war, und Ari, den ersten Menschensohn entließ, der sich sein Weib in der Wüste suchte und es auch fand, ein trockenes Geschöpf, dem sein Blut erst das ihre gab. Er wollte die Geburtskammer Aris aufsuchen, und sie gingen zum Schein darauf ein, gaben ihm das Amulett der vier Sonnen, den Wegweiser zum Heil, aber als sie am Fuße des Felsen eintrafen, töteten sie ihn, denn das Recht des Zutritts besaß nur der Retter, der erst noch kommen sollte.

In anderen Nächten sah ich, wie Leichhardt von seinen Gefährten ermordet wurde, weil sie die Strapazen der Reise nicht mehr ertrugen, ich sah, wie Dingos seinen Leichnam zerrissen, wie der Wüstenwind seine Knochen bleich rieb. Mein Denken war langsam geworden, müde trat ich auf der

Stelle, bis ich eines Tages begriff, daß Leichhardts Tod gar nicht das Rätsel war, das mich umtrieb. Der Stein war es. Ayers Rock. Der Magnet seiner Sehnsüchte war der Fluchtpunkt meiner Träume geworden. Ich begriff, daß all sein Tun nur einem Ziel gegolten hatte: Diesem Monolith sein Geheimnis zu entreißen. Und ich würde seine Nachfolge antreten!«

›Bla, bla, bla‹, dachte ich. Je stärker sich Kassner in einen Rausch redete, desto nüchterner wurde mir zumute. Drüben, im Lokal ›Strandbad Mitte‹, leuchteten die Kerzen im Fenster, und die Pärchen unterhielten sich, Kopf an Kopf, als wäre jedes laute Wort zu viel, und nebenan, auf dem Bolzplatz kickten die Mädels, was sie jeden Donnerstag taten. Und plötzlich hatte ich größte Lust, ihn einfach hier stehenzulassen. Hier direkt vor dem Bolzplatz. Er könnte sich am Zaun festhalten oder sich auf seinen Rübezahlstock stützen, und irgendwann nach dem Spiel würden die Mädels ihn entdecken und nach Hause bringen, aber so beharrlich der Schritt, mit dem er mich weiterzog, so unaufhörlich war der Gang seiner Erzählung.

»Lächeln Sie ruhig, aber ich glaube, daß vor Jahrmillionen ein Komet auf diese Erde niederging, das Herz Australiens traf und eine Wüste um sich herum schuf, in der alles andere Leben ausgelöscht wurde. Ich glaube, daß dieser Komet ein Geheimnis barg. Eine Arche Noah des Universums, Gesandter einer untergegangenen Welt. Eine Welt, die in unseren Märchen und Mythen fortlebte. Ich glaube, daß Atlantis existiert, der Olymp, das Paradies. Ich glaube, daß wir alle Geschichten, die wir erzählen, aus Heimweh erzählen, und daß sie alle wahr sind und nur ihre Schauplätze Lichtjahre entfernt.«

»Na, dann glauben Sie das mal. Und sagen Sie Herrn Däniken einen schönen Gruß, die Bekloppten sterben nie aus.«

»Stellen Sie sich vor: Eine Welt ging zugrunde, und die Wesen dieser Welt wußten um ihr Ende? Eine Kultur lange vor unserer Zeit, uns in allem überlegen, Geschöpfe des Geistes, wandelbar, aber nicht unsterblich?«

»Okay, wie darf ich mir das vorstellen? Kaum daß der Wecker schrillt und der letzte Tag anbricht, fingen die sich die Kometen mit dem Lasso? Adam und Eva wurden in den ersten gesetzt, Noah mitsamt Sippe in den zweiten. Und ab ging die Post Richtung Terra X? Wissen Sie, was ich glaube? Es war schon immer vergnüglicher, die Leerstellen der Geschichte mit Phantasiemüll aufzufüllen, anstatt bescheiden die Schnauze zu halten.«

»Das ist Poesie. Wenn man ein Ohr dafür hat.«

»Sie haben vielleicht gute Ohren, aber ich habe ein gutes Näschen, und das sagt mir, hier ist etwas faul. Sie reden schöne Sätze, aber ohne viel Sinn, Herr Kassner. Darf ich Ihnen in dem Zusammenhang mal eine ganz persönliche Frage stellen. Wann haben Sie eigentlich angefangen, sich selbst zu belügen? Ich meine, Sie haben alle Kniffe drauf, aber wir beide wissen doch, daß Sie lügen. Warum geben Sie es nicht einfach zu?«

»Wenn der Narr auf seiner Narrheit besteht, wird er weise. Oder warten Sie, ich drücke es Ihnen zuliebe prosaischer aus. Es gibt zwei Wege zur Wahrheit. Den historischen und den intuitiven. Den der Wissenschaft und den des Gefühls. Der eine ist sehr kurz. Der andere war unendlich weit. Jetzt endlich, zum Ende des Jahrtausends, kreuzen sich diese beiden Wege. Ich hatte einen Traum und in...«

»Mann, Sie sind nicht Martin Luther King. Soll ich Ihnen mal was sagen? Sie haben Leichhardts Briefe geschrieben und sein Reisejournal gefälscht! Dann haben Sie irgendeinen Kumpel Richtung Oxford geschickt und sich die Dinger wieder rüberschicken lassen. Vermutlich stecken Sie sogar mit diesem Museumsleiter unter einer Decke. Sie lügen, kaum daß Sie den Mund aufmachen, aber ich soll Ihnen dieses Märchen von einem Monolithen als Fahrstuhl in die Ewigkeit glauben? Warum haben Sie eigentlich so lange gewartet, bis Sie Ihre Post verschickt haben?«

»Weil der Komet auf sich warten ließ.«

»Klar doch. Das Mutterschiff naht wieder! Haltestelle Down Under? Und welche Beweise haben Sie in der Hand? Ein Telegramm von Johannes dem Täufer, daß wir schon mal unsere Badesachen packen können, so was in der Art...?«

»Vor drei Jahren zelteten Lindy und Michael Chamberlain am Ayers Rock. Ein schäferhundgroßer Dingo soll die neun Wochen alte Tochter verschleppt haben. Das Kind blieb verschwunden.«

»Ja und?«

»Die beiden gehörten den Adventisten an. Es ging das Gerücht, es handle sich um einen Ritualmord. Sie wurden wegen Kindestötung verurteilt, aber wieder freigesprochen. Seitdem kommt es immer wieder zu Opferungen auf dem Berg. Der Zutritt zum Himmel, heißt es, läßt sich nur mit Blut erkaufen. Unser Orden lehnte dergleichen bislang grundsätzlich ab. Für uns ist das Mord. Etwas anderes ist die freiwillige Selbsttötung. Der Tod eines Märtyrers, der glaubt, daß die Stunde gekommen sei und sein Schmerzensschrei die Götter rufen wird.«

»Sie meinen unseren Psychopathen Boris?«

»Unser größtes Talent.«

»Hör ich recht? Sie klonen diese Wirrköpfe?«

»Unser Orden ist eine humanistische Lebensgemeinschaft.«

»Eine Zuchtanstalt für Phantasten meinen Sie wohl?«

»Ach, reden Sie doch nicht so einfältig daher, Claasen! Manche der alten Freimaurerfamilien sind seit Jahrzehnten, manche seit Jahrhunderten miteinander verbunden. Wir nehmen die Ausbildung der Kinder sehr ernst. Viele unserer Mitglieder sind Lehrer, und nicht nur aus Bequemlichkeit, sondern aus Berufung. Die Rationalisten Ihrer Couleur züchten Sportler, Ingenieure, Fernsehclowns. Adlige heiraten untereinander, Anthroposophen, Kaninchenzüchter. Es gibt berühmte Zirkussippen und

Komponistenfamilien. Kein Mensch würde da von Selektion reden.«

»Sie haben das Wort als erster benutzt.«

»Weil Sie es schon auf der Zunge hatten! Intuition, Claasen, ist kein okkultistisches Vermögen. Das Gespür für Zusammenhänge, der siebte Sinn, das zweite Gesicht, warum sollte das nicht trainierbar sein? Fortentwickelbar? Züchtbar, wenn Sie so wollen.«

»Boris ist so ein Wunderkind?«

»Das ist er. Er hatte das Zeichen. Seine Mutter sah es sofort und hat ihn gemeldet. Der Vater war skeptischer. Beide starben bei einem Autounfall. Er wurde dann in eine Gastfamilie gegeben, stand aber unter ständiger Aufsicht des Ordens.«

»Der vernachlässigte dann wohl seine Pflichten. Tatsache ist, daß er ein Dutzend Katzen abgeschlachtet hat. Der Vater wurde die Treppe runtergeschubst, seine Pflegemutter brach sich das Genick. Ein bißchen häufig, der Tod in seiner Nähe?«

»Er hat den Blick der Sphinx, das ist wahr, aber wir können nicht jeden wegsperren, der unseren Alltagsverstand verwirrt.«

»Und wenn Sie selbst das nächste Opfer sind?«

»Schwer vorstellbar. Denn Borsig wird Martina das Angebot machen, Boris nach Australien zu begleiten. Eine Photodokumentation. Auf den Spuren Leichhardts zum Heiligen Berg.«

Diesmal war es keine Kasperlepritsche, die mir ein Licht aufgehen ließ; diesmal war es die Faust Tysons. Und es war ein ganzer Lichterkranz.

»Martina soll geopfert werden?!«

»Boris und Martina werden als Paar eintreten in das Mysterium der Zeit. Er liebt sie. Er will sie zu seinen Göttern führen.«

»Das ist nicht wahr, Kassner?«

»Was ist Liebe anderes als sein besseres Selbst opfern?«

Ich hätte ihn umbringen müssen oder zumindest an der Gurgel packen. Verdammt, ich hätte irgendein Gefühl zeigen müssen, aber ich begriff nicht, was er mir da erzählte. Ich begriff es einfach nicht. Ich ging immer wieder vor bis zu dieser Grenze und machte kehrt. Daß da einer meine Tochter auf einen Berg am anderen Ende der Welt führen wollte, um sie abzuschlachten! Ich begriff es nicht, und was das schlimmste war, ich wollte es gar nicht begreifen. Wir bogen in die Sophienstraße ein. Hier, irgendwo auf dem Friedhof der Sophienkirche, da wäre vielleicht Ruhe gewesen. Ich hatte mal an den Gittern gerüttelt, um reinzukommen, aber das Tor war verschlossen. Gott sei Dank, sonst hätten die Flegeltouristen die Gräber längst mit Kondomen und Bierdosen gepflastert. ›Du bist so spießig geworden‹, meinte Alina damals, und sie sprach es ganz spitz aus und ziemlich süß, wir hatten nämlich eine Flasche Sekt dabei und schon eine getrunken und wollten uns eigentlich nur irgendwo hinlegen, für einen Moment, ins Grüne, und die Blätter über uns rascheln hören.

Kassner hatte seine Hand immer noch auf meinem Arm, und diese Zutraulichkeit machte mich irgendwie handzahm und störrisch zugleich.

»Haben Sie mal Vögel in einem Baum beobachtet, Claasen, wenn der Winter naht. Der eine sitzt auf dem Zweig, der nächste kommt, der erste fliegt auf, und nur selten bleiben sie beieinander, für eine kleine Weile. Das ist dann Liebe. Manche sagen, sie sei eine Art Ohnmachtserklärung der schwachen Naturen, aber das glaube ich nicht. Ich glaube, sie ist einfach die Kraft, die Wünsche daran zu hindern, von einem zum andern zu gehen.«

Wir waren am Ende der Sophienstraße. Die Tram querte, aber fast geräuschlos nach der Gleissanierung. Hier, in Gehweite der Hackeschen Höfe, war alles neu und blitzblank. Bis auf die zwei staubigen Birken im Mauereck, direkt vor uns in der letzten Baulücke des Viertels, aber die Absperrung war bereits gezogen, die rot-weiße Galgenschnur, demnächst würden sie verschwinden, da gab es nichts zu fällen, bei diesen zwei kleinen Birken, die konnte man fast mit der bloßen Hand herausreißen, aber noch standen sie, inmitten des Baumülls der Nachbargrundstücke.

»Sehen Sie die beiden Birken, Claasen, alte Bekannte für uns beide, oder? Sie mögen sie doch auch, diese zwei Bäume, die sich aneinander schmiegen, vor dem Abschied, ohne sich wirklich zu berühren. Ein Paar, für immer in Liebe vereint, auch wenn es unmöglich scheint inmitten dieser Stadt, die bald keinen Platz mehr unbebaut läßt.«

»Kassner, meine Tochter ist entführt!«

»Und wenn sie freiwillig mit Boris gegangen ist? Sie müssen akzeptieren lernen, daß Martina über sich selbst entscheiden darf. Teilen Sie doch bitte einen Moment meine Gewißheit, daß ihr Schicksal überhaupt nicht von Bedeutung ist. Ebensowenig wie meines. Wir sind nur noch Zuschauer in einem Spiel, das andere spielen. Der Preis ist die Unsterblichkeit, aber weder Sie noch ich sind ihrer würdig. Helen war es. Sie sollte meine Nachfolgerin im Orden werden, aber nach der Scheidung von Borsig wurde sie ins Abseits gedrängt. Inzwischen haben andere die Führung an sich gerissen, das wissen Sie, aber was sie planen, hat mit den Idealen der Freimaurer nichts mehr zu tun. Claasen, ich will nicht, daß Borsig dieses Spiel gewinnt. Deswegen habe ich Sie eingeweiht. Ich will Helens Sieg.«

»Und wissen Sie, was ich will? Ich will meine Tochter zurück. Und meine Frau, aber das weiß ich schon gar nicht mehr so genau.«

»Bitte, Claasen! Sie müssen Helen vor ihm schützen. Er wird sie sonst töten.«

Nichts, da war gar nichts in seinem Tonfall, was mich darüber hätte aufklären können, ob das ein verdammter Scherz war oder nicht doch sein Ernst.

Wir hatten die Hackeschen Höfe passiert und standen an der Tramhaltestelle, zusammen mit einer Busladung Touristen, deren Zeigefinger sich in alle Himmelsrichtungen reckten. Aber Kassner hatte ohnehin seine Brille abgenommen. Jetzt ließ er auch noch meinen Arm los. Als hätte ihm seine Angst für einen Augenblick neue Kraft gegeben.

»Wissen Sie, Claasen, für mich war die alte Mitte Berlins immer wie eine Insel. Ich war Robinson, und Freitag ließ glücklicherweise auf sich warten. Jetzt ankert hier plötzlich ein Kreuzfahrtschiff nach dem anderen, und meine alten Spazierwege sind unpassierbar. Das ist schade. ›Wäre da nämlich ein Gott und könnte mich rufen, ich würd' umhergehn, ich würd' warten noch ein wenig.‹ Aber das Umhergehn hat ein Ende.«

Seine Stimme klang ernster, als es das Augenzwinkern vermuten ließ. Ich hätte ihm gern eine Zigarette angeboten oder mal kurz die Wange getätschelt, er schien es irgendwie nötig zu haben.

»Na, kommen Sie, Kassner, keine Sprüche fürs Poesiealbum jetzt. Wie rette ich mein Kind?«

»Entschuldigen Sie mich. Ich habe noch einen Weg vor mir. Ein kleiner Gang durch den Monbijou-Park. Sie nehmen bitte ein Taxi. Lassen Sie Helen nicht warten.«

Er humpelte davon an seinem Stock. Rübezahl auf der Flucht vor den Mähdreschern. Ich wollte ihm schon einen Fluch hinterherschicken, da drehte er sich noch mal um im Licht der Straßenlaterne, und ob es sein Flüstern war oder nur die Stimme des Schicksals, die soufflierte, ich verstand jedes Wort, und es klang nicht wie eine Bitte, es klang wie ein Befehl: »Töten Sie Borsig!«

*

Ich gab dem Chef auf seiner Mailbox Bescheid und nahm mir ein Taxi nach Kreuzberg. Der Alte hatte mir Angst eingejagt. Nicht mit dem, was er sagte, Kassner konnte mir erzählen, was er wollte, ich glaubte ihm kein Wort mehr. Nein, da war etwas in seiner Haltung gewesen, das mich stutzig gemacht hatte. Er war ein Krüppel, einer, der ohne fremde Hilfe nicht weit kam, aber das war mir bei unserer ersten Begegnung kaum aufgefallen. Jetzt plötzlich sprang es ins Auge, und das machte mir Angst. Er hatte die Seiten gewechselt, warum auch immer, und war bei den Verlierern angekommen.

Ich ließ es klingeln, bis sich Martinas Anrufbeantworter meldete. Das war immerhin ihre Stimme, und die klang munter wie eh und je. Die ließ sich so schnell nicht unterkriegen. Um Helen mußte ich mir da schon mehr Sorgen machen.

»Okay, lassen Sie mich da vorne raus!«

Da war zwar keine Lücke, die Autos standen hier dicht an dicht, aber jetzt war ja auch kein Verkehr mehr, keine Radfahrer, keine Fußgänger, nicht mal ein Hundebesitzer.

»Nein, halten Sie direkt hier! Die paar Meter lauf ich. Sagen Sie, haben Sie vielleicht eine Zigarette? Schon okay, war nur so eine Frage. Rauchen im Auto ist ja auch Scheiße. Und eine Quittung! Runden Sie ruhig auf!«

Irgendwie hatte ich das Gefühl, erst mal die Gegend sondieren zu müssen. Schon, um einen Zigarettenautomaten zu finden. Oben bei Helen brannte Licht. Ich patrouillierte auf und ab, aber Schatten waren keine zu sehn. Keiner, der sich mit einem Messer über sie beugte, kein Fassadenkletterer da oben, kein schwarzer Rover mit laufendem Motor hier unten. Noch war alles in Ordnung, also konnte ich eigentlich auch wieder verschwinden. Unsinn. Ich mußte in ihre Wohnung. Ich mußte mit ihr sprechen. Sie überreden, mit mir zu kommen. Wenn nicht Rügen, dann Teneriffa. Sie konnte nicht einfach hier bleiben und auf ihren Mörder warten.

Ich ging über die Straße. Mit ganz kleinen Schritten. ›Na los!‹ trieb ich mich an, ›klingel endlich, und wenn es nur ganz kurz ist.‹ Kein Summer. Kein Knacken in der Gegensprechanlage. ›Na prima, damit hat sich die Sache für mich erledigt. Sie ist gar nicht daheim und hat nur das Licht brennen lassen, weil sie Angst hat, im Dunkeln nach Hause zu kommen.‹ Ich lehnte mich erleichtert an die Tür und fiel fast in den Flur. Nicht abgeschlossen. Natürlich konnte das Zufall sein, aber an so einem Tag wie heute gab es keine Zufälle.

Ich wurde erwartet, das war klar, und das stimmte mich kein bißchen fröhlicher. Ich hatte Lucias Gesicht vor Augen, das Blut in ihrer Wohnung und die Zahnarztrechnung, und ich hatte keine Lust, mir auch noch die Fresse polieren zu lassen, noch dazu für eine Frau, die nur Frauen liebte.

›Scheiß drauf‹, dachte ich und ließ den Aufzug kommen, wenn ich jetzt nach Hause ging, fing ich mir wahrscheinlich auch eine Tracht Prügel, also war es egal, wo sie mich erwischten. Ich wollte es einfach nur zu Ende bringen und endlich mal wieder eine Zigarette rauchen, ohne an etwas denken zu müssen. Der Aufzug stoppte. Die Tür glitt auf. Ich duckte mich automatisch, aber da war nichts, kein Schwinger aufs Kinn, kein Tritt in die Eier, nur dieser Geruch nach Putzmittel.

Noch konnte ich umdrehen, und ich wußte, es wäre schlauer gewesen, denn ich hatte meinen Lebtag noch keine Knarre besessen, geschweige denn Lust gehabt, eine zu sehn. Ich klopfte. Zwei, drei Mal. Pause. Dann noch mal, mit beiden Fäusten. In der nächsten Runde würde ich sie eintreten, diese verdammte Scheißtür.

»Los, aufmachen!!«

Sie öffnete nur einen Spalt. Ihre Augen waren nicht verweint, ihr Make-up perfekt wie eh und je.

»Was willst du denn hier?«

»Ist jemand bei dir?«

»Etwas spät für einen Besuch!«

Auf meine Frage ging sie erst gar nicht ein. Hatte sie nicht nötig. Mrs. Untouchable. Außerdem trug sie ja einen dieser ultrabequemen Hausanzüge aus Seide, an dem 1000 Raupen ihr Leben lang gewerkelt hatten, und war die Ausgeglichenheit selbst. Denn darunter trug sie nichts. Wahrscheinlich war sie tatsächlich grade aus dem Bett gestiegen. Und ihre Freundin lag noch drin.

»Hey, ich bin es, der Mann deiner Träume!«

Ich schnippte mit den Fingern, bis sich der Vorhang in ihren Augen hob und die Bühne wieder leer war. Abgang Lover, Auftritt Ricki.

»Das sehe ich. Und ich möchte dich bitten, daß du jetzt wieder gehst!«

»Na, verschlafen siehst du nicht grade aus!«

Sie machte überhaupt keine Anstalten, mich reinzulassen.

»Ist hier wirklich niemand?«

»Eifersüchtig?«

Reichlich verkrampft, ihre Koketterie. Dann war es wohl doch die Freundin, die sich mit Davidoff eingestäubt hatte. Kuschelte wahrscheinlich noch unter der Bettdecke herum, die Kleine, ganz aufgeregt, weil es das erste Mal gewesen war und Helen ihre Sache wirklich gut machte. Trotzdem! Da war ein anderer Geruch in der Wohnung. Eine Spur zu aufdringlich, hätte Martina gesagt und ihr feines Näschen gerümpft. Cool Water. So was in der Preisklasse.

»Kann ich nicht erst mal reinkommen.«

»Keine Zeit, Ricki, sorry!«

Ich knallte ihr eine. Es tat einen Schlag, als hätte ein Riesenbaby in die Hände geklatscht. Sie war weniger erschrokken als ich. Wahrscheinlich hatte sie heute eh nichts Besseres erwartet. Sie sah mich an, ohne Erstaunen. Ein Mann ist nun mal wie der andere. Es war dieser Blick, wie die Mädels ihn haben in den ganz billigen Pornos, die tagaus, tagein nur Schwänze lutschen. Die sehn dich an, so völlig ohne Freude, weil immer ein Schwein auf das nächste folgt.

Ich wollte ihr Gesicht zwischen meine Hände nehmen, ganz sanft, so sanft es eben ging, um all das wiedergutzumachen, was ich nicht gutmachen konnte. Aber sie sollte doch spüren, daß es mir leid tat. Sie wehrte ab, einfach so, nicht ängstlich, nicht böse, einfach nur so.

»Helen, das war...«

»Ist schon okay.«

Sie nahm mich in den Arm und zog mich in die Küche. Irgendwie war ich bei dem Schlag mit der Hand auch noch gegen die Türkante geknallt, jedenfalls lief kräftig Blut. Helen zauberte ein Tempotaschentuch aus ihrem Kimono und drückte es mir gegen die Wunde.

»Laß jetzt die Schnieferei. Ist ja nichts passiert.«

Von wegen, dachte ich, ihre Wangen brannten, das Make-up war verschmiert, und die Angst hatte ihre Augen groß und pechschwarz werden lassen, als wäre sie wieder das kleine Kind damals auf Capri. »Ich tu dir nichts, Helen, ich wollte dir nie was tun!« Aber das flüsterte ich nur, so leise und so nah an ihrem Ohr, wie ich nur eben konnte. Ich wollte es flüstern, ich wollte sie in den Arm nehmen, ich wollte so viel für sie tun, und immer genau das Richtige.

»Martina ist verschwunden.«

Mehr brachte ich nicht heraus. Sie nickte nur, als wäre es ihre erste Pflicht, mich zu beruhigen, wie auch immer. Zu nicken, ganz gleich, was ich sagte, einfach nur beruhigen, damit ich nicht wieder drauflos schlug.

»Kassner hat mich hierher geschickt. Du bist in Gefahr, Helen!«

»Nicht bevor du kamst, Ricki. Na komm, schau mich nicht so erschrocken an!«

»Martina ist verschwunden. Boris unauffindbar. Kassner hat kapituliert, aber ich hab Angst vorm schwarzen Mann, wie?«

»Deine Tochter ist erwachsen. Sie kann ausgehen, mit wem sie will. Auch über Nacht. Begreif es doch endlich: Du bist nicht mehr erste Wahl für sie, Ricki. Und Kassner ist ein alter Mann, auf den schon lange keiner mehr hört!«

»Der Mann hat seine Familie verloren, mußte sich jahrelang vor den Nazis verstecken, und du redest über ihn, als wäre er nur der stellvertretende Kassenwart in eurem Freimaurerverein?«

»Kassner von den Nazis verfolgt? Welchen Bären hat er dir denn da aufgebunden? Sein Vater war Saalwächter im

Bode-Museum und nach Feierabend Blockwart. Die haben im Krieg nichts verloren, die haben gut dran verdient.«

»Du meinst, er hat erpreßt?«

»Er nicht, sein Vater. Der hat damals Juden gegen Bezahlung im Museumskeller versteckt. Manche für Tage, andere für Wochen. Festpreise. Kein Rabatt bei Dauermiete. Bargeld, Schmuck, alles, was sich versilbern ließ. Als es ihm zu brenzlig wurde, hat er sie verhungern lassen und den Rest als Bestattungsgebühr kassiert. Er starb in den letzten Kriegstagen bei einem der Entsorgungsgänge Richtung Massengrab. Zufällig erschossen. Kassner erbte und konnte mit dem Geld privatisieren. Ein feines Leben, wäre da nicht der Makel der Vergangenheit gewesen. Vielleicht war er deswegen so auf Manieren bedacht. Immer mehr Schein als Sein. Auch im Orden. Er glaubte, die spirituelle Leitung innezuhaben, obwohl er eigentlich nur noch ein besserer Empfangschef war. Oder warum, glaubst du wohl, hat er deine Bekanntschaft gesucht? Er war dein Führungsoffizier, wenn du so willst! Kassner hat sich zum Prellbock deiner Ressentiments gemacht und dich so, peu à peu, ein Stück näher an die Wahrheit geführt.«

»Sag mal, kann es sein, daß ich hier unentwegt verarscht werde?«

»Das kann sein, Ricki.«

Komischerweise schien ihr das selbst nicht zu gefallen. Und ich wußte auch, warum. Wenn Kassner mich hierher dirigiert hatte, dann mußte das einen Grund haben. Angst um ihr Leben, vielleicht. Aber wer garantierte uns, daß er nicht im Auftrag von Borsig gehandelt hatte. Das war eine Falle hier! Wir waren die Mäuse, die auf dem Tablett tanzten, und irgendwo lauerte schon die Katze. ›Kapierst du das, mein Mädchen, du wirst genauso verarscht wie ich.‹ Das wollte ich ihr nicht sagen, ich wollte, daß sie es selbst begriff. Und sie hatte es begriffen, das sah ich an ihren Augen. Denn da gingen plötzlich die Lichter aus. Nichts mehr von wegen Triumph über einen Trottel, den man sich zum Werkzeug hatte heranziehen wollen. Von einem Moment auf den nächsten agierte sie wie eine Marionette. Ihr Ton wurde geschäftsmäßig, sie wollte die Akten schließen, ihre und meine, und direkt damit zum Chef gehen. Aber vorher hatte ich noch ein paar Fragen.

»Was ist mit Leichhardts Testament? Kassner behauptet, es sei seine Fälschung.«

»Das Testament ist echt. Da besteht kein Zweifel. Nur hat es bislang noch keiner ganz entziffern können, und aus den Bruchstücken, so wie sie mir vorlagen, ergibt sich noch kein schlüssiges Bild.«

Sie plapperte die Sätze daher wie ein Automat. Und ich bekam langsam Angst, daß mir die Münzen ausgehen würden. Denn sie reagierte kaum mehr, weder auf meine Blikke noch auf meine Hände. Ich hatte sie an den Schultern gefaßt, ganz sanft, so sanft ich eben konnte, was nicht sanft genug war, denn sie verspannte sich, als wäre ihr Körper in einen Schraubstock geraten.

»Was steht drin, Helen, bitte?«

»Ich kann es dir nicht sagen, Ricki. Selbst wenn ich wollte.«

»Helen?!«

»Ich kann dir nur sagen, daß unsere Geschichte zu Ende ist. Wir beide werden nie ein Paar! Es sei denn...« Sie legte verschwörerisch den Finger an den Mund und tat ganz und gar affektiert. Sie, die in meiner Gegenwart nie die Haltung verloren hatte, wechselte plötzlich in rasender Geschwindigkeit die Masken.

»Sag schon!«

»Es sei denn«, und wieder tippte der Zeigefinger kokett an die Lippen, »wir finden das Amulett der vier Sonnen!«

»Wo ist der Zusammenhang, Helen? Was hat das Testament mit dem Amulett zu tun?«

»Das Testament ist der Plan, das Amulett der Schlüssel. Der Plan beschreibt den Weg ins Innere des heiligen Berges, aber erst das Amulett öffnet die Pforte zur Grabkammer.«

»Besitzt Boris dieses Amulett? Sind die beiden auf dem Weg nach Australien? Sag endlich die Wahrheit! Wollt ihr Martina wirklich opfern?«

»Eine Hochzeit. Keine Opferung. Wir suchen die Braut des neuen Gottes! Und ich bin es nicht! Ich bin zu alt!«

Sie schlug ihren Seidenkimono auf. Ich war versucht meine Augen zu schließen. Noch nie hatte ich eine so helle, so makellose Haut gesehen. Sie mußte ein Leben lang in Milch gebadet haben, denn es war ein matter Schimmer darauf, so mild, als wäre gerade ein Kind in ihren Armen gelegen.

»Na komm, sieh mich an, Ricki! ›Hebe die Augen, denn ich bin das Licht, das über allen ist und das leuchten wird am Jüngsten Tag. Der Leib, der aufgespart wurde für den Herrn, denn er ist aus mir hervorgegangen, und er wird wieder zu mir gelangen, wenn der Stein sich spaltet!‹«

Ich hatte Angst, sie würde durchdrehen. Aber sie pendelte nur zwischen der Welt des Wahns und meiner Welt, ganz selbstverständlich, wie andere zur Arbeit gehen, morgens, und abends wieder heimkehren. Nur zählte der Tag bei ihr Sekunden. Sie verknotete ihren Kimono und fuhr mit einer Stimme fort, als hielte sie ihre Vorlesung.

»Unsere Welt ist nur eine Brücke, Ricki. Boris wird hinübergehen und Martina mit ihm. Als seine Braut. Sie wird die Trägerin des Amuletts sein.«

»Helen, laß diesen esoterischen Quatsch. Sag mir, was du mir wirklich sagen willst! Was hat Borsig vor?«

Ihre Hand krallte sich in meine, jeden ihrer Fingernägel spürte ich, und ich war dankbar für den Schmerz. Sie litt, und ich litt mit ihr, aber unser Kummer war kein gemeinsamer. Das tat mehr weh als alles andere. Ehe ich noch die Hand wegzog, spürte ich ihre endgültige Versteinerung. Mir selbst ging es nicht anders. Wir waren einander zu nahe gekommen, ohne es zu wollen, und stießen einander wieder ab, ohne es verhindern zu können.

»Deine Tochter ist mir gleichgültig, verstehst du? Wer

auch immer die Reise antreten wird, ich werde es nicht sein, Ricki.«

Und jetzt sah sie mich doch noch einmal an, mit diesem Blick, der mir sagte, du hättest es nie schaffen können, wirklich komisch, du warst nahe dran, oder vielleicht war es auch nur meine Schwäche, dich so nah an mich heranzulassen, aber du hättest es nie schaffen können, wir hätten uns niemals geliebt.

Was sollte ich darauf sagen? Oder tun? Sie stand vor mir, keine ganz junge Frau mehr, zerfressen von der schlimmsten aller Krankheiten, der Angst vor dem Tod. Gegen wen sollte ich diesmal kämpfen? Da war kein verdammter Musiklehrer, dem ich die Fresse hätte polieren können, da war keiner mehr zwischen ihr und mir, nur diese verdammte Eiseskälte.

Ich ging in die Knie, so schlecht war mir plötzlich. Und vielleicht faltete ich sogar die Hände.

»Wer steckt dahinter, Helen?«

»Ricki, geh jetzt bitte!«

»Ich kann dich nicht allein lassen. Ich liebe dich doch, verdammt noch mal.«

»Komm, laß das jetzt. Wenn du Druck hast, hol dir einen runter.«

Ihre Stimme kippte über. Das konnte nicht ihr Ernst sein. So konnte sie nicht mit mir reden. Doch nicht so! ›Helen, bitte, laß es uns versuchen.‹ Aber es kam mir nicht über die Lippen. Keinen der Sätze, die mir wirklich wichtig gewesen waren, hatte ich je über die Lippen gebracht. Weder bei Alina noch bei ihr. Was blieb, war immer nur ein dummer Spruch.

»Plötzlich so romantisch?«

»Hast du nicht kapiert, Ricki? Nimm deine Jacke und hau ab. Du gehst mir auf die Nerven mit deinem Pimmel und deinem selbstherrlichen Gequatsche. Ich will, daß du verschwindest. Hau endlich ab!«

*

Tat es mir leid? Es tat mir nicht leid. Nichts tat mir leid. Alle Gefühle waren weit unter Gefriertemperatur. Der Aufzug kam, die Tür schloß sich wieder, und ich fuhr abwärts, ruhiger als ich es je gewesen war in meinem Leben. Ich ging aus dem Haus, ohne mich umzusehn, und hätte ein Wecker neben meinem Ohr geschrillt, ich wäre dennoch nicht aufgewacht.

Der Herbst war gegangen in dieser Nacht, der Winter gekommen, schien mir, und alles Kahle, was im Regen so stumpf gewirkt hatte, glänzte jetzt frostig, und die Pfützen schienen schon vereist, kleine Spiegel der Sterne, die weit über mir blinkten zum Trost.

Vorne bei ›Ma Rosa‹ brannte noch Licht, da konnte ich mir eine kleine Pizza organisieren und ein großes Bier. Dann würde ich zu Borsig fahren. Plötzlich stand da auch ein Zigarettenautomat, als hätte mich für den Entschluß eine Fee geküßt, und irgendwo hatte ich auch noch Kleingeld. Ich klopfte meine Tasche ab und hörte es klimpern, aber das war kein Geld. Es war ein Wohnungsschlüssel. Helens Wohnungsschlüssel.

›Na, wer sagt's denn?‹ dachte ich, ›die liebt dich ja doch, die kann sich nur nicht richtig ausdrücken.‹ Aber so einfach würde ich es ihr auch wieder nicht machen. Erst das Bier und die Pizza, und dann würden wir weitersehen.

Luise stand schon in der Tür, sie war Italienerin oder Türkin, was auch immer, jedenfalls mochte sie keine Randalierer, schon gar nicht um die Zeit. Wir kannten uns flüchtig, weil ich mit Alina hier manchmal essen war und ihr Sohn mit Martina in die Schule ging.

»Hallo, Ricki!«

Ihre Stimme war rauchig, ihre Hände groß genug, um zwei Familienpizzen zu balancieren, aber ihr Gemüt war immer noch das einer Ballerina. Dabei konnte kein Mensch glauben, daß sie früher mal Ballettänzerin gewesen war, mit drei Jahren hatte sie angefangen, ein richtiges Talent, bis sie plötzlich in die Breite ging mit 14 oder 15 und sich die Schürze umbinden mußte.

Sie schloß hinter mir ab. Vorne saß nur der Indianer, aber der saß da häufiger und las seine Zeitung, ohne umzublättern. Er trank drei Glas Wasser und war glücklich, jedenfalls hatte ihn nie jemand klagen hören.

»Ein großes Bier und falls du noch was im Ofen hast?«

»Alles, was du willst. Pizza oder Pasta?«

»Pasta.«

Ich nippte am Bier. Mehr als eins durfte es nicht werden, allenfalls zwei, sonst würde ich eine schlechte Figur machen bei Borsig. Die Hand spielte dauernd am Schlüssel, weil mir irgendwas fehlte, aber das Päckchen Lucky lag auf dem Tisch, Luise war in der Küche, ich roch schon die Pastasauce. Helen fehlte mir!

Gut, aber ich konnte ja wiederkommen, sie hatte mir die Schlüssel gegeben. Von einer Praktikantin hatte ich mal die Schlüssel in einem wattierten Briefumschlag bekommen, nach unserer ersten Nacht, der keine weitere mehr folgte. Aber die Schlüssel hatte ich behalten. Da tauchten noch eine Menge mehr Erinnerungen auf aus diesem großen Eintopf Vergangenheit, kleine und große Bruchstücke des Glücks, und ich nippte noch ein bißchen stärker am Bier, gar nicht so unzufrieden mit meiner kleinen Kreuzfahrt im Mare Imperfekt, aber plötzlich rauschte die Wasserspülung, der Indianer war auf dem Klo, und er ließ die Hand mal wieder zu lang auf dem Drücker, und es kam immer mehr Wasser nach, eine ganze Springflut, die durch mein Hirn tobte, als da plötzlich vor meinen Augen der weiße Wal erschien. Kapitän Ahab hing schon in den Seilen und grinste nur noch blöd, als mein Boot kenterte, diese kleine Nußschale, in der ich das Glück verpennt hatte.

»Was ist los, Ricki?«

Luise stellte die Pasta vor mich hin. Sie dampfte. Selbst das Brot hatte sie noch mal für mich gewärmt.

»Hast du grade den Teufel gesehen?«

»Schlimmer.«

Ich schob ihr einen Zwanzig-Mark-Schein rüber.

»Das Kleingeld ist für ne Kerze. Versprochen, ja?«

»Geht klar, Ricki.«

Luise hatte das Fragen verlernt. Ich auch. Dafür mußte ich jetzt büßen. Ich räumte meine Sachen langsam zusammen, denn ganz gleich, was ich tat, ich würde zu spät kommen.

*

Die Blutspur zog sich von der Tür bis ins Wohnzimmer. Er mußte sie abgestochen haben, als ich in den Aufzug stieg. Sie hatte noch versucht, seinen Namen auf den kleinen gläsernen Couchtisch zu schreiben, aber es war nur eine Spirale daraus geworden, denn mit der gleichen Bewegung wollte sie alles wieder sauber wischen, in immer kleineren Kreisen. Ihr Reinlichkeitssinn hatte über alle Rachegefühle triumphiert.

Aber ich kannte den Namen ohnehin.

Ihr Gesicht war nicht zu sehn, nur ihr Nacken lag frei, dieser kleine Steg zwischen dem Sturkopf und dem seidenen Kimono, der immer noch wie Konfektpapier glänzte.

Ich ließ meine Hand einen Moment dort liegen, im Nacken, ihrer schwachen Stelle. Er hatte ihr das Messer direkt ins Herz gestoßen, und ich war sicher, er hatte es mit Vergnügen getan. Diese makellose Haut zum Zerreißen zu bringen, mußte ein Vergnügen sein, für jeden, der unter ihrer Perfektion gelitten hatte. Und so war ihr Tod auch mein Triumph. Sie, die Kühle und Unnahbare, war durch ein Küchenmesser ums Leben gekommen! Und wer weiß, vielleicht hatte sie es als Erlösung empfunden von dieser Angst, die ja doch niemals gewichen wäre. Er hatte gut daran getan, ihr das Messer ins Herz zu stoßen, direkt in die Krebszelle des Kummers. Die einzige mögliche Antwort auf die falsche Frage, die ihr Leben gewesen war.

Die Sirene eines Notarztwagens kam näher. Schrillte schon am Ohr. Die waren auf dem Weg hierher, das war die gute

Nachricht, die würden mich ablösen. Vorbei die Totenwache. Aber sie kamen nicht allein. Es dauerte lange, bis ich begriff, daß auch die Bullen auf dem Weg hierher waren! Borsig hatte mich in eine Falle laufen lassen, und sie war zugeschnappt. Kein Kommissar der Welt würde mir die Geschichte mit dem Schlüssel glauben.

Ich rannte raus, hieb auf die Tasten des Aufzugs und rauschte runter in den Keller. Ihr Verschlag war beschriftet, da war ich mir sicher, mit Namen und Nummer. Jeder dieser verdammten Verschläge hier war beschriftet. Und ohne Vorhängeschloß. Kreuzberg eben! Gott sei Dank nicht Wilmersdorf! Ich mußte nicht lange suchen. Ein sauber gedrucktes Namensschild. Drei Kästen Mineralwasser, zwei Paar Ski und das, was ich suchte. Ich schnappte mir das Fahrrad und schob es Richtung Treppe. Egal, was die schon wußten da oben, die würden nicht auf die Idee kommen, daß der Mörder mit dem Fahrrad floh.

Das Ding war leicht, aber ich hatte trotzdem Mühe mit der Treppe. Ich wollte nicht fliehen. Eigentlich wollte ich den Nächstbesten bitten, mir Handschellen anzulegen. Express nach Moabit. In eine Einzelzelle. Die hatten eine große Farbglotze dort im Gemeinschaftsraum, das wußte ich, und die halbe Stunde Freigang am Tag würde mir guttun.

Ich lauschte hinter der Tür. Wartete bis das Getrampel nachließ. Und wenn ein Posten den Eingang sicherte? Nichts! Niemand! Die Haustür stand sperrangelweit offen. Damit die Krankenpritsche durchkam. War ja logisch! Und so viele Leute hatten die Bullen auch wieder nicht, als daß sie noch einen als Türwächter hätten abstellen können.

Ich ging raus und setzte mich aufs Fahrrad. ›Mach bloß das Licht an, sonst kriegen sie dich noch wegen der Bagatelle!‹ dachte ich. Also kippte ich den Dynamo. Es war alles so einfach. Nur Fahrradfahren konnte ich nicht.

Ich hatte seit Jahren so ein Ding nicht mehr bewegt. Ich fand einfach nicht das Gleichgewicht. Dann eben schieben! Aber vorher die Luft aus einem Rad lassen! Sonst glauben die noch, das ist geklaut! Die geben jetzt eine Fahndung raus. Wenn es wirklich Borsig war, der die Bullen informiert hat, wird er ihnen auch einen Tip gegeben haben, wie der Mörder aussieht. Also kein Taxi! Die haben längst deine Personenbeschreibung. Blieb nur die S-Bahn. Da mußte ich allerdings schon verdammtes Glück haben, um die letzte noch zu kriegen. Oder verdammtes Pech.

*

Ich hatte Glück. Der Nachtbus zum Alex kam, kaum daß ich das Fahrrad abgestellt hatte, und noch ehe ich eine Zigarette anzünden konnte, fuhr auch schon die letzte S-Bahn nach Potsdam ein. Ich stieg weit hinten zu. War nicht sonderlich logisch, aber ich hatte mir noch nie die goldene Regel der Schwarzfahreramateure ausreden können, daß der letzte Wagen auch als letzter kontrolliert wird. Das Abteil war leer bis auf die Längsbank, die war belegt von einem Penner mit Matrosenmütze. Natürlich war Martina nicht zu Hause, und bei Katrin wollte ich es erst gar nicht versuchen. Ich gab dem Juniorchef kurz meine Koordinaten durch und hoffte, er würde seine Mailbox noch vor Morgengrauen abhören. Dann sackte ich in mich zusammen. Die Stirn an der Scheibe, die Hände daneben, alle Finger gespreizt, wie ein Kind, das sich über die Welt noch wundern kann.

Der Penner grunzte. Wickelte sich fester in seinen alten Bundeswehrparka. So was hatte ich auch mal. Da war sogar noch das Gefühl in den Fingerspitzen, als ich ihn damals von der Stange nahm. Das Innenfell kratzig, die Außenhaut mit Desinfektionsmittel versteift. Die nannten das Imprägnierung, aber ich war mir sicher, daß sie das Teil erst mal hatten entlausen müssen. Was bei dem hier nur im Salzsäurebad ging. Dabei lag er ganz akkurat da: die Füße brav auf die Einkaufstüte gebettet. Schwarze Schuhe mit gutem Profil. Viel gelaufen war er nicht. U-Bootfahrer vielleicht, ehemals Schwarzmeerflotte, desertiert von so einem raketenbestückten Atommülltransporter und dann hierher geritten, auf einem kleinen, struppigen Pony, immer durch die Steppe, das Gesicht rotgebrannt von der Sonne. Oder war es doch der Schnaps? Denn die Waden waren blaß, kaum Muskeln und die Haut so zart und haarlos, als hieße seine Vater Oblomow. Aber woher hatte er dann diese Matrosenmütze? Wo auch immer er davongelaufen war, er schien ganz zufrieden damit, niemals anzukommen. Seine Füße hatte er übereinander geschlagen wie ein kleiner Junge, die Hände lagen gefaltet unterm Gesicht und dabei schnarchte er so friedlich, als gäbe es Alpträume nur im wirklichen Leben.

»Mann, so wunderbar würde ich auch mal gerne schlafen können!«

Ich hatte mich vorgebeugt und brüllte den Satz regelrecht in sein Vollmondgesicht. Er schreckte auf.

»Schon gut, Bruder!«

Das war seine instinktive Beruhigungsformel, wenn Gefahr drohte. Die brachte er wohl selbst im Koma.

»Schon gut.«

Er richtete sich auf und zwinkerte mich an, ganz und gar nüchtern. Selbst seine Zähne waren intakt. Und als er mich da so sitzen sah, ging plötzlich ein breites Lächeln über sein Gesicht. Wahrscheinlich wollte er jetzt Kohle. Aber er sah nicht auf meine Hand, er sah auf meine Jacke.

›Du spinnst doch wohl‹, dachte ich, ›die hatte selbst reduziert noch knapp nen Tausender gekostet, KaDeWe natürlich, so was war eine Anschaffung fürs Leben.‹ Und das konnte ich demnächst im Knast beenden. Während der hier frei rumlief! ›Tausch doch!‹ flüsterte die Stimme. ›Meine Lammfelljacke gegen den Parka, meine Hose gegen seine Hose, meine Schuhe, seine Schuhe, mein Leben, sein Leben?‹ Absurd! Aber immerhin eine Chance.

Ich würde alles tauschen, wie Hans im Glück, und am Ende würde ich den Stein in der Hand halten. Wenn nicht, hätte ich wenigstens ein paar Tage Ruhe vor den Bullen.

»Schöne Jacke«, murmelte er noch mal und schien schon

wieder einschlafen zu wollen. Ich zog sie aus und wies auf seinen Parka.

»Ausziehen! Komm schon, komm schon!«

Kaum hörte er die Aufforderung, saß er kerzengerade und sah mich unverwandt an.

»Du hast schon ganz richtig verstanden! Gib den Parka her, Hose, Schuhe, die Mütze kannst du behalten! Klamottentausch, kapiert! Für dich ist heute Weihnachten.«

Er wiegte immer noch den Kopf, als würde er bei dem Geschäft zu kurz kommen.

»Und noch 'n Zwanziger drauf!«

»Sag mal, du spinnst wohl!«

Er legte sich zurück auf die Bank und tat so, als schwebte das Sandmännchen wieder über ihm. Ich knisterte mit dem Schein an seinem Ohr. Er hörte nicht hin, sondern drehte Däumchen. Und wir hatten das Westkreuz schon hinter uns. Also knisterte ich noch ein paar Takte.

»Das ist kein Fünfziger.«

»Nimm den Zwanziger oder ich polier dir die Fresse!«

Irgendwie war Schluß mit lustig, das hatte er wohl begriffen, jedenfalls stand er in Nullkommanichts nackt da.

»Okay, und die Stiefel! Na los doch!«

Keiner hatte uns beobachtet. Kein Wachpersonal, keine Fahrgäste. Alles lief viel zu glatt. Der Matrose rollte sich in seine neue Jacke und schlief prompt ein. Ich musterte mich noch mal in der Scheibe, den Kopf traurig schräg, die rechte Hand im Bart. Als Penner war ich perfekt. Ich fingerte in seinen Taschen herum, aber alles, was ich fand, war eine Fahrkarte. Da würde er bei mir weniger Glück haben.

Grunewald, Nikolassee, das waren Stationen meines Lebens, an denen ich nie wieder hatte Halt machen wollen. Mit Alina war ich hier oft langgefahren auf dem Weg zum Wannsee. Obwohl es eigentlich kein Spaß war. Sie mochte kräftige Männer, die am Strand auf und ab wackelten, als hätten sie ihr Anabolikatäschchen verloren. Arschlöcher hatten ihr schon immer imponiert. Das war natürlich mein Glück gewesen, anfangs. Anfangs war ich ja auch noch locker. Bis ich sie traf, wußte ich nicht einmal, was das war – Eifersucht. Das hatte sich von einem Tag auf den andern geändert. Es machte mich schon wahnsinnig, daß sie sich von jedem berühren ließ. Daß ihr einer über den Arm streicheln konnte, wie zufällig, oder die Hand fassen, als wollte er sich verabschieden, und dann doch nicht ging. Erst recht, wenn sie getrunken hatte, dann ließ sie den Landungssteg vollends herab, und jeder konnte geradewegs in ihr Herz spazieren. Natürlich schob sie die fremden Hände weg, wenn ich dabei war, aber so langsam, daß sie sie genausogut hätte an sich ziehen können. Warum auch nicht? Wir waren schließlich keine Spießer.

›Du hast doch kein Problem damit?‹ ›Womit?‹ ›Daß Mr. XXL heute hier geschlafen hat.‹ ›Nö, wieso?‹ Ich stand in der Tür mit einer Tüte Croissants und hatte leider keine Hand frei. Sonst hätte ich ihn mit einem rostigen Kartoffelschäler kastriert. Natürlich hatte ich kein Problem damit, auch noch mit ihm zu frühstücken. Schon gar nicht mit XXL. ›Hi Ricki, lange nicht gesehn!‹ Er hatte nur ein Handtuch um die Hüfte und ging direkt ins Bad.

›Nichts Ernstes.‹ Als ob mir dieser Satz je geholfen hätte. Was war es denn sonst, was zwischen uns beiden stand, wenn nicht etwas Ernstes? Dann kam ich auf den Tick mit dem gemeinsamen Orgasmus. Unser Sex war gut, aber sie hatte natürlich keinen Orgasmus. Ich wollte, daß sie einen hatte. Nicht davor, nicht danach, sondern zusammen mit mir. Dann würde sie nicht mehr mit anderen schlafen. Erst war es nur ein Scherz, von wegen, es wäre doch nett, wenn wir beide zugleich kommen könnten. ›Ziemlich nett‹, meinte sie. ›Dann sollten wir das mal in Angriff nehmen‹, meinte ich, ›ja, das sollten wir.‹ Irgendwann war es kein Scherz mehr, sondern eine Forderung. Die gab uns dann den Rest.

Es war eine dieser Nächte, in denen auch Trinken nicht

mehr hilft. Man läuft von Kneipe zu Kneipe und quatscht den Leuten die Ohren voll über das tolle Leben und über all die Frauen, die man hatte, bis auf die eine. Als ich wieder nach Hause kam, war sie noch wach. Sie hatte Besuch gehabt. Das Bett war noch warm. Roch nach ihm. Vielleicht hatte sie ihn ja wirklich nur angerufen, um zu reden, aber dann waren sie halt doch in der Kiste gelandet. Ich wollte es wissen, und als ich es wußte, ertrug ich es nicht. Ich schlug ihr ins Gesicht. Immer wieder. Wäre Martina nicht gekommen, ich hätte sie totgeschlagen.

*

Griebnitzsee. Die erste S-Bahnhaltestelle im alten Osten. Fünf Minuten zu Fuß sollten es sein, immer Richtung See, an den alten Filmvillen und neuen Abschreibungspalästen entlang.

Ich tapste am Rande der frisch asphaltierten Anliegerstraße direkt auf einen riesigen Zaun zu, dessen Stacheldraht diskret mit einer dornigen Hecke verwachsen war. Ein kleines Hinweisschild in Augenhöhe: Psychiatrische Klinik Dr. Borsig. Haupteingang links, Einfahrt für Lieferanten rechts. Alles schön ausgeleuchtet, damit auch ja keiner fliehen konnte.

Direkt in Höhe der Straßenlaterne war das Pförtnerhäuschen. Ich strich mir durch die Haare, eine ziemlich verlegene Geste bei meiner Aufmachung. Notfalls würde ich den Presseausweis zücken. Damit war ich noch in jedes Irrenhaus gekommen. Und die würden mich auch reinlassen, da zweifelte ich keine Sekunde.

»Heinrich Claasen?«

Er war ein Berliner von der Sorte, die schon alles gesehen haben. Solche gab es sonst nur unter den Taxifahrern und den Currywurstverkäufern. Aus dem Ostteil der Stadt vermutlich, denn diesen kranken Teint bekam man nur in den Hinterhäusern jenseits der Frankfurter Allee.

»Sie werden erwartet. Quittieren Sie bitte Ihren Eintritt!«

Ich unterschrieb ganz mechanisch, schon, weil ich die Augen nicht von seinem Gesicht wenden konnte. Man war versucht, wie ein Kind darin herumzukneten, um Gottes Fehler wiedergutzumachen.

Der elektrische Türsummer unterbrach mich, die Seitentür schwang auf, und ich schritt durch den kleinen gepflegten Garten Richtung Eingangsportal. Alle Fenster waren beleuchtet, aber nirgends winkte eine Hand. Kein Hilfeschrei. Nichts. Eine gepflegte, dreistöckige Industriellenvilla, so schien es. Wer konnte schon ahnen, daß dieser ganze Kasten eine einzige geschlossene Abteilung war und jeder Winkel des Vorplatzes für die Videokameras perfekt ausgeleuchtet wurde. Aber man mußte die Fassade schon sehr genau mustern, um diese Spione zu entdecken. Ich fand sie jedenfalls nicht.

Dabei kannte ich die Anlage in- und auswendig. Ich hatte Photos gesehen: die Seitengebäude, die sich terassenförmig bis hinab zum Seeufer erstreckten, die labyrinthischen Wege, die überdachten Ruheplätze, das Schwimmbad, der Minigolfparcours.

Auch die Eingangstür öffnete automatisch. Aber diesmal wachte einer aus der Familie Polyphems, hundertzwanzig Kilo Muskeln und eine schwarze Augenklappe. Mehr blieb von dem Kopf auch nicht in Erinnerung. Wieder einer von denen, die am siebten Tag der Schöpfung aussortiert worden waren und sich eine Menge Kummerspeck angefressen hatten. Dem Riesenbaby stak ein kleines Knöpfchen im Ohr. Ohne Anweisung ging er wahrscheinlich keinen Schritt. Andererseits konnte es sich Borsig auch nicht leisten, hier nur Frankensteins der B-Serie rumlaufen zu lassen. Wahrscheinlich irrte ich mal wieder, und Monstermann häkelte in seiner Freizeit Untersetzer für die Siegerpokale seines Schachclubs.

Während er mich nach Waffen durchfummelte, blickte ich ein bißchen verlegen in die Runde. Nichts hier erinnerte an eine Psychiatrie. Es war eine helle, freundliche Eingangshalle. Muntere Farben, Blumen, eine Couch mit Zeitungstisch. Alles sehr gepflegt. Da wirkte ich nur um so deplazierter in meiner Aufmachung.

»Die Treppe hoch!«

Immerhin durfte ich jetzt einige Schritte alleine gehn, aber kaum hatte ich die letzte Stufe genommen, stand da auch schon sein Zwilling. Fehlte nur die Augenklappe und das gewisse Rauhe in der Ansprache.

»Hier entlang bitte! Dr. Borsig erwartet Sie bereits.«

Er wies Richtung Seitenflur. Die waren tatsächlich geklont, aber auf verschiedenen Höflichkeitsniveaus. Obwohl ich vorsichtig auftrat, hallte jeder Schritt auf diesem Parkett, als wäre ich Fred Astaire auf der Suche nach Ginger Rogers. Ein natürliches Frühwarnsystem. Also ging ich brav weiter, bis ich vor dem Chefzimmer stand. Eine Doppeltür am Ende des Flurs. Massivholz. Ich stand stramm, denn diesmal öffnete sich nichts automatisch.

»Sie müssen schon selbst die Klinke drücken!«

Die Aufforderung kam aus einer kleinen unsichtbaren Box oberhalb der Tür. Da vermutete ich auch das Mikrophon, also hob ich mich ein bißchen auf die Zehenspitzen.

»Okay!«

Ich trat ein. Scheinwerfer blendeten auf, zwei Männer packten mich, zogen mir die Zwangsjacke über. Ein dritter ließ mich an einem alten Knebel lutschen, während vor mir Borsig genüßlich mit der Zunge über seinen Schnurrbart wischte. So ungefähr hatte ich mir das vorgestellt. Aber nichts dergleichen geschah.

Ein Wohnzimmer, gemütlich geradezu, der Schreibtisch weit entfernt am Fenster, keine Akten, kein Computer, auch hier nichts, was an Klinik erinnert hätte, bis auf die Bilder an den Wänden. Bilder seiner Patienten. Phantasien des Wahns in Farben und Figuren, die man nicht allzu aufmerksam betrachten durfte, wollte man nicht selbst in den Strudel des Irrsinns geraten.

Borsig saß im Königssessel, die Hände auf den Lehnen, die Beine locker übereinander geschlagen. Immerhin hob ihn die Höflichkeit ein wenig in die Höhe, als er mir den nächst kleineren Sessel anwies.

»Herr Claasen! Willkommen! Es freut mich, daß Sie hierher gefunden haben. Etwas zu spät, als daß Sie noch ins Geschehen eingreifen könnten – aber immerhin, Sie sind gekommen. Darf ich Ihnen etwas anbieten? Einen Calvados oder etwas zu rauchen?« Er wies auf den Barschrank und die Zigarrenkiste.

»Wo ist meine Tochter, Borsig?«

»Hier im Haus. Aber setzen Sie sich doch bitte, ich blikke so ungern zu Ihnen auf.«

Ich brauchte keine Waffe. Ich würde die Hände nehmen und ihn erwürgen. Wozu die Hände? Mein Blick genügte, da war ich mir sicher. Mein Haß würde ihm die Kehle zuschnüren.

»Wie grimmig Sie dreinschaun! Sie sind in allen Gefühlsdingen erschreckend elementar, lieber Claasen! Setzen Sie sich, und Sie werden alles erfahren. Zunächst jedoch lassen Sie uns unser Glas auf Herrn Kassner erheben. Alte Männer treten selten zum richtigen Zeitpunkt ab. Schön, daß er eine Ausnahme gemacht hat. Es wurde aber auch Zeit, finden Sie nicht!«

Er zeigte auf den offenen Barschrank. Als wäre mein Zorn nur eine Ausrede für die Sucht. Aber ich hatte keine Lust zu trinken. Gar keinen Durst mehr. Ich war nur müde. Ließ mich in den Sessel fallen. Das Unheil sollte seinen Lauf nehmen. So war es immer gewesen. Ganz gleich, was ich tat.

»Wissen Sie, unser Orden ist seinerzeit nicht gegründet worden, um als Sekte unter Sekten zu enden. Wir hatten Schiller in unseren Reihen, Goethe, Hegel, Einstein. Wir waren der letzte Hort der Vernunft während der Zeit des Nationalsozialismus. Das sind Traditionen, die verpflichten. Leider hat Kassner den Anschluß an die Moderne versäumt.

Nun, das wird sich ändern, Geschäftsführung und spirituelle Leitung unserer Organisation liegen künftig in einer Hand.«

»Quatschen Sie mir nicht die Ohren voll, Borsig! Rufen Sie Martina herein!«

»Sachte! Sie müssen lernen, Ihren Schritt dem Gang der Ereignisse anzupassen. Sonst geraten Sie ganz leicht ins Stolpern! Dieser Wein hier lagerte dreißig Jahre. Immer, wenn die Führung im Orden wechselte, trank der Nachfolger die Flasche, die sein Vorgänger beim Amtsantritt einlagern ließ. Auch das eine schöne Tradition! Leider war Burgunder noch nie das Getränk meiner Wahl. Zu pompös im Abgang.«

Er ließ mich keinen Augenblick aus den Augen, während er so daherplapperte. Jeden Moment konnte ich die Beherrschung verlieren, das war ihm klar, und genau das genoß er. Diesen Kitzel, einem Raubtier seinen Platz anzuweisen und darauf zu lauern, ihm bei der kleinsten Unfolgsamkeit eins mit der Peitsche über die Nase ziehen zu können. Aber nicht mit mir, Borsig! Ich mußte nur drei oder vier Sekunden an deiner Kehle hängen, mehr nicht, drei oder vier Sekunden, und du bist tot, noch bevor deine Gorillas im Raum sind. Das spürte er. Und er gab klein bei.

»Nun gut. Ich will Sie nicht länger auf die Folter spannen!«

Er griff zur Fernbedienung. Die Bücherwand verschob sich, öffnete den Blick auf eine Videoleinwand, größer noch als die in unserer Redaktion. »Sie wollen wissen, was aus Ihrer Tochter wurde? Bitte! Machen Sie es sich bequem.«

Die Leinwand war hell. Mit einem Schlag. Das Bild erschien, brannte sich mir ins Hirn, ohne daß ich begriff, was es darstellte, so sehr schmerzte der erste Eindruck. Ich hatte Martina seit Jahren nicht nackt gesehen. Als kleines Kind zuletzt, wie sie in der Badewanne kniete, sich den Kopf wusch und Schaum pustete. Jetzt sah ich sie als Frau. Sie kniete auf Boris. Hielt ihn nieder mit beiden Fäusten. Trieb ihn an. Die Augen triumphierend in die Kamera gerichtet, während der Körper unter ihr zuckte, als würde ein Stromstoß nach dem anderen hinein gejagt.

»Sie erlauben, daß ich das Ganze etwas beschleunige?! Der Vorgang an sich ist ja eher banal!«

Boris keuchte und ruckte im schnellen Vorlauf. Es wirkte nicht komisch. Es war schlechtes Daumenkino, viel zu eilig durchgeblättert, aber es wirkte nicht komisch. Vielleicht, weil ich mit ihm fühlte. Die schwarze Spinne Unheil saß auf ihm und pumpte ihr Gift in seinen Leib, in immer schnelleren Stößen zog sie ihn an sich, ununterscheidbar, welcher Körper wem gehörte, eins waren sie für den Moment, bis all seine Bewegungen langsamer wurden und schließlich ganz erstarben.

Borsig hatte verzögert, auf Zeitlupe geschaltet, wollte es mir nicht ersparen, wie sie kam, wie sie es genoß, ganz allein für sich, ihn besiegt zu haben. Stolz reckte sie ihre Brüste im Triumph, eine Kriegerin, und so sah sie auch in die Kamera, direkt mir ins Gesicht, verzückt vom Bewußtsein ihrer Macht. Das war nicht mehr meine Tochter.

»Stop. Standbild. Sehen Sie sich das an! Sie können stolz sein! Ihre Martina hat unseren lieben Boris regelrecht zu Schanden geritten. Formidable Leistung! Und jetzt Achtung. Galopp und schneller Vorlauf!«

Die Figuren trennten sich, griffen nach ihren Kleidern wie Komödianten der Stummfilmzeit, viel zu schnell, hierhin, dahin, plötzlich ging die Tür auf, immer noch die alte Spule, stolpernde Bilder, viel zu hohes Tempo, erst jetzt wurde die Gangart wieder langsamer, die Stimmen kamen ganz allmählich zurück, und es war eine wundervoll tiefe Frauenstimme darunter.

Katrin stand da, halbhohe Stiefel, schwarzer Rock, nicht einmal knielang. Sie stand einfach da, sehr streng mit ihren zurückgekämmten Haaren und hielt die Tür noch immer offen, als wollte sie Boris zur Flucht animieren.

»Schön, dich zu sehn!«

Keine Ahnung, was ich erwartet hatte. Schreikrämpfe? Zerkratztes Make-up? Irgend etwas Dramatischeres als dieses ›Schön, dich zu sehen!‹ Aber es waren nicht Katrins Worte, die verstörten. Es war der Klang ihrer Stimme, die so zärtlich vergangene Berührungen wachrief. Es war ihr Blick, der die Bilder des gewesenen Glücks wieder in Erinnerung brachte. Und die starre Körperhaltung, die nur eins signalisierte – Enttäuschung über den Verrat. Dabei war Boris längst aus dem Spiel. Hier ging es nicht mehr um ihn. Es ging nur noch um die beiden. Sie kämpften es unter sich aus. Haß oder Liebe? Der Augenblick entschied. Martina stand auf, das Kleid nur übergeworfen, ging auf Katrin zu und...

»Stop! Wollen Sie raten, wie es weiterging? Sehr leidenschaftlich, so viel darf ich vorwegnehmen.«

Borsig war aufrichtig fasziniert. Obwohl er dieses Video bestimmt schon drei oder vier Mal studiert hatte. Ein Klassiker eben, ›Blutende Herzen‹, jede Geste geläufig, alle Dialoge bekannt. Und doch konnte er die Augen nicht davon lassen. Es ging ihm wie mir. Es schien Theater, das Spiel der beiden, und war doch lebendiger als alles, was ich je auf der Bühne der Leidenschaften gesehen hatte. Zwei Standbilder. Eins der Versöhnung, eins der Rache. Ich wußte nicht, welches zuerst zum Leben erweckt werden würde. Ich hatte Angst um Martina, wie ich immer Angst um sie gehabt hatte, und gleichzeitig narrte mich das sichere Gefühl, daß sie all meinen Sorgen längst entwachsen war. Aber das war sie nicht, das würde sie nie sein, sie brauchte meine Hilfe, so wie ich ihre!

Borsig drückte die Fernbedienung und prompt lösten sich die Posen auf. Martina ging auf Katrin zu und ließ ihr Kleid fallen. Ein Zittern lief über Katrins Gesicht, eine Faser nur, die zuckte, aber es ging durch ihren Körper wie ein Riß. Was auch immer sie sich vorgenommen hatte, jetzt empfand sie einfach nur noch Sehnsucht. Alles an ihr drängte zu Martina hin, und doch rührte sie sich nicht vom Fleck, weil ihre Liebe und der Wille zur Selbstbehauptung einander standhielten. Nicht lange allerdings, dann würde sie klein beigeben, das spürte man, ihre Knie zitterten schon, drohten einzuknicken, aber Martina ließ es nicht dazu kommen. Sie tat den letzten Schritt, nahm Katrins Gesicht in beide Hände, führte es ganz nah an ihres und küßte sie, ohne die Lippen auch nur zu berühren.

»Stop. Standbild. Nahaufnahme Katrin. Diese Frau Graf ist eine große Liebende und zugleich von einer erstaunlichen Professionalität, was ihre Karriereplanung anbelangt. Viktor Friedemann hat sie auf uns aufmerksam gemacht, seine letzte gute Tat sozusagen. Frau Graf wird in Zukunft unsere Öffentlichkeitsarbeit koordinieren. Gemeinsam mit Martina.«

Ich hörte gar nicht hin. Wozu auch? Ich konnte ja nicht einmal glauben, was ich sah. Meine Augen brannten, viel zu grell war das Licht der Leinwand, ich rieb und rieb, aber es kamen keine Tränen.

»Sind Sie denn gar nicht neugierig auf den Fortgang dieser reizenden amour fou?«

Er hielt mir die Fernbedienung hin. Wollte mich mit in die Verantwortung ziehen, als ob ich nicht längst schon meine Schuld begriffen hätte. Ich ließ das Band langsam weiterlaufen.

Plötzlich war alles nur noch Spaß. Die beiden fielen sich in die Arme, küßten, lachten, weinten, wechselten die Gesichter, als wäre Karneval und Maskenprobe. Da war nichts zwischen ihnen, was noch hätte verstören können, kein Kummer, kein Haß, schon gar kein Mann. Boris war vergessen und kauerte wie ein Bettnässer in der hintersten Ecke des Zimmers.

Das Band brach ab.

»Wo sind die beiden jetzt?«

Er schmunzelte. Als wollte ihn eine Laborratte an den hippokratischen Eid erinnern, so sah er mich an. Aber dann griff er doch zur Fernbedienung.

»Aktivieren wir doch einfach unseren kleinen Späher!

Entgegen aller Verpflichtung zur Diskretion. Voilà! Unsere Kamera fürs Gästezimmer!«

Sie lagen auf dem Bett. Nackt. Ohne Decke. Als wärmte eine Sonne sie selbst in der Nacht. Das erste Menschenpaar, schlafend am Strand einer verwunschenen Insel, die alle Erinnerungen an andere Orte des Glücks auslöschen würde. Zwei Körper, ineinander geschmiegt, als hätte sich eine Welle der anderen verbunden, immer und immer wieder, bis das Meeresrauschen sie in den Traum gewiegt hatte. Geblieben war das Lächeln auf ihren Gesichtern, so voll Vertrauen füreinander, daß ich mich schämte, Zeuge zu sein.

»Sie sind ein Schwein, Borsig!«

»Ich bitte Sie!«

Er räkelte sich genußvoll in seinem Sessel, als hätte er nur darauf gewartet, daß ich endlich Klartext rede. Und so bedächtig, wie er Finger an Finger legte und direkt in Augenhöhe das Zeltdach seiner Konzentration errichtete, so gezielt attackierte er plötzlich.

»Ihre Verachtung gilt doch gar nicht mir, Claasen. Die gilt Ihnen selbst. Schließlich waren Sie es, der Martina in diesen Fall hineingezogen hat! Um sie besser unter Aufsicht zu halten! Immer kleines Mädchen, immer großer Papa, das stärkt Ihr krankes Ego! Sie haben Ihre Tochter nie wirklich gefordert, Claasen! Das hier ist ihre erste wirkliche Reifeprüfung, und die verdankt sie mir!«

Es war eine Art Vivisektion, das hatte ich begriffen. Seelenklempnerei bei lebendigem Leibe. Er legte die empfindlichen Stellen frei, prüfte mit einem ersten tastenden Druck, wo sich rasch der Schmerz einstellen würde. Keine groben Griffe, ein Könner eben, dessen Nadelstiche punktgenau den Nerv trafen.

»Lassen Sie meine Tochter in Ruhe, Borsig, oder...«

»Oder was? Wie wollen Sie mich einschüchtern? Mit Schlägen? Wie Ihre Frau?«

»Reden Sie doch keinen Scheiß! Martina wird niemals mit Ihnen zusammenarbeiten!«

»Oh doch, sie wird. Ich kenne sie besser! Sie liebt Boris nicht mehr, denn sie hat ihn durchschaut. Und sie hat Sie durchschaut! Was bleibt dann noch, wenn man den Vater verloren hat und den Geliebten? Was ist da verläßlicher als Erfolg? Und den wird sie haben. Mit uns!«

Ich mußte ihn einfach nur reden lassen, das spürte ich, er würde sich selbst verraten, dank seiner Eitelkeit. Mein inneres Bandgerät lief, und er konnte es vollplappern in seinem Geständniszwang mit allen Interna über seine Freimaurerfreunde und den inneren Zirkel, und ihren Lügen über den Stein der Weisen, und je skeptischer ich mich gab, desto mehr von diesem Bullshit würde er mir aufdrängen, sich in Pose werfen, und zu guter Letzt würde er mir auch noch den Ausweg zeigen aus dieser Falle hier, nur um mir zu beweisen, daß er dem lieben Gott ähnlicher war als all seine Apostel. Godfather of his own! Ich mußte nur irgendwie ruhig bleiben dabei, ganz ruhig, ganz entspannt, dann würde sich dieses größenwahnsinnige Arschloch selbst demontieren. Also lehnte ich mich zurück, schlug die Beine übereinander und fixierte ihn so lässig, wie ich nur konnte.

»Das ist doch alles verrückt, was Sie hier erzählen, Borsig! Sie sind einfach nur durchgeknallt wie alle, die in der Klapse arbeiten! Außerdem, die in meiner Redaktion wissen genau, wo ich bin. Das dauert keine vierundzwanzig Stunden, dann läßt mein Chef Sie hochgehn!«

Er schenkte sich ein, schwenkte die rote Brühe hin und her, und rundherum im Glas, bis mir allein vom Zuschauen ganz schwindlig wurde.

»Sie bilden sich viel ein auf Ihre Vernunft, Claasen! Vielleicht zu viel. Für Sie zerfällt die Welt in viele schlichte Wahrheiten, denen Sie allenfalls noch eine Pointe abgewinnen können. Was Ihnen bei dieser chronischen Witzelei entgeht, ist der kuriose Umstand, daß Sie eigentlich mit Ihren ärgsten Feinden paktieren. Es gibt ein Komplott des gesunden Menschenverstandes, alles zur Gewohnheit werden zu lassen, und da haben Zyniker wie Sie ihre feste Rolle – als Hofnarren. Die Menschen leben aus Gewohnheit, und sie sterben aus Gewohnheit, und damit auch ja kein anderer Gedanke in ihre Ameisenhirne kommt, haben sie sich Spaßmacher wie Sie herangezogen, die nur eine Aufgabe haben: alles lächerlich zu machen, was über den Horizont des Gewöhnlichen geht. Doch das rächt sich, mein Lieber! Die verratenen Ideale kehren wieder. Als strafende Träume, als quälende Sehnsüchte oder einfach nur als vages Unbehagen am Alltag. So wie bei Ihnen. Sie sind krank, Claasen. Nicht nur hier, im Herzen, auch hier oben, im Kopf! Sie wollen ein Vernunftmensch sein?! Ist Ihnen denn noch nie aufgefallen, welches Wort Sie am liebsten verwenden? ›Irgendwie‹! Irgendwie tappen Sie immer in die Falle der Klischees, irgendwie geraten Sie gedanklich immer ins Ungefähre. Früher waren die Menschen ehrlicher und nannten es Glaube. Aber dazu fehlt Ihnen der Mut! Also lassen Sie sich treiben in Ihrem Weltschmerz. Das ist Ihre ganz persönliche Niederlage, und da können Sie noch so cholerisch dreinschauen! Eine Niederlage bleibt eine Niederlage, auch wenn Sie das Spielbrett umwerfen.«

»Reden Sie doch, was Sie wollen, meine Tochter wird nie für Sie arbeiten.«

»Die Flüge sind längst gebucht. Martina und Katrin werden Boris nach Australien begleiten, und sie werden zurückkehren mit einer der unglaublichsten Geschichten, die je von Menschen erzählt wurde!«

›Red ruhig weiter‹, dachte ich, ›nur immer weiter so, du Spinner! Du tust mir leid, du bist wahnsinnig, und dein Wahnsinn treibt dich selbst in die Enge, und dann bist du dran. Alle werden mit den Fingern auf dich zeigen, und ich vorneweg. Martina hat dich schon einmal reingelegt, und sie wird es wieder tun, nur so zum Spaß, euer Spiel mitspielen, dann werden wir sehen, wer hier zur Spottgestalt geworden ist!‹

»Sie lächeln, Claasen? Ihnen wird das Lächeln vergehen! Wir haben ihn gefunden! Ayers Rock ist der Stein der Weisen!«

»Ein bißchen groß, das Steinchen?«

»Ach sehen Sie, genau diese Unfähigkeit zum Perspektivenwechsel hat der Menschheit die Suche so unnötig erschwert! In unseren Augen ist Ayers Rock ein gigantischer Monolith. Und in den Augen der Götter? Ein Sandkorn? Was ist groß und was ist klein, gemessen an den Wegstrekken des Universums? Und wer sagt, daß der Stein der Weisen ausgerechnet in Ihre Hosentasche passen muß? Nein, Claasen! Leichhardts Testament läßt keinen Zweifel daran: Der Komet, dessen Ankunft seit Menschengedenken von vielen gefürchtet wird, er ist längst da. Ayers Rock war ein Stern vor langer Zeit, der den Himmel teilte mit seinem Feuerschweif. Er zerbarst in der Glut der Atmosphäre, hüllte die Welt in eine Wolke, die Tausende von Jahren Nacht sein ließ, schuf Wüste um sich herum, und nur sein innerster Kern überstand unbeschadet die Katastrophe. Ein Frachtschiff der Götter, das war Ayers Rock einst, bevor er zur ältesten Pyramide der Menschheitsgeschichte verwitterte. Unerkannt noch immer und doch geheimes Urbild aller anderen Bauwerke dieser Art. Grabkammer des ersten Menschenpaares und Pforte ins Jenseits für jeden, der den Mut hat einzutreten. Wie einst Leichhardt. Die Eingeborenen führten ihn zum Berg, wiesen ihm den Weg in den Pyramidengang, der hinab in die Kulthöhle führte, wo sie aufgebahrt lagen, die ersten Menschen, die vom Rand des Universums kamen, in der Arche des Himmels, und die letzten, die dorthin zurückkehren werden. Was sie ihm nicht erzählten, war, daß nur ein Paar die Höhle betreten darf, nur Mann und Frau, gemeinsam Hand in Hand, der neue Adam und die neue Eva! Und so verhungerte er vor der Pforte des Heils.«

Borsigs Stimme war vollkommen sachlich. Er war nicht verrückt. Die Geschichte, die er da erzählte, war schon 1 000 Mal erzählt worden. Es war die Geschichte von einem, der auszog, das Fürchten zu lernen, die Geschichte Gilgameschs, Parzivals, Rip van Winkles. Sie konnte nicht erfunden sein. Das wußte Borsig, und so sprach er auch, ganz und gar ohne Ironie, die war ihm fremd, so überzeugt war er von sich und seiner Sache. Er war auch nicht der kalte Wissenschaftler, der den Sinn einer Legende gegen die Summe ihrer unwahrscheinlichen Details verrechnete. Die Geschichte Leichhardts und seiner Suche nach dem Stein der Weisen war eine Geschichte, die wahr sein konnte – und falsch, ohne daß sie an Glaubwürdigkeit verlor.

»Erinnern Sie sich an unser Gespräch am Wannsee? Wie einfach es aus Sicht des Psychologen ist, eine neue Religion zu stiften! Stufe 1: die computergestützte Auswahl der Glaubensinhalte. Stufe 2: die literarische Ausgestaltung. Nein? Nun ja, Sie waren nicht sonderlich aufmerksam, aber vielleicht ist Ihnen mein kleines Aperçu im Gedächtnis geblieben, daß auch die Weltreligion des Christentums sich letztlich nur auf dreißig Seiten Text und ein Holzkreuz gründet? Nein? Wie auch immer, an diesem Abend habe ich etwas Entscheidendes unerwähnt gelassen. Die 3. Stufe: Die Beglaubigung durch das Opfer.«

»Sie wollen einen Märtyrer machen?!«

»Wir haben einen Märtyrer! Boris hat sich nie etwas anderes gewünscht, als Märtyrer zu sein. Aufgebahrt zu werden im ewigen Dunkel dieser Pyramide, an der Seite einer Frau, deren Schönheit ihn über das ungewisse Ziel der Reise hinwegtröstet! Er wollte sich mit Martina in den heiligen Schlaf wiegen, gemeinsam den Traum des jenseitigen Erwachens träumen – aber das wird Ihre Tochter nicht zulassen wollen und wir übrigens auch nicht. Boris denkt zuweilen noch sehr romantisch. Der Tod und die Jugend, das ist für ihn eine Liebesheirat, aber wie gesagt, es ist gar nicht in unserem Interesse, Ihre Tochter zu opfern. Im Gegenteil, Katrin und Martina werden Boris in ihre Mitte nehmen, zwei Engel bei der Grablegung eines jugendlichen Helden, dessen Andenken wir in Ehren halten werden.«

»Martina könnte keiner Fliege etwas zuleide tun! Das ist doch absurd, was Sie da planen!«

»Sie sind so hölzern, Claasen! Jeder kleinste Hakenschlag der Phantasie verwirrt Sie! Natürlich wird Ihre Tochter nicht bei einem Selbstmord assistieren. Das muß sie auch nicht, denn Boris, und das ist die kleine Pointe an unserer Geschichte, wird unsere Klinik nie mehr verlassen. Das läßt seine mentale Verfassung gar nicht zu. Er weiß schon jetzt kaum mehr, wer er wirklich ist. Und so wird unter seinem Namen ein anderer fahren. Dieser Doppelgänger wird in der Silvesternacht des neuen Jahrtausends Ayers Rock besteigen – und auf gar nicht mysteriöse Weise das Land wieder verlassen. Was zurückbleibt, sind die Papiere von Boris, seine blutbesudelten Kleider und das Amulett der vier Sonnen!«

»Und Martina?«

»Wird gleichsam als seine spirituelle Witwe zurückkehren und die traurige Geschichte erzählen, wie Boris auf eigene Faust versuchte, sich den Zutritt ins Innerste des Heiligtums zu ertrotzen. Und dafür von den Göttern gestraft wurde. Der falsche Aladin sprach das ›Sesam, öffne dich‹! Und so bleibt das Amulett in Verwahrung für das neue Brautpaar, das auszuwählen die vornehmste Pflicht des Ordens in den nächsten Jahren sein wird. Denn vom heutigen Tag an halten wir den Schlüssel zur Unsterblichkeit in den Händen. Und alle, alle werden sie hoffen, das Amulett eines Tages selbst am Ort seiner Bestimmung niederlegen zu dürfen. So erfüllen wir Leichhardts Vermächtnis und schreiben zugleich Kapitel um Kapitel an der Offenbarungsgeschichte unseres neuen Glaubens. Wenn ich also bitten dürfte?!«

»Ich versteh' nur Bahnhof.«

»Das Amulett! Sie erinnern sich doch! Viktor, das kleine Mädchen und Ihre gewaltsame Rettungsaktion. Orlowski hat uns über alles informiert.«

Natürlich erinnerte ich mich. Plötzlich kehrte alles wieder, als wäre es nie vergessen gewesen. Und es war schlimmer denn je, denn jetzt hatte ich Zeit, die Bilder wirken zu lassen. Ich sah das Gesicht des Mädchens, wie es alterte in Sekunden, und spürte ihre Angst, als ich sie an der Kette zu mir riß, weg von Viktors explodierendem Schädel. Ich mußte dieses verdammte Ding einfach eingesteckt haben. Deswegen der enttäuschte Blick der Kleinen! Statt Sterntalern hatte es Blut geregnet, und das Geschenk dieses seltsamen Clowns war in meiner Tasche verschwunden. Die ganze Zeit über hatte ich es bei mir getragen: Das Amulett! Helens größter Wunsch! Ich hätte ihn so leicht erfüllen können. Hans im Glück, der ich gewesen war, für ein paar Stunden, ohne daß ich es gewußt hatte, weil das Schicksal mich wieder einmal übertölpelt hatte.

»Wollen Sie jetzt vielleicht einen Schluck?«

»Ich würd' gern eine rauchen, wenn's recht ist?«

»Sicher!«

Noch während ich die Zigarette aus der Packung fingerte, spürte ich, wie die Kälte in mein Herz zurückkroch. Die Trauer über Helens Tod hatte einen Menschen aus mir gemacht, für ein paar Stunden Erwachen, Rückkehr aus dem Land der Schatten, so lebendig war der Schmerz gewesen, aber jetzt, da ich wußte, wie sinnlos dieser Tod gewesen war, vereiste der Haß wieder jede Empfindung. Ich musterte Borsig, und je kaltblütiger ich das tat, desto nervöser schien er mir. Vielleicht war das meine Chance.

»Sie waren zu lässig, Borsig. Sie hätten mich observieren lassen sollen. So wie Sie Viktor haben observieren lassen, aber Sie waren so verdammt sicher, daß ich aus freien Stücken zu Ihnen komme. Das war doch die Glanznummer, oder, daß sich das Opfer freiwillig auf die Schlachtplatte legt? Und Sie haben recht behalten. Kompliment! Nur das mit dem Kleidertausch, das hatten Sie nicht ahnen können! Grober Fehler! Den Zufall auszuschließen!«

Er schob mir etwas geistesabwesend Streichhölzer und Aschenbecher hin. Die Panne mit dem Amulett hatte ihn tatsächlich irritiert. Aber da war noch etwas anderes. Sein

Blick! Dieser unruhige Blick, als hätte er sich für diesen Fehler persönlich zu verantworten. Gleich jetzt und hier. Nicht vor mir natürlich, mich sah er gar nicht mehr an, er fixierte einen imaginären Punkt, als wartete er auf eine neue Anweisung. Und je dringlicher sein Blick bat, desto stärker wuchs die Spannung im Raum. Wir waren nicht allein. Wir hatten Zuschauer! Aber wen, verdammt noch mal? Der große Supervisor, wer war es? Orlowski? Nie im Leben! Der stand doch auf ihrer Gehaltsliste. Wer dann? Bläsig und Waitz? Das Triumvirat? War es nun komplett?! Ich versuchte, den gleichen Punkt zu fixieren wie Borsig. Eins der Patientenbilder neben der Videoleinwand, zwei Köpfe zueinander geneigt, ein Zwilling in falscher Eintracht, mit Augenhöhlen, schwärzer als der Einstieg ins Nirvana. Dort saß das Kameraauge. Ich schenkte ihnen mein breitestes Grinsen. Sie wollten ein Schauspiel?! Sie sollten es haben! So gut wie Borsig war ich allemal. Reine Nervensache. Ich setzte mich in Position, faltete meine Hände und gab meiner Stimme diesen unverwechselbaren Analytikerschmelz.

»Wollen wir nun darüber sprechen, warum Sie Helen getötet haben?«

Borsig wiegte den Kopf in gespielter Enttäuschung. »Was für eine ungeschickte Frage, Claasen?! Wieso hätte ich Helen töten sollen? Wir waren doch glücklich geschieden! Was hätte mich da noch zu diesem Gewaltakt treiben können. Nein, es war ganz offensichtlich jemand, der sie aus tiefstem Herzen haßte! Ein Choleriker! Glauben Sie mir, Helens Tod tut mir aufrichtig leid. Ich wünschte, er wäre zu vermeiden gewesen, wie alle Mißverständnisse in unserer Ehe.«

Er schnippte mit den Fingern, fast etwas verlegen, als trüge er doch einen Teil Schuld an ihrem Tod. Nicht, daß er wirklich darunter gelitten hätte, aber da blieb ein Stachel, als wäre eines jener kleinen Mißgeschicke geschehen, die sich manchmal viel fester im Gedächtnis festhaken als alle Tragödien.

»Helen hat nie begriffen, daß ich den Tod nicht weniger hasse als sie. Vom ersten Tag an hat sie sich in mir getäuscht. Sie suchte in mir den Dämon Axel Munthes, der ihr so gespenstisch auf Capri nachstellte. Für sie sollte unsere Ehe eine Therapie sein, während ich gehofft hatte, den Analytiker endlich einmal hinter mir lassen zu können. Ein kurioses Mißverständnis, oder? Als Arzt hätte sie mich ertragen, als Liebenden ertrug sie mich nicht. Und um mich zu demütigen für ihren Irrtum, ließ sie sich mit Frauen ein. Sollte ich sie deswegen töten? Acht Jahre nach unserer Scheidung?«

Er setzte die Finger auf die Tischplatte, so affektiert, als fischte er Pralinés aus einem Piranhabecken. Er hatte diese Frau keinen Moment geliebt. Keinen einzigen Moment in seinem beschissenen Leben. Da war ich mir sicher.

»Im übrigen kennen wir beide den Mörder!«

»So?«

»Nun, wessen Fingerabdrücke, glauben Sie wohl, wird man bei der Leiche fin...«

»Oh nein, Borsig, das könnt ihr mir nicht anhängen! Das könnt ihr mir nicht anhängen, verdammt!« Ungerührt fuhr er fort. »Und wessen Feuerzeug liegt neben der Toten? Und wer wurde dort zuletzt gesehen? Wollen Sie jetzt vielleicht einen Drink?«

Er stand auf. Nahm die Flasche aus dem Barschrank, goß zwei Finger breit Calvados ein und stellte das Glas vor mich auf den Tisch, direkt neben den Aschenbecher. Ich hielt die Zigarette senkrecht, den kleinen, fragilen Ascheturm, der jeden Moment kippen konnte, das sah er doch, darauf hatte er spekuliert, das ich auf dem Weg zum Aschenbecher instinktiv zum Glas greifen würde.

›Fick dich!‹ dachte ich und schnippte das Häufchen auf den Teppich. Ich würde das Glas nicht anfassen, nicht einmal streifen würde ich es. Natürlich hätte ich jetzt einen Drink gebrauchen können. Aber den Gefallen tat ich ihm nicht. Diesmal nicht. Ich würde nicht den Verlierer abgeben, ohne auch nur gekämpft zu haben. Er tat so, als hätte er die Unmanierlichkeit gar nicht bemerkt, setzte sich, schlug die Beine übereinander und sprach weiter, ganz sachlich, so als handelte es sich um den Fall eines längst verstorbenen Patienten.

»Gegen Ihre Tatbeteiligung spricht nun allerdings der Umstand, daß Helen ein Schraubenzieher in die Stirn gerammt wurde. Also keine Beziehungstat, eher ein Ritualmord! Man wollte ihr das dritte Auge öffnen, die Seele befreien! Die Polizei wird mich befragen, ich werde zu Protokoll geben, daß Helen Mitglied in mehreren Sekten war, eine süchtige Konsumentin, was Heilsversprechen anbelangt, und folglich jederzeit gefährdet, an die Falschen zu geraten. Durchaus möglich, daß sich die Polizei in der augenblicklichen Hysterie mit dieser Version begnügt. Andererseits haben Sie kein Alibi, Claasen! Während wir jederzeit einen Zeugen stellen können, der Sie zur fraglichen Zeit am Tatort gesehen hat. Es hängt nun ganz von Ihnen ab, ob dieser Zeuge Sie vor oder nach dem Mord das Haus verlassen sah.«

Der Verdacht kam eher wie ein Scherz. ›Ich bin verrückt‹, flüsterte es, ein Spaß mehr auf meine Kosten, den ich mir da erlaubte, nicht weniger geschmacklos als der Einfall, Helen ausgerechnet einen Schraubenzieher ins Hirn zu rammen, als hätte es das Messer im Herz allein nicht getan, ein dummer Kalauer des Schicksals, von wegen lockere Schraube, da wurde gelacht allerorten, im Himmel und auf Erden, selbst hier war es zu hören, schon die ganze Zeit hörte ich es, dieses Lachen, natürlich, es kam aus versteckten Lautsprechern, aber woher es auch immer kam, war gleichgültig, denn es blieb in meinem Kopf, die Höllenstrafe für alle schlechten Witze, die ich je gerissen hatte.

Ich trommelte mit den Fäusten gegen meine Stirn, ganz langsam, Schlag für Schlag, als ließe sich damit Klarheit in die Sache bringen. Ich ertrug sie nicht mehr, diese Feigheit des Bösen, immer verbarg es sich hinter einer Maske, legte sie ab, schuf sich neue Gesichter und lauerte dann doch hinter dem nächstbesten, weil es einen narrte, das Böse, bis man nicht einmal mehr der eigenen Angst vertrauen konnte.

»Was soll das, Borsig? Diese Quälerei? Wenn Sie alles so gut im Griff haben, wozu brauchen Sie mich dann noch?!«

Er tippte belustigt die Fingerspitzen gegeneinander, ein ironisches Echo meiner Faustschläge, als wollte er wirklich nichts auslassen, was mich noch weiter in den Wahnsinn trieb.

»Das wissen Sie doch selbst, was wir von Ihnen erwarten!«

»Einen Scheiß weiß ich!«

»Wir wollen eine gute Geschichte! Werbung in eigener Sache, ohne daß der Gedanke an Werbung aufkommen darf. Denken Sie nach! Vom ersten Tag an wollten wir nichts anderes von Ihnen. Schärfen Sie Ihren Blick, Claasen! Da ist kein Geheimnis hinter unserem Tun und kein rätselhafter Auftraggeber! Sehen Sie sich die zwei Gesichter dort noch einmal genau an! Sie kennen die Personen, nur verwirrt Sie etwas der Umstand, daß es ein Porträt der Seelen und nicht der Köpfe ist. Helen hat das Bild gemalt, sehen Sie es sich an, das Gesicht des Mannes, das Ihnen wohl vertraut sein müßte!«

»Ich sehe nichts.«

»Entspannen Sie sich einen Moment, lehnen Sie sich zurück, ganz ruhig, und blicken Sie einfach nur auf dieses Bild. Vertrauen Sie Ihrem Gefühl, nicht Ihrem Verstand!«

So sehr er seiner Stimme auch einen hypnotischen Tonfall zu geben versuchte, ich sah nichts. Nichts, was ich nicht schon gesehen hätte. Nur durfte ich keinen Moment länger auf diese Köpfe starren, denn das Karussell der Bilder, ganz allmählich kam es in Gang, drehte sich kreischend, gewann viel schneller Fahrt als gedacht, und ich sprang auf, in letzter Minute ging ich mit auf die Reise, ob ich wollte oder nicht, ich mußte hinterher, denn vorne ritt Martina auf ihrem Schaukelpferdchen, die Häuptlingstochter, verfolgt von Katrin, dem Cowboy. Ich sah Alina in der Kutsche, die Königin, und ihr zur Seite auf dem Fahrrad den klingelnden Pagen, und mich hintendrein in einem Feuerwehrwagen, Tatütata, dessen Leiter viel zu kurz war, und dann sah ich ihn, er ritt den Delphin, direkt hinein in den Malstrom, in hohen Sprüngen, als wäre das Unheil sein Lebenselixier und er ein Rodeoreiter des Schicksals, jetzt drehte er sich zu mir, winkte, sah mich an, aber noch bevor ich ihn lächeln sah, hörte ich seine Stimme: ›Ist es nicht ein Glück, daß Sie in Dr. Borsigs Büro rauchen dürfen? Ich hätte Ihnen das nie gestattet!‹ ›Schön, Sie zu sehen, Chef!‹ hätte ich antworten können, aber ich mußte ihm ohnehin nicht antworten, nicht in diesem Traum, meinem letzten, den ich im Leben träumte, denn er wollte keine Antwort, alles was er wollte, war Applaus für seinen Triumph, deswegen stieg er nicht ab, auch wenn das Karussell sich schneller und schneller drehte, so rasend schnell, daß die Gesichter verwirbelten und der Kreis sich schloß. Die Zeit stand still. Ich mußte das Rad des Schicksals nur antippen, und die Geschichte begann noch einmal von vorn.

Wir saßen wieder in seinem Büro, Redaktion Gendarmenmarkt, ich eingeklemmt in diesen italienischen Sessel, und er im Anzug, die Krawatte noch bunter als gewöhnlich. Susi blieb draußen. Kein anderes Geräusch als unser Atmen, sonst nichts, nur wir beide, selbst die Bilder an der Wand schienen seltsam fern. Ich wollte nach meinen Zigaretten greifen, aber sein Blick belehrte mich, daß auch in dieser Welt außerhalb von Zeit und Raum, Rauchen verboten war. Überhaupt schien sich wenig geändert zu haben, denn er musterte mich herablassend und ein wenig abfällig. Als Penner würde ich enden, das hatte er ja immer gewußt. Wie er überhaupt alles vorausgesehen hatte! Und so blieb er vor mir stehen, die randlose Brille in der einen, das Testament Leichhardts in der anderen Hand, ganz und gar der Sieger, der er immer hatte sein wollen. Erfolgreicher noch als sein Vater, an dessen Stelle nun ich hier saß, denn er schickte sich an, Zug um Zug meine Niederlage zu erklären. ›Schon daß Boris Ihren Namen genannt hat, hätte Sie stutzig machen müssen! Aber auf Ihre Eitelkeit konnten wir rechnen, Claasen, eine der wenigen Konstanten in Ihrem Charakter! Darüber müssen Sie sich nicht grämen, schließlich sind Sie keinem Lügner aufgesessen. Boris hat Sie nicht hinters Licht geführt. Er glaubt an das, was er tut. Keiner hat Sie im ordinären Sinn des Wortes belogen. OtO, die Mythensuchmaschine, das alles existiert! Nicht in Amerika, wie ich Helen glauben ließ, sondern hier, mitten in Berlin, in einem kleinen Büro, gar nicht weit von unserer Redaktion, arbeitet Trojaproject. Drei feste Mitarbeiter und ein Zentralrechner. Die Keimzelle eines Medienimperiums, von dem mein Vater nur hätte träumen können! Schütteln Sie nicht den Kopf, Claasen! Wie oft wurde in diesem Jahrhundert schon über Verrückte der Kopf geschüttelt, die dann im Bösen wie im Guten unser Leben revolutionierten! Wo begann Bill Gates? In einer Garage! Heute dirigiert er mit seinen Computerprogrammen unser aller Wahrnehmung! Und das ist nicht alles! Sie wissen, daß er begonnen hat, weltweit Bildrechte aufzukaufen? Er läßt Millionen von Photographien sammeln und hortet sie in seinen Archiven. Wozu? Weil er das visuelle Gedächtnis der Menschheit kontrollieren will! Eines Tages werden wir jeden Zugriff auf diese Datenbank teuer bezahlen müssen. Hoffen wir, daß es ihm dabei nur um den Profit geht! Wir von OtO verfahren ähnlich, aber wir haben andere Ziele. Wir sammeln alle Geschichten dieser Welt, alle protokollierten Träume. Nicht des Geldes wegen! Gott, davon habe ich genug, das wissen Sie. Nein, aus der Vielzahl all dieser Erzählungen über Anfang und Ende der Menschheit filtern wir die wirkungsmächtigsten Motive heraus und kombinieren sie zu einem neuen Mythos. Eine Art religiöses Betriebssystem der Zukunft, konzipiert als open source software, an der jeder mitschreiben darf. Lächeln Sie nicht wieder Ihr Besserwisserlächeln! Sie sind zu alt für jede Utopie, das weiß ich, aber darauf sollten Sie nicht auch noch stolz sein. Lassen Sie sich doch einen Moment verführen von der Magie unserer Hoffnung. Wir von OtO haben eine Vision! Die mag sich heute noch kläglich ausnehmen oder bizarr, aber alle Visionen gewinnen ihre Kraft erst durch die Zahl der Menschen, die ihrer bedürfen. Und wie viele sind es, die ohne den Traum eines besseren Lebens längst aufgegeben hätten? Millionen? Milliarden?‹ Er lockerte seinen Krawattenknoten. Zu eng für seinen Größenwahnsinn. Oder war es die Erinnerung, die ihn plötzlich ins Schwitzen brachte? ›Damals auf Capri, in den Katakomben des Tiberius, als Helen mich im Stich ließ, mich vorschob und ihm preisgab, diesem widerwärtigen Kluck, der sich nicht an mir verging, Gott bewahre, weil meine Mutter uns rechtzeitig fand, damals, in diesen Minuten der völligen Verlassenheit und des Verrats, als ich nicht wußte, ob mein Vater mich ihm ausgeliefert hatte als Preis für den Stein, oder ob es Zufall war, daß Kluck sich dort unten herumtrieb, schwor ich mir, daß ihn nie ein anderer in den Händen halten würde. Nennen Sie es ödipalen Trotz gegen den Zynismus der Väter, die uns keine Ideale mehr gelassen haben, nicht einmal mehr das der unverbrüchlichen Liebe der Eltern zu ihrem Kind. Ich wollte diesen Stein, ich träumte Tag und Nacht von seinem Besitz. Nicht wie ein Kind träumt, so als wäre Weihnachten das Verfallsdatum aller Wünsche. Nein, ich wußte, es würde Jahrzehnte dauern, und ich ahnte schon damals, daß der Stein, so wie Kluck oder mein Vater es sich vorstellten, gar nicht existieren kann, weil er sonst schon längst entdeckt worden wäre. Überall auf der Welt wurde doch nach ihm gesucht, und findige Köpfe gibt es auch unter den Phantasten genug. Ich bin kein Phantast, das wissen Sie, Claasen, und ich riskiere keine Niederlage, dafür sind mir meine Kindheitsträume zu kostbar. Aber ich will auch nicht unter der Wahrheit leiden müssen, denn die Realität ist unserer Phantasie zuweilen doch erbärmlich unterlegen. Andere hätten ihr Leben fortan vielleicht mit Suchen vertan. Doch ich war überzeugt, die Wahrheit kommt von selbst zu dem, der ihrer würdig ist. Und sie kam! Sie kam mit den Büchern und Manuskripten, die mein Vater bei Kluck pfänden ließ. Ich fand einen kleinen Text von Zosimos darunter, darin ein ganz und gar unbedeutender Satz, den ich zunächst vergaß und der sich doch immer wieder ins Gedächtnis drängte: ›Sprichst du von dem Stein der Weisen, erkenne diesen an als einen Stein, der kein Stein ist, einen kostbaren Gegenstand, der keinen Wert hat, ein Ding von vielen Formen, das ohne Gestalt ist, als das Unbekannte allen Bekannte.‹ Ein seltsames Rätsel, oder? So einfach und doch so schwer, als stammte es aus einem Märchen. ›Ein Ding von vielen Formen, aber ohne Gestalt, das Unbekannte allen Bekannte! Ein Rätsel, das einem den Verstand rauben kann, schlaflose Nächte grübelte ich über der Lösung, bis ich plötzlich begriff, daß die Antwort im Rätsel selbst steckt! Auf den Stein kommt es gar nicht an, will Zosimos sagen, nur auf die Geschichte, die über ihn erzählt wird! Sie nehmen einen Kiesel in die Hand, und er ist der Stein der Weisen, wenn Sie erzählen, wie Hans im Glück ihn einst gegen einen Goldklumpen tauschte. Denn jeder Tolpatsch kann zum Hans im Glück werden, wenn sich nur ein kluger Kopf findet, der seinem Mißgeschick einen tieferen Sinn gibt! Von da an war alles ganz leicht! Es ging nur noch darum, eine Geschichte über den Stein der Weisen zu erfinden, die glaubhaft ist. Vielleicht nicht für die Experten, aber für all jene, die ihren Wünschen vertrauen. Keine göttliche Offenbarung. Eine ganz einfache Geschichte von Menschen für Menschen! Mit dem Versprechen, daß jeder ein Erlöser sein kann, und der Hoffnung, daß unser aller Leben nicht vergeblich sein wird, ganz gleich, was geschieht. Ein universaler Menschheitstraum, dessen einzelne Symbole und Motive mir der Computer nach Rangliste ihrer Häufigkeit und Akzeptanz lieferte. Wir hatten schon ein nahezu perfektes Szenario entwickelt, da bescherte uns Leichhardts Testament das Schlußstück des Puzzles! Das Amulett der vier Sonnen wird die Monstranz unserer neuen Zuversicht. Ayers Rock der Fels, auf den wir unsere Kirche bauen. Das Testament die Gründungsurkunde. Ein Menschenpaar wird auserwählt, an Bord dieser Arche zu gehen. Ziel: das neue Atlantis. Abfahrtszeit? Steht noch in den Sternen, aber wir werden der Ankunft durch unseren gemeinsamen Traum immer schon vorauseilen. Fortsetzung folgt im Internet. Das ist in aller Kürze die Story. Und sie ist besser als alle Science Fiction von Ron Hubbard, das müssen Sie zugeben!‹ Eher hätte ich mir die Zunge abgebissen. Er ließ mir ein paar Sekunden, doch selbst, wenn Minuten und Jahre daraus geworden wären, ich hätte nicht applaudiert. Nicht im Traum fiel es mir ein, und ich mußte lächeln über diesen seltsamen Scherz, denn wo sonst war ich, wenn nicht in einem Alptraum, dessen einziger Trost darin bestand, daß das Erwachen noch viel schrecklicher sein würde. ›Nun gut, kommen wir zu Ihnen, Claasen, und zu dem, was ich von Ihnen erwarte! Ich will, daß Sie diese Geschichte über den Stein der Weisen aufschreiben! ›Warum gerade ich?‹ werden Sie fragen. Vielleicht weil Sie mich an meinen Vater erinnern! Und ich es sehr begrüßen würde, wenn ein Zyniker wie Sie sein Talent noch einmal in den Dienst der guten Sache stellt. Nicht ganz freiwillig vielleicht, aber inhaltlich verpflichten wir Sie ja zu nichts. Wir erwarten keine Hagiographie, kein sektiererisches Pamphlet. Sie schreiben so kritisch, wie Sie es sich auch immer zutrauen! Schließlich wollen wir, daß alle dieser Geschichte Gehör schenken. Die Gläubigen und die Ungläubigen, und vor allem jene, die weder das eine noch das andere sind. Kassners Sentimentalität ist da ebenso unverzichtbar wie Ihre Schnoddrigkeit. Kein Fantasy! Truth well told! Versuchen Sie es! Schon dem Andenken Helens zuliebe!‹ Er trat ans Fenster, als fiele Regen, so kummervoll sah er plötzlich drein, und hätte ich nicht das sichere Gefühl gehabt, nie dort anzukommen, ich wäre auf den Knien zum Barschrank gekrochen, so speiübel war mir. ›Leider wollte sie unseren Weg ja nicht mitgehen. Sie hat für uns das Testament entziffert, sie hat uns auf den Wert des Amuletts aufmerksam gemacht, nur den letzten Schritt, den wollte sie nicht tun. Sie hatte schon immer ein etwas pedantisches Verständnis von Wahrheit und Lüge, aber glauben Sie mir, der zerschnittene Wurm vergibt dem Pflug! Im Grunde war es Selbstmord! Und wenn Sie dennoch an Mord glauben, finden Sie den Mörder, finden Sie heraus, vor was sie zurückscheute, aber vergessen Sie dabei nicht Ihre eigene Schuld! Sie hätten ihr das Amulett geben können! Sie haben es nicht getan! Warum? Nur aus Vergeßlichkeit? Forschen Sie nach den Motiven! Finden Sie heraus, wer Lucia töten wollte! Helfen Sie uns, und Sie werden sich helfen!‹ Ich hatte ein teuflisches Kichern erwartet, aber wozu, in jeder dieser Lügen war genug Wahrheit, um sie glaubhaft zu machen. Mir wurde eng in dem Sessel, und warm, denn der Haß machte sich in mir breit, kein Feuer, eine eklige Brühe war es, die drängte und schwappte, und durch die Poren sickerte, ich schwitzte ihn regelrecht aus, diesen Haß, spürte, wie die Feuchtigkeit die Achseln hinab rann, die Beine, meine Hose näßte. Ein Schneemann in der Sonne, so verschwand ich aus der einen Welt, fand zurück in die andere.

»Na, was ist! Kommen Sie zu sich!«

Vor mir bückte sich Borsig, schnippte mit den Fingern, dicht vor meinen Augen, als müßte er mir aus einer Ohnmacht helfen, dabei hatte ich nur den Drink über meine Hose gekippt.

»Alles in Ordnung? Sie sprechen erfreulich gut auf Hypnose an! Und Sie sehen, wir müssen das Kaleidoskop unserer Phantasie immer nur ein Stückchen weiterdrehen, und schon ergibt sich ein ganz anderes Bild der Dinge. Wieder ein neuer Verdächtiger, wieder eine andere Variante der Wirklichkeit. Was wir Wahrheit zu nennen gewohnt sind, ist eben doch nur ein Behelf auf Zeit, das werden Sie im Lauf der Therapie noch begreifen lernen. Aber ich will mit Ihnen heute nicht über Metaphysik diskutieren, Claasen. Wie gesagt, Sie haben völlig freie Hand bei der Niederschrift all dessen, was geschehen ist. Darum sind wir ja auch so neugierig auf Ihr Buch. Nur um eins möchte ich Sie vorweg schon bitten: Trivialisieren Sie unser Anliegen nicht. Sie neigen dazu!«

»Sie sind doch verrückt, oder?«

»Was soll daran verrückt sein, Claasen? Im Gegenteil, ich empfinde es geradezu als intellektuelle Genugtuung, meinen schärfsten Kritiker überzeugen zu können, eine Propagandaschrift für unser ambitiöses Unterfangen zu verfassen!«

»Und wenn ich mich weigere?«

»Wie gesagt, dann stellen wir Sie vor Gericht. Oder lassen Sie entmündigen, wenn Ihnen das lieber wäre. Alina wird ohne weiteres zustimmen. Martina auch, wenn sie erfährt, daß Sie Helen getötet haben. Erinnern Sie sich, selbst Ihr Chef hat Ihnen empfohlen, eine kleine Auszeit zu nehmen. Jeder in der Branche weiß, daß Sie nervlich in einer prekären Verfassung sind, Sie haben es in den letzten Wochen ja oft genug bewiesen. Also, wer sollte sich wundern, daß Sie in meiner Klinik Ihre Alkoholsucht therapieren wollen. Und das schaffen Sie, da haben Sie mein Wort drauf. Wenn Sie dann in vier oder fünf Monaten entlassen werden, können Sie ein neues Leben beginnen! Ruhig, ganz ruhig. Ich weiß genau, was Sie jetzt denken, Claasen! Aber bleiben Sie sitzen. Sie können im Zorn töten, aber nicht auf den bloßen Entschluß hin! Ich habe Sie über Jahre hinweg studiert. Ich kenne Sie besser als jeden anderen Menschen. Und wissen Sie, was mir aufgefallen ist: Wir sind uns viel ähnlicher, als Sie wahrhaben mögen. Wir sind aufbrausend, aber ebenso leicht wieder zu versöhnen. Wir vertrauen beide der Vernunft, wenn auch zu anderen Zwecken, und vor allem: Wir lieben dieselben Frauen. Wie soll das zusammenpassen, wenn ich wirklich der Bösewicht wäre, für den Sie mich halten? Hat Sie das nie irritiert?«

Natürlich! Natürlich war es mir übel aufgestoßen, wie so vieles, was ich nicht hatte wahrhaben wollen in den letzten Tagen, weil schon die Vorstellung, daß er Helen geküßt hatte, mich zutiefst ekelte. Und daß Martina ihm würde nahekommen können, näher als ich ihr je gekommen war, trieb mir erst recht die Tränen der Wut in die Augen. Ich weinte, ich weinte wirklich, und ich war froh, daß ich endlich einen Anlaß dafür gefunden hatte. Ich weinte wie ein Schloßhund, die Fäuste fest auf die Augen gepreßt, weil die Wut sich plötzlich gegen mich selbst kehrte. Und das Seltsame war, dieses Weinen berührte ihn peinlicher als jedes Schimpfwort.

»Keine Sorge, Claasen. Wir liefern Sie nicht aus! Als verurteilter Mörder sind Sie für uns ohne Wert. Sie haben jetzt viel Zeit. Nutzen Sie diese Zeit! Schreiben Sie Ihr Buch. Lassen Sie die Öffentlichkeit über den Fall entscheiden! Na los, kommen Sie. Zwingen Sie mich doch nicht, als Ihr Tröster aufzutreten!«

Borsig reichte mir die Hand und wies zur Tür. Offensichtlich hielt er die erste Therapiesitzung für beendet. Was hätte ich noch entgegensetzen können? Nichts, nur ein Rettungsanker war mir geblieben, aber ich warf ihn zu früh, denn er zog mich nur noch mehr in die Tiefe.

»Martina wird niemals mit Ihnen gemeinsame Sache machen!«

»Oh doch! Das wird sie, mein Lieber!« Er lachte. Und dieses Lachen ließ keinen Zweifel daran, daß er recht behalten würde.

»Was macht Sie so verdammt sicher, Borsig?«

»Ahnen Sie es denn immer noch nicht? Ich bin ihr Vater.«

Die Stille dehnte sich und nahm mir die Luft. Ich wartete darauf, daß er sich widersprach, wenn auch nur mit einem Lächeln. Nichts. Er rieb sich die Hände, selbstverliebt, fast etwas sentimental, als würde er zurückdenken an die Zeit, als ich statt seiner den Kinderwagen durch den Tiergarten schob. Und als hätte dieses Bild alle anderen in Bewegung gesetzt, lief plötzlich der ganze Film meines Lebens noch einmal vor mir ab. Von dem Tag an, als ich Alina kennenlernte, wurden wir observiert. Da war immer einer in der Nähe gewesen, der über sie wachte. Borsig hatte Alina geliebt, vielleicht liebte er sie immer noch. Er hatte ein Kind von ihr gewollt, genau wie ich, und sie hatte es ihm vorenthalten. Sie hatte sich jede Einmischung in Erziehungsfragen verbeten, nicht einmal sein Geld genommen, und er hatte aus der Ferne über Martina gewacht. Noch an ihrem letzten Geburtstag! Und für jede dieser glücklichen Minuten, das hatte er sich geschworen, würde ich büßen müssen, für all die Jahre, die ihm mit seinem Kind entgangen waren, mußte ich zahlen, aber erst an dem Tag, da sie mich nicht mehr nötig haben würde. Und der war gekommen. Auf seine Weise war er kein schlechterer Vater gewesen als ich. Alles fügte sich. Alles war so einfach und logisch! Und dennoch würde ich diese Wahrheit nicht akzeptieren. Niemals.

»Sie lügen!«

»Beweisen Sie es! Aber das wird Ihnen schwerfallen! Von wem, glauben Sie denn, hat Martina ihren voyeuristischen Impuls? Diese eigenartige, kalte Neugier? Und diesen unbedingten Willen, sich auf die Seite der Sieger zu schlagen?«

Ich sah ihn an, prüfte sein Gesicht, am liebsten hätte ich es wie ein Blinder abgetastet, denn irgendwo verbarg sich die Heimtücke darin. Er hielt meinem Blick stand. Nicht wie ein Mann, wie ein Schauspieler. Er log. Sicher log er! Und wenn nicht? Irgendwie fand dieses Schwein immer wieder die Risse in den wenigen Wahrheiten, die mir geblieben waren, und trieb seine Keile hinein, bis alles zu nichts zerfiel. Das war der Trick, und er funktionierte, selbst wenn man ihn durchschaut hatte. Was konnte ich dagegen tun? Ich haßte ihn nicht mehr. Ich trauerte nicht mehr. Es gibt einen Grad der Verzweiflung, der andere Gefühle gar nicht mehr aufkommen läßt. Alle Aufregung scheint dann umsonst, was bleibt, ist nur eine unglaubliche Müdigkeit. Einer von uns beiden irrte, das stand fest, aber ich war mir gar nicht mehr so sicher, ob er es war.